国境の雪

柴田哲孝

目次

第一部
第一章 脱北 一〇
第二章 潜入 五五
第三章 迷宮 一三三
第二部
第四章 激動 三三八
第五章 望郷 四八〇
第六章 国境の雪 七三六
解説 池上冬樹 七六五

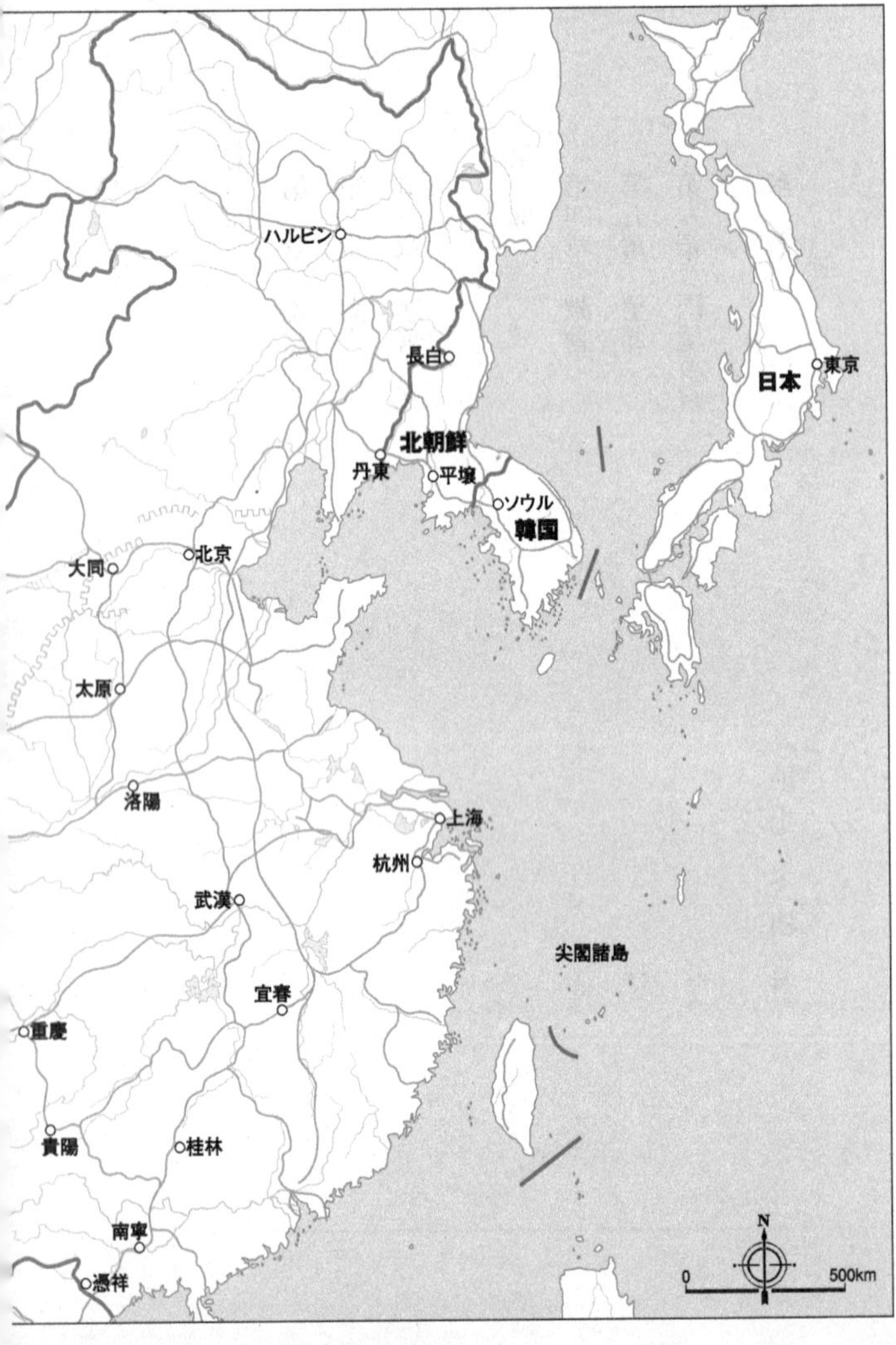
ハルビン
長白
日本
東京
北朝鮮
丹東
平壌
ソウル
韓国
北京
大同
太原
洛陽
上海
杭州
武漢
尖閣諸島
宜春
重慶
貴陽
桂林
南寧
憑祥
N
0
500km

本編関連地図

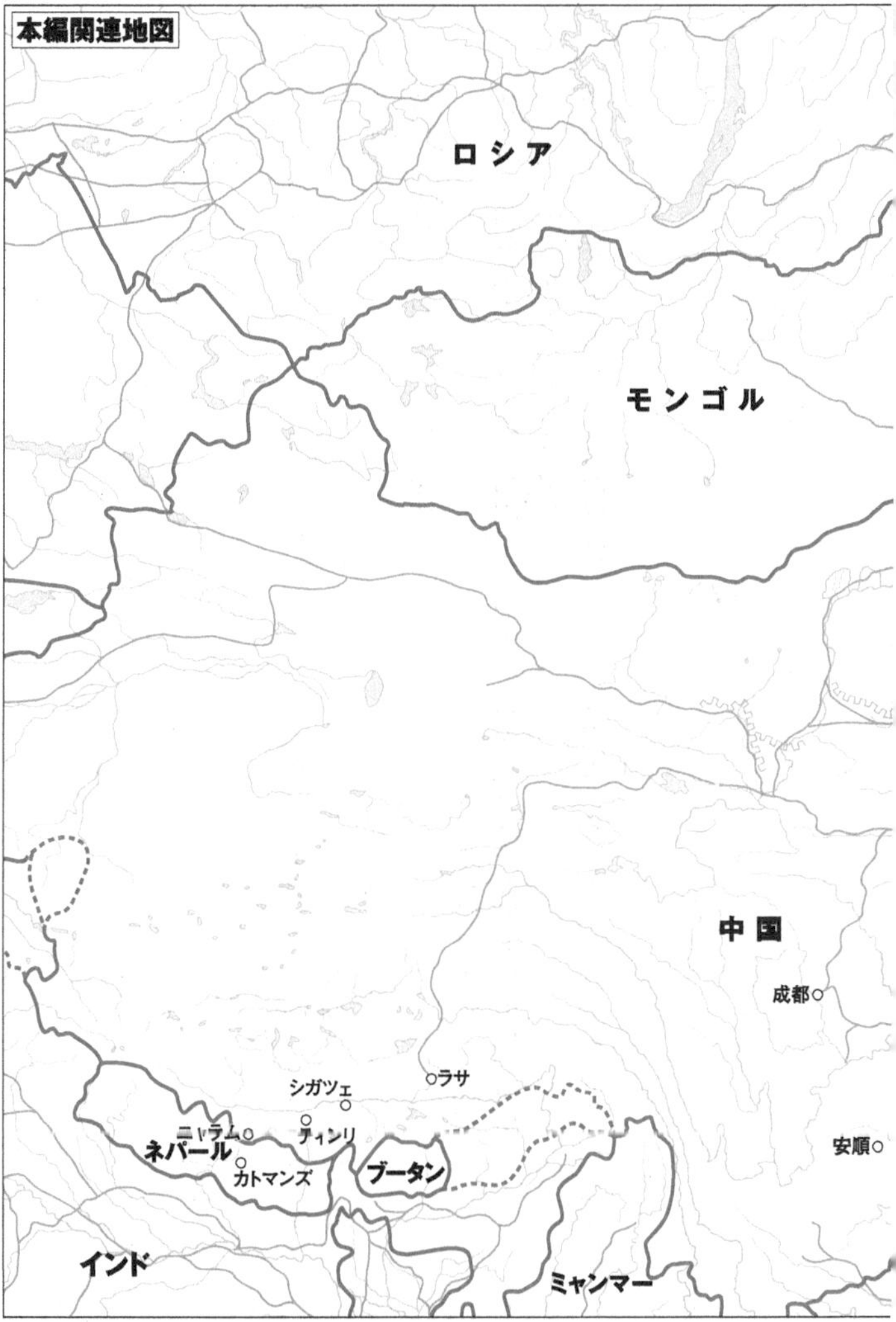

主な登場人物

崔純子《チェスンジャ》―脱北者
蛟竜《こうりゅう》―工作員。日本名・設楽正明《しだらまさあき》
朴成勇《パクソンヨン》―朝鮮民主主義人民共和国（北朝鮮）国家安全保衛部七局次長
金明斗《キムミョンド》―北朝鮮中央委員会書記局局員
厳強幹《イエンチャンガン》―中華人民共和国（中国）国家安全部（省）第八局（反間諜偵察局）対外国スパイ監視課課員
甲斐長州《かいながくに》―亜細亜政治研究所所長
戸次二三彦《べっきふみひこ》―亜細亜政治研究所所員
林昌秀《イムチャンス》―ＫＣＩＡ（韓国中央情報部）諜報《ちようほう》員

この物語はフィクションである。
だが、登場する人物、団体、地名にはできる限り実名を使用し、主幹となるエピソードはすべて事実に基づいている。

作者

第一部

第一章　脱北

1

長い間、道に揺られていた。

古いトラックは北東に向かい、平安南道《ピョンアンナムド》を過ぎた辺りまでは覚えている。

運転手は途中の町で何度か止まり、木炭エンジンの燃料の薪《まき》とラジエーターの水を補給した。その度にタバコを吸ったり、誰かと話し込んだりして休みを取る。そしてまた、牛が歩くような速度で走り出す。

咸鏡南道《ハムギョンナムド》の県境を越え、栄光《ヨングアン》の町を過ぎた辺りから少し眠ってしまったらしい。覚えているのは不快な木炭ガスの臭いと、ギアが鳴る音だけだ。時間の感覚がない。だが、首都平壌《ピョンヤン》を出てから、すでに半日は過ぎているはずだ。

崔純子《チェスンジャ》は、トラックの荷台で目を覚ました。男物の作業着一枚にくるまって荷物の間で寝ていたために、体じゅうが痛かった。昨日から、僅《わず》かな水しか口の中に入れていない。寒く、空腹だった。

体を起こし、純子は荷台を被《おお》うカンバス幌《ほろ》の隙間から外を覗《のぞ》いた。もう春も近いはずなのに、かすかな光の中に雪が舞っていた。辺りの風景が、白く染まりはじめている。

ここはどこだろう……。

ふと、そう思った。

すでに両江道《リャンガンド》には入っているはずだ。どこかの村か、町らしい。どの家や建物にも、明かりが灯《とも》っていない。寒々しい風景だった。闇の中で、すべてが息を殺すように眠っている。

だが建物や道の脇の物陰に、人の気配があった。コッチェビ（浮浪児）だ。餓鬼のように痩《や》せた子供たちが所々に集まり、通り過ぎるトラックを見ていた。暗がりの中で、飢えた動物のような目だけが光っていた。

風が冷たかった。純子は、幌を閉めた。トラックは木炭エンジンとギアの不快な音を立てながら、走り続ける。

自分は、なぜ、こんなところにいるのだろう……。

荷物の隙間で体を丸め、闇を見つめながら考えた。

最初に、〝アボジ（父さん）〟の顔を思い浮かべた。だが純子は、父の顔を覚えていない。ただ、まだ幼かった頃の純子を抱き上げ、白い歯を見せて笑う漠然とした印象が残っているだけだ。

父の崔正武《チェジョンム》は、かつて日本に住んでいた。大学の法学部で学び、オオサカという町の朝鮮学校で教師として教えていた。だが一九六七年一〇月、日本の朝鮮総聯の呼び掛けに応じ、結婚したばかりの妻の由里子《ゆりこ》と共に第一五四次帰国最終船で共和国に帰国した。

父が共和国の「地上の楽園」……「帰国者の生活と子女の教育を全面的に保障する」……という宣伝を本当に信じていたのかどうかはわからない。だが、期待が裏切られたことは確かだろう。首都平壌で教職に就くことを望んでいた父は咸鏡南道新興郡《シンフン》の貧しい寒村に送られ、不《ふ》馴《な》れな農業に従事することになった。

だが生来が真面目だった父は、重労働と日本からの帰国者への差別に耐えて黙々と働いた。それから一四年の間に三人の子供を儲《もう》け、一人が病死し、一人が寒波の年に凍死した。唯一残ったのが純子だった。

そして純子が生まれた二年後、父正武は突然郡安全部によって連れ去られた。農場で収穫されたトウモロコシを盗んだと密告されたといわれるが、真偽はわからない。だが父は三日間の予審――拷問――の末に国家財産大量横領罪が確定し、咸鏡北道清津市《ハムギョンブクドチョンジン》の農圃《のうほ》集結所（拘置所）に収監され、その半年後に獄死した。

以来、純子と母の由里子は、社会安全部に常に監視されながら生きてきた。日本人妻の母はチョッパリ、純子はパンチョッパリ（半日本人）と呼ばれ、差別されながら……。

だが、奇妙なことに、帰国者の日本人妻の母子家庭であるにもかかわらず、それほどの貧困を感じたことはなかった。むしろ、子供心に共同農場の他の家よりも裕福だと思ったこともある。純子がその理由を知るのは、何年も後のことになるのだが。

荷台の底から突き上げるような衝撃があった。トラックが、揺れた。どうやら道の穴に、タイヤを落としたらしい。だがトラックは木炭エンジンを唸《うな》らせ、喘《あえ》ぐように走り続ける。

何が自分の運命を変えたのか……。

父が死んで四年後、純子が六歳の時に、母子は首都平壌に移り住んだ。これも奇妙だった。普通は帰国者の、しかも国家に反逆した者の遺族が平壌に住めるなどということはあり得ないことだった。だが当時、まだ子供だった純子は、何も不思議に思わなかった。ただ、初めて見る都会の風景と、見たこともない服や食べ物、そして電気の点《つ》く部屋が珍しかった。そして父と母が育ったオオサカは平壌よりも大きな町だと聞かされ、驚いたことを覚えている。

日朝の混血児はある年齢に達すると〝間引き〟が行われる。知能指数や容姿によって三段階に分けられ、普通者は親元に残り、下等者は中国などに売られる。そして上等者は親から離れて党の養育係に預けられ、『労働党三号廐舎《きゅうしゃ》』で工作員として育てられる。だが、その純子の運命をさらに変えた男がいた。

『朝鮮労働党』の同志、金明斗《キムミョンド》――。

出会った当時、すでに金明斗は党の中央委員会書記局・国際部の序列第二位という地位にいた。建国の英雄であり故金日成《キムイルソン》の同志でもある金策《キムチェク》の息子という噂のある人物で、いわば党の不動のエリート階級の出身だった。後に金明斗は書記局の序列一位にまで出世。その彼が、なぜパンチョッパリの純子に目を掛けてくれたのか。

現在の朝鮮民主主義人民共和国のチュチェ（主体）思想下では、労働党の党員以外は人間として扱われない。平壌の外国語専門学校を出て〝キプム組〟（喜び組）にいた純子を、〝火線入党〟させてくれたのが金明斗だった。

以来、純子は、四〇歳も上の金に尽くしてきた。自分の人生が、同志金明斗と共にあることを信じながら。その金がなぜ突然、失脚しなくてはならなかったのか。

金が、妻や子供など家族共々、国家安全保衛部（秘密警察）に連れ去られたことは知っている。おそらく彼は、粛清された。いま頃はどこか山奥の管理所（政治犯収容所）の完全統制区域で拷問を受けているのか。もしくはすでに銃殺されてしまったのか。

純子は男物のズボンのベルトを外し、中に手を入れた。下着は着けていない。指先を乾いた肌に這《は》わせ、尻《しり》の後ろに小さく盛り上がる傷に触れた。

そして、思う。自分の役割は、何だったのか。金は、なぜ純子にすべてを託したのか。自分は、どこに行くのか。そして保衛部の犬は、すでに純子の存在と役割に気付いてしまったのか。

だが、純子は知っている。自分の運命を翻弄《ほんろう》させるものは何なのか。死んだ父でも金明斗でもなかった。

人生を狂わせた本当の理由は、純子自身だった。自分のこの特異な容姿が、すべての発端だったのだ。自分が帰国者崔正武と日本人妻由里子の間に生まれた瞬間に、すべての運命は決まっていた。平穏に生きることなど、許されなかった……。

純子は、〝オモニ（母親）〟の顔を思い浮かべた。母は、美しい人だった。おそらくこの共和国に暮らしていて――あのキプム組にいる時でさえ――純子は母の由里子より美しい女性に出会ったことはない。唯一の例外を除いては……。

脳裏に浮かぶ母の顔は、いつものように優しく頰笑んでいた。もし純子がすべてを失い、平壊を去る決心をしたと知ったら驚くだろう。悲しむだろう。そしてひとつ確かなことは、もう二度と生きて母の笑顔を見ることは絶対にないということだ。

「オモニ……さようなら……」

何も知らない母のことを思うと、涙がこぼれてきた。

外が、少し明るくなったような気がした。だが、夜が明けるにはまだ早い。純子はボロ布のような上着の袖《そで》で涙を拭《ぬぐ》い、幌を少し開けて外を見た。

トラックはいつの間にか大きな町に入っていた。どこまでも続く、崩れかけた壁。植民地時代に日本軍が建てた、古い建物。錆《さ》びた鉄塔と、金網。空地で焚《た》き火を囲む人々。物陰や暗がりには、やはりコッチェビの目が光っていた。

この町には、所々に電灯が灯っていた。その淡い光の中に舞う粉雪が、汚れたものをすべて被《おお》い隠すように辺りを白く染めている。

純子はトラックの荷台で揺られながら、しばらく風景に見とれていた。殺伐とした、初めて見る風景であるはずなのに、どこか郷愁に似たものを感じた。

共和国の町の風景を見るのも、これが最後かもしれない。ふと、そんなことを思った。

金網で囲まれた、広く暗い空地があった。その向こうに倉庫のような巨大な建物が影を投げ掛け、下に何輌《りょう》もの貨車が並んでいた。鉄道の、駅だ。純子はそれを見て、ここがどこだかを知った。

両江道恵山《ヘサン》市渭淵《ウィヨン》——。

あの鉄道の先には、鴨緑江《アムノックカン》が流れている。国境の川だ。そして川を越えれば、中国の大地が広がっている……。

純子は、まだ見ぬ中国の風景を想った。そして遠い旅路の果てにある我が血族の真の故郷、遥《はる》かなる日本の大地のことを――。

だが、トラックは止まらなかった。不規則な木炭エンジンの音を響かせながら、走り続ける。やがてトラックは町の中心部を通り過ぎ、また明かりのない闇の中へと入っていく。沿道には、朽ちかけた粗末なバラックが並ぶ。やがてその人家も、途絶えた。

壊れかけたギアを鳴らし、トラックが曲がった。街道を逸《そ》れたのがわかった。

荒れた路面で、揺れた。突き上げられ、車体が捩《よじ》れるように軋《きし》む。だがトラックは、喘ぎながら走り続ける。

道は、下っていた。国境に向かっている。どこまで行くのだろう。そう思った時にブレーキが鳴り、トラックが止まった。

一度、咳《せ》き込むように車体を震わせ、エンジンが切れた。一瞬、すべての音が消えた。だが静寂に耳が馴《な》れてくると、遠くから川の流れる音が聞こえてきた。

ドアが開く音。男が、運転席から降りてくる。足音がトラックの荷台に回り、カンバスの幌《ほろ》が捲《まく》られた。

「着いたぞ。国境だ」

だが純子は、荷台の隅で膝《ひざ》を抱えて座っていた。

「橋で国境を越える約束よ」

陰で男の顔は見えない。だが、男が笑ったのがわかった。

「橋は、検問がうるさい。予定が変わったんだ。ここで降りてもらう」

純子は仕方なく、立った。それまで枕代わりにしていたカンバスの穀物袋を肩に担ぐ。中には、生活用具一式が入っている。だがそれが、いまの純子の全財産だった。

この国には、弱者と強者しか存在しない。弱者は強者によって、すべてを奪われる。骨までしゃぶり尽くされる。共和国とは、そういう国だ。

純子が、荷台から降りた。

「約束が違うわ。お金を半分、返して」

だが男は、にやにやと笑っていた。

「後は、あいつらに頼むんだな。話はついている」

男が親指でさした方向を、見た。川に下りていく道の途中に、軍用のトラックが停まっていた。その周囲に数人の兵隊が立ち、焚き火にあたりながらこちらを見ている。

純子はカンバスの袋を引き摺《ず》りながら、兵隊たちにむかって歩いた。兵隊とはいっても、着ている物はそこいらの浮浪者と変わらない。どこの国に、これほどみすぼらしく卑しい軍隊があるだろう。

吐く息が、凍るように白い。歩きながら、舞い落ちる雪を暗い空に見上げた。

兵隊たちの前に、純子は立ち止まった。そしてカンバスの袋を、足元に落とす。

「今晩は、兵隊さんたち。雪の中でこんなに遅くまで、御苦労様……」

天使のように、頰笑む。純子は、知っている。この笑顔が、自分の運命を変えてしまったことを――。

兵隊たちが顔を見合わせ、笑う。中には呆然《ぼうぜん》と、純子に見とれている兵隊もいる。全部で、六人。だが、もう金は残っていない。

「今夜は、寒いでしょう。私がお国のために、兵隊さんたちに何かしてあげられることがあるかしら……」

そしてまた、頰笑む。

一人の兵隊が、近寄る。純子は指を組み、両手を上げた。兵隊がぼろ布のような純子の男物の上着のボタンを外す。中には、何も着ていない。震える兵隊の手が、純子の鳥肌の立つ乳房を撫《な》でた。

男たちが、顔を見合わす。誰からともなく、下卑た笑い声を洩《も》らした。

純子は、知っている。自分のこの体が、すべての男たちにとって、どのような意味を持つのかを――。

純子は、心を閉ざした。長いこと、そうしていた。ただ覚えているのは自分の体の上に乗る兵隊たちの重さと、暗い空から自分の顔の上に舞い落ちる雪を見ていたことだけだ。

すべてが終わり、気が付いた時には誰もいなかった。純子は、雪の積もりはじめた川岸に一人で残されていた。不思議と、寒さを感じなかった。ただ無性に眠かった。だがこのまま寝てしまえば、凍死する。

自分の意識に呼び掛け、体を起こした。下半身は、裸だった。だが純子は上着の前だけを合わせると、生活用具の入った袋とズボンを引きずりながら川に下りていった。

国境の川は、凍っていなかった。純子はしばらくそこに立ち尽くし、流れを眺めていた。川幅は、二〇メートルほどだろうか。思っていたよりも狭く、浅い。

純子は、水の中に入った。水は、痛いほどに冷たかった。体が寒さを思い出し、歯が音を立てて鳴った。だが、ここで死ぬわけにはいかなかった。

下半身と膣《ちつ》の中の精液を、川の水で洗い流した。ズボンを袋の中に入れて担ぎ、上着の裾《すそ》をたくし上げた。そして流れの中に、足を踏み出した。

純子は、川を渡った。寒さで意識が朦朧《もうろう》としていた。体が、動かない。何度か流れの中に、倒れそうになった。倒れれば、流される。だが、自分は生きなくてはならない。死ぬわけにはいかない。

冷たさで、足の感覚が無くなっていた。それでも純子は、前だけを見据えた。対岸の町の明かりが反射し、鴨緑江の川面《かわも》が光っていた。

間もなく、夜が明けはじめた。雪雲に霞《かす》むように、北に白頭山《ペクトウサン》の山陰が聳《そび》えていた。

一歩ずつ、対岸が近付いてくる。

中国は、もう手を伸ばせば届く所にあった。

2

港区麻布狸穴《まみあな》の裏通りに、『麻布ロイヤルレジデンス』という五階建ての古いマンションがある。そのマンションの最上階の一室に『社団法人・亜細亜《アジア》政治研究所』という奇妙な団体の事務所が移ってきたのは、五年ほど前の一月のことだった。

その団体が何を目的とする法人なのかは、誰も知らなかった。だがそこを訪れるごく少数の人間は、『亜細亜政治研究所』が内閣官房の予算の中から情報調査委託費を交付される数少ない団体であることを認識していた。『内閣情報調査室（内調）』――通称〝CIRO（Cabinet Intelligence and Research Office）〟――国際部門のプロパー（生え抜き）、倉元貴夫《くらもとたかお》もその一人だった。

倉元はマンションから少し離れた麻布十番駅で地下鉄を降りると、永坂町を回って狸穴に向かった。特に意味があるわけではないのだが、研究所を訪ねるときにはいつもそうしている。

倉元は歩きながら、灰色のコートの襟を立てた。三月に入ってもう一週間近くになるというのに、風が冷たい。すでに薄くなりかけた髪を風になびかせて歩く姿は、とても〝内調〟のエリートには見えなかった。

内閣情報調査室は、よくいわれるようなスパイ組織などではない。銃を持ち、特殊技能を駆使し、現場で情報収集に当たる秘密工作員などは一人も存在しない。ただ公安調査庁、警察庁警備局、外務省国際情報統括官組織、防衛省情報本部などから情報を収集・分析し、内閣情報官を通じて定期的に内閣総理大臣に報告する。それだけだ。倉元の所属する国際部門東アジア課も、その一部署にすぎない。

倉元は路地からマンションの前に出ると、周囲を素早く窺《うかが》ってエントランスに身を滑り込ませた。この研究所に来る度に、いつも思う。なぜ以前の芝公園大門のビルからこんな場所に事務所を移したのだろう。このマンションから歩いて数分の所には、ロシア大使館がある。

マンションとは思えないほど大きなエレベーターで、五階に上がる。昭和四十年代の高度成長期に建てられた建物なので、造りは豪華だ。建築された当時から、住人のほとんどが外国企業の日本駐在員や各国の大使館関係者だったと聞いたことがある。

五階で降りて、厚い絨毯《じゅうたん》の敷かれた廊下を歩く。この廊下には、窓といったものは一切存在しない。ただ両側に、五〇一号室から五〇八号室までの八つの重厚なチーク材のドアが並ぶだけだ。

一番奥の五〇八号室のドアの前に立ち、ベルを鳴らす。何もいわずに、ドアが開く。中で事務員——確かにそう紹介されたことがある——の仁科麻衣子《にしなまいこ》という女が頭を下げる。

「いらっしゃいませ。先生がお待ち申し上げております」

韓国ドラマにでも出てきそうな美しい女だ。〝仁科〟とはいっても、日本人ではないことはすぐにわかる。日本語のアクセントも、どこかおかしい。だが事務所を訪れる時に、倉元はこの女に会うことを密《ひそ》かな楽しみにしていた。

靴を脱がずに、室内に入る。本来はリビングとして使われる大きな部屋に、デスクが三つ並んでいた。その内のひとつの椅子に座る細い目をした男が、コンピューターのモニターから視線を外し無表情に頭を下げる。

名前は忘れた。『亜細亜政治研究所』の所員——正式には構成員——は、この二人だけらしい。あとは、〝先生〟と呼ばれる代表者が一人いるだけだ。

仁科麻衣子に案内され、奥の部屋に通された。ドアをノックし、倉元が着いたことを告げると、中から嗄《しやが》れた声がした。この瞬間に、いつも背筋が伸びるような緊張を覚えるのはなぜだろう。ふと、そんなことを思う。

倉元はドアの中に入り、深々と頭を下げた。ゆっくりと目を上げ、室内を見渡す。この部屋をひと言で表現するなら、あえて日本語で〝応接室〟と呼ぶべきだろうか。マンションの一室とは思えない高級な資材を使って改築された室内に、唐三彩の焼き物や高麗李朝《こうらいりちよう》の青磁の壺《つぼ》、シャガールの版画や狩野探幽《かのうたんゆう》の直筆の軸などが飾られている。すべて本物——おそらく本物だろう——だとしたら、この部屋にある調度品や美術品だけで楽に数億円の価値を超えることになる。

所長の甲斐長州《かいながくに》はいつものように革張りのマッサージ椅子に座り、膝《ひざ》に英国製のツウィードミルの毛布を掛けておっとりと頬笑んでいた。

この男の素性にも、謎は多い。内調の内部資料によると、旧日本陸軍中野学校五二期生の出身。戦時中は旧満州国で軍の特務機関員として暗躍し、戦後も右翼関係者や政財界人、GHQ

関係者や日米諜報《ちょうほう》員が蝟集《いしゅう》した日本橋室町三丁目の通称〝ライカビル〟に出入りしていたという噂もある。だが内調の資料には当時の記録について、〈──戦後はＧＨＱ（連合国軍総司令部）の顧問として民政に参画──〉と一行記されているだけだ。

「倉元君。お久し振りだね。まあ、楽にしなさい」

甲斐が、穏やかな口調でいった。

「ありがとうございます」

倉元はそういいながらもう一度深く頭を下げ、革張りの深いソファーに腰を下ろした。

この男は、いったい幾つになるのだろう。もし内調の内部資料が正しければ、すでに九十代の半ばを越えているはずだ。だが、身長はおよそ一八〇センチ。確かに老齢ではあるが、眼光は鋭い。他にも潮長正《うしおながまさ》の別名を持ち、山梨県の出身といわれるが、国籍が存在しない。

最大の謎は、なぜこの人物が主宰する小さな社団法人に対し、内閣官房が年間に一〇億円近い情報調査委託費という予算枠を計上するのかだ。民主党の新政権は二〇〇九年の秋から大々的に事業仕分けを推し進めているが、いまのところは『亜細亜政治研究所』の委託費が俎上《そじょう》に載る気配はまったくない。

麻衣子が運んできたダージリンの紅茶に目を細めながら、甲斐がゆっくりとした口調でいった。

「それで……今日の話というのは、何でしたかな」

倉元も紅茶を口に含み、息を整えた。

「金明斗の件です……」どうせ甲斐長州は、すでにこの情報は入手しているはずだ。だが倉元は、あえて続けた。「昨夜、外務省の三沢《みさわ》さんの方から連絡が入りまして……」

「三沢？」

甲斐が、とぼけたように訊《き》く。だがこの怪老が、〝関係者〟の名前を一人でも忘れるとは思えない。

「外務省国際情報統括官、東アジア担当の三沢氏です。平壌の方から先週末に連絡が入り、中央委員会書記局の金明斗がやはり今年一月末の時点で失脚したということです」

「確かなのかね」

倉元は頷《うなず》き、自分のMac Book Proを起動させ、一枚の写真を開いた。

「この写真は先月の党中央委員会総会の時の集合写真です。中央に総書記の金正日《キムジョンイル》。左右にはいつものように常務委員の崔永林《チエヨンリム》、趙明禄《チヨミヨンロク》、中央軍事委員会の金永春《キムヨンチユン》、金正覚《キムジョンガク》などが並んでいます。本来ならば、書記局序列一位の金明斗は前列右側の中央から数えて四番目、この位置に座っているはずです。しかしこの写真には、金明斗がどこにも写っていません……」

甲斐が体を乗り出し、目を瞬かせて画面を覗《のぞ》き込む。何度か大きく頷き、いった。

「本当だ。おらんな……」

まったく、とぼけた爺《じい》さんだ。

「問題は、なぜ金明斗が失脚したのかです。もし本当に粛清されてしまったとしたら、我々は労働党内部の最も有力な協力者を失うことになります。そしてもし金明斗がこちらの情報を漏《ろう》洩《えい》させてしまったとしたら……」

「それはなかろう」甲斐が、あっさりと否定した。「それよりも金明斗がいまどうしているのか。生きているのか、それとも死んだのか。そちらの方が問題だ。何か、情報は入っていないのかね」

「その件に関しては現在、外務省の方で情報を収集中です。しかしいまのところ、各地の管理所の完全統制区域に金明斗に関する動きはないようです。まったく別ルートで収容されているのか。もしくは、すでに〝処分〟されてしまったのか……」

甲斐が、静かに頷く。

「それで、私にどうしろというのかね。何か頼みがあってやってきたのだろう」

「はい……」倉元が、息を吸った。「今回の情報は、今週末には内閣情報官の方に上げられます。しかし、このままではまた……」

内調と外務省、防衛省、警察庁までが協力し三年の年月をかけて作成した『沖縄の米軍基地移転に関する予備調査報告』という国家最重要案件に関する報告書を、ろくに読みもしないでゴミ箱に放り込んだ内閣だ。友愛だか何だか知らないが、あの首相は中国が無害な〝友人〟だとでも信じているらしい。北朝鮮の党幹部が失脚したという報告書など、そのまま資源ゴミの日にでも出してしまいかねない。

「それで、要点は何なのかね」

甲斐が訊く。だが、いわなくてもわかっているはずだ。

「ひとつは、報告書に先生の御墨《おすみ》付きをいただきたいんです。そうなればあの首相はとにかくとして、内閣官房の方では無視するわけにはいかないでしょう」

なぜかわからないが、「亜細亜政治研究所監修」で内閣官房に上げた報告書は他よりも重要視される傾向がある。

「わかった。それは後で戸次《べっき》君にいって書式を作らせておく。他には」

そうだ、リビングにいた目の細い男だ。確か戸次といった。珍しい名前だと思った記憶がある。

「もうひとつ、事前に〝カンパニー〟のフィルターを通しておきたいんです。彼らもすでに金明斗が失脚していることは摑《つか》んでいるでしょう。それに、我々が知らない情報を持っている可能性もある……」

〝カンパニー〟とはＣＩＡ（米中央情報局）を意味する。

「なぜ〝表〟のチャンネルを使わないのかね」

「彼らは、情報を選別します。〝表〟のチャンネルを使えば、時間もかかる。危険もありますが、そのあたりの調整も含めて……」

甲斐は、しばらく腕を組んで考えていた。

「わかった。やっておきましょう。それから、こちらからもひとつ。平壌の方からは、他に何もいってこなかったかね。金明斗の周辺に関して……」

「と、いいますと」

「書記局の彼の周辺、特に側近の者で同時に失脚した者はいないのかね」

倉元は少しの間、考えた。

「いまのところ、そのような情報はありませんが」

「彼の家族はどうしている」

また、考える。

「妻と息子も、保衛部に連れ去られたという噂はあります。まだ各管理所からの情報は入っていませんが。金明斗は、金正日の逆鱗《げきりん》に触れるようなよほどの大罪を犯したようですね……」

倉元の能力では、考えられることはひとつだった。あの男の〝身分〟がばれたに違いない。

だが、甲斐は倉元に奇妙なことを訊いた。

「金明斗には〝オンナ〟がいたはずだがね……」

小指を立て、口元の深い皺《しわ》を歪《ゆが》めて笑った。

「ああ、……それなら……。確か、日本からの帰国者の娘ですよね。母親が日本人妻だったので、外務省やうちのファイルにも記録が残っていますが……」

「そう、その女だ」

「名前は、崔純子といいましたか。金明斗が失脚して後ろ楯《だて》がなくなったので、平壌から姿を消したみたいです。公安が動いた気配はありませんから、脱北でもしたのかもしれませんね」

「ほう……脱北ねえ……」

怪老は、何かを考えるように天井を見上げた。

二時間ほど話して、倉元はマンションを出た。エントランスを抜ける時に誰かに姿を見られていないかと気遣うが、特に意味があるわけでもない。

外苑《がいえん》東通りに出て、肩の力を抜いた。もう、昼を過ぎている。元麻布三丁目の更科《さらしな》堀井で蕎《そ》麦《ば》でも食おうかと考えて、ふと思った。

甲斐長州はなぜ、金明斗の〝オンナ〟のことなど訊いたのだろう。


内調の倉元が帰ってしばらく、甲斐長州は窓際でうとうととしていた。日差しは、もう春だ。マッサージ椅子の背を倒してこうしていると、本当に眠ってしまいそうになる。

だが、何かを思い出したように起き上がると、サイドテーブルの上の内線の受話器を手にした。内線といっても隣のリビングに繫《つな》がっているだけだ。

「戸次君を呼んでくれたまえ」

電話口に出た仁科麻衣子にいった。

間もなくドアがノックされ、秘書の戸次二三彦《ふみひこ》が部屋に入ってきた。無表情な顔で、甲斐の前に立つ。

「先ほど帰った内調の倉元から、何か資料を預かったかね」

「はい、受け取っております」

「例の金明斗の件らしい。うちの情報と合わせて分析し、報告書を作成してもらいたい」

「了解いたしました」

戸次は細い目で、窓の外だけを見ている。けっして視線を甲斐に向けようとはしない。

「もうひとつ、中国に人を手配してほしい」

「どのような御用件でしょう」

「探し物をしてほしい。物件は、〝人〟だ」

甲斐はそういって、戸次に細かく指示を出した。戸次は直立不動のまま、黙ってそれを聞いていた。

小さく敬礼し甲斐の前を下がろうとした戸次を、さらに引き留めた。

「ところで、設楽正明《しだらまさあき》はどうしている」

戸次は初めて甲斐に視線を向け、怪訝《けげん》そうな顔をした。

「もし今回の案件に設楽をお使いになるつもりでしたら、無理かと存じます。あの男は〝例の件〟ですでに当局に顔と名前を知られています。中国に入国するのは、無理かと……」

「ああ、そうだったな……」そういって、甲斐はしばらく考えた。「それならば、〝死んで〟もらうしかないか……」

戸次が部屋を出ていくと、甲斐はまた受話器を手にした。今度は、外線のボタンを押す。

「ハイ、アルフレッド。私だ。調子はどうだい……」

九〇歳を過ぎた老人とは思えない流暢《りゅうちょう》な英語で話しはじめた。

3

新潟市東区の古いアパートの一室に男たちが集まりだしたのは、三月一三日の夕刻のことだった。

辺りはすでに薄暗い。数日前に降った雪が、まだ市内の所々に残っていた。

午後五時四五分、最初の車がアパートの前の駐車場に入ってきた。新潟ナンバーの古いミニバンだった。雪融《ど》けの泥で汚れたドアが開き、三人の男が降りてきた。

男たちは素早く辺りを見渡すと、お互いに頷《うなず》き合い、錆《さ》びた鉄の外階段を上った。朽ちかけたモルタル二階建ての建物の窓には、ひとつも明かりが灯《とも》っていない。各ドアに設けられた小さな郵便受けには、色褪《いろあ》せたチラシやダイレクトメールが溢《あふ》れていた。

三人の男は二階に上がると、コンクリートの狭い廊下を進んだ。突き当たりまで行き、「205号」と書かれた部屋の前に立った。先頭の背の高い男が、ダウンパーカのポケットから鍵《かぎ》を取り出す。部屋番号を確かめ、鍵穴にそれを差し込んだ。

錆びたカムが軋《きし》む音がして、鍵が回った。他の二人を振り返り、眴《めくば》せを送る。ドアを引き、部屋の中に体を滑り込ませると、小さな下駄箱の上のブレイカーを上げた。

蛍光灯が点滅し、薄暗い光の中に六畳と八畳間だけの部屋の光景が浮かび上がった。部屋の中には家具が何もなく、がらんとして、黴《かび》臭かった。

男たちは、慎重だった。最初に背の高い男が靴を脱がずに一人で部屋に上がり、二つの部屋を横切って奥に向かった。北側の窓の、雨戸とガラス戸を開けた。裏には洗濯場の屋根があり、その先に上越新幹線の高架が見えた。手前の闇の中には暗い新栗《しんくり》ノ木《き》川が流れ、左手には駐車場がある。

「だいじょうぶだ。ここからならば、いつでも逃げられる」

背の高い男がいった。男は、自称韓国人の桓圭哲《ファンチュチョル》。年齢は、三十代の後半くらいに見える。

残る二人の男も、部屋に上がってきた。年配の革のコートを着た男は馮元《フウユアン》と名乗っているが、本名かどうかはわからない。手にはナイロンの黒いショルダーバッグを提げている。もう一人の若い大柄な男は許明文《シュミンウェン》。いずれも中国福建マフィアの『斧頭《フートウ》』のメンバーだった。

二人が、桓圭哲の横に立った。窓から、暗い川の流れを見つめる。だが、若い許が首を横に振った。

「いったい、誰がこんな場所を指定したんだ」

額に血管を浮かせ、福建訛《なまり》の強い北京語でいった。

「〝先方〟だ。こちらからは安全で人目に付かない場所、逃げ道の確保できている場所をと指定しただけだ。少なくともここは、すべての条件を満たしている」

「暖かい場所、という条件は付けなかったのか。ここにはストーブもない。だいたいその〝先方〟というのは、信用できるのか」

許が怒りをぶつけるように、桓を睨《ね》めつけた。

「喂《ウェイ》！　小声点儿《シアオシオンディアー》（おい！　静かにしろ）」馮元が、許を一喝した。そして、桓に視線を向ける。「まあいいさ。問題はその〝先方〟が、約束の時間にここに金を持ってくるかどうかだ」

近くの高架の上を新幹線が通過し、轟音《ごうおん》が馮の言葉を掻《か》き消した。

三人は、しばらく無言で待った。馮と許の二人が中国製のタバコに火をつけ、窓の外に灰を落としながら吸いはじめた。

しばらくすると、車のエンジン音が聞こえた。桓が窓から顔を出し、駐車場を見た。白いセルシオがゆっくりと入ってきた。

ドアが開き、ジャンパーやスーツを着た男たちが降りてくる。三人同時に、腕の時計を確かめた。六時ちょうど——約束の時間どおりだ。

外の廊下を歩く男たちの足音。馮と許の二人が、火のついたままのタバコを窓から外に投げ捨てた。間もなくドアが開き、日本人らしき男が三人、部屋に入ってきた。

「やあ、桓さん。久し振りだな。元気だったかい」

二番目に入ってきた黒いスーツを着た男が、革手袋を脱ぎながら右手を差し出した。

「中堂《なかどう》さん、今回はいろいろとお世話になります」桓がその手を握り、背後の二人を振り返った。そしていった。「こちらが東京の中堂組の皆さんだ」

桓がその場にいる全員を簡単に紹介した後、お互いが準備してきた〝ブツ〟を確認し合った。馮の持っていたショルダーバッグの中には高純度の覚醒剤《かくせいざい》一・二キログラム——日本の末端価格で約七〇〇〇万円——が入っていた。中堂という男のバッグにはそれに見合う日本円の現金が用意されていた。

中堂組の一人の男が用意してきた秤《はかり》で覚醒剤の重さを正確に計測し、シモン試薬キットで品質を確認する。現在、いくら覚醒剤の売人でも、指で舐《な》めるような危険を冒す者はいない。

「北朝鮮製だ。純度は九九パーセントだといってやれ」

馮が、北京語で桓にいった。桓がそれを中堂に伝える。現在、日本に密輸される覚醒剤のほとんどが中国製、もしくは北朝鮮製だ。特に北朝鮮は国家体制で生産しているために純度が高く、同国の外貨獲得の重要な資源となっている。

試薬キットの試験管に入った液体が、濃い青色に変わった。純度が高い証拠だ。それを見て、男が中堂を振り返って頷く。ほぼ同時に、札束を数えていた許も声を出した。

「尽有《ジンヨウ》（揃っている）」

六人の男が立った。

「桓さん、ありがとう。おかげでいい取引が……」

中堂がそういいかけた時だった。外の廊下に、何者かの足音が聞こえた。窓際に立っていた馮が、静かに窓を開けた。桓はダウンパーカのジッパーをゆっくりと下げ、その中に右手を入れた。

突然、ドアが開いた。

「厚労省特警（特別司法警察職員）！　全員そこを動くな」

五人ほどの男が、一気に踏み込んできた。全員が、防弾チョッキを着ていた。先頭の男が左手に手帳を持ち、他の男は銃――SIGP230JP――を構えていた。

日本人の三人が、それを見て手を上げた。だが桓は、韓国語で叫んだ。

「シバ（糞《くそ》）！」

桓がパーカの中から、ベルトに挟んであったブラジル製タウルス三八口径を抜いた。その瞬間、麻薬取締官の内の二人が桓に向けて銃を撃った。

轟音！

桓の胸と腹に32ACP弾が数発着弾し、体が後方に飛んだ。口から血飛沫《ちしぶき》を上げて倒れ、アパートの建物が揺れた。

日本人の誰かが、悲鳴を上げた。だが許は無言で、ポケットの中から銀色のトカレフTT―33を出した。

後方にいた取締官がそれに気付き、許に向けて撃った。弾は許の頭を貫通し、後方の壁に脳漿《のうしょう》が飛散した。

すべてを見守っていた馮元は、身を翻した。金の入っているバッグを摑《つか》み、窓枠を乗り越えて飛んだ。

取締官が、窓に駆け寄る。だが馮は洗濯場の屋根を乗り越え、新栗ノ木川の暗い流れの中に消えた。

部屋に残った麻薬取締官がお互いに顔を見合わせ、誰かが何かをいった。だが、高架を通過した新幹線の轟音が、その声を掻き消した。

4

久し振りに、春らしい気候になった。

三月一五日、月曜日——。

東京都千代田区の日比谷公園も、いつもよりも心なしか日差しが明るく感じられた。

周囲に聳《そび》える巨大なビル群の谷間に、静かな森と広大な芝の空間が広がっている。陽光の温《ぬく》もりに誘われるように、午前中から近隣の企業の会社員が園内を歩く姿を多く見かけた。昼近くになると、日当たりのいい場所からベンチも埋まりはじめた。

いまもまた日比谷通り側から男が一人、公園内に入ってきた。白髪まじりに多少は値の張りそうな紺のスーツを着ているが、新聞と弁当の入ったコンビニの袋を提げて歩く姿は一般企業の中間管理職くらいにしか見えなかった。

男はホセ・リサール（フィリピン独立の英雄——一八六一年〜一八九六年）像の前で、ふと足を止めた。この公園を何度歩いても、気付かない者もいるほど小さな胸像だ。だが男は像の前に立ったまま、しばらくその意志の強そうな英雄の顔を見つめていた。

あなたは、良い時代を生きた。国のために闘った者が、そして英雄が英雄として大衆に認められる時代だった。たとえ最後には、処刑されたとしても……。

男はまた、歩き出した。森から広い芝の間の道を抜け、公園の奥へと入っていく。中年の会社員や、企業の制服を着た若い女性の一団とすれ違ったが、誰も男の存在など気にも留めなかった。

男――林昌秀《イムチャンス》――は、KCIA(韓国中央情報部)の備品として配給された左腕のセイコーの時計に目をやった。時間は一一時五六分。〝昼食〟にはちょうどいい。

間もなく林は、噴水池の広場に出た。池の周りに並ぶベンチを見渡した。いつもよりも人が多かったが、まだ空いているベンチがいくつかあった。それでも林は、なぜか黒いコートを着て新聞を読んでいる男と同じベンチを選び、少し距離を置いて座った。

男が頭のソフト帽を、目深に被《かぶ》りなおした。

林は男との間にコンビニの袋を置き、中から新聞と弁当、日本茶のペットボトルを取り出した。まず旨《うま》そうに日本茶を飲み、新聞を広げると、弁当を食べながらそれを読みはじめた。

春の日《ひ》溜《だ》まりの中で、公園のベンチに二人の中年男が並んで新聞を読んでいる。どこにでもありそうな、平穏な光景だった。だが、しばらくすると、黒いコートの男が林に話しかけてきた。

「例の〝大熊猫《ダーシヨンマオ》(ジャイアント・パンダ)〟の情報は本当なのか」

新聞を読みながら、小声で呟《つぶや》くようにいった。男の名は蘇暁達《ソシヤオタツ》。それが本名かどうかは、林は知らない。表向きは中国の資産家として日本にも会社を持っているが、本来の身分は中央統戦部(中国共産党中央統一戦線工作部)のエージェントだ。

「〝大熊猫〟は本来の居場所を追われている。もはや、〝老狢《ラオハオ》〟は〝大熊猫〟を見放した。二度と餌を与えることはないだろう」

林も弁当を食いながら、小声で答えた。

日本で暗躍する東アジア圏各国の諜報部員《ちようほう》の間で、〝大熊猫〟は北朝鮮の金正男《キムジョンナム》を意味する。

〝老狢〟は、その父親の金正日のコードネームだ。

「君の〝会社〟の分析の根拠は」

蘇のいう〝会社〟とは、ＫＣＩＡを指す。

「〝大熊猫〟がマカオで荒れた報道は知っているだろう」

三月一一日の日本の新聞にも、金正男がマカオのバーで韓国人ビジネスマンを相手に酒を飲み、酔って本国の愚痴をこぼしたという記事が載った。一見、何気ないゴシップ記事にすぎないが、韓国政府がプロパガンダの一環として外電にまでリークさせたことは明らかだ。ちなみに次男の金正哲《キムジョンチョル》は〝小狐《シャオフー》〟、三男の金正恩《キムジョンウン》は〝果子狸《クオツリー》（ハクビシン）〟のコードネームで呼ばれているが、二人はその名前を出さなかった。

「それで、私に何が訊《き》きたいのかね」

蘇暁達が、穏やかな春風の中で新聞を捲《めく》る。林はそれでもゆっくりと弁当を食べ終え、蓋《ふた》を閉じて袋の中に仕舞った。

「金明斗の件です」日本茶を、ひと口すする。「今年の一月の時点で、北の中央委員会書記局から金明斗が突然姿を消した……」

蘇が、小さく頷《うなず》く。

「〝老猾〟の怒りに触れ、粛清されたと聞いている。その件について、何を知りたい」

林も、さりげなく新聞を捲った。

「問題は、その経緯です。我々のネットワークには、いまだに何も引っ掛かってこない。奴がいまどこにいるのかもわからない。そちらでは何か、摑んでいませんか」

蘇は、しばらく無言だった。上着のポケットからペリカンの万年筆を抜き、読んでいる新聞に何かを書いた。それを指で千切り、林に手渡した。

「二月の一五日の時点では、金明斗はそこにいた」

紙には、〈保衛部七局・第二六号管理所・勝湖里《スンホリ》収容所――〉と書かれていた。

林の口の中に、苦いものが込み上げてきた。〝保衛部〟とは〝北〟の国家安全保衛部を意味する。七局管轄の第二六号管理所は、平壌市の勝湖区域貨泉洞にある上級政治犯専用の完全統制区域だ。

別名、拉致《らち》粛清所。朝鮮労働党の幹部にさえ、〝拷問処刑所〟として恐れられている。勝湖里にいたということは、すなわち金明斗の〝死〟を意味している。生きて外に出られる可能性はない。

林は、その紙片をジャケットのポケットに仕舞った。

「理由は。噂でもいい」

金明斗は党書記局の序列一位の高官だった。その金が完全統制区域に入れられるとすれば、かなりの大罪を犯したことになる。スパイ行為か。体制の転覆を企てたか。もしくは金正日の暗殺を計画したか──。

「噂なら、いくつかある。金明斗が北の建国の英雄、金策の息子だという噂は聞いたことがあるだろう」

「ええ、もちろん知っています。金策が実は日本人で、息子の明斗も日本の〝草〟だったという噂も……」

〝草〟とは、旧日本軍が情報収集のために敗戦後も現地に残してきた特務機関員を指す。中国大陸や朝鮮半島、東南アジア諸国などで現地人になりすました。二一世紀に入ったいまも多数が生き残り、多くは二代目に引き継がれるなどして極秘に活動しているといわれる。だが中国公安やKCIAも、いまだにその実態を把握していない。

「〝老狢〟に、身分を悟られた可能性はある。もしくは……」

「もしくは？」

「先程の〝大熊猫〟の身辺が急に慌しくなった件だ。金明斗の失脚と、時期が一致している」

金正男は二〇〇四年一二月に滞在中のオーストリアで暗殺未遂の危機に遭遇し、二〇〇九年四月には平壌の別荘が襲撃されるウァム閣事件が起きていた。その後、マカオに逃亡したが、北朝鮮当局は常に金正男の命を狙っている。

「確かに……」

KCIAも、当然そのことには気付いていていた。

「北から、〝我が社〟の方に、いろいろと〝商談〟が持ち込まれている。もしかしたら北の

〝代表交代〟が早まるのかもしれない。〝老狢〟の真意はわからないが、金明斗の件と関連している可能性はある」

林は、頷いた。

蘇のいう〝我が社〟とは中国、〝代表交代〟は北の世襲を意味する。確かに金明斗の一件以来、北の動きが慌しい。だが、〝老狢〟の健康状態が急激に悪化しているという情報はいまのところ入っていない。

「謝謝您」林はそのひと言を中国語でいった。「参考になった」

蘇が頷き、そしていった。

「それで、見返りの情報は」

林がゆっくりと新聞を捲り、社会面を開いた。

「一昨日の夜、新潟で桓圭哲が死んだ。麻薬絡みの抗争で斧頭のメンバーに殺されたことになっているが、本当は違う。厚労省の特警に射殺されたらしい」

林がそういって、新聞をベンチの上に置いた。蘇がそれを手に取り、記事を読みはじめた。

「桓圭哲……どこかで聞いたことがある名前だな」

林が日本茶をすすり、答える。

「〝桓圭哲〟というのは〝我が社〟の内部での名前だ。日本名は、設楽正明。もしくは〝蛟竜《こうりゅう》〟といえばわかるだろう」

「あの蛟竜……設楽正明が、死んだのか……」

蘇が驚いたように顔を上げ、林を見た。

極東を舞台に暗躍する諜報員の中で、設楽正明の存在を知らぬ者はいない。年齢、国籍不詳。某・旧日本軍特務機関員の末裔《まつえい》ともいわれるが、確かなことはわからない。日本語、中国語、韓国語、その他英語やロシア語など計五カ国語以上を自由に操り、一九九〇年代の後半からCIAやKCIA、日本の右翼組織絡みの事件では何度かその名前が浮上したことがある。

設楽正明の名を最も有名にしたのが、二〇〇五年に中国の国内で続発した一連の反日暴動だった。二〇〇一年以来の日本の小泉純一郎《こいずみじゅんいちろう》首相の靖国《やすくに》参拝に端を発した反日感情が、三月下旬には署名運動として全国に広がりはじめた。この動きが四月には成都《チョントウー》や北京《ペキン》、上海《シャンハイ》などの大都市で、一部破壊行動にまで発展した。

中でも深刻な事態に至ったのが、四月一六日に勃発《ぼっぱつ》した上海の暴動だった。この時は約一〇万人が反日デモに参加。一部が暴徒化し、日本料理店など一〇軒以上が破壊された。中国当局もこれを制止できず、一気に反政府運動にまで発展しかねない一触即発の危機に陥った。

この時の上海反日暴動を画策、裏で煽動《せんどう》したのが、〝蛟竜〟こと設楽正明だといわれていた。設楽はインターネットを駆使して市民感情をコントロールし、天安門《ティエンアンミン》事件の残党などの民主化勢力とも同調した。結果として改めて中国の民主化と国家分裂の必要性を内外に訴え、中国人がいまも頑迷な反日感情を持ち続けていることを日本国民に再認識させることに成功した。

「そうか……。あの男が死んだのか……」

新聞を読みながら、蘇の口元がかすかに笑ったように見えた。

そうだろう。中国政府にしてみれば、設楽正明は寝室に潜む毒蛇だ。もし再度中国に入国すれば、公安がすみやかに設楽を消すことは諜報界の暗黙の了解だった。

「しかし、間違いなく蛟竜なのか」

蘇が、林に訊いた。

「〝我が社〟の情報で確認は取れている。それにその新聞にも、福建《フーチエン》の斧頭の連中が絡んでいたと書いてあるだろう」

「そうだな。一人は現場から逃げている」

「あなたの〝会社〟のネットワークで確認できるだろう」

蘇は、しばらく新聞の記事を読んでいた。そして林に敬意を表するように、韓国語でいった。

「カムサハムニダ。今日は、なかなか良い〝商談〟だった」

新聞をコートのポケットに入れ、ソフト帽を被りなおした。黒いコートを着た男はゆっくりとベンチを立つと、林に視線を向けることなく霞《かすみ》が関《せき》の方面に歩き去った。

林は、しばらく一人でベンチに座っていた。春の陽光が心地好《よ》かった。足元に、弁当のあまりにでもありつこうというのか、鳩が集まりはじめた。

日本茶を飲み干し、体を伸ばす。空になったペットボトルを弁当の袋に入れ、蘇が置いていった新聞と共に手に持った。

ベンチを立ち、元の日比谷通りの方向に歩き去った。

5

同日夕刻、平壌――。

人々が「地上の楽園」と呼ぶ共和国の首都は、まだ真冬だった。

どんよりとした厚い雲が月と星を覆い、暗い空には粉雪が舞っていた。

慢性的なエネルギー不足と電力節約のために、午後六時を過ぎると市内のあちこちで街灯や建物の明かりが消えはじめる。人通りや車も少なく、一国の首都とは思えないほど閑散としていた。凍りつくような冷気が、虚飾の都市を静かに包み込んでいく。

だが、平壌郊外の勝湖区域貨泉洞に立つコンクリートの建物の一室は、外気よりも冷えびえとしていた。

広い敷地は高い壁と鉄条網に囲まれ、入口にはバラックのような監視所がある。その脇に立つ木製の古い板には、ハングル文字で『保衛部七局管轄・貨泉洞第二六号管理所』と書かれていた。

敷地の中にはコンクリートの何棟かの建物と、粗末な〝居住区〟と呼ばれる多数のバラックが建っていた。バラックの中には餓鬼のように痩《や》せた無数の政治犯が蠢《うごめ》き、寒さと絶望的な空腹に耐えながら、近い将来に確実に訪れる〝最悪の死〟の順番を待っていた。

コンクリートの建物は〝教化棟〟と呼ばれていた。独裁者、金正日が直轄する国家安全保衛部の者がここに赴き、拉致収容された政治犯の尋問と教化が行われる。だが尋問とは名ばかりで、その実態は拷問に他ならない。教化ではなく、処刑だ。死ねば遺体は裏山に捨てられ、野犬の餌になる。

〝収容所半島〟として知られるこの国の中にあって、人々は貨泉洞第二六号管理所のことを〝地獄〟と呼んで恐れる。いや、世界じゅうどこの国にも、この収容所ほど地獄の名にふさわしい場所は他に存在しないだろう。いまだかつて、たった一人たりとも、ここを生きて出た者はいない。

教化棟のコンクリートの建物を前にした時、誰もが自分の運命を詛《のろ》う。自分がこの国に生まれたことを。人間として生まれてしまったことを。家畜の豚や、ドブネズミでさえ、ここに収容される人間ほど惨《むご》い殺され方はしない。

この管理所の教化室の室内は、シベリアの大気よりも冷たかった。ここでは水や物だけでなく、人間の身も心も凍りつく。しかもその狭い室内には、配水管の中に溜《た》まって腐敗した人間の血や糞尿《ふんにょう》の臭いが充満していた。

朝鮮民主主義人民共和国・国家安全保衛部七局次長の朴成勇《パクソンヨン》は、この血痕《けっこん》で汚れたコンクリートに囲まれた空間が好きだった。冷たさも、臭いも、ここに来るといつも出会える肉塊とその地獄から絞り出すような呪詛《じゅそ》の叫びも好きだった。そのすべてに包まれた時、朴は体の隅々まで血液が行き渡り、高揚し、魂が脱離するほどの忘我を味わうことができた。

いまも朴の目の前に、ロープで肉の塊が吊《つる》されていた。しかも、上等の肉だ。朝鮮労働党中央委員会書記局長・金明斗。もちろん朴は、この男をよく知っていた。かつて特別な政治犯の教化の場で幾度となく顔を合わせていたが、いつも蔑《さげす》むような目で見られた覚えがある。

まさかあの金明斗がここに送られてくるとは思ってもみなかった。しかも、自分の担当になろうとは。だが、すでに面影は片鱗《へんりん》すら残っていない。

朴はその老いて痩せ衰えた肉塊を見て、以前中国に脱北者狩りに行った時に料理屋の店先に吊してあった火腿《フォトエイ》（中国ハム）を思い出した。少し贅沢《ぜいたく》をして食べてみたが、あれは旨《うま》かった。いま目の前にある金明斗の体は、確かに火腿に似ていた。邪魔な手や足はすでに先端から少しずつ刻まれて根本まで無くなり、表面の皮も半分近くは剝《は》ぎ取られている。塩を揩《す》り込まれ、乾いて黴《かび》が生えた肉の表面は、本物のハムのようだ。ただ違うのは、鉤《かぎ》を掛けてロープで吊した先端に、人の顔らしきものが残っていることだ。

もちろんその顔らしきものにも、すでに目も鼻も耳も残ってはいない。かつてこの肉塊が人間であったことを証明するものがあるとすれば、歯のない口とその中の舌だけだ。もしこの男が、万が一にでも何かを話したくなる時のために。

だが、この男は頑《かたく》なだ。いったい何がそうさせるのか、どんな苦痛を与えても屈しない。まだこの男に目が残っている時に、その前で老いた妻と息子の二人を死ぬまで痛めつけてやったことがあった。それでもこの男は、黙ってそれを見ていた。

自白剤も効かなかった。もちろんアメリカや日本などの堕落した文化圏の映画や小説に描かれるように、飲ませたり注射しただけで何でも話してしまうような便利な薬などこの世に存在しない。朴が使用したのは、多少なりとも自白効果があるとされるラボナールだった。だが金明斗は鉤に吊されたまま、『将軍様を称《たた》える歌』を楽しそうに歌っただけだった。

金明斗がこの貨泉洞第二六号管理所に送られてきてから、すでに二カ月が経った。国家安全保衛部一の拷問の名手といわれる朴成勇が担当し、教化されなかった者は一人もいない。だがこの男だけは、いまも耐え続けている。粛清が目的ならば、これほど手間をかける必要はないのだが……。

朴は手にしている樫《かし》の棍棒《こんぼう》を眺めた。先端には何本もの釘《くぎ》が打ち込まれ、それが貫通して突《とっ》先《さき》が露出している。硬い木肌には血と汗と脂が染み込み、釘の突先には人間の肉片が乾涸《ひから》びて絡み付いていた。

「お前は日帝の手先だ。そうだな」

棍棒を振り上げ、肉塊に叩《たた》き付けた。心地好い手応《てごた》え。肉が拉《ひし》ぎ、釘がその表面を削り、また血が流れる。生乾きのハムのように。

だが、金明斗は何もいわない。小さな呻《うめ》き声を上げただけだ。

「〝あれ〟をどこに隠した。誰が持っている」

朴はまた、棍棒を振り上げる。肉塊に叩き付ける。だが、惰性だ。この行為に、何の意味があるのか。すでに朴成勇自身にもわからなくなりはじめていた。

かすかな、呻き声。だが、それにしても。この男はなぜ、生きているのか。なぜ、死なないのか……。

その時、かん高いベルの音が大気を裂いた。コンクリートの壁の古い電話機が、狂ったように鳴った。それまで黙って拷問を眺めていた若い保衛部員が歩み寄り、受話器を取った。

先方の声を聞いて、保衛部員が背筋を伸ばした。どうやら、大物らしい。直立不動でひと言ふた言やり取りし、電話口を押さえて朴を呼んだ。

「同志局次長、副部長からお電話です」

〝副部長〟と聞いて一瞬、朴の表情が硬くなった。国家の闇の支配者、禹東則《ウドンチュク》——。

北朝鮮国家安全保衛部長の席は、一九八七年にそれまでの部長が反体制犯の烙印《らくいん》を押されて自殺して以来、二二年間にも及び空席だった。その間は金正日総書記が部長を兼任し、軍と共に秘密警察もその支配下に置いた。だがいまから一年前の二〇〇九年三月、国家安全保衛部長の要職が突然、総書記の三男の金正恩に委譲された。

以来、三男の金正恩は、共和国の権力の半分を手に入れたことになる。だが保衛部長が空席だった二二年間、共和国の恐怖体制を支配し続けてきたのは禹東則だった。金正恩が部長に抜擢《ばってき》されてからも禹は副部長職に留《とど》まり、いまも保衛部を実質的に支配していることは周知の事実だった。

朴は、保衛部員から受話器を引っ手繰るように受け取った。

「同志禹東則閣下、朴成勇です」

心なしか、声が強張《こわば》っていた。

——やあ、同志朴成勇。金明斗はまだ生きているのかね——。

受話器から回線の雑音と共に、嗄《しゃが》れた低い声が聞こえてきた。

「はい、いまのところは、まだ……」

朴はそういって、鉤から下がる火腿のような肉塊を見た。はたしてこれが、生きているといえるのかどうか……。

——奴は、何か話したかね——。

「いえ、まだ何も。申し訳ありません……」

朴は、自分の声が上ずっていることに気が付いた。胃が鷲掴《わしづか》みされたように、痛みだした。

だが、意外なことに、受話器から笑い声が聞こえてきた。

——まあ、仕方がない。その男は、日帝の犬だ。何も話さずに死ぬつもりだろう。それよりも、他の局から面白い情報が報告されてきた——。

「情報……何でしょうか」

——金明斗の〝愛人《ジョンブ》〟の名がわかった——。

「〝愛人〟ですか。誰なんですか、それは……」

——崔純子だ。君も知っているだろう——。

「あのキプム組（喜び組）の崔純子ですか……」

一般市民ならいざ知らず、党の上層部の人間でキプム組の崔純子を知らぬ者はいない。別名、パンチョッパリの純子。中国やロシア、その他EUやアフリカ諸国など、北朝鮮と国交のある国の国家貴賓をすべて虜《とりこ》にした女だ。もしくは、この共和国一美しい女といってもいい。

「しかし、崔純子は死んだと聞きましたが……」

崔純子の変死体が平壌市内の自室で発見されたのは、今年の二月初旬のことだった。彼女は労働党幹部用の高級マンションの一室を宛《あて》がわれ、そこに一人で住んでいた。いくら国賓級の大物を相手にするとはいえ、キプム組の女としては異例の厚遇だった。

死因は、不明。当初は自殺の噂が流れたが、他殺の可能性もあった。だが、他殺だとしても、国家保衛部がキプム組の女の死を深く調べたりはしない。どうせ殺《や》ったのは、党や軍の高級幹部か国賓に決まっている。下手に藪《やぶ》から蛇をつき出せば、粛清されるのは自分の方だ。

——あの遺体は、崔純子ではなかったようだ——。

禹東則の言葉を聞き、朴は口に溜まった唾液《だえき》を呑《の》み下した。

崔純子の事件を処理したのは、平壌市内の治安を担当する保衛部の二局だった。朴成勇は、直接遺体を見ていない。だが現場処理に当たった担当者の話によると、崔純子の遺体は顔と上半身に大量の硫酸を浴びていた。すでに腐敗が進んでいたこともあり、崔純子本人かどうかを確認できる状態ではなかったらしい。

「すると、死んだのは……」

——わからない。市内の『柳京《リュギョン》ホテル』の外国人接待係の女が一人、同じ頃に行方不明になっている。しかし、それはどうでもいい——。

「崔純子は、どこにいるのですか」

——それも、わからない。ただその後、二局の者にもう一度あの女の部屋を調べさせてみた。

するると、寝室や便所から、金明斗の指紋や毛髪が多数発見された。それが何を意味するか、君にもわかるだろう――。

まさか……。

いわれてみれば確かに、崔純子の事件が起きたのは金明斗失脚の直後だった。

「すると、例の〝もの〟も崔純子が……」

――その可能性はある。金明斗はもういい。処分しろ。二局の者と連絡を取って、崔純子の行方を突き止めろ――。

「わかりました。しかし、どうやって……」

――あの女の母親を締め上げろ――。

「同志禹東則閣下、崔純子の母親というのは例の……」

確か、崔由里子とかいった。帰国者のチョッパリ（日本人）妻だった女だ。だが、チョッパリでありながら、この国で保衛部が手を出すことのできない数少ない人間の一人でもあった。

――わかっている。その件に関しては、部長の方に話を通しておく。今回は、非常事態だ。同志金正日将軍閣下も、駄目とはいわないだろう。君は金明斗を処分して、崔由里子の自宅に向かえ――。

「わかりました。同志禹東則閣下……」

電話が切れた。朴は受話器を若い保衛部員に渡し、また鉤に吊《つ》り下げられた肉塊に向かった。

「わかったよ、金明斗……」朴が、口元に笑いを浮かべた。「崔純子だな。あの女が、お前の協力者だったのか……」

朴が、金明斗の顔――かつては顔であった物体――を凝視した。目も鼻も耳もない肉の塊を見ても、表情を読むことはできなかった。だが、唯一残った器官である口が、かすかに動いたような気がした。それまで鉤を掛けて伸びきった皮の下に垂れていた頭が、少し傾いた。

「これから、崔純子を捕らえに行く。おれもあの体を楽しませてもらおう。お前にそれを見せてやれないのが残念だ」

金明斗の、頬が伸縮した。唇が動き、血の色をした唾液が飛んだ。だが唾液は、朴成勇には届かずに足元のコンクリートの床に落ちた。

「ありがとう。これで確認できたよ」

朴は上着の内側から北朝鮮製の六四式自動拳銃《けんじゅう》を抜き、金明斗の頭に向けてトリガーを引いた。

コンクリートの室内に、銃声が籠《こも》った。

反対側の汚れた壁に脳漿《のうしょう》が飛び、手前に空いた小さな穴から葡萄《ぶどう》酒のように血がこぼれ落ちた。

「この腐った火腿を片付けておけ」

若い保衛部員にいい残し、冷たい部屋を出ていった。

二時間後、朴成勇は平壌市内の外国人居住区、紋繍洞《ムンスドン》にいた。

黒いメルセデスを運転し、町に一軒のスーパーマーケットの前を通る。店はすでにシャッターを下ろし、明かりも消えていた。

「いい車ですね。私もいつかこのような車をいただきたいものです……」

助手席に座る保衛部二局の徐動健《ソドンゴン》がいった。朴が黙って頷《うなず》く。

去年の三月、金正恩が保衛部部長に抜擢された際に、金正日は幹部を手懐《てなず》けるために一六台のメルセデスを配った。もちろん、中国製の粗悪なコピーだが、その一台が七局の局長の元にも回り、それまで使っていた古いメルセデスが朴の元に払い下げられた。

朴は、それでもこの車を気に入っていた。メルセデスに乗るということ。そしてテレビ、冷蔵庫、洗濯機の三種の電化製品を持つということは共和国における人生の意義といってもいい。自分も、この体制の中で出世したものだと思う。

だが、目の前に広がる外国人居住区の風景はまた別世界だった。党の幹部でも住めないような高級住宅や、最新式のマンションが並んでいる。街灯や、窓から漏れる光も明るい。

ここに住んでいるのは、平壌の大使館に勤める他国の外交官や商人、将軍様の友人たちだ。なぜ外国人だというだけで、このような高級住宅を与えられるのか。ここに住む特権階級の奴ら全員を、貨泉洞の管理所に送り込んでやりたいと思うことがある。

だが、今夜は特別な夜になる。外国人を一人、地獄に突き落としてやることができる。しかもその外国人は、チョッパリの女だ。

「朴さん、あの建物だよ」

助手席の徐が、右前方の大きな建物を指さした。朴もこの建物をよく知っていた。この町では、比較的古いマンションだ。ロシア人のダンサーやイタリア人の女優など、金日成時代からの金一族の古い〝友人《と》〟たちが住んでいる。

建物の前に車を駐め、朴は徐と共に車を降りた。別の車に乗ってきた徐の部下も二人、後に付いてくる。この建物には、古いがエレベーターもついていた。だが朴はそれを使わず、三階まで階段で上がった。

三〇一号室のドアの前に立ち、表札を確認する。ブリキの小さなホルダーの中に、ハングルで「崔由里子」と書かれた黄ばんだ紙片が挟まっていた。

ここだ。間違いない。

朴は、ドアの横のベルのボタンを押した。応答はない。ドアを叩《たた》きもう一度、押した。中からベルの音が聞こえるが、やはり応答はない。

ドアを強く叩き、蹴《け》り、大声で叫んだ。

「崔由里子！　いることはわかっている！　国家安全保衛部だ！　すぐにここを開けろ！」

だが、それでも応答はなかった。

朴が徐に眴《めくば》せを送り、頷く。徐が前に一歩進み出て、束になっている鍵《かぎ》から一本を選んでドアの鍵を開けた。国家安全保衛部は外国人居住区の建物に限らず――たとえ党の幹部の家でさえ――平壌市内のほぼすべての部屋の合鍵を持っている。

ドアを引き、靴を脱がずに踏み込む。部屋の中に、明かりは点《つ》いていた。だが、最初のドアを開けた時、意外な光景が目に飛び込んできた。

天井のオンドル用のスチームのパイプに布で作ったロープが結ばれ、その下に白髪の女の死体が吊り下がっていた。女は青黒く腫《は》れ上がった顔の中で両目が飛び出るほど見開き、歪《ゆが》んだ唇からは長い舌を垂らしていた。

徐動健が訊《き》いた。

「これがあの、崔由里子ですか……」

朴がポケットからタバコを出し、火をつけた。

「そうだ」

「自殺のようですね」

「どうやらそうらしいな……」

朴はタバコの煙を深く吸い込み、伝説の女の顔に向けて吐き出した。

まあ、いいだろう。楽しみはお前の娘のために取っておくこととしよう。

朴はゆっくりとタバコを吸い終えると、テーブルの上に残っていたグラスの水に投げ込んで消した。

踵《きびす》を返し、自分には一生縁のない豪華な部屋を後にした。

第二章　潜入

1

海は暗く、静かだった。

波は多少のうねりを含んでいる。

だが、空には青白い月と、闇を埋めつくすほどの星が輝いていた。

二〇一〇年三月二六日、夜――。

韓国海軍の浦項級コルベット『天安《チョンアン》』は、黄海の北部、北朝鮮と韓国の海上軍事境界線（NLL）付近の海域を乗組員一〇四名を乗せ時速約二〇ノットで航行していた。

一九九一年に沿岸哨戒艦《しょうかい》として配備された古い船だ。排水量は一二二〇トン。九九九年に起きた韓国海軍と朝鮮人民軍との武力衝突、「第一延坪海戦」で交戦した歴戦の勇者でもある。だが、さすがに経年による老朽化には耐えられず、近く退役廃艦となることがすでに決まっていた。

天安の艦長、趙元日《チエウオンイル》海軍中領（中佐）は、夕食の後にこの日最後の任務確認のために操舵室《そうだ》に上がった。

「変わりはないか」

趙がいうと、副艦長の金柄大《キムヒョンデ》が敬礼をよこした。

「特に何もありません」

操舵室には他に一等航海士や通信係、若いレーダー監視係など、数人の兵士がいた。

平穏な夜だ。船は東から西へ、ディーゼルエンジンの規則正しい鼓動を刻みながら進んでいた。右舷《うげん》前方の僅《わず》か一海里ほどの位置に白翎《ペニョン》島の島影と村の明かりが浮かんでいる。

米海軍とのフォール・イーグル——定例の合同軍事演習——が行われたのは三月八日から一八日まで。本来は黄海の一〇〇キロ以上南の海域が演習地となる予定だった。この米韓の動きに対し北朝鮮は二〇日、平壌放送を通じて次のように非難した。

〈——(朝鮮戦争の)平和条約締結と北南関係改善の気運が高まる時に北侵戦争演習を再び実施するのは、核戦争の雲をもたらす張本人の正体をあらわにするものだ——〉

だが米韓合同司令部の本来の目的は、対北朝鮮への挑発ではない。むしろ近年は、海軍の軍事力を増強して黄海や日本海、東シナ海に領海を広げようとする中国に対する牽制《けんせい》という意味合いが大きくなってきている。つまり、抑止力だ。そう考えれば平壌放送による非難の裏にも、中国の影響力が大きく反映されていることは容易に想像できる。

六カ国協議だ何だといったって、結局は中国と北朝鮮は懇ろだ。だが、と趙元日は思う。なぜ目障りな北朝鮮という鼠を、虎である中国が喰《く》い殺してしまわないのか。長年、軍人を務めてきた趙にも、その理由がわからない。つまり、あの塵溜《ごみた》めのような国にも、何らかの存在価値があるということなのか――。

一〇日の日程で行われた軍事演習も終わり、すでに一週間以上が過ぎていた。老朽艦の天安は、もちろん最新兵器と技術を駆使するフォール・イーグルには参加できない。ただ米韓合同演習期間中には、ほぼ毎日のように朝鮮人民軍の高速偵察艇や小型潜水艇が軍事境界線を越えて白翎島の近海に現れる。その哨戒の任務に当たっていた。

米韓合同演習が終わっても、天安の任務は続いていた。いや、合同演習のいかんに拘《かか》わらず、北朝鮮との軍事境界線を守るのが退役間近の天安と趙元日の〝仕事〟だ。ここから数キロ北の沿岸には朝鮮人民軍の琵琶串《ピパゴツ》海軍基地があり、約一〇隻の潜水艦を含む数十隻の高速スパイ船などが韓国の領海を狙っている。

だが、それにしても、今夜は不気味なほどに静かだった。間もなく艦は、第二ブイを通過した。趙は、腕の時計を見た。針は、九時二〇分になろうとしていた。

右舷には、まだ白翎島が見えていた。小さな島だ。だが北朝鮮も領有権を主張するこの島は、韓国の国防の要《かなめ》でもある。北朝鮮の首都、平壌《ピョンヤン》に最も近い韓国の領土だ。いまこの、天安が航行する島影から平壌までの距離は、僅か一七〇キロしかない。

もしここに最新のベースライン7を装備する世宗大王級イージス艦があるとすれば……。有事の際には平壌を直接攻撃できるのだが。趙は白翎島を見る度に、いつもそんなことを想像する。

「副艦長殿、この影は何でしょうね……」

その時、ソナーを見張っていた若い兵士がいった。副艦長の金柄大が振り向き、ソナーに歩み寄る。趙は黙って様子を見守っていた。だが、しばらくすると金副艦長が趙に視線を向けた。

「艦長殿。ちょっとこれを見ていただけませんか」

金副艦長がいった。

「どうしたんだ……」

趙も何気なくソナーに向かう。ソナーに何かの影が映り込むことは、特に珍しいことではない。北朝鮮の船影であることもあれば、友軍の船影、その他の浮遊物や鯨などの生物のこともある。

「これなんですがね……」

四重に線が引かれた円形の青く光るソナー画面の中に、天安から発信された超音波の足跡が時計の針のように回転する。その針が水中の物体を捕捉《ほそく》すると、そこに白い影が浮かび上がる。

ソナー士や副艦長がいうように、確かに画面の中に白い影があった。しかも左舷前方から天安と斜めに擦れ違うような航路で、白翎島のヨンドゥリム岩の断崖《だんがい》の方に向かっている。

「何かの船舶だな。高速で移動している。レーダー士。海上の船影を確認してくれ」

趙がいうと、即座にレーダー士から応答があった。

「海上に船舶の影は確認できません」

つまり、潜水艦か。だがこの辺りの水深は、約二〇メートルしかない。底は砂と岩礁で、ワタリガニなどの好漁場として知られる海域だ。大型の、しかも精度の低い北朝鮮製の潜水艦は航行できないはずだ。考えられるとすれば、サンオ型小型潜水艇か。

趙は黙って頷《うなず》き、ソナーの脇のフックに掛けてあった予備のヘッドホンを被《かぶ》った。ソナーの発信音にまざり、反響音、さらに別の船舶のエンジン音が聞こえてくる。静かで、規則正しい音だ。

「艦長、どう思われますか」

すでにヘッドホンを被っていた金副艦長が訊いた。

「魚雷ではないな。大きさも、速度も違う……」

「しかし、〝北〟の艦艇ではないようですね。エンジン音も正確だ……」

長年この海域の哨戒の任務に当たっていると、嫌でも北朝鮮の船舶のエンジン音を聞き分けられるようになる。一部の高速スパイ艇はヤマハなどの日本製の高性能エンジンを使っているが、その他は粗悪で音が大きく、バラつきもある。最終的には音を聞いただけで、相手の型式から個体まで識別できるようになる。

だが、いまソナーの集音器から聞こえる音は明らかに違う。エンジンの鼓動が正確で、滑らかだ。少なくとも、趙がこれまで聞いたことのない音だ。朝鮮人民軍が琵琶串海軍基地に新造艇を配備したという情報も入っていない。

「確かに、〝北〟ではないようだな……」

趙が、自分を納得させるようにいった。

「中国船ですかね」

金副艦長が、首を傾げる。

「いや、それはないだろう……」

漁船ならいざ知らず、中国の潜水艇がこの時間に領海を侵犯してくる必然性がない。もし、韓国を挑発するつもりならば、重油を一万リットルも贈って朝鮮人民軍にやらせた方が安上がりだ。

「すると……」

残る可能性はひとつだけだ。

「まだわからないな。しばらく様子を見よう。モールスを使って、近付きすぎていることだけ警告しておいてくれ」

趙艦長はあえて〝米軍〟という一言を口に出さず、ヘッドホンを外してソナーから離れた。

米韓合同演習フォール・イーグルは、三月一八日をもって終了した。だがそれから一週間以上が過ぎたいまも、演習の一部継続が周辺各国に告知されている。もちろん、実体はない。

理由は明白だ。まだこの黄海の海域に、米海軍の船舶が多数残っているからだ。目的は主に北朝鮮と中国の海軍に関する情報収集と、来るべき戦時下における作戦行動のための海底地形の調査だ。もし公式の演習時でもないのに黄海内に米軍の艦艇——特に潜水艦など——がいることがわかったら、国際問題にもなりかねない。

こうした黄海における米軍の活動については、同盟国である韓国の海軍にもすべてが報告されているわけではない。艦艇の数から航行などの活動範囲に至るまで、ほとんどが隠密裏に遂行される。つい前日にもここから目と鼻の先のヨンドゥリム岩の数百メートル沖合の深場で、天安のソナーはそこに存在するはずのない大型潜水艦の船影を捕捉した。

調べてみると、米海軍のロサンゼルス級原子力潜水艦『コロンビア』であったことが確認できた。排水量六〇〇〇トンもの巨大な原潜が、どうやってこの黄海の奥の軍事境界線付近まで侵入してきたのか。あらためてアメリカの軍事技術力には驚かされる。

対北朝鮮戦を想定した場合、白翎島が作戦の最重要拠点になることはアメリカも十分に理解している。特に、コロンビアが隠れていたヨンドゥリム岩沖の深場だ。もしここにロサンゼルス級原潜を一隻でも配置しておけば、もし南北が開戦したとしても、ものの数分で平壌は火の海になるだろう。

その時また、ソナーを見張る金副艦長が声を出した。

「大変です。目標が航路を変更しました」

「何だと」

趙がソナーの場所に戻る。青く光る画面を見た。回転する針の中の白い影が、確かに進路を変えていた。真っ直ぐに、こちらに向かってくる。

このままでは擦れ違えない。

ぶつかる……。

「ソナー、危険を知らせるモールスを打ち続けろ」不安げに趙の顔を見上げるソナー士にいった。「通信士、該当船舶を呼び出せ。進路を変えるように伝えろ。我が軍、北、中国、米軍、ロシア、すべてのチャンネルを使え」さらに航海士に向かって叫んだ。「面舵《おもかじ》いっぱい！」

天安が船体を傾け、進路を変えた。ソナーのモニターに、予想航路が映し出される。だがその時、信じられないことが起きた。謎の船影が、取舵を切った。

まさか……。

いったい、何を考えているのか。狙ったように、こちらに向かってくる。この水深二〇メートルの浅場で、天安の船底を潜り抜けるつもりなのか……。

全員が、息を呑《の》んだ。

だめだ、間に合わない。

本当に、ぶつかる……。

ソナーの青い画面の中で、天安と謎の白い船影が重なった。

いま、この真下にいる……。

次の瞬間、轟音《ごうおん》が響いた。

排水量一二二〇トンの船体が、下から突き上げられるように浮いた。

一発！　二発！　爆発音が鳴った。

船体が、真っ二つに折れた。ガラスが割れ、船室に波が入る。縦になった床を、趙は闇の中に滑り落ちていった。

二〇一〇年三月二六日夜——。

韓国海軍の浦項級コルベット天安は、謎の爆発と共に、黄海の白翎島一海里の沖に沈没した。

2

大韓民国ソウル特別市、青瓦台《チョンワデ》——。

市内を一望する北岳山《プガクサン》の山麓《さんろく》に位置する大統領府は、その名のとおり官邸の屋根に青い瓦《かわら》が使われていることから英語で〝ブルーハウス〟とも呼ばれている。

歴史は古い。元は李氏朝鮮時代（一三九二年～一九一〇年）に王族の居住地として築かれた景福宮の一部で、日本併合時（一九一〇年）にはここに朝鮮総督府が置かれていた。大韓民国の成立（一九四八年）当時には景武台《キョンムデ》と呼ばれていたこともある。後に北朝鮮ゲリラが朴正煕《パクチョンヒ》大統領の命を狙った〝青瓦台襲撃未遂事件（一九六八年）〟が起きた地としても歴史に名を刻んでいる。

現在の大統領府本館が竣工《しゅんこう》したのが一九九一年。その中に大統領執務室や接見室、会議室など、政府首班としての行政権を行使するためのほとんどの機能が集中する。他にも広大な敷地の中に、大統領官邸、迎賓館、首脳会談などが開かれる常春斎、記者会見場となる春秋館、補佐官や秘書などが詰める三棟の秘書棟などが整然と建ち並ぶ。近年、一部が一般市民や旅行客にも開放され、ソウル観光の名所のひとつにもなっている。

大統領府第一秘書課の緊急回線の電話が鳴ったのは、当日の午後一〇時三〇分頃だった。この時点ですでに、事件発生から一時間一〇分以上が経過していた。後にこの時間差は、沈没した哨戒艦《しようかいかん》『天安』から第二艦隊司令部合同参謀本部、国防部、大統領府へと経由される報告ラインそのものに欠陥があるのではないかという議論を呼ぶことになる。

最初に電話を取ったのは、大統領秘書官の一人だった。秘書官は相手が国防部長官の金熙栄《キムヒヨン》であること、さらに用件が第一級緊急報告に該当することを確認し、大統領府保安特別補佐官の李泰元《イテオン》に繋《つな》いだ。

李が、受話器を取った。だが、金長官の言葉にいくら耳を傾けても、要領を得ない。

「すまないがもう一度、最初から説明してくれないか」

——わかった。つまり、合同参謀本部はこういっている。本日、二一時二五分頃、海軍第二艦隊所属のコルベット天安が、黄海の白翎島の南西一海里沖合の海域で爆発事故を起こした。現在、沈没する危険がある——。

これも後にわかることだが、この時点ですでに天安は沈没していた。

「それはわかった。問題は、その爆発の原因だ」

——第二艦隊司令部は、鳥の群れに襲われたといっている——。

「それがわからないんだ。〝鳥の群れ〟とは、いったい何のことなんだ」

——私だってわからない。ともかく合同参謀本部から、そう報告してきたんだ。天安が、海鳥の群れに襲われて沈没しかかっている。ここからでは、何も確認しようがない——。

鳥の群れが原因で、一二二〇トンもの哨戒艦が沈没する。しかも、いまは夜だ。海鳥が飛んでいる時間ではない。いったい、どのような情況なのか……。

だが、いくら電話で話していても埒《らち》が明かなかった。

「わかった。ともかく、すぐにこちらに来てくれ。本館の方だ」

電話を、切った。李泰元は溜息《ためいき》をつき、頭を左右に振った。だが、思考回路がはっきりとしない。

嫌な予感がした。合同参謀本部の奴ら、何かを隠している。

李が、最初に電話を取った秘書官にいった。

「大統領を起こしてくれ。緊急事態が発生したと伝えるんだ」

「はい」

「本部の会議室で緊急の国家安全保障会議を招集する。大統領室の全員、秘書室の全員、他に合同参謀本部と国防部、監査院の責任者の全員を集めろ。大至急だ」

「はい」

李がそこまでいったところで、また電話が鳴った。回線の点滅するランプを見て、まさかと思った。今度は、アメリカ大使館との直通回線だった。電話に出ようとする秘書官を制止し、今度は李が自分で受話器を取った。

「こちら大統領府保安特別室です」

流暢《りゅうちょう》な英語でいった。

――ミスター李かね。私だ。バーシュボウだ――。

その声に、李が息を呑んだ。在韓アメリカ大使、アレクサンダー・バーシュボウ本人の低い声が聞こえてきた。

「今晩は、ミスター・バーシュボウ」平静を装うような声でいった。「こんな時間に、何事ですか」

だが、意外な言葉が返ってきた。

――何事かはないでしょう。コルベット天安の件です。李明博《イミョンバク》大統領にお悔やみをお伝えください。大変なことになりましたね――。

李は、時計を見た。時間は一〇時五〇分。こんなに早く、なぜアメリカ大使館が天安の事故のことを知っているのか。それに〝お悔やみ〟とはどういう意味なのか……。

「ええ、つい先程、第二艦隊の方で何らかの事故があったことは確かなようです。しかし、どこからその情報を……」

――いま、国務省の方から連絡が入りました。天安が沈没し、かなりの死者が出ているとか。朝鮮人民軍の魚雷攻撃だという情報もありますが――。

李は受話器を握ったまま、声を出せなかった。

天安が沈没?

かなりの死者?

朝鮮人民軍の魚雷攻撃?

いったい、何が起きてるんだ？

3

その男は濃い色のサングラスを掛け、バスローブを着ていた。手には白い手袋をはめている。外は晴れていたが、港区赤坂虎ノ門の『ホテルオークラ東京』のベッドルームは薄暗かった。ビルの谷間に見える雲空から、僅《わず》かな光が差し込むだけだ。それでも男は、サングラスを外そうとはしなかった。

サングラスと両方の眉《まゆ》との境に、白く小さな絆創膏《ばんそうこう》が見えている。表面に大きな傷はないが、唇と顎《あご》の辺りに不自然な腫《は》れがあった。日本人としては高い鼻梁《びりょう》も、プラスチック製の保護カップで守られていた。だが男は自分の顔を特に気にする様子もなく、窓際の薄明かりの下で新聞に読みふけっていた。

日付が二〇一〇年三月二七日の朝日新聞だった。この日は、興味深いニュースがいつになく多かった。その筆頭が、前日の二六日に黄海で沈没した韓国の哨戒艦に関する記事だった。

〈韓国艦が沈没――

26日午後9時45分ごろ、韓国北西部沖の黄海で、韓国海軍の哨戒艦（1200トン）の艦尾に穴が開いて浸水した。同艦には104人が乗り組んでいたが、韓国政府関係者によると、沈

没状態にあるという――〉

男が、腫れた唇にかすかに笑いを浮かべた。〝事故〟が起きた黄海の海域は、NLL（北方限界線）のすぐ近くだ。韓国と北朝鮮だけでなく、アメリカや中国も作戦行動を伴う監視下に置き、常に緊張状態が続いている。前年の一一月にも、韓国軍と朝鮮人民軍による銃撃戦が起きたばかりだ。いつ、いかなる理由であれ、哨戒艦の一隻くらいが沈没する事態が起きても驚くには当たらない。

さらに新聞は、別枠の記事でも次のように補足していた。

〈――特に李明博政権になってから北朝鮮は態度を硬化。09年1月に改めてNLLの全面無効を主張した後、5月には同海域での米韓艦船の航行安全を「担保しない」と主張している――〉

当然だろう。元来NLLは、一九五三年の朝鮮戦争の休戦一カ月後に国連とアメリカ――そもそも国連がアメリカの傀儡《かいらい》だ――が韓国と北朝鮮の間に一方的に設定した海上の軍事境界線だ。しかも朝鮮戦争はあくまでも〝休戦〟であり、〝終戦〟はしていない。

頁を捲《めく》る。この日の新聞には、他にもいくつかの興味深い記事があった。例えば二〇〇八年一月、千葉県や兵庫県で一〇人もの中毒被害者を出した『中国毒餃子《ギョーザ》事件』の続報だ。中国当局は二〇一〇年三月二六日、犯人の男を拘束。男は日本向け冷凍餃子を生産していた天洋食品の元臨時工員で、注射器を使って農薬成分メタミドホスを製品に混入させた。

だが、なぜだ。なぜ中国は事件から二年以上も経って、犯人の拘束に踏み切ったのか。事件当時は、あれほど「責任は日本側にある」と主張し続けていたにもかかわらず、だ。単に日本側に対する配慮と、中国食品に対する不信感の払拭《ふっしょく》だけが目的とは思えない。他にも、裏があるような気がしてならない。

男は三月二七日の新聞を閉じ、テーブルの上の冷めたコーヒーを口に含んだ。口の中の傷に染みたのか、少し顔を顰《しか》めた。そしてまた翌二八日の新聞を開き、読みはじめた。

この日の新聞にも、面白い記事がある。男の目を引いたのは、ほとんどが北朝鮮関連の報道だった。

〈黄元書記、訪日へ
　来月、北朝鮮反発も――〉

一九九七年に北朝鮮から脱北した黄長燁《ファンジャンヨプ》元朝鮮労働党書記が、来月――四月上旬――にも訪日するという記事だ。日本政府が、黄元書記の亡命先である韓国政府に協力を要請。目的は「拉致《らち》問題への関心を高めるため」とされているが、取って付けたような理由だ。たいたい黄元書記は北朝鮮の『主体思想《チュチェ》』の創始者として知られる政治学者であり、労働党時代から北朝鮮のサボタージュ（破壊工作）には一切関与していない。その黄から、いまさら拉致問題に関する有力な情報など得られるわけがない。

もうひとつ、関連する記事があった。


〈金元死刑囚、五月訪日で調整〉


黄元書記の次は、一九八七年一一月に起きた『大韓航空機爆破事件』の実行犯、金賢姫《キムヒョンヒ》だ。なぜいま頃、金元死刑囚なのか。目的はやはり、拉致問題に関する情報収集だろう。確かに彼女は拉致被害者から日本語教育などを受けていたこともあり、黄よりも情報は持っている。だが、すでに二十数年も前の情報だ。まったく価値はない。

日本政府は、何を考えているのか。単なる民主党の、政治的パフォーマンスなのか。

もしくは……。

一見して、それぞれの記事には何の脈絡もない。だが韓国の哨戒艦《しょうかい》の沈没、毒餃子事件の犯人拘束、黄元書記と金賢姫の訪日。さらに二七日の新聞に載っていた〈米ロ、核軍縮条約合意〉の記事も含め、すべてをフィルターにかけると、向こう側に何かが見えてくるような気がする。

ひとつ、確かなことは、いま極東が大きく動き出そうとしていることだ。すべては、その予兆にすぎない。

「新聞がそんなに面白いのか」

低く、くぐもる声が聞こえた。サングラスを掛けた男が、顔を上げた。部屋の隅の薄暗がりの中に、もう一人、目の細いスーツを着た男が座っていた。『亜細亜《アジア》政治研究所』の所員、戸次《べっ》二三彦《きふみひこ》だった。戸次は何を考えているのかわからない無表情な顔で、サングラスの男を見つめている。

「私は二週間も監禁されていたんだ。新聞を読むのは、久し振りなんでね」

サングラスの男が、テーブルの上に新聞を置いた。無表情な戸次の口元に、かすかな笑いが浮かんだように見えた。

「韓国の哨戒艦が沈没した記事を読んだか。どう思う」

戸次がサングラスの男に訊《き》いた。

「まだ何ともいえないな。しかし、いずれ韓国とアメリカが〝北〟がやったという声明を出すだろう。問題は、そのタイミングだけだ」

「ほう……。まるで、〝北〟がやったのではないというような口ぶりだな」

「どうだかな。いま黄海のNLLの海域で韓国の船が沈めば、誰だって、〝北〟がやったと思い込む。しかし現在、デノミで餓死者まで出ている〝北〟には何のメリットもない」

「メリットがあるとすれば？」

「アメリカと、韓国だろう」

アメリカはいま、日本の沖縄の基地移設問題で窮地に立たされている。今回の哨戒艦の沈没がもし〝北〟の為業《しわざ》なら、頑迷に県外移設を主張する日本政府に在沖縄米海兵隊の抑止力を再認識させる絶好の切り札になる。もしくは当の鳩山《はとやま》政権の方が、主張を撤回する好機として受け取るだろう。

一方、韓国の李明博政権の与党ハンナラ党は、〝北〟に対する強硬派だ。六月二日に迫る統一地方選挙に備え、今回の事件を政治的に利用するだろう。いずれにしてもメリットがあるのは、アメリカと韓国の方だ。沖縄の米軍基地が従来案どおり名護《なご》市の辺野古《へのこ》に移設されるにしろ、李明博政権が統一地方選挙を有利に戦うにしろ、北朝鮮にとってはデメリットにしかならない。

「君の分析は固定観念に捕らわれすぎている。まるでフィクションだな」

戸次がいった。

「どうかな。あんたの〝会社〟の方には、もうある程度の情報が入っているんだろう」

サングラスの男の言葉に、だが戸次は何も答えなかった。ただ黙って椅子を立ち、男にもう一部新聞を差し出した。

「今日の新聞だ。ここにもうひとつ、君が興味を持ちそうな記事が載っている」

男が座ったまま、新聞を受け取った。三月二九日、当日の新聞だった。社会面の下の方に、赤いペンで印を付けた小さな記事が載っていた。

〈横浜港の遺体、身元判明

27日未明、横浜港で釣り人に発見された男性の遺体は、身につけていた身分証などから中国籍の馮元さんと判明。馮さんは中国系のマフィア斧頭と関連があるとの噂もあり、警察は麻薬絡みの抗争に巻き込まれたものとみて――〉

馮元《フウユアン》――。

男はその名前を、よく知っていた。三月一三日の夕刻、新潟市東区の麻薬取引の現場にいた一人だ。あの日、古いアパートの一室に集まったのは六人。内三人の日本人が厚生労働省の特警に逮捕され、残る三人の内の中国人二人も死んだ。いや、正確には、自称韓国人の桓圭哲《ファンチュチョル》――日本名、設楽正明《しだらまさあき》――という男も死んだことになっている。

だが、なぜ馮元が殺されたのか。あの麻薬取引の現場の時点で、〝こちら側〟の馮元の役割は終わっている。奴は、自分の目の前で設楽正明が死んだことを確認し、誰かに報告したはずだ。噂は、中国の闇社会に流れる。問題は〝あちら側〟が、なぜ馮元を始末したのか。その理由だ。

「あのアパートの現場で銃を撃った内の一人は、あんただったな」

「そうだ」

戸次が臆面《おくめん》もなく認めた。厚労省の特警が、たとえ麻薬取引の現場で中国人の犯人が銃を抜いたとしても、頭を撃つわけがない。あれは軍人、もしくはある種の諜報《ちょうほう》機関員のように、人を殺す訓練を受けた者のやり口だ。

「それならば、なぜ実弾を使った。事前に、三八口径のラバー弾を使うことを確認しておいたはずだが」

サングラスの男がバスローブの前を開けた。胸と腹の三カ所に、四角いガーゼが絆創膏《ばんそうこう》で張ってあった。男はその一枚を、手袋をはめた手で無造作に毟《むし》り取った。中に、直径八ミリほどの小さな銃弾の跡があった。

「中国人の一人が、トカレフを所持しているという情報があったものでね。それでこちらの身を守るために、実弾を使わせてもらった」

「死ぬところだったぜ。三発も喰《く》らったんだ」

「君がゴールドフレックスの防弾シャツを着てくることも、事前に確認してあったはずだ。だからわざわざ、SIGのP230を使った。三二口径ならゴールドフレックスを二〇枚貫通しても、死ぬことはない。実験ずみだ。それよりも君が口の中のカプセルを噛《か》み潰《つぶ》して血を吐くタイミングが絶妙だったぜ」

戸次は顔色ひとつ変えず、淡々と話す。サングラスの男は苦笑を浮かべ、バスローブの前を閉じた。

「ところで、なぜこんなに手の込んだことを仕組んだ。いったいおれに、何をやらせるつもりなんだ」

サングラスの男が訊いた。

「君に、中国に入ってもらいたい。そのために一度、設楽正明という男には死んでもらう必要があった」

中国マフィア『斧頭《フートウ》』のメンバーの目の前で死ねば、その噂は裏社会から中国公安、国家安全部へと伝わる。日本人〝設楽正明〟の名前と存在は、彼らの要注意人物のリストの中から消される。馮元は、そのための囮《おとり》だった。

「それはわかっている。問題は、中国で何をやるのかだ」

「その前に、手術の痕《あと》を見せてくれ」

戸次がいった。

男が、サングラスを外す。切れ長の目だ。両目の上の二枚の絆創膏を、ゆっくりと剝《は》がす。以前はひと重だった目蓋《まぶた》が、きれいなふた重になっていた。

次に両耳のゴムを外し、鼻の保護カップを取り去る。高さはあまり変わってはいないが、中にシリコンが入り、形が細く整えられている。他にも口の中を大きく切られ、頰と顎《あご》の骨も削った。唇と、耳の形も変わっていた。

「どうだ」

男が訊いた。

「完璧《かんぺき》だ。鏡を見てみろ」

デスクの鏡の前に座った。整形手術を受けた後の自分の顔を間近で見るのは、これが初めてだった。そこには長年見馴《みな》れた設楽正明はいなかった。まったく見たこともない男が、自分を見つめていた。

別に、前の自分の顔が好きだったわけではない。今度のこの顔も、特に好きにはならないだろう。

「腫《は》れが引くのに、もう少し時間が掛かりそうだ」

「あと、一週間だな。そうすれば手術の痕もわからなくなる。指紋の方は」

男が手袋を外し、両手を広げた。皮膚が移植された指先が僅《わず》かに黄ばんでいる。だが、見た目には特に不自然なところはない。

「細かい作業をする時に、指先に僅かな違和感がある」

「例えば」

「本を読む時などに。ページを捲《めく》る時などだ」

「本を読む必要はない。文字が書けて、コンピューターのキーボードを叩《たた》ければ問題はない」

戸次が男の指を一本ずつ手に取り、出来映えを確かめながらいった。

「それで、仕事の内容は」男が手を引いた。「もしまた中国でインターネットを使ったサボタージュを狙っているのなら、私と組むのはやめた方がいい。いまの中国は、五年前とは違う」

現代の中国は、インターネットに関する監視が厳しくなっている。コンピューターのIT技術を駆使し、三〇万人ともいわれる中国公安のサイバーポリスと渡り合う能力がなければ戦うことはできない。一人、もしくは数人の工作員によって、どうにかなる世界ではなくなった。

「今回は、サボタージュではない。〝探し物〟だ。それを中国から出してもらいたい。それだけだ」

戸次が、表情を変えずにいった。

「探し物？　ブツは何だ？」

「〝人〟だ」

「〝人〟だって？」

「そうだ。わかっていることは三〇歳前後の女性。国籍は朝鮮民主主義人民共和国。帰国者の二世で、母親は日本人だ。いまわかっているのは、それだけだ」

「脱北者か」

「そう考えてもらってもかまわない」

「脱北者ならば、なぜ専門の組織を使わない。日本や韓国のＮＧＯ団体の方が、現実的な手段を心得ているはずだ」

「今回の案件に関しては、失敗は絶対に許されない。既存の脱北者支援組織には、無理だ」

「なぜだ」

「その女は、〝何か〟を持っている。今後のアジア情勢に重大な影響を及ぼす〝何か〟だ。おそらく〝北〟の保衛部や中国の公安、最悪の場合には中国国家安全省が動く可能性もある」

国家安全省――。

主に中国国内の治安組織の中でも、外国人諜報員とそれに類する人間の監視と摘発を担当する部署だ。なぜ脱北者一人に、国家安全省が動くのか。

いったいその女は、何を持っているのか。だが男は、それを訊《き》かなかった。この目の前にいる戸次という男も、詳しくは知らないのだろう。もし知っていたとしても、本当のことをいうわけがない。

「ひとつだけ、訊きたい」

「何だ」

「今回の〝仕事〟に私を選んだ理由は」

「うちの〝社長〟が決めた。それだけだ」

『亜細亜政治研究所』の所長、甲斐長州《かいながくに》――。

男はその人物について、よく知っていた。これまでにも何度か、その人物のために働いたことがあった。なぜ甲斐長州は、重要な〝仕事〟の時に自分を使うのか。

「他に、訊きたいことは」

戸次がいった。

「私の名前は」

男が訊くと、戸次はPRADAの黒いナイロンのショルダーバッグをひとつ置いた。センスはともかくとして、目立たないという意味では悪くない選択だった。

「新しい名前も含めて、差し当たって必要なものはすべてこの中に入っている。顔の腫れが引いたら、パスポートと免許証も作る」

戸次が、無表情にいった。

男は一人で部屋の中に残り、ショルダーバッグを開けた。

中には様々なものが入っていた。最新型のＭａｃのパソコンが一台。ｉＰｈｏｎｅと、通常のモバイルが各一台。適度に使い古されたロレックスのパーペチュアルデイトが一本。現金と二枚の預金通帳に、キャッシュカード。ダイナースとアメックス、さらにＶＩＳＡの各ゴールドカードが一枚ずつ。他に『(株)亜細亜商事』と書かれた社員証と、健康保険証が各一枚。

男が健康保険証を手に取り、確認する。

小笠原貴光《おがさわらたかみつ》――。

そう書いてあった。どうやらそれが、自分の新しい名前らしい。

男はまた、鏡に向かった。そして目の前にいる、見馴れない男に問い掛ける。

小笠原貴光。お前はいったい、何者なんだ？

4

朝鮮民主主義人民共和国が経済崩壊の危機に至った発端は、二〇〇九年一一月から実施されたデノミネーション（通貨の単位切り下げ）だった。

これは金正日《キムジョンイル》総書記の妹の金敬姫《キムギョンヒ》労働党中央委部長が国家による市場経済の完全支配を目論《もくろ》んで計画、三男の金正恩《キムジョンウン》が協力したもので、自国通貨ウォンの価値を紙屑《かみくず》同然に急落させてしまった。その結果、国民の僅かな貯蓄をすべて奪いつくし、最大で六〇〇〇パーセントという前代未聞のインフレを誘発。やっと根付きはじめていた市場経済に、壊滅的な打撃を与えた。

この国家的な犯罪に対し、年明けには各地で市民による抗議運動や暴動が勃発《ぼっぱつ》。危機感を抱いた政府が政策を撤回。三月には朴南基《パクナムギ》財務計画部長に責任を押し付けて処刑し、収束を図るというひと幕もあった。

破綻《はたん》した経済状態の中でも、恵山《ヘサン》市の闇市は細々と続いていた。ここでは食料品や衣類、日用雑貨など、中国から入ってきた品物が市場に並ぶ。だが、それを買うだけの金を誰も持っていない。ウォンはすでに品物と交換するだけの価値はなく、多少は規制が緩和されたとはいえ表向きには外貨の使用も禁止されていた。

通貨がなければ品物も動かない。売る側も買う側も、ただ不安に脅《おび》えながら事態を見守るだけだ。

人々が、路上に並べられた品物をただ恨めしそうに眺めながら行き来する。何か食べ物をくすねようと走り回るコッチェビの姿も、少ない。この冬の経済破綻と食料不足の影響をまともに受けたのが、彼ら親のない子供たちだった。大半が餓死し、その死体が裏路地や廃墟《はいきょ》の瓦礫《がれき》の下などに腐ってころがっていた。

その恵山市の闇市が騒然とした空気に包まれたのは、三月三〇日の朝のことだった。女たちの悲鳴と罵声《ばせい》、男たちの怒号が交錯した。雑踏が無秩序な羊の群れのように迷走し、やがてふた手に割れた。その間を、一人の男が走ってきた。

男は追われていた。時折、背後を振り返る形相は必死だった。目は血走り、瘦《や》せた頰は恐怖に引き攣《つ》っていた。

理由は、すぐにわかった。男を追っているのは、保安隊と呼ばれる地区警察ではなかった。スパイや反体制派の政治犯を摘発する、国家安全保衛部の連中だった。

人々は関わりにならないように逃げまどい、目を伏せながら様子を盗み見る。そして、誰もが同じことを思った。あの追われている男は、絶対に助からない。国家安全保衛部の奴らに、嬲《なぶ》り殺しにされるだろう。

男が道を外れ、闇市の露店に飛び込んだ。品物を踏みつけ、裏に逃げる。その後を、五人の保衛部員が追った。女たちの悲鳴。痩せ衰えたコッチェビが一人、泣き叫びながら立ちすくんでいた。

闇市を外れ、男が細い路地に逃げ込む。背後の革コートを着た男――保衛部七局次長の朴成《パクソン》勇《ヨン》――が叫んだ。

「コギソ（止まれ）！」

男はそれでも止まらない。止まるわけにはいかない。もし捕まれば、どこかの管理所に連れ込まれて殺されることはわかっている。

だが、そこまでだった。路地の反対側からも、制服を着た保衛部の一団が駆け込んできた。両出口を、完全に塞《ふさ》がれた。

男は立ち止まり、左右を見た。古い煉瓦《れんが》の壁に飛びつき、生爪を立てた。だが落ちたところを朴成勇が踏みつけた。

鼻先に折り畳み式のナイフを突き付け、訊いた。

「権尚然《クオンサンヨン》だな」

「はい、そうです……」

男が目を閉じ、泣き声でいった。

「〝越境屋〟の権尚然だな」

だが、男は首を横に振った。

「知りません……。越境屋とは何のことですか……。私は、ただのトラックの……」

朴が男の耳にナイフの刃を当て、無造作に引いた。片耳が付け根から切り落とされ、男が絶叫した。

「もう一度、訊く。〝越境屋〟の権尚然だな。今度は、鼻が無くなるぞ」

朴成勇が男の鼻の下にナイフを当て、いった。

「はい……そうです……。私は、越境屋の権尚然です……。でも、もうしません。絶対にしませんから……」

朴が泣き叫ぶ男の両頬を、革手袋をしたままの手で張った。上着のポケットから写真を出し、男に突き付けた。

「この女を知っているか」

男が呆然《ぼうぜん》と、写真を見た。

「これは……」

「どうやら、知っているようだな。名前は、崔純子《チェスンジャ》。この女を、どこにやった」

「わかりません……いえ、名前は知りません。でも、見たことはあります……」

そうだろう。この女を見たら、絶対に忘れない。この美しい女を、お前のような下司《げす》な男が忘れるわけがない。

「お前が、脱北を手引きしたんだな」

「はい……いえ、わかりません。この先の渭淵《ウィヨン》の国境守備隊の兵隊さんたちに渡しました……。その後は、鴨緑江《アムノックカン》を渡って中国に入ったと思います……」

「確かなのか……」

「でも……もしかしたら、川に流されて死んだかもしれないです……」

泣き止んではいたが、男の声は震えていた。

「それは、いつのことだ」

朴が訊くと、男は少し考えた。そして、いった。

「二月の末……いえ、中旬頃だったかも……」

シバ（糞《くそ》）！

朴は、心の中で舌打ちをした。いずれにしても一カ月以上、二カ月近くも前だ。それに、あの女が川に流されて死ぬ訳がない。金明斗《キムミョンド》に、完全に出し抜かれた。

朴は一度、男の腹を思い切り踏みつけ、写真とナイフを仕舞った。

「この男を管理所に連れていけ」

他の保衛部員に命じ、その場を離れた。そして一人、路地から闇市へと歩きながら考えた。

中国に、入らなくてはならなくなるだろう。我々、保衛部が単独で行動するか。もしくは、中国公安当局の協力を仰ぐのか。いずれにしても、禹東則《ウドンチュク》副部長より上の判断が必要になる。

崔純子……。

あの女は、おれの獲物だ。

その時、なぜか朴は、いつか中国で食べた火腿《フォトエイ》の味を思い出した。

5

三月三一日、首都平壌近郊——。

北朝鮮国家安全保衛部の副部長、禹東則は、まだ新車の匂いの残る中国製メルセデス・ベンツで〝将軍様〟金正日の官邸に向かった。

鋼鉄の門が開くのを待ち、高い壁で囲まれた朝鮮労働党本部の敷地内に車を乗り入れる。将軍様の官邸は、党本部棟や党資料図書館に隣接する要塞《ようさい》のような建物だった。二〇〇九年三月に米グーグル・アースにこの建物が掲載、北朝鮮の最高指導者の官邸であると特定された。以来、臆病《おくびょう》な将軍様はしばらくこの官邸には近寄らず、他の別荘などに避難していた。だが平壌の近郊には他に信頼できる核シェルターを持つ家がないために、最近はまたここに戻ってきていた。いずれにしろ、どこに隠れたとしても、アメリカがその気になれば命を守る術《すべ》などないのだが。

禹は、内部の配置を熟知していた。一階の執務室には巨大な紫檀《したん》のデスクがあり、大理石のテーブルをイタリア製の白い革張りのソファーがコの字型に囲んでいる。周囲には将軍様がどの位置に座っても画面が正面にあるようにソニーのカラーテレビ六台が配置され、平壌放送以外にも韓国のテレビ局や日本のNHKの番組が見られるようになっていた。

他に、映画用の大画面プロジェクターが一台。その下にずらりと並ぶDVDのほとんどが、アメリカのハリウッド映画だ。

禹がこの部屋に入ることを許されるのは久し振りだった。すでに二週間以上も前に報告書を添付し、将軍様への接見を申し出ていたのだが。おそらく将軍様は、その報告書にすら目を通していなかったに違いない。国家の緊急事態であるにもかかわらず、だ。

一九四四年六月六日、第二次世界大戦の末期に連合国軍が決行したノルマンディ上陸作戦の時もそうだった。あの歴史的な日の朝、ドイツのアドルフ・ヒトラー総統は睡眠薬を服用して昏々《こんこん》と眠っていた。軍の上層部は目が覚めるのを待ち続け、総統直属の機甲師団を出動させることができなかった。その偶然のために連合国軍は、大量の兵力を上陸させることに成功した。ドイツは、総統が寝ていたから戦争に負けたのだ。無能な独裁者が率いる歪《いびつ》な権力下では、しばしばそのような陳腐なことが起こり得る。我が国も、けっして例外ではない。

禹が執務室に入っていくと、すでに四人の人間が集まっていた。ちょうど正面に、まるで壊れかけた人形のように将軍様が座っていた。入口に立った禹を見ても、反応がない。

共和国の実権をすべて握り、狂気の独裁者として恐れられたこの男も衰えたものだ。自分でデザインしたお気に入りの――だがこの上もなく悪趣味な――将軍服に包まれた痩せた姿からは、もはや威厳も畏怖《いふ》も感じられなかった。

弛《たる》んだ顔は、さらに醜悪だ。だらしなく、半ば開きかけた口。目は白濁して生気を失い、目脂《めやに》がこびりついている。その目でぼんやりと禹の顔を眺めているが、いったい何が見えているのか。

頭の中身は、推して知るべしだ。二〇〇八年の八月に脳の血管を詰まらせて以来、脳細胞の大半が死んでしまったのではなかろうか。片腕が麻痺《まひ》しただけではない。その思考能力は、痴《ち》呆《ほう》老人に近いだろう。この廃人のような男が我が共和国の最高指導者であることを思うと、腹を抱えて笑いたくなるほど滑稽《こっけい》だった。

禹東則は、その左手に座る将軍様の三男、金正恩に視線を移した。まるで禹を見下したように、尊大な態度で頷《うなず》く。

それにしてもなぜ、この肥えていること以外に何の取り得もない若造が国家安全保衛部の部長に抜擢《ばってき》されたのか。なぜ、将来の最高指導者なのか。なぜ、自分が部下として仕えなくてはならないのか。

何が軍事の天才だ。何が白頭山《ペクトウサン》の清き水で産湯を使った偉大なる英雄の血脈だ。何が世襲だ。そのような暴逆が、その先いつまでも続くわけがない。

部屋には他に労働党内での金正恩の後見人となる李英鎬《リヨンホ》、金正日の妹の亭主の張成沢《チャンソンテク》がいたが、いずれも将軍様親子に謙《へりくだ》り自らの保身に懸命になるしか能のない男たちだった。

それでも禹は、笑顔を作った。

「偉大なる金正日将軍閣下、禹東則がまいりました。これはこれは。我が共和国の錚々《そうそう》たるお歴々がお揃いだ」

だが、誰も何もいわない。ただ、申し訳程度に黙礼を返すだけだ。国家安全保衛部の副部長――秘密警察の実質的な支配者――である禹に好意を持つ者はいない。たとえ労働党の幹部であれ、死神として忌み嫌う。

禹は、自分の座る場所を探した。ここが、自分の威厳を示す上で最も重要な駆引きであることを心得ていた。ちょうど将軍様の右側に席が空いていた。周囲をゆっくりと見渡し、そこに腰を下ろした。

正面に座る金正恩と目があった。中国や韓国の工作員はこの男を〝果子狸《クオッリー》〟のコードネームで呼んでいるらしいが、明らかに太りすぎだ。

「同志、禹東則。それで、将軍様に用件というのは何ですか」

正恩が、虚勢を張るようにいった。確かにこの男は一年前に禹の直属の上司になったが、力関係そのものが逆転したわけではない。

だが、禹は正恩を無視するように、金正日に直接いった。

「例の、金明斗の件です」

〝金明斗〟と聞いて、金正日が怪訝《けげん》そうな顔をした。誰かに助けを求めるように、周囲の人間の顔色を見る。どうやら将軍様は、かつて腹心の部下だった男の名前まで忘れてしまったようだ。

「金明斗が死んだことは、この前に聞いたよ。あの男が党の資料室から重要な機密を盗み出したこともね。それが、どうしたんですか」

正恩が、また知ったようなことをいった。元はといえば、自分のミスであることも理解していない。

「もう一人、崔由里子《チェユリジャ》も死にました。自殺です」

禹が崔由里子の名前を出すと、金正日の表情に初めて反応があった。

「あの女が死んだ……。なぜだ……」

自分に問いかけるように、金正日がいった。やはり、すべての老人がそうであるように、昔の記憶だけは消えないらしい。逆に正恩が、不思議そうに父親と禹の顔色を窺《うかが》う。当然だ。この若造が、崔由里子のことを知るわけがない。

「金明斗が持ち出した物の行方がわかりました。どうやら奴は、愛人のキプム組の女……崔純子に預けたようです」

執務室にいる全員の顔に、驚きの色が浮かんだ。そうだ。この国の上層部の人間で、崔純子の顔と名前を知らぬ者はいない。そしておそらく、あの美しい体もだ。

「あの女も、死んだと聞きましたが」

さすがの正恩も、娘の方は知っているようだ。

「彼女の部屋で発見された死体は、崔純子本人ではありませんでした。市内の柳京《リュギョン》ホテルで働いていた、同じキプム組の女でした。母親の崔由里子は、娘が金明斗の件に絡んでいたことを知っていた。それで我々の捜査の手が入ることを恐れ、自ら口を塞《ふさ》いだのでしょう」

禹が説明すると、金正日が小さく頷いた。

「それで、崔純子はどこにいるのですか。もしあの女が生きているとしたら……」

正恩が、他人事《ひとごと》のように訊《き》いた。いまは自分が保衛部の部長の地位にいることすら自覚していない。

「昨日、私の部下が……」禹は〝私の部下〟の部分を強調した。「私の部下の朴成勇が、恵山で一人の越境ブローカーを逮捕しました。その男によると、三週間ほど前に渭淵の国境を越えた越境者の女が、崔純子だったそうです」

金正日の死んだ魚のような目が一瞬、光ったような気がした。正恩は呆然《ぼうぜん》として言葉を失い、李英鎬と張成沢の二人が顔を見合わせた。ここにいる奴らにも、やっと我が共和国の置かれた立場が理解できたらしい。

李が初めて口を開いた。

「崔純子は、中国にいるのか」

「おそらく。もし鴨緑江の流れに呑《の》まれて死んでいなければ、ですが」

「手配はしているのか」

「本日の朝、朴成勇と他精鋭二人を中国に向かわせました。しかし、いまの所は何の情報も入ってきていません」

今度は、張が訊いた。

「その崔純子が、我が党の資料図書館から金明斗が盗み出した機密情報を持っている可能性がある。そうなんだな」

「間違いないと思います。金明斗の周辺は妻や息子も含めて徹底的に洗いましたが、何も出てきていません」

「ところで、金明斗は具体的に何の資料を盗み出したのかね。すべて明らかになっているのか」

禹が、頷く。

「金明斗のスパイ行為はここ数年間に及び、多岐に亘《わた》っています。豊渓里《ブンゲリ》のミサイル基地の見取図や過去の日本人拉致《らち》の命令書、その他関連情報に関してはさほど問題ないのですが……」

「他には」

禹はここで、大きく深呼吸をした。

「ひとつは我が将軍様の御一族の家系図です。しかも、これまでに外部に情報が漏れているものではありません。党の資料室に保管される正式なものです。それを金明斗が無断で閲覧し、写真に撮影した形跡があります」

誰からともなく、息を呑むような気配が伝わってきた。あえていわなくても、ここにいる全員がその意味を理解していた。共和国の建国の父、金日成《キムイルソン》と過去の亡霊、金策《キムチェク》との関係。現指導者、金正日と、次期権力継承者である金正恩の出生の秘密。労働党の最高幹部や金家の者でさえ、その家系図に記された内容に触れることはタブーとされている。

「それだけなのか」

張成沢が溜息《ためいき》まじりに訊いた。

「いえ、実はもうひとつ……。金明斗が無断で閲覧した形跡のある機密資料が発見されました……」

だが禹はそこまでいうと一度ソファーから立ち、金正日の背後に回った。そして耳元で、周囲に聞こえないような小声で伝えた。

瞬間、金正日が夢の中から目覚めたように振り返った。顔が、紅潮していた。双眸《そうぼう》に、独裁者として恐れられていた頃の眼光が戻っていた。

「確かなのか」

強い口調で、訊いた。

「はい、おそらく、間違いないかと」

禹が、一歩下がって答えた。

「〝中国〟は、それを知っているのか」

「いまの所は、まだ。党資料図書館の担当者は、一週間前に貨泉洞の管理所で粛清いたしました。他に、知る者はいないはずです。ただし……」

金正日が、目を大きく見開いた。この時ばかりはさすがの禹もその狂気の威光に気圧《けお》され、視線を逸《そ》らさずにはいられなかった。

かすかに震える声で、続けた。

「米帝の手先となった黄長燁が、四日後に日本に招聘《しょうへい》されるという報道があります。日本側は〝拉致事件の情報収集〟と発表していますが、裏があることは明らかです。もしかしたら日本は、今回のことについてすでに金明斗から何らかの情報を得ているのかもしれません。たとえそうでなくても、もし崔純子の身柄が他国の手に渡ってしまいますと……」

突然、金正日が立ち上がった。鬼の形相で、四人を見渡した。そしてまだ動く右手の指で李英鎬と張成沢の二人をさし、いった。

「すぐに中国に連絡を取れ。訪中の列車を用意させろ。胡錦濤《フーチンタオ》主席との首脳会談の予定を早めるんだ。今回の件の情報が明るみに出る前に、すべての外交交渉を終わらせて担保を押さえろ」

金正日はそれだけをいうと、また崩れるようにソファーに座り込んだ。

6

この世に暗い夜ほど恐ろしいものは他にない。

闇の中には常に魑魅魍魎《ちみもうりょう》の目が光り、身動きのできない自分を睨《ね》め付け、甚振《いたぶ》る。

逃れることも、叫ぶこともできない。脳裏に亡霊が蘇《よみがえ》り、体も心も貪《むさぼ》り尽くされる。その地獄のような苦痛と恐怖が、延々と夜明けまで続く。

だが、それでも崔純子は、少しは眠っていたらしい。高い窓から射し込むかすかな光の中で、鶏の鳴き声に目を覚ました。汗の腐臭にまみれたウレタンのマットの上で寝返りを打とうと試みるが、両手を梁《はり》に繫《つな》がれているために体の自由が利かなかった。

目を開けると、目の前に子豚の顔があった。純子を、じっと見つめている。やがて、ぼろ布のような服の胸元に鼻先を入れて乳を弄《まさぐ》るが、自分の目当てのものが出ないと知ると母豚の元に戻っていった。

ここは、どこだろう……。

目を覚ますと、いつも思う。そしてしばらく、周囲の風景をぼんやりと眺める。

豚とアヒル、遠くには乳牛の姿もある。どこかの農場の、納屋の中だ。自分はそこに、囚《とら》われている。

自分の、記憶を辿《たど》る。なぜ自分は、ここにいるのか。

思い出すのはいつも、あの鴨緑江を越えた夜のことだ。純子はあの日も、自分の体を魑魅魍魎に貪り食われた。心の芯《しん》まで凍える川の冷たさと、死への恐怖を覚えている。幾度となく意識を失い、生きることを諦《あきら》めかけた。だが、自分は死ななかった。

気が付いた時には、国境を越えていた。ここはもう地獄の収容所、あの共和国ではない。自分は、中国の大地の上に立っている。そう思った。

最初に純子が中国で見た風景は、吉林《チーリン》省白山《パイシャン》市の長白《チャンパイ》朝鮮族自治県の町並だった。背後に長白山脈の南壁を仰ぎ、長白瀑布《ばくふ》や天池などの景勝地が点在する美しい町だ。中朝国境の交易で発展し、白参と呼ばれる朝鮮人参《にんじん》の栽培で知られる小都市だが、共和国の殺伐とした町しか知らない純子には裕福な大都市に見えた。

だが純子は、初めての中国に見とれているわけにはいかなかった。

長白には、脱北者が多い。中国公安は常に脱北者に目を光らせ、見つけ次第不法入国者として北朝鮮に強制送還する。本国に戻されれば収容所に送られ、脱北者がどのような扱いを受けるかを承知の上でだ。送還されれば〝教化〟の名の下に拷問を受け、最悪の場合には殺される。

一方、自治区内に多い朝鮮族は、同胞である脱北者に同情的だ。脱北者を見つけても公安当局には通報せずに、自らも危険であることを承知の上で匿《かくま》うことも多い。そのために長白朝鮮族自治県には、常に数千人もの脱北者が潜伏しているといわれる。

純子はもちろん、その情報を知っていた。だが、この地に長く留《とど》まるわけにはいかなかった。なぜなら自分は、目立ちすぎるからだ。他の脱北者に紛れることは不可能だ。それにもし純子が恵山で鴨緑江を越えたことを保衛部が知れば、まず長白周辺を徹底して捜索するだろう。むしろ、一刻も早く自治県を出た方が安全だ。

脱北した日の早朝、純子は国境の橋の近くで交易業者が集まる食堂を見つけた。そこで北朝鮮側から国境を越えてくる中国のトラックを待ち、運転手が食堂で食事をしている間に荷台に忍び込んだ。やがて、トラックが動き出した。そのトラックがどこに行くのかは、知らなかった。

純子は、トラックに揺られながら考えた。自分は、どこに行くのか。運転しているのは、どんな男なのか。朝鮮族ではないかもしれない。漢族の男かもしれない。

だが、それでもかまわなかった。もし漢族に捕まったとしても、むしろその方が安全であることもわかっていた。脱北者の女の約八割が、中国の国内で人身売買されると聞いていたからだ。色と金に目のない漢族の男が純子のような女をただで公安当局に突き出すわけがない。

やはり思っていたとおりだった。その夜、最初に見つかった時には泥棒と間違われ、荷台から引きずり下ろされた。運転手とその仲間に、散々殴られた。純子は顔だけを庇《かば》い、その痛みに耐えた。

だが明るい所で顔と体を見られ、純子が脱北者の女であることがわかると、男たちの態度が変わった。急に優しくなり、飲み物と食べ物を与えられた。丸二日振りの、満足な食事だった。

その後、五日間にわたり男たちに玩《もてあそ》ばれ、いまのこの農家に売られてきた。

普通、脱北者の女は、年齢や容姿によって三〇〇〇元から七〇〇〇元（約四万円から九万円）ほどで売買される。純子は、自分が三万元という破格の値段で売られたことを知らなかった。

純子を買ったのは、朱建栄《チユウジエンロン》という四〇歳くらいの男だった。豚やアヒルを飼う農場に父母と住み、自分は牡丹江《ムータンチヤン》という町で何らかの商売をやっているらしかった。売られてくる時に、純子は車の中からその町を見た。驚くほど大きな町だった。かつて父と母が住んでいた日本のオオサカは、この町よりも大きいのだろうか。そんなことを思ったことを覚えている。

朱建栄は、独身だった。純子に老いた父母の面倒を見ながら農場で働くことを命じ、妻になることを強要した。純子は一週間ほど、従順に従っていた。やがて男に服と化粧道具を買い与えられ、現金を盗むと、農場から逃げた。

だが、農場から町までは遠かった。すぐに捕まり、農場に連れ戻されて殴られた。それでも純子は諦めずに、翌日また農場から逃げ出した。

三度目に逃げて捕まった後、純子は豚小屋に監禁された。ロープで縛られ、もう逃げられないようにと服も取り上げられた。それから、何日が経ったのだろう。いまは一日に二度、男の母親が純子に水と〝餌〟を運んでくる。もしくは二日に一度の割で、夜中に男が忍んでくるだけだ。それでもまだ、あの共和国に連れ戻されるよりはましだった。

だが、その日はいつもとは違った。夜が明けて朝日が射しはじめた頃、豚小屋の扉が開いて入ってきたのは母親ではなかった。朱建栄本人だった。ロープを解かれ、服を投げてよこした。

「着るんだ」

「はい……」

許す、という意味なのだろうか。純子は、ゆっくりと服を身に着けた。化粧をさせられ、髪を梳《と》かすと、豚小屋の外に連れ出された。久し振りの陽光が、眩《まぶ》しかった。その光の中に、辺りの明るさには不釣り合いな黒い上着を着た小柄な男が立っていた。

朱建栄が、その男から札束を受け取った。かなりの大金だった。どうやらまた、他に売られるらしい。取引が終わると純子は黒い上着の男に連れられ、ＴＯＹＯＴＡと書かれた日本製の乗用車の助手席に乗せられた。

男が運転席に座り、何かを取り出した。それが手錠であるとわかった時には、すでに右手をドアノブに繋がれていた。声を出す間もなかった。

男が低い声でいった。

「崔純子だな」

中国に来てから、自分は誰にも本名を教えてはいない。

その瞬間、純子の頭の中が真っ白になった。

7

一九九七年二月一二日、朝鮮民主主義人民共和国から一人の重要人物が亡命した。

元朝鮮労働党書記、黄長燁である。黄は同国の初代最高指導者である金日成の側近を務め、朝鮮労働党の政治思想となる『主体思想』を確立した思想家だった。また金正日の時代になってからは政治家として党の事実上のナンバー2の地位にあり、共和国の建国の秘密を最もよく知る人物ともいわれていた。

だが、当時、主体思想の講演のために日本を訪れた直後、黄長燁は帰路に立ち寄った中国の北京《ペキン》で秘書の金徳弘《キムドッコン》と共に韓国大使館に駆け込んだ。当初、北朝鮮側は〈(亡命は)想像すら不可能なことであり、敵によって拉致《らち》されたことは明白〉と主張していた。ところがその直後に黄が亡命の意思を表明。中国当局も出国を認め、亡命が確定した。

これに怒りを顕《あらわ》にしたのが、金正日だった。四日後に控えていた自らの生誕の祝祭を台無しにされ、顔に泥を塗られたことも火に油を注いだ。以来、黄長燁は〝裏切り者〟と呼ばれ、北朝鮮による暗殺指令筆頭の標的として韓国で暮らしている。

一三年後の二〇一〇年四月四日午後、黄長燁は予定どおり亡命後初の来日を果たした。今回の来日は日本政府の『拉致対策本部』が招聘したもので、実際に滞在する八日までに被害者の家族や拉致問題担当相、超党派の特別委員会の会談の予定が組まれていた。だが、その来日の目的については、各方面から疑問視する声が上がっていた。なぜなら黄長燁は以前から「日本人拉致には関与していない」ことを明言していたし、亡命以後の新たな情報を持っていないことも周知の事実だったからだ。

さらに六日に都内で行われる講演に関しても、場所や時間、内容に至るまですべてに箝口令《かんこうれい》が敷かれ極秘事項とされた。これでは拉致問題に対する世論の喚起にもつながらない。結果として、日本政府の中途半端なパフォーマンスと揶揄《やゆ》された。

だが、黄長燁の訪日の目的はまったく別のところにあった。

黄の五日間の滞在予定は、宿泊先から立ち回り先に至るまですべて非公開となっていた。それが日本と韓国政府との間に交わされた、黄の訪日に関する最重要約定のひとつだった。一説によると黄は、五日間に行き帰りの空港との往復と六日の講演以外は一歩も宿泊先から出なかったという情報もある。だが、実際には帰国する前日の四月七日夜、重警護の下に密《ひそ》かに宿泊先から外出していた。

当日の赤坂見附の閑静な料亭街の一画は、いつになく物々しい雰囲気に包まれていた。繁華街から外れた裏通りだけでなく、さらに分け入った路地裏にまで耳にイヤホンを入れた背広姿の男たちが立っていた。総勢、約四〇名。すべて警視庁警護局のSPだった。他に、所轄の警察官や警視庁の機動隊が周囲を取り巻くように配置されていた。これは関係各国の国家代表クラスの要人を出迎えるほどの警備規模に匹敵した。

午後七時前、警備陣の見守る中に三台の黒塗りの乗用車が滑るように入ってきた。内、二台は外務省の外国要人用の公用車。最後尾の一台は韓国大使館が所有する外交官ナンバーの車だった。

車列は裏通りから細い路地裏に入り、料亭『澤乃《さわの》』の門の前で停まった。最初に前後二台の車のドアが開き、やはり背広姿の男たちが何人か降りてきた。警視庁のSPと、韓国大使館員のカバーを持つKCIAの警護官だった。周囲に注意を配り、安全を確認した。

黄長燁は、二台目の防弾特装車のトヨタ・センチュリーに乗っていた。SPがドアを開けるのを待ち、後部座席から降り立つと、一瞬なぜか懐かしそうに周囲を見渡した。その姿は刃物で肉を削《そ》ぎ落としたように痩《や》せていたが、八十代の後半には見えないほど矍鑠《かくしゃく》としていた。

門の前で、『澤乃』の女将《おかみ》が深々と頭を下げて出迎えた。

「お久しぶりでございます……」

黄も、無言で穏やかな笑みを返した。周囲をSPたちに取り囲まれながら、ゆっくりとした足どりで築山《つきやま》泉池の庭園を横切る。黄は一度そこで立ち止まり、戦後間もなく建てられた古い建物を仰ぐと、いま正に長い時空を超えるかのように框《かまち》へと上がった。

部屋は、入り組んだ廊下を進んだ奥に用意されていた。中庭に面した、小さな座敷だった。女将が襖《ふすま》を開けると、正面のガラス戸の向こうに石灯籠《いしどうろう》が見えた。その陰にも、警護官の気配がある。どこかで、水琴窟《すいきんくつ》が鳴った。

「黄さん、お元気そうですな。さあ、こちらへどうぞ」

部屋の床の間の向かいに、和服姿の老人が座っていた。顔の色艶《いろつや》はいいが、年齢は黄よりも上に見えた。『亜細亜政治研究所』の所長、甲斐長州だった。

「やあ、甲斐先生。先生もお元気そうだ。それよりどうぞ、上座の方へ」

「いや、今日は黄さんが客人だ。私の勝手を聞き入れて、床の間を背にしていただけませんか」

「わかりました。それではここは、先生のお顔を立てましょう」

黄の日本語は流暢《りゅうちょう》だった。まだ戦前、日本の中央大学法学部に留学していた時に身に付けたものだ。いまでも黄は、日本人相手の面談、取材、講演をすべて日本語でこなす。

背後の韓国大使館員やSPたちの人払いをすませ、黄が上座に腰を下ろした。部屋の中には、二人だけだ。お互いに酒を注《さ》し合い、盃《さかずき》を目の高さに掲げた。

甲斐と黄の再会は、一三年ぶりだった。一九九七年の二月に黄が亡命する直前に、日本に立ち寄って以来のことになる。当時、黄が日本から中国に向かう前日に、やはりこの『澤乃』で酒を酌み交わしたのが最後だった。あの夜、甲斐との会話が、黄の亡命を最終的に決断させたことは二人しか知らない。

「この部屋は」

黄が周囲を気遣うようにいった。

「だいじょうぶです。我が国の政治家共が、裏金のやり取りの相談をする部屋です。余計なものは付いていないし、隣の部屋の警護官たちにも小声で話せば聞こえない」

甲斐がいうと、黄が安心したように頷《うなず》いた。

「ところで最近、だいぶ共和国の方が慌しくなってきましたな」

甲斐が、酒を注しながら続けた。黄が、それを受ける。

「まあ、金正日もそう長くはないでしょう。ここ一年か、二年か。人民を虐げて自らだけが享楽を貪《むさぼ》った報いです。それにしてもあの国は、またしても世襲とは……」

「しかし、金正男《キムジョンナム》ではなかったようですね」

「お恥ずかしい。三男の正恩とは意外でした」

かつて黄長燁は、金正日の後継者は長男の金正男だと予告していた。

「これから先、共和国はどうなりますかな」

甲斐がそういって、盃を空けた。

「金正日が死んでも、あの国の体制は維持されるでしょう。軍部や党の上層部にも、すでに金正恩を擁立する準備はすんでいる。共和国の国内では、実質的改革や変化が起きる可能性は少ないでしょう」

黄がそういって、甲斐の盃に注し返す。

「ならば、国外では」

甲斐が訊《き》いた。

「そこが難しい。これは昨日の講演でも述べたのですが、鍵《かぎ》を握るのはやはり中国でしょう。中国は、北朝鮮の国体を守らなければならない。必然的に、今回の世襲を受け入れることになるでしょう」

「なぜです。なぜ虎が、たかが鼠一匹を喰《く》い殺してしまわないのか」

甲斐がいうと、黄がおかしそうに笑った。

「汚い鼠を喰えば、腹を痛めるからでしょう。いま、中国は一三億五〇〇〇万もの人口を抱えています。しかもその内の一〇億以上は、一部の富裕層を支える奴隷階級です。もしその上にさらに北の二三〇〇万もの貧民が流れ込んできたら、どうなると思いますか……」

すでに中国国内には、常時数十万もの脱北者が潜伏しているともいわれている。

「しかし、すべてが中国に流れ込むわけではない。大半は同胞の住む韓国を目指すのではありませんか」

「理屈でいえば、そうです。しかし中国が最も恐れているのは、朝鮮半島全体が民主化されることです。その波がもし中国全土に波及したとしたら……。今度は中国の国体そのものが危うくなります」

「まあ、定説ですな」

「そうです。建前です」

二人が盃を掲げ、意味深長な笑みを浮かべた。

長く、静かな時間が過ぎた。時折、仲居が追加の酒と料理を運んでくる。二人が小声で話す気配と、庭の澄んだ水琴窟の音以外には何も聞こえない。

「ところで、先生」黄長燁がいった。「今回はなぜ私を日本に呼んだのですか。ただ旧交を温めるためだけに、日韓両政府に働き掛けたわけではないでしょう」

「もちろんです」

「時間も遅くなった。そろそろ本題に入りませんか」

黄が促しても、甲斐はしばらく無言だった。だが、やがて徐《おもむろ》にいった。

「崔由里子が亡くなった。ご存じでしたか」

甲斐がいうと黄が一瞬、驚いたような表情を見せた。

「いつですか。なぜ、死んだのですか。彼女はまだ、若かったでしょう……」

一三年間、母国を離れていても、金日成の側近だった者なら崔由里子の名前を忘れることはない。

「やはり、知りませんでしたか。実は我々も、まだ彼女の死の情況について詳しくは把握しとらんのですよ。ただ、先月の中頃には、確かに崔由里子は死んでいる。彼女に関しては粛清ということは考えにくいが、自殺したという未確認情報もあります」

「まさか……。それにしてもなぜ……。それが今回、私が日本に呼ばれた理由ですか」

「いえ、そういうわけではない。今年になって、あの国からもう一人重要な人間が消えている。朝鮮労働党中央委員会書記局長の金明斗です。その件は、ご存じですか」

「ああ、それは韓国の情報部の方から聞いています。あの男は元々、建国の英雄だった金策の息子で、公然たる二重スパイでしたからね。その過程で虎の尾を踏んだか。もしくは、例のデノミの責任の片棒を担がされて朴南基と共に処刑されたのか……」

「いや、そのどちらでもないかもしれませんな」

「ほう……。するとそれが、今回の本題というわけですか」

黄が訊くと、甲斐は大きく一度、頷いた。

「実は、我々にもまだ、確証はないのですよ。しかし、もしかしたら金明斗は、あの国の国体に関わる重大な機密を握っていた可能性がある……」

甲斐がいうと、黄は首を傾げた。

「あの国に、いまさらそのような機密などありましょうか。国家的な麻薬事業や偽ドル紙幣の製造に関しては、すでに私が亡命後に暴露してしまいましたし。ミサイルや、核開発技術についても最早《もはや》……」だが、黄はそこまでいって何かを思い出したように両目を見開いた。「まさか……」

甲斐がまた、頷く。

「そうです。昨年の暮れでしたか。我々の方から金明斗に、例のものについて〝発注〟を掛けたのですよ。金正日の体調、一一月のデノミの失敗、金正恩への世襲。あちらの国政の混乱に乗じるまでもなく、極東の情勢も差し迫っていましたのでね」

甲斐がそういって、酒で喉《のど》を潤した。

「金明斗は、手に入れたのですか」

「その可能性はありましょうな」

二人には、わかっていた。もし想定が正しければ、金明斗はすでに粛清されているだろう。

「この件について、知っているのは」

黄が訊いた。

「いまのところは日本の我々の組織と、黄さんだけでしょう。あとは、金正日の周辺か……」

「中国はどうでしょう」

「どうですかな。いまのところ、胡錦濤や温家宝《ウェンチアパオ》にその動きはありませんが……」

甲斐がいうと、黄は腕を組んで考え込んだ。

「しかし、間もなく金正日の訪中が予定されていますね。例の世襲の件でしょう。その予定が早まるという噂があるが……」

「金正日の焦りでしょう。中国側に知られる前に、問題を片付けてしまおうという肚《はら》でしょうな。あの男の考えそうなことだ」

「しかし、もし胡錦濤がそれを知ったとしたら……」

「中国があの国の後ろ楯《だて》になる必要がなくなる。北朝鮮というひとつの国が、地球上から消えるということも有り得ましょうな」

黄が腕を組んだまま、首を横に振った。だが、顔は笑っていた。そして、訊いた。

「それで、金明斗は持ち出すことに成功したのですか。いま、どこにあるのですか」

「わかりません。失敗したのかもしれません。我々もいま探してはいますが、行方がわからんのですよ……」

甲斐が、重い口調でいった。

「なるほど。なぜ先生が崔由里子の話を出したのか。それで理由がわかりましたよ。もしかしたら、彼女がこの件に関わっているのですか」

「わかりません。しかし、金明斗と由里子の仲です。有り得なくはないということです。それよりも、問題は黄さん。あなただ」

「なぜですか」

黄が、怪訝《けげん》そうな顔をした。

「黄さん。あなたは〝こちら側〟で例のものを検分できる数少ない証人の一人なのですぞ。それをお忘れか。もし、すでにあの国から流出しているとしたら、まず最初に命を狙われるのはあなたかもしれない」

甲斐がいうと、黄が声を出して笑った。

「先生、私はもう八六歳になりました。奴らに命を取られ、それによってあの国の非道を世界に知らしめることができるなら、むしろ本望というものです。命など、惜しくはありません。

ただし……」

黄がそういって、静かに目を閉じた。そして、続けた。

「もし叶《かな》うならば、金正日の死とあの国が滅びるのをこの目で見てから死にたいものです」

庭で、水琴窟《すいきんくつ》が澄んだ音で鳴った。

数週間後――。

韓国の警察当局は、ソウル市内で北朝鮮からの脱北者二名の身柄を拘束した。

二人は朝鮮労働党員で、人民武力省偵察総局において特殊教育を受けた工作員だった。他の脱北者に紛れて中国北東部、タイを経由して韓国に入国。金英哲《キムヨンチョル》偵察総局長の特命を受け、黄長燁の暗殺を計画していたことを自白した。

だが、亡命から一三年も経ってからなぜ北朝鮮が黄長燁の暗殺を計画したのか。他にも暗殺者が送り込まれたのか。真相は明らかにされていない。

8

雨の成田空港から上海行きNH921便が離陸した時、男は胃の辺りにかすかな不快感を覚えた。

夕刻の一八時一〇分発の便ということもあり、機内はビジネスマンや観光客で混み合っていた。だが男は、自分の置かれたすべての情況から顔を背けるように、窓の外に視線を向けた。厚い雲に被《おお》われ、視界は閉ざされていた。すでに日没を過ぎた暗い窓に水滴が流れ、ただ自分の顔だけがぼんやりと映っていた。

男は、その顔に問い掛けた。

——お前はいったい、何者なんだ？——

〝設楽正明〟という名前は、もう忘れた。それ以前にも、別の名前があったような気がする。だが、まだ〝小笠原貴光〟という新しい名前も受け入れることはできない。

男はその時、ふともうひとつの名前を思い出した。

——蛟竜《こうりゅう》——。

かつて男が中国に潜伏していた頃、まだ正体が特定されていなかった時に、公安当局が男に付けたコードネームだった。蛟竜とは中国の伝説上の動物で、鱗《うろこ》を持つ龍の一種とされる。日本でいう蛟（みずち）、つまり〝水神〟を意味する。

自分がなぜ、そう呼ばれることになったのかはわからない。ただ中国全土にそのコードネームで手配が回った時、まるで他人事《ひとごと》のような違和感を覚えた記憶がある。だが、いまとなってはなぜか、蛟竜という名前が最も自分に相応《ふさわ》しいようにも思えていた。

男は自分に問い掛ける。

——お前の名は、蛟竜なのか——。

だが、窓の中の男は何も語らない。やがて飛行機は上昇して厚い雲を抜け、月明かりの中に広大な雲海が広がった。男は目を閉じ、ガラスの中の自分の顔を消した。

男――蛟竜――は客室乗務員からコーヒーを受け取り、持っていた朝日新聞を広げた。日付は四月一八日。新聞を見て、改めて正確な日時の感覚が戻ってきた。

この日の新聞にも、いくつか興味深い記事が載っていた。まずはやはり、発生から二四日目を迎えた哨戒艦《しょうかい》『天安』の沈没事故関連の記事だ。

〈北朝鮮が関与を否定

　韓国艦沈没、初の言及

北朝鮮は17日、朝鮮中央通信を通じて発表した論評で、韓国海軍哨戒艦「天安」の沈没事故をめぐり北朝鮮の関与を疑う見方が韓国で出ていることに対し、「(韓国側が) 関与説をでっち上げ、流布させている」と批判、関与を否定した。北朝鮮が今回の沈没に言及したのは初めて――〉

予想どおりの展開だった。

事故が起きた三月二六日以来、韓国政府筋の見解は二転三転を繰り返してきた。当初は「北が直接攻撃した可能性は低い」と発表し、在韓米軍もこの意見に同調した。だが船体が真っ二つに割れて沈没したことがわかり、行方不明四六人の死が確定的になると、事態の人きさから世論は徐々に〝北朝鮮犯行説〟に傾きはじめた。韓国政府もあえてこれを否定せず、四月八日には米、英、豪、スウェーデンの四カ国が参加する原因究明のための合同調査団を組織することを発表した。この時点ですでに、韓国は今回の事故を〝北〟の犯行として決着させることを目論《もくろ》んでいたことは明らかだった。

四月一五日、二つに折れた船体の艦尾の部分がサルベージ(引き揚げ)され、沈没が魚雷、もしくは機雷などの外部爆発が原因であったことが決定的となった。この頃から、〝北〟の犯行説がさらに加速しはじめる。韓国政府は世論への対応に苦慮しているとの見解を示すが、これが建前であることは明らかだった。

同時に、アメリカの『クリスチャン・サイエンス・モニター』紙が今回の沈没事故に関連する興味深い記事を掲載した。

〈——今後、韓国海軍の哨戒艦「天安」が黄海上で沈没した事故の原因について、いかなる真相が判明したとしても韓国政府は公表できない可能性が高い——〉

何とも思わせぶりないい回しだ。にもかかわらず、記事の中では具体的な〝真相〟についてまったく触れていない。いずれにしても、記事は二つの可能性を含んでいる。沈没の原因が北朝鮮側の攻撃によるもので、もし公表すれば南北両国の関係にとって不都合が生ずるという意味なのか。もしくは事件の裏に、韓国政府や米軍が絡む〝何か〟が隠されているという意味なのか。

黄海の『天安』沈没現場から一・八キロしか離れていない白翎島の沖に、米軍の潜水艦らしき船体が沈んでいるのはすでに各国の諜報《ちょうほう》機関の間では暗黙の了解だ。その船体が、原潜『コロンビア』であるという未確認情報も含めて風説は世界を駆け巡っている。事実、韓国の『KBS』は四月七日の時点で、米軍と韓国軍がその海域を捜索して米兵の遺体らしきものを回収する様子を撮影し、放映していた。

だが日本のマスコミは、このニュースを口裏を合わせるように一切報じなかった。まったく、奇妙な国だ。だが、この情報が事実ならば、『クリスチャン・サイエンス・モニター』紙の記事の裏も読めてくる。

いずれにしても『天安』は、退役廃艦間近の老朽艦だった。その意味では、一九四一年の真珠湾攻撃時の戦艦『アリゾナ』や『オクラホマ』と同じだ。沈没したことによって、解体の費用が大幅に節減されたわけだ。

客室乗務員が、夕食のプレートを運んできた。蛟竜はパンをひとつ口に銜《くわ》え、新聞を捲《めく》った。そこにもひとつ、興味を引かれる記事が載っていた。

〈金総書記月末にも訪中
　側近北京入りし調整

北朝鮮の金正日総書記が今月末にも訪中する公算が大きくなった。中朝関係筋が17日、警護を担当する最高責任者である朝鮮労働党幹部が4月上旬に北京を訪れていたことを明らかにし

た。（中略）訪中は中国側が要請したもので、実現すれば２００6年1月以来4年ぶり――〉

蛟竜は、何度か記事を読み返した。

何の変哲もない記事に、だが、奇妙な違和感を覚えた。金正日の訪中の噂は、昨年末あたりから何度か持ち上がっていた。それがここへきて、北朝鮮側に不自然な焦りのようなものが見え隠れしはじめている。どうやら今回は〝本物〟らしい。

昨年一一月のデノミ失敗による経済危機が、伝えられている以上に深刻化しているのか。今回の韓国哨戒艦沈没事故に関連し、北朝鮮犯行説を既成事実化しようとする米韓への対応策を協議するためなのか。もしくは、もし金正恩を訪中に同行させるとすれば、いまのうちに中国政府から世襲の後見を得ようという腹積もりなのか。

おそらく、そのすべてだろう。だがいずれも、ここへきて北の動きが急激に慌しくなった理由にはならない。何かまったく別のところに、金正日の思わくがあるような気がした。

蛟竜は、戸次二三彦の言葉を思い浮かべた。

――その女は、〝何か〟を持っている。今後のアジア情勢に重大な影響を及ぼす〝何か〟だ――。

世界情勢の裏舞台で繰り広げられるエスピオナージュ（諜報活動）やサボタージュ（破壊工作）において、蛟竜のような工作員は単なる使い捨ての駒のひとつにすぎない。任務を与えられても、その裏に存在する真意を知らされることはない。知ることも許されない。任務を終えて、時を経てから自分の役割に気付く。もし、生き残ることができれば。

だが、これは長年の経験からくる直感だ。この小さな記事が、なぜか気に掛かった。今回の自分の〝仕事〟に、何らかの形で関連しているような気がしてならなかった。

成田から上海《シャンハイ》までのフライトは、三時間と少ししか掛からなかった。時差は一時間。上海浦《プー》東《トン》国際空港に着陸した時には、現地は夜の八時を過ぎた頃だった。

日本からの団体客に紛れ、空港の長い通路を歩いた。ジーンズにアディダスのスニーカー、ラコステのポロシャツ、キャップにサングラスという姿は、周囲の観光客に完全に溶け込んでいた。だが蛟竜は、空港の至る所に設置された監視カメラに気を配った。

輪郭まで変える整形手術により、肉眼でかつての〝設楽正明〟であることを見破られる可能性は低い。だが、五月一日に開幕する『上海国際博覧会』のために、中国政府はテロ対策の一環として空港や市内の要所に最新鋭の個人認証機能を持つ監視カメラを設置した。

眼鏡やサングラス、マスクをしていても、瞬時に個人の顔を識別する高性能セキュリティ・システムだ。しかもその確率は、九九パーセント以上だといわれる。もし中国の公安当局がシステムに設楽正明の顔を登録していれば、整形を受けていても識別されるリスクはゼロとはいえない。

蛟竜の斜め後方に日本人の女が一人、歩いていた。年齢は三〇歳前後。身長が一八〇センチ近い蛟竜よりも、二〇センチほど低い。やはりジーンズにTシャツ、スニーカーという軽装で、小型のキャリーバッグを引いている。サングラスは掛けていないが、目立たない女だった。

女の素性は知らない。興味もない。だが蛟竜は、女が〝小笠原涼子《りょうこ》〟の名のパスポートを持っていることは確認している。昨日、成田の全日空ホテルで戸次に引き合わされ、以来行動を共にしていた。

女がさりげなく蛟竜に近寄り、腕を組んだ。この女が、これから数日間、蛟竜の妻になる。小笠原貴光という男と共に上海から入国した既成事実を作り、中国国内で夫婦としての行動記録を残す。役目が終われば、他の人間に成り変わって消えていく。彼女もまた、使い捨ての工作員の一人だ。

二人でイミグレーションを通る。蛟竜のパスポートには、日本の財閥系大手商社の上海支局の就労ビザが添付されていた。パスポートとビザは、すべて外務省が発行した本物だ。

スーツケースを受け取り、到着ロビーのB楼からA楼に向かう。建物を出て、タクシーに乗った。運良く中国製の車ではなく、古いがフォルクス・ワーゲンのタクシーだった。

「外灘《ワイタン》の上海ブロードウェイまで行ってくれ」

蛟竜は中国語を話せるが、あえて英語で告げた。

女がタクシーの中で蛟竜の手を握り、たわいないことを話し掛けてくる。まるで電気仕掛けのアンドロイドのように。蛟竜も、それに応じる。すべて、陳腐な芝居だ。

「新婚さん？」

運転手が日本語で訊《き》いた。

「いや、もう結婚して一年以上になるんだ」

蛟竜は、英語で答える。

タクシーは空港から環東二大道を北に向かい、茫漠《ぼうばく》とした風景の中を竜東大道から竜陽路を経て上海市内へと入っていく。前方に見える巨大高層ビル群の光はどんよりとした厚いスモッグに覆われ、幻影のように霞《かす》んでいた。

上海は、久しぶりだ。二〇〇五年の四月に起きた反日暴動の折、この国を逃げるように脱出して以来だから、あれからもう五年になる。その五年の間にも、上海は巨大な毒蛾が蛹《さなぎ》から羽化を繰り返すように変化し続けている。

いま目の前に広がる上海浦東新区の新都心も、地上に忽然《こつぜん》と姿を現した架空の都市にしか見えなかった。上海のランドマークといわれる東洋一のテレビ塔『オリエンタル・パールタワー』――東方明珠電視塔――は、あの頃にも確かにここにあった。だが上海の空を二分するように聳《そび》える地上四九二メートルの超高層ビル『SWFC（上海ワールドフィナンシャルセンター）』――上海環球金融中心――の奇妙な建物は、当時はまだ片鱗《へんりん》すら存在していなかった。この日本の森ビルが所有する上海の新たなランドマークは、つい先日アラブ首長国連邦の『ドバイタワー』に抜かれるまでは世界一の高さを誇っていた。

南浦大橋で黄浦江を越え、旧市街地に入ると、ここで大気が一変する。ねっとりと、湿気を帯びた毒が絡みつくように全身を包み込む。毒は汗ばむ皮膚から体内に浸透し、脳とすべての神経を冒しはじめる。甘美な阿片《あへん》のように。やがて瞳孔《どうこう》は眠りを求めるように光を遮断し、視界のすべてが暗く沈んでいく。

タクシーは黄浦江の悠久の流れを右に見ながら、渋滞の中を北上していく。この辺りは新旧の建物が混在する街並も、黄浦江の暗い水面に浮かぶ観光クルーズ船のきらびやかな光もあまり変わらない。変わったのは市内の至る所で見かける〝上海国際博覧会〟の文字と、体裁を取り繕うために町全体が掃除されたことくらいだ。それでも、かつての租界時代に〝魔界〟と呼ばれて恐れられたこの町の本質は、いまも深い闇の中で強《したた》かに息を潜めている。

上海の大気に触れると、まるで母胎に包まれたような郷愁を覚えるのはなぜだろうか。五年前に、いや、それ以前にも幾度となくこの地を訪れていることによるものではない。むしろ自分がこの世に生を受ける以前の、遺伝子に刻まれた記憶に惑わされているような錯覚があった。

蛟竜は、その理由に薄々気付いている。自分にも、父親がいた。顔も、名前も知らない男だ。いまどこにいるのか、生きているのか死んでいるのかすらわからない。だがその男は、戦前から戦中の一時期にこの上海の租界に住み、関東軍の特務機関員として暗躍していた。いつか、誰からともなく、そう聞かされたことがあった。

「何を考えているの」

女が手を握りながらいった。

「いや、上海の風景に見とれていた」

陳腐な、芝居……。

蛟竜は、タクシーの窓の外を見上げた。濁った大気に滲《にじ》むように、原色の夜景が毒々しい光を放っていた。

自分は、中国に戻ってきた。とりとめもなく巨大で、現実と虚構の素顔さえ見せぬこの大地に。中国の闇は果てしなく奥深く、常に辛辣《しんらつ》で、足を踏み入れるすべての者の運命を翻弄《ほんろう》して止まない。

『上海大廈——ブロードウェイマンションホテル』の部屋は、南側の黄浦江に面していた。一九階の窓からの眺めは、かつて東洋一の景観ともいわれていた。いまも眼下には浦東新区の新都心から外灘まで、きらびやかな宝石をちりばめたような夜景が一望できる。その日映《まばゆ》い光の中を巨大な龍のように蛇行する水面にも、無数の船の明かりが行き来していた。

蛟竜は、感慨を覚えた。顔のない父親の姿を思い浮かべながら。

父も、住んでいたのだ。一九三四年に建築された、当時東洋一といわれたこのホテルに。そして時空の彼方《かなた》から、いまと同じこの風景を眺めながら。その時、父は何を考えていたのか。

チェックインをすませた後、蛟竜は妻の役の女を連れて町に出た。上海で最も古い繁華街、南京東路を歩き、人民広場に近い『揚子飯店《ヤンツーハンディエン》』という上海料理の店で遅い夕食を取った。いかにも日本人の観光客が立ち寄るような店だ。ここで女と夫婦を演じ、そこそこ上質の食事を味わい、クレジットカードで支払いをすませてまた南京東路を歩いてホテルに戻った。

豪華なロビーを横切る時に、黒服のフロントマンが英語で声を掛けてきた。

「ミスタ小笠原。伝言をお預かりしています」

男がそういって、上海ブロードウェイマンションの名前が印刷された封筒を手渡した。

「ありがとう」

封書を受け取り、歩きながら確認する。表に、「Mr.Ogasawara」の文字。裏面に、名前はない。封が開けられた形跡もない。

中国では、ウェブ上のメールは常に三〇万人ともいわれるサイバーポリスによって監視されている。電話は、盗聴される。連絡はむしろ、手紙というアナログな手段の方が安全だ。

部屋に戻り、女がバスルームに消えるのを待って手紙の封を切った。中に、同じ上海ブロードウェイマンションの便箋《びんせん》が一枚入っていた。蛟竜はそれを、ゆっくりと開いた。

〈――探し物が見つかった。ハルビンにある――〉

手紙にはたった一行、そう書いてあった。

蛟竜は文面と共に連絡先を暗記し、便箋を丸め、灰皿の中で燃やした。

9

翌四月一九日、北京市東城区長安街一四号庁舎――。

中華人民共和国『国家安全部（省）』第八局（反間諜偵察局）対外国スパイ監視課の厳強幹《イエンチヤンガン》にとって、この日は寒山拾得――意外――な一日となった。

最初の出来事は、午前中に起きた。公安部・敵偵局からの紹介で、北朝鮮の国家安全保衛部の朴成勇という男が訪ねてきたことだった。いわば、同盟国――厳は統治国だと考えているが――の同業者だ。春だというのに黒い革の上着を着た、みすぼらしい男だった。だがこの男は七局次長の肩書きを持ち、保衛部副部長の禹東則の紹介状まで携えていた。

八局の局長にも「配慮するように」命じられ、厳は仕方なく朴の話を聞いた。話の内容は、きわめて明快だった。今年の三月初旬、一人の政治犯が朝鮮民主主義人民共和国からある国家機密を盗み出して違法越境（脱北）した。現在その政治犯は、中国の国内に潜伏しているものと思われる。ついては自分と部下の捜査活動に対し、許可と協力を要請したいというものだった。北朝鮮側からこのような依頼があることは、今回が初めてというわけではない。

厳は朴と話しながら観察し、頭の中でこの男のプロファイリングを行った。国家安全部員としての、ひとつの癖のようなものだった。

ガラス玉のような灰色の目は、目の前の厳に視線を向けながら何を見ているのかわからない。何を考えているのかも読めない。おそらく、地獄を見つめてきた男の目だ。自分で何人もの人間を殺し、その感触に麻痺《まひ》している。いや、楽しむことを知っている。中国の国家安全部にも何人かこの手の男がいるが、嫌な目だ。

顔色は蠟《ろう》のように青白く、頰の肉は削《そ》げ落ち、唇は薄い。その唇は低い声を発し、必要最小限度しか動こうとしない。このような口は、決して真実を話すことはない。

だが、厳はあえて訊いた。

「その政治犯というのは、男なのか。それとも、女なのか」

朴が必要最小限度に唇を動かし、答えた。

「その政治犯が北朝鮮から持ち出した機密とは、何なのか」

「我が国の核開発に関する資料だ」

「女だ」

やはり、真実か嘘かを読むことはできなかった。だが厳は最初の質問に対する答えは真実で、機密に関しては偽りであると判断した。けっして直感ではなく、経験値から割り出した理論だ。いくら北朝鮮のような亡国においても朴のごとき一工作員が国家機密を知るわけがないし、知っていても他国の諜報《ちようほう》機関員にそれを話したりはしない。

朴は中国の国内で通用する短期の〝偵察証〟の発行を要求した。厳は上からの指示どおり、特別通行証と共にこれを手配した。

まあ、どうでもいいことだ。この男が中国の国内で国際世論を逆撫《さかな》でするような人権問題さえ引き起こさなければ、それでいい。

朴は最後に、なぜか「火腿の美味《うま》い店を知らないか」と訊いた。厳が北京市内の『桂公府《グイゴンフー》』という店を教えると、その時だけは朴の薄い唇に申し訳程度の笑みが浮かんだように見えた。北朝鮮の役人の官費であの店の勘定が払えるかどうかは疑問だが。

午後にはもう一件、厳の頭を悩ますような出来事があった。第二局の国際情報局・国際戦略情報収集課の日本駐在員による報告書が突然、厳の元に舞い込んできた。

〈東京発・監視対象者(外)第二三一—一〇〇一七号に関する報告。
二〇一〇年三月一三日、日本の新潟県内において、暗号名〔蛟竜〕（設楽正明）——（国籍・年齢不明）——が死亡したものとする情報を確認。理由は同日の麻薬取引中に日本国の厚生労働省・特別司法警察職員によって射殺されたもので——〉

あの〝蛟竜〟が、死んだ……。

巌強幹は、蛟竜の顔を思い浮かべた。奴をこの目で〝確認〟したことは、何度かある。二〇〇五年四月二日、四川省《スーチョワン》成都《チョントゥー》。同月九日、北京。同一六日、上海。すべて日本の小泉純一郎《こいずみじゅんいちろう》首相の靖国《やすくに》神社参拝に端を発した、各都市の反日暴動の前後だ。

もちろん、奴に直接遭遇したわけではない。公安当局が資料として撮影した暴動の現場VTRや、後に発見したアジト周辺に設置された監視カメラの映像などに蛟竜——もしくは蛟竜らしき人物——が映っていた。それを確認しただけだ。

だが……。

あれは確か、奴が成都のアジトとして使っていた新良大酒店の監視カメラに残されていた映像だった。蛟竜はそこにカメラがあることを知っていながら、故意にレンズを見上げた。そして口元に、確かに笑みを浮かべた。その時の蛟竜の表情と、獲物を射貫《いぬ》くような目が、いまも夢の中に出てくることがある。

巌は当時、成都からはじまった反日暴動阻止の責任者だった。その数日前から、インターネット上で暴動を呼びかける一人の匿名の男を追っていた。それが蛟竜だった。だが、蛟竜は後に、追い詰めたと思った上海から煙のように姿を消した。その男が設楽正明という名前を持ち、日本のある組織の工作員であると知ったのは、暴動からかなりの時間が経ってからだった。

あの蛟竜が死んだ。しかも麻薬取引中に、日本の警察に撃たれて……。

この報告書が第八局に回ってきたのは、厳が蛟竜の担当であったことを考慮してのことだろう。だが、確認すると、報告書は東京の蘇暁達《ソシャオタツ》という駐在員から三月二六日付で発信されたものだった。すでに、発信から三週間以上、蛟竜が死んでから五週間以上が経過していた。

厳は、顔を顰《しか》めた。まあ、いいだろう。奴が死んでくれたのならば、単なる朗報だ。特に緊急性はない。

だが厳は、もう一度報告書を注意深く読み返した。添付された資料によると情報の出所は韓国のKCIAの日本駐在員で、蛟竜は日本に帰国後、〝桓圭哲〟の名前で麻薬取引に手を染めていた。当日は日本のヤクザ組織と中国の福建マフィア『斧頭』の間に立ち、北朝鮮産の覚醒《かくせい》剤《ざい》の商談の最中だった。そこに日本の厚生労働省の特別司法警察の職員数名が踏み込んだ。

厳はこの文面を何度か読み返したが、どこかきな臭いものを感じた。たとえ特警であれ、犯罪者にとっては世界一安全といわれる日本の警察官が、麻薬の取引現場で犯人を射殺したりするだろうか。

だが報告書には、取引現場に居合わせた斧頭のメンバー〝馮元〟こと馮基木《フウジイムウ》が蛟竜の死を目撃。後に第二局の蘇暁達自らが馮から直接確認。さらに報告書には、事件を報道した日本の何紙かの新聞のコピーも資料として添付されていた。

情報の確度は、九九パーセント——。

厳強幹は、安堵《あんど》の息を洩《も》らした。そうだ。蛟竜は死んだのだ。もう二度と、奴が白分の前に姿を現すことはない。

その日、厳は夕刻まで通常のデスクワークをこなし、退庁の前にいくつかの指示を出した。一件は招かざる客人、北朝鮮国家安全保衛部の朴成勇に関してだった。奴は絶対に、何か問題を起こす。厳は信頼できる部下を朴の案内に付け、常に監視するように命じた。

それにしてもなぜ我が国の国家安全部や共産党の幹部は、あのような亡国の小役人を優遇するのか……。

もう一件は、蛟竜に関してだった。

厳は安全部の第五局（情報分析通報局）を内線で呼び出し、監視対象者リスト「㊕第二二一〇〇一七号」——コードネーム「蛟竜」が現在どのような扱いになっているかを問い合わせた。担当者によると、やはり蛟竜は先月の二七日付でリストからの削除対象者に挙げられていた。あと、一週間、その間に生存が確認されなければ、規定どおり公安や外交部の要注意人物のリストをはじめ、この国のすべての記録から〝蛟竜〟の名が消されることになる。厳は説明に納得し、電話を切った。

だが、奇妙な不安に襲われた。その僅《わず》か数秒後にはまた内線の受話器を手にし、担当者を呼び出した。そして告げた。

「㊕第二二一一〇〇一七号を監視対象者のリストから外してはならない。我々第八局は、まだ蛟竜の死を確認していない。公安や外交部の担当者にそう伝えろ」

受話器を置き、息を吐いた。

これは経験値から割り出した理論ではなく、直感だった。

あのような目をした男が、簡単に死ぬわけがない——。

10

崔純子は、春の陽射しの中で目を覚ました。

清潔なシーツに包まれた、柔らかいベッド。しばらく風邪をひいていたが、漢方薬と栄養のある食事を与えられて今朝は熱も下がっていた。部屋の中はオンドルで暖かい。

微睡《まどろ》みながら、思う。これは夢ではない。現実だ。自分は手首を縛られていないし、隣に知らない男も寝ていない。新しいシャツと、中国製のネルのパジャマを着せられている。こんなに平穏な朝は、二九年の人生の中でもあまり記憶になかった。

しばらくしてドアがノックされ、紀虹《キホン》と名乗る白髪まじりの女が部屋に入ってきた。背が低く、太っていて、よく笑う。中国語と、朝鮮語を少し話せる。純子はこの女を、すでによく知っていた。

「良い朝ね。風邪、もう平気?」

片言の朝鮮語を話しながら、テーブルの上にトレイを置いた。純子はカーディガンを羽織り、ベッドに体を起こした。トレイの上にはいつものように青菜の入った粥《かゆ》と根菜のキムチ、熱い中国緑茶が載っていた。

「ありがとう。だいじょうぶよ。熱はもう下がったわ」

純子が、頬笑む。その表情を見て、女も笑った。

「あなた、とても綺麗《きれい》。化粧する、とても美人になります」

素朴な、心を和ませてくれるような笑顔だった。

純子は熱い茶を飲み、粥をすすった。共和国では、こんなに美味《おい》しい粥を食べたことはなかった。キムチの味は純子には甘すぎたが、野菜は新鮮だった。

食事をする間、女は純子を見守っていた。さりげなく窓を見ると、金網の入った厚い曇りガラスの向こうに鉄格子が映っていた。自分は何らかの理由で大切に扱われていることはわかるが、けっして自由になったわけではない。幽閉され、監視されている。

純子が、食事の手を止めて訊《き》いた。

「ここは、どこなの」

女が少し考え、答える。

「安全な所。心配ない」

「そうじゃないの。ここは、何ていう町なの」

女が理解したというように頷《うなず》き、いった。

「ハルビン……。大きな町……」

ハルビンという町の名は、どこかで聞いたことがあった。だが、ロシアの町だと思っていた。

そういえば、牡丹江の近くの農場を連れ出されてから、車で三時間以上は走った覚えがある。

「ここは、中国なの。それとも、ロシアなの」

純子が訊くと、女がおかしそうに笑った。

「中国だよ」

「北京は、近いの」

女が、首を横に振る。

「遠いよ。とても遠いよ」

純子が頷き、また粥をすすりはじめた。

食事が終わり、女がトレイを持って部屋を出ていくと、今度はしばらくして男が入ってきた。

純子はこの男のことも、すでによく知っていた。名前は、陳《チェン》と呼ばれている。何日か前に、純子を買い取って農場から連れ出した男だ。

「気分はどうだ」

男が訊いた。この男はいつも、必要最小限度のことしか話さない。表情も、顔に表さない。笑ったところも見たことはない。

「だいじょうぶです。快適だわ」

純子は、男を観察した。自分を買い取っておきながら、体に指一本触れようとはしない。だが、油断してはいけない。この男はなぜか、純子の本名を知っている。

「何か必要なものはあるか」

男が、事務的に訊いた。

「下着の換えと、生理用品が欲しいわ。あの紀虹という女の人に頼んで」

「わかった。伝えておく」

「それから、もうひとつ」

「何だ」

「私はこれから、どうなるの……」

男は、しばらく黙っていた。だが、やがて、表情を変えずにいった。

「今日の午後、客が来る。その男が教えてくれるだろう」

その後、男は何もいわず、窓枠が溶接された箇所を確認して部屋を出ていった。

午前中は、何もやることがなかった。一〇時頃にまた女が緑茶を運んできて、それを飲みながら韓国の小説を読んで過ごした。申京淑《シンギョンスク》という作家が書いた『母《オンマ》をお願い』という本だった。田舎から老父母が息子と娘を訪ねてソウルに上京し、母親が行方不明になってしまうという物語だった。

面白い本だった。ソウル市内の描写が写実的で、行ったことがなくても、自分が本当にそこにいるような錯覚を覚えた。だが、読んでいて涙が止まらなくなった。純子にはもう、心配しなくてはならない父も母もいない。

部屋には、その他にも何冊か本が置いてあった。ほとんどが、韓国の本だ。中には韓国語に翻訳された、『1Q84』という奇妙な題名の日本の本もあった。だが、テレビやラジオは置いていなかった。

昼には何種類かのナムルとキムチ、他に豚肉とジャガイモを甘く煮た知らない料理が出た。運んできた紀虹に訊くと、「日本のニクジャガという料理だ」と教えられた。そういえば昔、『労働党三号廏舎《きゅうしゃ》』で工作員教育を受けている時、日本から連れてこられた女の教官が同じような料理を作ってくれたことがあった。

昼食を終えて本の続きを読んでいると、またドアがノックされた。

「どうぞ……」

純子が、本を閉じた。陳がドアを開け、一人の男が入ってきた。いかにも高級そうなスーツに、メタルフレームの眼鏡。白くなりはじめた髪を、後ろに撫《な》で付けている。

朝鮮人ではない。中国人にも見えなかった。純子は直感的に、その男を日本人だと思った。

男は陳が部屋を出ていくのを待って純子の前に椅子を持ってきて座り、思ったとおり日本語で話した。

「崔純子《チェジュンコ》さんですね」

男は〝スンジャ〟ではなく、〝ジュンコ〟と発音した。久しぶりに聞く懐かしい響きだった。子供の頃に、父と母だけはそう呼んでくれたことがあった。

「はい、そうです……」

純子は思わず、日本語でそう答えていた。三号廏舎時代の工作員教育により、日本語を話すことができる。だが、この男は、なぜそれを知っているのだろう……。

「私の名は、三沢《みさわ》といいます。日本の外務省の者です」男はそう名乗り、さらに訊いた。「あなたのお父様は崔正武《チェジョンム》、お母様は由里子。いわゆる〝帰国者〟だった。そうですね」

「はい……。父は一九八三年に、清津の農圃集結所で亡くなりました……。母は日本人でした……」

純子は見入られたように、素直にそう答えていた。

「お父様とお母様が、日本のどこに住んでいたか知っていますか」

「確か一九六七年に共和国に帰国するまで、日本の〝オオサカ〟という大きな町に住んでいたと聞いています……」

三沢が頷く。そして、訊いた。

「朝鮮労働党書記局の、金明斗を知っていますね」

純子は一瞬ためらい、答えた。

「はい……。よく知っています……」

「君が脱北した理由は、金明斗が失脚したからだ。そうですね」

「はい……。彼は私の党内の後見人のような存在でしたから……」

純子はあえて、〝後見人〟という言葉を使った。

「金明斗が失脚した理由を知っていますか」

三沢の問いに、純子はしばらく考えた。

「将軍様のお怒りに触れたからだと思います。それ以上はわかりません……」

純子はまた、少しずつ心を閉ざしはじめていた。

「金明斗が、どうなったか知っていますか」

また、少し考えた。

「消えてしまいました。どこかの管理所に入れられて、粛清されたのだと思います……」

本当に、それ以上のことは知らなかった。

「金明斗から、何か預かったものはありませんか」

純子は、首を傾げた。

「いろいろと渡されました。書類のようなものです。手荷物の穀物袋の中に入れて、国境を越えました」

三沢が、頷く。

「そう、それだ。その荷物はいま、ここにありますか」

純子が、首を振った。

「いえ、ここにはありません……」

「それなら、どこにあるんですか」

純子が、三沢を見つめた。

「最初にいた農場を逃げた時に荷物はすべて取り上げられ、焼かれてしまいました……」

三沢が呆然《ぼうぜん》とした表情で、肩を落とした。

第三章　迷宮

1

　かつて中国の象徴は、『紫禁城《ズージンチョン》』であった。

　一四〇六年（永楽四年）、当時の永楽帝がこの地に遷都を決定した折に着工。北京《ペキン》の皇宮に造営し、一四年の歳月の後の一四二〇年に竣工《しゅんこう》した。

　以来、五〇〇年以上。明朝から清朝にかけて、歴代の皇帝と皇后の優美な生活を支え続けてきた。だが一九一二年、中国最後の皇帝・溥儀《ふぎ》が失脚すると同時に王宮としての役割を終え、『故宮《グーゴン》』と呼ばれて現在に至っている。

　現在の中華人民共和国の象徴は、『天安門《ティエンアンミン》』である。

　一九世紀に始まった世界の列強からの侵略、日中戦争、同時に長い年月にわたり続いた内戦の明けた一九四九年一〇月一日、中国全土を制圧した毛沢東《マオツオートン》は故宮の正門に凱旋《がいせん》。その見上げるような楼閣に上がり、中華人民共和国の建国を宣言した。数十万人ともいわれる観衆の大地を揺るがすほどの拍手と歓声がしばらく鳴り止まなかったという。

　だが、一人の英雄の誕生は、中国と近隣諸国にとってさらなる暗黒の時代のはじまりでもあった。毛沢東は国家統一からその後の文化大革命にかけて、〝粛清〟の名の下に七〇〇〇万人以上ともいわれる自国民を虐殺することになる。

門から天安門広場を一望した時、誰もが改めて中国の巨大さと茫漠《ぼうばく》とした素顔に畏怖《いふ》を覚えることだろう。南北に約八八〇メートル、東西に約五〇〇メートル、総面積四四万平方キロメートルの世界最大級の広場では、一説によると一〇〇万人規模の集会も開催が可能だといわれる。一九八九年の天安門事件では、中国の民主化を求める一〇万人もの学生や市民がここに集結。中国人民解放軍の武力弾圧により多くの血が流れた。それでも一三億五〇〇〇万人もの中国人にとって、天安門広場は一生に一度は訪れるべき聖地である。

四月二一日——。

この日の天安門広場は、いつもよりも心なしか物静かだった。広場の中央には五星紅旗の半旗が掲げられ、海外や地方からの観光客の姿も疎《まば》らだった。そして午前一〇時、追悼の意味を込めた防空警報が辺りに鳴り響き、その場に居合わせた全員が約三分間の黙禱《もくとう》を捧《ささ》げた。一週間前の四月一四日、玉樹チベット族自治県で起きた中国青海《チンハイ》省地震の二〇〇〇人以上もの犠牲者に対する全国哀悼活動の一環だった。

同じ頃、天安門の南西に位置する人民大会堂の会議室では、政治局常務委員会の臨時会議が招集されていた。この会議には中国の最高指導者である胡錦濤《フーチンタオ》共産党総書記を筆頭に、次席の呉邦国《ウーバングオ》、温家宝《ウエンチアパオ》国務院総理他、党のトップから委員全員の計九人が一堂に会していた。九人は中国中央テレビのカメラの前に整列し、午前一〇時の時報と同時に黙禱を捧げ、挙国哀悼の日を表明した。

党のトップが揃って黙禱する姿は、一日に幾度となく全国のテレビで放映されることになる。これは犠牲者に対する建前としての哀悼の意と同時に、党から国民に対する効果的な宣伝となりえた。実際に北京の外交筋は、「党は震災対策と国民の命を何より大切にしている」というメッセージだったと海外のメディアに漏らしていた。

だが、三分間の黙禱の最中に、顔を揃えた九人のほとんどが同じことを考えていた。

――我が中華人民共和国は、どうしてこうも都合のいい時に大きな地震が起きてくれるのだろう――。

二〇〇八年の『四川大地震』の時がそうだった。あの年の三月一四日、チベット自治区ラサ市でチベット族による大規模な暴動が勃発《ぼっぱつ》し、例のごとく人民解放軍が武力により弾圧した。中国当局は「死者十数人」と発表したが、実際にはチベット族の僧侶《そうりょ》など一四〇人以上が虐殺され、一〇〇〇人以上の逮捕者を出した。これが人権問題として国際世論を煽《あお》り、八月に行われる予定の北京オリンピックのボイコット騒動にまで発展。開催すら危ぶまれていた。

ところが五月一二日に、四川《スーチョワン》省の汶川《ウエンチュアン》県にM7・9のあの大地震が起きた。近郊の少数民族自治州を中心に、一〇万人ともいわれるチベット族やチャン族の人民が死亡。この地震によってラサの暴動に端を発したチベット問題は、事実上収束。同時に世界が注目した中国の人権問題は〝民族友愛〟と復興、さらに同情へとすり替えられ、北京オリンピックの開催を実現した。

——あの四川大地震は、正にこれ以上もない天の助けだった——。

そして今回の『青海省地震』もそうだ。五月一日に開催が迫る上海《シャンハイ》万博は、ＰＲソングやマスコットの盗作疑惑——いや疑惑ではなく事実だ——で世界から顰蹙《ひんしゅく》を買っていた。このままでは開催はできたとしても、中国は世界に恥を晒《さら》すことになっていただろう。その開会式の直前にあの地震が起き、中国全土が挙国哀悼の情調に包まれたことで、いつの間にか盗作問題も立ち消えになった。

——二千数百人の犠牲者など、国威発揚の前には安いものだ。しかもどうせ死ぬのは我が党が民族根絶を計画するチベット族などの少数民族ではないか。

すべては天運による偶然なのか。いや、偶然ではない。必然だ。そのくらいのことは、ここにいる九人全員が知っている。

偉大なる中華人民共和国に栄えあらんことを——。

党の最高指導部九人は、哀悼式典の撮影を終えて別室に移動した。ここまでは、テレビカメラも追いかけてはこない。ドアを閉じると全員が肩の力を抜き、ほっとしたような表情を見せた。

時間はまだ早いが、巨大な丸テーブルの周囲に一〇人分の飲茶《ヤムチャ》の昼食が用意されていた。九人が笑いながらそれぞれの席に着く。しばらく談笑しながら茶をすすっているところにドアがノックされ、この会合に出席する最後の一人が部屋に入ってきた。

中国外交部副部長の武大偉《ウーダーウェイ》だった。武大偉は目の前の最高指導部九人の顔色を恭しく見渡し、深々と頭を下げた。そして自分の席に着いた。

九人はその様子を、無言で眺めていた。それぞれの表情に、嘲笑《ちょうしょう》の色が見え隠れしている。その空気を察するように、武大偉は白いハンカチで額の冷や汗を拭《ぬぐ》った。

武大偉は二〇一〇年の二月に、外交部の朝鮮半島問題特別代表に就任していた。この処遇はあくまでも北朝鮮側の要望であって、胡錦濤をはじめとする中国の最高指導部の意思ではない。この男が無能であることは、もはやここにいる九人全員が認識していた。事実、後に『ウィキリークス』によって流出した外交文書により、北朝鮮までもが「最も無能な中国外交官」と評価していることが明らかになった。

ならば、なぜ北朝鮮は武を特別代表に指名したのか。金正日《キムジョンイル》が望むのは、六ヵ国協議の無力化だ。無能な武が議長に留任すれば、思いのままに協議を操ることができるからだ。もちろん胡錦濤の方も、金正日の思わくを承知の上で武を朝鮮半島問題特別代表の座に据えている。

「同志、武大偉。最近は元気でやっているかね」

胡錦濤が回ってきた点心を選びながら、穏やかな笑顔で訊《き》いた。だが武は、その笑顔がいかに恐ろしいものであるかを十分に心得ていた。

「同志、胡錦濤閣下。ありがとうございます。閣下こそお元気そうで……」

場内はまた、奇妙な沈黙に包まれた。点心を味わい、横にいる者同士が小声で話すだけで、武の存在が誰からも見えていないような空気が流れていた。だが、それまで武をまったく無視していた温家宝がいった。

「〝南〟は、何といってきている」

「韓国ですか。何といっているとは……」

温の大きな目が一瞬、武を睨《にら》みつけた。

「例の古い哨戒艦《しょうかい》の沈没事故のことだ。いわなくてもわかるだろう」

武は、その言葉に息を呑《の》んだ。温家宝は胡錦濤のように穏やかには笑わない。だが、恐ろしさという意味では同格だった。

「韓国は米、英、豪、スウェーデンなどに声を掛けて、あの事故の調査団を発足させるようです……」

「それで」

温が点心を食いながら、武に促す。この男の気が短いのは周知の事実だ。

「我が国の外交部の方にも、協力を打診してきました。つまり……」

「そんなことはいわなくてもわかる。奴らは自分たちが起こした事故を〝北〟のせいにして、我が国にも片棒を担がせるつもりだ。それをどうするつもりかと訊いているんだ」

「はい。どのようにすればよろしいのか……」

温が点心を食う手を止め、呆《あき》れたように武を睨みつけた。

「放っておけばいい」その時また、胡錦濤が声を出した。「〝北〟の方で、韓国の金剛山観光事業の全資産を凍結・没収するという動きがある。李明博《イミョンバク》はそれで焦っているんだろう。適当にあしらっておけ。老狢《ラオハオ》と臭鼬《チョウヨウ》の化かし合いに、わざわざ巻き込まれることはない」

〝老狢〟は北朝鮮の金正日、〝臭鼬〟は韓国の李明博を指す。さすがの武大偉も、それだけで胡錦濤の意を察した。

「それよりも、汚い話題を早いところ片付けてしまおう」党ナンバー2の呉邦国がいった。「せっかくの点心をゆっくりと味わいたいのでね。金正日の訪中の日程が、決まったそうじゃないか。やはり、五月三日なのか。また例のご自慢の列車で」

「はい、そうです……」

今回のこの会合の第一の目的は、朝鮮民主主義人民共和国の金正日総書記の訪中に関する党指導部の意思確認だった。だが九人の常務委員はそれぞれが勝手なことをいうだけだ。最終的な調整は金正日の意向も含めて、すべて武に押しつけられることになる。

「あの老いぼれは何をしにくるんだ」常務委員の一人、習近平《シーチンピン》が口を出した。「また物乞《ものご》いか。どうせ、金と食料を恵んでくれといいにくるんだろう。核の放棄と六カ国協議の参加を餌にして」

「放棄すべき核があればだがね。そんなものをあの乞食《こじき》国家が本当に作れるとは思えないがね」

委員の一人、賀国強《ホーグオチャン》がいうと、その場に失笑が漏れた。

「あとは例の哨戒艦の件だ。あれは自分たちがやったのではないと、いい訳をしにくるつもりだろう」

習がいった。

「そんなことは、わかりきっている。あの哨戒艦……確か天安《チョンアン》といったか……韓国は海中で魚雷が爆発して船体が真二つに折れたといっているそうじゃないか。そんな高性能の魚雷があの国に作れると思うか。できるとしたら我が人民解放軍海軍かロシアの海軍だけだ」

賀がいうと、またその場にいた全員が笑った。

「アメリカ軍でもできるだろう」

温家宝が口をはさむ。

「いや、温首相それは無理ですよ。もしアメリカなら火薬の量を間違えて、あんな老朽艦などバラバラに吹き飛ばしてしまうでしょう」

また全員が笑った。

場が和んだところで、武大偉がいった。

「実は、今回の金正日の訪中には、もうひとつ重大な案件が含まれています。もうご存じかと思いますが……」

場が静まり、全員の視線が武の顔に集まった。

「例の〝世襲〟の件か」

習近平が訊いた。

「そうです。今回の金正日の訪中には、三男の正恩《ジョンウン》が帯同すると通達がありました……」

それぞれが顔を見合わせ、場が騒《ざわ》めきだした。〝北〟がまた世襲による政権移譲を画策していることは、すでに暗黙の了解だった。だが、あまりにもタイミングが急だ。

「その件に関しては、私から話そう」胡錦濤がいった。「実は今月の頭に〝北〟が訪中の日程を決めたいといってきた時点で、すでに正恩が帯同することは先方が匂わせていた。そして一昨日の段階で、正式に通達があった。その時点で武から私に報告があり、同志呉邦国と温家宝にも伝えておいた」

呉と温の二人がその言葉に頷《うなず》く。

「しかし、〝北〟はなぜそんなに焦っているんですか。本来なら我が国に対する世襲の根回しは、早くても秋以降と聞いていましたが。金正日の病状がそんなに悪化しているとも思えないが……」

習が首を傾げる。

「金正日の病状ではない」温家宝が苛立《いらだ》たしげにいった。「いま国家安全部に探らせているが、それらしき原因が何も浮上してこない」

「例の哨戒艦の一件では。もしくは、昨年来のデノミの失敗か……」

委員の一人、李長春《リーチャンチュン》が呟《つぶや》くようにいった。

「いや、もしあの哨戒艦の件に〝北〟が絡んでいたとしたら、金正日は最初から関与を否定しない。むしろ正恩の手柄として宣伝に利用していただろう。まして、デノミが原因であることは考えられない。金正日が物乞いに来るのは、特に珍しいことではない」

呉がそういって、周囲を見渡した。

「もし金正日が五月三日に正恩を連れてくるとして……。同志、胡総書記は〝北〟の世襲を容認するおつもりなのですか」

賀国強が胡錦濤に訊いた。胡が頷く。

「そのつもりだ。他に方法はないだろう」

「なぜ、あの小国を生かしておくのですか」

賀が食い下がる。

「仕方ないだろう」呉がそれを止めた。「いま肥溜《こえだ》めをひっくり返せば、糞尿《ふんにょう》の跳ねがこちらに掛かるのは必然だ」

「しかし……」

「それにしても、なぜ〝北〟はそんなに慌てているのか。何か原因があるはずなのだが……」

胡がそういって、腕を組む。

「ひとつだけ、国家安全部の方から気になる情報が入っている」温家宝がいった。「最近、我が国の国内で、〝北〟の保衛部員が一人の脱北者を必死に探しているらしい。まさかその脱北者が、今回の金正日の訪中に関係しているとも思えないのだが……」

「まさか」呉邦国が否定した。「もしその脱北者が〝北〟の何らかの国家的機密を握っているとしたら、その人物は朝鮮労働党の幹部だということになる。最近、それに該当する人物が失脚したとしたら、書記局の金明斗だけだ。しかし、あの男はすでに粛清されたと聞いている」

「だとすれば、痴呆《ちほう》の進んだ金正日のただの気紛《きまぐ》れか……」

誰かが呟くようにいうと、失笑が漏れた。

武大偉は党の最高指導部九人の会話を聞き流しながら、無心に点心を食べ続けていた。

2

蛟竜《こうりゅう》——設楽正明《しだらまさあき》——は中国の国内に確実に足跡を残していた。

上海に入った翌日の四月一九日には福州路の『老正興菜館』に〝小笠原貴光《おがさわらたかみつ》〟の名前で予約を入れ、〝妻〟の涼子《りょうこ》と共に名物の蝦子大烏参（黒ナマコの煮込み料理）を味わった。翌二〇日には浦東《プートン》国際空港から北京首都航空二〇便で北京に移動、北三環東路のホテル『京倫飯店』に宿泊。ここでも〝小笠原貴光・涼子〟夫妻の名を残している。

二一日の挙国哀悼の日には、蛟竜は天安門広場で黙禱《もくとう》を捧《ささ》げる人々の中に観光客として紛れていた。その後、二日間かけて故宮や景山公園、頤和園《いわえん》、天壇などを観光。日本人〝小笠原夫妻〟の姿を完全に中国の風景の中に溶け込ませた。そして四月二三日、『上海ブロードウェイ』で受け取った〝伝言〟の指令どおりに北京首都国際空港から一二二便に乗り、ハルビンに向かった。

ハルビンは中国語で〝哈爾浜〟と書く。中国最北の行政区、黒竜江《ヘイロンチャン》省の省都で、二〇世紀初頭にロシア帝国が満州北部に敷設した『東清鉄道』の清（現・中国）側の玄関口として発展した町だ。それだけに市の中心地の中央大街——旧キタイスカヤ——にはいまもルネッサンス式やバロック式の欧州建築物が建ち並び、当時のロシア風の街並が面影を残している。

蛟竜はハルビン太平国際空港からタクシーに乗り、妻の役割の涼子という女と共に市内へと向かった。康安路のロータリーを過ぎると周囲にロシア風建築が目立ちはじめ、新陽広場から斜め左に直進するように旧キタイスカヤに入っていく。広い石畳の道の両側には、有名なモデルンホテルや旧秋林《チューリン》洋行、旧松浦《ソンプー》洋行などの歴史的建築物が並ぶ。

初めての町を訪れた時にはいつもそうするように、蛟竜はタクシーの運転手に命じてしばらく市内を回らせた。そうしながら周囲の街並を視覚として頭に焼き付けると同時に、市内の地理や道路も記憶してしまう。それが〝仕事〟をする上で自分の命を守るための、ひとつのルールでもあった。

だが、蛟竜は市内をタクシーで回りながら、もう一人の自分の感性で周囲の風景を眺めていた。町には中国語と共にロシア語が混在し、ロシア料理などの店も多い。街頭を行き来する人々の顔にも、ロシア人の面影が残っている。

タクシーの窓を少し開けてみると、透明感のある清涼な風が肌を撫《な》でた。上海や北京の、毒が全身に絡みつくような風とはまったく異質だった。ここは中国ではない。蛟竜はなぜか、そう思った。

ハルビンを訪れるのは初めてのはずなのに、唐突に郷愁を覚えた。蛟竜には、その理由がわかっていた。かつて、顔も知らぬ父親が、この町を訪れたことがあるからだ。

市内を回った後で、聖ソフィア大聖堂の前でタクシーを降りた。一九〇七年、日露戦争の二年後にロシア正教の軍用教会として建設された寺院だ。ビザンチン様式の影響を強く受ける、ハルビンを代表するロシア建築のひとつである。

夕刻の陽に染まりはじめた聖堂を見上げながら、広大な広場を横切る。最上階の鐘楼の七つの音を持つ鐘が鳴り響き、広場から無数の鳩が舞った。鳩の群れはモスクを想わせる緑のドーム屋根に立つ金の十字架の周囲を一周すると、それぞれの寝座《ねぐら》へと飛び去っていった。

巨大なアーチ型の入口を潜《くぐ》り、蛟竜は大聖堂の中に足を踏み入れた。高く円い天井を見上げると、ステンドグラスの窓から差し込む淡い光にレオナルド・ダ・ビンチの『最後の晩餐《ばんさん》』のレプリカが浮かび上がった。蛟竜はしばらく、その荘厳な景観に見とれた。

そして、感じた。父親もかつて、この光景を見たことがあると。自分は、いつの間にか、遠い時空の彼方《かなた》から父親の背中を追っている。

「レオナルド・ダ・ビンチはロシア人でしたかな」

中国語で話しかけられ、蛟竜は背後を振り返った。それまで日本から行動を共にしてきた妻の役割の女はいつの間にか姿を消し、そのかわりに黒い上着を着た小柄な男が立っていた。蛟竜と同じように、高い天井を見上げていた。すべて〝伝言〟どおりの展開だった。

「いや、イタリア人だったはずです。ルネッサンス期を代表する芸術家ですよ」

蛟竜も、〝伝言〟どおりに応じた。

男が『最後の晩餐』から蛟竜に視線を移した。そして、小さく頷く。

「小笠原さんですね」

今度は、日本語だった。

「そうです。あなたは、陳《チエン》さんですね」

「はい。私が陳です。私についてきてください」

陳はそういって、ゆっくりとした足取りで出口に向かった。蛟竜はそれを追うように、男の横に並んだ。

「〝探し物〟は見つかったんですね」

蛟竜が歩きながら訊《き》いた。

「はい……」

だが陳は、それ以上は話そうとしない。

「何か、不都合でも」

「実は、ちょっとした手違いが起きています。詳しくは、私の〝家〟に行ってからお話ししましょう」

陳がそういって、足を速めた。

車は透龍街の裏通りに駐《と》めてあった。ロシア料理の小さな店や土産物屋が軒を並べる一角で、石畳の路肩に寄せられた灰色のＴＯＹＯＴＡの助手席に乗った時には、すでに黄昏《たそがれ》の光も消えかけていた。

陳がエンジンを掛け、無言でギアをローに入れた。ハンドルを切り、路地を抜ける。華僑飯店の建つ大きなロータリーから紅軍街の広い道を走り、広大な駅前広場を横切って線路を渡る。つい一時間ほど前にも、タクシーで通った道だ。

「私の〝家〟は、河江街にあります」

陳が途中で、ひと言だけいった。アクセントの強い日本語だった。だが蛟竜は、この陳という男を直感的に「中国人ではない」と感じた。朝鮮族か。もしくは、日本人か……。

やがて車は旧キタイスカヤを横切り、イスラム寺院や旧ユダヤ人学校などのある通江街に入った。走りながら蛟竜は、常に自分の位置を把握していた。安国街通りを、西へ。また線路を渡り、細い道を右折すると、車が河江街に入ったことがわかった。

この辺りは、中国人の家や古いロシア建築が雑然と混成した一般人の居住区だった。長い壁に沿って走り、陳は長屋門の前でハンドルを切った。門を抜けると狭い中庭があり、陳がそこでエンジンを止めた。

「ここが私の家です。降りてください」

陳の家は高い壁に囲まれた数軒の家の中の一軒だった。周囲の環境からは、完全に隔絶されている。おそらく古いロシア建築を改修した建物で、頑丈そうな煉瓦《れんが》造りの壁の上に中華風の瓦《かわら》屋根が載っていた。この辺りの家には珍しく二階があり、鉄格子のはまった小さな窓が並んでいた。

家の中は意外に広く、暖かかった。隅々をロシア風のレリーフで飾られた白壁の部屋には古い暖炉があり、薪《まき》が赤々と燃えていた。火の前には龍の彫刻が施された長椅子と大きなテーブルが置かれ、朝鮮族の赤い衣服を着た太った女が座っていた。

蛟竜が陳と共に入っていくと、女が椅子から立ち、恥じらうように笑った。

「あの女が〝探し物〟か」

蛟竜が訊いた。

「いや、そうではない。妻の紀虹《キホン》です。例の〝探し物〟の世話をしています」

陳が女に、茶を持ってくるように中国語で命じた。女が頭を下げ、部屋から出ていった。

「ところで、手違いというのは」

蛟竜が長椅子に座り、訊いた。

「〝探し物〟は発見されました。しかし、もう価値はないかもしれないです」

陳が、蛟竜の正面に座った。

部屋の中には白熱球が点《とも》っていたが、暗い。陳の目の中で、暖炉の炎が光っていた。

「価値がないとは、どういうことだ。もう少し、詳しく説明してほしい」

蛟竜は『亜細亜《アジア》政治研究所』の戸次《べっき》二三彦《ふみひこ》から、〝探し物〟を中国から国外に持ち出すように命じられているだけだ。その〝探し物〟とは北朝鮮からの脱北者で、三〇歳前後の女性。帰国者の二世で、母親は日本人。聞かされているのはそれだけだった。

朝鮮族の女が茶を運んできた。テーブルの上に置かれた茶をすすり、陳がゆっくりといった。

「私は〝探し物〟は脱北者の女だと聞いていました。しかし依頼人は、その女が持っているはずだった他の物が必要でした。それが消えてしまった」

陳の説明で、少しずつ事情が飲み込めてきた。

「それで、計画は決行されるのか」

蛟竜が訊くと、陳が首を傾げた。

「私、わかりません。依頼人からの、指令を待ちます。それを、あなたに伝えます」

「もし、計画が中止になれば？」

「あなたは、日本に帰る。〝探し物〟はこちらで処分されます。私は、依頼人からそう聞いています」

蛟竜は陳の話に耳を傾けながら、茶をすすった。日本では味わったことのないような、極上の中国緑茶だった。

「わかった。依頼人の決定を待とう。その前に、自分の目で現状の〝探し物〟を確認しておきたい」

蛟竜がいうと、陳はしばらく考えていた。だが、やがて小さく頷《うなず》いた。

「わかりました。上にあります」

陳は茶を飲み干し、椅子から立った。蛟竜も、それに従った。部屋を出て、コンクリートの床の暗い廊下を歩く。裏に隠れるように狭く急な階段があり、二人でそれを上った。

二階にも、廊下があった。その両側に、同じような白いドアが六つ並んでいた。

「ここは昔、ロシア軍の精神病院だったんです……」

陳が、何も訊かないのにいった。英数字で「２０１」と書かれた部屋の前に立ち、ドアをノックした。

「請你《チンニィ》（どうぞ）……」

部屋の中から、中国語で女の声がした。

陳がポケットから鍵《かぎ》を出し、ドアを開けた。自分は後ろに下がり、蛟竜に眴《めくば》せを送った。

「ここにいます……」

蛟竜が頷き、部屋に入った。ワット数の小さな白熱電球だけの薄暗い部屋に、古い鉄パイプのフレームのベッドがひとつ。そのマットの上に、一匹の野獣が蹲《うずくま》っていた。

そう……野獣だ。

その黄色いネルのパジャマに包まれたしなやかな肢体と暗がりで爛々《らんらん》と光る双眸《そうぼう》を見た時、蛟竜は確かに野生の女豹《めひょう》を連想した。女豹は何かに怯《おび》え、凍えるように震えながら、警戒心を顕《あらわ》にして蛟竜を見つめていた。

暗さに目が馴《な》れてくるにつれて、正体が見えてきた。人間の、女だった。蛟竜は女の様子を観察しながら、その異様なまでの美しさに息を呑《の》んだ。

「名前は」

蛟竜が訊いた。

「崔《チェ》……純子《スンジャ》……」

女が、小さな声を出した。

3

風の中に、広漠とした大地が広がっていた。

おそらくは高粱畑《コーリヤン》なのだろうが、四月のこの時期はまだ播種《はしゅ》も終わっていない。前方に、家畜小屋だろうか、板葺《いたぶ》きの平屋の小屋が一棟。その先に、少しはましな、瓦屋根の母屋が建っていた。おそらく、あの家だ。

朴成勇《パクソンヨン》は車の助手席から降りると、中国製のタバコを口に銜《くわ》えた。この国に来てありがたいことは、良質のタバコをいつでも、安く入手できることだ。だが、運転席から降りてきた中国『国家安全部』第八局の宋芳徳《ソンファンデ》という男に箱を差し向けると、顔に苦笑いを浮かべて首を振った。

これだから、漢民族はわからない。自分たちでこんなに上質のタバコを作っておきながら、なぜ吸わないのか。国家安全部から借りた、この車もそうだ。中国はメルセデスのコピーを作れるはずなのに、国家機関が日本製のTOYOTAを使っている。

まあ、いいさ。

朴は黒い革の上着の襟を立て、マッチを擦ってタバコに火をつけた。どんよりと曇った冷たい空に煙を吐き出し、高粱畑の中に続く荒れた道を歩いた。

中国のこの広大な大地でたった一人の違法越境者を探すことは、砂漠から一粒の米を見つけるに等しい。朴は過去の経験から、その困難さを熟知していた。だが、今回は別だ。あの崔純子という女は、砂漠の中でもダイヤモンドのように光っている。

朴は一度、北京から吉林《チーリン》省に戻り、崔純子が越境したと思われる鴨緑江《アムノックカン》の周辺から捜査を再開した。朝鮮族自治県の国境の町、長白《チャンパイ》で聞き込みをすると、初日から手《て》応《ごた》えがあった。交易業者のトラックの運転手が、崔純子のことをはっきりと記憶していた。

見かけたのは、まだこの辺りに雪が残っていた三月の初旬ごろだった。仲間のトラックの荷台に忍び込んでいたところを捕まえ、張照淇《チャンショウキ》という人身売買のブローカーに売った。もちろん張も、崔純子のことを覚えていた。最後にあの女がこの農場の朱建栄《チュウジエンロン》という男に買われたことを突き止めるまでに、丸二日も掛からなかった。

値段は、三万元……。

我が共和国に住んでいたら、一生お目に掛かれないようなとんでもない大金だ。だが、あの女にならその価値があるかもしれない。やはり崔純子は、ダイヤモンドだ。

唯一、誤算だったのは、いまも朴の後ろを黙って付いてくる宋芳徳という男だ。中国国家安全部は朴の部下二名の国内における捜査活動を認めず、かわりにこの無口な漢民族の男を監視役として同行させた。だが、この男にもまったく使い道がないわけではない。実際に張照淇というブローカーは朝鮮人の朴を無視していたが、宋が国家安全部の捜査官だと知ると、震え上がるようにすべてを話した。

いずれにしても、この男の顔を見るのも今日が最後だ。この農場で崔純子を見つけ、共和国に連れ帰れば、すべてが終わる。

朴は家の前に立つと中庭でタバコを踏み消し、拳《こぶし》で戸を叩《たた》いた。

「朝鮮民主主義人民共和国、国家安全保衛部の朴成勇だ。この農場の主、朱建栄に話がある」

中国語で、大声でいった。保衛部の教育の一環として日本語と中国語は徹底的に叩き込まれたので、いまも発音には自信がある。

「いったい、何事だね」

だが、声は家の中からではなく、家畜小屋の方から聞こえてきた。振り返ると、小屋からバケツを手に提げた男が歩いてきた。年齢は、四〇歳くらいだろうか。男はアヒルの死骸《しがい》の入ったバケツを戸の脇に置くと、井戸の水で顔と手を洗った。

「あんたが朱建栄か」

「そうだ。何か、おれに用か」

だが男は、朴の顔を見ようともしない。

「この写真の女を知っているか」

朴が崔純子のキプム組時代の写真を出すと、男がやっと顔を上げた。首に巻いた汚れたタオルで顔を拭《ぬぐ》い、写真に見入った。

「知っている。おれの女房だった女だ」

男はまた写真から視線を逸《そ》らし、アヒルの入ったバケツを提げて家の裏手に回った。朴は宋と二人で、男の後についていった。軒下の調理場の俎板《まないた》の上にアヒルを横たえ、男が錆《さ》びた鉈《なた》でその首を撥《は》ねた。

「女房〝だった〟とはどういう意味だ」

朴が訊《き》いた。

「買ってきてから、三回逃げた。それで、他の男に高く売った。だから、ここにはもういないよ」

男はアヒルの足を摑《つか》み、大鍋《おおなべ》に沸いた湯の中に浸《つ》けた。しばらく待ち、それを冷水の中に入れる。冷めたアヒルをまた俎板に載せ、節だらけの太い指で羽を毟《むし》りだした。

「誰に売ったんだ」

朴が訊く。

「知らない。日本の〝豊田《フェンディアン》〟に乗っていたから、金持ちなんだろう。あんたらと同じ車だよ。あの女に、四万五〇〇〇元も払ったんだからな」

四万五〇〇〇元……。

呆《あき》れる金額だ。

「車のナンバーを覚えていないか」

だが、男は首を横に振った。

「覚えていない」

「男の特徴は」

「瘦《や》せて、背が低く、歳は五〇から六〇くらいだろう。それから……」

男は何かを思い出したように、アヒルの羽を毟る手を止めた。

「どうしたんだ」

朴が訊くと、男がどんよりとした死んだ魚のような視線を向けた。

「おれはその女を〝穣梨《ヤンリ》〟と呼んでいた。本人がそういったからだ。しかしその男は、女の別の名前を知っていた。チェ・スンジャだ。こう書く」

男がそういって、軒を支える柱にアヒルの血で〝崔純子〟と書いた。朴は、背後を振り返った。宋がさして興味のない様子で、外方《そっぽ》を向いた。

男はまたアヒルの解体に取り掛かった。羽をすべて毟り終えると包丁で腹を縦に割り、内臓を摑み出した。それを庭に投げると、どこからともなく二頭の痩せた犬が現れて貪《むさぼ》るように奪い合った。

どこから見ても、愚鈍で醜い男だった。この下劣な男が自分の獲物の崔純子を金の力で自由にしていたと思うと、愛用の六四式自動拳銃《けんじゅう》で即座に射殺してやりたい衝動に駆られた。あの太った腹に全弾を撃ち込み、血を撒《ま》き散らしながらのたうつ姿を眺めたらどんなに気分がいいだろう。だが、ここは中国だ。六四式自動拳銃は、荷物の中に隠してある。

その時また、男が手を止めた。

「そういえば、変なことがあった……」

何かを思い出したように、いった。

「今度は、何なんだ」

朴が、苛立《いらだ》たしげに訊いた。

「二日前にも、あの女のことを訊きにきた奴らがいた。女を買っていった奴の仲間だろう」

「何を訊きにきたんだ」

「女の荷物のことだ。穀物袋の中に、着替えの服や下着、朝鮮語の本や書類が入っていた」

「その荷物は、どこにあるんだ」

「あれだよ」男がそういって、錆びたドラム缶の焼却炉を指さした。「三度目にあの女が逃げた時に、おれが燃やした。そういってやったら、奴らあの焼却炉の中から灰をすべて持って帰りやがった」

男が包丁を振り上げ、アヒルを叩き壊すように切り分けはじめた。

「その男たちの特徴は」

「漢族じゃあないな。一人は朝鮮族。もう一人は……」

男がそこで、言葉を止めた。

「漢族でも朝鮮族でもなかったのか」

「わからない。高そうな背広を着て、髪にいい匂いのする油をつけていた。日本人だったかもしれないな」

朴は、息を呑《の》んだ。

日本人が、なぜ……。

「それにしてもあの女の門口（出入口）はいい匂いだったぜ」

男がそういって、下卑た笑いを浮かべた。

農場を出てからしばらく、宋芳徳は黙って車を走らせていた。助手席の朴成勇も、腕を組んだまま無言だった。だがしばらくすると、朴が不機嫌そうな声でいった。

「糞《くそ》がしたい。便所があったら、止めてくれ」

宋はいわれたとおりに、街道沿いの加油站《ガソリンスタンド》に車を入れた。朴が慌ただしげに、車を降りた。便所に向かう後ろ姿を見ながら、宋は携帯電話を開いた。第八局の上司、厳強幹《イエンチャンガン》を呼び出した。

「宋です。いま、牡丹江《ムータンチャン》の農場を出たところです。例の脱北者の女は、すでに農場にはいませんでした。しかし、女の名前がわかりました。名前は、崔純子。そちらで検索してみてください。あと、もうひとつ未確認情報があります。この崔純子という女を、日本の何らかの組織も追っている可能性があります。以上です。また連絡を入れます」

それだけをいって、電話を切った。

4

同日、同時刻、東京——。

港区麻布狸穴《まみあな》の麻布ロイヤルレジデンス五階の『社団法人・亜細亜政治研究所』の一室に、三人の男が顔を揃えていた。所長の甲斐長州《かいながくに》、CIRO（内閣情報調査室）の倉元貴夫《くらもとたかお》、外務省国際情報統括官の三沢恭介《みさわきょうすけ》だった。

事務員の仁科麻衣子《にしなまいこ》と名乗る女が三人の前にダージリンのティーカップを置き終えるのを待ち、甲斐がおっとりと口を開いた。

「それで……倉元君。例の金明斗《キムミョンド》の件は、〝上〟には報告したのかね」

紅茶をすすり、満足そうに頷《うなず》く。だが、訊かれた倉元は、苦笑いを浮かべて溜息《ためいき》をついた。

「一応、報告書は上げておきました。しかし……」

「反応は、なしか」

「まあ、いつものことです。想定の範囲内ですがね。米軍基地の移設問題でもそうですが、あの男の頭の中はまったく理解できませんよ。国際情勢をコンピューターのゲームか何かと勘違いしているんでしょう。危機管理能力なんてものは、これっぽっちもないらしい。このままとあの男が政権の椅子に座っている間に、尖閣《せんかく》諸島や竹島《たけしま》……いや、沖縄のいくつかの島だって第三国に盗《と》られてしまうかもしれない」

いつもは温厚な倉元だが、今回ばかりは怒りが口調に表れていた。

「仕方なかろう」甲斐が、おかしそうに笑う。「あの男は、金策《キムチエク》の名すら知らぬだろう。まして、金明斗が我が国にもたらす意義など理解できるわけがない。いまからいって聞かせても、あの男が理解する前に政権が終わっとるよ。それで……三沢君だったかな。外務省の」

「はい」

それまで腕を組んで黙っていた三沢が、小さく頷いた。

「崔由里子《チェユリコ》の娘の件はどうなったかな」

「崔純子《ジュンコ》ですか」

「そうだ、純子だ。見つかったと聞いたが」

三沢が、体を前に乗り出した。

「先日、ハルビンで会ってきました。いま持ち帰った毛髪でDNA鑑定を行ってますが、まず〝本人〟に間違いはないと思われます。しかし……」

「何か、問題があるのかね」

甲斐が首を傾げた。三沢がゆっくりと、紅茶で喉《のど》を潤した。

「重要なのは我々が求めている〝物〟が崔純子〝本人〟なのか。もしくは、彼女が持っているはずの〝情報〟なのか。そのどちらなのかという判断です」

三沢の話を聞く内に、甲斐の目が険しくなりはじめた。

「もう少し、詳しく説明してくれんか」

「つまり、こういうことです。崔純子は確かに脱北する際に、金明斗から〝情報〟を預かっていたようです。書類一式、だったそうです。彼女はそれを、中国に持ち出したことも認めています。しかし、その〝情報〟は……」

「はっきりいいなさい」

甲斐が、低い声でいった。

「すみません。その書類一式は、崔純子が中国の国内で滞在していた牡丹江の近くの農場で焼かれてしまいました。一昨日の時点で、我々もそれを確認しております。その燃え残りを農場の焼却炉から回収して分析したのですが……」

「だめだったのかね」

三沢が、頷く。

「はい。ごく一部は判読できたのですが、情報として再生することは不可能でした」

「そうか……」甲斐が、深く溜息をついた。「それで外務省は、この件に関して今後はどう動くつもりかね」

「残念ですが」

三沢が、甲斐から視線を逸《そ》らした。

「はっきり、いいたまえ」

「情報が失われた以上、我々は崔純子にはこれ以上興味はないということです。各国との外交を考えても、国としてさらなるリスクは冒せません。つまり……」

「つまり、手を引くということかね」

三沢がハンカチで、額の汗を拭《ぬぐ》った。

「もちろん現地での連絡やパスポートなどの事務的な協力は可能かと思いますが、今後は我々が表立って動くことは難しくなるかと思います」

「北京の大使館は使えるのかね」

「それも、無理かと存じます。今回の件にもし中国が気付いたらどうなるのか。いまの内閣では国が持ち堪《こた》えられません」

「そうか……」

甲斐が溜息をつき、首を何度も横に振った。

倉元と三沢が帰ってしまっても、甲斐長州は一人で部屋に残っていた。窓の外は黄昏《たそがれ》に沈みはじめていたが、部屋に明かりを点《つ》けようともせず、薄暗がりの中で狩野探幽《かのうたんゆう》の龍図の軸を見つめていた。

だが、やがて何かを思いついたのか、自分を納得させるように頷いた。そして内線の受話器を手にすると、秘書の戸次二三彦を呼んだ。戸次はドアをノックして部屋に入ってくると、何もいわずに明かりを点け、甲斐の前に立った。

「先ほどの外務省の三沢君の話は聞いていたかね」

甲斐が訊《き》くと、戸次が直立不動のまま答えた。

「はい、すべて聞いておりました」

この部屋の会話は、すべて録音されている。もちろん倉元と三沢も、それを承知している。

「どう思う。率直に、思ったことをいってみてくれんか」

「崔純子の件でしょうか」

「そうだ」

「情報が〝燃やされた〟というのは、納得しかねます」

「なぜかね」

甲斐が面白そうに、戸次の表情を見上げる。

「金明斗が重要な情報を〝燃やせる〟ような状態で第三者に託していたとは、私には考えられません」

甲斐はしばらく戸次を見ていたが、やはりこの男は人形のようにまったく動かなかった。

「設楽正明君はどうなった」

「小笠原貴光のことでしょうか。それがあの男の新しい……」

「新しい名前などはどうでもよい。設楽君はどうしたのかね」

戸次が、さらに背筋を伸ばした。

「四月一八日の時点で、小笠原貴光の名前で上海に潜入しました。その後、北京からハルビンに移動。一昨日の時点で崔純子との接触に成功したと報告が入っております」

甲斐は、しばらく待った。だが戸次は、また動かなくなった。

「戸次君。どうするべきだと思うかね」

甲斐が訊いた。

「と、おっしゃいますと……」

「今度の計画の件だ。実行するのか。撤退するのか。君の意見を聞きたい」

壁を見据える戸次の小さな目が、かすかに動いたのがわかった。この男が、甲斐の前で頭の中身を整理している時の癖だ。そして、いった。

「私は、強行すべきと考えます」

「なぜ、そう思うのかね」

「直感です」

戸次は、あっさりとそういった。甲斐はしばらく考えていたが、やがて意を決したように頷いた。

「ハルビンの方に指示を出してくれ」

「どのように」

「挨拶《あいさつ》文の最後に、〝盧山《ろざん》雲霧を送れ〟と入れておきなさい」

「了解いたしました」

戸次はその場で機械仕掛けの人形のように体を回転させると、部屋を出ていった。

甲斐は深いソファーに体を沈め、また狩野探幽の龍図を眺めはじめた。

5

狭いバスルームの壁には、薄黄色のペンキが塗られていた。

床には赤いタイルが貼られていたが、いたるところがひび割れ、コンクリートが剝《む》き出しになっている。

壁には、緑青《ろくしょう》の浮いた古いシャワー水栓がひとつ。詰まりかけた穴から溢《あふ》れ落ちる湯の水圧は低く、肌寒いほどにぬるかった。それでもざらつく肌を洗い流すシャワーは、疲れた心まで潤してくれるように心地好《よ》かった。

蛟竜はシャワーを止めてバスタオルを手にすると、鏡の前に立った。濡《ぬ》れた髪と体を拭《ふ》き、息をつく。割れた鏡のガラスの中に、知らない男の顔があった。

新しい顔には、なかなか馴《な》れなかった。だが、鏡の中には、自分が自分である証《あかし》も映っていた。蛟竜は胸の中央にある青黒い小さな痣《あざ》のようなものに、左手の指先でそっと触れた。

自分の胸にこの痣があることを意識するようになったのは、まだ物心がついたばかりの頃だった。その頃、蛟竜は、日本の神奈川県大磯《おおいそ》にあるキリスト教会系の孤児院で育てられていた。某財閥系の慈善家が創設した施設で、主に第二次世界大戦後の進駐軍と日本人女性との間に生まれた混血児のための孤児院だった。

当時の蛟竜はまだ体も小さく、よく孤児院の仲間に苛《いじ》められていた。痣を〝入れ墨〟といわれてからかわれた記憶もある。確かに痣は、意図的に何らかの形状を示しているようにも見えなくはなかった。たとえば文字か記号、もしくは動物の図柄のような……。

何年か後に、孤児院に奇妙な老人が用務員として住み込むようになった。片目で左手がなく、いつも右手だけで雑用をこなしていた。常に寡黙で、けっして笑うことのない老人だった。院生たちはその老人を〝人喰《ひとく》い爺《じじい》〟と呼んで恐れていた。

だが、その老人は、蛟竜には奇妙なほど優しかった。仲間に苛められているとよく助けてくれたし、こっそりと菓子をくれたこともあった。見た目は気味の悪い老人ではあったが、蛟竜は嫌いではなかった。

確か、小学校の中学年になった頃だった。ある夏の日に上半身裸で遊んでいると、老人に呼び止められたことがある。その時、老人は蛟竜の胸の痣を指さし、かすかに笑った。老人の笑う顔を見たのは、その時が初めてだったような気がする。

蛟竜が首を傾げると、老人は黙って頷《うなず》いた。そして自分が着ていた汚れたランニングシャツの胸元に指を掛け、下げた。そこにもやはり、蛟竜と同じ入れ墨のような痣があった。

蛟竜は、「これは何なのか」と訊いた。老人は嗄《しやが》れた声で、「龍《りゆう》だ」といった。そしてやがて、「お前にもその意味がわかるようになる」と――。

〝蛟竜〟という誰が付けたかわからないような呼び名に愛着を覚えたのも、その時の記憶が理由なのかもしれなかった。老人が何者だったのかは、いまもわからない。そのことがあってから一年くらい後に、老人は仕事中に卒中で倒れて死んだ。

外からオートバイのけたたましいエンジン音が聞こえてきた。

蛟竜は服を身に着けながら、小さな窓を少し開けて外を見た。ちょうど、ホンダのコピーのバイクが中庭に入ってきたところだった。厚手のジャンパーに、モンゴル帽を被《かぶ》った少年が乗っていた。少年はバイクから飛び降りると家の玄関に駆け寄り、ドアを強く叩《たた》きながら人を呼んだ。

中から、陳が顔を出した。何かを小声で話し、少年が陳に小さな紙片のようなものを手渡した。そしてまたバイクに飛び乗ると、けたたましいエンジン音と共に中庭から走り去った。

蛟竜はまだ濡れている髪を拭きながら、バスルームを出た。狭く急な階段を下り、長く暗い廊下を歩く。正面の重いドアを開くと、テーブルの前に陳が立っていた。

「誰かきたようだな」

蛟竜が、歩み寄る。

「東京から、伝言だ」

陳が、手の中の紙片に視線を落とした。

「何といってきた」

蛟竜が訊いた。

「早急に〝廬山雲霧を送れ〟……。決行の知らせだ」

蛟竜が紙片を受け取り、文面を確認した。

何度か読み返し、紙を丸めた。

暖炉の炎の中に、焼《く》べた。

6

アルフレッド・ハリソンは、世界で十指に入る忙しい男だった。

少なくとも自分では、そう信じていた。

表向きは米国務省の在日本大使館員として、広報担当官の主要メンバーの一人を務める。日本には政治家や芸能人、文化人、マスコミ関係者などの多くの友人を持ち、自身も得意の日本語を駆使してテレビやラジオに出演する。

だが、それはあくまでもアンダー・カバー（仮の身分）だ。本来は米大統領直轄組織であるＣＩＡ（中央情報局）の東アジア分析部に所属し、情報収集に奔走する。映画に出てくるような、銃を振り回すようなスパイではない。あくまでも、情報分析が専門の事務方だった。

ただでさえ多忙な役割を一人二役でこなしているのだから、忙しいのは当然だ。だから五月二日、日本のゴールデンウィークで混雑する成田空港からワシントン行きのアメリカン航空機に乗る時も、まだ読んでいない新聞を日米合わせて計六紙もグレゴリーのショルダーバッグに忍ばせていた。

ボーイング767のスーパーシートに座り、アルフレッドはブルックスの上着を脱ぐのももどかしげにバッグから新聞の束を取り出した。子供の頃から、新聞を読むことが何よりも好きだった。いまでも、そうだ。コンピューターの画面に現れるネット配信のニュースとは、臨場感が違う。

最初に広げたのは、五月一日付の『ニューヨーク・タイムズ』だった。大きなニュースは、特にない。その中でも唯一、目を引いたのは、四月三〇日に中国で行われた上海万博の開会式のニュースだった。

〈北京四月三〇日AP発——。
今日、五月一日に開幕する上海万博の前夜祭ともいえる開会式が、フー・チンタオ（胡錦濤）国家主席や中国指導部、約二〇人の外国首脳が出席して行われた。中国首脳は今回の万博を北京五輪に次ぐ「我が国が世界に国力を誇る祭典」と位置付けており——〉

記事には、一〇万発以上ともいわれる打ち上げ花火の写真が載っていた。北京オリンピックの時よりも二万発ほど多くなったと聞いたが、あいかわらず中国らしい派手な演出だ。どうせまた、中国政府が配布した合成写真なのだろうが。

特に何の変哲もない、おざなりな記事だった。だが、よく読み込んでみると、随所に興味深い記述が見え隠れしていた。たとえば、この記述だ。

〈――ワン・チーシャン（王岐山）副首相は開会の挨拶の中で、「発展途上国で初めての万博。都市と自然の調和、人類の発展を目指して開催する」と述べた――〉

アルフレッドは、思わず苦笑した。いや、飛行機の中でなければ大声を出して笑っていただろう。いかにも狡猾《こうかつ》で、それでいて厚顔無恥な中国人らしい陳腐ないい分だ。

中国が、発展途上国だって？

今年、二〇一〇年度の自動車販売台数で我がアメリカを抜き、世界一になろうとしているあの国が？

間もなくGDPでも日本を抜き、世界第二位になろうとしているあの国が？

軍事力に関しても、世界トップの座を脅かそうとしているあの国が？

もしそれでも中国が発展途上国だとしたら、先進国といえる国はあってもアメリカだけということになる。まあモラルや民度、国家首脳の人格という意味では発展途上――しかもかなりの下位——と認めてやらないこともないが。いずれにしても、いまや中国が世界屈指の大国であることは紛れもない事実だ。

中国は今回の万博を通じ、一方では国力を誇り、もう一方では発展途上国であると主張する。つまり、矛盾する要素を強引に世界に認めさせようとしている。中国という国の、面白いところはここだ。

奴らの腹の内は、わかっている。ひとつは、人民元のドルレートに関するアメリカ政府への牽制《けんせい》だ。人民元は二〇〇六年に変動相場制に移行したが、中国政府は依然として自国の通貨市場を統制下に置き、不当に安いレートを保っている。それが中国の、世界を犠牲にするほどの経済成長率につながっている。自国を〝発展途上国〟と主張するのは、そのあまりにも自分勝手なやり方に対するいい訳でしかない。

もっとも、一九九〇年代の『中米経済同盟』により、経済実態を無視した人民元の大幅切り下げ断行を認めたのは米民主党のクリントン政権だった。目的は、〝日本の経済と輸出企業潰《つぶ》し〟だった。その結果ジャパン・バッシングという当初の目的は達成したが、アメリカ経済を脅かすさらに厄介な敵——〝怪物〟といってもいい——を作り出してしまった。そのクリントンの女房が現オバマ政権で国務長官を務め、亭主の尻拭《しりぬぐ》いをさせられているのだから皮肉だ。これでは一生、ビルはヒラリーに頭が上がらないだろう。

可哀想なのは、日本だ。アメリカに散々貢がされ、輸出企業を骨抜きにされ、さらに基地問題では徹底的に絞り上げられている。しかも中国には七〇年以上も前の『南京事件』——あの事件も人口以上の市民が日本軍に虐殺されたと主張する矛盾と欺瞞の産物だ――を種に、ODAが終了した後も〝無償援助〟を威《おど》し取られ続けている。その額は、二〇一一年度までの三年間で計九〇〇〇億円を予定。さらに過去のODAやその他の援助を加えると、総額六兆円を遥《はる》かに超える。

日本人は自分より大きな他人の赤ん坊にせっせとミルクをやっている。まるでカッコウに托卵されたウグイスのようだ。中国とアメリカがある限り、日本人はどんなに働いても太れない。

いつの間にか、飛行機は離陸していた。アルフレッドは客室乗務員からコーヒーを受け取り、バッグの中から次の新聞を出した。やはり五月一日付の日本の朝日新聞だった。この新聞にはきわめて興味深い記事が載っていた。

〈胡主席に「協力を」
　韓国艦沈没で李大統領
韓国の李明博大統領は30日、上海であった胡錦濤主席との会談で、哨戒艦《しょうかいかん》「天安」の沈没事故に触れ、合同調査団による調査結果が出た際の協力を求めた。ただ、中国は北朝鮮と伝統的に関係が近く、核問題をめぐる六者協議の議長国でもあるだけに、北朝鮮が関与したという確実な証拠がない限り、中国の積極的な支持を得るのは難しいと見られている――〉

アルフレッドは、英語の新聞と同じ速度で日本語の新聞を読み進んだ。当然だ。父親も駐日アメリカ大使館員だった関係で、ハイスクール時代から以後のほとんどを日本で過ごしてきた。特に大学は、日本の早稲田大学の政治経済学部を卒業している。漢字の知識に関しては、普通の日本人以上だ。

記事を読みながら、アルフレッドは口元に笑いを浮かべた。もし李明博が胡錦濤に本当にそういったとすれば、たとえ上辺だけであったとしても滑稽《こっけい》な話だ。

確かに合同調査団による調査結果は、間もなく出る。その中には、北朝鮮の関与を示す〝物証〟が含まれているだろう。そのあたりは韓国海軍と我がアメリカの国防省がうまくやるはずだ。だが中国側が、その調査結果を信じるかどうかは別だ。あの胡錦濤が、騙《だま》されるわけがない。もちろん李明博も、そんなことは承知の上だ。結局は一ヵ月後に迫った韓国の全国同時地方選挙を見据えたパフォーマンスにすぎない。

食事が運ばれてきた。アルフレッドは無意識の内に機内食を口に入れながら、次の新聞を開いた。

日本とワシントンの時差は、一三時間。フライト時間も約一三時間なので、成田から飛ぶと同日のほぼ同じ時刻にワシントン・ダレス国際空港に着くことになる。アルフレッドはいつも奇妙な感覚に襲われるが、新聞を読む以外の飛行時間をほとんどすべて睡眠不足解消に費やしたので、気分はまずまずだった。

空港にはCIA情報本部の同僚が車で迎えにきていた。例の、巨大な黒いサバーバンだ。〝カンパニー〟（CIA）と〝ラングレー〟（FBI）がなぜこの車を好むのか、まったく理解できなかった。目立ちすぎることとガソリンを喰《く》う以外には、相手を威圧するだけしか取り得のない車だ。

アルフレッドは人が寝られるほど広いサバーバンの後部座席に乗り込み、助手席に乗るマイケル・ハッチマンという男に訊《き》いた。

「中国の方からは」

「今朝、北京からスナッズ・ラット（お洒落《しゃれ》ネズミ）が戻ってます。もうホワイトハウスに入りました」

CIAの職員は自分たちの組織を〝カンパニー〟と呼ぶのと同じように、特に現場で行動するエージェントも本名で認識していない。〝スナッズ・ラット〟は北京に潜伏するエージェントのコードネームだ。アルフレッドは何回かその男に会っている。

「他には」

「バーレーンからカッパー・スネーク（銅の蛇）、カイロからサウザン・フォックス（南国のキツネ）、パキスタンのイスラマバードからはミント・キャンディ（ハッカ飴《あめ》）が集まっています。他に……」

ハッチマンはさらに数人のエージェントと、オバマ政権の大統領補佐官の一人の下院議員の名を挙げた。ほとんどが知っているか、もしくは聞いたことのある名前——コードネーム——だった。だがアルフレッドにしてみれば、意外なメンバーでもあった。

「なぜ旧作戦本部の中東・南アジア部の連中が〝会議〟に出席するんだ。今回の件には関係ないだろう」

今回、アルフレッドが入手した情報は、アメリカと日本、そして中国の関係に関するものだ。これに韓国の担当者が絡んでくるならまだ話はわかるが、中東・南アジアの連中に直接的な関係はないはずだ。

「デニス国家情報長官の発案らしいです。まあ、〝会議〟に出れば、意図がはっきりすると思いますが……」

アルフレッドはちょうどランチタイムにホワイトハウスに到着し、国家安全保障会議室に入った。そこで簡単なサンドイッチとコーヒーの昼食を楽しみながら、計十数名の出席者の前で報告を行った。

内容は、今年一月末の時点で北朝鮮中央委員会の書記局序列一位から失脚した金明斗と、その男が国外に持ち出したと思われるある情報について。その情報の発信元が日本の『亜細亜政治研究所』——『K機関』としてCIAの内部では知られている——であること。よって情報の確度がきわめて高いこと。さらに『K機関』によるとその情報は現在、中国の国内にあり、同機関で入手すべくオペレーションが進行中であることなどを説明した。

報告に対し、各担当者からいくつかの質問が出された。まず、今回の情報が北朝鮮から流出したことを中国が察知しているのかどうか。これに対しアルフレッドは、「その可能性は低い」という分析結果を報告した。なぜなら明日、五月三日に予定されている金正日の四年振りの訪中を中国側は平和的に受け入れている。さらに五日に予定されている首脳会談で胡錦濤が金正恩への世襲を容認する動きがあれば、中国が気付いていないことはほぼ確定的となる。

次に、今回の北朝鮮から流出したと思われる情報がどのようなもので、中国政府と経済に対するサボタージュにどの程度のインパクトを与えるのかという質問が出た。この質問に対しては、東アジア分析部の分析官、ハッチマンが対応した。

ハッチマンによると今回の情報の重大性は、北朝鮮側の黄長燁《ファンジャンヨプ》元朝鮮労働党書記への対応でも明らかだということになる。現在、黄は韓国国家情報院の庇護《ひご》下にある。その黄の訪日の後の数週間以内に、北朝鮮は早くも韓国に暗殺チームを送り込んだ。結果は、失敗に終わったが。もし金明斗が国外に流出させた情報がB級以下なら、亡命から一三年も過ぎている黄に暗殺指令を出すわけがない。この分析で、会議に出席していた全員が納得した。

さらに会議の議題は、今回の情報を入手できた場合にそれをいかにオペレーションに活用するか。そのシミュレーションに対する議論に移行した。アルフレッドはここで初めて、なぜ今回の会議に中東・南アジア部の連中が出席しているのかを理解した。

なるほど。そういうことか。しかしCIAの上層部と国家情報長官は、今回の情報の可能性をどこまで考えているのか。イスラマバードの担当者まで顔を揃えているところを見ると、間接的には〝あの男〟――アメリカ、そしてキリスト教社会にとっての天敵――の排除にまで視野を広げるつもりなのかもしれない。

いずれにしても、最終的なターゲットは中国だ。あの自我論者の塊のような大国に人民元の切り上げを認めさせ、いまや世界をも呑《の》み込もうとする経済成長にどこで歯止めをかけるか。

どこであの怪物のようなバブル経済を崩壊させるのか。そしてその結果として、いかに民主化を実現させ、あの頑迷な指導者たちを失脚させるのか。その重要な鍵《かぎ》のひとつが今回の情報であることには、異論の余地がない。

だが、今回の設計図には決定的な穴がある。金明斗が流出させたとする情報が現時点で所在の確認が取れていないこと。その入手の可能性が、日本の『K機関』の一人のエージェントの手に委《ゆだ》ねられているという絶対的な事実だ。我々は、手を拱《こまね》いて見ているしかない。

最後に、大統領補佐官の一人からアルフレッドに質問があった。

「その情報の入手方法だが、日本の『K機関』を通さずに我々の方で直接やるわけにはいかないのかね」

アルフレッドは、しばらく考えた。できればそうするに越したことはない。

「わかりました。日本に戻り次第、その可能性も含めて周辺の情報を収集してみます」

我ながらおざなりな、差障りのない回答だった。だが、〝カンパニー〟の職員として、一度でも口にしたことは必ず実行して結果を出さなくてはならない。それがこの世界の絶対的なルールだ。

会議は、四時間ほどで終わった。アルフレッドは来た時と同じように巨大な黒いサバーバンに乗り、空港に向かった。そして空港のドラッグストアで手当たり次第に新聞を購入し、外交官特権を使って一番早い成田行きのアメリカン航空の便に搭乗した。

アルフレッドは、世界で十指に入る忙しい男だ。

この日もまた、自分でその事実を再確認することができた。

7

ハルビンの河江街にある陳の家に一人の女が訪ねてきたのは、それより三日前のことだった。女は、朱華玉と名乗った。中国服を着て、髪を無造作に頭の上で纏《まと》め、背中には物売りのような大きな竹の行李《こうり》を背負っていた。どこにでもいるような、漢族か朝鮮族の女のように見えた。だが蛟竜はその女をひとめ見た瞬間に、自分と日本から同行してきた小笠原涼子という名の〝妻〟であることがわかった。もちろんお互いに、気付かない振りをしていたが。

女は行李を背負ったまま、二階の崔純子の部屋に上がった。ドアをノックし、蛟竜が入っていくと、純子はベッドの上に座ったまま二人を出迎えた。

「今日は。私は、朱華玉。あなたを助けるために日本から来たの」

女は頬笑み、純子に歩み寄ると、しばらく様々な角度から見つめていた。時折、頷《うなず》き、時折、首を傾げる。時折、溜息《ためいき》をつき、髪や肌にそっと触れた。純子も穏やかな顔で、それに応じていた。

そして女がいった。

「このままだと、難しいかもしれないわね」

「理由は」

「彼女は、目立ちすぎる。日本の服は用意してあるけど、服やアクセサリーのコーディネートだけで日本人に見せるのは無理よ」

蛟竜は、女と純子を交互に見た。

「他に方法は」

女が、また溜息をつく。

「そうね。ひとつは、お化粧。道具はいろいろ持ってきたから、日本人らしいお化粧の仕方は私が教える。でも素顔でもこれだけ綺麗《きれい》なんだから、お化粧をしたらむしろ逆効果かもしれないけど……」

蛟竜が、頷く。確かに、そうだ。崔純子を連れて中国の国内を逃げることは、白昼に裸で街を歩くようなものだ。二人の様子を、純子が不安げに見つめている。

「何か方法を考えてくれ」

女が、頷く。

「そうね。問題は、あの髪よ。あんなに長くてストレートの髪なんて、日本人にはほとんどいない。あれをカットしてパーマを掛けるか……」

だが、その時、純子が初めて声を出した。

「それは嫌。髪は、切らない」

二人が、純子を見た。

「どうして。あなたならば、ショートカットも似合うわ」

「そうじゃないの。とにかく、嫌……」

純子が首を横に振る。

「これは、任務のためだ。命が懸かってるんだぞ。髪など切っても、またいつかは伸びる」

だが、純子は蛟竜を睨《にら》みつけた。

「男のあなたにはわからない。髪は、女の命なのよ」

女が、純子のベッドを離れて蛟竜に歩み寄った。耳元で、囁《ささや》く。

「ここは私にまかせて。何とか、説得するわ」

「わかった。頼む」

蛟竜は純子と女を残し、部屋を出た。狭く急な階段を下りて、白壁の部屋のドアを開けた。いつものように陳と妻の紀虹が古い暖炉の前に座って中国緑茶を飲んでいた。蛟竜が椅子を引いて、テーブルにつく。紀虹が黙って席を立ち、暖炉にかけてある湯で新しい茶を淹れた。

「どんな様子ですか」

陳が茶をすすりながら訊《き》いた。

「いろいろと難しそうだ。純子は、髪を切るのは嫌だといっている」

苦笑いをしながら、蛟竜がいった。

「女というのは、いつまでたっても理解し難い存在です。海のように深く、蠍《さそり》の針のように辛《しん》辣《らつ》で、論語や孫子のように難解だ」

陳がそういって、茶を淹れる紀虹の後ろ姿を見つめながら笑う。

「〝東京〟の方からは、あれから何かいってきてるか」

蛟竜が訊いた。その前に、紀虹が小さな茶器を置いた。

「つい先程。やはり北京の日本大使館を使うのは無理だとのことです」

つまり、今回の件に関しては外務省は承認できないということか。

当初の蛟竜の任務は、〝探し物〟をハルビンでピックアップし、それを陸路で北京まで運び、日本大使館に預けるというものだった。大使館、つまり外務省は態勢を整えた上で、それを受け入れる手筈《てはず》になっていた。その時点で崔純子の亡命と共に、蛟竜の任務も完了する。

だが、北京の大使館が使えないのでは、まったく話が違ってくる。当初の予定が、すべて狂ってしまう。

「そうですね……」

「大使館が使えないとなると、まったく別の脱北ルートを探す必要があるな」

「何か、心当たりはあるか」

陳は、しばらく額に皺《しわ》を寄せて考えていた。そして溜息をついた。

「以前はモンゴル経由や、東トルキスタン（新疆《しんきょう》ウイグル自治区）を越えるルートもあったのですが。しかし、中国当局に目を付けられて、もう何年も前に使えなくなりました……」

中国政府は、脱北者を難民として認めていない。あくまでも違法越境者として、発見次第拘束して本国に強制送還する協定を北朝鮮側と締結している。しかもこの協定は脱北者の生命が保証されるものではなく、最悪の場合には中国の国内や国境地帯において、当局によって射殺される場合もある。

「東南アジアルートは」

　蛟竜が訊いた。

「はい。私は南の方のことはあまり知りませんが、何年か前まではタイ経由のルートがありました。何人か、ここからも送り出したことを覚えてます。でも、いまは当局に知られすぎている……」

「もし、いまも使えるとしたら」

　陳が、また考える。

「ここ何年かは、南寧《ナンニン》から国境を越えるベトナムルートが実績があります。もしくは、ミャンマー経由の新ルートか。しかし、いずれにしても、長く危険な旅になります……」

　通常、東南アジアルートを使う脱北者は早くても数カ月。長い場合には一年以上もの時間をかけて、潜伏と移動を繰り返しながら国境を越える。だが中国を脱出し、亡命に成功する者はまだ幸せだ。ほとんどの者が、旅の途中で力尽きて命を失う。

「上海ルートはどうだろう。今年に入ってから、何人かが韓国への亡命に成功したと聞いているが……」

　だが、陳が首を傾げた。

「どうでしょう。あのルートは韓国のNGO団体が仕切っていますし、脱北者の中に〝北〟の工作員も混ざっていると聞いています。あまりお勧めできません……」

確かに、そうだ。上海ルートは脱北ルートというよりも、いまや〝北〟の工作員の韓国への潜入ルートと化している。つい先日の黄長燁の暗殺部隊も、一部は上海ルートで韓国に入ったという情報もある。

言葉のわからない紀虹が、顔を突き合わせて深刻に話し込む二人を見つめ、おっとりと頬笑む。美しくはないが、気のいい女だ。

「少し、調べてみてくれないか。情報を集めてほしい」

「わかりました。〝仲間〟に声を掛けてみます」

蛟竜は、陳のいう〝仲間〟というのがどのような人間たちなのかはまったく知らない。この家で顔を見るのは、陳の他には何人かの朝鮮族の女や少年だけだ。だが、お互いに素性を知る必要はないし、接点もなるべく小さい方が安全だ。

「彼女のパスポートの方は、どうなっている」

蛟竜が訊いた。

「そちらの方は、外務省の方で手配するそうです。今日、彼女の〝作り込み〟が終わったら写真を撮って、今日じゅうにそれを北京に送ってパスポートを作ります。名義はあなたの妻の小笠原涼子。四月一八日に上海から入国した記録も記載されています。もちろん、すべて〝本物〟です」

「いつ、こちらに届く」

「早ければ、明後日。遅くとも、三日以内には」

蛟竜は、腕のロレックスで日付を確認した。五月一日には上海万博が開幕し、ゴールデンウィーク中は日本から中国への渡航者も多くなる。その間にハルビンを出発し、日本人旅行者に紛れてどこまで移動できるかが成否の鍵《かぎ》になるだろう。

「あまり時間がない。早急に情報を集めて、ルートを決定しよう」

「わかりました」

その時、ドアをノックする音が聞こえた。紀虹がゆっくりとした動作で席を立ち、ドアを開けた。そこに中国服を着た朱華玉と、もう一人の知らない女が立っていた。

崔純子だった。

純子は部屋の中を見渡し、いつもの、はにかむような笑顔を見せた。ごく普通のジーンズに、黒のVネックのニットという服装だった。だが髪を少しカットし、化粧をした純子は、さらに美しさと輝きを増していた。

二人が、部屋に入ってきた。

「一応、やってみたわ。でも彼女を目立たないように〝作る〟のは難しい……」

女がいった。

蛟竜が椅子を立ち、純子に歩み寄った。周囲を一周し、眺める。純子は背筋を伸ばし、黙ってそこに立っていた。

「いい出来映えだ。少なくとも、北朝鮮人の脱北者には見えない」

だが、それでも目立ち過ぎる。

「そうね。日本風のお化粧の仕方は教えておいたから、あとは練習して出発までに慣れてもらうしかないわ」

蛟竜は純子の背後に回り、髪の長さを確認した。以前は背中が隠れるほどの長さだったが、いまは肩の少し下あたりで切り揃えられていた。

「もう少し、短くできなかったのか」

「それは、無理よ。彼女が、拒んだ。それにあまり短くしすぎるよりも、その程度の方が自然だと思うわ」

確かに、そうかもしれない。だが、それでも彼女を知っている者が見れば、ひと目で崔純子であることを見抜くだろう。

蛟竜は朝鮮語で純子に訊いた。

「どうだ。気に入ったか」

純子が、頷《うなず》く。そして朝鮮語で答えた。

「ええ、とても……」

今度は、日本語に切り替えていった。

「だめだ。朝鮮語で話し掛けられても、絶対に答えるな。朝鮮語は、忘れるんだ。君は、日本人だ」

「わかりました。私は、日本語しか話せません……」

純子が、拙い日本語で答えた。発音は少しおかしいが、中国人や朝鮮人が聞けば日本人だと思うだろう。

「さて、早いところパスポート用の写真を撮りましょう」

陳がそういって、テーブルの上のデジタルカメラを手にした。

8

五月三日、現地時間午前五時二〇分——。

北朝鮮側から走ってきた一七輛《りょう》編成の特別列車が、鴨緑江に架かる中朝友誼橋を通過。列車はその時点で中朝国境を越え、中国遼寧《リャオニン》省丹東《ダンドン》市に入った。

特別列車には朝鮮民主主義人民共和国の金正日総書記と、その三男の正恩。さらに何人かの側近の他に、北朝鮮護衛局の精鋭一個編隊約三〇〇人、総書記専属の医師団数十人などが同乗していた。丹東市ではこれを護衛局の先発隊約二〇〇人らが出迎え、北朝鮮側の護衛陣だけでも総勢五〇〇人もの大所帯となった。もちろんこれに、中国側の通常以上の外国要人用の武装警察団が加わる。

金正日は、なぜこれほど大袈裟《おおげさ》な警備を準備したのか。理由は、あまりにも単純だった。臆病《おくびょう》なこの老人は、三月末に起きた韓国の哨戒艦《しょうかいかん》『天安』の件で、自分が暗殺されるかもしれないと本気で思い込んでいたからだ。

列車は丹東に約一時間停車した。金正日とその息子は特別列車の中で早朝のひと時を寛《くつろ》ぎ、やはり北朝鮮から連れてきた専属の調理師が作った朝食をゆっくりと味わった。

金正日は、この豪華で快適な特別列車をとても気に入っていた。戦前に日本の天皇が使っていたお召し列車（御用列車）を真似て作らせたものだ。この男は常に日本を敵対視しているように見せながら、実は心の底ではすべてにおいて憧《あこが》れていた。

金正日はその後、中国側が用意したメルセデスのリムジンに乗り換えた。もちろん、外国要人用の防弾車だった。列車を降りて車に乗るまでの数十メートルの間に、金正日は何度かよろけて転びそうになった。だがその度に、側近の中の誰かがその痩《や》せ衰えた体を支えた。

車は護衛陣を乗せた車輛と共に数十台もの車列を組み、交通規制により封鎖された高速道路を通り、遼東《リャオトン》半島の先端の国際港湾都市、大連《ターリエン》に向かった。

大連で金正日が宿泊するのは同市の迎賓館ではなく、『大連フラマホテル』（大連富麗華大酒店）だった。市内でも随一の高級ホテルで、中国東北地区で初めてミシュランの五つ星を獲得したことでも知られる。これも金正日の子供じみた趣味による、北朝鮮側の要望だった。

市内にも、厳戒態勢が敷かれていた。交通封鎖される中、ホテルに横付けされるリムジンを、さらに数十台の警察車輛と数百人の武装警察官が出迎えた。何台かの医療用車輛も並んでいた。

金正日はトレードマークの黒いサングラスを掛けたまま、護衛官の一人に手を支えられて後部座席から降りてきた。最初は背筋を伸ばし、威厳を保ちながら真っ直ぐに歩いていた。だがホテルに入る前のほんの数メートルで何回かよろけ、また側近に体を支えられた。

この男は、わかっていた。自分の命が、もうそれほど長くはないことを。だが、あと二年。

二〇一二年の四月までは何としても生きていなくてはならない。

ホテルで中国側の李克強《リーコーチャン》副首相らに出迎えられ、部屋で少し休んだ後、金正日一行はふたたびリムジンに乗り込み、大連港へと向かった。大連港は、中国東北部では最大規模の国際貿易港である。この港を視察することも、今回の訪中の大きな目的のひとつだった。

金正日は父・金日成《キムイルソン》生誕一〇〇年と自らの生誕七〇年が重なる二〇一二年を、朝鮮民主主義人民共和国の「強盛大国の大門が開かれる年」として宣言してきた。そのためには、様々な課題が残されている。ひとつは三男・金正恩へのすみやかな政権の移譲。そして年間食糧生産量六〇〇万トンと発電能力六〇〇万キロワットという目標値の達成。核兵器の安定生産を前提とした大規模ウラン高濃縮施設の完成。さらに前年のデノミで破綻《はたん》した国内経済の再建だ。

その中で、最も急を要するのが経済再建だった。現在の破綻した経済下において労働党内部にまで不満分子を生み、各地で連日のように中小規模の暴動が起きている。もしこの動きがさらに拡大し、首都平壌《ピョンヤン》にまで飛び火すれば、親子三代にわたる世襲どころか体制の維持そのものが危うくなる。

だが、北朝鮮には経済を建て直すための産業そのものがほとんど存在しない。必然的に、他国からの経済支援に頼ることになる。これまで金正日は南北関係の改善により韓国からの支援を見込んできたが、三月の哨戒艦沈没事件――北朝鮮側には本当に身に覚えがなかった――により完全にその望みが絶たれたことになった。

残る唯一の希望が、中国だった。元来、中国の協力と後ろ楯《だて》がなければ、正恩への政権移譲も実現しない。金正日はかねてから、「中朝関係を強化することが日米韓との外交戦を勝ち抜く唯一の道」と公言していた。

だが、いくら世界第二位の経済大国である中国でも、無尽蔵に資金や重油をたれ流してくれるわけではない。むしろ中国は、資金投入以上の何らかの見返りがなければ何も出さない国だ。それが漢民族の気質《きしつ》でもある。揺さぶりに弱い日米韓よりも、むしろ容赦ない冷徹さがある。

金正日の今回の訪中に際し、その調整案として出されたのが大連港の視察だった。

中国政府は前年の一一月に、東北部を『開発開放先導区』として重点的に開発するプロジェクトを公表していた。中朝国境に流れる図們江《トゥーメンチャン》（朝鮮名・豆満江《トマンカン》）の流域一帯に、一大産業地帯を開発する計画だった。だが、吉林省 延辺《イエンビエン》の朝鮮族自治州から吉林市、長春《チャンチュン》市を含むこの一帯は、海に面していない。つまり、産業地帯開発の核となる有望な港を持っていない。

そこで中国政府が目を付けたのが、北朝鮮沿岸の羅津《ラジン》港だった。この港に資本を投下し、大連港のような国際貿易港に発展させて日本海北部への基地として使えるようになれば、中国側にも大きなメリットがある。つまり、単なる経済援助ではなく、中国東北地方の発展にもつながる経済協力となり得る。今回の大連港の視察は、その第一歩となる。

金正日は中国共産党序列第七位の李克強副首相に案内され、広大な大連港の港内を回った。その中には年間に二億トン以上の扱い量を誇るコンテナターミナルや、大量の食糧のみを取引する北良食糧埠頭《ふとう》、二〇〇〇社以上の外資系企業が進出する大連経済技術開発区なども含まれていた。

だが、金正日は退屈だった。李克強やその部下の説明を側近の者が通訳するが、ほとんどが空洞化した脳の中を通過し、何も理解していなかった。まだかすかに残っている思考力は、中国からせしめることのできる経済援助の皮算用と、目の前にいる息子への盲目的な愛情でいっぱいになっていた。

それでも金正日は、壊れかけた思考回路の中で、二日後に迫った胡錦濤主席との首脳会談に思いを巡らしていた。交渉の鍵《かぎ》は、どこにあるのか。すべてが露顕する前に、せめて正恩への権力継承を認めさせ、早急な経済援助の約束を取りつけてしまわなくてはならない。そのためには、あの忌々しい六者予備会合への参加に同意することもやむを得ないだろう。

金正日はまるで観光旅行のように大連港を視察し、記念写真を撮り、ホテルに戻った。そしてしばらく体を休めた後、再びホテルを出て大連迎賓館に向かい、李克強副首相主催の歓迎夕食会に出席した。

金正日が、会場に入ってきた。タキシードを着た給仕が引いた椅子に、両側から側近二人に体を支えられて座った。

目の前のテーブルの上には、銀の器に盛られた見事な満漢全席が並んでいた。その光景を眺めた瞬間、金正日の表情にこの日初めての笑みが浮かんだ。

9

夕刻のハルビン駅前広場は、穏やかな春の黄昏《たそがれ》に染まりはじめていた。

蛟竜は駅の丸い大時計の下に立ち、何かの役所のような建物を見上げた。中央入口の屋根の上に、ライトアップされた巨大な金の文字で、〝哈爾浜《ハルビン》站〟と書かれていた。時計の針は、間もなく五月三日の午後六時になろうとしている。

「まだ時間がありますね。どこかで食事でもしませんか。あなたたち二人の旅立ちを祝して」

陳がいった。

蛟竜は、手の中の旅客切符を確認した。一九時三二分発の北京行き快速列車の発車時刻まで、まだ一時間半以上もあった。

「そうだな。これから、長い旅になる」

横では崔純子が二人のやり取りを聞きながら、ダウンジャケットのジッパーを首まで上げ、不安そうに震えていた。五月初頭のハルビンは、まだ凍えるほどに寒い。

「あの辺りに、何軒か店があります。何か体の温まるものでも探しましょう」

陳が、広場の反対側を指さしていった。

『露西亜紅菜』という名の、古い店に入った。その名のとおり、ロシア料理の店だった。店内は外国人観光客などで混み合っていたが、厨房《ちゅうぼう》に近い階段の下に小さなテーブルを取ることができた。ロシア人の血が混ざった若いウェイトレスに、ボルシチやペルメニなどの料理とライ麦パン、ハルビン産のビールを注文した。

「上海行きの便の切符が取れなかったことは、誤算でしたね……」

陳が、ジョッキのビールを飲みながらいった。

「仕方ないさ。上海万博が開幕したからだろう。それに一気に南下するよりも、途中で何回か乗り継いだ方が安全かもしれない」

元来、ハルビン発・上海行きの直通列車は一日に二便しか運行されていない。さらに今回の上海万博の余波で、期間中の寝台席の予約は数ヵ月前の時点ですでに満席になっていた。しかもまだCRH高速鉄道が敷設されていないこの区間は、快速でも三一時間以上も掛かる。それだけ長い時間を同じ列車の中で過ごしていれば事務員や鉄道警察官にも顔を覚えられるし、リスクも増すことになる。ハルビンを経由して南下する脱北者も、あまりこの直行ルートは使わない。

だが、北京行きの特別快速ならば、一日に一一本運行している。二〇〇七年にCRHが開通してからは、所要時間も八時間弱しか掛からなくなった。さらに一九時以降に発車する夜行ならば、寝台車に入室してしまえば乗務員ともほとんど顔を合わせなくてすむ。

ボルシチが運ばれてきた。テーブルの上に置かれたウクライナの伝統的な深紅のスープを見て、純子が不思議そうに首を傾げた。そして訊《き》いた。

「これ、キムチチゲですか。辛いですか」

純子が、日本語で訊いた。あいかわらず発音は不自然だが、蛟竜が一度いってからは朝鮮語や中国語は使わなくなった。

「いや、辛くない。ロシアのボルシチという料理だ。赤いのは唐辛子ではなく、赤カブの色だよ。食べてごらん」

蛟竜がそういうと、純子は恐る恐るスプーンですくい、口の中に入れた。

「美味《おい》しい。辛くないです……」

純子が、ぎこちなく頰笑む。

蛟竜は、この崔純子という女がどのような人生を送ってきたのかを知らない。だが、おそらく、いまのような笑顔をあまり人に見せたことはなかったのだろう。なぜか、そう思えてならなかった。

「彼女は、素晴らしいです」陳がいった。「もう二度と彼女に会うことはないのかと思うと、淋《さび》しいです……」

「そんなことはないだろう。いつか、また会うこともある」

「いえ、それはありません。私は一生、ハルビンを離れることはない。そして彼女は、一生ハルビンに戻ってくることはない。そして、あなたとも……」

純子はボルシチを飲みながら、二人の会話に耳を傾けていた。だが、やがてスプーンを持つ手を止めた。気が付くと頰に、大粒の涙が伝っていた。

「どうしたんだ」

蛟竜が訊いた。

純子が、涙を拭《ぬぐ》った。

「私……こんなに人にやさしくされたこと……初めてです……」

口元に、また小さな笑みが浮かんだ。

食事の最後に、陳はウォッカを二杯、注文した。テーブルの上に置かれた二つの小さなグラスを、蛟竜と陳がひとつずつ分け合った。そしてお互いに、目の高さに掲げた。

「良い旅を。そしてお二人の未来に、好運を」

「あなたと紀虹の人生に、幸多からんことを」

二人は小さく頷《うなず》き合い、同時にグラスの中身を干した。

外に出ると、風が吹きはじめていた。肌に刺さるように冷たく、暗い夜空に啼《な》くような風だった。駅の構内に入っていくと、列車を待つ人込みに紛れて風の音が消えた。

二人のスーツケースを運んできた陳と、ここで別れることになった。純子は駅の二階の売店に走り、自分に渡されていた人民元で日本製の口紅とファンデーションを買ってきた。それを紀虹にといって、陳に手渡した。

「再見《ツァイチェン》……。それにしても、皮肉な別れの挨拶《あいさつ》だ」

陳はそういって蛟竜の手を握り、どこか淋しそうに笑った。踵《きびす》を返し、歩き去る。そして、二度と振り返ることはなかった。蛟竜は最後まで、陳という男の本名も、日本人なのかどうかも訊かなかった。

「我々も、行こうか」

蛟竜がいった。

「はい」

純子が頬笑み、頷く。

蛟竜は上着のポケットから、二人分の切符を出した。純子と肩を並べ、改札へと向かった。

その姿は、ごく普通の日本人の夫婦にしか見えなかった。

10

黒竜江省牡丹江に近い農場で崔純子の消息が途絶えた後も、朴成勇は省内に残っていた。

毎日、酒を飲んで荒れていた。その姿を見て愛想を尽かしたのか、朴の監視役として同行してきた中国国家安全部の宋芳徳という男は北京に戻ってしまった。

だが、それでいい。最初からそんな男など、当てにはしていない。だいたい、監視されるのは好きじゃない。もちろん酒を飲んで荒れたのも、半分は――あくまでも半分だが――演技だった。

朴は宋がいなくなると、その日の内に吉林省の延吉《イエンチー》に待機させていた二人の部下と合流した。北朝鮮から連れてきた保衛部二局精鋭の徐動健《ソドンゴン》と、権士烈《クオンサヨル》の二人だ。どちらも朴が命令すれば、躊躇《ちゅうちょ》せずに人の目玉を抉《えぐ》り出す。もちろん人を殺すのは、それよりも簡単だ。中国国家安全部はこの二人に国内の捜査権を与えなかったが、そんなことは知ったこっちゃない。

朴は徐に預けておいた払い下げの黒いメルセデスに乗り込み、ハンドルを握った。自分の大切なメルセデスを、いくら信頼できる部下とはいえ、なるべく他人に運転させたくはない。

「それで、例の男はどうなっている」

延吉の市内を運転しながら、朴は二人の部下に訊いた。

「居所を確認し、監視を付けてあります。いまからでも、会うことはできます」

二人の部下の内、権士烈が答えた。

「よし。とりあえずその男を締め上げてみよう」

崔純子の消息は途絶えてしまったが、まったく探す手懸りがないわけではなかった。あの女は牡丹江の朱建栄という男に売られた後、また他の男に買い取られてその農場から姿を消した。問題は、崔純子を四万五〇〇〇元という大金で買い取ったその男だ。痩《や》せて、背が低く、歳が五〇から六〇くらいのＴＯＹＯＴＡに乗った男だった。だが、その男は、どうやって崔純子が牡丹江の農場にいることを知ったのか――。

可能性は二つある。ひとつはその農場から三回逃げたという崔純子を、その男がどこかで見かけたかだ。それで目を付けて、高い金で買い取った。だが崔純子は、三回とも農場からせいぜい数キロの地点までしか逃げていない。もしその姿を見かけたとしても、せいぜい周辺の村人だけだったはずだ。その範囲内に、あの女を買った男に該当する者はいない。

もうひとつの可能性は、純子を朱建栄に売った人身売買ブローカーの張照淇という男だ。少なくとも張と、仲間の何人かは純子が牡丹江の農場にいることを知っていた。純子を買った男は、その情報を張から得た可能性が高い。

張照淇は、この延吉で商売をやっていた。ところが純子が牡丹江の農場にはいないことを確認し、延吉に戻ってみると、張はすでに姿を隠していた。国家安全部の宋芳徳も一応は張を探していたようだが、行方はわからなかった。そのままにして、奴は北京に帰ってしまった。

だが朴には、他のやり方があった。ここ吉林省は、朝鮮族の土地だ、張照淇も、朝鮮族の男だ。北朝鮮の保衛部は、その朝鮮族の間に絶大な情報網を持っている。彼らは中国国家安全部の漢民族には何も話さないが、保衛部には協力する。その情報網を使えば、人身売買ブローカーのアジトを突き止めることくらいは簡単だ。

張照淇は延吉から少し離れた八家子《バーツァツー》という村に隠れていた。村の中心部に建つ、集合住宅の一室だった。朴はその建物を見て、平壌の自分の家よりも立派なことに腹が立った。どうやらこの男は、我が共和国からの違法越境者の売買でかなり稼いでいるらしい。

朴は、建物の前にメルセデスを横付けにした。もう午前中もかなり遅い時間だというのに、二階の張の部屋にはカーテンが閉まっていた。だが、この隠れ家を二日前から見張っていた朝鮮族の男によると、張はいまも部屋の中にいるはずだ。

二人の部下を連れて、朴は二階に上がった。張の部屋の前に立つ。試しにドアノブを回してみると、不用心なことに鍵《かぎ》が掛かっていなかった。

ドアを開けて、部屋に入った。オンドルの熱で暖かかったが、明かりは点《つ》いていない。土足で、室内を歩く。長白の町で買った中国製のゴム底の靴は、足音を忍ばせるのにちょうどいい。

テーブルの上には、食べ残しの料理の皿や白酒《バイジウ》のグラスがそのままになっていた。

室内には、いくつかのドアがあった。その内のひとつが、少し開いていた。中から、鼾《いびき》が聞こえてくる。覗《のぞ》いてみると、薄暗い部屋の大きなベッドの上に、素裸《すはだか》の女を抱えて眠る張照淇の太った背中が見えた。

朴は背後を振り向き、徐と権に眴《めくば》せを送った。二人とも、口元に冷酷な笑いを浮かべている。

ドアを静かに押し、朴は明かりのスイッチを入れた。女が驚いて起き上がり、シーツで胸を隠した。若く、そこそこは見られる女だった。同胞の違法越境者であることは、聞かなくてもわかる。どうせ張がどこかで捕まえてきたか、買ってきたのだろう。

張照淇の鼾が止まった。ゆっくりと、体を起こす。眠そうな目を擦《こす》りながら、驚いたような表情で朴の顔を見た。

「あんたは……」

「覚えているか。朝鮮民主主義人民共和国、国家安全保衛部の朴成勇だ」

朴は、自分が身分と名前を相手に告げている瞬間が好きだった。だが張は、朴が期待したほどには脅《おび》えなかった。背後に立つ二人の部下の顔を見渡し、弛《たる》んだ顔に薄笑いを浮かべた。

「今日は国家安全部の男は連れてこなかったのか。おれは、中国人だ。あんたは直接、おれには手を出せないはずだ」

今度は朴が笑った。

「しかしその女は、我が共和国の人間だろう。違法越境者の取り締まりは、我々の正当な職務だ」

「好きにするがいいさ」

朴が命ずると、二人の部下が女をベッドの中から引き摺《ず》り出した。女は、小便を漏らすほど脅え、暴れた。徐がその体を押さえつけ、権が持っていた針金――ニッパーやナイフと共に、保衛部員の携帯品のひとつだ――で女の手足を縛り上げた。口に脱ぎ捨ててあった下着を詰め込み、猿轡《さるぐつわ》をかました。

「さあ、その女を連れて早く帰ってくれ、おれは腹が減った」

張がそういってあくびをし、体を伸ばした。

「そうはいかないんだ。訊《き》きたいことがある。あの牡丹江の農場に売った女のことを誰に話した。朱建栄からあの女を買ったのは誰なんだ」

「知らないね。知っていても、お前には話さない」

「口止めされているのか。それとも、その相手を恐れているのか。怒らせれば、我々の方が恐ろしいぞ」

朴には、崔純子を買っていった男の正体が薄々わかっていた。後から牡丹江の農場に女の荷物を取りに来た男の一人は、日本人だった可能性がある。だとすれば、考えるまでもない。その男は、金明斗の情報を狙う日本側の工作員だ。

保衛部員としての教育の中で朴は再三再四、叩《たた》き込まれてきた。朝鮮半島や中国大陸には、二一世紀になるいまも旧日本軍の諜報員《ちょうほう》が多数潜伏している。そのほとんどが旧中野学校の出身者や旧特務機関員の生き残り、もしくはその子孫たちだ。

奴らはそれぞれの国に市民として潜伏し、仕事や正式の身分も持っている。有事の際以外には、けっして表に出てこない。元来、北朝鮮国家安全保衛部の役割の一端も、その摘発だ。あの金明斗も、その一人だった。

「とにかく、帰ってくれ。おれに指一本でも触れれば、お前らの方が厄介なことになるぞ。何ならいますぐにでもこの村の公安警察をここに呼んでやってもいい」

張は、強気だった。だが、その理由は理解できた。張は地元の公安員に、賄賂《わいろ》を握らせているのだろう。そうでなければ、人身売買などという商売をやっていけるわけがない。

「お前を生かしておけば厄介なことになる。しかし殺してしまえば、何も問題はない」

朴は革の上着のポケットから、ナイフを出した。張に歩み寄りながら、刃を起こした。毛布を捲《まく》り上げ、太った腹の下で縮み上がっている陰茎に刃先を当てた。

「や……やめろ……」

張が初めて、脅えた表情を見せた。

「だいじょうぶだ。人間は陰茎を切り取ったくらいでは死なない。お前も中国人なら、宦官《かんがん》が長生きだったことくらいは知っているだろう」

刃を、ゆっくりと引いた。張の陰茎の薄皮が破れ、鮮血が滲《にじ》み出た。

「わかった、やめてくれ。いう、いうよ。ハルビンに住んでいる、陳という男だ……」

張照淇から必要なことをすべて訊き出すまでに、時間は三〇分も掛からなかった。あまりにも呆気《あっけ》なく、退屈な仕事だった。朴は裸の女を毛布に包み、部下二人にメルセデスのトランクまで運ばせた。この女にはまだ、使い道がある。朴はメルセデスの運転席に座り、助手席の徐動健が地図を広げた。

このまま長春を目指し、夜通し走り続ければ、明日の夜明けまでにはハルビンに着けるだろう。

このメルセデスならば、訳はない。

11

いつもと同じ平穏な朝だった。

陳――本名を室谷《むろや》武司《たけし》といった――は近所の鶏の声で目を覚まし、ベッドを出た。寝室の洗面台には、すでに湯の入った薬缶《やかん》が置いてあった。

陳は琺瑯《ほうろう》の洗面器に湯を注ぎ、石鹸《せっけん》で顔を洗った。目を閉じたままタオルを探して顔を拭《ふ》き、次にカップの中に粉石鹸を泡立てる。それを顎《あご》に塗り、革砥《かわと》で研いだゾリンゲンの剃刀《かみそり》で髭《ひげ》を当たる。最後に歯を磨き、湯を入れ換えてもう一度顔を洗う。その習慣は、もう二〇年以上、一日も欠かしたことはない。

寝室を出て白壁の部屋に入っていくと、暖炉にはすでに薪《まき》が燃えていた。陳は何本か薪を足した。台所からは、紀虹が朝食を作る音が聞こえてくる。すべてが、いつもと同じだ。陳の気配に気が付いて、紀虹が台所から出てきた。暖炉の湯で、茶を淹《い》れる。

「おはようございます。朝食、もうすぐできますから」

「ああ、別に急ぐことはないさ」

だが陳は、その時、小さな異変に気が付いた。紀虹が、朝から化粧をしていた。前日に、純子からもらった日本製の化粧品がよほど気に入ったに違いない。

「どうしたんだ、紀虹」陳がいった。「今朝はいつになく美人に見えるぞ」

だが紀虹は何もいわず、ただ顔を赤らめ、また台所に引っ込んでしまった。

陳は茶を飲みながら、ぼんやりと考えた。家の中は、静かだった。今日からは小笠原貴光と名乗る日本人の男も、あの崔純子もいない。いまごろ二人は、無事に北京に着いただろうか。

茶を飲み終えて、溜息《ためいき》をつく。本当に、静かだ。まるで火が消えたように……。

だがその時、外から車のエンジン音が聞こえた。家の前で、止まった。こんなに朝早くから、誰だろう。

陳は椅子を立ち、小窓のカーテンを上げて中庭を覗いた。古い、黒のメルセデスが一台。中には三人の男が乗っている。

ナンバーを見た。北朝鮮の公用車のナンバープレートが付いていた。陳はそれだけで、すべてを察した。

カーテンを閉じ、窓を離れる。陳は部屋を横切り、李朝《りちょう》の紫檀《したん》の箪笥《たんす》の抽出《ひきだ》しを開けた。二重底の蓋《ふた》の下から、第二次世界大戦以前に作られた古いブローニングの三二口径のオートマチックを取り出した。弾倉を抜き、弾が入っていることを確認する。弾倉を戻してスライドを引き、初弾を薬室の中に送り込んだ。

「どうしたの。誰かきたんですか」

車の音に気付いたのか、紀虹がまた台所から出てきた。

「何でもない。道にでも迷ったんだろう」陳が銃を隠し、紀虹の体を抱いた。「それにしても、今日の君は、本当に綺麗だよ……」

背中に腕を回し、陳は銃を右手に持ち替えた。銃口を紀虹の左脇の心臓に向けて押し付け、引き金を引いた。

三二口径のくぐもった銃声が室内に響き、真鍮《しんちゅう》製の空薬莢《からやっきょう》が壁に当たり、鳴った。一瞬、紀虹の体が陳の腕の中で硬直し、床の上に崩れ落ちた。

紀虹は、驚いたように陳の顔を見つめた。口が、何かをいいたげに動く。だがその表情も、一瞬で硬直した。

陳は床に跪《ひざまず》き、紀虹の頬をそっと撫《な》でた。

「紀虹……。許してくれ……。お前と暮らした日々は、幸福だった……」

だからこそ、お前を奴らの好きにさせるわけにはいかない。

銃声に気付いたのか、中庭の車から男たちが降りてくる音が聞こえた。入口のドアを、激しく叩く。

「ここを開けろ。朝鮮民主主義人民共和国、国家安全保衛部の朴成勇だ」

陳は、仰々しい口上を鼻で笑った。無言で、立つ。男たちが体当たりを繰り返すドアを狙い、ブローニングを構えた。

錠が弾《はじ》け飛び、ドアが踏み破られた。三人の男たちが、傾《なだ》れ込む。先頭の黒い革のジャケットを着た男が、銃を持っているのが見えた。その男に向け、引き金を引いた。

不発……。

男が手にしていた銃が二度、火を噴いた。陳は腹と肩に、強い衝撃を受けた。体が後方に飛ばされ、床に叩きつけられた。

震える手でスライドを引き、次弾を薬室に送り込む。目の前で、紀虹がやさしく笑っていた。

「紀虹……愛している……」

一度でもいい。お前と一緒に、祖国日本を見てみたかった……。

陳はブローニングの銃口を自分の胸の小さな痣《あざ》に押し付け、引き金を引いた。


朴成勇は愛用の北朝鮮製六四式自動拳銃《けんじゅう》を両手に構え、部屋の中の気配を探りながら奥へと進んだ。徐と権の二人の部下も、辺りに警戒しながら後に続く。

倒れている男に歩み寄り、その体を足で起こした。男はすでに、息をしていなかった。その横に仰向《あおむ》けになっている太った女も死んでいることは、見るまでもなく明らかだった。

「この男が陳ですかね」

部下の一人が訊いた。

「だろうな」

朴が、溜息をつく。

「この男だろう。おれが撃った弾は、二発とも男の方に当たっている」

「女を殺したのは……」

「いったい、何者なんですかね……」

もう一人の部下がいった。

「日帝の〝犬〟だ。そうでなければ、ここまではやらない……」

この陳という男は自分の女を躊躇《ちゅうちょ》なく殺した。そして戦い、自殺した。すべては、秘密を守るためだ。韓国や中国の工作員には、こんな真似はできない。

「ところで、崔純子は……」

「探すんだ。この家の中を、徹底的に調べろ」

「はい」

二人の部下が、部屋を出ていった。だが朴には、すでにこの家の中に崔純子がいないことはわかっていた。この男は、自分の役割が終わったことを知って死んだのだ。もし崔純子がまだこの家にいるのなら、最後まで戦おうとしただろう。

朴は陳の死体の前に一人で残り、死体と、自分自身に問いかけた。

いったいお前は、何者なんだ……。

12

五月五日、朝——。

朝鮮民主主義人民共和国の金正日総書記を乗せた特別列車は、前日に丹東を発《た》ち、中華人民共和国の首都・北京に到着した。

今回の訪中では、三男の金正恩は公式的には同行していないことになっていた。だが正恩には、世襲の後継者としてだけではなく、もうひとつの重要な役割がある。国家安全保衛部の部長として、父金正日を警護する役割だ。もちろんこの日の北京行きにも、警護団の責任者として影のように列車に同乗していた。

ここでも金正日は、中国政府による最高級の厚遇を受けた。北京駅には温家宝首相が出迎え、最新型のメルセデス・マイバッハの完全防弾車が用意されていた。これに他二〇台もの護衛車、医療車が同行して車列を組み、全面交通規制を敷かれた市内を釣魚台迎賓館《ディアオユータイ》へと向かった。沿道には人垣ができ、中国の公安警察が警備に当たっていた。人々が、何事かと車列を眺めている。

ぶ厚い防弾ガラスに守られながら、金正日は満足そうに笑いを浮かべた。全世界の国家元首の中でも、いまの中国からこれだけの賓客として扱われるのは三人だけだろう。ロシアのウラジーミル・プーチン首相、アメリカのバラク・オバマ大統領、そして、自分だ。

「この光景を、よく見ておきなさい。そして、忘れてはならない。偉大なる我が金一族には、中国すら平伏するということを……」

金正日が、独り言のようにいった。

「はい。肝に銘じておきます」

リムジンの正面に座る正恩が、無表情で頷《うなず》く。

釣魚台に着くと金正日は、まず国家元首用の特別宿泊室に通された。〝世界一豪華〟ともいわれる貴賓室だ。この部屋に泊まれるのも、世界で限られた特別な人間だけだ。国家元首ならば、誰もが使えるわけではない。たとえ韓国の李明博や、一年に一度は替わる日本の首相の訪中が実現したとしても、この美しい部屋を見ることすら許されないだろう。

部屋で最高級の中国白茶――白毫銀針――を一杯味わった後、金正日は正恩を待たせ、館内の特別会議室へと向かった。中国の首脳が他国からの国賓を迎えた時に、歴史的な会談の舞台として必ず使われ、世界に配信される有名な部屋だ。この日も会議室には中国中央テレビのクルーの他、中朝両国のマスコミが集まっていた。

金正日が、一〇人以上もの側近と警護官を従えて会議室に入っていく。カメラを向けられた黄金の屏風《びょうぶ》の前に、すでに一人の男が待っていた。濃紺のスーツを着て眼鏡を掛け、穏やかに笑うその男こそ、中華人民共和国の国家主席・胡錦濤だった。

「胡主席、お元気そうだ」

金正日が、右手を差し出す。

「金大人こそ。本当にお元気そうですね」

胡錦濤が、その手を握る。

「今回はお招きいただき、心から感謝します」

「こちらこそ。遠路はるばる、ようこそ。謝謝《シェイシェイ》……謝謝……」

胡錦濤は珍しく、〝謝謝〟を二度繰り返した。

カメラの前で、二人は芝居掛かった抱擁を演じた。

その瞬間、金正日は、今回の首脳会談に〝勝った〟ことを確信した。


胡錦濤は、いかにも温厚そうな笑顔を浮かべた。

だが、この男は、周囲に慈愛に満ちた表情を見せる時が最も恐ろしい。かつてチベット自治区党書記に就任した直後の一九八九年二月、胡錦濤は突然モンラム（チベット密教の大祈禱《きとう》祭）の禁止を宣言。これに反発したチベット族の市民や僧侶《そうりょ》に対し、武装警察による無差別殺戮《さつりく》を前提とした武力鎮圧を発令。いまと同じように穏やかに笑いながら、三日間で女子供を含む八〇〇人ものチベット族を虐殺した。

胡錦濤は、いわゆる〝大漢族主義〟——漢民族の文化と血脈こそが世界の中心と考える思想——の熱烈な信奉者だった。この男が排除しようとしているのは、チベット族だけではない。ウイグル族やモンゴル族、朝鮮族、その他すべての少数民族を絶滅に追い込み、中国を漢族による単一民族国家とすることを目指している。いや、最終的な目標としては、大和民族、アングロサクソン、アラブ系、アフリカ系までも地球上から排除し、漢民族が世界唯一の絶対支配者になることを理想としているといってもいい。


だが、胡錦濤は、冷静だった。

あの聖人といわれた孔子《こうし》とて『論語』の中に再三にわたり理想を説きながら、ことごとく挫《ざ》折《せつ》したではないか——。

この男は、わかっていた。漢民族による世界支配どころか、いまはこの目の前にいる垂死の老人すら排除できないことを。老人の策謀を知りながら、懐柔される振りをせざるをえないことを。ましてこの男の持つ小国を、軍事制圧して自治区とすることも不可能なことを。我々はこの老人に、弱みを握られている。それが現実だ。

胡は腕の中に男の小さな体を抱き、たるんだ肉の感触に包まれたいまにも壊れそうな背を数度、軽く叩《たた》いた。

「さあ、金大人。こちらに来ておかけください。いろいろと、積もる話もあります」

通訳が、それを朝鮮語に訳して囁《ささや》く。

「本当に、語るべきことはいくらでもあります。偉大なる両国の永遠の未来のために」

胡は老人のその言葉を通訳が訳した時、腐った魚の臭いを嗅《か》いだような不快感を味わった。

だが、穏やかな笑顔は崩さなかった。

通訳と両国の報道官を残し、それ以外の報道関係者が退室する。目の前からカメラがなくなると、顔から笑いが消えていく。それもいつもの胡の癖だ。だが、穏やかな口調は変わらない。

二人の会談がはじまった。だが、話の内容は陳腐だ。一方が何を話し、もう一方がそれに何と答えるかはすべて事前に決まっている。観客のいない舞台の上で、通訳を介し、台本どおりの台詞《せりふ》を確認する。首脳会談とは、元来がそのようなものだ。

例えば北朝鮮の核開発問題を協議する『六方会合』（米、中、韓、露、日、朝による六カ国協議）の再開に関し、胡錦濤が六者予備会合への参加を要請する。これに対して金正日が「他の参加国と共に前向きに再開に向けた環境を整えたい」と答え、予備会合への参加の意向を表明する。さらに胡が哨戒艦《しょうかいかん》沈没に絡み予備会合への不参加を匂わす韓国に対し、「参加国は朝鮮半島の非核化実現のために努力すべきだ」と牽制《けんせい》する。このやり取りを両国の報道官が記録し、さらに内容を検討、修正した上で、中国共産党対外連絡部より正式に世界に配信される。

だがこのやり取りは、すでに金正日が平壌にいる時点で両国の間ですべて決定されていた。今回の非公式訪中に際し、金正日が予備会合への参加の意向を示すことが中国側の基本要求のひとつでもあった。少なくともこれで、胡錦濤の面子《メンツ》は立ったことになる。

会談はさらに、三月二六日に起きた韓国の哨戒艦『天安』の話題に移る。まずこの〝事故〟について胡錦濤主席が「憂慮の意」を伝え、これに対し金正日と同席した側近が改めて関与を否定。さらに胡錦濤が「沈没の原因の特定には客観的な証拠が必要になる」として、国連安保理における北朝鮮制裁協議に持ち込もうとする韓国とアメリカ側の動きを牽制した。

これも事前の打ち合わせどおりだった。後に中国側は、この内容を〝非公式に〟発表する。この時点で両国——特に中国——は、哨戒艦沈没に北朝鮮が関与したとする〝物証〟は「絶対に存在しない」と信じていたことになる。

北朝鮮の六者予備会合への参加の意思と、韓国哨戒艦沈没事故への関与の否定。この二点を再確認した上で、首脳会談はいよいよ本題へと入っていく。中国の、北朝鮮への経済協力だ。

一点は、北朝鮮沿岸の羅津港の再開発計画だ。これもすでに一年以上前に話が持ち上がり、計画も具体化しはじめている。

「一昨日、昨日と大連港を見てきました」金正日がいった。「素晴らしい港です。いずれ我が国の羅津もあのように発展すれば、両国に莫大《ばくだい》な富をもたらすことになるでしょう。ぜひ、恩返しをさせていただきたい」

胡錦濤はその言葉に、嫌悪感を持った。何が、恩返しだ。だが、表情には出さなかった。

「羅津は、冬も凍ることのない有力な港だと聞いています。ぜひ力を合わせて、目標を実現しましょう」

さらに、もう一点。この一年程の間に急に具体化してきた、中朝国境を流れる鴨緑江の中州の開発計画にも話が及んだ。北朝鮮領の黄金坪島《ファングンピョンド》と威化島《ウイファド》の二島を中国が借り上げ、一大工業・産業地区として開発しようとする計画だ。おそらくこの計画が実現すれば、以後数十年間にわたり、北朝鮮の経済の軸となるだろう。だが、資本を出すのはすべて中国だ。

金正日は痴呆《ちほう》のような表情で、側近の説明をぼんやりと聞いていた。だが胡錦濤はその表情を見ても、どこまでが本当でどこからが芝居なのかまったくわからなかった。それにしてもこの老人は小さな港と未開地の中州と引き替えに、中国からどれだけ莫大な金と重油、そして食料をせしめようというのか。

経済協力の話も終わり、首脳会談も終わろうとしたところで、金正日が徐《おもむろ》にいった。

「実は胡錦濤主席、今日はもうひとつ、重要なお話があります」

胡錦濤は〝来たな〟と思った。

「どのようなお話でしょう。私と金大人の仲です。何でもお話しください」

金正日が小さく頷き、続けた。

「実は私も、もう六九歳になりました。この何年かで何度も大病を患い、最近は体力の衰えも致し方なく……」

確かに、そうだろう。だが胡錦濤は、心とは逆のことをいった。

「金大人、何をおっしゃいますか。まだまだ本当にお元気そうだ。おそらく八八歳、いや九九歳まではご健在でおられるでしょう」

「いや胡錦濤主席、それは無理です。私の望みは、せめて我が国の強盛大国の年、二〇一二年をこの目で見ることができれば。それだけです。しかし、その前にやっておかなくてはならないことがある」

胡錦濤は、あえて何も知らない顔を装いながら首を傾げた。周囲が、固唾《かたず》を呑《の》んで見守っている。

「何でしょう。私に、お力になれますか」

「胡錦濤主席でなくてはできないことです。実は私は、もう総書記の座も軍の最高司令官の座も退こうかと思っている。強盛大国の年までに、すべてを後継に譲りたい……」

「なるほど。そのように御決断されていましたか。それで、国の将来を誰に託するおつもりですか」

ここから先は、今回の首脳会談でも未知の領域だ。もちろん事前情報としては、この老人が何をいうかは暗黙の了解ではあったが。

「三男の正恩です。親の私がいうのも何ですが、正恩は最近、本当に立派な青年に成長してくれた。彼ならば必ずや胡錦濤主席のお力となり、これからの両国の同盟関係をさらに堅固なものにしてくれるでしょう」

何が同盟関係だ。ただ一方的な依存関係にすぎない。それにしても、仮にも一国を親子三代にわたり世襲するなどというのは、議論の以前に狂った感覚だ。情報としてはすでに既成事実ではあったが、まさか本気で考えていたとは……。

だが、胡錦濤はいった。

「それはよい考えです。正恩氏ならば、貴国を栄光に導く偉大なる指導者となることでしょう」

「ありがとうございます。つきましては、お願いがあります」

「何でしょう」

「まずは正恩を、胡錦濤主席にお引き合わせしたい。その上で二人で話し、彼の〝後見人〟となっていただきたい」

〝後見人〟という言葉を聞き、胡錦濤は奇妙な違和感を覚えた。それは単に人として、胡錦濤が金正恩を後見するという意味なのか。もしくは国として、中国が北朝鮮を庇護《ひご》下に置くという意味なのか。いずれにしても国家元首対元首、国対国であろうと、きわめて大きな意味を持つ言葉だ。だが、この場では、考える猶予はない。

「おまかせください。私が責任をもって……」

気が付くと胡錦濤は、そう答えていた。

「謝謝。それでこそ、中国は我々の悠久の友人です」

金正日が、かすかに笑った。その瞬間、それまで濁っていた双眸《そうぼう》の中で、何かが鋭く光ったような気がした。

胡錦濤は、背筋に悪寒を覚えた。

この怪老は、まだ死んでいない……。

13

昆明湖の悠久の湖水は、数百年もの時の彼方《かなた》に取り残されたかのようだった。

蛟竜は水辺に続く長い道を歩きながら、周囲に造られた頤和園《いわえん》の風景を眺めた。止《と》め処《ど》なく広大な空間は萌《も》える新緑に満ち、静寂だった。

頤和園は、一八世紀に清の乾隆帝が造営した北京最大の皇家園林である。当時は清漪園《せいきえん》と呼ばれ、三山五園（離宮）の一部となった。だが、アロー戦争の末期（一八六〇年）に英仏連合軍の攻撃により焼失。一八八八年に西太后が再建したものが現在の頤和園と呼ばれるようになった。

この時、西太后は、頤和園の再建のために軍費などの公金約三〇〇〇万両を流用。その後の中国の軍事力を弱体化させる要因となったという伝説が残っている。だが、その神々が創造したかのような景観は、いまも湖の生い立ちと共に人工物であることを忘れさせるほどに美しい。

「綺麗《きれい》……。こんな場所、見たことないです……」

蛟竜の横には、崔純子が歩いていた。サングラスを掛け、黒いキャップで髪をまとめているが、やはりこの女は目立つ。それを知っているのか蛟竜と腕を組み、片時も離れまいとするかのように体を引き寄せる。

「君の〝故郷〟にはこのような風景はないのか」

蛟竜が訊《き》いた。

「ありません。あるのは汚い町と、貧しい村。木の生えていない山。それだけ。こんな場所が世界にあること、誰も知りません……」

ハルビンを出てから三日目——。

おそらく彼女にとっては信じられない速度で走る快速列車、巨大な北京の都市、ホテルの快適な部屋、すべてが驚きの連続であったに違いない。だがその中で日本人として振舞いながら、日本語で話すことにも少しずつ慣れはじめていた。

蛟竜は純子と共に湖岸を歩き、万寿山の仏香閣に上り、眺望を楽しんだ。そしてまた山を下り、長廊の日陰で休む。時折、中国の旅行客や日本人、欧米の観光客と出会うが、人は少なかった。

しばらくすると湖水に突き出るように、船の形をした石造の建物が見えてきた。頤和園で唯一、西洋風の建築物として知られる清晏舫《せいうんぼう》だ。蛟竜は純子と共に建物に向かい、二階へと上った。アーチ状の窓の前に立ち、鏡面のような湖水を眺めた。遠くに、湖岸と南湖島に架かる十七孔橋が見えた。

「日本から旅行ですか」

しばらくすると、日本語で話しかけられた。隣の窓辺に、男が一人立っている。

「そうです。社内の人事異動で北京に赴任したんですが、連休中に妻と少し旅行を楽しもうと思いましてね」

「そうですか。それはいい……」

男が、ゆっくりと振り向く。Tシャツにウインドブレイカー、ジーンズという軽装だが、どこか様になっていない。『亜細亜政治研究所』の戸次二三彦だった。

「なぜ、連絡を取った。あなたにこちらで会うとは、事前にまったく聞いていない」

蛟竜が、声を低めた。

北京での宿泊先『ホテル・ニッコー新世紀』に伝言が残されていたのは、前日の五月五日の夜だった。市内の日本人観光客の多いレストランで夕食を終え、ホテルに戻ると、フロントで封書を一通渡された。中には、ホテルの便箋《びんせん》が一枚。待ち合わせ場所の頤和園の清晏舫と日時、他には戸次のコードネームの〝田中浩《ひろし》〟の名前が書かれた簡単な手紙だった。

「知ってのとおり、事情がいろいろ変わった。今後のことについて、話し合っておく必要がある」

戸次がいった。

蛟竜が純子に眴《めくば》せを送り、無言で頷《うなず》く。純子が蛟竜の腕を解き、建物の反対側の窓の方に移動した。

「それで」

「あれが崔純子か。目立ち過ぎるな……」

戸次が純子に視線を向けた。

「仕方がない。しかし、中国当局に顔は割れていないんだろう」

「いまの所はな。しかし、〝北〟の保衛部の奴らに見られたら隠しようがない。もう中国に入っているという情報がある」

「その時はその時だ。それより、話を早くすませてしまおう」

蛟竜が、辺りを見渡す。それまで笑いながら話していた中国人の旅行者が、下の階に下りていった。かわりに、日本人数人のグループが上がってきた。先程からいるのは、アメリカ人らしき白髪の初老の夫婦だけだ。

「まず、ハルビンからここまでの道のりだ。特に問題はなかったか」

「報告したとおりだ。何も問題はない」

ハルビン発北京行きの快速列車の旅は、きわめて順調だった。寝台車で同室になったのは中年の中国人の夫婦だったが、警戒すべき要因は何もなかった。車内では特に公安警察の調べもなく、定刻どおり夜明け前には北京に着いた。

「問題は、大使館の件だ。もう連絡は行っているはずだ」

「聞いている。そうなると、この北京から動きようがない。他の日本公館は使えないのか」

「無理だ。瀋陽《シェンヤン》の総領事館の件は聞いているだろう……」

以前から、駐中日本公館などを経由して日本に送る脱北ルートが存在することは知られていた。主に日本からの帰国者や日本人妻が保護されることが多く、中国当局もこれを数ヵ月で出国できるように黙認していた。だが中国当局は二〇〇八年の北京オリンピックを機に、脱北者の取り締まりを強化。日本公館を使うルートにも圧力を掛けはじめた。二〇一〇年五月現在、瀋陽の総領事館では五人の脱北者を保護しているが、すでに二年近くも出国の足止めをくっている。

「そうなると他に、ルートを選定しなくてはならなくなる。北京にあまり長くいるのも、危険だ」

「考えられるとすれば、タイかベトナムを経由するルートだが……」

だが、いずれもリスクは大きい。特に現在〝最大の脱北ルート〟といわれる中国・ラオス・タイ経由のルートでは、中国は国境付近の警備を強化。時には数百人規模の脱北者が大量検挙されることもある。

「あなたの〝会社〟の〝社長〟は何といっている」

「何もいっていない。方法に関しては、私が一任されている」

「無理だな。危険すぎる。ここで中止すべきだ」

蛟竜がそういって、周囲を見渡す。日本人のグループが下りていき、代わりに韓国人らしき家族連れが上がってきた。白人の老夫婦は、まだ同じ場所にいる。時折、純子が不安そうにこちらを振り返る。

「中止はできない」

「理由を説明してくれ」

「すでに決定されたことだからだ。すべてが、今回の〝商談〟を中心に動き出してしまっている」

「それならば、ここで〝商品〟を引き渡す。それで私の仕事は終わりだ。あとは、あんたの方で処理すればいい」

「いや、君の仕事はまだ終わってはいない」

「なぜだ」

「我々の目的は、あの〝商品〟ではない。本来の〝探し物〟は、まだ見つかってはいない」

〝探し物〟とは、崔純子が持っていたはずの情報だ。その情報は〝北〟の保衛部も追っている。中国の公安警察、もしくは国家安全部が動く可能性もあり、今後のアジア情勢に大きな影響を及ぼす可能性がある。

「しかし、彼女は何も持っていない。それは知っているはずだ」

彼女が〝北〟から持ち出した荷物は、情報と共にすべて焼かれたと聞いていた。だから外務省は、ゲームから降りた。

「調べたのか」

戸次がいった。

「何をだ」

「あの女が本当に、〝探し物〟を持っていないのかどうかをだ」

純子が振り返り、二人を見つめている。

「もし、持っていなかったら」

「オペレーションを中止できる。〝商品〟はこちらの方で処分する」

「もし、持っている可能性があれば？」

「こちらが〝探し物〟を入手するまで、〝商品〟を保護する必要がある。つまり、オペレーションはこのまま続行する」

韓国人の家族連れは湖をバックに写真を撮り合い、下りていった。いまここに残っているのは蛟竜たち三人と、アメリカ人の夫婦だけだ。

「わかった。やってみよう」

「そうしてくれ。ルートに関しては、こちらで情報を集めておく。また連絡する」

戸次が蛟竜から離れ、歩き去る。だが数歩いったところで立ち止まり、振り返った。

「そうだ。もうひとつ、君に伝えておかなくてはならないことがあった」

「何だ」

「一昨日の朝、ハルビンの陳が消された。やったのはおそらく、〝北〟の保衛部の連中だ。君たちも気を付けた方がいい」

戸次は右手を軽く上げ、階段から姿を消した。


清晏舫の二階には、誰もいなくなった。

残っているのは、アメリカ人の夫婦だけだ。最後に下りていった日本人の夫婦——蛟竜と崔純子——が遠ざかるのを待ち、白髪の男がポケットからモバイルを取り出して話しはじめた。

「私だ。スナッズ・ラットだ。いま〝目標〟を確認した。写真も撮れているはずだ。トーキョーの方にもそう伝えてくれ」

それだけをいって、電話を切った。

14

同日、ほぼ同じ時刻に、もうひとつの出来事があった。

普通ならば、誰も気付かないような些細《ささい》な出来事だった。だが国家安全部第八局・対外国スパイ監視課の厳強幹は、それを見落とさなかった。

厳の元には、現場や課内、もしくは他の部局から毎日膨大な数の報告が上がってくる。それらすべてに目を通し、一件ずつすべてを確認することはとても不可能だ。だがコンピューターを流れていく一見無意味な記号を漠然と眺めていた時、なぜかその中のひとつの数字の羅列に目が止まった。

〈22―10017――〉

同じ八局の情報資料だった。報告の日付は二日前の五月四日、資料内容は〈北京駅構内の監視カメラE―3の識別機能反応一覧〉となっていた。日本製の、最新鋭の個人認証機能を持つ高感度監視カメラの作動記録だ。国内の空港や主要駅、公共施設に設置されているカメラは常に要注意人物の監視を行い、リストに登録されている顔を認証すると自動的にこれを記録。各担当局に報告される。

認証確率は、九九パーセントといわれている。だが、誤作動も多い。この日、北京駅構内の計一二台のカメラだけでも二九回の誤作動を起こしていた。

問題の〈22―10017――〉という数字も、その誤作動記録の一件だった。記載によると、同日午前三時四一分、北京駅夜行快速列車の改札出口に設置されたE―3監視カメラが監視対象者㊕第二二―一〇〇一七号を認識。翌五日、第八局・分析課により分析。結果、誤作動と判明——。

だが厳は、この記載を何度も読み返し、胸騒ぎを覚えた。理由は、明白だった。なぜなら監視対象者㊊第二二—一〇〇一七号は、あの〝蛟竜〟の識別番号だったからだ。

まさか……。

報告には、別の検証資料が添付されていた。厳がURLをクリックすると、モニターに当日の実際の監視カメラの映像が映し出された。日本製の高感度カメラで撮影されたものなので、画像は鮮明だ。

よく見なれた北京駅の改札の風景だ。黒い鉄格子の改札口を押して、次々と人が出てくる。ほとんどが中国人だが、日本人や白人、韓国人らしき旅行者の姿もある。

間もなく、ジャケットを着た長身の男が画面に現れた。アジア系。おそらく、日本人だ。男が改札を出ると、カメラの識別機能が作動したことを表示するマークが点滅する。さらにレンズは自動的に男の動きを追尾しながら、顔をズームアップする。厳は、息を呑《の》みながらモニターを見つめた。

画面に、男の顔が大写しになった。続いて白い線のスケールが現れ、目、口、鼻の位置と輪郭を測定する。すべてをロックオンしたところで画面が静止し、スケールが消え、身長や体重などのデータを表示。識別を終了したことを示すランプが点灯する。

同時に、カメラは監視対象者リストを検索。該当する㊊第二二—一〇〇一七号を表示する。

〝日本鬼子《リーベングイズ》〟は我が中国のために、本当に便利な装置を発明してくれたものだ。

おかしい……。

厳にはその画面に大写しになった男が、どうしても蛟竜——あの設楽正明——には見えなかった。確かに身長や体重などのデータはほぼ一致している。だが、顔が明らかに違う。

いったい、どういうことだ……。

厳はさらに報告の詳細を照会した。なぜこの男が設楽正明と識別され、後にカメラの誤作動と判別されたのか。分析担当は八局・分析課の王元春《ワンユアンチュン》という男だった。顔くらいは知っている。

理由は、〈監視対象者㊡第二二一一〇〇一七号は二〇一〇年三月一三日の時点で日本にて死亡。第二局・国際情報局により確認——〉となっていた。

馬鹿な……。

四月一九日の時点で、厳は蛟竜を「監視対象者のリストから外してはならない」と命じていたはずだ。その命令が、すみやかに伝達されていない。

厳はもう一度、カメラの映像を再生した。やはり、男は蛟竜には見えない。さらにもう一度。だが、何度も繰り返し映像を見ているうちに、少しずつ細かい部分に気付くようになってきた。

まず、女だ。男の姿がズームアップされる直前に、その斜め後方に女が一人、映っている。女は男に寄り添うように、続いて改札を出てくる。

女が画面に映っているのは数秒だ。おそらく、アジア系。目鼻立ちが整っていることから、白人の血が入っているようにも見える。いずれにしても、目立つ女だ。男の同行者であることは間違いない。

そして、問題の男だ。男は改札を出た直後に、一瞬だけカメラに視線を向けている。まだズームアップされる前の画像なので、判別は難しい。だが、男はカメラに気付いたはずだ。

あの目だ……。

厳は、過去に唯一、蛟竜を確認した成都《チョントウー》の新良大酒店の監視カメラの映像を思い出した。あの時も一瞬、蛟竜はカメラを見上げて笑みを浮かべた。その時の獲物を射貫《いぬ》くような目の動きが、今回の北京駅の映像と厳の頭の中で重なった。

この男は、設楽正明だ……。

厳は、目の前にある受話器を摑《つか》んだ。北京駅の直通回線を呼び出し、電話口に出た職員にいきなり切り出した。

「国家安全部第八局の厳強幹だ。至急、調べてもらいたい。日時は一昨日の五月四日午前三時四一分。その一五分前までに北京駅に到着した夜行列車をすべてリストアップしてくれ」

——あ、はい。少しお待ちください——。

厳は、苛立《いらだ》ちを抑えながら待った。僅《わず》か一分にも満たない時間が、息を止めているかのように長く感じられた。しばらくすると、相手が電話口に戻る気配を感じた。

「どうした。わかったのか」

急《せ》かすように、訊《き》いた。

——はい、わかりました。前日の五月三日一九時三二分ハルビン発、午前三時二七分当駅着の快速列車です。その時間に、他に該当する列車はありません——。

「御苦労だった」

電話を切り、厳は息を吐き出した。

ハルビンだって？　なぜ奴が、そんな所にいたんだ……。

厳の頭の中が、目まぐるしく動く。北京駅の監視カメラに映っていた、蛟竜らしき男。ハルビンという地名。そして、男に同行する謎の女。その時、何かが閃《ひらめ》いた。

そうだ、例の北朝鮮国家安全保衛部の、朴成勇という男だ。あの男は、わざわざ中国まで一人の違法越境者を追ってきた。その越境者は、確か女の政治犯だったはずだ……。

厳はもう一度、受話器を摑んだ。内線で同じ八局対外国スパイ監視課の部下、宋芳徳を呼び出した。

「例の北朝鮮の保衛部員の件だ。朴成勇という男の監視はどうなった」

電話口に出た宋にいった。

――ああ、あの男の件ですか。先日、報告書を上げたとおりです。奴が追っていた政治犯は崔純子という女ですが、どうやら黒竜江省の牡丹江の農場で見失ったようです――。

ハルビンは、その黒竜江省の省都だ。

「朴成勇は、いまどうしている」

――四月二六日までは同行していました。主に牡丹江から吉林省の延吉を中心に女を探していました――。

「その後は」

――わかりません。最近は連絡もありません。まだ帰国したとは聞いていませんが――。

「わかった。すぐにこちらに来てくれ。見てもらいたいものがある」

電話を切った。

厳は、大きく息を吐いた。

北朝鮮からの女の違法越境者など、特に珍しくはない。それがキプム組の女や労働党の工作員の亡命ならば、保衛部の連中が追ってくるのもよくあることだ。

だが……。

今回はなぜか、嫌な予感がした。

15

崔純子は泣いていた。

目は濡《ぬ》れていない。

涙を流すような泣き方は、人々が地上の楽園と呼ぶあの共和国にいた時代に忘れてしまった。

だが、心の中で泣いていた。歩いていても、青い空を見上げても、街の雑踏に包まれていても、心の中の慟哭《どうこく》は止まなかった。

陳と紀虹が死んだ。優しかったあの二人が。父と母以外で、自分を初めて人間として扱ってくれた人たちが。

そして母のことを思い出す。いまごろ母は、どうしているのだろう。おそらく母も、生きてはいない。あの国で、生かされていない方がいい。

純子は、孤独だった。暗闇の中に、いつも一人だった。もし自分に手を差し伸べてくれる人がいたとしても、次々と死んでいく。そしてまた、いつかは一人になる。

「どうしたんだ。今日は様子が変だぞ」

目の前に座っているオガサワラタカミツという男にいわれ、ふと我に返る。だが、この男の本名は知らない。自分の味方なのかどうかもわからない。もう何日も一緒にいるのに、あまり話したこともない。

「何でもない……。少し疲れました……。それだけ……」

辺りを見渡す。自分がいま、北京の『東来順《トンライシュン》』という店で夕食の途中だったことを思い出すまでに少し時間が掛かった。目の前のテーブルの上では、名物のモンゴル産羊肉の鍋《なべ》が湯気を立てていた。

「旨《うま》いぞ。食えよ」

男がいった。

「はい……」

純子は皿から肉を箸《はし》で取り、湯に浸した。湯気の中で白くなるのを待ち、薬味の入った辛いたれを付けて口に含む。美味《おい》しかった。だが、あまり食が進まない。

緑茶を飲み、純子がいった。

「ひとつ、お願いがあります……」

「何だ」

「その前に、もうひとつ。私もお酒、飲んでいいですか」

男が、頷《うなず》く。

「ああ、かまわない。ビールでいいか」

「はい……。ビール、好きです……」

男が店員に、ビールを注文した。目の前にグラスが置かれ、黄色い透明な液体が注がれる。

純子はしばらく、その中に立ち上る細かい泡に見とれていた。

そして、グラスに口を付ける。アルコールは、久し振りだった。以前はよく、飲んでいた。意識がなくなるまで、無理に飲まされたこともある。労働党の幹部や外国の要人の相手をさせられる時には、いつもそうだった。自分から酒を飲もうと思ったのは、これが初めてかもしれない。

ビールを飲むと、胸の苦しさが少し楽になったような気がした。純子は口元に、かすかな笑みを浮かべた。

「旨いか」

男が訊いた。

「はい、美味しいです……」

「それで、お願いというのは」

「はい……」純子が頷く。もうひと口ビールを飲み、切り出した。「あなたの名前が知りたいです……」

男が、怪《け》訝《げん》そうに首を傾げた。

「小笠原貴光だ。そして君は妻の涼子……」

だが純子は首を横に振った。

「違います。私は、崔純子です。涼子は、嘘の名前です。あなたのも、本当の名前が知りたいです……」

男が唇に、人さし指を当てた。純子が黙るのを待ち、グラスのビールを飲んだ。そして低い声で、いった。

「なぜだ。どうして私の名前を訊く」

「あなたが、誰だかわからないから……」

男が指を組み、純子を見つめた。しばらく、何もいわなかった。だがやがて、静かに話しはじめた。

「名前は、いろいろある……。以前は、設楽正明という名前だった。韓国名で、桓圭哲《ファンチㇺチョル》と呼ばれていたこともある。中国の名前も持っていた。しかしどの名前も、本名ではない……」

「本当の名前は……」

「知らないんだ。子供の頃に、誰かに呼ばれた記憶はある。でも、それを思い出せない。いまは自分の名前も、どこで生まれたのかも、自分が何者なのかもわからないんだ。しかし自分自身に呼び掛ける時には、〝蛟竜〟という名前を思い浮かべる」

「コウリュウ？」

純子は、首を傾げて訊いた。

「そうだ。こう書くんだ……」

男はグラスの水滴で濡れたテーブルの上に、指先で〝蛟竜〟と書いた。

「蛟竜……。それがあなたの名前……」

純子は独り言のように呟《つぶや》き、男の顔を見つめた。

「いや、名前ではない。昔、中国の国家安全部がおれに付けたコードネームだ。しかし、他のすべての名前よりも、自分らしい気がしている……」

男はそういって笑いを浮かべ、グラスのビールを飲み干した。

「蛟竜……」

純子はもう一度、そう呟いた。

食事を終え、ホテルに戻った。

部屋に入ってしまうと、何もやることがなかった。中国語か日本語のテレビ番組を見て、その合間に一人ずつ風呂《ふろ》に入る。男は常にコンピューターのインターネットで調べ物をしているが、純子はただ自分のベッドで寝るだけだ。時間がゆっくりと過ぎていくほど、心は落ち着かなくなる。

「ねえ、蛟竜……」

小さな声で、呼んだ。だが蛟竜は、また人さし指を立てて唇に当てた。

「ここでは〝あなた〟と呼べ」

蛟竜も聞こえないほどの声でいった。

そうだった。ホテルの部屋には、盗聴器が隠されているかもしれない。だから、通常の夫婦の会話しか許されない。そういわれていた。

「ねえ、あなた……」

純子は、そういいなおした。

「何だ」

蛟竜も、普通に応じる。

「いえ、何でもないの……」

なぜだろう。もし盗聴器が仕掛けられているなら、会話だけでなくすべてを夫婦らしく演じなくてはならないはずなのに。それなのに蛟竜は、自分を抱こうとしない。

陳には、紀虹という妻がいた。しかしそれ以外の男は、すべて純子の体を抱いた。嫌がっても、無理に犯された。共和国の三号廏舎《きゅうしゃ》で教育を受けた頃から、それが当然なのだと思っていた。だから抱かれないと、かえって不安になる。

なぜ蛟竜は、自分を抱かないのだろう……。

だが純子は、蛟竜がやらなくてはならないことを知っていた。

純子は他の三号廏舎出身の女性工作員と同じように、様々な教育や訓練を受けている。単に性的に男を満足させる技術だけではない。例えば、相手の唇の動きを見て何を話しているのかを読み取る術もそのひとつだ。

一般にいわれる読唇術とは違う。聴覚障害者の会話術に近いものだ。朝鮮語ならば八割以上、日本語や中国語、英語でも半分近くは読み取ることができる。

昼間、蛟竜は頤和園で自分の仲間らしき男と会った。〝田中浩〟と聞いたが、おそらく偽名だろう。純子は待ち合わせた清晏舫の離れた場所に立ち、男の唇の動きを読み取っていた。

陳と紀虹が死んだことを知ったのも、蛟竜に教えられたからではない。〝田中〟という男の唇の動きを読んだだけだ。

他にも、いろいろなことを知った。今回の〝仕事〟が中止になるかもしれないこと。中止になれば、自分が〝処分〟されるかもしれないこと。そして彼らは、〝探し物〟を見つけようとしていること。

純子には、〝探し物〟が何であるかもわかっていた。自分が同志金明斗から授かり、共和国から持ち出したものだ。

「ねえ、あなた……」

純子はもう一度、蛟竜を呼んだ。

「何だ。どうしたんだ」

蛟竜がそういって、コンピューターのモニターから目を離した。電源を切り、閉じる。

「あなたは、〝探し物〟をしているのでしょう」

純子は、ベッドに横になったまま訊《き》いた。

「そうだ。大切なものを探している。しかし、君が前にいた〝家〟で燃やされてしまった。そうなんだろう」

「そう……。私は他に、何も持っていなかった……」

「知っている。君の着ていた服や靴も、すべてだ。三沢という男が日本に持ち帰り、調べた。しかし、〝探し物〟は見つからなかった」

「そう……。見つからなかった……。でもまだ……誰もちゃんと探していない所があります……」

「どこだ」

純子は、ベッドから立った。まだ濡《ぬ》れている洗い髪を解く。そして、いった。

「私の、体……」

純子がゆっくりと、ガウンを床に落とした。

16

世界情勢は昼夜の区別なく、目まぐるしく移り変わる。

特に、インターネットが一般化した近年はその傾向が強い。国家の存亡を左右するほどの重大情報や機密情報が数秒単位でネット上を駆け廻《めぐ》り、コンピューターによって分析され、瞬時の内に決断が下される。

だがＫＣＩＡの東京支局員、林昌秀《イムチャンス》は、その定説をまったく信じていなかった。情報量が厖《ぼう》大《だい》になればなるほど、個々の重大性は逆に希薄になる。真偽の選別を難しくし、情報に接する者を惑わせ、結果として判断を誤らせる。

情報とは元来――重要な情報ほど――個人の諜報《ちょうほう》員によって発掘されるものだ。個人によって選別され、個人によって伝達され、個人によって分析される。その意味で世界の情報戦略のレベルは、電話や電信、暗号文による書簡に頼っていた時代とそれほど変わってはいない。いや、むしろ個人の諜報員の能力という意味においては、第二次世界大戦中から東西冷戦の時代の方が遥《はる》かに上だっただろう。

情報は、ゆっくりと動く。そして世界情勢も、静かに変化していく。この国の四季のように。季節はすでに、初夏に移り変わっていた。

五月一〇日――。

林はいつものコンビニで弁当と新聞を買い、日比谷公園に向かった。韓国の北部の生まれの林は、日本の暑さが苦手だった。歩きながら紺のスーツの上着を脱ぎ、ネクタイを緩め、ハンカチで額の汗を拭《ふ》いた。

いつものように日比谷通りの方から公園に入り、ホセ・リサール像の前で足を止めた。いつ見ても、いい顔をしている。自分は一生、このような顔にはなれないだろう。

左腕のセイコーの時計を見た。一一時五二分。噴水池の広場に出て蘇暁達《ソシャオタツ》の姿を探したが、まだ来ていないようだった。空いているベンチに座り、弁当を広げた。

新聞を読みながら弁当を食っていると、しばらくして隣に麻の上着にパナマ帽を被《かぶ》った男が座った。蘇暁達だった。蘇は魔法瓶からカップに熱い中国茶を注ぎ、それをすすりながら、林と同じように新聞を広げた。

「鳩山《はとやま》が、ついに本音を洩《も》らしたか……」

蘇が、独り言のようにいった。

林はそれだけで、蘇が何をいわんとしているのかを察した。五月四日、日本の鳩山由紀夫《ゆきお》首相が就任後初めて沖縄を訪問。沖縄県知事と会談し、これまで懸案となっていた普天間《ふてんま》基地移設問題について言及した。首相はその席上で「最低でも県外」と公言してきた持論を撤回。改めて「日米同盟や近隣諸国との関係を考え、抑止力の観点から県外は難しい」と主張。その理由として「学べば学ぶほど抑止力が必要という思いに至った」と説明。呆然《ぼうぜん》とする仲井眞弘多《なかいまひろかず》知事に対し、それまでの迷走を陳謝した。

呆《あき》れたのは県知事だけではない。すべての沖縄県民、日本国民、そして世界の政界や諜報機関の人間も同じだった。

「最初から、わかりきっていたことです。沖縄の基地問題に関する民主党の主張は、昨年の総選挙で政権交代を狙った方便にすぎない。問題は、どこで県外移設という主張を撤回して、自民党が作った現行案に戻るか。そのタイミングだけでしょう」

林も新聞を読む振りをしながら、呟《つぶや》くようにいった。

「そこに都合よく、あの天安の沈没事故が起きた。偶然に……」

蘇が新聞の陰から林の顔を覗《のぞ》き、低い声でいった。

「そう、偶然でしょう。鳩山首相は、運がいい……」

「運がいいのは、鳩山だけではない。アメリカも。そして、君の〝会社〟もだ。そういえば、今日の新聞に出ていたな。例の哨戒艦《しょうかい》から採取した火薬が、魚雷にも使われる軍事用のRDX（ヘキソーゲン）だったと……」

蘇の口元が、かすかに笑った。

「そうですね。国際合同調査団が発表したことなのだから、確かなのでしょう……」

林が、話をはぐらかす。

「魚雷が使われたのだとしたら、天安の沈没は事故ではなく、軍事攻撃によるものだということになる。いったいどこの国が、そのようなことを？」

「さあ、それは……」

林は、北朝鮮の国名を口に出さなかった。

「しかし、いずれにしても都合のいいことだ。日本と、アメリカと、君の〝会社〟にとって。しかし、手遅れだったかもしれない。沖縄の基地問題は、すでに現行案には戻れないだろう」

「それで……」林は、話を逸《そ》らした。「今日はなぜ、私を呼んだのですか。天安の話をするためではないでしょう」

林は弁当を食べ終え、その空いたパックを袋の中に仕舞った。

「以前、ここでお話しした蛟竜……設楽正明の件だ」

「蛟竜？」林は、怪訝《けげん》そうな顔をした。「例の桓圭哲の件ですね。それが何か」

蘇は小さな溜息《ためいき》をつき、新聞の頁を捲《めく》った。

「先日の情報によると、設楽正明は今年の三月一三日に新潟で死んだ。麻薬取引の現場で、日本の厚労省の特警に射殺された。そう聞いたが」

「〝我が社〟の調べではそうなっています。それが何か？」

林は、白を切った。

「〝現物〟を確認したのか」

「それは無理です。しかし、あなた方の〝会社〟の方でも、現場にいた斧頭《フートウ》のメンバーから確認できているはずだ」

三月二七日未明、蛟竜が〝死んだ〟新潟の現場にいた馮元《フウユアン》という男の遺体が横浜港に浮いた。馮は表向きは中国系マフィア『斧頭』のメンバーだったが、中国『国家安全部』のサボタージュ（破壊工作）要員であることはKCIA内部でも知られていた。その馮が消されたという事実は、国家安全部内での役割を終えたことを意味している。

「確認はすんでいる。確かに蛟竜は、新潟で死んだ。しかし、何らかの理由で生き返ったのか。もしくは、蛟竜がもう一人いるのかもしれない」

「どういうことです」

「中国本土の個人認証機能付きの監視カメラが、数日前に蛟竜を識別した」

蘇が新聞の陰から片目だけを覗かせ、林の反応を窺《うかが》っている。

「まさか、そんなことが……。機械の誤作動でしょう……」

林が、さりげなく否定した。

「間違いならばいいいんだがね。そのカメラは、日本製だ。もし何かわかったら、私の方にも情報を回してほしい」

蘇が新聞をたたみ、ベンチを立った。一度、体と腰を伸ばした。そしてゆっくりとした足どりで、噴水の向こうに歩き去った。

林は蘇が視界から消えるのを待ち、自分もベンチを立った。反対側の、日比谷通りの方に向かう。周囲に気を配りながら、ホセ・リサール像の前まで来たところで携帯を開き、電話に出た相手に短く伝えた。

「いま蘇暁達に会いました。設楽正明の件です。どうやら、奴らは蛟竜の死を疑っているらしい……」

電話を切り、足を速めた。

17

同日、同時刻、中華人民共和国――。
蛟竜――設楽正明――と崔純子は、まだ北京市内にいた。

古くから外国人居住エリアとして知られる、燕莎《ルフトハンザ》地区の高級マンションの一室。家具、家電、生活用具一式が揃った部屋は日本流にいうなら二LDKの間取りだが、広さは一〇〇平方メートル以上はあるだろう。東南の角の五階の窓の先には、北京市民の憩いの場として知られる朝陽《チャオヤン》公園の緑が広がっている。

日本の財閥系の自動車メーカーが、現地駐在員のために借り上げている部屋だ。他の部屋に入っているのも、ほとんどが日本や欧米の企業の駐在員だ。子供連れの家庭も多い。この部屋ならば、日本人の蛟竜や純子が出入りしても怪しまれないですむ。

だが蛟竜は、日中からほとんどカーテンを開けなかった。三日前にホテルからここに移ってきてから、一度も外に出ていない。食料品の買い物は、恩華《エンファ》という中国人の女に頼んでいる。戸次が連れてきた女で、日本語が話せるが、特に組織の人間というわけではない。このマンションに住む他の日本人駐在員たちも、手間賃だけで使っている便利屋のような女だ。

蛟竜は、しばらくこの部屋で足留めをくうことを覚悟していた。戸次からの情報によると、ここ数日、北京駅や空港、市内の一流ホテルの警戒レベルが急激に引き上げられているらしい。特に、外国人観光客に対する目が厳しくなっている。上海万博を機会に国際化を促進しようとする政府の方針とは、まったく逆行している。

まさかとは思うが、このような時に無理に動くべきではない。いまは薄暗い部屋に潜み、ひたすらに食い、酒に溺《おぼ》れながら時を待つだけだ。崔純子と共に。二頭の獣のように、お互いの体を貪《むさぼ》りながら。

午後になって、インターホンが鳴った。蛟竜は汗で濡《ぬ》れた純子の体を離れ、ベッドから出た。小さなモニターを見ると、戸次二三彦が映っていた。何もいわず、ホールのドアを解錠するボタンを押した。

ベッドルームに戻り、下着を着けながら純子にいった。

「〝タナカ〟が来た。服を着ろ」

戸次のことを、純子には田中としか教えていない。

純子は気怠《けだる》そうにベッドの上に体を起こし、髪を掻《か》き上げ、かすかに笑った。

戸次は両手に二つの大きな袋を提げ、部屋に入ってきた。片方の袋には日本の麒麟《きりん》ビールの缶が半ダースと、グレンモーレンジのモルトが一本。もう一方の袋には『九門小吃《ジウメンシャオチ》』の点心が山ほど入っていた。二〇〇五年七月に中国産ビールの九五パーセントに毒性の強いホルムアルデヒドが大量に入っていることが報じられてから、日本や欧米企業の現地駐在員はほとんどこの国のビールを飲まなくなった。

戸次が買ってきた物をリビングのコーヒーテーブルの上に並べる。

「料理を蒸してくるわね……」

寝室から出てきた純子が二人を見渡し、艶《あで》やかに微笑んだ。自分の美しさを、見せつけるように。

蛟竜に抱かれるようになってから、純子は変わった。自信を取り戻したのか。それとも、安心したのか。もう、怯《おび》えてはいない。振る舞いが自然になり、大胆になった。それが本来の、この女の姿なのかもしれない。

点心を持ってキッチンに向かう純子の後ろ姿を、戸次の視線が追った。だが、細い目の中の小さな瞳《ひとみ》がかすかに動いただけで、表情に変化はない。缶ビールを手に取り、それを片手で開けた。

「あの女の体の中に、例の〝探し物〟はあったのか」

戸次が純子から視線を外さずにいった。ビールを、口に含む。

「いや、まだだ。見つからない」

蛟竜が、自分もビールを手に取った。

「あの女は、最初から何も持っていなかったのかもしれないな」

「どうして、そう思う」

「金明斗だ。あの女は朝鮮労働党のある幹部の愛人だった」

蛟竜も、金明斗の名前くらいは知っていた。

「どういう意味だ」

「今年に入って金明斗が突然、失脚した。あの女は、その金明斗から重要な情報を預かり、それを持ち出した」

「なるほど。それが作り話だったかもしれないということか」

「そうだ。金明斗は、自分の失脚後に愛人の命を助けるために我々を利用した。つまり、我々は踊らされていただけなのかもしれない。その可能性もあるということだよ」

「なるほど。しかし、まだあの女が情報を持っている可能性は残っている」

「どこにだ。〝体の中〟は十分に調べたんだろう」

無表情な戸次の頬が、かすかに動いた。

「ああ、調べた。しかしまだ、調べられない箇所もある」

「どこだ」

「頭の中だ。彼女は、その情報をすべて自分の頭で記憶している可能性もある」

「だとしたら」

「あの女は、自分自身が無事にこの国を脱出するまで話さないだろうな……」

すなわちそれこそが自分自身が生き残るための保険であり、自由になることがこの仕事の報酬だということだ。

純子が、点心を火に掛けて戻ってきた。自分も缶ビールを開け、喉《のど》に流し込む。下着を着けていない、薄いタンクトップの胸元にこぼしながら。

「美味《おい》しい……」

手の甲で濡れた口を拭《ぬぐ》いながら、蛟竜と戸次を交互に見渡す。

「それで、本題は何なんだ。ビールを飲みながら点心を食うために、ここに来たわけじゃあないだろう。何か、新しい情報が入ったのか」

蛟竜が、自分もビールを口に含み、訊《き》いた。

「もちろんだ。三時間ほど前に、東京から連絡が入った。その情報の確認で、少し手間取っていた」

「どんな情報だ」

「発信元は、〝韓国のカンパニー〟の〝企画部長〟からだ」

〝韓国のカンパニー〟はＫＣＩＡ、〝企画部長〟は東京支局の林昌秀を意味する。蛟竜は、林のことはよく知っていた。これまでに数回ミッションで組んだことがあるし、新潟の一件にも一枚嚙《か》んだ男でもある。

「それで」

「中国の国家安全部が、設楽正明の死に疑いを持ちはじめているらしい」

「根拠は」

「中国国内のどこかの監視カメラが、数日前に君を識別した。それで、安全部は警戒を強めている。いまのところ、わかっているのはそれだけだ」

やはり、そうか……。

これまで蛟竜は上海に入国し、北京、ハルビン、そしてまた北京と移動してきた。そのどこかで、監視カメラに引っ掛かった。おそらく、空港か駅だろう。

時間的に逆算していけば、北京駅だろう。ハルビンから夜行列車でこちらに入った時に、識別された可能性が高い。蛟竜は、改札を出た正面に新型の監視カメラがあったことを確認していた。

「駅や空港の警備情況は」

蛟竜が訊いた。

「北京駅は、公安の警備が通常の二倍以上になっている。空港はさらに厳しい。配備人員はやはり二倍以上だが、〝私服〟の姿もけっこう見かける」

「私服？」

「そうだ。国家安全部だ。おそらく、第八局の連中だろう」

国家安全部が動く可能性があることは、当初から想定はしていた。問題は、なぜ第八局——反間諜偵察局——が動いたのか。その理由だ。

「八局の連中の狙いは何なんだ。私だけなのか」

蛟竜がそういって、純子を見た。純子はそ知らぬ顔で、ビールを飲んでいる。

「いまのところは、そうだ。中国当局が、この女の件に気付いている様子はない」

「それならば、陳を殺《や》ったのは」

純子が黙ってソファーを立ち、キッチンに向かった。

「殺ったのは〝北〟の保衛部の奴らだ。陳の遺体は、こちらで回収した。体に残っていた銃弾は、北朝鮮製の三二口径だった。おそらく、あの女を追ってきたのだろう」

蛟竜は、考えた。もしハルビンの陳のアジトが襲われたとしたら、自分たちの行動を知られる痕跡《こんせき》を残してきただろうか。北京行きの夜行列車のチケットをインターネットで予約したのは、陳だった。もしその記録がコンピューターに残っているとすれば、すでに〝北〟の保衛部の連中も崔純子が北京にいることを知っていると考えるべきだ。

蛟竜は、中国の国家安全部に追われている。崔純子は、〝北〟の保衛部に追われている。しかも、どちらの連中も、二人が北京にいることを知っている。最悪の事態だ。

「まずいな……」蛟竜がいった。「我々二人は、別々に行動すべきだ」

「いや、そのオプションは有り得ない。いまから彼女のカバー（仮の身分）を作り直す時間はない」

純子が、そこに蒸し上がった点心を持って戻ってきた。何もいわずに、黙々と点心を貪《むさぼ》りはじめた。

「それならば、どうやって北京を出るんだ。もし、上海に向かうとすれば……」

「鉄道も、まして空路も使えない。それだけは確かだ」

「高速バスは」

中国では近年、各都市を結ぶ寝台付高速バス網が発達している。上海への直行便はないが、乗り継げば行けないことはない。

「それも無理だ。趙公口、麗澤橋、六里橋、すべてのバスターミナルで公安が警戒している。それに君たちのような日本人の夫婦が寝台バスで長距離を移動すれば、それだけでも目立ちすぎる」

「考えられるのは、車だけか……」

「そういうことだ。まあ、車くらいは用意できる。しかし、中国当局だってそれはわかっているはずだ。そうだろう」

戸次のいうことにも、一理ある。なぜ中国の国家安全部は、蛟竜が監視カメラに識別されたことをKCIAに漏らしたのか。なぜあからさまに、空港や駅の警備を強化したのか。蛟竜をこの北京から動けなくするつもりなのか。もしくは、車で行動するように仕向けるつもりなのか。そのいずれかだ。

考えてみれば、車で北京を脱出しようとする者を捕捉《ほそく》するのは簡単だ。中国は、都市部を離れてしまえば主要幹線道路が少ない。高速道路のインターは当然のことながら、たとえ田舎道を通っても検問を突破するのは難しい。

「やはり、北京を脱出するまでは別々に行動すべきだ」

蛟竜が、純子を見た。だが純子は黙々と点心を食い、ビールを飲み続ける。

「何か、案があるのか」

戸次が訊いた。

「まず彼女とあんたが、バスで北京を出る。〝北〟の保衛部の奴らが北京に入っているとしても、せいぜい数人だろう。よほど運が悪くない限り、いくつもあるバスターミナルで奴らに押さえられる心配はない」

中国の公安と国家安全部の奴らは、まだ崔純子の顔を知らない。おそらく。いまは、それに賭《か》けるしか方法はない。

「それで、君はどうするんだ」

「車を一台、用意してくれ。トラックかバンがいい。一人で北京を出る」

中国人に変装して運転すれば、簡単には見破られない。

「それから、どうする。そのまま上海にでも向かうのか」

「いや、それではリスクが大きすぎる。どこか近くの町で落ち合おう。そこから一般鉄道の普通列車か長距離バスを使って、上海もしくは他の大都市に向かう」

戸次がしばらく考え、頷《うなず》いた。

「悪くない考えだ。落ち合う町は」

「少なくとも、河北《フーペイ》省の外に出た方がいいだろう」

「しかし、奴らは君たちが上海に向かうと読んでいるはずだ。あまり正直に南下するのはかえって危険だ」

「わかっている。少し、ルートを外そう」蛟竜がそういって、テーブルの下から地図を出して広げた。「西に向かおう。山西《シャンシ》省に入ったところに、大同《タートン》という小さな町がある。ここだ」

大同は、山西省北部の地方都市だ。だが二〇〇一年にこの町の雲崗石窟《ユンガンせっくつ》がユネスコに登録されてから、世界遺産の町として知られるようになった。近年は世界遺産を目当てに集まる外国人観光客も多く、長距離バスや鉄道の路線も整備されている。北京や天津《テイエンチン》などの大都市よりも、身を隠すのにも安全だ。

「大同から先は」

「太原《タイユワン》から洛陽《ルオヤン》を通って、上海に向かう。このルートだ」

蛟竜が地図上を指でなぞった。

「世界遺産巡りの観光ルートだな」

戸次が、皮肉っぽくいった。

「そうだ。だからこそ移動手段の選択肢も多いし、他の外国人旅行者に紛れることもできる」

戸次はしばらく考えていた。やがて頷き、ウィスキーのボトルに手を伸ばした。

「わかった。そのあたりの情報を、少し収集してみよう」

戸次が帰ってしまうと、広い部屋の中にまた二人だけになった。

カーテンの外は、すでに暗い。だが、時間の感覚はなかった。

蛟竜はソファーに体を預け、天井に描かれた電気スタンドの光の輪を眺めていた。少し、酔いが回っていた。陰の中に、純子の気配があった。

純子の体温が、忍び寄る。かすかな息の音が、耳元で聞こえた。いつの間にか純子の体が、蛟竜の腕の中にあった。

陰の中で、純子が見つめている。細くしなやかな指が、服を脱がせる。熱い肌と肌が合わさり、絡む。

「私を捨てるなら、殺して……」

純子の唇が、蛟竜の胸の小さな痣《あざ》に触れた。

18

北京市郊外の永定河《ヨンテインホー》の河川敷で女性の変死体が発見されたのは、五月一二日の早朝だった。女の年齢は、三〇歳前後。身長は一六二センチ。衣服は身に着けておらず、乳房や手足の指すべてが切り取られるなど激しい拷問の跡があった。顔は生きたまま皮を剝《は》ぎ取られ、破壊されたように潰《つぶ》れていた。死後約二日が経過し、腐敗が進んでいたために人相はわからない。遺体は盧溝橋《ルーゴウチャオ》の近くの草の中に、特に隠すわけでもなく投棄されていた。

二〇〇九年以来の江沢民《チアンツォーミン》勢力の弱体化により、それまで強化されてきた黒社会に対する取り締まりが軟化。北京にまで福建マフィアなどが進出するのに伴い、市内の治安も悪化の一途を辿《たど》っている。最近は北京周辺で、このような変死体が発見されることも珍しくはなくなった。

だが、それにしてもこの死体の様相は異常だった。

第一に、この犠牲者が女であることだ。

マフィア同士の抗争で女が殺されること自体は、よくあることだ。だが普通、女は、これほどひどい拷問を受けることはない。いくら黒社会の人間でも、女性に対する最低限の礼節は守る。

もうひとつは、死体の背中に焼きごてで焼かれたような文字が書かれていたことだ。

〈叛徒《パントゥ》（反逆者）――崔純子――〉

文字は、確かにそう読めた。

捜査を担当した人民武装警察部隊の馬明祥《マーミンシャン》武警上尉は、〝崔純子〟の名前を見た時に何か心に引っ掛かった。理由は、すぐにわかった。数日前に何かの手配リストで目にした名前だった。北京の部隊本部に戻り、確認した。武警や公安ではなく、国家安全部第八局から回ってきたリストの中にその名前があった。第八局といえば、対外国間諜《かんちょう》の取り締まりを専門とする部署だ。しかもリストには、北京駅構内で撮られたいかにも外国人スパイらしい女の写真が添付されていた。馬は慌てて、第八局担当の厳強幹に連絡を取った。


厳は第一報を、自分のデスクで受けた。

崔純子が、死んだ……。

あの北朝鮮保衛部の朴成勇という男が追っていた女だ。厳はすぐに、内線で部下の宋芳徳を呼んだ。北京郊外で崔純子らしき女の死体が発見されたことを伝えると、宋も驚きを隠さなかった。

「朴成勇が殺《や》ったんでしょうか……」

宋がいった。

「わからない。とにかく、確認するんだ」

厳は宋と二人で、武警の部隊本部に向かった。遺体安置室に入り、馬武警上尉の立ち会いの下に死体を検分した。

死体の状態は、想像していたとおりだった。損傷が激しい。しかも見たところ、すべての損傷部分に生体反応が認められる。死体損壊ではなく、生きたまま拷問を受けたことは明らかだった。

厳は、以前に会った朴成勇の顔を思い浮かべた。長年、地獄を見つめてきたような灰色の目が、印象に残っている。自分で何人もの人間を殺し、その感触を楽しむことを知っている男の目だった。

直感的に、思った。この女を殺したのは、あの朴という男だ。間違いない。さぞや楽しんだことだろう。

だが……。

厳は、宋に訊《き》いた。

「この女が、違法越境者の崔純子だと思うか」

宋が、首を傾げる。

「わかりません。牡丹江の農場で名前は確認しましたが、崔純子の顔は確認しておりません」

だが、遺体の顔は潰れてしまっている。

厳は、さらに訊いた。

「それならば、先日の北京駅で蛟竜の背後に映っていた女と同一人物だと思うか」

「それもわかりません。体格や体型は、同じくらいだと思いますが……」

そうだろう。もしこの死体が北朝鮮の保衛部が追っていた崔純子という女だとしても、判断する基準は背中に焼きごてで書かれた〝崔純子〟の文字だけだ。

巌は安置室を出る時に、女の死体を海淀《ハイディエン》区の北京大学医学部に運び、徹底した解剖とDNA解析を行うように命じた。通常はどのような変死体でもまともな解剖すら行われない中国では、きわめて異例だった。

結果は、その夜に出た。女の直接の死因は性器内にあった銃創によるもので、体内から北朝鮮製の三二口径の自動拳銃《けんじゅう》弾が発見された。血液型は、A型。DNA解析の結果、漢民族ではなく、朝鮮族に多い遺伝子配列を持っていることが確認された。

死体が崔純子であるとする確証はないが、別人であると判断する積極的な理由もまた存在しなかった。

だとしたら……。

あの日、北京駅構内で一緒にいた蛟竜は、どこに消えてしまったのか――。

朴成勇はその翌日、北京市の石景山《シーチンシャン》区の安食堂で事件のことを知った。徐と権の二人の部下と食事中に、中国国営放送のニュースが事件のことを報じた。

朴は箸《はし》を止め、テレビの画面を見つめた。元来、中国のニュースでは、殺人などの社会不安を煽《あお》るような事件に関しては詳しく報道しない。この事件に関しても、アナウンサーはごく簡単に触れただけだった。

〈——昨日、永定河の盧溝橋付近の河川敷で、若い女性の遺体が発見された。現在、人民警察が、遺体の身元の確認を急いでいる——〉

アナウンサーはその女の死体が全裸だったことも、拷問を受けていたことも、背中に〈叛徒——崔純子——〉と書かれていたことにも触れなかった。だが朴には、それが自分が殺した女であることがわかった。

「くくっ……」

声を殺すように、笑った。そしてまた、飯を食いはじめた。

竹笋腊肉《デュスンラーロウ》——筍《たけのこ》と中華ベーコンの炒《いた》め物——と飯を口に頬張りながら、朴は女のことを思い浮かべた。確か名前は、美峻《ミチユン》——名字は忘れてしまった——といった。その名のように、そこは美しい女だった。八家子の村で人身売買ブローカーの張照淇から取り上げてから、ハルビン、北京と移動する間に我々三人を十分に楽しませてくれた。特にあの女が命を落とすまでの最後の半日間の官能的な美しさを、生涯忘れることはないだろう。

だが、〝本物〟の崔純子は遥《はる》かに素晴らしいに違いない……。

「朴隊長殿。先程から、何をにやついているんですか」

部下の権が、飯を食いながら訊いた。

「あの女のことを考えていた。なかなかいい女だったな」

「ああ、美峻ですか。まるでこの腊肉のような女でしたね。味も、肌の滑らかさも」

横で聞いていたもう一人の部下が、声を殺して笑った。
朴成勇は、考えた。おそらくこの事件の捜査に関しては、すでに国家安全部が介入している
はずだ。第八局の厳強幹は、いまごろどう思っているだろう。すでに奴らには、朴が追う崔純
子の名前は知られている。今回の女の死体の一件でうまく騙《だま》されてくれるとは限らないが、少
なくとも奴らを攪乱《かくらん》させる効果はあるはずだ。
問題は、奴らがどう出るかだ。朴は、故意に女の体の中に北朝鮮製の拳銃弾を残してきた。
つまり、死んだ女を崔純子だと思わせるのと同時に、自分が殺したことを教えるためにだ。
もちろん中国当局との間には、我が共和国の保衛部員が国内で違法越境者を〝処分〟するこ
とに関して暗黙の協定がある。中国当局の人間が、違法越境者を拷問、売買、射殺することも
珍しくはない。朴が女を殺したことに関しては、一般市民に目撃されていない限り問題にはな
らない。
朴が興味があるのは、中国の国家安全部の奴らがこれで諦《あきら》めるのかどうかだ。特に、あの厳
強幹という男だ。奴が崔純子の死を信じ、完全に手を引いてくれればこれからの行動が楽にな
る。だが、もし何らかの疑いを持って朴を追及してくるならば、方法を考えなくてはならない。
いずれにしても難関は、中国当局よりも我が共和国——朝鮮民主主義人民共和国——の方だ。
朴は五月七日に、金正日の護衛に同行していた禹東則《ウドンチュク》国家安全保衛部副部長と電話で話した時
のことを思い出した。禹は、いつもの嗄《しゃが》れた低い声で朴にいった。
——崔純子を、一刻も早く私の前に連れてこい。あの半チョッパリを捕獲するまでは、国に

帰ってもお前のいる場所などないと思え――。

禹のいわんとすることは、きわめて明快だった。これまで何人の保衛部や党の人間が、禹にそのようなことをいわれてきたか。そいつらは、いま、一人も人間としてこの世に存在していない。つまりもし朴がこの任務にしくじれば、失脚して今度は自分があの女のような死に方をするということだ。

「隊長、今日は変ですよ。そんなにあの女が忘れられないんですか」

部下の徐がからかうようにいった。気が付くと朴は、またいつの間にか箸を持つ手を止めていた。

「うるさい。今度そんな口をきいてみろ。おれのナイフでお前の鼻を削《そ》ぎ落としてやるぞ」

一瞬で徐の表情から笑いが消え、顔色が青ざめていった。

朴はまた、飯を食いはじめた。そして、考える。

それにしても崔純子は、どこにいるのか。あの女が、この北京に向かったことはわかっている。ハルビンで殺した陳という男のアジトにあったコンピューターの中に、日本人二人分の北京までの夜行快速列車の予約履歴が残っていた。日付は五月三日。名前は小笠原貴光と妻の涼子。この〝小笠原涼子〟というのが、いまの崔純子が使っている名前だ。

おそらく、日本の正式なパスポートを持っているはずだ。考えられる可能性は、ひとつ。つまり崔純子の違法越境を手引きしているのは、日本政府だということになる。だとすれば崔純子と共に逃げている〝小笠原貴光〟という男は、日帝の工作員か……。

崔純子は、この北京に潜伏しているはずだ。いまのところは、日本大使館に駆け込んだという情報はない。もし駆け込めば、中国政府が日本政府に圧力を掛けてでも確保するだろう。いまの日本政府に、それを拒否するだけの政治力はない。

だとすれば、あの女はどうやってこの国を脱出するつもりなのか。日帝の工作員と共に南下し、ベトナムかタイを経由して日本に向かう。それ以外には考えられない……。

朴は、腊肉の塊を口に放り込んだ。いつか食った火腿《フォトエイ》ほどではないが、これも旨《うま》い。確かにあの女の体のように、滑らかな舌ざわりだった。

19

カート・キャンベル米国務次官補——米国務省東アジア・太平洋担当——が急遽《きゅうきょ》中国を訪れたのは、それより二日前の五月一一日のことだった。

一年の内の三分の一を飛行機の中で過ごすといわれるほど、移動距離の多い男だった。すなわちそれが、いかに現在の東アジア情勢が切迫しているかを物語っていた。今回もキャンベルは前日にミャンマーに入り、同国の民主化運動の指導者アウンサン・スー・チーと会談。さらにタイに立ち寄った後、北京入りした。

キャンベルを空港に出迎えたのは、やはり前日に北京入りしていたソン・キム米六者協議担当大使だった。ソン・キムはすでに前日に、中国側の楊厚蘭《ヤンホウラン》朝鮮半島問題担当大使と今後の六者協議について会談していた。

釣魚台に向かう車の中で、キャンベルとキムの間に簡単な会話があった。

「ヤンは六者協議の再開について、何といっている」

キャンベルが訊いた。

「先日、中国の報道官が発表したとおりだ。キム・ジョンイル（金正日）はフー・チンタオ（胡錦濤）との首脳会談で、他の参加国と共に前向きに再開に向けた環境を整えたい、といった……」

キムが皮肉まじりの口調で応じた。キャンベルがそれを、鼻で笑った。

「だからその〝環境〟とは何なのかということだ」

「ひとつは、例の韓国の哨戒艦《しょうかい》の一件だろう。それに関しては今日、中国側から話があるはずだ。もうひとつは、これかもしれない」

キムがそういって、Ａ４の用紙一枚にプリントアウトされた書類を見せた。

「これは？」

「いま入ったばかりのニュースだ。明日、一二日付の朝鮮労働党機関紙に載る記事の英訳だ。まあ、読んでみろよ」

キャンベルは老眼鏡を取り出し、書類に目を通した。

〈――我が国の国家科学院は、熱核反応装置の独自開発に成功、完成させた。これで核融合反

応に関する基礎研究が終了し、熱核技術を完成させる強力な科学技術力を備えたことになる――〉

何とも曖昧《あいまい》な、具体性に乏しい表現だ。

「つまり〝北〟の奴らは何がいいたいんだ」

「核融合とは、水爆のエネルギーだよ。つまり、自分たちにも水爆が作れるようになったといいたいんだろう」

キムの説明を聞き、キャンベルがまた鼻で笑った。

水爆だって？　自分たちが食べる小麦だって満足に作れない奴らに、そんなものができるわけがない。どうせ今回のキャンベルの訪中と、今月末に予定されているヒラリー・クリントン国務長官の訪中を牽制《けんせい》するのが目的だろう。

釣魚台の会議室には、崔天凱《ツイテイエンカイ》外務次官がキャンベルを待っていた。まるで糊《のり》で固めたような大袈裟《おおげさ》な笑顔を作り、手を広げ、キャンベルを歓迎した。イギリス人ならばダンケルクの戦友と再会したとしても、これほど喜びはしない。

だがキャンベルは、この崔天凱という男が苦手だった。いや、崔だけではない。米国務省の東アジア担当官という立場にありながら、すべての中国人が苦手だった。奴らは笑いながら嘘をつき、決して本音を見せず、それでいて頑《かたく》なに自我を曲げようとしない。

崔は最初、五月の三日から七日にかけて北朝鮮の金正日総書記が訪中した経緯について説明した。五日には胡錦濤主席と首脳会談を行い、北朝鮮沿岸の羅津港や鴨緑江の中州の開発計画について合意したこと。その他、北朝鮮に対する経済援助により中国がこれからも北東アジアの和平に対して寄与するものであることなどを報告した。だが、そのような型どおりの話をするために、自分を中国まで呼んだ訳ではないだろう。

キャンベルは、率直に訊《き》いた。

「ミスター・ツイ、本題に移りましょう。例の六者協議の件です。金正日総書記は本当に、協議に戻ってくるつもりはあるのですか」

崔は、米ホプキンス大学の修士を持っている。上海師範大学の外国語学部の教授を務めていたほど英語は堪能《たんのう》だ。

「すべては我が国の報道官が伝えたとおりです。もし〝環境〟さえ整えば、北朝鮮はいつでも〝六方会合〟の予備会合に戻る用意があります」

また〝環境〟か。その〝環境〟が問題なのだ。

「〝環境〟のひとつは、例の韓国の哨戒艦チョンアンのことですね」

「そうです。金総書記は、あの天安の〝事故〟に対するアメリカと韓国の対応について憂いている」

北朝鮮が天安の一件について中国側に正式に関与を否定したことは、すでに報じられている。一方で中国外務省は、今回の金正日の訪中は哨戒艦沈没とは無関係だと主張している。

「我々の対応ですか。具体的には？」

キャンベルは、相手の返答をある程度想定した上で訊いた。

「あなたがたがやっている、国際合同調査団の調査ですよ。その結果によって韓国は安全保障体制を強化し、国連安保理の北朝鮮制裁協議に持ち込もうとしている。さらにアメリカの国務省も、六方会合の再開に否定的です。これではまるで、ハムレットだ」

やはり、キャンベルの想定の範囲内だった。アメリカの国務省が六者協議に否定的というのは、クローリー国務次官補とスタインバーグ国務省副長官の発言を指しているのだろう。

だが――。

「〝ハムレット〟というのは」

キャンベルが訊いた。崔が、固まった笑いを崩すことなく答えた。

「最初から筋書の決まっている大仰な芝居だということです」

「芝居?」

キャンベルが首を傾げた。

「そうです。三月にあの哨戒艦が沈没し、観客の見守る中で引き揚げ、あらかじめ役割の決まっている役者がそれを検証する。あの海域に沈んでいる魚雷などの小道具も、すでに用意してあったのでしょう。そして、誰を犯人に仕立て上げるかも。だから芝居だといっているのです」

崔は笑顔を浮かべ、穏やかな口調で話す。

「では中国は、北朝鮮はあの件に関与していないと考えているのですか」

「当然でしょう。あの哨戒艦は、外部爆発により真っ二つに折れて沈んでいた。つまり、完全破断です。キャンベルさん。あなたの経歴ならば、わかるはずだ。いまの北朝鮮に、そのような軍事的技術力などあるわけがない」

キャンベルはカリフォルニア大学サンディエゴ校出身。オックスフォード大学で国際関係論の博士号を取得したエリートだ。だが一方で卒業後はアメリカ海軍に入隊。軍の特別諜報《ちょうほう》部隊の士官として活動していた経歴も持っている。もちろんキャンベルは知っていた。現在、天安級の哨戒艦を完全破断する能力を持つ魚雷は、米軍が原子力潜水艦に装備するMｋ48型以外には世界に存在しない。

だが、キャンベルはいった。

「我々は国際合同調査団の調査結果をすみやかに公表し、それに応じて国連の連携の下に政策方針を決定するだけです」

崔の笑顔が一瞬、崩れかけたように見えた。

「残念なことです。今月には我々の友人、クリントン国務長官をお迎えするというのに。このままでは北東アジアの非核化に関しても、これからの両国の経済協力に関しても、建設的なお話が何もできなくなる……」

キャンベルには、理解できなかった。中国は人民元の対ドルレートを割安に維持するために、大規模なドル買いに介入している。そのドルの莫大《ばくだい》な利益を資金に、米ドル国債を買い漁《あさ》っている。その保有総額はすでに日本を抜き、間もなく一兆ドルの大台を突破しようとしている。

このままでは近い将来、確実に、アメリカの経済は中国に支配されるだろう。そうなれば当然、アメリカも黙ってはいない。中国もそれはわかっているはずだ。それなのになぜ、この超大国の愚かな支配者たちはあの北朝鮮のような取るに足らない小国を重要視するのか。

だからキャンベルは、中国人が苦手だった。そして恐れ、嫌っている。

だが、キャンベルはいった。

「わかりました。帰国したら、オバマ大統領とクリントン国務長官にそのように報告しておきましょう……」

会談を終え、キャンベルはそのまま空港に向かった。車の中に先程のソン・キムと駐中国大使のジョージ・ミラー・ハインツ・Jr.という男が待っていた。GMのサバーバンの広い室内で、来た時と同じように簡単な会話を交わした。

「ツイは何といっていました」

キムが訊いた。

「奴らは例の韓国の哨戒艦の沈没に、北朝鮮は関与していないと信じている。何か、証拠を握っているような口ぶりだった」

キャンベルが応じた。

「まさか例の原潜コロンビアとの同士討ちという説を信じているわけじゃないでしょうね。コロンビアは五月三日に、パールハーバーに帰投している」

それまでアメリカの原子力潜水艦コロンビアが、韓国の哨戒艦の事故があった黄海の海域に沈んでいるという噂が絶えなかった。だが、コロンビアが沈んだ訳ではない。韓国のＫＢＳテレビが報じたニュースは、それ自体がプロパガンダだった。

「まさか信じてはいないだろう。だが中国はアメリカを敵に回しても、あの北朝鮮という貧乏国を守ろうとする。過去の伝統といってしまえばそれまでだが、その真意がわからないだけだ」

中国と北朝鮮の建国以来、国務省の歴代の東アジア担当者が常に頭を悩ませてきた問題だ。

「この先は、どのように？」

キャンベルは、キムの問いに溜息《ためいき》を洩《も》らした。

「現段階ではノー・アイデアだ。ただ尻尾《しっぽ》を巻いて逃げ帰り、バラクとヒラリーに有りのままを伝えるだけだ」そこまでいって、キャンベルは助手席のジョージ・ミラーに声を掛けた。

「ところでジョージ。例の〝リトル・ワックスウィング〟の件は確認できたそうだね」

〝リトル・ワックスウィング〟は、北朝鮮から機密情報を持ち出した崔純子のコードネームだ。

「ええ、先日確認しました。内通者がいますので、すでに顔も名前も明らかになっています。いまは北京市内の日系企業のマンションに潜伏していますが、間もなく動きはじめるはずです」

「その女が持っている情報というのは」

「そちらに関しては、まだ未確認です。内容だけでなく、その情報を本当に女が所持しているのかどうかもわかっていません」

「それならばなぜ、女の身柄をこちらで確保しないんだ。その方が安全かつ確実で、手っ取り早いだろう」

「ええ、確かに。しかし我々が興味があるのは、その情報の内容よりも、むしろ中国と北朝鮮の出方です。〝リトル・ワックスウィング〟を巡って、奴らがどう反応するのか。どう動くのか。それを確かめるためには、もう少しあの女を泳がしておく必要があります」

「安全なのか」

「だいじょうぶです。もし敵側に確保される危険がある時には、我々の方ですみやかに処分します」

なるほど。確かに、一理ある。だが、いまのアメリカ経済に、それだけの時間的な余裕があるのかどうか。

「それにしても、ジョージ……」

「何です」

ジョージ・ミラーが振り返った。

「君はいつも、素敵なネクタイをしているな」

ジョージの首から下がるピンクのドット柄のネクタイを見て、キャンベルがいった。

「ありがとうございます。これは、フェラガモですよ。ニューヨークでなら、どこでも売っています」

キャンベルはふと、思い出した。

そうだった。

確かジョージのコードネームは、〝スナッズ・ラット（お洒落《しゃれ》ネズミ）〟といったはずだ。

20

早朝の北京の町を、一人の男が歩いていた。

男は、どこにでもいるような中国人の労働者に見えた。黒い帽子の下に見える髪と無精髭《ぶしょうひげ》には白いものが混ざり、長身の背を丸めている。肩からは、軍の払い下げの布のバッグを提げていた。

男は古い街並を抜け、さらに狭い路地へと入っていった。しばらくすると入口に〝家常菜〟と書かれた古く小さな店を見つけ、他の労働者たちに混ざり店先に座った。出てきた女に、粥《かゆ》を注文した。

男は粥が出てくると、テーブルの上の葱《ねぎ》やクコの実、腐乳、胡麻油《ごまあぶら》などを載せた。バッグの中から新聞を出し、汚れた匙《さじ》を拭《ぬぐ》って粥をすすりながらそれを読みはじめた。新聞は前日——五月二一日付——の韓国の新聞だった。一面に、ハングル文字の大きな見出しの記事があった。

〈天安艦は北朝鮮の魚雷により撃沈！

——軍民合同調査団が断定——

二〇日、韓国海軍の哨戒艦《しょうかい》『天安』が沈没した事件について、韓・米・英・豪・スウェーデンで構成する軍民合同調査団が最終調査報告書を発表した。調査団は五月一五日に沈没現場近くで漁船が引き揚げたとされる北朝鮮製の魚雷の残骸《ざんがい》を公表。これを証拠として天安は北朝鮮の小型潜水艇による魚雷攻撃により撃沈されたものと断定した。この発表により、今回の哨戒艦沈没事件は北朝鮮の犯行であることが確定したことになる――〉

「あんた、朝鮮族かね。いや、ハングルの新聞を読んでるもんでさ……」

隣で粥を食っていた労働者が、男に声を掛けてきた。

「そうだ。遼寧省の錦州《チンチョウ》から出てきたばかりでね。仕事を探してるんだが……」

「おれは吉林省の延吉だよ。仕事か。朝鮮族だと、このあたりではなかなか見つからないかもしれないな……」

「だろうね」

「新聞に、何が書いてあるんだい」

「三月に、韓国の哨戒艦が沈んだ事件の記事だ。北朝鮮がやったと書いてある」

「まさか。人民日報には、アメリカがやったと書いてあったぞ」

「もしハングルが読めるなら、これをやるよ。公園で拾った韓国の新聞だけどね」

「すまないな」

男が新聞を置き、粥を食い終えて席を立った。

また、路地を歩く。しばらく行くと古い工場の壁があり、その先が小さな空地になっていた。そこに『東風汽車《ドンフエン》』製の古いトラックが置いてあった。

男は周囲に気を配りながら、ナンバープレートを確認した。そして、頷《うなず》く。ポケットからキーを出してドアを開け、高い運転席に乗り込んだ。

助手席にバッグを放り、セルを回す。咳《せ》き込むように黒いガスを吐き出し、エンジンが掛かった。車全体が、不快に震動した。

戸次の奴め、こんなポンコツを用意しやがって……。

男は、蛟竜だった。

エンジンが温まるのを待ち、ギアを入れた。

クラッチを繋《つな》ぐと、重い車体が軋《きし》みながら動き出した。

21

中国国家安全部第八局の厳強幹は、いつになく苛立《いらだ》っていた。

国際情報局の日本駐在員から突然、蛟竜——設楽正明——の死亡情報が舞い込んだのが四月一九日。その後、五月四日に北京駅の高感度監視カメラが蛟竜らしき男を識別、誤作動と判明。

東京支局に問い合わせてみたが、いまのところ確実な情報は入ってきていない。

すべてが混沌《こんとん》として、摑《つか》み所がない。だが中国とは、元来がそういう国だ。巨体の一部に集中する歪《いびつ》な大動脈と、寸断された毛細管の二種類の血管しか存在しない。大動脈には常に莫大《ばくだい》な〝金〟という血液が流れているが、毛細管は壊死《えし》しかけている。

それでも、まったく手掛りがないわけではなかった。先日、五月一二日に永定河の河川敷で発見された若い女の変死体もそのひとつだ。女の体には、〈叛徒――崔純子――〉と書かれていた。北朝鮮保衛部の朴成勇が追っていた、違法越境者の女の名前だ。

だが、DNA解析の結果、奇妙な事実が判明した。以前崔純子が囚《とら》われていたとされる牡丹江の農場から採取したその女の体毛をDNA解析して比較してみると、まったくの別人であることが判明した。だとしたらなぜ、朴成勇は女を殺して永定河に捨てたのか――。

もうひとつの手掛りは、北京駅構内の監視カメラが識別した蛟竜らしき男だ。その男の後方には、寄り添うように女が映っている。その女が崔純子なのか。それとも、永定河の変死体の女なのか……。

ひとつ確実なのは、その二人が前日の五月三日一九時三二分ハルビン発の快速列車で北京に入ったということだ。しかも中国の高速鉄道の乗車券は、本人確認をした上でなければ発券されない。乗車券を購入するためには中国人は身分証を、外国人旅行者もパスポートの提示を求められる。つまり当日の列車のハルビン、もしくは途中停車駅の乗客名簿を確認すれば、必ずあの男女二人の名前が載っているはずなのだ。

ところが各駅に問い合わせても、どこも非協力的だった。たとえ国家安全部からの要請であったとしても、乗客名簿を開示するためには党中央部の許可が必要だと主張する。最悪なのは、ハルビン駅の担当者だった。もし党の許可を省くなら、黒竜江省の鉄道省幹部に話をつけてもいいと賄賂《わいろ》を要求してきた。国家安全部を、何だと思っているのか。

それが、現在の中国だ。鉄道省だけではない。各省の役人や共産党中央部の幹部、本来はそれらを取り締まる立場の公安や国家安全部の上層部も含めて、皆それぞれが公的資金を賄賂に送り合って私腹を肥やしている。誰もがそれを当然だと思い、罪の意識すら感じていない。

中国人にモラルが存在しないと感じているのは、他国の人間だけではない。自分たち中国人が、それを最もよく理解している。

厳は、奥の手を使った。黒竜江省の柏孫仁《バイスンレン》という鉄道省の役人に収賄の嫌疑があると脅し――収賄に身に覚えのない鉄道省の役人など一人も存在しない――それを見逃すという条件と交換に当日のハルビン発・北京行きの快速列車の乗客名簿を入手した。なぜそんなことに、これほど無駄な時間を使わなくてはならないのか。

厳は部下の宋芳徳と二人で、メールで送られてきた乗客名簿を分析した。当日、一九時三三分ハルビン発の特別快速列車に乗った乗客はほぼ満席の四〇六名。内、終点の北京まで行った者が三四五名。内、中国人が三〇九名。外国人が三六名――。

だが、あの二人はどこから見ても中国人ではない。もし中国人名で買った乗車券を所持していれば、それだけで怪しまれるだろう。だとすれば、外国人の乗客の中にあの二人の名前がある可能性が高い。

厳は、名簿から外国人の名前だけに絞り込んだ。内訳はアメリカ人が三名。フランス人が四名。ノルウェー人、ロシア人が各二名。ドイツ人が四名。スイス人が三名。ウクライナ、スロバキア、イスラエルが各一名。韓国人が九名。日本人が六名――。

だが、あの二人はどう見てもアジア系だ。この中からさらに、韓国人と日本人の計一五名に絞り込む。

「芳徳、どう思う」厳が名簿から監視カメラの映像に目を移し、いった。「この二人は韓国人か、それとも日本人か」

宋もコンピューターの画面を覗《のぞ》き込み、腕を組んで考える。

「断言はできませんが、男の方は身長が一八〇センチ前後はありますね。女の方はそれほど背は高くないようですが、手足は長い。体格からすると、韓国人の可能性が高いように思いますが……」

中国人は昔から日本人を〝日本鬼子〟の蔑称《べっしょう》で呼んで侮蔑《ぶべつ》する。だからだろうか、日本人に対して卑小、小柄という固定観念を持つ者が多い。

「しかし、この二人の着ているものや髪形を見てみろ。どう見ても韓国人ではないような気がするが……」

「すると、日本人ですか」

「私は、そう思う」

それにもしこの男が蛟竜――設楽正明――だとしたら、少なくとも日本人として行動している可能性が高い。

「わかりました。ではとりあえず、この六人の日本人に絞ってみますか……」

六人の内訳は、分析するまでもなかった。四人の団体客と、ひと組の夫婦二人だ。厳は、夫婦の方に注目した。


〈T・OGASAWARA（M・39）〉

〈R・OGASAWARA（W・30）〉


二人共、年齢は矛盾しない。個々の名前の下には、パスポートナンバーが入っていた。その番号で、さらに外交部に問い合わせた。今度はさすがに、賄賂は要求されなかった。その結果、二人は、四月一八日に上海の浦東国際空港から入国していることがわかった。

厳はここで、奇妙なことに気が付いた。自分の日誌を確認する。やはり、そうだ。北朝鮮の国家安全部の朴成勇が初めて訪ねてきたのが、翌日の四月一九日だった。

偶然とは思えない……。

厳は、宋に訊《き》いた。

「あの朴成勇という男はどうしている」

「さあ、どうでしょう。課長が放っておけといったので、そのままにしてありますが……」

「連絡を取る方法は」

「奴は携帯電話を持っていましたから、できると思います。もしだめなら、外交部の方から手を回してみますが……」

「至急、あの男を探してくれ」

巌がそういって、自分を納得させるように何度か頷いた。

22

朴成勇は北京から石家荘へ向かう京石高速公路を走っていた。

茫漠《ぼうばく》とした大地に、広大な道路が一直線に延びている。中央と左右のグリーンベルトが、延々と続く。朴はその風景を眺めながら、この日、何度目かの溜息《ためいき》をついた。

中国は、いったいどれだけの金と人を注ぎ込んで、このような道路を造ったのだろう。二〇一〇年現在、中国国家高速公路網の総延長は約七万四〇〇〇キロ。現在でも年間に六〇〇〇キロ以上のペースで建設が進んでいる。

知識として知ってはいても、朴はそれを感覚として理解できなかった。我が共和国——朝鮮民主主義人民共和国——では、都市部以外の主要街道ですら満足に舗装されていない。おそらく、愚かな金一族があの国を私物化する限り、このような道路は永久に造ることができないだろう。

だが、共和国への功績の証《あかし》として拝受した一九八九年型の黒いメルセデスは快調だった。朴は窓を開けて左肘《ひだりひじ》を外に出し、右手だけでステアリングを握りながらアクセルを踏み続けた。

広大な路面に連なるバスやトラック、一般乗用車を次々と追い越していく。やはり、メルセデス以上の車などこの世に存在しない。

窓からは、熱い風が轟々《ごうごう》と吹き込む。エアコンなどは、朴がこの車を手に入れた時にすでに壊れていた。助手席と後部座席の二人の部下は、無言で体を強張《こわば》らせていた。

朴は、上海に向かっていた。

あれから朴は、いろいろと考えた。崔純子は、この広大な中国の大地のどこに消えてしまったのか……。

あの女がハルビンから北京に移動したところまではわかっている。だが、北京の日本大使館に駆け込んだという情報はない。もちろん、北京の空港から直接海外に亡命することは不可能だ。中国の国際空港には、必ず公安当局や北朝鮮の保衛部の人間が張り込んでいる。まして北京市内に潜伏し続けるとも思えない。

消去法で考えていけば、自然と可能性は限られてくる。崔純子には、日帝のイヌが付いている。当然、日本人のパスポートを持っているに違いない。この国から脱出するにはどの方法が最も安全確実か。当然、その方法を模索した上で行動するだろう。

中国の国内には、〝脱北ルート〟と呼ばれるいくつかの亡命コネクションが存在する。かつて最も有力だったのはモンゴルを経由するルートだったが、これは中国の国境警備隊の摘発が厳しくなりほぼ壊滅した。北回りでは他にカザフスタンを経由するルートもあるが、新疆ウイグル自治区を抜けることを考えると交通の便が悪すぎる。

残るルートは、限られてくる。上海周辺の港から船を使う〝上海ルート〟か。もしくは、タイ、ベトナム、ラオス、ミャンマーなどを経由する〝東南アジアルート〟か。

もし上海ルートに乗ってくれれば、こちらの思う壺《つぼ》だ。あのルートは亡命ルートというよりも、我が共和国が韓国や日本に工作員を送り込むためのコネクションに等しい。中国の公安当局が監視の目を緩めるかわりに、我が共和国の保衛部が完全に支配下に置いている。それでも年に何人かの違法越境者をあのルートから逃がすのは、コネクションを維持するためのカモフラージュにすぎない。

奴らが東南アジアルートに乗れば、多少は厄介なことになるだろう。だが、いずれにしても上海が中継地点となる。上海には、違法越境者狩りの我が共和国の保衛部の工作員が、多数潜入している。

朴は、さらにアクセルを踏み込んだ。それにしても、面白いゲームだ。ステアリングを左右に切りながら、前を塞《ふさ》ぐトラックや乗用車を次々と追い越していく。メルセデスは、最高だ。

だが、日本製の乗用車を右側の車線から強引に追い越した瞬間、後方からサイレンの音が聞こえた。バックミラーを見る。車体を青と白に塗り分けた車がライトを上向きにし、屋根の上で赤色灯を回していた。

「シバ（糞《くそ》）！」

朴は朝鮮語で悪態をつき、メルセデスの頑丈なステアリングを殴りつけた。パトロールカーの警官が、車を停めるようにマイクで喚《わめ》いている。仕方なく朴は速度を緩め、メルセデスを右側の路肩に寄せた。

運転席に座ったまま待っていると、青い制服を着た警官が歩いてきた。

「これは北朝鮮のナンバーだな。なぜ、こんなところを走ってるんだ」

警官が、窓から運転席を覗き込みながらいった。

「任務中だ」

朴が、そう答えた。

「任務……いったい、どんな任務だ」

若い警官が訊き返した。

朴が、下から睨《にら》みつけた。

「私は朝鮮民主主義人民共和国、国家安全保衛部の朴成勇だ。現在、我々は、我が共和国と中華人民共和国の存亡が掛かったきわめて重大な任務の途中にある。それを貴様は、いったい何様のつもりだ」

警官が、当惑した表情で見ている。その時、朴の携帯が鳴った。

「ちょっと待て」

朴が携帯を開き、ディスプレイを見た。北京の国家安全部第八局の、厳強幹の直通番号からだった。いまさら、何だ。だが朴は一瞬考え、電話に出た。

「朴成勇だ……」

電話から、対外国スパイ監視課の厳強幹の低い声が聞こえてきた。

朴はしばらく、電話の向こうで話し続ける厳の言葉に聞き入っていた。時折、頷《うなず》き、短い返事だけを呟《つぶや》く。その様子を、車の外に立つ警官と二人の部下が黙って見守っている。だがしばらくして、朴が電話に向かっていった。

「だいたいの用件はわかった。我々はいま、車で上海に向かっている。そちらと協力して捜査をするのはかまわない。しかしその前に、片付けなくてはならない問題がある。いま、ここに、我々を交通違反で足止めしようとしている警官がいる。その馬鹿者におれが何者だか説明してやってくれ」

朴は一気に捲《まく》し立てると、携帯を警官に差し出した。

「出ろ」

警官が、恐るおそる携帯を受け取る。話しているうちに背筋が伸び、見る間に顔が青ざめはじめた。

それでいい。

朴はゆっくりとした動作でポケットから中国製のタバコを取り出し、火をつけた。

23

アメリカ合衆国ワシントンDCのペンシルバニア・アベニューにある通称〝ホワイトハウス〟は、ある意味では世界中で最も特殊な空間かもしれない。

それはこの広大な芝生の庭に囲まれた白亜の豪邸の美しさとか、核シェルターを備えた設備だとか、チャイナルームに飾られた見事な陶磁器や絵画、彫刻のコレクションを指していうものではない。特殊なのはむしろこの家の住人と、その住人の下に集う人々だ。彼らは、世界の運命を自分たちの意思によってコントロールする事実上の支配者であり、また実際に一人ひとりがその能力を持つことを自負していた。

だが、この日、西暦一八〇〇年以来の四四人目の家主となった男は、あまり機嫌が良くなかった。

男の名は、バラク・フセイン・オバマ・ジュニアという。一九六一年にハワイ州の片田舎で生まれた彼は二〇〇九年一月二〇日、民主党の上院議員を一期務めた後にアフリカ系の人間として初めて第四四代合衆国大統領に選出された。同年、ノーベル平和賞を受賞。当時の彼は、確かに自分が全能の神になったと信じていたに違いない。

だが、大統領就任から一年以上が過ぎたいま、バラク・オバマの前途に暗雲が立ち籠《こ》めていた。最近は、国内の支持率も落ちている。オバマ大統領は時折、額に皺《しわ》を寄せて俯《うつむ》き、深く溜息をついて首を横に振った。そしてしばらくして視線を上げると、会議室のソファーに自分を取り囲むようにして座る閣僚たちを見渡した。

「ティム……」オバマ大統領はティモシー・ガイトナー財務長官に視線を止め、人さし指を立てていった。「もう一度、我が国の今年度の経済見通しについて簡潔に説明してくれないか」

「わかりました……」

ガイトナーが小さく頷き、自分のＭａｃを開いて説明をはじめた。

サブ・プライム・ローン問題、さらに大手証券会社リーマン・ブラザーズの経営破綻《はたん》にはじまる二〇〇八年秋以来のアメリカの経済危機は、二〇〇九年以降も悪化の一途を辿《たど》っていた。オバマ政権は一一六〇億ドルの個人減税を含む総額七八七〇億ドルもの景気対策を施したが、ダウ平均株価は一時一九九七年四月以来となる六五〇〇ドル台にまで下落した。失業率も二六年振りに一〇パーセントを超え、年間のＧＤＰ成長率はマイナス二・六パーセントと第二次世界大戦後の一九四六年以来の下落率を記録した。

そして二〇一〇年――。

前年に底打ちをした感のある経済指標は、確実に上向きはじめている。ダウ平均株価も不安定ながら一〇月に一万ドル台を回復し、米鉱工業生産指数の長期チャートも右肩上がりの様相を示していた。だが一方で、新たな問題が確実に表面化しはじめていた。アメリカの景気が上向いているように見えるのは、経済そのものが回復しているわけではない。ただ単に、乱発するドル国債によるばら撒《ま》きにより、表面上の景気を都合よく演出しているにすぎない。

ガイトナーは、元ニューヨーク連邦準備銀行総裁というキャリアを持つ金融問題のプロフェッショナルだ。だが、そのガイトナーにして現在のアメリカ経済を分析するのはいかに難しいのか、途中で何度か言葉に詰まる場面があった。

「わかった」オバマ大統領が、ガイトナーの言葉を途中で遮った。「まず、現在の我が国のドル国債の発行総額を教えてくれ」

ガイトナーがＭａｃを操作する。

「今年の五月一日現在、一三兆ドルに達しています……。内、国外保有分だけでも四兆一〇〇〇億ドルを超えています……」

その場にいる全員の表情が曇った。

「最大の保有国は日本で、現在七八六七億ドルになります。あくまでも、表面的にですが。中国は昨年末から二五〇〇億ドル以上も売り越し、現在七五五四億ドルで二位に落ちています。これを日本が買い支えている形です。しかし……」

「しかし？」

オバマ大統領が長い足を組み、その膝《ひざ》の上でさらに手の指を組んだ。

「はい。中国は、裏で逆に他国の名義を使ってドル国債を買い漁《あさ》っているという情報もあります。現在のところ、その総額がまったく見えてきていません……」

オバマが溜息《ためいき》をつき、また首を横に振った。

アメリカは、世界一の〝借金〟大国だ。その総額は、州などの地方政府の借入れ金も含めると四〇兆ドルを超えるともいわれる。政府の閣僚でなくとも、恐ろしい数字だ。その内の何パーセントを、中国に買われているのか――。

「カート」次にオバマ大統領は、カート・キャンベル国務次官補に話を向けた。「先日の訪中で、ツイ・ティエンカイ（崔天凱）外務次官に会ったそうだね」

「はい、報告したとおりです」

「その時に、人民元の切り上げについての話は出なかったのか」

キャンベルは、苦笑いをした。

「例の韓国のコルベット（哨戒艦《しょうかいかん》）の沈没事件の話ばかりで、とてもそのような雰囲気ではありませんでした。たとえ話を持ち出したとしても、奴らは人民元を切り上げるつもりなどありませんよ。その件でしたら、私よりも……」

キャンベルはそういって、助けを求めるようにヒラリー・クリントン国務長官の方に視線を向けた。それを察し、オバマ大統領がいった。

「どう思う、ヒラリー。今月末の財務省の報告書に関して、中国の人民元についてどう判定するか、君の意見を聞きたい」

〝報告書〟とは、米財務省が半期に一度公表する『為替政策報告書』を意味する。

ヒラリー・クリントンが、顔をしかめた。

「中国がどう出るか、よりも、我々の国内の問題の方が大きいと思うわ。もし今回の報告書で中国に〝為替操作国認定〟を出せば、USCBC（米中ビジネス評議会）の連中が私たちへの政治献金を断つことは目に見えているし……」

『USCBC』は、中国に工場を持つなどの事業展開をしている約二四〇社の米企業による連合団体だ。主に中国で生産、アメリカに輸入するために、人民元の安値安定を歓迎する。これまでも再三にわたり中国の為替操作国認定に反対し、アメリカ政府による人民元切り上げに圧力をかける法案の可決を妨害してきた。

「それならば今回の報告書でも、中国の為替操作国認定を見送るというのか」

オバマ大統領がいった。

「そうね。私はそれしかないと思うけど。でも、その件なら……」

今度はクリントンが、助けを求めるようにガイトナー財務長官を見た。

「私も、現段階ではそれが得策かと……」

だが、オバマ大統領の表情が険しさを増した。

「しかし、中国の人民元は不当に安値で安定している。EUのユーロもギリシャ危機以来、下がる一方だ。こうしている間にも我々合衆国の経済赤字は、ドル国債の発行額と共に増加し続けている。いったい我々は、どうすればいいんだ」

ガイトナーは、腕を組んで頷いた。

「ここは日本に被《かぶ》ってもらうしかないでしょう……」

「具体的には」

「引き続き、これまでどおりやるだけですよ。中国が投げ売りに出た分のドル国債は、昨年末から日本に買わせています。その意味では、いまの日本の政権は従順ですから。人民元が不当に安い分は、為替相場を操作して日本の円の価格を上げています。そうすればよりドル国債を買いやすくなるはずですし、日本の輸出産業……特に自動車産業にダメージを与えることもできる」

オバマ大統領の表情に、かすかな笑いが浮かんだ。考えてみれば戦後のGHQの統治時代からビル・クリントン大統領の時代まで、アメリカの民主党政権は常に日本を〝叩《たた》く〟ことによって難局を乗り切ってきた。それが民主党と日本との、伝統的な関係でもある。

「我々はひとつの石で二羽の鳥を落とすということか……」

「そのとおりです。いや、鳥は三羽かもしれない。為替相場で日本政府を揺さぶれば、例の沖縄の普天間基地の移設問題でもより対応が柔軟になるでしょう」

五月四日、韓国の哨戒艦沈没事件を受けて日本の首相が自ら沖縄に出向き、普天間基地の県内移設を容認する発言を行った。世界でも他に例がないほど、現在の日本政府は外交的な揺さぶりに弱い。アメリカや中国にとっては、この上もなく都合のいい存在だ。

オバマ大統領は、クリントン国務長官とロバート・ゲーツ国防長官の顔を交互に見た。二人共、申し合わせたように口元に意味深な笑いを浮かべ、頷《うなず》いた。

「わかった。とりあえずは、日本に被ってもらおう……」ドル国債の買い支えと無償で提供される立地条件の良い基地以外に、あの国には利用価値などない。アメリカの植民地のようなものだ。「ところでティム、もしこのまま日本の円を上げ続け、国債を買わせ続けたとして、合衆国の経済の見通しはどうなると思う」

「そうですね……」だがガイトナーは、Ｍａｃの画面を見ながら表情を曇らせた。「あと一年か……。いや、もう少し延命できるとしても、来年の七月いっぱいまでが限度だと思われます……」

「つまり？」

オバマ大統領が訊《き》いた。

「あくまでも計算上ですが、来年の七月までに我が国の国債発行額は政府が決める借り入れ上限額の一四・三兆ドルに達します。その時点でもし国債を追加発行できなければ、国庫に金がなくなる。つまり、八月に入ってすぐの段階でデフォルト（債務不履行）が発生するということです……」

デフォルト……。

オバマ大統領は、その言葉の意味を嚙《か》み締めた。つまり世界一の超大国アメリカの経済が、あのリーマン・ブラザーズのように破綻《はたん》するということだ。

「何か具体的な対策は」

だが、なぜかオバマ大統領は、それまで黙っていたレオン・パネッタCIA長官に意見を求めた。パネッタは言葉を選ぶように、ゆっくりとした口調で説明をはじめた。

「現在、世界じゅうでひとつのミッションが進行していることは先日報告したとおりです」

「例のツイッターやフェイスブックなどの、SNS（ソーシャル・ネットワーキング・サービス）を使った〝あれ〟だな」

現在、アメリカでは、ソーシャル・ネットワーキング・サービスをツールとする戦略を積極的に実用化している。核や銃器などの兵器を使うよりも遥《はる》かに安上がりで、短期間に確実に他国の政府に決定的なダメージを与えることができる。

「そうです」パネッタが頷く。「昨年からタイランドで、試験的に仕掛けています。ターゲットは、現軍事政権です。これは御存じのように、当初の予想以上の効果を上げています」

タイの騒乱はすでに反政府デモの域を超え、治安部隊とタクシン派による内戦の様相を呈しつつある。実際に二〇人以上が死亡する流血事態に陥り、その犠牲者の中には日本人カメラマンなどのジャーナリストも含まれている。

「今後の計画は」

「はい」パネッタが咳払《せきばら》いをして、続けた。「今後はチュニジアやリビアを中心に、中東で反政府運動を仕掛けていく予定です。ここでは主に、ユーザーの多いフェイスブックを使います。ただし……」

言葉を途切れさせたパネッタに、オバマが促した。

「続けてくれ」

「はい。フェイスブックであれツイッターであれユーチューブであれ、SNSのユーザーは九九パーセント以上が一般市民だということです。我々は火をつけることはできるが、完全に制御できるわけではない。つまり、ある意味では、核兵器と同等のリスクがあるということです……」

「レオン、君が想定する最悪のシナリオは」

「ひとつは、この動きがどこに広がるかです。きわめて現実的な予測として、チュニジアで暴動が起きればエジプトに飛び火することは確実でしょう。そうなれば、ムバーラク政権が危機に陥ります」

「あら、ムバーラクさん可哀相に」

ヒラリー・クリントンが独り言のように呟《つぶや》き、首を竦《すく》めた。

「逆に、君が考える最良のシナリオはどうなる」

オバマが訊いた。

「はい。我々の最終目標は、いうまでもなく中国です。計算どおりに事が運べば、東南アジアや中東の反政府運動が中国に飛び火してくれる可能性はあります」

オバマが、頷く。確かにアメリカの命運は、共産党が一党支配する中国の現政権が崩壊するかどうかに掛かっている。その時期が早まれば、アメリカ財政のデフォルトも避けられる可能性は残されている。

もちろん、リスクは大きい。今年二月、ウォール街の投資家ジェームズ・チェイノスは、「中国の不動産バブルが弾《はじ》ければ、その影響はドバイ・ショックの一〇〇〇倍以上」と試算した。バブル全体でみれば、リーマン・ショックの比ではない。だが、いまやらなければ世界経済はいずれ中国に征服されてしまう。

「見込みと確率は」

「はい。中国でも最近は、〝人人網《レンレンワン》〟などのSNSが急速に発展してきています。一般のインターネットとは異なり、いくら三〇万人以上といわれるサイバーポリスを擁しても完全に情報を遮断することは難しいでしょう。我々は、成功確率を五〇パーセント以上と想定しています」

「方法は」

「ひとつは、今年のノーベル平和賞を中国のリュウ・シャオボー（劉暁波）に取らせることを考えています。例の民主化運動の闘士です。これにはすでに、ノルウェー政府の同意も取りつけてあります」

パネッタの説明に、横でスーザン・ライス国連大使がおっとりと笑みを浮かべた。

確かに、面白い。人権問題は、中国の永遠のウィークポイントだ。現在、獄中にいる劉暁波が中国人として初――しかもノーベル平和賞――の受賞者となれば、中国の国内に与えるインパクトは計り知れない。SNSによって民主化運動が再燃すれば、大規模な反政府運動に発展する可能性はある。

だが……。

「オプションはあるのか。もし、リュウ・シャオボーの一件だけで火がつかなかった場合に備えて……」

オバマが、パネッタに訊いた。

「もし可能性があるとすれば、例の北朝鮮から持ち出されたとされる中国関連の情報です。しかし、現段階ではその存在から内容に至るまで、すべて未確認です……」

パネッタがそういって、溜息《ためいき》をついた。

24

長い間、旅をしていた。

北京を出てからまだ数日しか経っていないはずなのに、そんな錯覚があった。

蛟竜――設楽正明――はその旅の途中で、少しずつ中国人に同化していった。

高速公路には乗らず、古いトラックで一般道だけを坦々《たんたん》と走り続ける。トラックはエンジンの調子が悪く、ラジエーターが漏っていて、数十キロに一回は水を補給してやらなくてはならなかった。山岳路に差し掛かると、さらにペースが落ちた。それでも何とか、走ることはできた。

途中で懐来、下花園、張家口といくつもの小さな町や村を通り過ぎた。腹が減れば名もない村の粗末な家常菜で飯を食い、夜になれば安い旅業《リュイエ》(旅館)や客栈《クァギャン》(民宿)を探して中国人の労働者たちに紛れて泊まった。

中国語には、困らなかった。蛟竜は日本で長年にわたって、中国語や韓国語の教育を受けていた。

元来、中国は人口一三億を超す多民族国家だ。いわゆる漢民族の〝漢語〟以外にも、数十ともいわれる各民族の言語が混在する。さらに漢語も標準語とされる〝北京語〟――普通語――の他に、各省や地方によって千差万別の方言が存在する。一般に北京語で話し、多少の訛《なまり》があったとしても、顔が北方アジア系ならば外国人だと思う者はいない。

　街道を外れ、村の中の小さな道を走り、幾度となく方向を変えた。途中、天鎮《ティエンヂェン》という町の近くでは、万里の長城が見えた。時間の掛かる効率の悪い移動方法だ。地図を見ても、北京と大同は直線距離で三〇〇キロもない。急げば車でも、一日の距離だ。だがこのような移動に頼っていると、たったそれだけの距離に二日は掛かる。

　別行動を取る戸次二三彦と崔純子とは、定期的に連絡を取っていた。連絡の方法は、北京を発《た》つ前に中国人の名前で契約した携帯電話だけだ。すべてのインターネットをサイバーポリスに監視されている中国では、コンピューターのメールでのやり取りは当局に筒抜けになっていると思った方がいい。ホテルや外資企業などの固定電話にも、かなりの確率で盗聴器が仕掛けられている。その意味では携帯電話による通常の通話が、むしろリスクが少ない。

　蛟竜が大同に入る前日にも、戸次から連絡があった。二人は蛟竜が北京を出た同じ日に、長距離バスで大同に向かっていた。バスターミナルには公安が多かったが、途中は特に何事もなく、当日の夕刻には大同に到着していた。

　だが、ここで少々予定が変わった。大同は、雲崗石窟《せっくつ》で知られる世界遺産の町だ。その石窟も見に行かず、男女二人で宿泊する日本人をホテル側が怪しみはじめている。しかも二人のパスポートは、名前が違う。

　当初は大同で落ち合う予定だったが、戸次はさらにバスと普通列車を乗り継ぎ、太原から洛陽に向かうと伝えてきた。その先も、臨機応変に対応する。危険がないとわかれば、予定どおり武漢《ウーハン》から上海方面へと向かう。もし想定外の要因が発生すれば、西安《シーアン》から四川省を通過して南下する安全策を取ることも有り得る。

だが、それでいい。蛟竜の顔と身分が中国当局に割れてしまった可能性がある以上、あえて崔純子と中国の国内で無理に行動を共にすることは得策とはいえない。本来、守るべき存在である彼女を、かえって危険にさらすだけだ。

蛟竜は、電話口に出た純子とも話した。彼女は言葉を詰まらせ、その声は泣いているようにも聞こえた。ただひたすらに、早く会いたいと繰り返すだけだった。

蛟竜の旅は続いた。大同から先も高速公路は使わず、街道もなるべく避けて南下した。太原などの大都市は迂回《うかい》し、遺跡の町や小さな村を経由した。河北省の登録番号を付けたトラックのために途中で何度か地方警察の警官に止められたが、世間話のついでに「鄭州《チョンチョウ》にナツメを仕入れに行く」といえば誰も疑わなかった。

月が明けて六月二日、蛟竜はたまたま立ち寄った義馬《イーマー》という町の豫菜《ユーツアイ》の店で、日本語の新聞を見つけた。何気なく開いてみると、二日前――五月三一日――の朝日新聞だった。日本人の旅行者が置いていったものだろう。最近は世界じゅう、どのような僻地《へきち》に行っても、日本人旅行者の痕跡《こんせき》が目に付く。

店員に、鯉魚焙麵《リーユーベイミエン》（鯉の甘酢あんかけの焼麵《めん》）を注文し、周囲の客の目を気にしながら新聞を読んだ。四面に、小さいが興味深い記事が載っていた。

〈北朝鮮　脱北者防止へ全戸調査
　不在者家族一〇〇〇人拘束か
——中朝関係筋によると、北朝鮮各地で4月上旬から、治安当局が各世帯の脱北者の有無を確認するためとみられる一斉調査を始めた。不在者の居場所を説明できない家族ら一〇〇〇人以上が拘束されて厳しい尋問を受けている模様だ。（中略）これまでも、脱北者を出した家族の取調べはあったが、全世帯を対象にした一斉調査は異例——〉

蛟竜は、新聞を閉じた。運ばれてきた鯉魚焙麵を食べながら、記事の裏にあるものを考える。なぜ北朝鮮は、ここにきて急激に脱北者の取り締まりを焦りはじめたのか——。

記事の中ではその理由を、〈——韓国海軍哨戒《しょうかい》艦『天安』の沈没事件を受けて半島情勢が緊迫。脱北行為を食い止めようと当局が住民管理を強化したものとみられる——〉と分析している。だが蛟竜は、違和感を覚えた。朝鮮半島が緊迫するのは、いまにはじまったことではない。取って付けたような理由にしか思えない。

蛟竜は麵を食べながらもう一度、新聞を開いた。その下にも、もうひとつ、面白い記事が載っていた。

〈中国首脳が来日
　きょう首脳会談

中国の温家宝首相が30日夕、日中韓首脳会談が行われた韓国から公式訪問のために来日した。31日には鳩山由紀夫首相との首脳会談に臨む――〉

なぜだ……。

さらに文中には、温首相が〈――（日中の）相互信頼に基づく戦略的互恵関係の重要性を強調――〉とある。確かに韓国側が『天安』の一件を北朝鮮の犯行と決めつけたことで、日中韓の首脳会談が行われる必要性は理解できる。だが、温家宝がなぜ、その帰りに日本に立ち寄ったのか。その理由が理解できない。

〝戦略的互恵関係〟など、ただの方便にすぎないことは明らかだ。中国側の本意が、まったく見えてこない。最早《もはや》、死に体となった現日本政府の首相と首脳会談を行っても、温家宝には何のメリットもないはずだ……。

まさか……。

蛟竜は、ひとつの想定を頭の中に描いた。もし、二つの記事に『天安』以外の何らかの関連性があるとしたら。崔純子が北朝鮮政府から機密情報を持ち出し、脱北したのが三月初旬。その直後に韓国の哨戒艦『天安』の沈没事故が起こり、北朝鮮では脱北者への締めつけがはじまった。そしてあの日本嫌いの温家宝の訪日と、日中首脳会談……。

戸次は、崔純子の持ち出した情報を「今後のアジア情勢に重大な影響を及ぼす〝何か〟だ」といった。もし今回の一連の動きが、すべて崔純子の脱北に起因するとすれば、時系列は完全に整合する。

ひとつだけ、確かなことがある。いま日、中、韓、北朝鮮の間で、何かが起きようとしているということだ。静かに。だが、確実にだ。いや、もしかしたらその動きは、すでに全世界に波及しているのかもしれない。

蛟竜は麺を食べ終え、席を立った。出口で金を払う時に、店の女に訊《き》かれた。

「あんたあの新聞を読んでたみたいだけど、日本語がわかるのかい」

蛟竜が、金を出しながら笑った。

「いや、わからないよ。珍しいんで、写真を見てただけさ。ところで一昨昨日、温家宝首相が日本の首相に会うために、日本に行ったという話を聞いてるかい」

「まさか。温首相のように偉い人が、わざわざ日本鬼子の親玉に会いに行くわけがないじゃないか。何かの間違いさ。はい、お釣りだよ」

蛟竜は、女から小銭を受け取って店の外に出た。トラックに乗り込み、心もとないセルモーターを回してエンジンを掛けた。

ギアを入れ、南に向かう道を走りだした。

25

朴成勇は、五日前から上海にいた。

この町を訪れるのは、一五年振り以上になる。一九九〇年代の前半に、閔宗許《ミンチョンシュ》という上司と共に違法越境者狩りに来て以来だ。だが、上海万博で浮かれるこの巨大都市は、当時の面影もないほどに変貌《へんぼう》を遂げていた。

上海に入ってからの数日間、朴は特に意味もなく市内を徘徊《はいかい》した。もちろん崔純子がこの町に潜伏しているのではないかという期待はあったが、この大都会で砂の中のひと粒の米を拾うような偶然があるわけがないことも理解していた。

もし自分の行動にあえて理由を付けるとすれば、〝観光〟だった。日中は外灘《ワイタン》の高層ビル群を見上げながら歩き回り、夜は南京《ナンキン》路周辺に迷い込んで飯を食った。ここで久し振りに、小さな店先に吊《つる》してある火腿を見つけて味わった。そして観光船が行き来する黄浦《ファンプウ》江に映るネオンを眺め、バーで白酒を飲みながら考えた。

自分は祖国朝鮮民主主義人民共和国で生まれ、〝偉大なる将軍様〟の恵愛により教育を受けた。長年の苦節の末に現在は国家安全保衛部七局次長という地位にあり、中古ながらメルセデスを拝領する身分にまで出世した。だが、その人生の価値観が、いまは揺らぎはじめていた。

上海は、朴にとって魔界だった。このきらびやかさは、いったい何なのだろう。なぜ地球上にこのような場所が存在し、自分がそこにいるのか。その実感すらも、あやふやになってくる。

いまもバーで酒を飲む朴の前を、華やかなライトを煌々《こうこう》とつけた観光船が通り過ぎていく。本能を掻《か》き立てられるような、激しい拍節の音楽を鳴らしながら。その甲板には山のような料理を前にして、酒を飲み、踊り、笑いながら騒ぐ人々の姿がある。

いまあそこにいる人々と自分とでは、人生のどこで、なぜ違いが生じたのか……。

今回の〝仕事〟を終えたら、自分はどうするべきなのか。崔純子を捕らえることができたら、共和国に戻ればいい。だが、もし任務に失敗したとしたら。自分にはもう、あの共和国に帰るべき場所はない。

それならば、この国に——この上海に——残るのも悪くはない。これは、単なる思いつきではない。人生は、誰にも一度しかないのだ。

もし保衛部の幹部である自分が亡命したら、いったいどうなるのか。我が共和国は、蜂の巣を突《つつ》いたような騒ぎになるに違いない。保衛部副部長の禹東則は、どのような手を使っても自分を抹殺しにかかってくるだろう。一生、安息の時などは訪れない。だが、それでもあの貨泉洞第二六号管理所の冷たいコンクリートの部屋の中で、生きたまま切り刻まれるよりはましだ。

朴成勇は、恐れていた。自分がこれまでに、何人もの人間にやってきたことへの報いを受けることが怖かった。自分だけは絶対に、あんな死に方はしたくない。

翌日、朴は、中国国家安全部の上海支部——上海市国家安全局——に出頭した。二人の部下は、大切なメルセデスと愛用の六四式自動拳銃《けんじゅう》を預け、北朝鮮上海領事館の宿舎で待たせている。あの二人が行動を共にしていることは、国家安全部には最初から報告していない。

朴は、出頭する前に、自分の行動監視役だった宋芳徳に何度か会い、お互いの意思確認をしていた。すでに国家安全部の八局は、朴が違法越境者の女を処刑し、その遺体を北京郊外の永定河の河川敷に遺棄したことを知っていた。だが、安全部がその件で朴を拘束する可能性はない。北朝鮮の保衛部は中国の国内で、違法越境者を自由に処分できるという両国間の暗黙の取り決めがある。

むしろ朴が心配していたのは、中国側の思惑だ。国家安全部は崔純子に関し、何を知っているのか。彼女自体を追っているのか。もしくは、他に目的があるのか。

そしてもうひとつは、国家安全部の厳強幹というあの男が、朴を本国に送還するつもりがあるのかどうか。もしそうなれば、それは朴にとって確実な〝死〟を意味することになる。

だが、宋と話すうちに国家安全部の狙いが何なのかがわかってきた。奴らは、崔純子にはあまり興味がないらしい。安全部が追っているのは、崔純子と行動を共にしていると思われるもう一人の男の方だ。朴が殺したハルビンの陳という男のコンピューターに残っていた、小笠原貴光という日本人だ。

国家安全部が、なぜその小笠原という男を追っているのかはわからない。第八局――国家安全部の第八局は反間諜偵察局だ――が追っているのだから、その男が外国の諜報《ちょうほう》部員であることは確かだ。朴の予想したとおり、日帝のイヌか。もしくは韓国のＫＣＩＡか、米帝のＣＩＡのエージェントか。いずれにしてもその男の正体がわかれば、崔純子の背後も見えてくることになる。

国家安全部と朴の間に、ある程度の取り決めはできていた。両者が国家機密に抵触しない範囲内で情報交換を行い、協力して崔純子と小笠原貴光という男を追う。確保できた場合には両者立ち会いの下に二人の尋問を行い、そこで得た情報を共有する。その後は国家安全部側が小笠原貴光を拘束し、崔純子の身柄は北朝鮮側に引き渡される。

取引としては、悪くはない。国家安全部と組めば行動しやすくなるし、崔純子を確保できる可能性も高くなる。もし本当に、漢民族が約束を守る気があるのならば、だが……。

上海市国家安全局では、宋の他に北京の厳強幹が待っていた。この男と会うのは二度目だが、意志が強そうでいかにも狡猾《こうかつ》そうな目をはっきりと覚えていた。元来、北朝鮮の保衛部員は、一度でも見た顔はその場で記憶するように教育されているが。

最初に朴は、殺風景な会議室のような場所につれていかれた。安物のソファーとテーブルに、中国製のDVDプレイヤーと大きな液晶モニターが一台。これから始まる両国の友好的な猿芝居の舞台装置としては、これで十分だ。ただしこの部屋のどこかにカメラが仕掛けられ、話の内容を録音されていることも朴にはわかっていた。

「まず最初に、訊きたいことがある」厳がいった。「先日、北京の永定河で〝発見〟された女の遺体は貴国の〝国民〟だな」

厳は〝遺棄〟という言葉は使わなかったし、〝誰が殺したのか〟も問わなかった。

「そうだ。我が国の違法越境者だ。何か、問題があるのか」

朴が、いった。

「別に、大した問題はない。ただし、我が国を汚してもらっては困る。至急、あの遺体を引き取ってもらいたい」

「わかった、私から大使館の方に連絡を取っておく。これからは気を付けよう。それで、本題は何だ」

「わかった。まず、この映像を見てもらいたい」

巌がそういって、横にいた宋に映像を再生するように命じた。宋がＤＶＤプレイヤーにディスクを入れ、部屋の明かりを落とす。リモコンを操作すると、モニターに映像が映し出された。

どこかの駅の改札口の風景だった。画面の下に書かれている文字で、北京駅であることがわかる。日付は五月四日、ほぼ一カ月前だ。そこに、ジャケットを着た長身の男が出てくる。カメラのズームが、自動的に男の動きを追尾する。この男が、奴らのいう〝小笠原貴光〟なのだろうか。

その時だった。男の後ろからもう一人、女が出てきた。

まさか……。

そこで宋が映像を止めた。

「この女だ」巌がソファーを立ち、静止画像を指さした。「この女が、誰だかわかるか」

朴は、しばらく黙っていた。だが、やがて、低い声でいった。

「崔純子……。我々が追っている女だ……」

宋がリモコンを操作し、映像がまた動きだした。

26

六月四日、夜――。

この日、東京の赤坂見附の料亭『澤乃《さわの》』に集まった三人の客の顔触れは、ある意味では異質だったかもしれない。

最初に門を潜《くぐ》ったのは、『CIRO』(内閣情報調査室)国際部の倉元貴夫だった。倉元はいつものように地下鉄に乗り、最寄りの赤坂見附駅で降りて澤乃に向かった。人と会う時には常に目立たない安物のグレーの背広を着ることと、約束の時間の一五分前までに現地に入ることもこの男の習慣だった。

七時ちょうどに、米国務省在日大使館員のアルフレッド・ハリソンがハイヤーで到着した。本来の身分はCIA東アジア分析部の局員だが、日本ではテレビのコメンテーターとして顔を知られている。ハリソンは座敷に通され、顔見知りの倉元を見ると、ウィンクと笑顔で気軽な挨拶《あいさつ》を交わした。

「お久し振り」ハリソンが正確な日本語でいった。「そちらの〝会社〟の方はどうですか」

「いやあ……最近は中国に押されっぱなしでまいってますよ。〝カンパニー〟の方こそいかがですか」

「どこも同じですよ。このままでは中国に、すべて買われてしまう……」

ハリソンのいう〝会社〟は内閣情報調査室、倉元のいう〝カンパニー〟はもちろんＣＩＡを指す。

「そういえば、六月二日の韓国の同時地方選挙で、李明博のハンナラ党が大敗しましたね」

「韓国の国民は、意外とリベラルだったということです。例の天安の件がかえって裏目に出たというところでしょう」

仲居にビールを注文し、とりとめもない雑談を交わしながら相手の腹の内を探る。これも、いつもの挨拶の一部だ。しばらくして約束の時間を一〇分ほど過ぎると、最後の一人が座敷に通されてきた。

「お待たせして申し訳ありませんな」

亜細亜政治研究所の所長、甲斐長州だった。甲斐は二人を座らせたまま、それが当然であるかのように空いている上座に腰を下ろした。だが、倉元とハリソンにはわかっていた。おそらく甲斐は約束よりも三〇分は早くこの料亭に入り、どこかの部屋で盗聴器から聞こえる二人の会話に耳を傾けていたに違いない。

「ところで、今日の新聞に面白い記事が載っとったな。二日前に、北朝鮮の李済強《リジェガン》が交通事故で死んだらしい……」

甲斐が〝久保田〟を冷で飲みながら、おっとりといった。李済強は朝鮮労働党組織指導部の第一副部長で、中央政府の人事を担当する重要人物だ。だが、今年八〇歳になる党の重要人物が交通事故で死ぬというのは不自然だ。

「私もその記事は読みました」倉元がいった。「そういえば今年の四月二六日でしたか、同じ第一副部長の李容哲《リヨンチヨル》も死にましたね。確か、心臓麻痺《まひ》で……」

李容哲は、同国の軍部の人事権を掌握していた。わずか一カ月と少しの間に中央政府と軍部、両方の人事権を握る人間が相次いで死ぬというのはあまりにも奇妙だ。しかも〝交通事故〟や〝心臓麻痺〟は、政府要人の粛清を隠蔽《いんぺい》するために朝鮮中央通信が用いる最も便利な死因でもある。

「しかし、二人とも党内部では例の金正恩の派閥ではなかったですか」ハリソンが首を傾げる。

「確か、正恩と死んだ母親の高英姫《コヨンヒ》の後見役だと聞いていたが」

そこが、北朝鮮という国の奇妙なところだ。もし国家体制における後継者争いが三男の金正恩で決着したならば、二人共むしろ政府内の地位が向上してもよいはずなのだが。粛清される理由が見えてこない。

「まさか、正恩の線がなくなったということはなかろうな」

甲斐が、とぼけたようにいった。

「まさか。その可能性はないと思います。もし正恩の世襲が破談になっているなら、李容哲が死んだ一週間後に金正日がわざわざ訪中する理由が見つかりません」

「すると、他に理由があるのですか」

倉元の説明に、ハリソンが問い質《ただ》した。

「ひとつは新聞にも書いてあったとおり、粛清された二人は張成沢《チヤンソンテク》党行政部長と不仲だったということもあるかもしれませんね」

張成沢は金正日総書記の妹婿で、現在事実上の党の支配者とも伝えられている。

「それも説得力はないな。もし張成沢が李済強と李容哲を粛清したのなら、正恩の世襲が決まってもう二人は用済みになったということか。しかしそんなことをすれば、正恩の求心力が落ちる。金正日がやらせまい」

甲斐が酒を飲みながら、笑う。どうやら自分ではわかっていながら、倉元とハリソンがどのように分析するかを楽しんでいる風でもある。

「後は、死んだ正恩の母親の高英姫がらみですか……」

ハリソンが腕を組み、倉元の顔色をうかがう。

「正恩には昔から、出生の経緯に問題があるとされていましたね。母親の高英姫が在日朝鮮人で、それが理由で後継者には指名されないと。さらに先日の黄長燁暗殺未遂と、金明斗の失脚……」

倉元は、そこまでいいかけて奇妙な符合に気が付いた。そういえば金明斗の失脚の直後に、何らかの機密情報と共に脱北した崔純子という女も在日朝鮮人の娘だった……。

突然、甲斐が笑い出した。

「まあ、そのあたりでよかろう。それよりも、少しゆっくり酒と料理を楽しもうではないか」

しばらくは、とりとめもない会話が続いた。主に経済論、東アジア圏における軍事バランス論、その二点を基軸にした中国脅威論に終始した。だが倉元とハリソンは、差障りのない一般論で場を濁すだけで本音を話そうとはしない。日本の内調とCIAは建前として協力関係にあるが、反面、お互いに最も身近な敵として認識しあっている。

甲斐はその二人の駆引き——腹の探り合いといってもいい——を聞きながら、楽しそうに笑う。だが、しばらくして、とぼけたようにいった。

「ところで、今日は、何の会合だったかな……」

倉元とハリソンが、顔を見合わせた。

「先日から何度かお話ししているリトル・ワックスウィングの件です……」

ハリソンがいった。〝リトル・ワックスウィング〟は、CIA側の崔純子のコードネームだ。日本語に直訳すると、「小さなキレンジャク」という意味になる。

「ああ……そうだったな。それで倉元君にも来てもらったんだった……」

倉元が、頷《うなず》く。

「今回の件では、日本の外務省がリトル・ワックスウィングから手を引いたことは知っています。北京の日本大使館が受け入れを拒否し、行き場を失っていることも。そうでしたね」

「確かに、そのとおりだ。その件については、外務省の三沢君の方からも報告がいっているはずだが」

甲斐の表情から、潮が引くように笑いが消えた。

「実はその件で、我々の方からひとつの提案があります。つまり、簡単にいってしまえば、リトル・ワックスウィングを保護するために、日米の間で〝渡り鳥条約〟を結ぼうということです」

　キレンジャクは、北米大陸と東アジアを行き来する渡り鳥だ。

「ほう……面白い。具体的には」

　甲斐の口調は、穏やかだった。だが、一瞬、目の色が変わったように見えた。

「実は我々も、中国の国内でリトル・ワックスウィングの行動を監視しています。現在、上海の近郊にいることも把握している……」

「それも戸次君の方から報告を受けている。それで」

　甲斐の目が、鋭さを増した。

「わかりました。結論を急ぎましょう。そこで我々は、ひとつの解決策を考えたわけです。リトル・ワックスウィングとその同行者を、上海のアメリカ領事館が受け入れる。そして、保護する。それが最も安全で確実な方法だと思うのですが……」

「君は、どう思うかね」

　甲斐が、倉元に訊《き》いた。倉元が、背筋を伸ばす。

「はい。私……というより〝我が社〟としましても、現状ではそれが得策かと……」

　甲斐が頷く。そしてハリソンに視線を向けた。

「しかし、いくらアメリカ領事館が保護したとしても、中国がリトル・ワックスウィングの出国を認めるわけがない。君の国の外務省は、北朝鮮からの脱北者一人のために中国と交渉するつもりなのかね」

だがハリソンは、明確な答えを用意していた。

「リトル・ワックスウィングを出国させる手段は、二の次です。中国との交渉も、ゆっくりと考えればいい。ともかくいまは、こちらがカードを握ることです。もちろんリトル・ワックスウィングの〝持ち物〟を入手した時には、すべてを日本側と共有することはお約束します。そうすれば、すべての交渉がこちら側に有利に働く……」

甲斐は腕を組み、目を閉じた。しばらく、無言で考えていた。ハリソンと倉元は、甲斐の反応を待った。

やがて甲斐が、静かに目を開けた。

「そのお話は、お断りしよう。この件については、これまでどおり我々だけでやらせていただく」

ハリソンは、肩を落とした。甲斐長州が「だめだ」といえば、絶対に〝だめ〟なことはわかっていた。この男には、〝カンパニー〟も逆らえない。それはすなわち、この男が支配する『K機関』の東アジアの情報網を今後すべて放棄することを意味するからだ。

僅《わず》か一時間ほどの会合の後に、アルフレッド・ハリソンは待たせていたハイヤーで赤坂一丁目のアメリカ大使館に戻った。車内にいる少しの時間にＭａｃを開き、本国のＣＩＡ本部に短いメールを入れた。

〈——K機関との交渉は、決裂した——〉

Macを閉じ、溜息《ためいき》をついた。

27

長江《チャンチアン》を越えた翌日、前方に霞《かす》む上海の高層ビル群が見えてきた。

蛟竜——設楽正明——は、いまにも止まりそうな古いトラックを運転しながら、頭の中で数えた。今日はもう、六月六日になる。最初に上海の浦東空港から入国したのが、四月一八日。あれからすでに、五〇日近くが経っている。

だが蛟竜は、市内に向かう道を逸《そ》れた。上海からさらに南下し、長江デルタの最大の湖である太湖《タイフー》を迂回《うかい》。湖南端に位置する湖州《フーチョウ》を目指して走り続ける。

湖州は、水郷の町である。古くから絹の府、魚米の郷、文物の宝庫と称され、浙江《チョーノアン》省の食と文化の一端を担ってきた。六世紀の南朝陳の初代皇帝、陳覇先の故郷としても知られる古都である。

だが、かつてはその景観の美しさで知られ、中国の国家重点風景名勝区に指定される太湖や湖州の風景も近年は大きく変わりはじめていた。二〇一〇年現在、湖州市の人口は約二五七万人。市内には、古都に不釣り合いな近代的な建物や施設が林立していた。

それでも市の中心部から少し離れた紅旗路と衣裳街に囲まれた一角には、まだ古都の面影がそのまま残っていた。蛟竜は夕刻に市内に入ると、天地人才市場の裏にある駐車場にトラックを乗り捨てた。必要最小限度の荷物を背負い、路地を歩く。誰も蛟竜には気も留めない。そのまま南に向かい、苕渓西路を渡ると、安ホテルや旅業が集まる白地街の一角に入っていった。

戸次二三彦から聞いていた『黄草飯店《フウアンツァオファンディエン》』というホテルは、すぐに見つかった。古く、大きな建物で、湖南《フーナン》省や湖北《フーベイ》省の農民工と呼ばれる出稼ぎ労働者が上海に向かう最後の夜を過ごすような宿だった。

一泊三六人民元（約四〇〇円）の宿泊代を払い、三階の部屋に上がった。廊下にはゴミやタバコの吸殻が散乱し、壁には至る所に放尿の跡があった。だが、このようなホテルでは、たとえ偽名を書いても身分証の提示を求められることはない。

部屋に入ってまず、蛟竜は戸次に電話を入れた。次の指定場所と時間だけを確認し、数秒で切る。

シャワーを浴びて長旅の埃《ほこり》を落とし、髭《ひげ》を剃《そ》った。ついでに中国人の農民工風に刈上げた髪をハサミで適当に切り揃え、ムースで固める。脱ぎ捨てた服のかわりにリーバイスのジーンズとラコステのポロシャツ、アディダスのスニーカーを身に着けた。

久し振りに、ロレックスの時計も腕にはめた。携帯やパスポートなどの身の回りのものをセカンドバッグに入れ、それを持って部屋を出た。階下に下り、フロントに鍵《かぎ》を預ける。カウンターの若い男が、蛟竜の顔を呆然《ぼうぜん》と見つめる。だが、それでいい。このホテルには、二度と戻ってくることはない。

蛟竜はホテルの前でタクシーを拾い、市の中心部へと向かった。路地から繁華街を交差する江南工貿大街に出て、これを北上する。この通りには大きなビルやホテル、銀行、商社の事務所などが軒を並べている。石畳の広い歩道には、外国人の旅行者らしき姿も多い。

新天地の手前で紅旗路を右に折れると、さらに人通りが多くなった。すぐ右手には、この町に唯一の『麦当労（マクドナルド）』がある。中国で黄色い〝M〟の看板を見る度に、この国も変わったものだと思う。

蛟竜は、黄昏《たそがれ》のはじまる町の風景に見とれた。初めての町や、久し振りに訪れた場所ではまず周囲の風景を記憶する。それが長年の習性になっている。

しばらく行くと、北街との分岐点の手前右手に『湖州大廈』の巨大な建物が見えてきた。湖州でも、最高級なホテルのひとつだ。タクシーはホテルの広大な敷地に乗り入れ、ゆるやかなスロープを上ると、植民地時代の大英帝国風の制服を着たドアボーイが待つ回転扉の前で止まった。

広く、明るく、天井の高いロビーに入った。巨大なシャンデリアを見上げると、それまでの長旅が夢であったような気がしてくる。だが、すべては現実だ。蛟竜は目映《まばゆ》い光景に見とれながらも、周囲に気を配っていた。フロントには男が三人に、女が二人。夕刻のチェックインで混み合う時間帯ということもあり、誰も客の出入りを見ていない。

ロビーには、二〇人前後の客がいた。ほとんどが中国人だが、日本人の商社マンらしき男や、白人の姿もある。蛟竜はその中の一人、ソファーで新聞を読む白髪のブルーのニットを着た白人の男に目を留めた。どこかで、見たことがあった。町の風景だけでなく、一度でも出会った人間の顔を記憶してしまうのも蛟竜の習性だった。

だが蛟竜は、その脇を黙って通り過ぎた。フロントの前を横切り、エレベーターに乗った。誰も蛟竜の行動を気にしていない。

一二階で降りて、戸次にいわれたとおり一二〇六号室のベルのボタンを押した。中から、チェーンを外す音が聞こえた。ドアが、ゆっくりと開く。

目の前に、崔純子が立っていた。

部屋に入ると、純子が蛟竜の腕の中に飛び込んできた。

「蛟竜……」

市内の梧桐路にある『桜亭日式料理《インテインリーシーリイアオリー》』という店に向かった。その名のとおり、この町に古くからある日本料理の店だ。

戸次がこの店を選んだ理由は、訊くまでもない。中国の国内にはほとんどの町に、現地の日本人社会の聖域のような場所がある。商社の人間や旅人、この地で生活する者だけでなく、ある種の諜報《ちょうほう》機関の人間にとっても最も安全な場所でもある。

広い店内に入っていくと、こちらが何かいうまでもなく奥の個室に通された。ここまでは、入口に近いフロアーを埋めていた現地の客たちの声も伝わってはこない。もちろん、中国の何らかの政府機関に盗聴される心配もいらない。

考えてみると、蛟竜が中国に入国してから日本食は初めてだった。自然と、腹が鳴った。天ぷらや刺身、卵焼、湖州名物の鯉を使った鯉濃《こいこく》などを適当に取った。ビールは日本のアサヒで、日本酒も揃っていた。

日本食をあまり食べたことのない純子は、食卓に次々と運ばれてくる料理を不思議そうに眺めていた。

「こういう料理を食べたことがあるか」

蛟竜が、純子に訊いた。

「はい……。お刺身と天ぷら、知ってます。将軍様の宴会には、いつも出てました。それに卵焼は、オモニ……お母さんが作ってくれた……」

純子がそういって笑った。

「さて、これからの予定を話し合っておくか……」

戸次がビールを飲み、いった。

「その前に、確認しておきたいことがある」

蛟竜が戸次を牽制《けんせい》した。

「何だ」

「今日、湖州大厦に入った時に知っている男を見た。あの場所に、いるはずのない男だ」

「どんな男だ」

「名前は知らない。白髪まじりの、白人だ。アルマーニのブルーのニットを着ていた」

「身長と年齢は」

「身長は一七五から一七七センチ。年齢は五五から六〇歳。同じ男を、五月六日に北京の頤和園でも見ている。その時は、同じ歳頃の女と一緒だった。偶然であるはずがない」

蛟竜の説明を、戸次が無表情で聞いていた。だが、小さな目が、かすかに動いた。それが、この男が何かを考えている時の癖だ。

「それは〝スナッズ・ラット〟だ」

戸次が、平然といった。

スナッズ・ラット——。

蛟竜は、その名前を知っていた。中国に潜伏するCIAのエージェントの一人だ。だが、顔を見たのは初めてだった。

「なぜ〝カンパニー〟の人間が我々の周囲をうろつくんだ」

「今回の件に、彼らも興味を持っている」

戸次が小さな目を動かし、純子を見た。

蛟竜はあえて、今回の件に関してCIAが〝どちら側なのか〟については訊《き》かなかった。スナッズ・ラットが二度にわたり蛟竜たちの前に姿を現し、戸次がそれを把握していたという事実だけで十分だ。それに、この世界には、本当の意味での味方などは存在しない。

「奴らの目的は」

蛟竜が訊いた。

「〝東京〟の方に、オファーがあった。こちらの〝荷物〟を、彼らが上海で預かってもいいといってきている」

今度は蛟竜が純子を見た。奴らが必要としているのは、この女が持つ情報だけだ。用がなくなれば、純子は処分されるだろう。だが純子は何も興味がないように、黙々と料理を食べ続けている。

「それで、〝東京〟は何と答えたんだ」

蛟竜が何を訊いても、戸次は表情を崩さない。

「断った。今回のオペレーションは、今後も予定どおりこちらが仕切る。変更はない」

「それならなぜ、あの男が我々を見張っているんだ」

戸次の目が、またかすかに動いた。しばらく間を置き、いった。

「理由はともかくとして、情況としては悪くはないだろう。何かトラブルが起きた時に、いつでも彼らを利用できる」

蛟竜は、しばらく考えた。確かに戸次がいうように、悪い情況ではないのかもしれない。もし奴らが純子を確保するつもりならば、すでに行動を起こしているはずだ。

「わかった。その件はもういい。今後の予定を決めておこう。それで、これからどうするつもりだ」

蛟竜が、グラスを空けた。

「〝東京〟から、急ぐようにいわれている。これから南下して広東省《コワントン》から広西壮《コワンシーチワン》族自治区の南寧に向かう。その後、憑祥《ピンシイアン》からベトナム国境を越える」

「長旅だな。もし、うまくいかなければ？」

「その時は〝荷物〟を〝カンパニー〟に預けることになる」

戸次が、低い声でいった。

28

この数日間、朴成勇は完全に自由を奪われていた。

共和国の上海領事館の宿舎と、中国国家安全部の上海支部との間を行き来するだけだ。しかもその往復や食事に出掛ける僅《わず》かな時間さえも、国家安全部の厳強幹の部下に監視されていた。

六月六日――。

朴はこの日も朝から、国家安全部の上海支部に出頭した。いつものように、厳とその部下の宋芳徳が顔を揃えて待っていた、また、長い一日がはじまる。これは両国の協力関係とは趣旨が違う。明らかに、尋問だ。

だが、仕方がない。朴には、弱みがあった。もし本国の保衛部本部に連絡を取られて送還されれば、そこで人生が終わる。どんな情況であれ、任務を続行すべきだ。

「すると、君は、崔純子がこの上海に潜伏していると信じているわけだな」

厳が、いつものように訊いた。

「そうだ。それしか考えられない」

「その根拠は」

すでに、幾度となく繰り返しているやり取りだ。

「あの女は、違法越境者だ。最終的な目的は、この国を出ることだ。そのためには、上海を通過して南に下るしかない」

「南に下って、どこに向かう」

「ベトナムからラオスだ。何度もいっているだろう」

「君たちは、この崔純子という女をベトナムまで追っていくつもりなのか」

「当然だ」

「なぜたった一人の違法越境者のために、そこまでやるんだ」

「命令だからだ。それ以上知りたければ、外交部を通して直接交渉するんだな」

国家安全部のこの部署からは、それが不可能なことはわかっている。厳は溜息《ためいき》をつき、宋に目くばせをして二人で部屋を出ていった。これも、いつものことだ。朴はタバコに火をつけ、待った。烏龍茶《ウーロン》が少し残ったグラスに、灰を落とす。この部屋が禁煙かどうかなどは、知ったことじゃない。

しばらくすると、厳と宋の二人が部屋に戻ってきた。テーブルの上に、中国南部の地図を広げる。広東省、雲南省《ユンナン》、そしてその中間に位置する広西壮族自治区からさらに南のベトナムまでが網羅されている。

「奴らがベトナムへ向かうとすれば、どこを経由して、どこで国境を越えるんだ」

厳が地図を叩《たた》き、いった。

だが朴は、腹の中で笑った。こいつらは、何もわかっていない。まあ、それも当然だろう。北朝鮮からの違法越境者狩りは、この国では基本的に公安部の管轄だ。国家安全部の連中にとっては、専門外だ。しかも公安と安全部は表向きは協力関係にありながら、暗黙の敵対関係にあると聞いている。

「こんな広い国の中を、奴らがどう逃げるかなんておれにわかるはずがないだろう。知りたければ、あんたらの国の公安部の連中に訊けばいい」

朴は皮肉まじりに、話をはぐらかした。

「だから、予想するんだ。最も一般的なルートに関して、情報がほしい」

厳がいった。朴はタバコの最後のひと口を吸い、それをグラスの中に放り込んだ。そしていかにも面倒そうに、地図を見た。

「一番、可能性が高いのは、ここだ」朴がそういって、地図の一点を指さした。「広西壮族自治区の憑祥だ。国境を越えると、ベトナム側にラン・ソンという町がある。出入国管理所をうまく通過できれば、町から町へ国境を越えられる……」

憑祥からラン・ソンに入る国境地帯は、現在、脱北者が最も集中することで知られている。近隣には浦寨の貿易特区があり、一日に数千人ものベトナム人や中国人の商人などが国境を越えることがその理由だ。中国側の出国管理所では常に公安部や辺防隊〈国境警備隊〉が警備に力を入れているが、密出国者を完全に取り締まることは不可能だ。

「他には」

「広西の自治区から山越えでベトナムに入るなら、靖亜か那坡。雲南省なら河口か金平からだ。しかしこの辺りは山が深く道もほとんどないので、現地でガイドを雇わなくてはならない。そんなことは、あんたらの方が詳しいだろう」

厳が頷《うなず》く。

「するとやはり、憑祥か……」

「そうだ。可能性でいえば、ここ以外にはない。しかしいずれにしても、奴らが上海から次に目指すのは、ここだ」

朴はそういって、地図上の南寧を指さした。

29

六月の第二週に入り、北朝鮮に関連する興味深い出来事が二件あった。

ひとつは七日の月曜日、同国の最高人民会議の場において国防委員会の副委員長に朝鮮労働党行政部長の張成沢が指名されたことだ。張は金正日総書記の妹婿で、三男の正恩の後見人と目されている。最高人民会議は今年の四月にも開かれたばかりで、同会議の五年の任期中に二回以上開催されるのは金正日が最高指導者の地位につく前年の一九九三年以来のことになる。

もうひとつは、それより三日前に北朝鮮の新義州《シンウイジュ》近くの中朝国境で起きた事件だ。四日未明、北朝鮮の国境警備隊が鴨緑江下流で丹東市在住の四人の中国人を銃撃。内三人が死亡し、一人が重傷を負った。これに対して中国政府は「事態を極めて重視し、直ちに厳正な申し入れをした」ことを明らかにしたが、いまのところ、それ以上の政治的行動を起こす気配はない。

六月一〇日、蛟竜はそのニュースを湖州から杭州《ハンヂョウ》へ向かう宣杭線の普通列車の中で知った。普通列車の古い客車の小さなコンパートメントには、戸次と崔純子も向かい合って座っている。普通列車の自由席ならば、身分証を提示しなくても買うことができる。

「いよいよ〝北〟が動き出したたな。跡取りは三男坊で決まりらしい……」

戸次が、日本人旅行客がホテルに置いていった六月八日付の新聞を読みながらいった。蛟竜もすでに、その記事は読んでいた。新しい後見人は、張成沢に決まったようだ。これでそれまでの後見人、李済強と李容哲の二人が粛清された理由もわかってきた。崔純子に機密情報を託して失脚した金明斗も、自分に同じ運命が待っていることをわかっていたのかもしれない。

「それより、この小さな記事が面白い。どういう意味だ」

蛟竜が、自分の読んでいた新聞を戸次に渡した。例の、中朝国境で起きた事件に関する小さな記事だ。

「ああ、おれも読んだ。奇妙だな……」

戸次が、新聞を見ながらいった。

確かに、奇妙だ。中国と北朝鮮は、同盟国だ。その国境で銃撃事件が起きること自体が異例だし、しかも死んだのは中国人だ。中国側が〝抗議〟しただけというのが、どうにも理解できない。

「中国の外務省は、北朝鮮側の違法な越境貿易の取り締まり中の事故だと説明しているな」

「殺されたのは中国人の密輸グループで、北朝鮮側から銅を運び出そうとしていたと書いてあるが……」

蛟竜が、首を傾げる。どう考えても、取って付けたような言い訳としか思えない。中国政府は、まず自国民の生命を重要視するという姿勢を見せることで国家としての面目を保とうとする。たとえ殺されたのが密輸業者でも、相手が他国ならば、国際問題に発展してもおかしくはない。もし相手国が日本ならば、一触即発の危機に陥るだろう。

中国は、なぜ北朝鮮に対してこうも弱腰なのか……。

「有り得ないわ」その時、純子がいった。「その中国人たちは、銅を盗もうとして殺されたんじゃない……」

蛟竜と戸次が、純子を見た。

「なぜ、そう思う」

「北朝鮮の兵隊は、絶対に中国人を殺さない。もし殺したら、自分が死刑にされるから。もし殺すとしたら、理由は二つだけ……」

「どんな理由だ」

「その中国人たちが、将軍様の命を狙おうとしたか。それとも、共和国の重要な機密を盗み出そうとしたか。どちらかよ……」

純子が隣に座る蛟竜の目を見つめ、手を強く握り締めた。

午前中に湖州を出た普通列車は、僅《わず》か七〇キロほどの距離に二時間近くかけて杭州駅に着いた。ここまでは、何事もなく順調だった。だが中国の普通列車はこの国の悠久の歴史のように遅く、その時の流れに身を委《まか》す者を惑わす。

杭州駅は一年後に『滬杭城際《フーハンチエンジイ》高速鉄道』が開通する予定になっているが、いまはまだ在来線しか通っていない。

蛟竜たち一行は、ここでさらに南に向かう滬昆線《フークン》に乗り継ぐ予定だった。杭州から広西壮族自治区の南寧までは、在来線の寝台快速でも三二時間。雲南省の昆明でうまく南寧行きに乗り継ぐことができたとしても、一泊二日の長旅になる。

「どうするか……」

切符売り場に乗車券を買いに行っていた戸次が、蛟竜と純子が待つ咖啡庁《カフエ》に戻ってきた。

「何か問題があったのか」

蛟竜が、コーヒーを飲みながら訊《き》いた。戸次も買ってきたコーヒーと慶豊包子《チンリーパオズ》を手に、テーブルに座った。

「寝台快速の乗車券がほしいといっても、パスポートを見せろとはいわれなかった。しかし、今夜の便はもう一杯だ」

そういって包子に齧《かじ》りつき、コーヒーで流し込む。

「明日の便はどうだ」

「南寧行きは二本だけだ。しかし寝台席は、もう買えない。いま買えるのは、硬座の切符だけだ。しかも二人ともばらばらになる……」

純子が蛟竜の手を握り、首を横に振る。

「私は、嫌……。あなたと離れていたくない……」

硬座は、中国人の農民工などが乗る安い座席車輌《しゃりょう》だ。そのような席で三〇時間以上も過ごすのは苦痛だし、日本人の乗客が乗っていれば目立ちすぎる。それに二人の席が離れていては、何かあった時に対処できない。

「一番早く寝台車に乗れる便は」

「明々後日……一三日の朝の便だ」

「よし、それを押さえよう」

「わかった。買ってくる」

戸次が包子を口に詰め込み、席を立った。

杭州は、名勝の町だ。中でも市の西側に広がる西湖《シーフー》は中国の十大風景名勝のひとつに数えられ、年間を通じて多くの観光客が世界じゅうから訪れる。

翌日、蛟竜は手漕《こ》ぎボートを雇い、純子と共に柳浪聞鶯や雷峰夕照、離れ小島の三潭印月などの西湖十景を巡って過ごした。これは、純子が望んだことだった。だが、杭州の地で日本人が目立つことなく過ごすには、観光客になりきるのが最良の手段であることも確かだった。

船頭は古い中国の歌を口遊《くちずさ》みながら、ゆったりと舟を漕ぐ。常に笑顔を絶やすことなく、船尾に座る蛟竜と純子を穏やかな眼差《まなざ》しで見守る。この時間を忘れさせ、心を和ませる優しさもまた中国のもうひとつの素顔だ。

風景は山水画の世界のように美しく、静かだった。この西湖の美しさを中国四大美女の一人、施夷光《しいこう》（西施《せいし》）に喩《たと》えたのは詩人の蘇東坡《そとうば》だっただろうか。だが施夷光は貧しい薪売りの娘で、春秋時代の越の国の王だった勾践《こうせん》が復讐《ふくしゅう》のために呉の夫差《ふさ》王に献上した美女の間諜《かんちょう》の一人だった。

やがて夫差は勾践の策略にはまり、施夷光の美しさに夢中になっていく。そして国政を疎《おろそ》かにし、後に呉の国を滅ぼすことになる。

だが、勾践のために働いた施夷光は、国に戻っても幸せになることはなかった。呉の国を滅ぼした妖女《ようじょ》の汚名を着せられ、その美しさを妬《ねた》んだ勾践の夫人により皮袋に入れられ生きたまま長江に沈められたと伝えられている。後に長江では蛤《はまぐり》がよく採れるようになったことから、中国ではいまもこれを〝西施の舌〟と呼ぶ。

蛟竜は、横に座る純子を見た。一瞬、純子が、二五〇〇年前から蘇《よみがえ》る施夷光の姿に重なった。

「何を考えてるの……」

純子が、蛟竜を見つめる。

「別に、何でもない……」

蛟竜が純子の肩に腕を回した。寄り添う二人を船頭が優しげに見守り、古い恋の歌を口ずさむ。西の空が、燃えるように赤く染まりはじめた。

30

翌々朝、蛟竜は純子と二人で杭州駅に向かった。年間、三〇〇〇万人の旅客乗降数を誇る巨大な駅だ。一日、約八万二〇〇〇人。近代的な駅の構内では至る所で公安や鉄道警察の姿を見かけるが、これだけ旅客数が多ければ、警備も手薄になるだろう。それに、北京や上海ならともかく、蛟竜と崔純子がここ杭州にいるとは誰も思わないだろう。

駅の咖啡厅に入ると、戸次がコーヒーを飲みながら新聞を読んでいた。だが蛟竜は、別のテーブルに座った。

戸次は、蛟竜と純子が無事に杭州を発《た》つかどうかを見届けにきただけだ。ここからは別行動を取り、戸次は空路で南寧に向かう。先回りして南寧の安全を確認し、現地の情報を収集する。もし何事もなければ、憑祥までの切符を用意しておく。それが戸次の役目だ。

しばらくすると戸次は席を立ち、出口へと向かった。蛟竜の席の近くを通りすぎる時に、無言でテーブルの上に丸めた紙片を落としていった。戸次が見えなくなるのを待ち、紙片を開く。

〈駅の構内でスナッズ・ラットを見かけた――〉

一行、それだけが書かれていた。

三番線のホームに上がり、上海南駅発南寧行きの列車を待った。橙色《だいだいいろ》と灰色に塗り分けられた古い列車が、臙脂《えんじ》色《いろ》のディーゼル機関車に引かれてゆっくりとホームに入ってきた。蛟竜が〝軟臥席〟（寝台車）と書かれた三号車に二人分のスーツケースと共に乗り込むと、列車は定刻より二〇分以上も遅れて杭州駅を出発した。

滬昆線は、険しい山岳地を越える路線だ。三週間前の五月二三日にも、大雨による土砂崩れで余江――東郷間で脱線事故を起こしていた。この事故で一九人が死亡、七一人が負傷をした。だが事故を起こした列車は脱線しなかった前方車輛だけで運行を続け、翌二四日には終点の桂《ユイ》林《リン》駅に到着したという。

乗客は、すでに事故があったことすら忘れている。経済は、何事にも優先される。人の命は、常に一人民元札よりも軽い。それもまた、現在の中国の本質だ。

列車は駅を出てしばらくすると、長閑《のどか》な田園風景の中を走る。その横に並行して、まだ完成していない高架の路線が続いていた。そこには間もなく――あと一年もすれば――時速三〇〇キロ以上という世界最速の高速鉄道が走る。しかしその高速鉄道の技術は、日本の新幹線やドイツの高速鉄道を上辺だけ真似たものだ。

いったい、中国はどこに行こうとしているのか。この国の経済も、同じだ。ブレーキを持たない歪《いびつ》な高速鉄道のように、何も見えない闇に向かって猛進しているにすぎない。

寝台車のコンパートメントは、ある意味では思っていた以上に快適だった。狭い部屋の両側に人がやっと横になれるほどの広さの二段ベッドが二組付いていて、四人が寝られるようになっている。正面に小さな窓があり、その下に申し訳程度の折り畳み式のテーブルがあるが、椅子はない。二人分の荷物を置くと、居る場所もなくなる。だが、シーツと枕は清潔だった。

運が良かったのは、同室になったのが韓国人の老夫婦だったことだ。外国からの旅行客同士のほうが、何かと気を遣わなくてすむ。純子がうっかり朝鮮語を話さないようにという心配はあったが。

列車は、坦々《たんたん》と走り続ける。午前中に義烏、金華、衢州などの浙江省内の駅をいくつか過ぎた。午後になって江西省《チアンシー》に入り、列車が懐玉山脈に差し掛かる頃になれば周囲の地形も次第に険しくなってくるだろう。滬昆線は、断崖《だんがい》絶壁の渓谷や天空の陸橋を走り抜ける鉄道としても知られている。

コンパートメントに入る時に一度だけ女の車掌が切符を確認しにきたが、その後は誰もこなかった。同室の韓国人の老夫婦も食堂車に行ったまま、帰ってこない。だが蛟竜と純子は、二人だけで部屋に残った。昼食も食堂車には行かず、駅で窓の外に売りにきた麵条《ミイエンティアオ》と油条《ヨウティアオ》(揚げパン)だけですませた。

おそらく、CIAのスナッズ・ラットもこの列車に乗っているはずだ。必要もないのに出歩いて、わざわざ人目に触れることはない。

夜は二つのスーツケースを二段ベッドの上に上げ、下段で寝ることにした。韓国の夫婦の荷物も、預かることにした。そうしないと、場所を作れない。純子は狭いベッドで二人で寝なければならないことを、かえって喜んでいた。

「蛟竜……。私はあなたと、離れない……」

純子は一日に何度も、同じ言葉を繰り返す。

夕食も、車内販売の麵条と饅頭《マントウ》ですませた。ビールを一本飲み、寝ようかと思っていると、宜春の手前でまた検札がきた。今度は車掌だけでなく、二人の鉄道警察官も一緒だった。

検札の後で、パスポートを出すようにいわれた。最初に、韓国人の夫婦が見せた。ただ顔写真と名前を見るだけで、バーコードやパスポートナンバーを確認する様子はない。

蛟竜も、純子と二人分のパスポートをもう一人の警官に差し出した。小笠原貴光と、涼子のパスポートだ。このパスポートは、すでに足がついている可能性がある。もし見破られれば、すべて終わりだ。

「日本《リーベン》？」

青い制服を着た、目の細い警官が訊《き》いた。

「そう、日本人だ」

蛟竜は頷《うなず》き、わざと日本語で答えた。警官が、ベッドに座っている純子を見た。

「日本、好（日本はいい国）」

警官が、純子に笑いかける。二人のパスポートを蛟竜に手渡し、コンパートメントを出ていった。

蛟竜は安堵《あんど》の息を洩《も》らした。

31

江西省鉄道公安局の馬克清《マーコーチン》は、南寧行きの列車から深夜の宜春駅《イーチユン》に降りた。何人かの乗客と共に薄暗いホームを歩き、急ぎ足で駅舎の公安室へと向かう。この後は四〇分後に宜春を出る上り上海行きの列車に乗務し、玉山駅《ユーシャン》まで警備に当たる。だが、その前に確認しておかなくてはならないことがあった。

あのコンパートメントにいた、日本人の女だ。どこかで見覚えがある。あんなに美しい女は、一度見たら忘れない。

馬は公安室に飛び込み、周囲を見渡す。電源の入っているコンピューターは、一台。その前で仕事をしていた若い警官を無理に立たせ、自分がそこに座った。

マウスとキーボードを操作し、手配者リストを呼び出す。公安局のものではない。確か、国家安全部からのリストだったはずだ。特にこの国の情報機関として、間諜の摘発を専門とする国家安全部から手配書が回ってくることは珍しい。

やはり、あった。六月七日——一週間前に回ってきた資料だ。女だけでなく、同行する男の資料とひと組になっていた。

小笠原貴光――。

小笠原涼子――。

二人の名前とパスポート番号の他に、どこかの監視カメラで撮影されたような不鮮明な写真が添付されていた。馬は、息を呑《の》んだ。あの二人に間違いない。

資料には、二人の罪状は書かれていない。ただ「日本工作偵探《ヂエンタン》」と書かれ、その下に担当者の名前と緊急連絡先の携帯電話の番号が書かれていた。

馬は手元の電話の受話器を手にして外線に繋《つな》ぎ、画面を確認しながら番号を押した。

厳強幹は、五日前から広西壮族自治区の南寧で待機していた。

この辺境の地にも、国家安全部の支局はある。だがその任務はほとんどがチワン族の監視と、違法越境者の取り締まりだ。規模も小さく、公安部の一部局に組み込まれ、支局員も一七名しかいない。

支局には二回ほど顔を出したが、それ以外はほとんど市内の民族大道の裏にある『如家快捷《ルージヤクアイジユ》酒店《ジウディエン》』というホテルの部屋に詰めていた。全国チェーンの、安ホテルだ。だが今回の出張には三人の局員と、北朝鮮保衛部の朴成勇と二人の部下も帯同している。あまり贅沢《ぜいたく》はいえない。

厳はホテルの一室を司令部にして、三人の部下と地元の支局員を使って情報収集に当たらせていた。南寧には違法越境者狩りの北朝鮮保衛部員も何人か潜伏しているが、そちらの方には朴の部下に接触させている。朴本人は、支局員に見張らせてホテルの外に出させない。

だが、蛟竜と崔純子という女の情報はまったく入ってこない。奴らは本当に、この南寧を経由して憑祥からベトナムに向かうのか……。

この日も一日が無駄に過ぎていった。局員全員を集めて打ち合わせを終え、興寧区《シンニン》の屋台街で老友麵《ラオヨウミイエン》を食べて部屋に戻ってきた。一人になり、白酒を飲んで、厳は少し酔っていた。ベッドに横になり、ぼんやりとテレビを見ていた。そろそろ明かりを消して、寝ようかと思っていた時だった。枕元に置いてあった携帯が鳴った。

いま頃、誰だろう。こんな時間に厳の携帯に電話してくるのは、北京に待たせている妻か部下くらいのものだ。だが、携帯を開くと、液晶画面に見馴《みな》れない市外局番の番号が並んでいた。

「はい、国家安全部の厳強幹だ」

電話に出ると、強い雲南訛《なまり》の男の声が聞こえてきた。

――私は、江西省鉄道公安局の馬克清といいます。実は一週間前にそちらから送付されてきた手配書の件でお電話したのですが――。

厳は、馬という男のいうことを黙って聞いていた。ひと通りの説明が終わった後で、いくつかの要点を確認した。僅《わず》かな時間だったが、白酒の酔いが一気に醒《さ》めていくのがわかった。

「了解した。報告を感謝する。江西省鉄道公安局の馬克清といったな。後ほど、国家安全部の方から表彰されるように手配しておく」

厳は、電話を切った。

明日、午後四時三〇分着の列車で、蛟竜と崔純子がこの南寧駅に着く……。

だが、厳は考えた。蛟竜は、狡猾《こうかつ》だ。過去にも何度か、あと一歩のところで逃げられている。南寧までの切符を持っていたからといって、どの駅で降りるかはわからない。南寧駅で待ち伏せたとしても、捕捉《ほそく》できる保証はない。

ただ漫然と成り行きを見守っていても、だめだ。厳は、待つのが嫌いだった。待つならば、攻めろ。こちらから出向いていって、獲物を追い詰める。

厳は、テーブルに中国南部の地図を広げた。すでに折れ目は破れかけ、黒や赤のペンで様々なことが書き込まれていた。片手で鉄道時刻表を開き、地図上の滬昆線の路線を指で辿《たど》る。奴を待ち伏せるなら、どこがいいか。ここだ。厳は、貴州省《コイチョウ》の安順《アンシュン》のあたりを指さし、自分を納得させるように頷いた。

時計を見た。まだ、日付は変わっていない。南寧から安順までは、直線距離で五〇〇キロほどだ。十分に、間に合う。

厳は携帯を開き、部下の宋芳徳を呼んだ。

「私だ」電話が繋がると同時に、捲《まく》し立てた。「明朝、夜明けと共にここを出る。貴州省の安順に向かう。それまでに大型のヘリを一機用意しておけ」

だが、宋の眠そうな声が返ってきた。

——ちょっと待ってください……。いったい、何があったんですか。ここの支局には、大型のヘリなんてありませんよ——。

「うるさい！　支局になければ、軍に協力を要請しろ。明朝五時までにヘリが用意できなければ、お前は一生この南寧に置き去りにされるものと思え！」

厳は電話を切り、苛立《いらだ》たしげに酒臭い息を吐いた。

32

列車は深夜の内に、湖南省から貴州省に入った。

朝、目を覚ますと、コンパートメントの小さな窓から見える風景が一変していた。ここはすでにミャオ族やプイ族、トン族、トウチャ族などの少数民族の聖地だ。

深い山々に囲まれたカルスト地形の高原には、一年を通じて雨が多い。この日も窓の外の風景は、朝から厚い雲と霧に霞《かす》んでいた。だが、緑のベルベットのような牧草地にヤクなどの家畜を放牧する風景は、ここが殺伐とした中国の内陸部であることを忘れさせるほど、長閑《のどか》で平和だった。

「綺麗《きれい》……」

ベッドの中から窓の外を通り過ぎていく朝靄《あさもや》の風景を眺めながら、純子が呟《つぶや》くようにいった。

同室の韓国人の老夫婦は、まだベッドの中で寝息をたてていた。

「今日はもっと、美しい風景が見られる」

蛟竜が純子の肩を毛布で包み込み、耳元で囁《ささや》く。

「なぜ？」

純子が、窓の外を見たまま訊いた。

「これから貴陽《コイヤン》という大きな町を通り過ぎて、雲南省に入る。雲嶺《ユンリン》という高い山地に登っていくんだ。もしかしたら、列車が雲の上を走るかもしれない」

「雲の上……。本当に？」

「本当さ」

純子が、ゆっくりと振り返った。

「もっと、大きな窓から景色が見たい。後で、食堂車に行ってみたい……」

蛟竜を、純子の大きな瞳《ひとみ》が見つめた。瞳の中に、窓の外の風景が映っていた。その表情を見てしまったら、だめだとはいえなかった。

「わかった。朝食の時間が終わったら、空《す》いた時に行ってみよう……」

純子が子供のように微笑み、蛟竜に口付けをした。

夜が明けたばかりの南寧人民解放軍陸軍飛行場で、ロシア製ミルMi—8型輸送ヘリが二基のエンジンを温めていた。

厳強幹は国家安全部南寧支局の日本製のバンから降り立ち、朝日を浴びて回転する長径二一・三メートルの巨大な回転翼を見上げた。このロシア人が作った鈍重なヘリコプターは、確か厳が子供の頃から中国の空を飛んでいたはずだ。だが現在、この南寧で用意できる航続距離五〇〇キロ以上のヘリコプターは、この老朽機だけだった。

回転翼が巻き上げる強い風の中を、部下と共に走った。全員が機内に飛び乗ると、若い副操縦士が重い金属のドアを閉めた。副操縦士がコクピットに戻ると、巨大な機体が轟音《ごうおん》と共に空に浮き上がった。

「よく我々を連れていく気になったな」

厳の耳元で、朴成勇が叫ぶようにいった。

「崔純子の素顔を知っているのは、お前たちだけだ」

厳も、エンジン音に負けないように声を出した。顔を背ける朴の口元に一瞬、笑いが浮かんだように見えた。

朝のうちに、列車は貴陽の駅を越えた。

この辺りでも、標高は約一〇〇〇メートルに達している。列車が駅を出ると、風景はさらに深山の様相へと移り変わっていく。

他の乗客が朝食から戻ってくる頃を見計らって、蛟竜はまず一人で五号車の食堂車に様子を見に行った。席は、半分以上が空いていた。例の、スナッズ・ラットという男の姿も見えなかった。蛟竜は風景がよく見える南側の席を予約し、コンパートメントに純子を迎えにいった。

席につき、少し遅めの朝食を注文した。鶏《とり》と香菜の粥《かゆ》に、炒青菜、そして熱い緑茶にコーヒー。久し振りの、まともな食事だった。だが純子は料理にはほとんど手を付けず、ただ窓の外を流れる風景に夢中で見とれていた。

「あれは何……。ほら、あそこに牛みたいな動物がいっぱいいる……。誰がこんな高い山の中に、線路を敷いたの……」

純子は何かを見つける度にそれを指さし、子供のように蛟竜に訊《き》いた。蛟竜も、できる限りそれに答えた。子供を育てた経験のない蛟竜には面倒だったが、それほど苦痛ではなかった。

彼女は北朝鮮という牢獄《ろうごく》のような国で生まれ、育った。人間としての自由と尊厳を奪われ、両親の愛情からも引き離されて、ただ国とそれを支配する者にすべてを尽くすことを強いられてきた。おそらくこのような鉄道が世界に存在することも、風景さえも、写真ですら知ることなく生きてきたのだろう。

「楽しいか」

コーヒーを飲みながら、蛟竜が訊いた。

「はい、とても楽しい。ずっと、旅をしていたいです。あなたと一緒に……」

純子が、蛟竜を見つめて微笑む。

風景の中に、また人家や建物が多くなりはじめた。車内に、中国語のアナウンスが流れる。やがて列車は速度を落とし、安順の市街地へと入っていった。

厳強幹は、ホームに入ってきた橙色《だいだいいろ》と灰色に塗り分けられた列車を見つめていた。車体側面の窓の上に〝上海——昆明——南寧〟の文字が見える。間違いない。

列車が止まるのを待ち、二人の部下と支局員、他に鉄道公安局の五人の警官と共に一号車の最前部のドアから乗り込んだ。列車が走り出すのを待ち、最後尾の一二号車で待機する宋芳徳に無線機で連絡を入れた。

「無事に乗ったか」

――はい、予定どおりです――。

「しばらくそこで待て。約四〇分後だ。六枝特区《リイウデー》の手前あたりで、この列車を止める。止まったのを確認したら、一気に三号車まで上がってこい。奴らを、挟み撃ちにする」

それだけを伝えて、無線を切った。

六枝特区の先は、しばらく断崖《だんがい》絶壁の地形が続く。下は、深い渓谷だ。あの辺りならば、いくら蛟竜でも絶対に逃げられない。

厳は外の風景を見ながら、口を歪《ゆが》めて笑った。

朴成勇は、宋芳徳の無線でのやり取りを聞いていた。あと、四〇分。やっとあの崔純子を、自分の手の中に入れることができる。

だが、崔純子よりもまず、あの女に同行している蛟竜という男だ。朴は、蛟竜とは無関係だ。だが、おそらく日帝の犬であることは間違いないだろう。そしてすでに、崔純子の秘密を知ってしまった可能性もある。だとすれば、この場で〝処分〟しておかなくてはならない。

朴は、黒い革の上着の内ポケットに隠した六四式自動拳銃《けんじゅう》に、そっと触れた。

安順を過ぎて間もなく、雨が降りはじめた。窓は細かい雨粒に濡《ぬ》れ、風景は沈むように、徐々に光を失っていく。

地形もさらに、険しくなりはじめた。山は深く、岩肌は切り立ち、延々と深い渓《たに》が続いている。この辺りはすでに、標高一三〇〇メートルを超えているだろう。

「本当に、雲の上を走っているみたい……」

純子は、朝食を終えても食堂車の窓から離れようとしない。蛟竜は仕方なく、三杯目のコーヒーを注文した。

突然、列車が止まった。

運ばれてきたばかりのコーヒーが、テーブルの上にこぼれた。車内の明かりが、消えた。

「何があったの」

純子が、訊いた。

「わからない」

蛟竜は立ち上がり、周囲に気を配った。しばらく待ったが、車内放送では何もいわない。窓の外を見た。遥《はる》か眼下の渓に、白濁した川が轟々《ごうごう》と流れていた。

「行くぞ」

厳強幹は他の部下に声を掛け、車内を後方に進んだ。一号車と二号車の一般客車を抜け、寝台コンパートメントのある三号車へと向かう。後方から付いてくる公安の制服を着た一団を、硬座に座る乗客たちが不安げに見つめている。

三号車に入り、最初のコンパートメントのドアを開けた。中国人の一家が、ひと組。ここにはいない。次は、空き部屋だった。他の部下や支局員も、便所や洗面所のドアを次々と開けていく。

厳は、四番目のコンパートメントの前に立った。部屋番号を確認する。通報があったのは、この部屋だ。ドアを開けると、ベッドに座った老夫婦が驚いたように厳を見上げた。だが、二人だけだ。

「ここに、日本人の夫婦がいたはずだ。どこに行った」

厳がいった。

「食堂車……。まだ戻らない……」

男の方が、片言の中国語でいった。

「後方の連中に連絡しろ。食堂車だ」

厳はドアを閉め、列車の後部へと向かった。

宋芳徳は、列車が止まるのと同時に一二号車から前へと向かった。支局員と鉄道公安局の警察官と共に、軟座に座る乗客を一人ひとり確認していく。だが、蛟竜と崔純子らしき姿はない。

しばらくして、手にしていた無線機が鳴った。

――蛟竜は、五号車の食堂車にいる――。

「わかった。そちらに向かう」

無線機を切り、後方に合図を送った。


朴成勇は、二人の部下と共に後方から付いていった。歩きながら、内ポケットの六四式自動拳銃を握る。親指で、安全装置を外した。


蛟竜は純子をその場に残し、様子を見るために三号車に向かった。だが四号車のドアを開けた瞬間に、反対側から入ってきた男たちと目が合った。先頭にいる男には、見覚えがあった。

国家安全部の、厳強幹……。

瞬間、踵《きびす》を返し、走った。

「待て！　蛟竜！　止まれ！」

後ろから、声が追ってきた。だが、止まらない。食堂車に戻り、純子の手を握って後部に走った。

「どうしたの。何があったの」

純子が、手を引かれながら訊いた。

「国家安全部だ。逃げろ」

食堂車を出て、六号車に移る。走る。だが前方の七号車からも、制服を着た何人かが向かってくるのが見えた。

蛟竜は、立ち止まった。純子が脅《おび》えた目で、見つめている。だめだ。もう、どこにも逃げ場がない……。

だがその時、ドアの横の非常用具箱が目に入った。消火器と並んで、ドアを破るための斧《おの》がある。蛟竜は用具箱の薄いプラスチックの蓋《ふた》を蹴《け》破《やぶ》り、斧を握った。

「下がっていろ」

斧の刃を、空いている座席の窓に叩《たた》きつけた。ガラスが、粉々に砕けた。車内から、悲鳴が上がる。

「出るんだ」

最初に純子を座席に引き上げ、窓の外に出した。両側から、追手が迫っている。

「恐い……」

純子が、震える声でいった。

「いいから、飛び降りろ」

純子を突き落とし、蛟竜は自分も窓の外に出た。バラスの上に座り込む純子を立たせた。手を引き、走った。

だが前方のドアが開き、国家安全部と公安警察の一団が降りてきた。足を止め、振り返る。後部からも、数人の男たちが追ってきた。

「蛟竜。もう諦《あきら》めろ！」

厳が、歩み寄る。それでも蛟竜は、純子の手を引き濡れた岩の上に逃げた。だが、そこが行き止まりだった。足元は、あの白濁した川が流れる深い渓だった。

両側から、十数人の男たちが少しずつ迫ってくる。もう、逃げ場はない。蛟竜は純子の体を、胸に抱いた。

「すまなかった。君を、守れなかった……」

「いいの……。この一ヵ月間、私は幸せだった……」

だが、その時、信じられない光景が目に入った。後部の車輛《しやりよう》から降りてきた黒い革の上着の男が、銃を抜いて蛟竜に向けた。いきなり、撃った。

深い渓谷に、二発の銃声が鳴った。蛟竜は背中に焼け付くような衝撃を覚え、その場に崩れ落ちた。純子の、悲鳴が聞こえた。

「どうして……」

純子が、蛟竜を助け起こす。だが、力が入らない。霞《かす》む視界の中に、男たちが走ってくるのが見えた。

「生きろ……。最後まで、諦めるな……」

薄れる意識の中で、それだけをいった。

「いや。私は、蛟竜といる。あなたと永遠に旅を続けるの……」

純子が、蛟竜の体を支えた。抱き締め、口付けをした。そして深い渓に向けて、断崖の岩を蹴った。

第二部

第四章　激動

1

中国福建《フーチエン》省の晋江《チンヂアン》は、東シナ海に面した地方都市だ。

複雑な地形に入り組む海岸線の湾の奥には、中小三〇隻ばかりの漁船が繋留《けいりゅう》される深滬港という小さな漁港がある。良く晴れた日に岬の上に登れば、遥《はる》か水平線の彼方《かなた》に台湾の島影が見える。

深滬港に所属する漁船『閩晋漁《ミンジンユー》５１７号』の船長、詹其雄《ヂャンチーシイオン》の元に一人の男が訪ねてきたのは、二〇一〇年八月二二日の暑い日の夕刻だった。ちょうど釣魚《ディアオユー》島近海の漁から戻ったところで、詹は他の船員たちに漁具や漁船の整備の指示を出しているところだった。

以前は深滬港の目の前には台湾海峡という好漁場があり、いくらでも魚が獲《と》れた。だが近年は中国人特有の略奪的乱獲と海洋汚染により、漁場の荒廃と共に釣魚島の方まで遠出をすることが多くなった。あの辺りの海域は日本が領有権を主張しているが、そんなことは知ったことじゃない。

詹を訪ねてきた男は、肖永明《シアオヨンミン》と名乗った。身なりのいい男で、中国製の高級車に乗っていた。

身分は明かさず、「政府の重要な仕事をしている……」とだけいったが、詹はその男を公安、もしくは軍の関係者ではないかと思った。

男は仕事中の詹を呼び、防波堤の先端まで歩いた。近くで老人が一人、釣りをしていたが、他には誰もいなかった。立ち止まり、男がタバコを差し出す。その場で立ったまま、二人の奇妙な会話がはじまった。

「ひとつ、〝仕事〟をやってもらえないか」

男が自分のタバコに火をつけながらいった。

「ああ、別にかまわないよ。どんな仕事だね」

詹も男の火を借り、タバコの煙を吸い込んだ。以前から詹は、釣魚島近海に出漁した時には日本の巡視船の動きを報告するなどして公安当局には協力していた。この手の男たちに〝仕事〟を頼まれるのも、特に今回に限ったことではない。

「今度、漁に出た時に、日本の領海に入って操業してもらいたいんだがね。いや……漁をしている振りをするだけでもかまわないんだが……」

詹は、その手のことには慣れていた。誰にいわれなくても、釣魚島の接続水域から日本の領海内に入ることは珍しくなかった。だが詹は、タバコの灰を落としながら首を傾げ、考え込む振りをした。

「それはどうかな。最近は日本の巡視船の見回りもうるさくてね。それに農業部の方からも、あまり日本の領海には近づくなといわれるんだ」

もちろんこれは、〝仕事〟の〝金〟の交渉だった。詹は、この辺りの漁師仲間でも金さえ払えば何でもやる男であることは知られていた。肖という男はそれを知った上で詹に話を持ち掛けているのだから、〝仕事〟の内容が危険なものであることは聞かなくてもわかる。それならば、少しでも稼がなくては損だ。

「政府に協力してもらうのだから、それなりの金は払う」

男が提示した金額は、詹の予想を遥かに超えていた。それまで公安の奴らに握らされてきた額とは、桁《けた》が二つ違った。詹の、一年分の年収以上だった。

詹は息を吞《の》み、だが冷静を装いながら男に訊《き》いた。

「それで、おれは……日本の領海に入って何をやればいいんだね……」

「まずは日本の巡視船に、違法操業を〝発見〟されてもらいたい。そして相手の警告を無視し、停船命令を振り切って逃走してもらいたいんだ」

「何だって?」

詹は、思わず訊き返した。これまでも偵察などの〝仕事〟のために領海侵犯を何度もやらされてきたが、あえて〝発見〟されて逃げろといわれたのは初めてだった。

「だから、日本の巡視船を挑発してもらいたいんだ。わかるだろう」

「ちょっと待ってくれ。逃げ切れなかったらどうするんだ」

「その時は、相手の船に体当たりでもしてやればいい」

男の言葉に、詹は唾《つば》を吞んだ。

「あんた、正気なのか」

「もちろん正気だよ。詹船長の腕なら、そのくらいは簡単だろう。それにあんたの船は、大きくて頑丈だ」

「そりゃあできないことはないが、もし日本の巡視船が撃ってきたらどうするんだ」

だが、男は笑った。

「腰抜けの日本鬼子《リーベングイズ》が撃ってくるわけがないだろう。沈まない程度にぶつけてやったら、後は停船命令に応じればいい」

詹は呆《あき》れたように首を横に振った。

「おれに、拿捕《だほ》されろというのか……」

韓国への領海侵犯では年間に一〇〇〇隻近くの中国漁船が拿捕、五〇〇〇人以上の漁師が拘束されている。だが、中国漁船が日本の巡視船に捕まったという話はあまり聞かない。もしそうなれば、船長である詹はどのような扱いを受けるのか……。

だが男は、平然といった。

「そうだ。拿捕されるんだ。それが目的だ」

「本気なのか。おれは、どうなるんだ。二度とこの国に帰れなくなる……」

詹が、真剣な表情でいった。日本で罪を犯して拘束された中国人は、秘密裏に消されるという噂を聞いたこともある。だが、それでも男は笑っていた。

「心配はいらない。君は、数日もしないうちに釈放されるだろう。なぜなら、我が中華人民共和国政府が威信を掛けて君を守るからだ。それに……」

「それに？」

詹が、訊き返す。

「日本から釈放されて戻った時には、君は国家の英雄になっているだろう」

男がまた、タバコの箱を差し出した。詹はその中から一本取り、口に銜《くわ》えた。

指先が震え、うまく火をつけることができなかった。


海上保安庁の巡視船『みずき』と『よなくに』、『はてるま』にとって、それは通常の任務だった。


二〇一〇年九月七日、午前九時一七分――。

尖閣《せんかく》諸島最北端の久場島から北西三三八度、約一二キロの海上を巡視中の『よなくに』は、違法操業中の外国トロール漁船一隻を発見した。

漁船の青い船体の前部には白く『閩晋漁5179』という船名が書かれていた。中国船籍の漁船であることは明らかだった。『よなくに』はその場で当該中国漁船が領海を侵犯していることを確認。違法操業を中止するように警告すると同時に、巡視船『はてるま』と『みずき』に応援を要請。監視態勢に入った。

しばらくは、膠着《こうちゃく》状態が続いた。中国漁船は確かに船尾部から網を下ろしていたが、船員のほとんどが甲板に立ち、事態を見守っている。漁をしているようには見えない。それでも警告に従うように、『みずき』と『よなくに』の二隻の巡視船の監視下で網を巻き上げはじめた。

だが、一〇時五〇分――。

大きなうねりに船体を揺られていた中国船に、変化があった。網を巻き上げ終えて航行中だった『閩晋漁517』は黒い排気煙を吐き出して突然加速。監視中の『みずき』に船首を向けて突進し、その左舷《さげん》船尾近くに激突した。

「本船に当てた！　当てた！」

「停止！　停止！」

「いまの位置を確認！　位置を確認！」

『みずき』の船内に、緊張が疾《はし》った。緊急事態を知らせるサイレンが鳴り響き、マイクからは中国語で停船命令が発せられた。だが、中国船は黒煙を上げて『みずき』の右舷に回り込み、逃走した。

『みずき』と『はてるま』は中国船を挟み込むように、これを追跡した。停船命令が繰り返される。だが中国船は、止まらない。

「停船命令を行うも、該船、停船せず！　該船、停船せず！」

「止まれ！　止まれ！」

『みずき』は中国船の前に回り込むように、加速した。だが中国船は大きく取舵《とりかじ》を切り、今度は『みずき』の左舷に激突した。

後に『尖閣諸島中国漁船衝突事件』として、日中両国の社会、さらに外交問題にまで発展する事件勃発《ぼっぱつ》の経緯である。事件はその後、中国船が巡視船『よなくに』にも接触。海上保安庁は巡視船と航空機などで追跡の末に午後一時中国船を停船。翌八日、船内を強制捜査し、公務執行妨害で船長の詹其雄を逮捕して他一四人の船員と共に那覇地検石垣支部に連行した。

船長の逮捕を決定した最終的な判断は那覇地検だった。だが事件発生直後、これを海上保安庁に直接指示したのは前原誠司《まえはらせいじ》国土交通相だったことが判明する。前原自身も、これを認めている。

これに対する中国側の反応も、きわめて迅速だった。外交部は七日の午前中の時点で現場の他の船からの特殊通信による第一報を受けると、A級緊急事態対策預案に指定して緊急会議を招集。会議の直後には、楊潔篪《ヤンジエチー》外交部長から胡錦濤《フーチンタオ》主席、温家宝《ウエンチアパオ》首相など党執行部に報告されている。

だが、その後しばらくの間、中国政府の対応に奇妙な空白がある。当日は事件の報道も小さかったし、党執行部も何ら公式の発表を行っていない。この事実は今回の事件が中国政府にとっても〝予期せぬ出来事〟であり、その対応に何らかの迷いがあったことを示唆している。

ところが七日の夜になって、党の執行部に報告書が配られ、外交部その他各関係機関に胡錦濤主席が指令を通達した。

〈――国内外における今後の政治的影響を考慮し、日本政府に対し船長、船員全員の即時無条

件釈放と船の返還、賠償を求めろ。一切の譲歩不可、迅速解決——〉

政府内の関係機関に対する指令ながら、かなり強硬な内容だった。だが、事件の勃発を知ってから当日夜までの約一〇時間に、胡錦濤主席に何が起きたのか。真意と共に経緯も謎に包まれている。ともかくこの時の胡錦濤の決断が、後の日中関係により大きな危機感をもたらす切っ掛けとなった。

以後、事件は急激に展開していく。八日から中国の国内でも報道が大きくなるにつれて、ネット上の釣魚島関連の書き込みも過熱。反日感情は一気に高まり、虚実入り乱れて暴走をはじめた。

日中政府間の対立も続いた。中国側は船長が逮捕された翌八日未明、在北京大使館の丹羽《にわ》宇《う》一郎《いちろう》大使を呼びつけて日本政府に厳重抗議、船長を含む船員全員の即時釈放を要求。この時、丹羽大使を呼びつけたのは、人民解放軍の諜報《ちょうほう》機関『参謀部二部』の最高責任者でもある戴秉国《ダイビングオ》国務委員だった。

一〇日には、那覇地検が詹船長の勾留《こうりゅう》期間延長を申請。これに対し中国政府は深夜を含め丹羽大使を再三にわたり呼び出し、抗議。一三日には船長を除く船員一四人が釈放され、中国側のチャーター機で帰国した。

だが、この時点で日本側の対応が軟化したわけではない。一定の取調べ後の船員の釈放は、予定どおりの措置だった。逆に翌一四日には前原国土交通相が「尖閣諸島に領土問題は存在しない。もとより日本固有の領土である——」と発言。中国側の支離滅裂な主張を牽制《けんせい》した。

以後、中国は、さらに理不尽な手段に訴えて日本政府を揺さぶりはじめる。一七日には中国の『宝健《パオジイエン》日用品有限公司』が、約一万人の日本への社員旅行の中止を発表。だが一九日、那覇地検の要請により石垣島簡易裁判所は詹船長の勾留期限を二九日まで延長。中国は日本との閣僚級の交流を停止し、航空路線増便の交渉中止を含む全四項目を日本政府に通達。これにより二三日から予定されていたニューヨークの国連総会における日本の菅直人《かんなおと》首相と中国の温家宝首相との首脳会談は、事実上の中止となった。

さらに、〝制裁〟とも取れる外交圧力が続いた。中国は船長の勾留期限延長が決まった翌日の二〇日から、日本に対するレアアースの禁輸措置に踏み切った。加えて日本に対する広範囲な追加経済制裁措置を検討していることを通達。翌二〇日には公的設備事業事前調査のために河北省《フーペイ》石家荘《シージャーヂュアン》に現地入りした、準大手ゼネコン『フジタ』の日本人社員四人を拘束。事実上の〝人質〟を取る暴挙に出た。

日本は、中国側の要求を全面的に受け入れた。

二四日、那覇地検は詹容疑者に対する処分を最終決定。処分保留のまま釈放すると発表した。詹其雄は翌二五日、中国のチャーター機に乗り故郷の福建省に〝国家的英雄〟として凱旋《がいせん》した。

日本が中国に対し、外交上決定的に屈伏した歴史的瞬間だった。

2

日本と中国が尖閣諸島の小さな問題で揺れているころ、地球の裏側ではもうひとつの静かな外交上の駆引きが行われていた。一方の主役はアメリカ、もう一方はやはり中国だった。

九月二三日、ニューヨーク――。

この日、国連総会の合間を縫い、バラク・オバマ大統領と訪米中の温家宝首相による米中首脳会談が行われた。

会談の主題は、人民元の切り上げについて。だがプレスサービスを終え個室の会議場に入った後、オバマ大統領は老獪《ろうかい》な温家宝に対してまったく異なる話題で牽制した。

「最近の中国は、〝海を越えて〟の発展に力を入れているようですね」

通訳がその言葉を直訳し、温に伝えた。

「どういう意味ですかな。私には、大統領の真意が測りかねるが」

温が鋭い目つきで、だが口元だけはおっとりとした笑みを浮かべながら応じた。オバマも、笑顔で答える。

「いわゆる、南シナ海問題です。貴国とベトナムなどとの間に生じている南シナ海の島々を巡る領有権争いです。我々は、非常に憂慮している」

オバマ大統領はあえて、〝日本〟を出さなかった。だが、温の顔色が変わった。

〝南シナ海問題〟とは、主に南沙諸島（スプラトリー諸島）などに関連する領有権問題だ。南沙諸島は南シナ海のベトナムとフィリピンの間に点在する島々で、現在両国の他にマレーシア、ブルネイ、インドネシア、台湾、中国などが一部の領有権もしくは排他的経済水域を主張。この中で最も強硬なのが海域から遠い中国で、漁業監視船の名を借りた武装船で周囲の海域を実効支配。南沙諸島全域の領有権を頑強に主張し続けている。

だがここで、温家宝の方から日本との尖閣諸島の問題を持ち出した。

「我々は領土問題において、一歩たりとも譲るつもりはありません。その相手が、たとえアメリカの友好国であったとしてもです。もちろん、日本もです。先程、貴国のクリントン国務長官が、尖閣諸島は〝日米安保条約の適用範囲〟であり〝日本を強力に支持する〟と表明したというニュースが流れましたな。あれは、誤報であると信じますが」

オバマ大統領はしばらく、鋭い目で温家宝を見つめていた。だが、やがて、小さく頷《うなず》いた。

「確か、日本のマエハラという外務大臣との会談の中で発言したとか。マエハラは確かに記者団にそう主張したそうですが、私はクリントンから直接そのような報告は受けていません」

「つまり、どう理解したらよろしいのかな」

温家宝が訊《き》いた。

「つまり……クリントンがそういったかどうかは別として、すなわちそれがアメリカの意思ではないということです。あの東シナ海の小さな島の領有権は、現段階では貴国と日本の間で穏便に解決されるべき問題であるということです」

オバマの言葉に、温家宝が頷く。

「謝謝。それならば我々も、中国人としての礼に倣って友人の厚意には応《こた》えなくてはならない。そのようなこともあると思い、今日は贈物を用意してきました」

オバマは長い足を組みなおし、怪訝《けげん》そうに首を傾げた。

「贈物？　それは何です？」

温が、おっとりと笑った。

「あなた方アメリカ人が、最も欲しがっているものです。パキスタンに隠れている〝砂漠の狐〟ですよ。その毛皮を、差し上げましょう」

「まさか……」

オバマ大統領が、驚いたように目を見開いた。


オバマ大統領と温家宝首相による米中首脳会談は、国連総会の会期中としては異例の二時間にも及んだ。会談後の記者会見において、ホワイトハウスのベーダー・アジア上級部長は「オバマ大統領が初めて人民元切り上げについて直接的に要求した」ことを公表。温首相は人民元相場のさらなる改革を進める意欲を表明したと伝えた。

ベーダーはその他にも、オバマ大統領が会談中に南シナ海問題に言及し、関係諸国間における平和的解決を求めたことにも触れた。だが日中間の尖閣諸島問題に関しては「アメリカは仲裁していないし、その役割を果たすつもりもない」と一蹴《いっしゅう》。もちろん会談中に、パキスタンの

〝砂漠の狐〟の話題が出たことにも触れなかった。

前後して温家宝首相は、国連総会の壇上で一般演説を行っている。

主題は「真の中国を知るということ」――。

演説の中で温家宝は「強国になることにより、(世界の) 覇権を目指す道は歩まない」として中国脅威論を否定。自国の経済力をもって「世界の経済発展と平和に貢献する」ことにより、各国との友好を重視する姿勢を強調した。

一方で台湾、チベット、ウイグル問題では「これまでの原則を循守する」ことを主張。さらに最近の南シナ海問題、日本との尖閣諸島を巡る領有権問題も含め、「中国は屈伏も妥協もしない」ことを断言。最後に「国家としての核心的利益は断固として譲らない」と付け加えた。

つまりこの演説により、温家宝首相が国連総会の場において、「南シナ海も尖閣諸島も中国のものだ」と宣言したことになる。

3

アルフレッド・ハリソンは、日本の西麻布にあるマンションの寝室にいた。ベッドの隣では、最近少し腹回りに肉が付きすぎてきた妻が背を向けて眠っていた。

闇の中で、ハリソンは自分のＭａｃのコンピューターを開いた。ディスプレイの青白い光が、ハリソンの顔を下から照らす。だが妻の耳障りな鼾《いびき》のリズムに、変化はない。

本国のCIA本部から送られてきたファイルを開いた。特に、緊急の用件ではない。内容はいまニューヨークで行われている国連総会におけるオバマ大統領と各国首脳との会談の概要と、中国の温家宝首相の一般演説の英訳全文だった。

面白い……。

温家宝は、優れた演説家であると同時に究極の夢想家だ。この演説は本来ならば、このような味気ないコンピューターのディスプレイで読むものではない。〝紙〟に印刷された新聞の記事によって、ゆっくりと楽しむべきものだ。もしユーモアとウィットを理解する一流の記者ならば、この毒のある素材をどのように料理し、いかなる作品に仕上げてくれたことだろうか。

なぜ温家宝――中国政府――は、ここまで強気なのか。もちろんこの一〇年間の急激な経済成長や、それに伴う軍事力の向上だけがその裏付けではない。いくら二〇〇八年には国防費がアメリカに次ぐ世界第二位になったとしても、特に空軍や海軍力においてその軍備が計算どおりに機能しないことはわかっているはずだ。来年、夏に就役する予定の中国初の空母『ワリヤーグ』――あれはウクライナの廃船をマカオの金持ちがカジノにするために一〇〇〇万ドルで買ったパーティーボートだ――を例に取るまでもなく、奴らの軍隊は〝張り子の虎〟にすぎない。

それでも中国の愚かな指導者たちが強気でいなければならない理由は、他にある。胡錦濤や温家宝は、理解しているのだ。彼らにとって最も恐ろしい敵は、自国の一三億五〇〇〇万人の国民であることを。しかも一部の富裕層ではなく、全人口の九割を占めるといわれる農村部の貧困層であることを。その〝奴隷〟の暴動を抑え、少しでも長く〝PONZI〟（ネズミ講）を維持するために、奴らは〝強い中国〟を演じ続けなくてはならないのだ。

中国は、不思議な国だ。清朝以後の盛衰の繰り返しは、まるで増えては絶滅を繰り返すレミングの群れのようだ。歴史上の王朝は常に世界最大級の規模に膨張しながら、寿命は一〇世代を超えて続くことはない。そして滅亡期には国内に収拾のつかない混乱が起き、王族や富裕層の人間はことごとく虐殺され、人口が半分以下に減少することは暗黙の了解だ。

毛沢東《マオツオートン》がソビエトのレーニンを利用して革命を起こし、国内における数千万人ともいわれる人民大虐殺劇の末に中華人民共和国を建国してすでに半世紀以上が経った。この中国共産党政権を長い中国史の中のひとつの王朝と考えることにより、ある仮説が見えてくる。二〇世紀から二一世紀にかけての世界の距離感と、コンピューター時代における時間の激動を考慮すれば、〝六〇年〟というサイクルは一時代の王朝の寿命として限界なのかもしれない。そろそろ、レミングの暴走が起こってもいいころだ。

ディスプレイの淡い光の中で、ハリソンの口元が笑った。温家宝はこの国連総会での演説の間、さぞかし得意だったことだろう。もしかしたら人民元の切り上げとドル国債を餌に、アメリカが自分の足元に平伏したと勘違いしていたのかもしれない。だが、その〝良い気分〟を味わっていられるのもあと少しの間だけだ。二週間もしたら、その偽善的な顔を赤く染め、怒りに震えながら狼狽《うろた》えることになるだろう。

ハリソンは全文を読み終え、静かにコンピューターを閉じた。

4

中国広西壮《コワンシーチワン》族自治区、憑祥《ピンシイアン》――。

ベトナムとの国境に近いこの町に奇妙な男たちが集まりはじめたのは、この年の七月ごろからだった。男たちはこの辺りに多いタイ系のチワン族ではなく、商売のために訪れた漢族でもなく、国境を越えて入国してきたベトナム人でもなかった。

人数は、約一〇〇人。目立たないように活動していたが、〝外国人〟であることは明らかだった。外見は色白で漢族に似ていたが、中国語ではないまったく別の言葉を話していた。最初、男たちは憑祥の町中のホテルや借家に潜伏していたが、やがて弄堯や浦寨、友誼関などのベトナム国境の町へと散っていった。

友誼関は、岩山と亜熱帯の森に囲まれた自由貿易特区だった。赤い大地を切り開いた町の中央には広い道が一本あり、それが国境を越えてベトナム国内のドンダンへと続いている。道の両側には大地と同じ赤い土埃《つちぼこり》に染まった古いビルや建物が並び、並行して湘桂線が走り、周囲には狭く入り組んだ路地と水路、そして小さく粗末な家々が密集する広大な迷路が広がっている。

金美泳《キムビヨン》が夫の金成煥《キムチヨンフアン》とこの町に流れてきてから、もう三カ月以上になる。一昨年の一一月に豆満江《トマンカン》を越えて朝鮮民主主義人民共和国から脱北。しばらくは吉林省《チーリン》延辺《イエンピエン》の朝鮮族自治州に潜伏していたのだが、現地で韓国のNGOのメンバーと知り合い、その助けを借りて五ヵ月後に上海《シャンハイ》に移動。そこからまたNGOのシェルターを転々とし、南寧《ナンニン》、憑祥、友誼関と逃れてきた。最初は日本からの〝帰国者〟だった美泳の母親の明子《ミンジャ》も一緒だったのだが、延辺に潜伏中に疲労と肺炎のために死んだ。明子は最後まで、故郷の日本に戻りたいといい続けていた。

ベトナムは、目の前だ。だが、ここから、一歩も身動きできなくなった。パスポートを持っていない美泳と夫は、国境を越えることはできない。脱北者を保護するNGO団体も、けっして慈善事業ではない。金が無くなってしまえば偽造パスポートを買うことはできないし、NGOの協力も得られなくなる。それが脱北者の現実だ。

美泳は赤い土埃を上げて行き来するトラックの間を、ベトナム人が引く荷車と共に渡った。渡り終え、ふと振り返ると、石造りの城壁のような友誼関が見えた。いまもその下のアーチ型の門を、ベトナム人や漢族が行き来している。あと、一〇〇メートル。だがその僅《わず》かな距離が、限りなく遠い。

道を渡り、美泳は暗く狭い路地へと入っていった。顔見知りのチワン族の老婆と挨拶《あいさつ》を交わす。色白の美泳は、この町ではどうしても目立つ。中国人らしく王春桃《ワンチュンタオ》と名乗って生活しているが、そんなことは気休めにすぎない。中国の国境警察に目を付けられれば、そこで終わりだ。

危険であることはわかっていても、この町を離れることはできなかった。ここにいれば、ほんの僅かでも希望を持って生きていられる。それに、あの暗く冷たい共和国と違って、暖かい。だからなのだろう、この町には同じような境遇の脱北者が常に何百人も潜伏している。

美泳は商店街から露店が並ぶ市場に入っていき、さらに狭い路地へと曲がった。竹で作られた骨組みにピンク色のビニールが掛けられ、路地全体を屋根で被《おお》ったような奇妙な一角だった。両側にはベニヤ板で囲っただけの粗末な小屋が並び、低く小さな入口にはベトナム製の竹布が下げられて中が見えないようになっていた。

何かの店であることはわかるのだが、看板は出ていない。入口には必ず小さな電球が灯《とも》っていて、その下に置かれたベンチや椅子には二人か三人の若い女が座っていた。ほとんどがチワン族かベトナム人の女で、薄いタンクトップか小さなバティック一枚という姿だった。路地に漢族やベトナム人の商人が迷い込んでくると、その時だけは天使のような笑顔を作って誘う。

美泳は入口に座る顔見知りのベトナム人の女に声を掛け、竹布を潜《くぐ》ってその中の一軒に入っていった。中には、ベッド一つでいっぱいになるような小さな個室が二つ。その奥の棚の前に立ち、着ている物を脱いだ。素裸《すはだか》になり、中国製の安物の絹の布だけをバティックがわりに体に巻いた。

下着は身に着けない。客が付けばどうせ脱がされるし、何枚も持っていない下着を汚したくはない。割れた鏡の前で厚い化粧を直し、店の前に出ようとしたところで主人のリャオという老婆が話し掛けてきた。

「春桃、聞いたかい。この先の店の蕾林《レイリン》という娘が、昨日捕まったらしいよ」

リャオは、美泳が北朝鮮からの違法越境者であることを知っている。蕾林というのも同じ違法越境者で、本名は知らなかったが、顔くらいは見たことがあった。

「大姉《ダージュ》、私はだいじょうぶよ。国境警察とはうまくやっているから」

友誼関で脱北者が生きていくには、多少なりとも中国の公安や国境警察と関係を持たなくてはならない。つまり、賄賂《わいろ》だ。金を払えば見逃してくれるが、払わなければ北朝鮮に売られる。国境警察の連中もよくわかっていて、相手に応じて生かさず殺さずの金額を要求する。

美泳は金をほとんど払わず、自分の体だけで何とかしていた。それは美泳が、この町に流れてくる北朝鮮の女としては珍しく美しいことも理由のひとつだった。それに美泳は、顔見知りの国境警察の連中にはどんなことでもしてやった。

「でも、気を付けなよ」リャオがいった。「ちょっと、変なのさ。蕾林という娘を連れてったのは、ここの国境警察の連中じゃないみたいなんだよ」

「どんな奴らだったの」

美泳が訊《き》いた。

「わからない。遠くの方から来たんじゃないのかね。でも、北京語でもチワン語でもない変な言葉で蕾林と話していたらしい。あんたらの国から来た奴らじゃないのかね……」

リャオがそういって、首を傾げながら裏口から出ていった。

蕾林と同じ言葉で話していた……。

共和国の、国家安全保衛部の連中だろうか。確かに二カ月ほど前から、この町に潜伏する脱北者の間にも、本国から一〇〇人近くの追手が送られてきているという噂が流れていた。それを証明するように、すでに十数人もの仲間が姿を消していた。

美泳は、急に不安になってきた。

いくら保衛部とはいえ、まさか本国からこの中国の果てまで一〇〇人もの部員を送り込むとは思えない。だが韓国のNGOの担当者や夫の成煥からも、気を付けろといわれていた。

店の前に出た。ティエンというベトナム人の女と並んでベンチに座る。彼女はまだ、一五か一六くらいだろうか。美泳よりも、一〇歳は若い。仲は良いが、お互いにほとんど言葉は通じない。

客引きを始めた。二人で組む時には、ティエンに客を選ばせてやることが多い。美泳は、相手は誰でもよかった。体を売るのは、金のためだ。金を貯めて偽造パスポートを手に入れるか、NGOに仲介を頼んで山岳路からベトナム国境を越えるガイドを雇う。他にこの町から脱出する方法はない。

夫も、それを承知している。北朝鮮人の男は、この町では一元たりとも金を稼ぐことはできない。

最初の客は、福建訛《なまり》の強い漢族の商人だった。赤ら顔の大男で、ティエンに興味を持ったが、美泳がうまくいい包《くる》めて引き受けた。体の小さなティエンは、この手の客をあまり好まない。思ったとおり粗暴で嫌な客だったが、変態じみた趣味を満足させてやると金払いは悪くなかった。

二人目の客は、ティエンが他の客を取っている時に歩いてきた。美泳が呼び止めもしないのに前に立ち、向こうから訊いた。

「あなた、美人だね。遊ばせてもらえるかな。幾らだね」

正確な発音の普通語（中国北方語・標準語）だった。やはり、漢族だろう。痩《や》せていて、この暑い土地で左手に黒い革の上着を持っていたが、愛想のいい客だった。

「マッサージだけなら、二〇〇元でいいわ。あと三〇〇元出してくれたら、とてもいいことしてあげるわよ」

美泳が頰笑み、いつものようにいった。

「裸になってくれるのかい」

「もちろんよ」

バティックの裾《すそ》を少し捲《めく》り、下に何も着ていないところを見せた。それで、話は決まった。

男と狭い部屋に入り、裸になった。男はスプリングの抜けた低いベッドに座り、美泳を見上げている。プラスチックの洗面器に性器を拭《ぬぐ》うための湯を入れ、それをベッドの横の台の上に置いた。

「どうする？　あと一〇〇元で、口でしてあげるよ」

美泳がいった。男が黙って頷《うなず》く。

男の足の間に跪《ひざまず》き、ベルトを外した。だが、ジッパーを下ろそうとした瞬間、男が美泳の髪を摑《つか》んだ。強い力で、顔を上にねじ曲げられた。

男が裸電球の逆光線の中で、笑っていた。

「おれは朝鮮民主主義人民共和国、国家安全保衛部の朴成勇《パクソンヨン》だ。お前は、違法越境者だな」

今度は、中国語ではない。美泳が聞きなれた、正確な朝鮮語だった。その時、美泳は、自分の人生が終わったことを悟った。


朴成勇は女の髪を摑んだまま、その顔を見つめた。

「哀号……哀号……。何でもしますから許してください……」

素裸の女は朴の足元に跪き、手を合わせ、読経《どきょう》のように同じ言葉を繰り返した。震えながら大きな目に涙を溢《あふ》れさせ、厚化粧が崩れはじめていた。

「お前は、パンチョッパリ（半日本人）だな」

朴が訊いた。

「はい……そうです……。母が、日本人でした……。でも、もう死にました……。哀号……哀号……」

朴は洗面器の中から汚れた雑巾《ぞうきん》を取り、それで女の顔を拭《ふ》いた。女は顔を背け、泣いた。だが朴は暴れる女の鼻を殴って押さえつけ、厚化粧を擦《こす》り落とした。

「お前は、崔純子《チェスンジャ》ではないな」

「崔……純子……。知りません……。違います……。私は、金美泳といいます……。だから、許して……。哀号……哀号……」

女は鼻血をすすりながら、哀願した。

「糞《シバ》……」

だが朴は女の顔を前歯が折れるほど殴りつけ、髪を摑み、裸のまま小屋の裏口から引き摺《ず》り出した。外で待っていた三人の部下に引き渡す。その場で猿轡《さるぐつわ》を嚙《か》ませ、ロープで縛り上げた。女が古いメルセデスのトランクに放り込まれる様子を、チワン族の老婆が呆然《ぼうぜん》と見ていた。

「何も見なかったことにするんだ。すぐに忘れろ。いいな」

朴がいうと小柄な老婆は震えながら、ゼンマイ仕掛けの人形のように何度も頷いた。それを見届け、朴もメルセデスの運転席に乗り込んだ。

三カ月以上も前の六月一四日、共和国から金明斗《キムミョンド》の機密情報を持ち出した崔純子は、逃亡先の中国貴州《コイチョウ》省安順《アンシュン》に近い関嶺《グアンリン》プイ族ミャオ族自治県内で死んだ。朴が撃った日帝の犬と抱き合い、断崖《だんがい》から二〇メートル下の濁流に身を投げた。あの辺りは地形が険しく、奴らが沈んだ三岔河の支流には大小の瀑布《ばくふ》も多い。あの情況で、生きているわけがない。

だが崔純子と日帝の犬――中国の国家安全部の連中はその男を〝蛟竜《こうりゅう》〟と呼んでいた――の死体は、いくら下流を捜しても上がらなかった。崔純子が共和国から持ち出したといわれる〝情報〟も、当日の列車内に残されていた荷物からは回収できなかった。

それでも崔純子を〝抹殺〟したことを一定の成果として認められ、朴は共和国に帰国することを許された。だが帰国して一カ月も経たない七月の末、朴の元にとんでもない情報が舞い込んできた。

中国広西壮族自治区憑祥や友誼関の売春宿で、崔純子らしき女が働いているのを見た者がいる――。

これは、中国国家安全部からの情報だった。まさかとは思ったが朴はもう一度、崔純子の経歴を洗いなおしてみた。経歴書を読みながら、朴は啞然《あぜん》とした。あの女は一五歳から一八歳まで『労働党三号廏舎《きゅうしゃ》』の工作員育成期間に、〝高等水中訓練〟を受けていた。迂闊《うかつ》だった……。

〝高等水中訓練〟は、水泳と潜水を武器として使う特殊技能だ。男の工作員の場合には水中に潜み、あらゆる武器を使いこなし、水中における格闘術としてこれを習得する。だが女の工作員の場合には、主に水を利用した暗殺術としてこれを教え込まれる。例えば相手の男を信用させ、投身自殺に誘い込み、自分だけは情報を入手して生き残る。

しかも崔純子は、高等水中訓練で女性工作員としては珍しい特一級という最高の成績を残していた。なぜあの女が極寒の時期に鴨緑江《アムノックカン》を渡り、中国に越境したのか。成り行きの行動ではなかった。自信と確証があったのだ。その崔純子ならばあの断崖から男と共に身を投げても、死ななかった可能性は否定できない。

朴成勇はすみやかにこれを国家安全保衛部副部長の禹東則《ウドンチユク》に報告した。禹はその当日に、さらに大規模な捜索隊を組織する命令を下した。当然だ。もし崔純子が生きていれば、次に粛清されるのは禹東則本人かもしれないのだ。

一週間後には総勢一〇〇人という部下を引き連れ、朴は中国に向かっていた。その中には、金正男《キムジョンナム》を拉致《らち》する工作員も含まれていた。

北朝鮮側のこの奇妙な動きは、九月の下旬には韓国のＫＣＩＡにより察知され、一部は日本の新聞などでも報道された。だがその扱いはきわめて小さく、北朝鮮側の意図については一切明かされなかった。

5

二〇一〇年の秋から翌二〇一一年にかけて、アジア情勢は静かに、だが確実に激動の時期を迎えた。

そのひとつの発端となったのが八月二六日、北朝鮮の金正日《キムジョンイル》総書記のこの年二度目の訪中だった。金正日は前回の五月と同じように、陸路から専用列車で中国に入国。だが北京には向かわず、北朝鮮に隣接する吉林省最大の都市である長春《チャンチュン》に滞在。翌二七日、ここにわざわざ胡錦濤国家主席を呼びつけた。そして午前一〇時半から午後一〇時四〇分までの一二時間以上にわたり、長春の迎賓館といわれる南湖ホテルにおいて異例の中朝首脳会談が行われた。

当初、この首脳会談の情報は、日本や韓国にはほとんど洩《も》れてこなかった。だがその後、複数の消息筋により、いくつかの興味深い事実が明らかになった。金正日一行にこの時、次期継承者と噂される三男の金正恩《キムジョンウン》が同行していたという目撃情報があること。さらに中国側からも、次期国家主席の最右翼と目される習近平《シーチンピン》国家副主席が長春に現れたこと。もしこれが事実ならば長春という地方都市において、中朝の現指導者と次期指導者の四人が一堂に会し、半日以上もの話し合いが行われたことになる。だが中朝両国の報道官は、この歴史的な会合について、まったくといっていいほど報じていない。

この時の会談の内容は、その後間もなく起きた事実によりある程度の推察の域に達した。一カ月後の九月二十七日、金正日は金正恩を含む六人を朝鮮人民軍の大将に昇進させるとした最高司令官令を発令。翌二八日の朝鮮労働党代表会は、金正恩を党中央委員に選出。さらに同日の党中央委員会総会は、金正恩を党中央軍事委員会副委員長に選出。これにより金正恩は、あらためて北朝鮮の後継者としての地位を確立したことになる。翌一〇月四日には『人民日報』など中国各紙も大々的に金正恩の名前と写真を掲載し、祝賀ムードでこれを伝えた。

ところが直後の一〇月八日、今度はその中国に激震が疾《はし》った。二〇一〇年のノーベル平和賞を、中国人の人権活動家の劉暁波《リュウシャオボー》が受賞。それまで中国政府が最も恐れていたことが現実となった。その瞬間、北京市内のホテルでは、米CNNや日本のNHKのニュースの画面が突然真っ黒になって消えた。同時に、報道管制が敷かれた。

劉暁波は一九五五年、吉林省長春の出身。米コロンビア大学研究員だった一九八九年に天安門《ティエンアンメン》広場で民主化運動を呼びかけ、学生らを主導。天安門事件後の九一年まで反革命罪で投獄。その後も中国共産党に一党独裁の見直しや言論・宗教の自由を求めた『零八憲章』を起草するなどして数回にわたり実刑・迫害を受け、この年の二月からも投獄されていた。

かねてから人権問題は、〝中国の最大のアキレス腱《けん》〟といわれ続けてきた。その象徴ともいえるのが、天安門事件の四君子の一人、劉暁波だった。中国にしてみれば、「最も痛い所を突かれた」ことになる。

中国が危惧《きぐ》していたのは、劉暁波のノーベル平和賞が起爆剤となり、国内に民主化運動が再燃することだった。もし今度、天安門事件のような大掛りな民主化運動が勃発《ぼっぱつ》すれば、国内に溜《た》まっていた較差という不満エネルギーが一気に爆発する。そうなれば、中国の共産党政権そのものが崩壊する可能性が高い。

だが中国政府は、これに徹底した弾圧で対抗した。まず国内のインターネットの大手検索サイトを完全に規制。〝劉暁波〟や〝平和賞〟と入力しただけで検索不能にしてしまった。さらに一般のメールや携帯メールまで、関連するキーワードが入ると送信できなくなった。

弾圧されたのはこうした〝言論の自由〟や情報だけではない。受賞が発表された直後から、劉暁波に近い人々は次々と監視、取調べ、出国禁止、もしくは投獄などの直接的迫害を受けた。またノーベル賞委員会には「劉暁波は中国の司法機関が懲役刑を科した罪人」と主張し、「平和賞を与えることは、賞の趣旨に反し、これを汚すもの」とヒステリックに反論。さらに「中国とノルウェーの関係が損なわれることになる」と脅しとも取れる発言まで飛び出した。

問題は、劉暁波のノーベル平和賞の〝裏〟にあるものだ。もちろんその受賞が、ノーベル賞委員会とヤーグラン委員長らの意思であることも事実だ。だが彼らの意思だけでは、ノルウェーが中国を敵に回すようなことは決定できない。

一九八九年、チベットのダライ・ラマ一四世がノーベル平和賞を受賞した時にも、中国は「国内問題への干渉」とノルウェー政府を非難した。後にこの受賞には、アメリカ政府の強力な働き掛けがあったことが明らかになっている。そう考えれば、今回の平和賞の〝裏〟を読むこともそれほど難しくはない。しかも劉暁波はダライ・ラマと違って中国の国民であり、これが中国人としてはすべての部門における初のノーベル賞受賞となる。時代や、情報量も変化している。特に国内におけるインパクトという意味においては、まるで大きさが違う。

受賞発表の直後に、アメリカのオバマ大統領は劉暁波のノーベル平和賞を「歓迎する」という声明を発表。中国政府の人権問題と政治改革の遅れを指摘した上で、「劉氏を即時釈放するように」要求した。温家宝はおそらく、日本との尖閣諸島の領有権問題にも口を出さなかったオバマが、なぜノーベル平和賞ではこのような声明を発表するのか理解に苦しんだことだろう。胡錦濤や温家宝は怒りに顔を赤く染めたに違いない。だがオバマ大統領は自身も二〇〇九年の平和賞の受賞者であり、ノーベル賞委員会と蜜月《みつげつ》の仲であることも周知の事実だった。

それでも中国は、何とか踏み止《とど》まった。一三億人以上の人権と不満を力と恐怖で抑え込み、燃え上がろうとする炎を鎮火させてしまった。もちろん劉暁波は釈放されることなく、その後も投獄され続けている。

二日後の一〇月一〇日、今度は北朝鮮の国内で大きな動きがあった。

朝鮮労働党創建六五周年記念のこの日、平壌《ピョンヤン》では建国以来最大規模の軍事パレードが行われた。このパレードを前に軍総参謀長の李英鎬《リヨンホ》が演説。「米帝国主義者らが主権と尊厳を侵害するなら、自衛的核抑止力を含むすべての手段を総動員して対抗する……」と主張。平壌駐在の外交官や記者団を前に、朝鮮人民軍が中距離弾道ミサイルや戦車などの最新兵器と共に行進を続けた。

このパレードを、一際高い壇上から眺めていたのが金正日と正恩の親子だった。人々の視線を集めていたのは、もちろんまだ若い息子の方だ。金正恩は眼下の広場を埋めつくす鉛の兵隊と玩具《おもちゃ》の軍隊を眺め、もはやこれがすべて自分のものになったことに満足するように頷《うなず》いた。そして行進しながら自分に敬礼する兵士や外交団に手を振り、おっとりと笑った。このまだあどけなさが残る若者が、父親の金正日の利己主義だけで継承者となることを、世界に強引に披露した瞬間だった。

だが、その華やかな茶番劇の陰で、この国と東アジア全域に大きな影響力を持った一人の男が死んだ。

林昌秀《イムチャンス》はいつものように日比谷公園のホセ・リサール像の前で足を止め、その意志の強そうな顔を見つめた。

〝英雄〟と呼ばれる人間には、確かにある種の共通点がある。意志の強さに比例してその人生には常に悲劇が付き纏《まと》い、死してなお人々を困惑させる謎を残すことだ。

日曜日ということもあり、日比谷公園に集まる人々の顔触れも平日とは違った。昼近くなるというのに会社員らしき姿は少なく、かわりに家族連れや若いカップルが目立った。

林はいつものように噴水池の広場に出ると、ベンチに座ってコンビニの袋を広げた。だが、この日は食欲がなかった。袋に入っていたのは、ペットボトルの緑茶だけだ。

緑茶を飲みながら、ベンチの横に座る老人に話し掛けた。

「先生、お久し振りです……」

老人――『亜細亜《アジア》政治研究所』の甲斐長州《かいながくに》――は杖《つえ》の握りの上で指を組み、噴水を眺めながら嗄《しゃが》れた声で応じた。

「林さん、どうしたのかね。あなたから直接お呼びが掛かるとは、珍しい」

「いきなりこんな所に先生をお呼び出しして、申し訳ありません……」林はそういって茶をひと口飲み、息をついた。「実はつい、いましがた〝本社〟の方から緊急の訃報《ふほう》が入りまして。一刻も早く先生のお耳に入れたかったものですから……」

〝訃報〟と聞き、甲斐の表情にかすかな変化があった。だが、それでも声は穏やかだった。

「ほう……。いったい、どなたが亡くなられたのかね」

林が頷き、静かに答えた。

「先生の御友人の、黄長燁《ファンジャンヨプ》元書記が亡くなられました。二時間ほど前に、ご自宅の風呂場《ふろば》で御遺体が発見されました……」

甲斐の噴水を眺めていた目が、ゆっくりと見開かれていった。それまでベンチの周囲に集まっていた鳩の群れが、何かに驚いたように飛び立った。だが甲斐はそのまま彫像のように固まり、しばらく動かなかった。

長い時間が過ぎてから、自分に語り掛けるようにいった。

「なぜまた、今日この日に……。あの国の体制崩壊を願っていた、あの黄さんが……」

「黄先生が亡くなられたのは、正確には昨日の午後三時頃です。御存じのように、心臓を病んでおられましたので……」

「黄さんには、護衛が付いていたのではないのかね」

「はい、付いていました。しかし黄先生は、身辺保護チームが自室に出入りすることを嫌っていました。それで発見が遅れたのだということです」

甲斐が、静かに首を横に振った。

「あの国の体制崩壊を心より願っていた黄さんが、こともあろうに労働党創建六五周年の祝賀の当日に〝偶然〟死んだというのかね。あの〝老猾《ラオハオ》〟……金正日は、さぞ喜んだことだろうな」

「はい。黄先生が次期継承者は長男の金正男だと発言して以来、三男の正恩周辺の軍部強盛派が不穏な動きをしていたことは事実です。奴らは今年の五月にも、黄先生に暗殺者を送り込んできました。しかしそれでも〝我が社〟は、あえて〝偶然〟の〝自然死〟という見解を押し通さざるをえないでしょう。御理解ください……」

「仕方なかろう。ひとつの時代が終わったということか。その事実には、変わりない……」

林が頷く。

「そうです。終わったのです。しかし、これが始まりなのかもしれません。もし、虎が死して皮を残したとするならば……」

あえて意味深長な言葉を残し、林昌秀はベンチを立った。

甲斐長州は、林が去った後もしばらくベンチに座っていた。ただ彫像のように、日曜日の公園の平和な風景を眺めていた。

いや、甲斐が見ていたのは、まったく別なものだった。脳裏に、男の顔が浮かぶ。あの設楽《しだら》正明《まさあき》だった。

〝蛟竜〟は、死んだ。確かに中国の国家安全部はそう信じているし、同時に由里子《ゆりこ》の娘の崔純子という女も死んだ。直前まで彼らと行動を共にしていた戸次二三彦《べっきふみひこ》と〝カンパニー〟からも、同様の報告は受けている。

だが……。

なぜ黄長燁は、労働党創建記念日の当日に死んだのか。もし黄の死が北朝鮮による〝暗殺〟だとすれば、考えられる理由はひとつだけだ。

設楽正明と崔純子が、まだ生きている可能性があるということだ……。

甲斐は杖を摑《つか》み、ゆっくりとベンチを立った。

6

尖閣諸島中国漁船衝突事件、秘密裏に行われた中朝首脳会談、劉暁波のノーベル平和賞受賞、朝鮮労働党創建六五周年記念の軍事パレードと続いた東アジア圏の動きの裏で、もうひとつの〝小さな〟動きがあった。

一〇月八日、日本の首相官邸で行われた『第二回・新成長戦略実現会議』において、議長を務めた菅直人首相が集まった二二人の閣僚に対し、後に日本の経済を左右するある指示を出した。

〈──米国、韓国、中国、ASEAN、豪州、ロシア等のアジア太平洋諸国と成長と繁栄を共有するための環境を整備するに当たっては、EPA、FTAが重要であります。その一環として、環太平洋パートナーシップ協定（TPP）交渉等への参加を検討し、アジア太平洋自由貿易圏の構築を視野に入れ、APEC首脳会議までに、我が国の経済連携の基本方針を決定する──〉

議事録の記載の中の〝FTA〟とは二国間もしくは地域間で、貿易における関税や数量制限などを撤廃する自由貿易協定。〝EPA〟はこれに知的財産権、金融、政府調達、競争政策なども対象とする経済連携協定を意味する。だが、いずれにしてもこの日を境に、日本は後のTPPへの参加に向けて大きく舵《かじ》を切ったことになる。

アメリカのバラク・オバマ大統領が日本の首相の発言について詳しく報告を受けたのは、TPPの第三回会合を終えた週明けの一〇月一一日だった。今回の会合からマレーシアの新規参加が決まり、参加国は全九カ国になった。さらに参加国の中で最もGDPが高いアメリカが交渉の主導権を握り、オバマ大統領が事実上の議長を務めることが内定していた。

だが、一方で、今回の会合からカナダは「酪農などの市場開放が十分ではない」ことを理由に一時参加を断念。ＴＰＰの最大の懸案である中国は、まだまったく態度を表明していない。そこに日本の首相が――唐突に――ＴＰＰへの参加の意思を一方的に表明し、徒《いたずら》に事態を混乱させることになった。

いったい日本は、何を考えているのか……。

「ところでその日本の首相の名前は、何といったかな」

オバマ大統領はホワイトハウスで行われる朝の定例の閣僚会議で、経緯を報告するティモシー・ガイトナー財務長官に訊《き》いた。つい先日、九月二三日の国連総会の場でも顔を合わせて会談を行ったはずなのだが、名前が出てこなかった。

「ちょっと待ってください。いまの日本の首相の名前は……」

ガイトナーが慌てて資料を捲《めく》る。

「確か、〝ケン〟とかいわなかったかしら」

隣から、ヒラリー・クリントン国務長官が口を出した。

「いや、〝カン〟といったと思うけどね」

カート・キャンベル国務次官補はそういって、いつものように苦笑いを浮かべた。

とにかく日本の首相は、世界的にも例がないほどころころと替わる。この五年間で六人目。一年前に民主党に政権交代してからだけでもすでに二人目だ。いちいち名前を覚えてはいられない。

「そうです、〝カン〟ですね。確かそんな名前でした」

ガイトナーが、やっと思い出したようにいった。

「それで、その〝カン〟は何だっていってるんだ。もうちょっとわかりやすく説明してくれないか」

「つまり、簡単にいってしまえば、いまから日本もTPPに参加したいと……」

「どうしてなんだ。理由は」

オバマ大統領が訊いた。

「わかりません」

ガイトナーは肩をすぼめ、両手の平を上に向けて首を傾げた。

『TPP』（Trans-Pacific Partnership）——環太平洋戦略的経済連携協定——は、二〇〇六年五月にシンガポール、ブルネイ、チリ、ニュージーランドの四カ国が加盟して発効した経済連携協定（P4協定）を基盤にしている。発足時の目的は「小国間の戦略的提携によるマーケットにおけるプレゼンスの向上」にあった。だが二〇一〇年三月、アジア圏限定の経済ブロックの確立を懸念していたアメリカがこれに参加を表明。さらにオーストラリア、ペルー、ベトナムの三カ国も加わり、計八カ国によるTPPとして交渉が開始された。

TPPはEPAと同じように知的財産権や金融、政府調達だけでなく、さらに労働規制や医療サービス、保険など全品目の関税を二〇一五年までに加盟国間において原則全面撤廃することを目的としている。これは相互の関税自主権の放棄であり、貿易の完全自由化につながる。

もし加盟国間の貿易と国内における流通に違いがあるとすれば、距離に比例する運賃の差と通貨間の為替相場の差額だけだ。特にGDPで圧倒的優位に立つアメリカにしてみれば、他加盟国がすべて「経済的準州になる」という極端な見方もできる。だがこれに日本が参加するとなると、話はまったく違ってくる。

「もし日本が入るとなると、我が国と合わせてTPP内のGDPは全体の何パーセントくらいになるんだ」

オバマがガイトナーに訊いた。

「おそらく、もしマレーシアが参加したとしても、アメリカと日本が占めるGDPの比率は九〇パーセントを超えてしまうでしょう……」

GDP世界一位のアメリカと三位の日本が参加すれば、当然そうなるだろう。つまり、極端ないい方をすれば、アメリカと日本両国のEPA、もしくはFTAと何ら変わらなくなるということだ。

「しかし日本は国内の農業や医療のカルテルが政治的発言権を持っているために、EPAやFTAの交渉すら難しいと聞いていたが」

「そのあたりはわかりませんね。日本の首相は誰でもそうですが、特にいまの〝ゲン〟……」

「〝カン〟よ」

クリントン国務長官が助け舟を出した。

「そう、〝カン〟でしたね。特に彼は思いついたことをその場で口に出してしまう傾向があることは、CIAのデータにも現れていますから」

「しかし、我が国のTPP参加は最初から日本の参加を前提としたものだったはずじゃなかったのか」キャンベルがいった。「日本が参加するというなら、何も懸念する必要はない。予定どおり〝歓迎〟してやろうじゃないか」

オバマ大統領が長い足を組み、頷《うなず》く。一年前の二〇〇九年一一月一三日、オバマがわざわざ訪日の日程に合わせてアメリカのTPPへの参加の意向を表明したのは、日本に対する強硬なメッセージだった。TPPはアメリカにとって、アジア経済戦略の切り札である。最終的には、現在GDPで世界第二位にのし上がった中国を牽制《けんせい》するという目的がある。日本がTPPに参加し、環太平洋に強大な経済圏を構築しなければ、これからの中国には対抗できない。つまり、日本が参加しなければTPPそのものの意味が半減してしまう。

「日本側の正式な表明は」

「おそらく来月一三日の、APECの席上になるでしょう。日本の外務省は、少なくともそういってきています」

「他の二点に関しては、何かいってきているか」

オバマのいう〝他の二点〟とは、九月二三日の国連総会の会場での首脳会談の場で日本の首相――また名前が出てこない――に確認した懸案事項だ。一点は沖縄の普天間《ふてんま》基地の移設問題に関して。もう一点は日本が保有するドル国債――非公式の分も含めれば一二兆ドル近くあるはずだ――の内、約一〇パーセントを債権放棄してほしいという要求だ。もし日本がこれに応じれば、翌二〇一一年の夏にも迫っているデフォルトを何とか先延ばしにすることができる。

だが、ガイトナーは首を横に振った。

「何もいってきていませんね。TPPの参加に前向きな姿勢を見せれば、こちらが忘れてくれるとでも思ってるんじゃないですか」

オバマが呆《あき》れたように溜息《ためいき》をついた。

これだから日本人は、理解できない。

「まあ、いい。もう少しドルを下げて、円高で締め上げてみよう。そうすれば、債権放棄に関しても〝イエス〟といわざるをえないだろう」

だが、それまでに日本はまた別の首相に替わってしまうのかもしれないが。

「日本のことはもういいわ。何か他にないかしら」

クリントンがいった。それまで黙っていたジェームズ・ジョーンズ国家安全保障問題担当大統領補佐官が、小さく挙手をした。

「こちらからは、報告が二件。まずひとつは、例の〝砂漠の狐〟……〝ジャックポット〟の件です」

「報告してくれ」

オバマ大統領がいった。

「中国からの情報どおり、パキスタン北部のアボタバードの邸宅で彼の妻、息子などの家族と共に確認されています。現在、奴の連絡係のアブアハメド・クウェンティという男を特定して、

CIAの〝ミント・キャンディ〟が監視しています。あとは、作戦決行をいつにするか。それだけです」

ジョーンズがそういって、クリントン国務長官の顔色を窺《うかが》う。

「私は急ぐべきではないと思うわ。来年、財政と雇用情勢がさらに悪化すれば、支持率がまた四五パーセントを切る局面があると思うの。〝カーニバル〟はそこにぶつけるべきよ」

オバマが頷く。

「そうしよう。引き続き〝ジャックポット〟の監視を続けてくれ。もう一件は」

「はい。二つ目は、〝オペレーション・ジャスミン〟の件です。こちらもすでにウィキリークスの方にベン＝アリー政権の外交文書などをリークしてありますし、あとはタイミングだけです」

「具体的には」

「リークした外交文書は、主に我が国のロバート・ゴデック駐チュニジア大使の公電です。他にはフェイスブックなどのSNSも十分に浸透していますし、あとは導火線に火をつけるちょっとした切っ掛けさえあれば、ウィキリークスもその機に乗じて外交文書を公表するでしょう」

「ヒラリー、君はどう思う」

オバマは重要な判断を、クリントンの意見に頼る傾向がある。

「私は、早い方がいいと思うわ。革命には、時間が掛かるものよ。急がないと、来年のデフォルトに間に合わなくなる」

　オバマが、頷く。

「わかった。そうしよう」ジョーンズに視線を戻す。「予定を、なるべく早めてくれ。できれば年内に、オペレーションを決行したい」

「わかりました。では現地の〝カッパー・スネーク〟の方に連絡を入れておきます」

「今年は楽しいクリスマスになりそう……」

　ヒラリー・クリントンが、悪戯《いたずら》っぽく笑った。

7

　二〇一〇年一二月一七日――。

　チュニジア中部にあるシディ・ブジドという町で、後にアラブ諸国を革命の渦に巻き込むある事件が起きた。

　失業中の二六歳の若者ムハンマド・ブアジジにとって、この日も平穏な日常になるはずだった。だが、朝から腹も心も満たされていなかった。それでもムハンマドは郊外で仕入れた僅《わず》かばかりの野菜と果物を荷車に積み、町に運び、街頭の青空市場で露店を広げてそれを売りはじめた。

　もちろんムハンマドは、街頭での販売許可証などは持っていなかった。だがこの時、ベン＝

てしまう。

アリー政権下の失業率は公式的にも一四パーセント。実情は、ムハンマドなどの青年層に限っては二五〜三〇パーセントにまで達していた。独裁政権のいいなりになっていたら、飢え死にしてしまう。

早朝から良い場所を取ったこともあって、売れ行きは上々だった。周囲には何人かの顔見知りの失業者が店を出していたが、ムハンマドが一番、売れていた。このままなら午前中に商品を売り切り、昼までには家に帰れそうだ。そう思った時に、目の前に警官が立った。

ムハンマドは、警察に目を付けられていた。これまでにも何度か、商売を妨害されたことがある。この日も許可証を持っていないことを理由に、残りの商品と大切な秤《はかり》を没収された。

秤がなければ、明日から商売ができなくなる。せめて秤だけでも返してほしいと頼むと、今度は賄賂《わいろ》を要求された。それが奴らの、いつものやり口だった。

だがムハンマドは、この日は賄賂を支払わなかった。いや、払えない理由があった。ムハンマドは妹の学費を援助していて、その授業料の支払いが迫っていたからだ。だが警官はこれを〝反抗的〟と受け取り、仲間の婦人警官を呼んでムハンマドに暴行を加えさせた。

イスラム圏は、男社会だ。宗教上も、社会的にも男の方が地位が高い。その男が街頭で、しかも衆人環視の中で女に暴行を受けることはこの上もない恥辱だった。すなわち〝男としての死〟を意味していた。ムハンマドはこの行為に対する抗議として市庁舎前に赴き、ガソリンを頭から被《かぶ》って火をつけ、焼身自殺を図った。

イスラム教では、自殺を絶対悪として禁じている。例外的に許されるのはジハード（義務）

を行使する際の自爆テロなどに限られている。このことからムハンマドの行為は、同じ世代のチュニジアの若者たちに独裁政権に対するジハードとして受け取られることになった。

元よりチュニジアは、中東諸国でも比較的教育水準が高い国のひとつとして知られていた。インターネットの普及率も高く、この一年ほどでフェイスブックなどのSNSも急速にユーザーに浸透していた。こうしたインターネットやSNSを通じ、ムハンマドのニュースは瞬時にチュニジア全土の若者に知られていった。

これに、ウィキリークスも呼応した。アメリカ政府の思惑どおりに、ロバート・ゴデック駐チュニジア大使の公電をインターネット上に流出させた。

〈――ベン＝アリー大統領の娘婿、シェーカー・エル＝マテリ氏の邸宅は地中海沿いにあり、広大なテラスからはハマーメットビーチを見下ろすことができる。

ここは、別天地だ。ハマーメットの町の中心部に近く、敷地からは町や史跡も一望でき、庭には巨大なプールまである。大統領の親族は、皆このような豪華絢爛《けんらん》たる生活をしている――〉

公電の内容は、端的に大統領一族の腐敗と暴掠《ぼうりゃく》を伝えている。だがアメリカの大使が、何を目的としてこの公電を発信したのかは謎だ。

ＣＩＡのコードネーム、カッパー・スネーク――本名サマン・メフディ――は、そのニュースを首都チュニスのアパートメントの自室で聞いた。しばらくはバーレーンに〝出張〟していたのだが、今回の〝オペレーション・ジャスミン〟のために三カ月前にフランスを経由してチュニジアに戻ってきていた。表向きの職業はオリーブと香辛料のバイヤーだが、チュニジアではアラブ圏の女性の習慣としてブルカで顔を隠していることが多いので、その素顔はほとんど知られていない。

だが、アパートメントの中では、リーバイスのジーンズにH&Mのセーターという軽装で過ごしていた。二人の〝友人〟と共にMacのコンピューターの前に座り、事件発生当日から〝ムハンマドの自殺〟の経緯を見守り続けていた。

インターネットとSNS上に飛び交う若者たちの反応を見ながら、サマン・メフディは考えていた。

ジャスミンの種子を蒔《ま》くとしたら、いましかない――。

すでにアメリカのCIA本部には経過を逐一報告し、自らの意見を添えた上で指示を待っていた。間もなく、連絡が入った。

〈――ジャスミンの花を咲かせろ――〉

サマン・メフディは振り向き、他の二人の〝友人〟――ハサン・レザーとイマーム・レザーの兄弟――に告げた。

「やっと、二三年振りに春がやってきたわ。さあ、ジャスミンの種を蒔いて、水をやりましょう」

二人は手にしたコーヒーのカップを掲げ、頷《うなず》きながら笑った。

「アッラーは偉大なりき」

サマン・メフディは、自分のコンピューターに向かった。そして何人もの名前と顔のフェイスブックを使い分け、チュニジアじゅうの若者に呼び掛けた。

〈――独裁者ベン＝アリーをもう許しておけない。さあ、いまこそ立ち上がるのよ。そして皆が力を合わせ、ムハンマド・ブアジジの敵を取るのよ――〉

〈――そうだ。これは、ムハンマドのジハードだ。いまこそ腐敗した独裁者に鉄槌《てっつい》を下し、二三年間の長きにわたって続いた圧政を終わらせるのだ。革命を起こせ。この国を我々の手に取り戻せ――〉

〈――アッラーの子供たちよ。隣人に、友人に、兄弟に声を掛けて集え。神をも畏《おそ》れぬ独裁者を倒すために。いまこそ、ジャスミンの花を咲かせるのだ――〉

サマン・メフディは、デモと暴動を呼び掛けた。その呼び掛けはフェイスブックから様々な

SNS、さらにSNSからインターネットへと波及し、やがて一人歩きを始めた。そして気が付くと、いつの間にか、一人の青年の自殺未遂を発端とするジハードは〝ジャスミン革命〟の名で呼ばれるようになっていった。

革命の炎はデモやストライキ、時には暴動となって、瞬く間にチュニジア全土へと燃え広がっていった。その原動力となったのがインターネットやSNSを操る世代、自殺を図ったムハンマドと同じ失業している若者たちだった。彼らは失業率の高さに抗議し、発言の自由を主張。腐敗した大統領の退陣と周囲への罰則を要求した。

各地で頻発したデモや暴動は、時に死者を出した。その動きが急激に拡大したのは年が明けて二〇一一年一月四日、焼身自殺を図ってから一八日間も生きていたムハンマド・ブアジジが入院先の病院で死亡してからだった。翌五日の葬儀を警察が妨害し、これが抗議運動に発展。七日には中部の都市タラで大規模な暴動が起こり、警察署や銀行などに火が放たれた。

暴動はさらに八日から九日にかけて、近隣の町カスリーヌに飛び火した。このデモ隊に向けて、政府の治安部隊が銃を発砲。一部の情報によると、この衝突で二五人の市民が死亡。翌一〇日にはカスリーヌでも警察署が襲撃され、警官隊が発砲したためにここでも四人の市民が犠牲になった。これが一連の反政府デモに対し、火に油を注ぐ結果となった。

一一日、夜——。

反政府デモの波は首都チュニスをも呑《の》み込んだ。ベン＝アリー大統領は前日までに各地の大学など学生の拠点を封鎖、さらに一部の閣僚を更迭するなどしてこれに備えたが、革命の勢いを止めることはできなかった。暴徒と化したデモ隊は警察などの政府機関に限らず、一般市民にまで破壊や略奪行為を行い、首都機能は完全に停止した。

一三日、ベン＝アリーは二〇一四年の任期満了をもって大統領を退任することを表明。加えて反政府勢力の主張する「言論の自由」、「インターネットへの制限解除」、「デモ隊への発砲禁止」と譲歩したが、暴動は一向に収まる気配はなかった。一四日には、五〇〇〇人のデモ隊が首都の内務省を取り囲み、大統領の即時退任を要求。これに対し治安部隊は、またしても発砲。大統領は非常事態を宣言すると共に、チュニジア全土に夜間外出禁止令を発令した。

だが、この日、チュニジアのユネスコ大使メズリ・ハダドが市民への発砲に抗議して辞任。チュニジア国軍は反政府勢力側に付いて離反。閣僚や陸軍参謀長のラシド・アンマル将軍にまで退陣を迫られたベン＝アリーは、パリを経由してサウジアラビアに亡命した。

チュニジア中部のシディ・ブジドという小さな町で、ムハンマド・ブアジジという無職の若者が焼身自殺を図ってから僅か二八日目——。

一九八七年から二三年もの長きにわたって続いたベン＝アリー大統領による独裁政権は、この日をもって事実上崩壊した。これは民衆による歴史上最も短期間の、そして世界初のフェイスブック——ＳＮＳ——をツールとする革命の成功例となった。

さらに〝ジャスミン革命〟は、チュニジアだけに止《とど》まらなかった。革命の波はＳＮＳによって各地に飛び火し、ヨルダン、エジプト、バーレーン、そして絶対的独裁者として知られるカダフィ大佐のリビアなど、アラブ諸国全域へと拡大していった。後にこの革命の波及を、人々は〝アラブの春〟と呼ぶことになる。

エジプトのカイロ在住のアメリカ人、アンディ・ログバーグは、アラブ諸国に波及していく革命の動向をムハンマド・ブアジジの一件以前から情報を収集し、観察していた。

ログバーグの表向きの身分は、ギザ地区のカイロ大学工学部の客員教授だった。ここでは主に、コンピューターのCAD《キャド》を使った建築物の耐震設計を教えている。市内のマンションに妻と二人の娘と共に住んでいたが、チュニジアに革命が始まる前に家族を本国のアメリカに帰していた。

だがログバーグには、大学が休みに入っても自分はこの地を離れられない事情があった。彼はカイロ大学の客員教授である以前に、本来の身分と仕事があったからだ。CIAエージェントのカイロ支局員、コードネーム〝サウザン・フォックス〟としての仕事だ。

ログバーグは、今日も自宅の研究室に引き籠《こも》り、Macのコンピューターの画面に流れるチュニジアの革命関連の情報と格闘していた。そうしている間にもひっきりなしに、チュニジアやエジプト国内、もしくはヨルダンやバーレーンのエージェントからのメールや電話の連絡が飛び込んでくる。チュニジアの革命が、いつエジプトに飛び火するのか。

すでにログバーグは、チュニスのサマン・メフディとも直接連絡を取り合っていた。だが、彼女とは目的も役割も違った。エジプトのムバーラク政権は二九年間も続く最悪な独裁政権だが、反面、アラブ諸国の中では少数派の親米政権でもあった。アメリカは建前としては民主化を支持するが、本音では国の利益を優先する。エジプトにまでジャスミン革命が波及し、ムバーラク政権が倒れるとしたら、歓迎すべきことではない。

ログバーグは情報を分析しながら、チュニジアの反政府デモの動きをエジプトに飛び火させない方法を模索した。だがSNSによる情報とコミュニケーションの拡散は予想以上に早く、しかも広範囲に及んだ。まるで生き物か、核物質のようだ。制御不能に至ったこの怪物を、止める手だてはない。

チュニジアの暴動が首都チュニスに及んだ時点で、ログバーグは本国のCIA本部に報告を上げた。

〈――すでにエジプト国内も、エネルギーは臨界に達しようとしている。この国にも間もなく、ジャスミンの花が咲くだろう――〉

ログバーグの分析は、的中した。まるでチュニジアの革命の波及を呼び寄せるように、エジプト各地で政府に抗議する焼身自殺が相次いだ。そしてチュニジアの政権崩壊から一一日後の一月二五日、米グーグル幹部のワエル・ゴニムのSNSによる呼び掛けにより、首都カイロで参加者八万七〇〇〇人という巨大なデモが発生。その後も度重なる数万人規模のデモと暴動が繰り返され、死者三〇〇人、負傷者三〇〇〇人以上を出す混乱に陥った。

その結果、二月一一日、エジプト全土で一〇〇万人以上が参加したといわれる反政府デモの中、ムバーラク大統領が辞任。全権をエジプト軍最高評議会に委譲すると共に、二九年間も続いた独裁政権は事実上崩壊した。後にこの一八日間の革命は、エジプトの国花の名を取って〝スイレン革命〟、もしくは〝ナイル革命〟と呼ばれるようになる。

だが、ログバーグは思う。このエジプトの革命は、神による摂理ではなかったのか。アメリカにしてみても、想定の範囲内ではあった。長い目で見るならば、むしろ容認すべきことだ。いずれにしても、大事の前の小事にすぎない。

問題は、今回の〝アラブの春〟——もはや、そう呼ぶべきだろう——が、これからどこに飛び火していくのかだ。

今回の一連の革命には、明らかな共通点がある。根底にあるものは、イデオロギーではない。エネルギーとなるのはもっとシンプルなもの、つまり〝較差〟だ。SNSは、その〝較差〟という爆発物に点火し、効率よく燃焼させるための触媒にすぎない。

ログバーグは、ひとつの国の名前を思い浮かべた。もしあの国の〝較差〟に点火することができるとすれば……。

すでに臨界に達している一三億五〇〇〇万の民衆のエネルギーを、誰も制御できなくなるだろう。

8

自分はいつから、ここにいるのか。
なぜ、こうしているのか——。
時間の感覚も、それ以外の記憶もすべて途切れとぎれになっている。
部屋は広く、暗かった。だが、どこからか薪《まき》を焚《た》く匂いが漂い、その穏やかな熱が籠《こも》ってい
た。外からは時折、子供たちが遊ぶ声や女たちの笑い声が聞こえてくる。
蛟竜——設楽正明——はベッドから立ち、煤《すす》けた白壁に向かった。壁にはたったひとつ、小
さな窓があった。窓は肩から上の高い位置にあり、古い木組みの格子がはまっていた。
両手で朱塗りの格子を握り、蛟竜は青白い顔で隙間から外を見た。建物は、高台にあった。
眼下には大小様々な石造りの家々が、ひしめくように肩を寄せ合っている。その瓦《かわら》屋根が薄《うっす》ら
と雪で白く染まり、村を囲む城壁の背後に迫る奇巌《きがん》奇峰の頂上が雲の中に霞《かす》んでいた。
いまは、冬だ……。
ここに来た時には、確かまだ夏の前だった記憶がある。ねっとりと体にまとわりつくような
不快な湿気と、汗が滲《にじ》み出る感触を覚えている。日時や、月日の正確な感覚はない。だが、こ
の小さな窓の外の季節の移ろいは、あれから少なくとも半年以上が経ったことを教えてくれて
いる。
蛟竜はベッドに戻り、またゆっくりと体を横たえた。全身が重く、気怠《けだる》かった。黒いシルク
の中国服の留具を外し、前合わせを開いた。綿の下着を、捲《まく》り上げた。
枕元の棚から紫檀《したん》の手鏡を取り、蛟竜は自分の体を映した。右胸から右脇腹にかけて、二カ

所の大きな傷がある。銃で撃たれ、その銃弾を取り出した痕《あと》だ。傷はすでに、完全に塞《ふさ》がっていた。だが、蛟竜は自分が撃たれたことも、その後なぜ助かったのかも覚えていなかった。

蛟竜はその銃撃で右肺の一部と腎臓《じんぞう》の半分、そして肝臓の左葉を失った。だが、人間の体は不思議だ。失った臓器の機能は、残った部分がそれを補い、少しずつ、確実に快復していく。

もちろん、時間は掛かる。特に蛟竜の内臓は、普通ならば死んでいてもおかしくないほど損傷していた。しかも、手当も遅かったと聞いている。いま、こうして生きていること自体が奇跡だといえるのかもしれない。

元の体力を取り戻すためには、どのくらいの時間が掛かるのか。蛟竜は、手鏡に顔を映した。人間の顔には見えなかった。まるで亡霊のような顔色だった。

重い木の扉が軋《きし》み、ゆっくりと開いた。緑の厚手の盤領を着た赤ら顔の若い女が、扉から半分顔を出した。大きな目で蛟竜を見ながら、片言の中国語でいった。

「蛟竜……。王老《ワンロウ》が呼んでる……」

蛟竜は、口元に笑いを浮かべた。

「わかった。すぐに行くと伝えてくれ」

女は何もいわずに小さく頷《うなず》くと、また静かに扉を閉めた。蛟竜は手鏡を棚に戻し、ゆっくりとベッドから立った。高く、小さな窓の外に、また雪が舞いはじめていた。

王老と呼ばれる老人は、一階の奥の広い居間で待っていた。古い薪ストーブの中では、楢《なら》の太い薪が赤々と燃えている。火の前には古い紫檀の揺り椅子があり、そこが老人のいつもの居場所だった。

蛟竜は手を合わせ、深く頭を下げて老人の向かいの椅子に座った。老人は腰から下にシルクの厚織りの膝掛《ひざか》けを掛け、黙って炎を見つめていた。女が、茶を運んできた。

「雲霧翠緑……」

老人と蛟竜に手を合わせ、女は礼をして茶を置いていった。一口、すする。いつかこの辺りで作られた高級な茶であると聞いたことがあったが、蛟竜には味がよくわからなかった。だが、日本の遠い過去の風景を思い出すような懐かしい香りがした。

老人も茶をすすり、炎を見つめたままいった。

「体の具合は、いかがかな……」

声は掠《かす》れてはいるが、正確な日本語だった。年齢は、わからない。おそらく、一〇〇歳に近いだろう。この村の住人は老人を〝王老〟と呼んで敬愛しているが、誰も本名を知らない。

おそらく、日本人だろう。中国には終戦後も、多くの旧日本軍人が復員せずに潜伏した。終戦を知らずに逃げ続けた者。降伏した後に中共軍に入隊した者。各地で少数民族の解放運動に荷担した者。医師や技師として根付いた者。長く俘虜《ふりょ》になっていた者。特務機関員として命令を受け、残置間諜《かんちょう》として生きてきた者など事情は様々だった。

二一世紀になったいまも、中国大陸にはそうした残留日本兵が多く生存している。本人、もしくはその子孫が中国全土に広がり、独自の情報網を構築している。王老と呼ばれるこの老人も、そうした残留日本兵の一人なのだろう。

「少しずつ、良くなっています」蛟竜がいった。「しかしまだ、完全に治るにはしばらく時間が掛かるでしょう」

老人が頷き、茶をすすった。

「急ぐことはない。この村は安全だ。それに、時間はいくらでもある。良い茶を楽しみ、栄養のある物を食べていれば、体と心は自然と治っていく。ここで好きなだけ、ゆっくりとしていきなさい」

「ありがとうございます。王老、あなたは私の、命の恩人です」

蛟竜はそういって、老人に手を合わせた。

奇妙な村だった。ここは貴州省鎮寧《ヂェンニン》県の山間部にある石堂寨《シータンヂャイ》という村で、最も近い関嶺という町からでも南に一〇〇キロ近く離れている。約三〇〇人ほどの村人はすべて少数民族の布《プ》依《イ》族で、タイ語に似たチワン語を話す。中国語、特に北京語を話せる者は少ないが、日本語を話す老人は何人かいる。外部とは必要最小限度以外は連絡を断ち、余所《よそ》者が村に入ってくることはほとんどない。

「ところで王老、お話というのは」

蛟竜が訊《き》いた。老人が、ゆっくりと頷く。

「私の息子のダーホンが、一昨日から貴陽《コイヤン》の町に出ています。明日には戻りましょう」

〝ダーホン〟は、漢字で〝達宏〟と書く。日本人の名前としても、通じなくはない。

「それで」

「先程、連絡がありました。戻る時に、あなたから頼まれた日本の新聞を持ち帰るとのことです。それと、もうひとつ……」

「何でしょう」

「日本からの、あなたへの手紙を預かったとのことです」

蛟竜はそのひと言に、奇妙な違和感を覚えた。自分がいま、この村にいるのは、〝偶然〟ではなかったのか……。

「いったい、誰からの手紙ですか」

蛟竜が訊いた。

「いまは申しますまい。手紙を見れば、わかりましょう」

老人が茶をすすり、おっとりと答える。

「その手紙を出した人物は、なぜ私がこの石堂寨に匿《かくま》われていることを知っているのですか」

だが老人は頬笑み、ゆっくりと首を横に振った。

「知ってはおりません」

「どういうことです」

「もしあなたがここにいることを知っていれば、その方は直接この村に使者を送るでしょう。知らぬから、手紙を書いたのです……」

ストーブの中で、薪がかすかな音と共に崩れた。蛟竜は椅子を立ち、ストーブの鋳鉄の蓋《ふた》を開け、太い楢の薪を二本ほど焼《く》べた。椅子に戻り、老人を見た。だが老人は膝掛けの中に沈むように、いつの間にか静かに眠っていた。

二日後、ダーホンが貴陽の町から戻ってきた。

ダーホンは月に一度、村の特産品の蠟纈《ろうけつ》染めの布を売るためにソォダオという若者を連れて貴陽に出掛けていく。日本製のミツビシの古いトラックに布や野菜、育てた豚などを積み込み、帰りには村人の生活用品や服、家電製品などを買ってくる。この日も来月に結婚式を挙げる村の若者のために、洗濯機を積んで戻ってきた。中国ではいま、貴州省のこのような少数民族の僻村《へきそん》にも、やっと文明の波が押し寄せてきている。

家を出て石の城壁の入口の広場まで歩いていくと、ダーホンは村の若者に手伝わせてトラックの荷台から荷物を下ろしている最中だった。蛟竜の顔を見て、手を振った。年齢は、五〇歳くらいだろうか。長身で、体格が良く、タイ系少数民族の布依族の村人とはどことなく顔付きも違う。だが、明らかに漢民族ではない。ふとした瞬間の表情に、やはり日本人の面影が覗《のぞ》くことがある。

「やあ、フーズー。大分元気そうになったじゃないか」

ダーホンが白い歯を見せて笑い、荷台の上から蛟竜に声を掛けた。

蛟竜はこの村で、人前では〝フーズー〟と呼ばれていた。あえて字を当てるなら、〝補之〟ということになるだろう。北宋の文学者、蘇門《そもん》四学士の一人、晁補之《チャオブーズー》から得た名前だった。

最初に名前を訊かれた時、思わず口から出た言葉がそのままになっていた。直前まで、朦朧《もうろう》とする意識の中で晁補之の詩を反芻《はんすう》していたせいかもしれない。蛟竜の本名――もし本名などというものがあるとすればだが――と事情を知っているのは、王老とその家族だけだ。

「何か手伝おうか」

蛟竜がいった。

「いや、だいじょうぶだ。あなたは体を大事にしていてくれ。貴州の日本食の店から、一ヵ月分の新聞を貰《もら》ってきたよ。後でソォダオに、あなたの部屋まで運ばせるよ」

「すまない。他に、手紙があるんじゃないのか」

「ああ、そうだった。これだよ」

ダーホンがそういって封書を胸のポケットから出し、荷台から手を伸ばして蛟竜に渡した。

「ありがとう。それじゃあまた、夕食の時にでも」

蛟竜は歩きながら、手紙を見た。封筒の宛先《あてさき》は、貴陽の雲岩区公園北路にある『千来寿司店』となっていた。おそらくここが、貴陽の日本人の間の情報交換の場なのだろう。差出人の住所は〝日本国大阪府東大阪市菱江《ひしえ》二丁目二五番地〜〟となっていて、〝甲斐由里子〟という名前が入っていた。〝甲斐〟という名字は、東京の亜細亜《アジア》政治研究所の所長、甲斐長州しか覚えがない。

封筒には開けた跡があり、中にもうひとつ未開封の封筒が入っていた。その封筒にはただひと言、〝親展　正明殿〟と書かれていた。〝正明〟は、設楽正明を指すのだろうか。だがたったこれだけで、なぜこの手紙が蛟竜に宛てたものだとわかったのか――。

部屋に戻り、蛟竜は内封筒を開けた。中に、便箋《びんせん》が一枚。ベッドに座り、便箋を広げた。


〈前略、正明様。

心配いたしましたが、御無事だったのですね。早速ですが、もし御無理でなければ、東京の方に連絡を取っていただけませんでしょうか。さらに娘のこと、よろしくお願いいたします。

甲斐由里子〉

いったいこれは、どういうことだ？

文中の〝東京〟とは、亜細亜政治研究所であることはわかる。〝甲斐由里子〟は、おそらく所長の甲斐長州を意味している。そして〝娘〟とは、崔純子のことだろう。つまり至急、東京の甲斐長州に連絡を入れ、任務を続行しろということか。

だが……。

蛟竜は、崔純子の顔を思い浮かべた。

彼女との最後の記憶は、早朝の列車の中だった。純子は蛟竜の腕の中にいて、コンパートメントの小さな窓の外を流れていく雲と霧に霞《かす》む風景を眺めていた。ガラスの中に映る純子の口がかすかに動き、「ずっと旅をしていたい……あなたと一緒に……」といったことをぼんやりと憶《おぼ》えている。

記憶はさらに、雨の降る濡《ぬ》れた岩の断崖《だんがい》の上に飛んでいる。遥《はる》か眼下には、濁流が流れていた。その時も純子は、蛟竜の腕の中にいた。何人もの追手と、二人に銃を向ける黒い革の上着を着た男。そして、二発の銃声。記憶はそこで、完全に途切れている。

次に断片的な記憶が蘇《よみがえ》るのは、この石堂寨の村の風景だった。寝ている蛟竜を心配そうに覗《のぞ》き込む、村人たちの顔……顔……顔……。

だが、その中にはすでに、純子の姿はなかった。

蛟竜は、思う。自分はおそらく銃で撃たれ、あの断崖から濁流に落ちたのだろう。だが、どうして助かったのか。どうやってこの村に辿《たど》り着いたのか。何も覚えていない。

王老とその家族も、そのあたりのことは詳しく話そうとしない。彼らもよく知らないのか。それとも、何か話してはならない事情があるのか。ただ蛟竜が後に聞いて知ったのは、自分が〝ある人物〟の頼みによりここに世話になったということだけだ。

だが、それが誰なのか。甲斐長州ではない。かといって、誰も思い当たらない。

考えられる唯一の可能性は、崔純子だった。蛟竜はこの村に運び込まれた時に、すでに手術を終えて体内の弾は抜かれていたという。だが、純子は、蛟竜を王老に託し、そのまま村から姿を消してしまった。

王老も、彼女の素性は知らない。どこに行ってしまったのかも、わからない。そしていつの日か、彼女が蛟竜の元に戻ることがあるのだろうか。だが、かつて彼女はいっていた。

「私を捨てるなら、殺して……」と――。

その時、蛟竜は奇妙なことに気が付いた。もう一度、手紙を見た。やはり、そうだ。

甲斐由里子——。

どこかで耳にした名前だと思った。甲斐という名字の方に気を取られ、見逃していた。崔純子の母親は、北朝鮮への帰国者の日本人妻だった。その母親の名前を、由里子といわなかったか。しかも両親は帰国する前に、日本の大阪に住んでいた。

崔純子……。

彼女はいったい、何者だったのか。

9

崔純子は、南寧に潜伏していた。

ベトナムとの国境の町、友誼関から約一八〇キロの内陸に位置する広西壮族自治区の首府である。

数カ月前、国家安全保衛部の朴成勇が約一〇〇人の部下と共に、朝鮮民主主義人民共和国からこの町に戻ってきていた。さらに憑祥、友誼関と南下していき、この町との間を頻繁に行き来していることも噂で聞いていた。奴らの狙いが自分であることも、純子にはわかっていた。

だが、それでもこの町は安全だった。

南寧は、人口約六五〇万人の大都会だ。市区地域内だけでも、人口約二四五万人が密集している。しかもこの町は、人種の坩堝《るつぼ》だ。二〇〇四年以降は中国ASEAN博覧会（CAEX

ＰＯ）の定例開催地となり、現在は高新技術開発区などの工業団地に計二〇〇社以上の外資系企業が入居。全人口の五六パーセント以上を占める壮族の他に、漢族、その他の少数民族が混在。さらに外資系企業関係者や観光客などの外国人の出入りも激しい。

この町で一人の女を探し出すことは、広大な砂漠でたったひと粒の米を拾うようなものだ。土地に不慣れな保衛部員が一〇〇人では、不可能だろう。

だが、純子がこの町に潜伏した理由は、それだけではなかった。

南寧は日中戦争（支那《しな》事変・一九三七年七月七日〜一九四五年九月九日）当時の、日本と中華民国（蔣介石政権）との激戦地のひとつとしても知られている。中でも有名なのは、一九三九年一一月一五日から同年一二月一日の南寧作戦（桂南会戦）だろう。日本軍は中国と欧米列国を結ぶ補給連絡路の内、最重要といわれていた〝仏印ルート〟を遮断するために、その中間拠点である南寧の攻略を計画。満州から第五師団をこの地に派遣。約二週間にわたる激戦の後に、市内全域と蔣介石軍司令部などを占領したと記録に残されている。

南寧周辺は、第二次世界大戦後も残留日本兵の多い地域として知られていた。そのまま現地に根付き、埋もれていった者もいるが、ベトナム独立戦争（第一次インドシナ戦争・一九四六年一二月一九日〜一九五四年八月一日）を戦った将兵も多かった。元日本陸軍の石井卓雄少佐や井川省少佐もベトナム政府軍に志願参戦し、激戦の中で戦死している。戦後六五年を過ぎた現在も南寧にはこうした元日本兵が残置間諜《かんちょう》として多数生き残っているといわれ、中国政府はその情報収集に躍起になっている。

もちろん純子がそうした南寧と日本兵の歴史について、すべてを知っていたわけではなかった。『労働党三号庁舎』時代に工作員としての教育の中で、アジアの歴史の一般知識として学んだにすぎない。

南寧に来てから、純子は駅から繁華街を抜けて一・五キロほど南に下った七星路の裏の『寧民酒店』という旅業《リュイエ》（旅館）に泊まっていた。〝酒店〟とは名ばかりの古く、不衛生な宿だったが、純子はここを気に入っていた。

七月に一度、ベトナムとの国境の友誼関まで様子を見にいったことがあった。しばらくは市場に嫖娼として立ちながら情報を集めてみたのだが、小さな町では純子の容姿はあまりにも目立ちすぎた。地元の嫖娼が公安に密告したことを知り、そのままトラックの荷台に潜り込んで逃げてきた。

八月に南寧に戻ってからは、純子はずっと『寧民酒店』に潜伏していた。ここは、安全だった。古い看板の明かりはいつも消えていて、一階のドアにはシャッターが閉まっている。二階から上で旅業を営業していることは、誰にもわからない。

客室は半分ほどが埋まっていたが、宿泊しているのはすべて女だった。中国人もいたが、純子と同じように他国から流れてきた女もいた。お互いに顔は知っていたが、あまり話はしない。

裏口を上がると小さなロビーがあり、ソファーにはいつも安宏という老人が一人で座ってテレビを見ていた。週に一度、女たちはこの老人に部屋代を払う。頼んでおけば覚醒剤《かくせいざい》も手に入れてくれるし、〝客〟も紹介してくれる。

純子は、金が必要だった。蛟竜と共に断崖から川に落ちた時に、現金はほとんど無くしていた。以来、純子は、嫖娼として体を売りながら生きてきた。

今日も、部屋の電話が鳴った。受話器を取ると、安宏の嗄《しやが》れた声が聞こえてくる。

――パイリン、今夜九時に南寧古都飯店に行ってくれ。一一〇六号室だ――。

安宏は純子を〝パイリン〟と呼んでいる。この町では誰にも本名はいっていない。

「わかったわ。どんな人？」

――あんたを御指名だ。英語だが、発音からするとアメリカ人だな。上客だぞ――。

そういって、電話が切れた。

純子はシャワーを浴び、化粧と仕度を終えて部屋を出た。七星路から指定されたホテルに向かう間に、朝陽道と民族大道の交差点まで中山路の屋台街の雑踏を通る。ここを歩く時だけは、共和国の保衛部の追手に出会うのではないかといつも緊張する。

ホテルに入り、何食わぬ顔でエレベーターに向かう。一一階に上がり、一一〇六号室のドアをノックすると、しばらくしてガウンを着た大柄な白人の男が顔を出した。

男が、純子を部屋に招き入れる。お互いに、ぎこちなく笑う。前にも一度、呼ばれたことがあった。確か〝ジョン〟といった。だがそんな名前が、本当の訳がない。

男が純子の細い体を抱き寄せ、唇を絡ませる。服を脱がされ、体を開かれる。自分のすべてを使って、男を満足させる。

いつも、そうだ。純子は、嫖娼のやり方は知らない。男の要求は、すべて受け入れる。共和国の『労働党三号廏舎』にいた少女時代から、女は男にそうするものだと教育されてきた。女にとって、体は武器だ。その能力を使うことは崇高な手段であり、共和国の女の義務だと教えられてきた。一五の時に教官に犯されてから、一体何人の男を楽しませてきただろう。その間、辛《つら》いと思ったことはなかった。悲しいと思ったことも、後悔したこともなかった。それがあの国に生まれてきた美しい女の、誇りだと信じていた。

だが、いまは悲しかった……。

純子は、男の巨体に体を割られる。目を閉じ、歯を食い縛りながら耐える。だが閉じた目から、涙が溢《あふ》れてきた。

なぜ辛いのか、純子にはわかっていた。

蛟竜……。

会いたかった。

もしいま、あの人に抱かれたならば、死んでもいい……。

嗚咽《おえつ》を漏らしながら、耐え続けた。

10

一月二七日、パキスタン北東部・ラホール——。

在パキスタン米大使館員のレイモンド・デービスは、首都イスラマバードに向けてブルーのフォードを走らせていた。インドでの三日間の〝仕事〟を終えてイスラマバードへ戻る途中だった。

国境を越えて、一時間ほどになる。だがデービスは、しばらく前から小さな異変に気付いていた。左腕を窓の外に出し、右手でステアリングを握りながら、濃い色のサングラスの中で視線を動かした。ルームミラーの中に大型バイクが一台、映っていた。

一〇〇メートルから一五〇メートルの距離を置き、デービスの車に付かず離れず尾《つ》いてくる。バイクの上には、男が二人。どちらもフルフェイスのヘルメットを被《かぶ》っているので、顔はわからない。

最初にバイクに気付いてから、もう二〇分近くになる。試しにフォードのアクセルを踏み込んでみたが、やはり距離は離れない。奴らの目的は、自分かもしれない。デービスは用心のために、簡易防弾処理を施された運転席側の窓を閉めた。

なぜ自分が狙われているのか。デービスは、その理由を考えた。可能性は、いくらでもあった。今回の〝仕事〟の情報がＩＳＩ（パキスタン軍統合情報局）に洩《も》れていたのか。もしくは自分の〝身分〟がどこかで露顕したのか――。

デービスは前年の二〇一〇年九月にワシントンのパキスタン大使館で外交官査証を取得し、一〇月に首都イスラマバードに赴任した。だが〝レイモンド・デービス〟という名前と米大使館のテクニカル・アドバイザーという肩書きは、カバー（仮の身分）にすぎない。仕事上の彼は〝ロック・トータス〟のコードネームで呼ばれ、ＣＩＡ（米中央情報局）要員という正式な身分を持っていた。

デービスの本来の任務は、パキスタン北部のアボタバードに潜む〝砂漠の狐〟——今年になってからコードネームは〝ジャックポット〟にかわったが——の連絡係のアブアハメド・クウェンティという男の監視と、イスラム過激派組織ラシュカレ・タイバ（LeT）に関する情報収集だった。今回もインド西部のマハーラーシュトラ州で大規模な爆弾テロが計画されているという情報を得て、現地のCIA要員が〝捕獲〟したLeTのメンバーの尋問——正確には拷問だが——に立ち会ってきたところだった。結局その男は、口を割る前に死んでしまったが。

奴らはLeTのメンバーなのか。もしくは、アルカイーダか。いずれにしても、デービスが命を狙われる理由はいくらでもある。

デービスはモバイルのスイッチを入れ、イスラマバードのCIA支局にいる通称〝ミント・キャンディ〟に電話を入れた。

「私だ。ロック・トータスだ。いま、そちらに向かっている。ところで、少しまずいことになった」

——何があったんだ——。

モバイルから、ミント・キャンディの低い声が聞こえてきた。

「間もなくラホールの市街地に入るところだが、何者かに追尾されている。相手はバイクが一台。乗員は二名。いまのところ正体は不明だ」

——わかった。いまラホールの総領事館から援軍を送る。それまで何とか持ち堪《こた》えてくれ。

いざという時には、攻撃しろ。君の外交官としての不逮捕特権は、ウィーン条約によって保障されている——。

「了解した」

電話を切った。デービスはタクティカル・ベストの内側のホルスターからH&KのUSPコンパクトを抜き、運転しながらスライドを引いて九ミリパラベラムを一発チャンバーの中に送り込んだ。親指でセフティを操作しハーフコックの位置まで戻し、それを股《また》の間に隠した。

ルームミラーを見た。二人の乗ったバイクが、五〇メートルの位置まで迫っていた。

デービスがミント・キャンディとの電話を切った五分後、黒い大型のシボレー・タホの4WDが一台、ラホールの米総領事館を飛び出してきた。だが、完全防弾のこの車に乗っているのは正規の総領事館員ではなく、H&KのUMPサブマシンガンとMEUピストルで完全武装した三人のCIA局員だった。

運転席に座っていたのは、三十代後半のベテランの局員だった。彼は、支局の中でも運転の技術に長《た》けていた。シボレーのアクセルを踏み込み、南に向かう幹線道路を目指して猛スピードで市街地を走り抜けた。だが、渋滞を避けようとして市場の裏通りに入った時に、予期せぬことが起きた。急に道に、パキスタン人の女が飛び出してきた。

「危い！」

誰かが叫んだ時は遅かった。ブレーキを踏みつけたがシボレー・タホの巨体は止まることができず、女の体を宙に跳ね上げていた。その瞬間、女の頭がフロントの防弾ガラスに激突し、破裂したのが見えた。

「どうする」

「まずいぞ」

車を止めたまま、言葉を交わした。だが、女が即死したことは明らかだった。市場や路地から人が出てきて集まり出し、車の行く手を塞《ふさ》いだ。

群衆が、口々に叫ぶ。

――女が、死んだ――。

――女を、殺した――。

――アメリカ人が、殺したんだ――。

――奴らを、引き摺《ず》り出せ――。

「とにかく、この場を離れよう。総領事館に逃げ込むんだ。そうしないと、おれたちが殺される……」

ドライバーのCIA局員がギアをリバースに入れ、アクセルを踏んだ。タイヤから白煙を上げてバックし、女の体をボンネットから振り落としながらスピンターンすると、彼らが〝サンクチュアリ〟と呼ぶ総領事館に逃げ帰った。

遅い……。

あれからもう二〇分近くが経っていた。そろそろラホールの町から騎兵隊が到着してもいい頃なのだが。

デービスは、またルームミラーの中を見た。奴らのバイクは、一〇メートルも離れずに付いてくる。完全に、自分が標的にされていることがわかった。

間もなく道は、ラホールの市内に入る。まずい。町の入口の最初の信号が見えてきた。その信号が、赤に変わる。前に何台か車がいるので、突破できない。

車が、ゆっくりと停止した。同時にデービスは、銃を握った。パワーウインドウを開ける。

予想どおり、二人乗りの大型バイクが運転席側に止まった。

前に乗っている男がスロットルを開き、野獣が吼《ほ》えるような空吹かしを上げた。後部の男の手に、銃が握られているのが見えた。瞬間、デービスは二人に向かってUSPコンパクトを乱射した。

初弾が後ろの男の胸に当たった。抜けるような青空に、血飛沫《ちしぶき》が上がったのが見えた。だが二発目は外れ、三発目は身を伏せた前の男の肩を掠《かす》めただけだった。デービスはその光景を、スローモーションを見るように冷静に確認していた。

前に乗っていた男がバイクを倒し、逃げた。デービスはドアを開けて車を降り、逃げる男に照準を合わせた。背中に二発、九ミリパラベラムを撃ち込んだ。

足元には初弾を胸に受けた男が倒れていた。すでに、死んでいる。気が付くと信号で止まっていた車の運転手や、近くの商店の中から、何人ものパキスタン人が遠巻きに事態を見守っていた。だが、まだラホールの総領事館からの助けは到着しない。

仕方なくデービスは左手で身分証を出し、右手に銃を掲げ、周囲に向かってウルドゥー語でいった。

「私はアメリカの大使館員だ。いまテロリストの襲撃を受け、正当防衛の権利を行使した。誰か、警察に連絡を取ってくれ」

だが、いうまでもなく、遠くから警察車輛《しゃりょう》のサイレンが聞こえてきた。

ミント・キャンディがイスラマバードのCIA支局——米大使館の一室——で事の経緯を知ったのは、その一時間後だった。外務省のアメリカ担当官から、直通LAN回線を使って電話が掛かってきた。ミント・キャンディはCIAパキスタン支局長という正式な身分の他に、在パキスタン米大使館の国防総省部副部長という〝表の顔〟も持っていた。

——つい先程、我が国の警察が貴国の国民であるレイモンド・デービスを殺人容疑で逮捕した。残念だが、今後は取調べのために軍のISIの方に送致されることになるでしょう——。

〝ISI〟と聞いて、ミント・キャンディの背筋に冷たいものが疾《はし》った。だが、冷静な声でいった。

「なぜだね。レイモンド・デービスは、合衆国の大使館員だ。ウィーン条約によって、不逮捕特権が保障されている。しかも今回の一件は、テロリストの襲撃に応戦した正当防衛だと報告を受けているが。すみやかに釈放していただきたい」

――それが、そうもいきません。レイモンド・デービスが殺したのは二人。いずれも銃を所持していたが、テロリストではなかった。おそらく、強盗目的だったのでしょう。しかもその内の一人は、逃げるところを背中を二発撃たれている。正当防衛には、あたりません――。

「しかし、それが事実だとしても……」

――それだけではないんです。ISIに照会したところ、レイモンド・デービスは正式なアメリカ大使館員ではないようですね。彼の本来の身分は、CIA要員だそうです。違いますか。あなたが一番、それをよく御存じのはずです――。

ミント・キャンディは、電話を切った。

まずいことになった。想定の範囲外の事態だ。ロック・トータスは、〝ジャックポット〟のオペレーションについてほとんどを把握している。

ミント・キャンディは受話器を取り、アメリカ国務省の専用回線で本国のCIA本部に電話を入れた。

11

雪が降っていた。

年末に降った雪が融《と》ける間もなく、年が明けてまた降り続いていた。例年は貴州省のこの辺りの山間部はそれほど雪が深くないはずなのだが。

「早く、雪が止まないかな……」

白壁の小さな窓から背伸びをして外を眺めながら、ダーホンの末っ子のハオミンがいった。

〝ハオミン〟は漢字で、〝浩明〟と書く。やはり、日本人の名前だ。父親のダーホンが貴陽の町に出掛けた時に野球のグローブとボールを買ってきてくれたので、早く遊びたくて仕方がないらしい。

「ねえ、フーズー……」

ハオミンも蛟竜のことを〝フーズー〟と呼んでいる。

「何だい、ハオミン」

蛟竜がストーブを囲むソファーに座り、日本の新聞を読みながら答えた。

「雪が止んだら、本当に〝ヤキュウ〟を教えてくれるの？」

ハオミンが訊《き》いた。

この村には、テレビがない。ハオミンは他の石堂寨の少年たちと同じように、野球というものを見たことがない。

「ああ、教えてあげるよ。楽しいぞ」

「本当だよ。約束だからね」

ハオミンが蛟竜に駆け寄ってきて、首にしがみついた。

「ハオミン、だめよ。フーズーはお仕事をしているんだから」ハオミンの母親のピンフォアが、編み物をしながらいった。「お兄ちゃんたちと、二階で勉強してきなさい」

「はい……お母さん……」

蛟竜が頭を撫《な》でてやると、ハオミンが残念そうに部屋を出ていった。

蛟竜は、また新聞を読みはじめた。ダーホンが貴陽の町に出る時に一ヵ月分の日本の新聞を探してきてくれと頼んだのだが、実際には三ヵ月分近く――間がかなり抜けていたが――の日本の新聞が混入していた。同じ部屋の中でやはり日本語のわかる王老も、厚い眼鏡を掛けて新聞を読みふけっていた。

最初に蛟竜が興味を持ったのは、前年――二〇一〇年――の一一月二三日に起きた北朝鮮による韓国の延坪島への砲撃事件だった。翌二四日の『朝日新聞』に、次のような記事が載っていた。

〈北朝鮮、韓国に砲撃

2兵士死亡、住民も負傷

陸地砲撃は休戦以来

――韓国国防省によると、北朝鮮南西部の黄海南道に駐屯する北朝鮮軍が23日午後2時半過ぎから、韓国の大延坪島やその周辺海域を断続的に砲撃した。（中略）1953年に朝鮮戦争が休戦した後、北朝鮮が韓国領土の陸地を直接砲撃したのは、今回が初めて。（中略）韓国の李明博大統領は23日午後、緊急の外交・安全保障関係閣僚会議などを開き、「状況が悪化しないよう万全を期せ」と指示。（中略）北朝鮮が再び挑発した場合、通常の対応の枠を超えて応

戦する考えを示した――〉

新聞には他の記事などに、韓国側の詳しい被害状況が書かれていた。北朝鮮は約一時間に数十発の砲弾を大延坪島に撃ち込んだ。この時点で韓国側の被害は死者二名、重軽傷者一六名。内、少なくとも三人が民間人だった。これに対して韓国軍も即時応戦し、八〇発の砲撃を北朝鮮軍の陣地内に行った。

事件に対する各方面の反応も様々だった。北朝鮮側は「南朝鮮（韓国）傀儡《かいらい》らは、延坪島一帯のわが領海に砲射撃を加える無謀な軍事的挑発を敢行した」として逆に韓国側を非難。アメリカのオバマ大統領は「同盟国である韓国の防衛と、地域の平和と安定に全面的に尽くす」という声明と共に、二八日から黄海上で原子力空母ジョージ・ワシントンも派遣して「米韓合同軍事演習を行う」ことを発表。北朝鮮に圧力を掛けた。だが、奇妙なことに、中国は表立って明確な反応を示していない。

さらに翌二五日の新聞には、北朝鮮の砲撃により韓国の二人の民間人も犠牲になっていたことが報道された。軍事攻撃による民間人の死も、一九五三年の休戦以来のことになる。ごく当たり前に考えれば、今回の北朝鮮による砲撃は国際法上〝戦争行為〟と判断されて然《しか》るべきだろう。

それにしても北朝鮮は、なぜこれほど無謀な行動に出たのか。金正日が、狂ったのか。もしくは体制に不満を持つ、軍上層部の暴発なのか。アメリカに対話を求めるための、挑発なのか。

韓国の国防省からは、「内外に金正恩の指導力を誇示し、世襲体制を強化、結束させるための喧伝《けんでん》なのではないか」という憶測も流れている。いずれにしても六者協議の再開は、これで完全に暗礁に乗り上げたことになる。

もしくは、それが金正日の目的なのか……。

そう考えると、奇妙に符合することがある。なぜ中国が、沈黙を守るのか。北朝鮮がこれほどの暴挙に出ることを、なぜ容認するのか。それ以外の新聞を探してみても、温家宝首相が二四日にロシアのメドベージェフ大統領と会談した折、「関係各国は最大限、自制的であるべきだ」として懸念を表明したという記事があっただけだ。

それだけではない。アメリカが黄海に原子力空母を派遣する——中国にしてみれば喉元《のどもと》に刃物を突きつけられるのと同じだ——と発表しても、表立って反発はしていない。なぜなのか。これまでなら、絶対に有り得ないことだったのだが……。

中国が不気味だ。北朝鮮以上に、何を考えているのかがわからない。

「何の記事を読んでいるのかね」

王老の声に、蛟竜はふと我に返った。

「この記事です」蛟竜はそういって、自分の読んでいる記事を指さして見せた。「昨年の一一月に北朝鮮が韓国の大延坪島を砲撃した記事と、その続報ですよ」

「ほう……。面白いかね」

王老が自分の読んでいた新聞を膝《ひざ》の上に伏せ、問いかける。

「面白いというか、理解し難いところがあります。金正日が、いまなぜこのような暴挙に出たのか……」

王老が頷《うなず》き、おっとりと笑う。

「蛟竜、君はもし狂犬に咬《か》まれた時に、その犬になぜ咬んだのか理由を訊くかね」

「いえ、訊きません。無駄なことですから……」

「そのとおりだ。あの金正日《キムイルソン》という男が何を考えているのか。それを理解しようとしても無駄なことだ。あれの父親の金日成という男も、どうしようもない男だったが……」

王老がそういって、顔を顰《しか》めた。まるで、かつての金日成を直接知っていたような口振りだった。

だが、蛟竜がいった。

「私がわからないのは、むしろ中国の出方です。なぜ北朝鮮に、好きなようにやらせておくのか……」

王老が頷き、蛟竜の目を見つめる。

「簡単なことだ。中国は、北朝鮮を畏《おそ》れているからだよ」

「どうしてですか。中国は、虎です。どう考えても、北朝鮮よりも遥《はる》かに強い。喰《く》い殺そうと思えば、簡単なはずです」

蛟竜がいうと、王老が楽しそうに笑った。

「そのとおり。確かに中国は虎だ。しかし北朝鮮は、卑小ではあったとしても蛇なのだよ。虎は一〇〇回戦っても蛇に負けはしないが、もし一回でも咬まれれば痛い思いをする。毒が回れば、自分も命を落とすかもしれぬ。だから森の中で出会っても、見て見ぬ振りをして通り過ぎる。違うかね」

この老人は、不思議だ。村にはテレビもなく、新聞すら誰かが町に行かなければ手に入らない。現代の世界情勢など知るはずもないのだが、蛟竜がどのような難題を問いかけても的確な答えが返ってくる。抽象的だが物事の本質を突く言葉に、まるで哲学者のような説得力がある。

だが、蛟竜は自分も王老との会話を楽しんでみたくなった。

「しかし、虎は利口な動物です。見て見ぬ振りをしていながら、自分は何をすべきかを理解しているはずです」

「そのとおりだ。この記事を読んでみなさい」

王老がそういって、自分の膝の上にあった新聞を取り、小さな記事を指さして蛟竜に差し出した。蛟竜が、受け取る。事件の三日後の、やはり朝日新聞の記事だった。

〈中朝国境で厳戒

――北朝鮮軍が韓国を砲撃した直後から、中国軍瀋陽軍区の各部隊が吉林省と遼寧省の中朝国境地帯で、不測の事態に即応できる高度の警戒態勢を敷いていることがわかった。（中略）推移によっては国境地帯が不安定化する可能性も視野に入れているとみられる。軍高官らが国境地帯などを急きょ視察したとする情報もある――〉

蛟竜は記事を読みながら、息を呑《の》んだ。

ともすれば、見落としてしまいそうな小さな記事だった。だがその記事が、すべての真相を物語っているような気がした。特に、〝不測の事態〟のひと言だ。この言葉が、何を意味するのか――。

やはり、北朝鮮は毒蛇だった。虎である中国でさえ、その毒を畏れている。王老は、それを理解している。

裏付けるような記事が、一一月三〇日の夕刊にも載っていた。民間告発サイト『ウィキリークス』がアメリカの外交筋の公電を暴露し、前日二九日付の英『ガーディアン』紙の電子版によって報じられたという記事だった。これによると韓国外交通商省の第二次官の千英宇《チョンヨンウ》が六者協議の首席代表だった当時、中国側の高官二人と個人的に会談。中国は北朝鮮について「すでに経済は破綻《はたん》している」と分析し、「米国の影響力下における緩衝力を失った」と考えていること。さらに金正日の死後は「北朝鮮の崩壊を容認」し、「韓国の管理下で朝鮮半島が統一されることが理想」と語ったという。

この千英宇と中国の高官二人との個人的会談が、すなわち中国の本音であるかどうかはわからない。だが、今回の北朝鮮による韓国砲撃に対する反応を見ても、一応の辻褄《つじつま》は合っている。ひとつわからないことがあるとすれば、もし中国が北朝鮮の崩壊を容認し、韓国主導で朝鮮半島が統一されることを望んでいるとしたら。なぜ北朝鮮に対して無駄な経済援助――延命措置

――を続けるのか。

「王者……」

蛟竜が新聞から視線を上げた。

「何かな」

「あなたは今回の新聞の中で、どの記事に興味を持たれましたか」

老人が、静かに頷く。

「これですかな。このあたりの一連の記事などは、いまの日本がどのような国なのか。まるで鏡のように映し出しておる……」

そういって王者が、記事を示しながら新聞を蛟竜に手渡した。一一月五日付の朝口新聞の朝刊に、次のような記事が載っていた。

〈尖閣ビデオ？　ネット流出
――尖閣諸島沖の中国漁船衝突事件のビデオと見られる映像が、インターネットの動画サイト「ユーチューブ」に投稿され、五日未明段階で誰からでも閲覧できる状態になっていることが分かった。（中略）海上保安庁の広報担当者は「問い合わせを受けて、情報を確認している」としている――〉

関連する記事が、その後、数日間にわたり続報として様々な新聞に載っていた。同日五日の夕刊には、漏洩《ろうえい》させたのが「海上保安庁の可能性」を示唆する記事が載り、文中で中国のニュースサイトでもこの件が報じられていることに加え、中国世論が再び硬化。今後、日中外交関係に影響を及ぼす可能性についても触れている。

また、翌六日には映像の内容が検察への提出分と一致したことから、石垣海上保安部から流出した可能性が高いことが報じられていた。さらに、一一月一〇日には、問題の映像を「ネットカフェから流出させた」と上司に申し出た四十代の神戸海上保安部の職員が逮捕されるという記事も載った。結局、この映像は海上保安庁内で機密事項扱いにはなっていなかったことから国家公務員法の守秘義務違反には当たらず、問題の職員は逮捕には至らなかったが。いずれにしても検察や海上保安庁を含む日本政府は、改めて国の内外に危機管理能力の甘さを露呈することになった。

「なるほど……」ひととおりの記事に目を通し、蛟竜がいった。「確かにこの一件は、いまの日本という国の本質を物語っているかもしれませんね……」

その二カ月前の九月に起きた尖閣諸島の中国漁船衝突事件に関しては、すでに蛟竜も前回にダーホンが持ち帰った新聞を読んでだいたいの経緯は知っていた。七日の午前中に日本の領海である尖閣諸島沖で違法操業中だった中国漁船が、これを監視中だった海上保安庁の巡視船『みずき』と『よなくに』の二隻に故意に激突。船長の詹其雄が公務執行妨害で逮捕され石垣島に連行。後に那覇地検に送検された事件だ。だが中国政府は、「尖閣諸島は我が国固有の領土である」と主張して強硬にこれに抗議。在北京の丹羽宇一郎大使を深夜に呼び出し、船長以下の船員の即時釈放を要求した。

だが、事件はこれだけでは終わらなかった。事件から一五日後の九月二二日、中国の温家宝首相が改めて日本政府に船長の釈放を要請。翌二三日には仙谷《せんごく》官房長官の了解の上で外務省職員が那覇地検に出向き、担当検事を説得。二四日午前一〇時、検察首脳会議の場で釈放が決定した。さらに二五日未明、詹其雄船長は中国のチャーター機で故郷の福建省福州の空港に〝凱《がい》旋《せん》〟した。

そうだ。確かにあれは、当時の新聞の論調とタラップを降りてくる写真を見ただけでも〝凱旋〟だった。蛟竜はその新聞を読んだ時、おそらく他の日本人――もし自分が本当に日本人だとすればだが――と同じように腐った汚水を飲まされたような不快感に襲われたことを憶《おぼ》えている。

「そういうことだ。日本だけではなく、中国の裏の顔……虎の臆病《おくびょう》な一面も見えてくるはずです……」

以前にも、蛟竜はこの事件について王老と話し合ったことがある。二人の一致した意見は、これは偶発的なものではなく、裏で何らかの謀略的な意思が介在した破壊工作だったということだ。すでに王老は独自のネットワークを駆使し、主犯の詹其雄船長が通常の漁業従事者ではないという情報を得ていた。あの船長は、過去に何度か公安や軍諜《ちょうほう》報部に尖閣諸島沖の情報を提供してきた外部工作員であることがわかっている。

この事件で最も興味深いのは、中国政府の初期反応だ。胡錦濤と温家宝は事件直後の北京時間の七日朝、楊潔篪外交部長からすでに報告を受けていた。ところがそれから数時間にわたり、奇妙な沈黙を守り続けている。しかも同日夜になって突然、胡錦濤が関係機関に強硬な指令を出した。

中国政府の反応と経緯、特に胡錦濤の言動に、明らかな迷いが見られる。むしろ、動揺といってもいい。なぜなのか。それはすなわち、今回の事件が何らかの謀略であったと仮定しても、背後にいるのは中国政府――北京の胡錦濤体制――ではなかったということを物語っている。

胡錦濤と温家宝にしても、今回の事件は正に青天の霹靂《へきれき》であったことだろう。彼らが、反日感情から体制批判に繋《つな》がりかねない火種を、いま望むわけがないのだ。いずれにしても、国益にはならない。中国はその意味で、〝日本〟という存在を畏れている。

ならば、このサボタージュの陰にいるのは何者なのか。可能性として、ふたとおりの考え方ができる。ひとつは胡錦濤の〝北京閥〟に対して、次期政権争いで復権をねらう鄧小平《デンシャオピン》派の〝上海閥〟だ。次期国家主席と噂される現副主席の習近平は、今回の事件における胡錦濤の狼《ろう》狽《ばい》を腹を抱えて笑いながら見ていたに違いない。

もしくは、あえて穿《うが》った見方をするならばアメリカのCIAの筋か。彼らにしても沖縄の基地移設問題を背景に捉《とら》えれば、今回の尖閣諸島の一件は韓国の哨戒《しょうかい》艦沈没事件以上のインパクトがあったはずだ。日本政府が震え上がったのは、目に見えて明らかだった。いずれにしても背後にいるのは、日本や中国政府を揺さ振ることによって利益を得る者、という見方ができる。

「それにしても、日本政府の対応は情けない……」

蛟竜が、呟《つぶや》くようにいった。王者はその言葉に、何度か頷《うなず》いた。

「そういうことです。だから、日本を鏡のように映し出しているといったのです。これはどこの国家でもそうですが、役人が実権を握れば必ず国が臆病になり、守りに入る。守りに入るということは、相手が安心して攻めることを許すということでもあります。事態を長引かせることができたとしても、いつかは喰《く》い殺されてしまう……」

「もし、軍が実権を握れば？」

「それはいけません。大東亜戦争（太平洋戦争）当時の日本やドイツと同じです。結果的に、自分で自分を喰い殺してしまいましょう……」

「ならば、国家とはどうあるべきなのですか」

「建前をいうならば、国民により選出された政治家が主導すべきでしょう。しかし残念なことに、いまの日本の政治家の中には〝国士〟が存在しない。能力の面では役人に劣り、それでいて国民を軽んじ、常に自分の保身と金のことだけを考えている。だから今回のような事件が起きても、毅然《きぜん》とした態度を取ることができない。堕落であり、腐敗です。そのような輩《やから》に、国を守れるわけがないではありませんか。これでは他国だけでなく、自国の役人にまでみくびられるのも当然でしょう」

王者の話は、常に真理を突いている。

「では、建前ではなく本音ならば」

蛟竜が訊《き》いた。

「官民一体という言葉がありますな。しかし、本当はそうではない。あえていうなら、文民一体という言葉を用いてみましょうか。まあ、空論ではありますが……」

二人の話の途中でピンフォアが編み物を置いて席を立ち、ストーブに太い楢《なら》の薪《まき》を入れた。湯気を立てている薬缶《やかん》を手に台所に行くと、しばらくして茶を持って部屋に戻ってきた。

蛟竜と王老の前の卓に湯呑《ゆの》みを置き、ピンフォアが頬笑む。温かく、素朴な笑顔だった。そしてひと言かふた言、老人に何かを話しかける。だがチワン語だったので、蛟竜には意味が通じなかった。

「ピンフォアは、何と？」

「彼女は、私と君の身体を心配しておる。あまり根を詰めるなと、そういっておるのです」

「そうですね。もうずい分と長いことこうしている」

蛟竜は熱い茶をすすり、ソファーに座ったまま身体を伸ばした。ふと見ると、いまし方まで話していた王老がもううとうとと眠っていた。蛟竜は新聞を手に取り、また読みはじめた。

他にもいくつか、興味深い記事があった。まるで茶番劇のような、日米首脳会談のニュース。中国の人権活動家、劉暁波がノーベル平和賞を受賞したことへの波紋と、その後日談。だが、蛟竜が最も興味を引かれたのは、一連の〝アラブの春〟に関する記事だった。

昨年、二〇一〇年の一二月にチュニジアの一人の若者の焼身自殺に端を発したアラブ諸国の革命は、まだ発生から一カ月と少ししか経っていない。だが僅《わず》か二八日でそれまで二三年間続いていたチュニジアの独裁政権は崩壊し、その後エジプトにも飛び火。このままいけば革命の火はアラブ諸国全土、いや、全世界に広がっていく可能性もある。

蛟竜は、いまや世界じゅうの民衆の〝怒り〟というエネルギーが、臨界に達しているのを感じていた。人類が新しく得たソーシャル・ネットワーキング・サービスという武器により、その怒りのエネルギーは止《とど》まることを知らない。

だが……。

この中国の山間部の石堂寨は、時代に取り残されたようにあまりにも平和だった。いったい、世界最大の憤怒ともいわれる一三億五〇〇〇万ものエネルギーは、どこにいってしまったのか。全世界を揺るがす巨大なエネルギーも、この国の眠れる虎を起こすことは不可能なのか。

蛟竜は新聞を置き、席を離れて窓際に立った。外にはまだ、雪が降り続いていた。

静かだった。いま、こうしている瞬間さえも、悠久の時の流れの中に消えゆくように。

だが、蛟竜は知らなかった。

中国もすでに、動きはじめていたのだ。

12

中国の〝癌〟は、深く確実に進行していた。

ここ数年の経済成長に伴う較差の拡大により、中国では日常的に各都市でデモや暴動が多発していた。特に二〇〇五年の上海の反日デモ以来、この動きは確実に定着しはじめていた。

中国政府はこれをすべて公安当局や武装警察により、武力をもって弾圧した。その陰で多くの逮捕者や犠牲者が出たが、情報はすべて隠蔽《いんぺい》された。西側諸国に報道されたのは、氷山の一角にすぎない。

もちろんアメリカのCIA——国務省——は、これらの事実の大半を把握していた。だが一九八九年の天安門事件の時のように中国政府を人権問題で非難することはなく、これを黙認。情報はすべて秘匿された。

中国の国力、特に経済力は、天安門事件の頃とは比較にならないほど巨大化している。いまは相手の弱味を握った上で、見て見ぬ振りをしながら、ドル国債や危険な金融商品を少しでも押し付けた方が得だ。将来的に中国のユーロ圏への投資を目論《もくろ》むヨーロッパ諸国も、これに同調していた。

だが二〇一〇年の秋以降、中国各地のデモや暴動がさらに活発化する動きを見せはじめた。その原因のひとつが、九月七日に起きた尖閣諸島沖の中国漁船衝突事件だった。後に船長の詹其雄が日本の海上保安庁に公務執行妨害で逮捕、送検されたことから反日感情が再燃。その動きが中国の政府批判に転嫁され、各地にデモや暴動となって波及した。

最初の大きなデモは一〇月一六日、四川《スーチヨワン》省の成都《チヨントウー》、陝西《シャンシー》省の西安《シーアン》、河南省の鄭州《チヨンチヨウ》の三都市で同時多発した。デモの呼び掛けは民間の『抗日協会』を名乗る小さな団体が『QQ』と呼ばれるインターネット交流サービスで行ったとされている。呼び掛けには各都市のデモの日時や集合場所までが書かれていたが、治安当局も最初はあまり問題にしていなかった。

各地のデモは、当初それぞれ数百人の規模で静かに始まった。だがその数十分後にはデモ隊に他の民衆や通行人が加わり、いつの間にか数千人単位にまで膨れ上がった。しかもデモの目的はいつの間にか〝反日〟から離れ、較差や官僚の汚職を標的とした政府批判へと転換していった。

デモは、翌一七日にも四川省の綿陽《ミエンヤン》で発生。最初にデモのスタート地点に集まったのは、僅か数十人だった。ところがデモ隊が出発直後から統制力を失い、日系企業の店舗などを襲撃。群衆や通り掛かりの者までこのデモ隊に加わり、投石や近くにあった日本車、日本製品を扱う店などを破壊。一瞬にして一万人を超す暴徒に膨れ上がった。この予想できない動きに、デモを監視していた治安当局も一時パニックになるほどだった。

結果的に多くの怪我人や拘束者を出して暴徒は武力鎮圧されたが、問題はその背景だ。デモを呼び掛けた『抗日協会』側も、「このようなことになるとは予想していなかった……」と証言している。だが、群衆の不自然な動きからして、どこかに計画的な煽動者《せんどう》がいたことは明らかだった。

新聞の報道も、奇妙だった。本来、中国のマスコミは政府が歓迎しない論調の記事は掲載しない。いずれ政府批判に転嫁する可能性を恐れ、北京政府としては対日感情を煽《あお》りたくはないはずだった。ところが今回の一連のデモの切っ掛けとなった中国漁船衝突事件に関する限り、数日前から新聞各紙に必然性の無い〝抗日〟を前面に押し出した記事が目立っていた。しかもこの傾向は、北京ではなく上海閥の支配下にある新聞社の論調により顕著に表れていた。

中国の国内のデモ——暴動——は、その後も続いた。一八日には湖北省《フーベイ》の武漢《ウーハン》で、五〇〇〇人規模の反日デモが発生。二二日、ついに首都北京《ペキン》において中央民族大学のチベット族の学生四〇〇人が「民族言語の保護」を求めてデモを決行。二三日はまたしても綿陽。そして二四日には甘粛省《カンスー》蘭州《ランチョウ》と陝西省宝鶏《パオチー》で、いずれも二〇〇〇人超の大規模なデモが発生した。

だが、こうしたデモや暴動は、あくまでも海外に報道されたものだけだ。実際には他の小都市や村でもデモや暴動は頻発していたが、拘束者や怪我人、犠牲者の数に至るまで完全な情報統制によって封じ込んでいる。

こうした一連のデモや暴動は、一一月一日に日本で海上保安庁が撮影したビデオが流出し、〝反日〟の大義名分が無くなると同時に下火になった。だがこの年の年末ごろから、チュニジアの『ジャスミン革命』に端を発する〝アラブの春〟以来、また中国の国内で燠火《おきび》が燻《くすぶ》りはじめた。しかも今回は、抗日運動に名を借りた政府批判デモではない。チュニジアのベン＝アリー政権崩壊に触発され、当初から〝反政府革命〟を視野に入れるほどの危険性を含んでいた。この動きは中国版ツイッター『微博《ウエイボー》』などを使った、デモの呼び掛けなどから静かに始まった。

〈——打倒！　共産党一党独裁——〉

〈——共産党首脳部は即時退陣せよ！　民主化を我らの手に！——〉

最初はＳＮＳやインターネット内の、ごく一部のコミュニティだけの現象だった。当然のことながら中国の三〇万人ともいわれるサイバーポリスは、こうした呼び掛けの書き込みを見つけ次第削除していった。だが一月二五日、チュニジアの『ジャスミン革命』がエジプトにまで飛び火。カイロやアレクサンドリア、スエズなどの大都市でムバーラク政権に対する反政府デモが起きた頃から、中国の国内の動きも徐々に活発化していくことになった。

二月一一日、反ムバーラク派が「追放の金曜日」と名付けたこの日、度重なる反政府デモと暴動によりムバーラクは大統領の椅子を追われ全権をエジプト軍最高評議会に委譲。三〇年近くに及ぶムバーラク独裁政権は、事実上崩壊した。これに勢いを借りて、中国の反政府革命の火が一気に延焼をはじめた。

〈――デモに参加しよう！　民主的、政治的な改革を起こし、一党独裁を廃止して自由を勝ち取ろう！――〉

〈――中国のムバーラク、独裁者を追放しよう――〉

〈――民主化の英雄、劉暁波氏を釈放せよ――〉

〈――中国茉莉花《ジャスミン》革命完遂！――〉

デモは二月二〇日一四時、北京、上海、天津《テイエンチン》、重慶《チョンチン》など一三都市で同時決行されることを呼び掛けていた。SNSやインターネット上を、膨大な情報が飛びかっている。その情報量はすでに数日前の時点で、三〇万人のサイバーポリスが監視できる限界を遥《はる》かに超えていた。

デモ前日の二月一九日——。

『国家安全部』第八局の厳強幹《イエンチャンガン》は、北京市東城区長安街一四号庁舎の部局内でインターネット上のデモの呼び掛けの推移を見守っていた。すべてを確認することは不可能だが、書き込みの件数が天文学的な数字になることだけは明らかだった。

中国茉莉花革命か……。

この国に、何が起きようとしているのか。

厳はコンピューターのディスプレイを、呆然《ぼうぜん》と見つめた。だが一方で、事態を冷静に分析していた。今回のSNSやインターネット上の動きは、どこかおかしい。

元来、中国の一三億五〇〇〇万の民衆は、基本的に従順だ。誰かが〝抗日〟といえば声を揃えて吠《ほ》えるし、〝餌が少ない〟といっては羊の群れのように鳴きわめく。だが、飼い主である中国共産党には直接、牙《きば》を剝《む》いたりはしない。

一九八九年の天安門以来、それがいかに無益なことであるかを身に染みて理解したからだ。吠えるなら、見えない敵に向かって牙を剝くように躾《しつ》けられている。だが、ここ数日のインターネット上の書き込みは、あからさまに政府に攻撃の矛先が向けられている。

公安当局が把握している情報では、今回のデモの主謀者は作家であり人権活動家の冉雲飛《ランユンフェイ》、ネットブロガーの江天勇《ジイアンテンヨン》らだということになっている。だが、いくら冉雲飛が劉暁波と共に零八憲章に署名した一人だとしても、これだけの煽動力があるとは思えない。

直感として、背後に何者かの影を感じた。あの二〇〇五年四月に起きた成都、北京、上海と続く反日暴動の時とどこか似ている。組織的な、しかもプロの力が作用しているように思えてならない。あの時、暴動を仕掛けたのは、蛟竜という一人の日本人――おそらく日本人だ――だったが……。

厳は、蛟竜の顔を思い浮かべた。あの男は半年前に貴州省の安順に近い断崖《だんがい》で北朝鮮保衛部の朴成勇という男に撃たれ、川に落ちて死んだ。いや、遺体を確認してはいないが、あの情況で生きているわけがない。

冉雲飛と江天勇、さらにその周囲の人間や大都市圏で確認されている反体制派の知識人などはすべて、公安当局が一九日の段階で拘束している。それでもインターネット上を飛びかう情報は、止まる気配がない。逆に勢いを増す一方だ。なぜだ……。

最終的には、インターネットやSNSをすべて遮断するという方法はある。だが、欧米諸国からの批判を考えれば、できれば回避すべきだ。党首脳部も、通常の情報統制だけで切り抜けることを望んでいる。

気になるのは、アメリカの動きだ。三日ほど前から、アメリカを拠点とする中国語ニュースサイト『博訊新聞網』がさかんにデモへの参加を呼び掛けていた。このサイトも、国家安全部の情報局によるハッキングでアクセス不能に追い込むように仕掛けている。

「おい、芳徳《ファンデ》……」厳が部下の宋《ソン》を呼んだ。「アメリカの〝美男鼠《メイナンシュ》〟は、いまどうしている」

宋が、こちらを向いた。

「どうしているかといわれましても……。通常どおり大使館にいると思いますが」

〝美男鼠〟のコードネームで呼ばれる男は、在北京アメリカ大使館員だった。だが中国の国家安全部はその男がCIAの諜報員《ちょうほう》であることを把握していたし、知った上で泳がせていた。もちろんアメリカもそれを承知の上で北京に置いているが、間もなく〝公務〟を終えて本国に帰国するはずだった。

「居所を確認してくれ。今日から明日まで、あの男の動きを監視するんだ」

「はあ……」

宋が、怪訝《けげん》そうに頷《うなず》いた。

「接触はしなくていい。あの男がどこにいて、何をしているのか。明日、デモの起きる時にどこに姿を現すのか。それだけを私に報告してくれ」

厳には、確信があった。放火犯は、必ず現場に戻る。奴は明日、絶対に、どこかのデモの現場に姿を現すはずだ。


その頃、〝美男鼠〟――CIA内部では〝スナッズ・ラット〟のコードネームで呼ばれていた――は在北京アメリカ大使館の自分の執務室にいた。

本名は、ジョージ・ミラー・ハインツ・Jr.。二〇一二年に共和党から大統領選に出馬する予定の有力な候補の一人であると同時に、現在は駐北京アメリカ大使という正式な身分を持っていた。

スナッヅ・ラットは、自分のＭａｃのコンピューターに逐一報告される情報を確認しながら、まるでハリウッド映画のＤＶＤを見るような気分でその予測できない推移を楽しんでいた。これから、何が起こるのか。もしかしたら明日の午後には、自分は中国の共産党政権が崩壊する一大スペクタクルの現場に立ち会うことができるかもしれない。

もちろんスナッヅ・ラットは、今回のサボタージュの現地責任者の一人にすぎない。現場での工作はすべてＣＩＡの外部エージェントなどにまかせているが、少なくとも北京に関する限り統轄しているのは自分だ。つまり、すべてを見届ける義務がある。

自分は、中国に頭を下げてドル国債を買ってもらう民主党員とは違う。ＧＤＰにしても、自動車の年間販売台数にしても、軍事力にしても、常に「アメリカ・アズ・ナンバー1」でなくてはならないと信じている共和党員なのだ。思い上がっている中国に、容赦などいらない。この世紀のショーを、楽しませていただくとしよう。

だが、その前に、アメリカ初の黒人の大統領となったあの男にも経緯を説明しておく必要がある。

スナッヅ・ラットはデスクの受話器を取り、アメリカ本国直通の衛星外交回線でワシントンに電話を入れた。

同日、同時刻、ワシントンのホワイトハウス――。

現地時間では一九日に日付が変わったばかりの午前零時だった。だが深夜にもかかわらず、バラク・オバマ大統領は自室で一人で起きていた。

彼は、苛立《いらだ》っていた。もう何度目かになるデンゼル・ワシントン主演の『トレーニングデイ』のＤＶＤを見終わり、スコッチ・アンド・ソーダを二杯飲んだが、まだ眠れそうもなかった。

今月に入ってから、本格的に禁煙に挑んでいた。八日にはミシェル夫人が取り巻きの記者を集め、夫がついに禁煙に成功したことを誇らしげに宣言してしまった。考えてみればすでに二週間近くも、少なくともミシェル夫人に知られる所ではタバコを一本も吸っていない。

だが、今夜はいつになくタバコが欲しかった。たった一本でもかまわない。もしいま、この時刻に自分の前にタバコを差し出してくれる者があれば、たとえそれがイランのマフムード・アフマディーネジャードであっても良き友人となれるだろう。

オバマは三杯目のスコッチ・アンド・ソーダを作り、そのグラスを手に白い革のソファーに座った。目を閉じ、しばらく考え事をした。

この国の大統領になって、二年が過ぎた。最初のうちは、夢と希望に溢《あふ》れた船出だった。アメリカだけでなく、自分が世界の頂点に立ったような気分だった。だが、少しずつ、何かが狂いはじめている。

雇用、財務管理、そして国内財政の再建。ここ数カ月の間、自分は世界どころかアメリカ国内の方ばかりを向いていた。そして国内世論を欺くために、嘘をつき続けていた。

つい数日前に発表した予算教書もそうだ。その中でアメリカの財政赤字は今年二〇一一年にGDP比一〇・九パーセントに達し、これがピークになると予想した。その後は二〇一二年度に七・〇パーセント。二〇一三年度には四・六パーセントにまで低下し、二〇一四年度の予算では赤字がゼロになる。これを境に、アメリカの債務はGDP比七五パーセント前後で安定するだろう。

だが、この数字が実現性のない単なる希望的観測であることはオバマ自身が最もよく理解していた。アメリカの景気が自力で回復する見込みは、当分ないだろう。この国の愚かな支配者たちは何も生産しようとせずに、〝金融〟というマネーゲームだけで資本家としての自分たちの利益を追求してきた。そのアメリカの労働者と世界の経済を食い物にした〝PONZI（ネズミ講）〟が、最早《もはや》破綻《たん》しかけているのだ。

このままならアメリカは、今年の夏までに確実にデフォルト（債務不履行）を迎えるだろう。そしてEUや日本を巻き添えにしながら、中国経済という巨大な龍《りゅう》に呑《の》み込まれていく。

だが一方で、こうしている間にも、世界情勢は休むことなく動き続けている。八日前には、アラブ諸国で数少ない親米派だったエジプトのムバーラク政権が倒れた。そして今日にも、アメリカの運命の鍵《かぎ》を握る巨大な龍にも革命が起きようとしている。そうなれば、この国の未来も変わる可能性がある。

その時、電話機の内線のランプが光った。オバマはグラスを手にしたままソファーを立ち、受話器を取った。一月に大統領首席補佐官に就任したばかりのウィリアム・デイリーの低い声が聞こえてきた。

――大統領、まだ起きていたんですか――。

「ああ、眠れなくてね……。ところで、何の用だい」

オバマは、自分のスタッフに対して常にフレンドリーに対応する。

――いま、北京のスナッズ・ラットから連絡が入りました。大統領に、伝言があります――。

「何といっていた」

――例の、中国のジャスミンの花の件です。現在までのところ、明日、予定の一三都市のすべてに花が咲くのは確実とのことです。しかし各地の〝管理人〟が、厳重に警戒しています。現状ではすべての都市において、花の数とそれがもたらす影響については予測できないとのことです――。

「そうか……」

オバマはそういって、溜息《ためいき》をついた。

――いずれにしてもジャスミンの花が咲くまでは、まだ丸一日近くあります。少し寝ないと、体に毒ですよ――。

「わかっている。ところでウィル、君に首席補佐官としての重要な任務を与えたいのだがね」

――何です、また改まって――。

「いまこのホワイトハウスのどこかに、タバコが置いてないかな。一本でもかまわない。もしあったら、ここに持ってきてほしいんだが……」

――わかりました。ミシェル夫人がすべて捨ててしまっていなければ、どこかにあると思います。探して、誰かに持って行かせますよ――。

「頼む。感謝するよ」

オバマは内線の電話を切り、また溜息をついた。

これでマフムードの奴と友人にならなくてもすみそうだ。

一五時間後、二月二〇日デモ当日、北京――。

中南海《チョンナンハイ》――中国最高指導部――の会議室に、早朝から中央政治局常務委員会の九人。全員が一堂に会していた。

序列一位、中国共産党中央委員会総書記の胡錦濤。序列第二位、全国人民代表大会常務委員長の呉邦国《ウーバングオ》。序列三位、国務院総理の温家宝。他に第四位、賈慶林《チアチンリン》。第五位、李長春《リーチャンチュン》。第六位、次期国家主席と噂のある習近平。第七位、李克強《リーコーチャン》。第八位、賀国強《ホーグオチャン》。第九位、周永康《ヂョウヨンカン》。この第一七期中央政治局常務委員は二〇〇七年一〇月以降一人も代わることなく、また国家の有事の際にこの中南海の会議室にダークスーツ姿で集合する習慣もまったく同じだった。

九人の男たちがこの会議室に集まる時には、常に自信に満ち溢れていた。ともすればアメリカやロシアとの政策を話し合う時にさえ、相手国を見下すほどすべてにおいて傲慢《ごうまん》だった。だがこの日だけは、どこかいつもと様子が違っていた。彼らはなぜか落ち着きがなく、何かに脅《おび》えるようにお互いに助けを求め合っていた。

理由は、明白だった。彼ら九人が畏《おそ》れるものは、アメリカでもロシアでもない。ましてEUや日本でもない。もしそのような存在があるとすれば唯一、自分たちが支配しているはずの一三億五〇〇〇万人の中国の民衆だけだ。

その民衆が、いま制御不能に陥ろうとしていた。世界人口の五分の一を占める巨大な火薬庫に、何者かが火を投げ込もうとしているのだ。それが何を意味するのか。九人の男たちはあの天安門以来、その恐ろしさを十分すぎるほどに理解していた。

「あと、七時間か……」

誰かが時計を見ながら呟《つぶや》き、溜息をついた。

「大丈夫だ。各都市には最大限、治安部隊を配備している。それを見ればデモ隊も、恐れをなして引き上げる……」

「心配することはない。今回も、抑え切れるだろう……」

誰かが、お互いを納得させるようにいった。

胡錦濤は腕を組み、しばらく黙っていた。すべて、考えられるだけの手は打ったはずだ。配備する治安部隊の数を増強させるために、人民軍の兵士にまで公安や武装警察の制服を着用させ各都市のデモ予定地に紛れ込ませてある。SNSやインターネット上を飛び交う情報は、三〇万人のサイバーポリスを駆使して抑え込んでいる。だが、民衆が収まる気配はない。

胡が、温家宝に訊《き》いた。

「例の、劉志軍《リウジージュン》の件はどうなっている」

劉志軍は、中国鉄道省のトップだった男だ。鉄道相として高速鉄道計画を推進する牽引役《けんいん》となったが、同時に二〇〇九年度末までに一兆三〇〇〇億元（約一六兆五〇〇〇億円）もの負債を容認。その一部、約一六〇億元を個人資産として海外に持ち出したとされている。

「二日前に、解任したよ。一昨日、新華社通信にも記事が載っただろう。あの男は二度と、太陽を見ることはない」

「そうだったな……」

今回のデモのスローガンは、「政治改革の始動」。具体的には共産党による一党独裁の崩壊と民主化だ。原動力になっているのが、較差と役人の汚職に対する反発だった。その役人汚職の象徴ともいえる鉄道省のトップを更迭して切り捨てることは、今回の茉莉花革命を鎮圧するための切り札のひとつだった。だが、これまでのところ、全く効果が現れていない。

今回は、不気味だ。民衆が何を考えているのか、まったく読めない。それにしても誰が、SNSなどという不都合なものを作り出してくれたのか。

「ところでもし暴動が抑えられなくなり、この中南海にまで暴徒が押し寄せてきたら、いったいどうなるんだ。我々も、先人たちと同じ運命を辿《たど》るのか……」

また、誰かが呟いた。

記録に残る四〇〇〇年にも及ぶ中国史が、度重なる大量虐殺史であることはここにいる九人全員が知っていた。中国では有史以来の各時代、各地でありとあらゆる王朝が乱立し、それが数十年から数百年に一度の崩壊のごとに人口の何分の一、もしくは大半という人間が殺されてきた。

一三世紀にはチンギス・ハンが金や西夏の王朝を攻め、僅《わず》か三〇年の間に中国の全人口五〇〇〇万人の内の四〇〇〇万人以上を殺戮《さつりく》した。一七世紀には農民反乱軍の指導者、張献忠《ちょうけんちゅう》が現在の四川省を征服し、人口六〇〇〇万人をほぼ全滅させてその人肉を喰《く》った。一八六四年七月には曾国藩《そうこくはん》率いる湘軍《しょうぐん》が南京にあったキリスト教系の太平天国を滅ぼし、婦女子を中心に一般市民一〇万人を虐殺した。この湘軍南京陥落事件が、後の日本軍による南京事件捏造《ねつぞう》の元になったことも、もちろん九人は知っていた。さらに二〇世紀に入ると毛沢東が〝文化大革命〟の名の下に、国民党の関係者や教師、学者、商人などの知識人や上層階級を虐殺し、七〇〇〇万人以上を粛清した。この大殺戮は、第二次世界大戦の全世界の死者総数五五〇〇万人を遥《はる》かに上回っている。

九人の賢人は、自分たちがそうした中国人の末裔《まつえい》であり、その指導者であることをよく理解していた。そして、自分たちがいま置かれている立場もよくわかっていた。現在の中華人民共和国が中国史における独裁王朝のひとつであるとすれば、すでに一九四九年の建国から六〇年以上が経ったいま、そろそろ寿命が来てもおかしくない頃だった。そうなれば必ず、国家崩壊と同時に大虐殺が起こる。まず最初に標的にされるのは、自分たち共産党のトップとその家族であることは歴史が証明していた。

二一世紀の現在に、そんなことが起こり得るわけがない。治安部隊と人民解放軍が取り囲むこの中南海に、暴徒が攻め込むことなど不可能だ。だが、数万、数十万、数百万の暴徒が押し寄せてきたとしたら……。

他の国とは違う。それが起こり得るのが、中国でもあった。

「まあ、だいじょうぶだろう」誰かがいった。「二一世紀には張献忠も曾国藩もいない。そのかわりに我々は、ヘリコプターと海外の口座を持っている」

場がしばらくの間、奇妙な沈黙に包まれた。そのうち、誰からともなく、声を上げて笑い出した。


当日午後一二時三〇分、北京——。

市内の天壇公園で清掃係として働く羅中林《ルオゾンリン》は、昼休みを終えて同僚の汲覚《ジージュエ》に声を掛けた。

「おい、行かないのか」

汲が、タバコを吸いながら怪訝《けげん》そうに訊いた。

「行くって、どこにだ」

「決まってるじゃないか。茉莉花革命のデモに参加するのさ」

羅がいうと、汲が呆《あき》れたように顔を見た。

「お前、気が狂ったのか。そんなの行くだけ無駄に決まってるじゃないか。やめた方がいい」

汲は、羅と同じ大学出の二十代の若者だった。普段から共産党の一党独裁に反対の立場を取り、民主化を訴えていた。だが、反応はあまりにも冷ややかだった。

「どうしてだ。デモや集会は憲法で認められてるんだぞ。こんな機会はまたとない。チュニジアやエジプトでもやれたんだ。今度は、おれたちの番だ」

「やめておけ。お前だって、〝奴ら〟の恐ろしさを知っているだろう。武警に捕まって、痛い目を見るだけ損だ」

「しかし……」

「まだわからないのか。〝微博〟や〝人人網〟なんかの投稿や呼び掛けは、SNSの中だけの架空的遊戯なんだよ。ただ煽《あお》り立てて、憂さを晴らしているだけさ。行ったって、誰もいやしないさ」

仕方なく羅中林は、午後の仕事を休んで一人でデモに出掛けた。仕事場の天壇公園からデモの集合場所に指定されている王府井大街までは、地下鉄五号線の駅にして三つ目だった。だが東単駅で降りて王府井の入口の東方広場まで歩いても、デモ隊らしき人間はほとんど見かけなかった。

王府井大街に集まっているのは、毛皮の襟のコートに制帽を着用している武装警察官だけだった。彼らは一分の隙もないほどに肩を並べ、広い大街を埋め尽くしていた。常に通行人に目を光らせ、少しでも不審に思う者がいれば取り囲んで排除する。

それでも羅は何食わぬ顔で大街を歩き、デモ隊の姿を探した。集合場所は、確かにこのあたりのはずなのだが。そう思って、マクドナルドの前でふと足を止めた時だった。いきなり武装警官が走ってきて、取り囲まれた。

「お前は何だ！」

「ここで何をしている！」

「立ち止まるな！」

もの凄《すご》い剣幕で、矢継ぎ早に怒鳴られた。瞬間的に、恐怖に襲われた。

「いや、今日はデモが……」

思わずそういった瞬間に、いきなり胸ぐらを摑《つか》まれた。他の隊員に警棒で小突かれ、後ろから尻《しり》を蹴《け》られた。

「そんなものはない！　すぐにここから立ち去れ！」

引き摺《ず》られ、元の方向に押し戻された。他の通行人は、見て見ぬ振りをしている。羅は仕方なく、武装警官の手を振り切って王府井大街から外れる路地に逃げ込んだ。

歩きながら口を拭《ぬぐ》うと、上着の袖《そで》に血が付いていた。その時、思った。中国には、民主化などは有り得ない。

支配するか、支配されるか。奪うか、奪われるか。殺《や》るか、殺られるか。この国にあるのは、それだけだ。

馬鹿ばかしくて、やっていられない。羅中林はまた、地下鉄の駅に戻った。

午後一時三〇分、北京市王府井大街――。

それでも街のあちらこちらに、武装警察や公安の目を盗むように少しずつ人が集まりはじめていた。

スナッズ・ラット――在中国アメリカ大使のジョージ・ミラー・ハインツ・Jr.――は、この日のために予約した『東来順《ドンライシュン》 飯荘《ファンジュアン》』の二階の窓際のテーブルで遅い昼食の飲茶《ヤムチャ》を楽しみながら、すぐ目の前の王府井大街の様子を見下ろしていた。歩道や路地の入口などに、デモ隊らしき少人数のグループが見えた。あちらこちらで、治安部隊とデモ隊の小競り合いが繰り広げられている。

だが、おかしい。デモの本隊は、どこにいるのか。これから集まってくるのか。もしくは、こないのか。いずれにしても、人が少なすぎる……。

スナッズ・ラットはジャスミン茶を口に含み、テーブルの上のｉＰｈｏｎｅを手に取った。中国版ツイッターの『微博』をチェックする。いま、こうしている時にも、膨大な数の呼び掛けがネットワークに飛び交っていた。

〈――集まれ。間もなく始まるぞ！――〉

〈――打倒一党独裁！　民主化を勝ち取れ！――〉

〈――凄い人数だ！　もう、一万人はいるぞ！　今日こそ、我々の勝利だ！――〉

スナッズ・ラットはツイートを読みながら、首を傾げた。いったい、これは何だ？　どうなっているんだ？

スナッズ・ラットはｉＰｈｏｎｅのアイコンを切り替え、アドレス帳からウィリアム・ディリー首席補佐官の名前を探してメールを作成した。

〈――どうやらまた、中国人に騙《だま》されたらしい――〉

メールを打ち終え、クレジットカードで勘定をすませて席を立った。後ろから、ダークスーツ姿のＳＰが二人付いていく。そのまま店から、いま正にデモが始まろうとしている王府井大街に出て行った。

何が起きるのか、自分の目と肌で確かめなくては気がすまなかった。

だが、この時のジョージ・ミラー・ハインツ・Jr.の行動が後日、世界じゅうに報道されて物議をかもすことになる。

二〇日、一四時〇〇分――。

中国全土、一三の都市で『茉莉花革命《ジャスミン》』の幕が切って落とされた。

北京のもうひとつの集会集合地点、天安門広場には、数百人の武装警官と私服警官、数十台の警察車輛《しゃりょう》が配備され、王府井大街以上の厳戒態勢を敷いた。その光景は、正に一九八九年の天安門事件の恐怖を呼び覚ますのに十分なものだった。数十人の集会参加者が姿を現したが、その場で武装警察により暴行を受けるなどして排除され、デモは中止に追い込まれた。

かつて湘軍によって大虐殺が行われた南京市でも、『微博』に呼び掛けられた労働者のデモ隊が繁華街に集合した。だがその数は、僅《わず》か五〇人にすぎなかった。それでも治安部隊の監視の下に集会は行われ、しばらくは双方が睨《にら》み合っていたが、やがて何事も起きることなく解散していった。

上海は、予想以上に静かだった。数十人が集会に集まったが、その内の数人が治安部隊と口論。だが間もなく二十代の男性三人が警察官に暴行を受け、連行された。その後も年配の労働者数十人が集まり、抗議活動を始めた。だが、間もなくこの集会も、武力により鎮圧された。

成都では昼過ぎ頃から、集合場所の天府広場の毛沢東像の前に学生たちが集まりはじめた。だが、それ以前から迷彩服姿の武装警官数百人が像の前を取り囲んでいた。周囲では携帯電話で話すことも立ち止まることも許されず、少しでも不審な行動を取ればすぐに武装警官と警察犬が飛んでくる。結局、呼び掛けに応じた者はその光景に恐れをなし、すごすごと立ち去った。

その他、蘭州、広州、ハルビンなどの各都市も、何事も起こることなく平穏だった。

厳強幹は、この日も北京の『国家安全部』の部局内で刻々と移り変わる『茉莉花革命』の推移を見守っていた。今回の一連のデモに関する取り締まりは、公安部が統轄している。現場の治安維持は、人民武装警察部隊。これは一九八三年に人民解放軍から分離したもので、事実上の対国民弾圧用の〝軍隊〟に相当する。だが、その情報は国家安全部にも逐一送られてくる。

厳は、各都市からの情報を見ながら口元に笑いを浮かべた。やはり、思っていたとおりだ。いや、思っていた以上に羊の群れは従順だったというべきか。

中国政府は、チュニジアやエジプトとは違う。一三億五〇〇〇万の国民を、完全に管理統制している。つまり、政府は羊の群れの扱い方を心得ているということだ。

その時また、新しい情報が入ってきた。王府井大街のデモの現場で、『中国中央電視台』（中国中央TV）の撮影スタッフに紛れている部下の宋芳徳からの電話だった。

「そちらの様子はどうだ」

電話を取り、厳が訊《き》いた。受話器から、王府井大街の騒然としたデモの様子が伝わってきた。

――それほどでもありませんね。実数は、五〇から六〇といったところだと思います。他は、弥次馬《やじ》でしょう。デモ隊と武警の連中が小競り合いをしていますが、間もなく収拾するでしょう。それよりも、面白いものを見かけましたよ――。

「何だ」

――やはり、部長のいっていたとおりです。例の、〝美男鼠〟がこの王府井大街に現れたんです。何食わぬ顔をして、デモを見物していましたよ――。

厳はその言葉を聞きながら、誰に対するわけでもなく小さく頷《うなず》いた。

「それで……どうしたんだ。奴はいま、どこにいる。接触したのか」

――いえ、接触はしていません。部長にいわれたとおり、ただ所在を確認しただけです。いま見かけたばかりですから、まだ近くにいると思いますが——。

「いま、君はテレビ局のスタッフに紛れ込んでるんだったな」

——はい、そうです。中央電視台のニュース番組です——。

「もう一度、奴を探せ。そして、インタビューを取れ。王府井大街に何をしに来たのか、食い下がって訊くんだ」

——わかりました。やってみます。そのかわり、外交部と国務院の方にはうまくやってくださいよ——。

電話を切った。厳がまた、口元にかすかな笑いを浮かべた。だが、そこにまた電話が掛かってきた。今度は国家安全部の瀋陽《シェンヤン》支局の部下からだった。

「そちらの様子はどうだ。何かあったのか」

厳が訊いた。

——いえ、騒ぎはたいしたことはありません。しかしいま、現場で気に掛かる人間を見つけました。瀋陽の日本総領事館のリストに載っている男です。デモの集合場所に指定されたスターバックスの前で、かなり前から不審な動きをしています。我々もいま、公安の連中とその店の中にいるのですが——。

「男の名前は」

——外交部からの資料だと、〝タナカ・ヒロシ〟になっていますね。三カ月ほど前に、瀋陽の総領事館に着任してきた男です——。

厳はその場でコンピューターを操作し、国家安全部内のリストをチェックした。すぐに、該当する情報がヒットした。

〈――田中浩――本名・戸次二三彦――〉

瀋陽の男が、この戸次という男と同一人物かどうかはわからない。日本人には〝タナカ〟という名字も〝ヒロシ〟という名前も多い。だが、関連情報を開いた瞬間、厳の目がディスプレイに釘《くぎ》付けになった。

〈――蛟竜――本名・設楽正明――〉

「その男はまだいるのか」

――ええ、目の前にいますよ。なぜですか――。

「拘束しろ」

――待ってください。相手は外交官ですよ。ウィーン条約が――。

「そんなものはどうでもいい。いますぐに拘束するんだ。武警の署内に連れ込んで、身元を確認して写真を撮れ。責任はすべておれが取る」

電話を切り、厳は息を吐き出した。

蛟竜は、死んだはずだ。戸次という男は、なぜ瀋陽の日本総領事館などにいるのか。

それにしても……。

アメリカと日本は、何を企《たくら》んでいるんだ。

13

風に、新聞紙が舞った。

崔純子は薄暗い裏通りを歩きながら、それを何げなく拾い上げた。

今日——二月二一日付——の全国紙『解放日報』だった。紙面は何枚か抜けていたが、一面と社会面は残っていた。

裏通りから表通りに出て、公園のベンチに座って新聞を読みはじめた。だが、奇妙だった。昨日は北京や上海、成都などの大都市で、〝茉莉花革命〟のデモや暴動があったはずなのだが。

この貴州省貴陽の町でも、大きなデモが起きたという噂が流れていた。ところが『解放日報』のどこを見ても、そんなことは一行も書かれていない。

純子は、思った。この国は、朝鮮民主主義人民共和国とまったく同じだ。もし違いがあるとすれば裕福か、貧しいか。それだけの差だ。支配者と奴隷、その二種類の人間しか存在しない。

純子は、読み終えた新聞を塵箱《ごみばこ》に捨て、また歩き出した。公園から大通りを横切り、裏通りから細い路地へと入っていく。しばらくすると、古い三階建ての仏印様式の建物の裏口のドアを開けた。目の前に、狭く急な階段があった。純子はその暗い階段を三階まで上り、目の前の紫檀《したん》のドアに付けられた青銅の龍のノッカーを鳴らした。

しばらく、待つ。部屋の中で、かすかな人の気配。やがてドアの小さな覗《のぞ》き窓が開き、中で人の目が光った。

「誰だ」

嗄《しゃが》れた声が、いった。

「私……崔純子です……」

「入りなさい」

鍵《かぎ》と、チェーンを外す音。純子はゆっくりと、重いドアを押した。透かし彫りが施された黒檀の衝立《ついたて》で仕切られた部屋に、壁を埋め尽くすように古い家具や骨董《こっとう》品が並んでいた。部屋に、老人が一人。老人は腰を曲げて部屋を横切り、おそらく一日の大半をそこで過ごす椅子に腰を下ろした。

男の名は、鄭金風《ズンジンフウ》といった。だが、それが本名かどうかはわからない。純子は共和国から出る前に、金明斗からあるリストを渡された。そのリストには、中国全土の都市や村に住む何人かの人名と連絡方法が書かれていた。鄭金風も、そしていま蛟竜がいる貴州省鎮寧県の石堂寨という布依族の村に住む王老と呼ばれる老人も、そのリストの中の一人だった。

金明斗は、彼らを〝草〟と呼んでいた。自分の、古い仲間たちであると。そしてもし何か困ったことがあれば、その中の誰かを頼るようにとも教えてくれた。純子はかつて『労働党三号殿舎』で工作員としての教育を受けたとおり、リストをすべて記憶した後に焼き捨てた。

「できてますか」

純子が、朝鮮語で訊いた。

「できておるが……」老人がおっとりと答える。「金は、用意できたのかな」

「はい、ここに……」

純子は一歩前に進み出て、老人の前の机の上に赤いシルクの財布を置いた。中にはここ数カ月、純子が体を売って貯めた金のほぼ全額の七万人民元の札束が入っていた。

老人が財布から札束を出し、数える。しばらくして頷き、それを机の抽出《ひきだ》しに仕舞うと、かわりに封筒から緑と赤の二通のパスポートを出して純子の前に置いた。

「国籍は、君の望み通り韓国にしておいた。発行場所は一通が日本の横浜の総領事館で、もう一通が大阪だ。名前は男が権丙鉄《クオンビヨニケヨル》。女が鄭麗慶《チヨンヨギヨン》。いずれも在日韓国人ということになる。何か、訊きたいことは」

純子は二通のパスポートを開き、中を確認した。写真は純子が回収した蛟竜のバッグの中にあった、ビザ申請用の予備のものから転載した。韓国のパスポートは『労働党三号殿舎』の実習の時に何度も見ていたが、少なくとも純子には見分けが付かないほどよくできていた。

「〝本物〟なの？」

純子が訊いた。老人が頷く。

「旅券の素材そのものは、本物を使っている。旅券番号とバーコードも、すべて正規に登録されたものだ。安心しなさい。少なくとも、中国の出入国管理所で見破られることはない」

純子は笑みを浮かべ、二通のパスポートをハンドバッグに仕舞った。

「もうひとつ、お願いがあるの。前に世話になった百色《パイソー》の〝保大人《パオターレン》〟に、連絡を取ってもらえないかしら。崔純子が行くので、簡単な外科手術の準備をして待っていてもらいたいと……」

「わかった。連絡を取っておく。前と同じように、〝高麗人《ガオリーレン》〟からといえばいい」

純子は部屋を出ると、また狭く急な階段を下りていった。

三日後、純子は広西壮族自治区の百色という町にいた。南寧からは普通列車で約三時間。険しい地形に囲まれた小さな町だが、水量の大きな右江に面し、雲南省、貴州省、広東《コワントン》省、果ては遠く香港にまで至る水上交通の要衝として発展してきた港町だ。古くからの商人の町でもあり、中国工農紅軍第七軍がこの地で発足、司令部があったことから、その旧跡の地としても知られている。

純子は煉瓦《れんが》造りの古い南方様式の建物が肩を寄せ合う、市街地の込み入った一角に入っていった。すでに、午後も遅い時間になっていた。人々の生活の匂いが漂う路地裏に、『保晶俊《ペオジンジュイ》医生』と書かれた古い看板が出ていた。入口の前には、路上にまで老人や子供を抱いた若い女が並んでいた。

純子は込み合う待合室に入り、受付の顔に見覚えのある女子護士に来意を告げた。

「崔純子です。保先生に、〝高麗人〟からの紹介で来たと……」

「聞いてます。いまは患者さんがいっぱい待っているので、まだかなり時間が掛かると思います。夜の九時を過ぎたら、もう一度来てくれませんか」

「わかりました。そうします」

純子は一度医院を出て、観光客に紛れ第七軍の旧跡などを回って時間を潰《つぶ》した。日が落ちて市内の飯館に入り、牛骨のスープだけの軽い夕食をすませた。外科手術の前にはあまり満腹にしてはいけないことも、純子は工作員としての教育課程で学んで知っていた。

九時を過ぎて医院に行くと、辺りの路地裏は寝静まったように静かだった。純子は明かりの消えた医院の、ガラスのドアを開けた。鍵は掛かっていなかった。ドアの鈴が、小さな音で鳴った。

「保大人……いますか……」

人気のない待合室に入り、呼んだ。かすかな消毒薬の臭いが、つんと鼻を突いた。しばらくすると待合室から続く廊下の奥に明かりが灯《とも》り、白衣を着た白髪の老人が後ろ手を組んで歩いてきた。

「いらっしゃい。待っていたよ。さあ、こちらへ」

発音に僅《わず》かに濁りがあるが、老人が正確な日本語でいった。純子はこの老人の素性を知らない。年齢は、すでに九〇歳を超えているだろう。ただ〝高麗人〟――鄭金風――から、老人が旧日本陸軍の軍医であり、戦後は中国大陸に〝草〟として根付いた日本人の一人であるとだけは聞いていた。

貧しい者、特に壮族などの少数民族がまともに医療を受けられない中国で、病院に行けない庶民のための開業医としてこの地に生きてきた。弱者からは、民族の隔てなく金は取らない。八カ月前に、純子が運び込んだ瀕死《ひんし》の蛟竜を手術したのもこの老人だった。

「以前に私が弾を抜いたあの男は、命は助かったのかね」

処置室に入り、明かりを点《つ》けながら老人が訊《き》いた。

「はい、助かりました……。いまも、元気にしているはずです……」

白い木製の薬品棚に囲まれたタイルの床の中央に、おそらく日中戦争当時に旧日本軍が使っていた鉄の手術台が置かれていた。いまは庶民の堕胎もここで行われるのか、手術台の両側には女の両足を載せる錆《さ》びた支柱が取り付けられていた。

「それはよろしかった。あれは、馬のごとき心臓を持った頑健な男だった。内臓はかなり損傷していたが、時間が経てば再生しよう。体力も戻る」

「ありがとうございます。本当に、助かりました……」

「それで、今回は誰の〝治療〟をすればよろしいのかな」

「私、です……。私の体の中から、ある〝物〟を取り出してほしいのです……」

「ほう……。妊娠しておるのかね」

だが、純子は俯《うつむ》きながら首を横に振った。

「いえ、そうではありません……」

「それならば、何を取り出すのかね」

「いま、お見せします……」

純子はそういうと、下半身に身に着けているものをすべて脱ぎ捨てた。そしてベッドの上に俯《うつぶ》せになり、尻《しり》を少し持ち上げた。手を伸ばし、指先で尻の下の長さ二センチほどの小さな傷跡に触れた。

「この辺りです……。尻の下側、足との付け根あたりに小さな傷があるのがわかりますか」

老人が後ろに回り、眼鏡を掛けなおしながら覗き込む。ざらつく指先が、傷にそっと触れた。

「そうです。そこです。その傷の中に、プラスチックでコーティングされた小さな物が入っているんです……」

純子の体内には、日本のパナソニックのマイクロSDカードが一枚、埋め込まれていた。大きさは一五・〇ミリ×一一・〇ミリ。北朝鮮だけでなく、CIAなどの他国の工作員も機密情報を国外に持ち出す時には最もよく使う手だ。相手がプロでなければ、まず見破られることはない。

蛟竜は純子の体の隅々まで知っていた。抱かれた時に、尻の傷に触られた記憶もある。彼は、その傷が何を意味するのかもわかっていたはずだ。それなのに、純子に何も訊かなかった。

「その……プラスチックの小さなものというのは、何なのかね」

老人が、傷の周囲を指で押しながら訊いた。

純子は、思わず笑いそうになった。

「それは、つまり……機械の小さな部品のようなものです。中国では三〇人民元ほどでどこにでも売っていますが、私のいた国ではまだ貴重なもので……」

「なるほど……」

老人が何となく理解したのか、自分を納得させるように何度か頷《うなず》いた。

「埋まっている場所が、わかりますか」

純子が訊いた。

「ああ……何となくわかるね。しかし、ちょっと深いな。とにかく一度、レントゲンを撮ってみよう。旧ソ連の古い機械なので、ちゃんと写ってくれるとよいのだが……」

純子が一度、手術台の上に起き上がる。老人は後ろに手を組み、骨董《こっとう》品のようなレントゲンの機械に向かって歩いていった。

14

三月一日、東京――。

『亜細亜政治研究所』の所長、甲斐長州は、いつものように港区麻布狸穴《まみあな》のマンションの五階の一室でお気に入りのマッサージ椅子に座っていた。膝《ひざ》に掛けられたツウィードミルの毛布の上には、春の穏やかな陽光が差し込んでいた。

目の前のソファーには、二人の男が座っていた。一人はCIRO――内閣情報調査室――国際部の倉元貴夫《くらもとたかお》。もう一人は三日前に中国の武装警察から釈放され、日本に帰国したばかりの戸次二三彦だった。

「すると何かね」甲斐が戸次に訊いた。「君を聴取したのは武警や公安ではなく、国家安全部の連中だったというのか」

戸次が、無表情で頷く。

「確証はありませんが、おそらくそうだと思います」

「根拠は」

「まず第一に、私は〝田中浩〟の名で外交官として入国していました。それがデモの現場に居合わせただけで身柄を拘束され、一週間以上も軟禁されるわけがありません」

戸次の横で、倉元も無言で頷いた。

二月二〇日、瀋陽のデモの現場で戸次が武警に拘束された直後、日本政府は外務省の外交ルートを通じて中国政府に抗議を申し立てた。今回の事案は、外交官の特権を保障する『ウィーン条約』に明らかに抵触している。だが中国政府は、表向きは戸次を即時釈放したが、ホテルの一室に軟禁して執拗《しつよう》な取調べを続けた。

「そういえば北京でも、アメリカ大使のジョージ・ミラーがデモの現場にいたと中央電視台がテレビのニュースに流したそうですね」倉元がいった。「今回の中国茉莉花革命に関しては、武警や公安もかなりナーバスになっていましたから……」

「いや、それだけではありません。私を拘束したのは武警ですが、軟禁して翌日から取調べをしたのはまったく別の人間です。私服でしたし、正確な〝普通話〟を話していました。おそらく、〝北京〟の人間だと思います」

中国の武装警察や公安は、各省別に組織が独立している。たった一人の不審者を調べるために、わざわざ北京から瀋陽まで人を呼んだりはしない。それに他国の外交官の監視は、元来が『国家安全部』の管轄だ。

「他に、根拠は」

甲斐が、おっとりとした声で訊いた。

「はい、実はそれが問題なのですが……。その取調べをした男二人の内の一人が、何度か設楽正明の名を口に出したんです。どうやら、何らかの情報で、私が設楽と関係があることを知っていたようです」

「それで……設楽正明の何を訊き出そうとしていたのかね」

「はい。それが奇妙なのですが……。奴らはまず、設楽のことを〝蛟竜〟と呼んでいるようです。それに新しい名前、〝小笠原《おがさわら》貴光《たかみつ》〟の名も知られています。もちろん例のパスポートを使ってホテルに宿泊したり高速鉄道の乗車券を買ったりしているのだから、これは当然でしょう。しかし……」

戸次が話を続けた。

取調べをしたのは二人で、話すのはその内の一人だけだった。ホテルの部屋は完全に密室で、ドアの外には武警が見張りに立っていたが、室内には他に誰もいなかった。最初は、「なぜデモの現場にいたのか」を訊かれた。だが、その質問が本来の目的ではないことは明らかだった。

「そもそも……」倉元が途中で口を挟んだ。「戸次さんは、なぜ瀋陽の総領事館などにいたのですか」

「ひとつは、例の金明斗の件です。あの町には、朝鮮族の〝草〟が何人か根付いていますからね。脱北した崔純子の情報を収集していたのです。生きているのか。死んでしまったのか。何も情報は得られませんでしたけどね」

「他には」

「丹東周辺の、国境地帯の情報収集です……」

倉元は、それだけで納得したように頷いた。

昨年の一一月二三日の北朝鮮による韓国の延坪島砲撃以来、中朝国境地帯は一触即発の緊張状態が続いていた。北朝鮮軍の暴発が中国側に向かえば、瞬時のうちに国境紛争に発展する。もしくは北朝鮮内でクーデターが起こり、難民が中朝国境に押し寄せれば、中国はこれを武力制圧するだろう。しかも中国だけでなく、西側諸国にさえ、「金正日の余命は一年以内」という情報が伝わっている。

「国境の件はそのくらいにしておこう」甲斐がいった。「問題は、設楽正明と崔純子だ。その国家安全部の取調官は、二人が行動を共にしていたことは承知していたのかね」

「はい。それは二人が同時に〝消去〟されていることからも、当然だと思われます」

戸次が応じる。

「それならなぜ、国家安全部はいまだに設楽正明の消息を追っているのだ」

「はい。ひとつは、崔純子が北朝鮮から持ち出した情報を、国家安全部がまだ入手していないためだと思われます。もし入手していれば、中国政府から外交ルートを通じて何らかの反応があるはずです」

戸次の細い目の中の瞳《ひとみ》がかすかに動き、倉元を見た。

「少なくとも、いまのところうちには何の情報も入っていませんね。外務省の方で止めている

なら別ですが……」

「すると、やはり可能性はひとつしかないな。国家安全部は、あの二人が生きていると考えて

いる……」

甲斐がそういって、自分自身を納得させるように頷く。

やはり、そうなのだ。もしあの二人が死亡し、金明斗の情報が中国側に回収されていれば、

金正日があれほど慌てて黄長燁を暗殺させるわけがない。

「しかし、二人が〝消去〟されたという情報が入ってから、もう九カ月近くになります。もし

生きているなら、なぜ我々に連絡しないのか。その理由がわかりません」

戸次が強い口調で言った。

「例の〝手紙〟は出したのかね」

「はい。先生のおっしゃるとおり差出し人を〝甲斐由里子〟の名前で瀋陽から〝草〟のルート

に流しました。もし設楽正明が生きていれば、すでに手元に渡っているはずです」

「死んでいれば？」

「それはわかりません。しかしいずれ、手紙は我々の手元に戻ってくるはずです」

甲斐は、溜息《ためいき》をついた。そして、考える。

いったい設楽正明は、どうなったのか。生きているのか。死んでしまったのか。だが、もし生きているならば何らかの反応があるはずだ。あの男が、理由もなく任務を放棄するとは思えない。しかも手紙の差出し人は、〝甲斐由里子〟の名前になっている。少なくとも崔純子がそれを見れば、こちらのメッセージに気付くはずなのだが。

何らかの理由があり、現在は身動きが取れない状態なのか。もしくは設楽正明か崔純子、二人のうちいずれかが死んだのか……。

「まあいい。設楽正明の件は、ひとまず置いておこう。それで、倉元君。そちらの方の報告は」

「はい。ひとつは、例の南麻布の土地の件です。中国側が、昨年の尖閣諸島の問題を楯《たて》に取得を迫ってきています」

〝南麻布の土地〟とは、国家公務員共済組合連合会が所有する五六七七平方メートルの土地のことを指す。中国政府は二〇〇八年以来、中国大使館別館に隣接するこの土地の取得を日本側に打診。日本政府はこれを断り続けてきた。

「まだそんなことをいっておるのかね。あの土地は、皇居まで三キロと少ししか離れておらんのだぞ。そんな所を中共に一七二〇坪も買われ、ウィーン条約で治外法権にされたら天皇はどうなるのか。考えるまでもなくわかるはずだ」

中国政府は、その土地を〝大使館用地〟としての購入を希望している。そうなれば当然、ウィーン条約に基づき、一七二〇坪もの土地が〝不可侵〟となる。日本側としては、喉元《のどもと》に刃物を突きつけられるのと同じだ。

「わかっています。しかし外務省の方は、以前からあの土地を中国に売ることに前向きです」

「財務省は、何といっておる」

「来月、四月二六日に一般競争入札を行う予定です……」

「そんな馬鹿な話があるか。競争入札などにすれば、中国が法外な値段を入れてくるに決まっとる。最初から、〝売る〟といっとるのと同じではないか」

「ごもっともなのですが……」

「いまの政府の連中は、何を考えているのかまったくわからん。首相ともあろう者が〝日本は日本人だけのものではない〟などと発言したり、なぜ自ら国土を他国に献上するようなことをするのか……」

「確かに、そのとおりです。しかも来年、二〇一二年には、中国共産党の総書記が代わります。次は、嫌日派として知られる上海閥が復権し、習近平が国家主席となることが確実視されています。〝カンパニー〟(CIA)からの報告には、昨年九月の尖閣諸島の一件も裏で糸を引いていたのは上海閥だというものもあります。さらにアメリカは、わかっていてアクションを起こさない。今年の夏に迫るデフォルトの危機でそれどころではないのはわかりますが、中国と何かを画策しているのは明らかです。その上で、我が国にはさらなるドル国債の受け入れを迫っている。このままでは、日本はどうなるのか。我々にはもう、あまり時間が残されていないのです……」

倉元が、堰《せき》を切ったように一気に話し通した。

「つまり、何か手を打たなくてはまずい、ということかね」

「そうです。いま政府では消費税の一〇パーセントへの引き上げを画策していますが、そんなものはドル国債の追加購入ですべて消えてしまう。このまま円高が続けば、それ以前に日本経済そのものが破綻《はたん》するでしょう。このままでは、本当に中国に呑《の》み込まれてしまう……」

「例の情報か……」

甲斐の言葉に、倉元が頷《うなず》いた。

「そうです。金明斗の情報が、どのようなものかは私にはわかりません。しかし、もしその情報によって、情況が少しでも変わるのであれば……」

倉元が帰った後も、甲斐は一人でマッサージ用の椅子に座り続けていた。

考え事をしている時には、いつもそうだ。甲斐は、まるで呼吸すら止めているように動かなかった。しばらくするとドアをノックする音が聞こえ、また戸次二三彦が部屋に入ってきた。

戸次が無言で、甲斐の前に立つ。甲斐が、目を閉じたまま訊《き》いた。

「何か、用かね」

直立不動のまま、戸次がいった。

「ひとつ、伺いたいことがあるのですが。お許しいただけますでしょうか」

「許そう。いってみなさい」

戸次が無表情のまま、だが、唾液《だえき》を呑み下した。

「設楽正明への手紙に差出し人として書いた名前……、〝甲斐由里子〟とは何者なのですか。単なるコードネームなのか。それとも……」

甲斐は、しばらく黙っていた。だが、やがて呟《つぶや》くようにいった。

「崔純子の、母親だよ……」

「そうであろうことは、わかります。崔純子の母親が日本からの〝帰国者〟で、崔由里子という名前であったことは私も資料を見て確認しております。しかし、名字の〝甲斐〟というのは……」

甲斐が、頷く。

「そうだ。甲斐由里子というのが、かつての彼女の名前だった。つまり、由里子は、私の実の娘だ。純子は、孫なのだよ……」

「それでは、まさか……」

「その〝まさか〟だ。わかったら、あの二人を何とか探してくれ。そして、日本に連れ戻してくれ。頼む……」

「わかりました。最善を尽くさせていただきます」

戸次は直立したまま敬礼し、踵《きびす》を返した。部屋を、出て行く。だが甲斐長州は、目を閉じたまま動かなかった。

15

石堂寨での生活は、静かだった。

この村には時間という観念が存在しない。ただ毎日、確実に朝が訪れ、質素な食事を味わい、上等な茶を楽しみ、ごく少数の友人たちと語り合うだけだ。そしてまたいつの間にか日が沈み、凜《りん》とした長い夜が訪れる。

蛟竜は、自分がこの村に来て何日が過ぎたのか、いまが何月の何日なのかさえわからなくなっていた。だが最近は、日一日と気候が微温《ゆる》みはじめている。いつの間にか風向きも変わり、村を包み込んでいた雪も溶けてきた。まだ遠く、かすかにではあったが、春の気配を感じるようになった。

だが蛟竜は、そんな穏やかな生活の中でも自分のやるべきことを忘れてはいなかった。毎日、数時間は部屋に籠《こも》り、体を鍛えた。最初は軽いストレッチからはじめ、少しずつ腕立て伏せや腹筋運動、さらにスクワットで汗を流した。

体は、まだ万全ではなかった。だが一人の男として、いやそれ以前に一匹の野生動物としての本能が告げていた。自分の体力を、元に戻さなくてはならない。いずれ、そう遠くない将来に、それが必要な時がくるだろう。

階下の居間に下りていくと、王老がいつものようにストーブの前の椅子に座り、中国語の新聞を読んでいた。

「王老、それはいつの新聞ですか」

蛟竜が、王老の向かいに座った。ピンフォアが編み物の手を休め、蛟竜に茶を淹《い》れる。

「これかね……」王老がおっとりと、新聞の日付を見る。「村に立ち寄った行商人が置いていったのだが、二月の二八日ですな……」

「何か、面白い記事でも？」

「いや、特にはありませんな。中国の新聞は事実の半分を隠し、残りの半分のうちのさらに半分に真っ赤な嘘を書く。あの毛沢東が文化大革命で流した、血染めの五星紅旗のように」

「中国茉莉花革命は、どうなりましたか」

前年の一二月、チュニジアのシディ・ブジドに端を発した〝ジャスミン革命〟が中国にも飛び火したことは、この貴州省山間部の布依族の村にも噂が流れてきていた。

「二月の二〇日には、各都市で散発的なデモはあったようですな。さらに二七日も、小さなデモと警官隊との衝突があり、何人かが逮捕されたとある。しかし、この新聞に書かれていることが、どこまで本当なのか……」

「他には、何か」

「〝アラブの春〟の方は、各地に飛び火しておるようですな。すでにイエメンやバーレーンでも大きなデモがあったようですし、リビアではカダフィ大佐がトリポリを脱出したという噂もある。ただし、この新聞ではそれらはすべて違法なデモで、間もなく鎮圧されるだろうと論じておるが……」

カダフィ大佐がトリポリを脱出……。

蛟竜はその不確実な未確認情報に、驚愕《きょうがく》を感じずにはいられなかった。あの中東の狂犬と呼ばれ、アラブ諸国最強の独裁者、狂信的指導者といわれたカダフィ大佐までが国を追われようとしている。いったい中東のジャスミン革命は、どこまで広がるのか。そしてなぜ中国だけは、民衆の爆発的なエネルギーを抑え込むことができているのか——。

「この先、〝アラブの春〟はどこまで広がることになるのでしょう……」

蛟竜が茶をすすりながら、王老に訊いた。

「これからも火の手は収まらんでしょう。おそらくリビアは、チュニジア、エジプトに続き革命が成功するでしょう。カダフィは他国に亡命するか、もし逃げ遅れれば命さえ落としかねません。やがてこの動きは、欧州やロシアにも広がっていきましょう。しかし、そのひとつの山場は、もしかしたらシリアかもしれませんな」

シリア……。

「なぜ、シリアなのですか」

老人が、楽しそうに頷いた。

「簡単なことです。シリアには、中東で唯一のロシア艦隊の補給基地があります。ロシアは当然、シリアの反政府勢力に軍事的弾圧を加えてでも権益を守ろうとするでしょう。そうなればもちろん、シリアを民主化運動の防波堤としたい中国もロシアの側に付く」

「しかもシリアの現アサド政権は、アメリカの天敵ともいえるイランと蜜月《みつげつ》だ……」

王老が、頷く。

「そういうことです。この先、アラブの春が世界に、特にこの中国まで波及するかどうかは、シリアの動向いかんによりましょう。最悪の場合にはシリアが内戦状態に陥り、その戦火が中東全体に広がることもありましょうな」

昼食は王老の家族と共に、雲白肉と炒絲土豆を食べた。いずれも四川料理に似た布依族特有の料理だが、ピンフォアが作る香辛料の利いた味にもすでに慣れてしまった。

蛟竜は食事の途中で、ふと箸《はし》を止めた。小さな窓を見ると、晴れることの少ない貴州省のこのあたりとしては珍しく、穏やかな陽光が差し込んでいた。

「どうかしましたかな」

王老が怪訝《けげん》そうに訊いた。

「ええ……。今日が何月何日なのかと、そんなことを考えていました……」

蛟竜と同じように、王老も窓の外を見た。

「さて……。先ほどの新聞が二月の末の日付でしたから……。もう三月に入ったことは間違いありませんが、間もなくこの辺りにも春が訪れましょう……」

王老が、静かにいった。

午後になってしばらくすると、ダーホンとピンフォアの息子のハオミンが学校から帰ってきた。ハオミンは教科書の入った布の夾板（鞄《かばん》）をその場に放り出すと、一目散に蛟竜に向かって走ってきた。

「ねえフーズー」ハオミンがいつものように、蛟竜をそう呼んだ。「〝ヤキュウ〞をしよう。遊ぼうよ」

見ていたピンフォアが、チワン語で叱った。ハオミンが駄々をこねるように、何かをいい返す。蛟竜はチワン語がよくわからないが、どうやら勉強の前に少しだけ遊びたいといっているらしい。父親のダーホンが村にいないことが多いので、最近ハオミンは完全に蛟竜に懐いてしまっている。

「わかった。少しだけだぞ。〝ヤキュウ〞をやったら、ちゃんと勉強をするんだ」

蛟竜がグローブを手にすると、ハオミンの顔が輝いた。

「うん、約束するよ。ちゃんと勉強する」

ハオミンも自分のグローブとボールを手にし、外に飛び出していく。ピンフォアが、笑ってそれを見ていた。

〝ヤキュウ〞とはいってもグローブは二つ、ボールは一つ、あとは手作りのバットが一本だけだ。ボールを投げて、それを受ける。また投げて、一人が受ける。時には蛟竜がボールを投げて、それをハオミンが打つこともある。それでも病み上がりの体には、ちょうどいい運動だった。

〝石堂寨〞の名の由来ともなる石塔のある広場に出て、ハオミンとキャッチボールを始めた。しばらくすると一人、また一人と近所の子供達が集まってきて、物珍しそうにその様子を見守る。ハオミンはいかにも得意そうに、周囲の視線を意識しながらボールを投げる。

「どう、フーズー。ぼく、〝ヤキュウ〟が上手になったでしょう」

ハオミンがボールを投げる。

「ああ、とても上手になった。いつか、〝ヤキュウ〟の選手になれるぞ」

広場の雪が無くなり、ハオミンに〝ヤキュウ〟を教えるようになってからまだ一週間しか経っていない。最初、ハオミンはまともにボールを投げることもできなかったし、受けることを恐がっていた。だがいまは蛟竜が少し力を入れて投げても、布製の安物のグローブでしっかりと摑《つか》み捕れるようになっていた。

「〝選手〟って、何？」

ハオミンが、ボールを投げながら訊《き》いた。

「日本や、中国の大きな町には、〝ヤキュウ〟を仕事にしている人たちがいるんだ。みんな大きな家に住んで、とてもいい車に乗っている」

蛟竜が、ボールを投げる。それをハオミンが、受ける。

「〝ヤキュウ〟の仕事なんて、素敵だね。それじゃあ、ぼく選手になるよ。でも、投げるよりも打つ人になりたいな。ぼく、ボールを打つのが好きなんだ」

その時、遠くからトラックのエンジン音が聞こえてきた。蛟竜はボールを投げる手を休め、そちらの方を見た。雪解けの水で泥濘《ぬかる》む村への道を、荷台に荷物を満載したミツビシの古いトラックが喘《あえ》ぎながら登ってくるところだった。ダーホンのトラックだった。

「お父さんだ」

ハオミンがグローブを蛟竜に渡し、駆けていく。運転席に、ダーホンの顔が見えた。トラックが、最後の坂を上がる。いつも町に同行するソォダオも、助手席から手を振っている。

だが、もう一人、ダーホンとソォダオの間に人が乗っていた。三人だ。蛟竜はしばらく、その光景を見つめていた。やがて二つのグローブとボールを広場の石塔の上に置くと、一歩ずつ、確かな足取りで、何かに魅入られたように歩き出した。

トラックが広場に入り、エンジンが止まった。蛟竜の足が速まる。運転席からダーホンが、助手席からソォダオが降りた。そして最後に、ソォダオの手を借りて女が一人、降り立った。

女の長い髪が、西日を受けて輝いていた。その場に立ちつくし、蛟竜を見つめている。やがて手にしていたバッグをその場に落とすと、長い空白に決別するように、大地に最初の一歩を踏み出した。

「純子!」

蛟竜が、腕を広げた。

「蛟竜!」

純子が、走った。

お互いに、同じことを考えていた。

もしいま自分の見ている光景が夢ならば、いつまでも覚めないでほしい。

だが、夢ではなかった。現実だった。

「蛟竜！」

「純子！」

二人が、走る。他に、何も見えない。やがて蛟竜が大きく広げた腕の中に、純子の体が飛び込んだ。

「蛟竜……。生きてたのね。私の蛟竜が、生きていた……」

「純子……。どこに行ってたんだ。会いたかった……」

「愛してるわ……。もう、絶対に離れない……」

「離すものか……。君を、愛している……。絶対に、離さない……」

「そうよ。私とあなたは、永遠に旅を続けるの……。これからも、ずっと……」

蛟竜が、純子を抱き締める。純子も、蛟竜を抱き締めた。そしてお互いに、唇と体温を求め合った。

ダーホンも、ソォダオも、ハオミンも、家から出てきた王老とピンフォアも、二人を見守っていた。その場にいた村人のすべてが、なにか目映《まばゆ》いものでも目にしたかのようにその光景に見とれていた。

やがて蛟竜と純子、二人の体が、淡い西日の中で完全にひとつになった。

16

時計が、ゆっくりと時を刻みはじめた。

その動きはまだ拙く、ともすればもどかしいほどにかすかだった。

だが、時間は確かに動いていた。お互いの心臓の鼓動が、時を刻む音に聞こえた。新しい何かに向かい、自分たちが進み始めたことを教えてくれている。

純子はいつも、蛟竜の腕の中にいた。

「蛟竜……」

時折、意味もなく、純子は蛟竜の名を呼んだ。

「純子……」

蛟竜も、純子の名を呼び返す。そしてまた、お互いの体温を確かめ合った。そうしていないと、いまこの時間と空間が突如として消えてしまうようで不安だった。

それで二人は少しずつ、お互いの心の中を確かめ合うように話をした。あの時、何が起きたのか。この九ヵ月に、何があったのか。そしてこれから、二人は何を考え、どうするべきなのか――。

「おれは……どうして助かったんだ。何も覚えていないんだ……」

蛟竜が、腕の中の純子に訊く。

「私が、助けたの。川の中を、どこまでも流れた。小さな舟を見つけ、それに乗って。知らない村に着いて〝高麗人〟に連絡を取った……」

「高麗人？」

「そう。彼は、貴陽に住んでいる。死んだ金明斗は、彼を〝草〟と呼んでいた……」

純子はそういいながら、蛟竜の胸の小さな入れ墨のような痣《あざ》に触れた。

「この傷の手術をしたのは」

蛟竜が純子の指先を、自分の腹の傷へと導いた。

「保晶俊医生……広西壮族自治区の百色に住む、保大人と呼ばれているお医者さん。高麗人が、蛟竜をそこに運んだ。その人も、〝草〟だと聞いた。日本人……昔の、軍医さん……」

純子は蛟竜に、この九カ月間にあったことをすべて話して聞かせた。蛟竜をこの石堂寨に預けてから、ベトナムとの国境の町、憑祥に向かったこと。そこでの生活と、町の様子。北朝鮮の保衛部の捜査網から逃れるために南寧に移り、潜伏したこと。その間に、数え切れない男たちに抱かれたこと。そして金を貯め、〝高麗人〟を頼り、新しいパスポートを手に入れたこと。

蛟竜はその話に、遠い世界の御伽噺《おとぎばなし》でも聞くように耳を傾けていた。

「これを見て」純子がパスポートを見せた。

「あなたが、権丙鉄。私が、鄭麗慶。私たちは、在日韓国人。このパスポートがあれば、この国を出られる。日本に行けるわ……」

蛟竜はパスポートを手にし、中を開いた。確かに、よくできていた。一見、本物と見分けがつかなかった。

だが、このパスポートでは無理だ。

中国の国内だけならば、ホテルへのチェックインや高速鉄道のチケットを買うくらいはできるだろう。だが、イミグレーションを通過するのは難しい。中国から出ることはできない。

蛟竜は、それを純子にはいえなかった。純子はこのパスポートのために、自らの身を販《ひさ》いだのだ。蛟竜と自分の、これからの夢のために。

「よくやった……」

蛟竜が腕の中の純子の頭を撫《な》でた。純子が褒められた子供のように、嬉《うれ》しそうに頬笑む。

「蛟竜……あなたはこの九カ月、何をしていたの」

純子が訊いた。

「おれはこの村に、ずっといたさ。目が覚めた時には、君はいなかった。意識が朦朧《もうろう》として、何もわからなかった。そのうち、少しずつ、体が戻ってきた。あとはただ、君が帰るのを待ち続けていた……」

純子が体を起こし、蛟竜を見つめる。

「淋《さび》しかった？」

「淋しかったよ」

「心配した？」

「心配したさ。でも君が、必ず帰ってくると信じていた」

蛟竜がいうと、純子がそっと唇に触れた。

「そうだ……」蛟竜が、思い出したようにいった。「君が帰ってきたら、見せようと思っていたものがある」

「何？」

「手紙だ」

蛟竜がベッドを出て、部屋を横切る。紫檀《したん》の箪笥《たんす》の抽出《ひきだ》しを開け、封筒をひとつ持って戻った。封筒の中の便箋《びんせん》を広げ、純子に見せた。

「これだ」

純子が手紙を受け取る。見る間に、純子の顔色が変わりはじめた。

「これは……。どうして……」

純子が、蛟竜の顔を見る。

「手紙の内容は、どうでもいい。君に見てもらいたいのは、末尾の差出し人の名前だ。これは、誰なんだ」

〈――甲斐由里子――〉

純子が、不安そうに蛟竜を見た。

「私の……オモニ（母）……」

蛟竜が頷《うなず》く。そして、訊《き》いた。

「そうだ。君の、オモニだ。しかし、君のオモニは北朝鮮にいるはずだ」

「そう……。共和国から、出られない……。たぶん、生きていない……」

蛟竜は、純子の母親が死んだことを知っていた。だがその事実を、まだ純子には伝えていなかった。

「そうだ。しかしこの人物は、おれの〝正明〟という名前を知っている。しかも、娘のことをよろしく頼むと書いてある」

純子が、手紙を見る。そしてまた、蛟竜に視線を向けた。

「そう……。たぶん、私……。いったい、どういうことなの……」

「わからない。しかも手紙の差出し人の名前は、甲斐由里子になっている。君のオモニの北朝鮮での名前は、崔由里子だったはずだ。この〝甲斐〟という名字は、どういう意味なんだ」

蛟竜が、見つめる。純子は険しい表情で、しばらく考えていた。だが、やがて頷き、いった。

「私、聞いたことあります……。オモニの、昔の名前……。アボジ（父さん）と結婚する前の、日本の名前……」

蛟竜は、思った。やはり、そうだったのか。だが、なぜ〝甲斐〟なのか。

「ひとつ、訊きたい。どこかで昔、オモニか誰かに、甲斐長州という名前を聞かされたことはないか」

純子が、不思議そうに首を傾げた。

「知ってる……。その人、オモニから聞いたことあります……」

「誰なんだ」

「オモニの、お父さん……。私の、日本人の祖父です……」

蛟竜が、頷く。ひとつの謎が解けたような気がした。

元来、諜報《ちょうほう》機関の底辺の工作員には、ひとつのミッションの全体像が知らされることはない。詮索《せんさく》することも許されない。教えられるのは、自分の担当する工作に必要な最低限の、しかも断片的な情報だけだ。

だが、今回の事案は、それにしても奇妙な点が多々あった。蛟竜が命じられたミッションは、北朝鮮から持ち出されたある〝情報〟の回収だった。だが、『亜細亜政治研究所』は、最初から情報を持ち出したとされる崔純子の保護と日本への脱出にこだわり続けていた。

本来の目的は、情報ではなかった。崔純子だったのではなかったのか。

だが……。

それでもまだ、わからないことがある。甲斐長州は、自分の孫の救出に、なぜこの手のミッションに専門外の蛟竜を名指ししたのか──。

「この手紙は、誰が書いたの。オモニが書いたの。オモニは生きてるの……」

純子が訊いた。だが蛟竜は、首を横に振った。

「いや、君のお母さんは、昨年の三月に北朝鮮で死んだ。この手紙は、おそらく、君のお祖父《じい》さんからのメッセージだ」

純子は、しばらく蛟竜を見つめていた。やがて、その澄んだ瞳《ひとみ》から、大粒の涙がこぼれ落ちた。そして純子は蛟竜に背を向けると、両手で後ろ髪を分けた。

「私もここに、あなたと同じ痣がある……」

純子の項《うなじ》の上の髪の中に、蛟竜の胸のものと同じような痣が隠れていた。

その日もいつもと同じように、平穏な一日だった。

朝は夜明けと共に鶏の鳴き声に起こされ、王老の家族と共に質素な食卓を囲み、茶を味わい、蛟竜は最近覚えたばかりの畑仕事を手伝った。ちょうど蒟蒻芋《こんにゃくいも》の種芋を植える季節で、その準備のための畑の土起こしがはじまっていた。

この村には、農耕機械などは存在しない。山間の谷の斜面を削った段々畑の痩《や》せた土を、何頭かの水牛と人の力だけで起こす。蛟竜は重い鍬《くわ》を握り、それを大地に振り下ろした。慣れない手つきで少しよろけると、村の男たちがおかしそうに笑う。

空は、どんよりと曇っていた。だが風はチベット台地から吹き颪《おろ》す西風ではなく、東からの微温《ゆる》む風で、かすかに、そして確かに春の気配を含んでいた。鍬を振り続けると、いつしか、体が何かを思い出したように汗が流れてきた。

心地好《よ》い。労働し、汗を流すことがなぜこれほど楽しいのか。それはただ身体を鍛えるだけの、無益な運動とは違う。そこには自然と、同じ価値観の下に汗を流す仲間との共感が存在する。蛟竜には、生まれて初めての経験だった。

純子が畦《あぜ》に座り、蛟竜を見つめていた。目と目が合うと、恥じらうように笑った。

昼にはまた王老の家族と共に食卓を囲み、茶を味わい、午後になって畑に出た。チワン語を話す村人たちとは、言葉があまり通じない。だが、身振りや手振りで、今日のうちにどの畑まで土起こしを終わらせなくてはならないのかがわかった。空に、雲の流れが速い。明日《あす》はまた、氷雨《ひさめ》が降るだろう。

蛟竜は、鍬を握る手に力を込めた。大地に振り下ろし、土を起こす。そしてまた、鍬を振り下ろす。土の香りのする大気を胸に吸い込み、空を見上げ、額の汗を拭《ぬぐ》う。

だが、その時、誰かが蛟竜を呼んだ。

「フーズー！　フーズー！　大変だ」

蛟竜は鍬を振る手を休め、声がする方を見た。畑の間の畦を、ソォダオが走ってくる。

「どうした。何があった」

ソォダオが、息を切らしながら答えた。

「大変なんだ。日本が、大変なんだ。ダーホンが呼んでる。すぐに来て！」

「わかった」

蛟竜は鍬をその場に置き、純子と共に走った。ソォダオは畦を下り、村を抜け、石塔のある広場を横切る。そしてまた両側に建物の迫る曲がりくねった路地を駆け抜け、一軒の古い石造りの家に入っていった。

「早く。急いで」

ソォダオが家のドアを閉め、床にあるロープを引いた。床の一部が、跳ね上がる。中に、下に降りる階段があった。

「こっち、こっち」

ソォダオが急《せ》かしながら、階段を降りていく。蛟竜と純子も、それに続いた。

下は、地下室になっていた。石壁の、細く低い通路が続いている。布依族の歴史は、漢族や他の少数民族からの略奪と迫害、殺戮《さつりく》の変遷だった。おそらくその頃に掘られた地下道だろう。蛟竜はその中を、身を屈《かが》めながら走った。

やがて、地下道は広い部屋に出た。ここもすべて、石で囲まれている。ダーホンと王老、他にも二人、顔見知りの村の男たちがいた。

「蛟竜……」ダーホンがいった。「これを見てくれ」

地下室には広いデスクがあり、そこに何台ものデスクトップのコンピューターが置かれていた。そのすべてのモニターに、共通する画面が映し出されていた。

巨大な波が、町に押し寄せる。車も、船も、建物も押し流されていく。波は川を遡《さかのぼ》り、すべてを呑《の》み込み、人の命と生活のすべてを奪いつくしていく。

「これは……」

蛟竜が、呆然《ぼうぜん》と画面を見つめる。

「いったい、何が起きたの……」

純子が、蛟竜に身を寄せた。

「日本で、巨大地震が起きた。津波が、東北地方の沿岸部を襲ったんだ……」

蛟竜の狭い視界の中で、すべてが闇に沈みはじめた。

第五章　望郷

1

二〇一一年三月一一日――。

後にこの日は、日本の近代史の中に、最悪の悲劇をもたらした一日として歴史に刻まれることになる。

午後二時四六分一八秒、牡鹿《おじか》半島の東南東約一三〇キロの太平洋三陸沖で『東北地方太平洋沖地震』発生――。

気象庁によると震源地（震央）は太平洋プレートと北米プレートの境界域に当たる北緯三八度六分一二秒、東経一四二度五一分三六秒の深さ二四キロの地点。だが米国地質調査所の発表では震央は北緯三八度一九分一九秒、東経一四二度二二分八秒。奇妙なことに緯度にして一三分七秒、経度にして二九分二八秒もの大差が生じている。

地震の規模を表すマグニチュードは9・0で、一九〇〇年以降では日本史上最大。世界でもスマトラ島沖地震（二〇〇四年）に次ぐ四番目の数値を記録。これは阪神淡路大震災（一九九五年）の実に一四五〇倍ものエネルギーに相当した。

ＰＧＡ（最大加速度）二九三三ガルというとてつもない速度の激震は、一瞬の内に日本列島を疾《はし》り抜けた。震源域は東北地方から関東地方にかけて、実に幅二〇〇キロ、長さ五〇〇キロもの広大な範囲にわたった。また後に気象庁は、この地震を「少なくとも四カ所の震源領域で三回の地震が重なった〝連動型地震〟であった」とする見解を発表することになる。

最大震度は、宮城県栗原市の震度7。他に震度6強が宮城県の涌谷《わくや》町、大崎市、仙台市宮城野区、石巻市、東松島市、福島県白河市、須賀川《すかがわ》市、大熊町、双葉町、他に茨城県の日立市や高萩《たかはぎ》市、栃木県の大田原市、宇都宮市や真岡《もおか》市など。東京二三区内は震度5強。名古屋で4、大阪で3。さらに鹿児島県や北海道全域、東京都小笠原《おがさわら》諸島でも震度1から4を記録した。

激震は、日本全土に甚大な被害をもたらした。各地で建物が倒壊。都市や町、石油コンビナートなどの工業地帯を破壊。道路、鉄道、空港、さらに水道や電気に至るライフラインまでが一瞬にして寸断され、その機能を失った。

だが、巨大地震の被害は、その時点ではまだほんの序章にすぎなかった。本当の、大惨事は、これからだった。

地震発生から約三〇分後。東北地方の沿岸部の町や港を、今度は大津波が襲った——。

当初、地震直後のＮＨＫなどのテレビ放送による津波警報では、その大きさを「数十センチから数メートル」と予測していた。だが、実際に沿岸部に到達した津波は、それよりも遙《はる》かに巨大なものだった。局地的には波高一五メートル以上。最大遡上《そじょう》高四〇メートル以上。津波は海岸線から場所によって数キロ、時には一〇キロ以上も内陸に到達し、逃げ惑う人や車、船、建物、さらに町や村の全域を巻き込みながら押し流した。

後の統計によると、この地震と津波による人的被害は最も多い宮城県で死者九五〇八人、行方不明一七六九人。岩手県で死者四六六九人、行方不明一三一六人。福島県で死者一六〇五人、行方不明二一六人。東京都でも七人の死者を記録し、全国では死者一万五八四八人、行方不明三三〇五人、重軽傷者六〇一一人にも及んだ（二〇一二年二月一〇日現在・警察庁調べ）。

だが、日本の国家としての存亡を問われる悲劇は、まだ終わらなかった。

地震の直後、福島県双葉郡大熊町にある『東京電力福島第一原子力発電所』の稼働中の原子炉一号機から三号機が津波を被り、変電所からの送電などがストップしたために緊急停止（原子炉スクラム）。ただちに非常用ディーゼル発電機が起動。だが地震から約四一分後、そこを遡上高一四メートル以上もの大津波の第一波が襲い、ディーゼル発電機を完全に破壊。福島第一原発は全交流電源喪失（ＳＢＯ）状態に至り、原子炉内部や核燃料プールへの送水冷却が完全に止まってしまった。

これがレベル７――人類史上最悪の原発事故の始まりだった。東京電力と日本政府はひた隠しにしていたが、事故発生の数時間後には一～三号機でメルトダウン（炉心溶融）に至り核燃料の格納容器が損傷。各建屋内に水素が大量発生、充満し、次々と水素爆発を引き起こした。

この原発事故により、一カ月後の四月一二日までに放射性物質の放出総量は八五万テラベクレルに達し、レベル７と評価。六月の時点でセシウム一三七の放出総量が広島型原爆の一六八個分に相当。このセシウム一三七やヨウ素一三一の放出量は、一九八六年のチェルノブイリ原子力発電所の事故の一・九倍から二・五倍にも達したことが明らかになった。

これらの津波を含む『東日本大震災』の被害総額を、日本政府は一六兆から二五兆円、世界銀行は最大で二三五〇億ドル（約一九兆円）と試算した。だが、この数字の中には、福島原発の事故処理費用と東京電力の補償額はほとんど含まれていない。


アメリカの国務省は、この大地震が現地時間の深夜に起きたのにもかかわらずすみやかに情報を収集。その数時間後には〝フクシマ〟の原発事故を含め、日本政府と同等の情報を把握していた。第一報は就寝中のバラク・オバマ大統領にも知らされ、早朝七時にホワイトハウスの会議室に入った時には初期対応に必要な情報と資料はすべて大統領の席に揃っていた。

「それで……」大統領があくびを噛《か》み殺しながらいった。「問題は〝フクシマ〟だな。いま、どんな具合なんだ」

ウィリアム・デイリー首席補佐官が小さく挙手をした。

「つい三〇分ほど前ですが、日本の外務省の方から最新の情報が入りました。それによるとすでに、全交流電源喪失状態に至り、現在、もしくはきわめて近い将来に〝メルトダウン〟に至る可能性が大きいとのことです」

「神様、何てことなの」

ヒラリー・クリントン国務長官が、呆《あき》れたように両掌《りょうて》を上に向けた。もちろんこの時点で、日本国内ではメルトダウンの可能性について完全に伏せられていた。

「そうなると、日本に滞在する我が国の国民に退去、もしくは安全圏への避難命令を出さなければならないな。日本では、どうしているんだ」

「現在の所、〝フクシマ〟の原発から三キロから一〇キロを危険区域に設定しているそうです。おそらく今日、もしくは明日にはこれが二〇キロから三〇キロに拡大することになるとは思いますが……」

「三〇キロ……二〇マイルもないじゃないか。チェルノブイリだって当時のソビエトは半径三〇キロ圏内を即時強制避難させたし、北西一〇〇キロ圏内まで移住させたはずだ。我が国のスリーマイル島の事故だって……」

「まあ、事故が起きたのは日本ですから。この危険区域を広げれば周囲には大きな町もありますし、避難させれば〝金が掛かりすぎる〟という事情もあるのでしょう」

「しかし、アメリカ市民は別だ。とりあえず、危険区域を五〇マイル（八〇キロ）に設定してくれ。その範囲内にいるアメリカ市民を、軍関係者も含めて退避させるんだ」

「わかりました。しかし、すぐには無理です。日本の外務省は、SPEEDI（緊急時迅速放射能影響予測システム）のシミュレーション結果を独占的に我が国に流すと約束してくれています。その結果を見ながら、なるべく早い段階で退避勧告を出します」

「そうしてくれ」大統領は次に、クリントン国務長官に視線を向けた。「ところで、支援金の方はどうする。いくらくらい、払うか……」

「そうね……。五〇〇〇万ドルか。それとも、七〇〇〇万ドルか。民間からもかなりの額が集まりそうだし。いずれにしても、アメリカ・アズ・ナンバーワンじゃないとまずいわね」

「当然だ。その件に関してはEU諸国や韓国、中国と連携しながらうまく調整してくれ。さて、問題は具体的な救援活動だが……」

大統領の言葉に、ロバート・ゲーツ国防長官が手にしていたペンを軽く上げた。

「すでに〝オペレーション・トモダチ〟が動き出しています」

「トモダチ？」

「ああ、〝フレンド〟という意味の日本語です。どうせ救援活動を行うならば、沖縄の海兵隊基地移転問題も含めて少しでも米軍の心証をよくしておこうと思いまして」

「なるほど。続けてくれ」

「はい。まずこの作戦は日本の横田基地に本部を置き、明日、三月一二日付で発動。海軍、陸軍、海兵隊など主に在日米軍により実行されますが、空母ロナルド・レーガンとジョージ・ワシントンの二隻もこれに投入されます」

「なぜ、空母を二隻も？」

大統領が怪訝《けげん》そうに訊《き》いた。

「はい。表向きは空輸による物資補給などの、自衛隊に対する後方支援です。しかし、本来の目的は中国やロシア、北朝鮮に対する牽制《けんせい》です」

「わかった。それで、内容は」

「はい。いまもいったように物資などの後方支援が主な任務になりますが、特に陸軍は現地での救助活動や被災者の捜索も行います。また、〝フクシマ〟の今後の状況によってはCBIRF（海兵隊の化学生物事態対処部隊）も投入することも考えています。予算は最大で八〇〇〇万ドルを予定しています」

〝八〇〇〇万ドル〟と聞いて、閣僚の一人が口笛を鳴らした。

「義援金も含めたら、一億五〇〇〇万ドルじゃないか。元が取れるのか」

「いや、それはだいじょうぶでしょう」ティモシー・ガイトナー財務長官が、落ち着いた声でいった。「〝フクシマ〟の事故がこのままレベル6、もしくはレベル7にまで発展すれば、その事故処理に伴う放射性物質の除染、原子炉の冷却、さらに将来的な廃炉に関連して莫大《ばくだい》な利権が発生します。これはいまのところ最低でも三〇億ドル、最終的には二〇〇億ドルを超える可能性もあると試算されています。もちろんこれは業界最大手のフランスのアレバ社と競合しますし、サルコジ大統領もすぐにでも売り込みに動くでしょう。しかし、アメリカも利権の最低三〇パーセントは獲得できるように日本政府に圧力を掛けます。さらに原発事故から離れますが、沿岸部にあったトヨタ、ホンダ、ニッサンなどの各自動車工場も津波により甚大な被害を受けていますので、我が国の自動車産業は……」

会議に出席した全員が、ガイトナーの説明に耳を傾けていた。そして、まったく同じことを考えていた。

今回の日本のメガ・クェーク（巨大地震）は、アメリカにとっても千載一遇のビジネスチャンスとなる。そしてうまく立ち回れば、アメリカの経済が立ち直る起爆剤となる可能性もある。

2

『東日本大震災』の衝撃は、東北沿岸を襲う巨大津波と共に全世界を疾り抜けた。

中でも福島原発事故の放射能汚染の影響を直接受ける東アジア諸国の反応は、ナーバスだった。韓国ではツイッターなどのSNSで日本を応援する書き込みが目立つ一方、メディアは〈――すでに韓国にも核物質が到達――〉、〈――このままでは韓国全土が被曝《ひばく》――〉などのヒステリックな報道が目立った。中国では日本政府と東京電力の対応について非難。この事故で日本に一〇〇万人以上滞在していたとされる中国人の大半が、自国もしくはその他の国に脱出した。

北朝鮮――朝鮮民主主義人民共和国――もその例外ではなかった。もちろん国民の多くは、日本で大きな地震があったくらいしか知らない。だが朝鮮労働党の上層部と国家安全委員会は早い段階から情報収集に奔走し、金正日《キムジョンイル》と正恩《ジョンウン》の親子、さらにその一族は平壌《ピョンヤン》にある労働党本部地下の核シェルターに避難した。

だがこの混乱――政府の一部の者だけの混乱だが――を待っていた者もいた。

三月一七日――。

伊長充《ユンジャンヨン》はその日もいつもの時間に目を覚まし、平壌市内の党員住宅を出た。

――今日は休みではなかったのですか――。

——いや、急な仕事を思い出した——。

——いつ、お帰りですか——。

——二〜三日、留守にする——。

出掛けに妻と、そんな会話を交わしたことを覚えている。だが、もう二度と、この女の顔を見ることはないだろう。そう思っても、何の悔恨もなかった。

伊はまず自分の職場である党本部の書記局に立ち寄り、三日間の休暇許可証と旅行証を作成した。さらに外務部に立ち寄り、中国との国境通過許可証を申請する。

「なぜ中国に？」

窓口で係官に訊かれた。

「また部長に中国のタバコを頼まれてね。日本の原発の事故のこともあるし、少しでもここから遠ざかろうと思ってさ」

「いいね。私も、中国に行きたいよ。できたら私にも、タバコを少し買ってきてくれないか」

「ああ、かまわない。お安い御用さ」

外務部も日本の大地震の情報収集で忙しいらしく、深く事情を訊くこともなく国境通過許可証を発行してくれた。伊は三通の書類とパスポートを上着のポケットに入れ、党本部の建物を出た。この建物の地下に金正日の親子が隠れていて、その頭の上を自分が歩いているのかと思うと、少し気分が良かった。だが伊は、そのまま二度と党本部を振り返ることなく、平壌駅へと向かった。そして平壌発、瀋陽《シエンヤン》経由・北京《ペキン》行き一〇時一〇分発の京義線に乗った。

列車が動き出した。窓の外の平壌の市街地の風景を眺めながら、ふと思う。この陰湿で寒々しい町を見るのも、今日が最後だ。二度と、ここに戻ってくることはない。だが、やはり悔恨はなかった。

伊長充は今日のこの日が来ることを、かなり以前から予期していた。正確にいうならば、一年以上も前の二〇一〇年一月末の時点で書記局・国際部の序列第一位、金明斗《キムミョンド》が失脚した時からだった。伊は、国際部の中でも金明斗の派閥の生え抜きの一人だった。その後ろ楯《だて》である金明斗を失えば、党内での将来は望めない。まだ自分も二六号管理所——あれはこの世の地獄だ——に収監されなかっただけ、好運だったのかもしれない。もっとも、金明斗を国家安全保衛部に密告したのは伊長充本人だったのだが。

それにしても金明斗は、あれだけの地位にありながらなぜあの〝情報〟を持ち出したのか。あの男が日帝の犬だったことはもはや疑いのない事実だが、それにしてもやり方が大胆だった。しかもあの情報は、それほど新しいものではなかった。

考えられる理由は、ひとつだけだ。その約一ヵ月後、二月二六日の『中華人民共和国第一一期全国人民代表大会常務委員会第一三次会議』で可決された中国の『国防動員法』だ。全人代が次の会議で国防動員法を急遽《きゅうきょ》決定するという噂が流れたのが年明けの一月初旬。金明斗が誘発されるように動いたのがその数日後だった。この時系列を考えれば、金明斗が命懸けで〝情報〟を入手し、キプム組の崔純子《チェスンジャ》に託して国外に持ち出させた理由も見えてくる。

列の〝情報〟は、確かに古い。だが中国は、来年の国家主席交代を前に新たな体制作りに焦っている。もしここへきて国防動員法を急遽可決するならば、〝情報〟の価値も復権することになる。

すでにあの〝情報〟は、日帝の側に渡ってしまったのか。いや、その可能性は低いだろう。おそらく中国政府でさえも、〝情報〟がこの共和国から持ち出されたことすら知らないに違いない。もし知っていたら、胡錦濤《フーチンタオ》や温家宝《ウエンチアパオ》、まして次期国家主席となる習近平《シーチンピン》が、金正恩——あの世間知らずの若造——への世襲を許すわけがない。いや、それどころか、金正日の命が狙われ、北朝鮮という国が消失してしまっても不思議ではない。

中国は、平穏だ。昨年の七月一日には国防動員法を決議どおり施行し、来るべき政権委譲に向けて着々と準備を進めている。例の尖閣《せんかく》諸島沖の漁船衝突事件で、日本を揺さぶったことも上海閥の思い上がりの現れだ。そこに、伊が付け入る隙が生じる。

必ず、うまくいくはずだ。中国政府は、伊を歓迎するだろう。けっしてあの〝収容所〟へ送り返されたりはしない。韓国での新しい人生が、約束されたようなものだ。

北朝鮮の列車は、ひどく遅い。平壌から二二五キロ離れた国境の町、新義州《シンウイジュ》まで、五時間も掛かる。だが、伊は、それほど退屈はしなかった。いまは窓の外を流れる殺伐とした風景を眺めながら、いくらでも考え事をする時間が必要だった。

昼過ぎに食堂車に行き、冷麵の昼食を食べた。この味も最後かと思うと、この時だけは小さな悔恨を感じた。

午後三時二〇分、列車は定刻よりも一〇分遅れで新義州に到着した。ここで、出国審査と中国への入国審査を受ける。今回の旅でもし難関があるとしたら、ここだけだ。

だが、心配はいらない。労働党書記局・国際部の伊長充が南朝鮮への亡命を画策していることを知っているのは、現時点では伊本人だけだ。手配されているわけがない。

やはり、出国審査は何の問題も起こらなかった。若い審査官二人が自分の前に立つのを待ち、その一人に休暇許可証、旅行証、国境通過許可証、さらにパスポートと党員証の五通の書類を見せる。若い審査官が労働党中央幹部の党員証を確認した瞬間、その表情に緊張の色が疾《はし》る。

あとは伊が、「御苦労……」という意味を込めて、小さく頷《うなず》いてやればいい。

出国審査は、難なく終わった。中国への入国審査は、さらに簡単だった。列車は古い鉄橋で鴨緑江《アムノックカン》の国境を越え、中国側の丹東の駅に入る。ここで伊の乗った車輌《しゃりょう》は北京に向かう機関車に連結され、瀋陽に向かって走り出した。

伊は、安堵《あんど》の息を吐いた。このまま行けば、今夜じゅうには北京に入ることができるだろう。

問題は、明日だ。

いずれにしても……。

夢にまで描いた韓国での生活は、もう手の届く所にあった。

3

北京市東城区長安街一四号庁舎の中華人民共和国『国家安全部』第八局対外国スパイ監視課

の厳強幹《イエンチャンガン》に奇妙な連絡が入ったのは、三月一八日の早朝のことだった。

連絡は、内線を通じ同じ国家安全部の第二局——国際情報局——から入ってきた。

——ちょっと、確認したい。北鮮から一年前に違法越境した崔純子という女の案件を担当していたのは、そちらの第八局ではなかったか——。

局内の朝鮮民主主義人民共和国担当官の呂万通《リュイワントン》という男の事務的な声が聞こえてきた。

厳は、息を呑《の》んだ。まさか〝崔純子〟の名前を忘れるわけがない。前年の六月、あの蛟竜《こうりゅう》と共に安順《アンシュン》郊外の断崖《だんがい》から身を投げた光景が脳裏に蘇《よみがえ》る。

「そうだ。確かに我々の部局が担当していた。それが？」

厳が低い声で答える。

——実はいまここに、意外な人物が訪ねてきている。朝鮮労働党書記局の伊長充という男なんだがね——。

知らない名前だった。

「身分は確かなのか」

——身分証を持っているし、いま労働党の名簿を照会したが、間違いないようだ——。

「それで、その男は何といっているんだ」

——韓国への亡命を希望しているようだ。その見返りとして、昨年の一月に北朝鮮で失脚した金明斗が労働党本部の資料図書館から持ち出した機密情報の内容を教えるといっている。我が中華人民共和国にとっても、国の命運を左右するほど重大な情報らしい。その情報の〝運び屋〟が、崔純子というキプム組の女だったといっているんだがね――。

　厳の頭の中に、様々な要因が去来した。

　二〇〇五年の反日暴動以来、五年振りに中国に現れた蛟竜。その蛟竜と行動を共にしていた、崔純子という違法越境者。そのたった一人の女を追うために、なぜ北朝鮮国家安全保衛部の朴《パク》成勇《ソンヨン》という男が送り込まれてきたのか。しかも朴は、蛟竜と崔純子の死が確認できないと知ると、さらに一〇〇人もの保衛部員と共にこの国に戻ってきた。そしていまも、広西壮《コワンシーノワン》族自治区あたりにいるはずだ。

　すべては、金明斗という男が持ち出した機密情報にあるということか……。

「よし、その男に会おう。いまから、そちらに行く」

　厳はデスクの上から蛟竜と崔純子のファイルを手にし、席を立った。


　伊長充という男はいかにも北朝鮮製の安物の生地の仕立ての悪い背広を着て、小柄な体の小さな膝《ひざ》を揃えて椅子に座っていた。厳と呂、もう一人の二局の男に取り囲まれて、おどおどと周囲を見回す。だが口元だけは、糊《のり》で固めたように笑っていた。

　取調べは最初から、身元を確認するところから始められた。

「名前と年齢は？」

　訊《き》き手は、厳が務めた。

「伊長充、五二歳です……」

「身分は？」

「朝鮮民主主義人民共和国労働党本部書記局資料図書館の副館長です……」

伊長充が、中国の普通語の正確な発音で答えた。

厳強幹の手元に、呂から伊の党員証とパスポート、労働党の党員名簿のコピーが回ってくる。党員証とパスポートの写真を確認する。間違いない。この男だ。

「家族は？」

「妻が一人います……」

伊長充は、何かに憑《つ》かれたように話し続けた。家族は麗殊という同齢の妻が一人。妻が病弱だったために、子供はいない。親族はすべて労働党員で、そのほとんどが平壌市内に住んでいた。一八歳の時に、親族の伯父《おじ》とその上司であった金明斗の推薦を受けて党細胞（末端組織）の党員候補となり、一年後の審査に合格して正式に入党。以来、金明斗の配下として書記局に配属されて、現在に至っている。

前年、金明斗による国家機密情報の盗取を党上層部を通じて国家安全保衛部に密告したのは、自分だった。その結果、金明斗と当時の資料図書館長の二人が失脚。すでに二人共貨泉洞の管理所内で粛清され、盗取された情報の内容と漏洩《ろうえい》の事実は封印された。

伊長充はまるで頭の中に暗記していた台本を読み上げるように話しながら、終始怯《おび》えていた。だが、金明斗を密告して失脚させたのは自分だと語る時だけは、少しだけ得意そうな顔をした。

「それで……」厳が伊の話を制するようにいった。「その金明斗が盗取した〝機密情報〟というのはどのようなものなんだ。その、内容は」

「はい……」伊が、我に返ったように息をついた。「盗取された情報は、いくつかあります。それぞれが我が共和国と貴国、つまり中華人民共和国にとっても、きわめて重要な情報ばかりです」

「ひとつずつ、説明してもらいたい」

「はい、ひとつは我が共和国の、豊渓里《プンゲリ》に建設されたミサイル基地の見取図です。これにはテポドンやノドンの数、その発射台の位置まで正確に記録されています。もしこの見取図が米帝の手に入ったとしたら……」

「なるほど……」

厳強幹が溜息《ためいき》をつき、他の二人の局員と顔を見合わせた。確かに豊渓里のミサイル基地は、北朝鮮にとっては重要な機密情報かもしれない。だが、中華人民共和国にとってはそれほど大きな影響を及ぼすものではない。

「他には」

苛立《いらだ》つように、呂が伊を急《せ》かした。

「はい……。もうひとつは、中央軍事委員会からの過去の日本人拉致《らち》に関する命令書です。その内の何通かには、将軍様……金正日委員長の直筆の署名が入っています……」

伊がそういいながら、自分を取り囲む三人の表情を探る。だが三人があまり興味を示さないのを見て、動揺しはじめた。

「それだけか」

「いえ……。まだあります。これは、我が共和国の存亡が懸かった機密情報です。実は、金明斗は、金一族の家系図と金王朝の発祥の秘密に関する資料も持ち出していました。我が共和国の建国の父、金日成《キムイルソン》と、もう一人の建国の英雄、金策《キムチェク》との関係。そして世襲による次期権力者、金正恩の出生の秘密です。すでに御存じのはずですが、正恩の母親は日本人です。もしこれが明るみに出たら、貴国としても世襲を認めるわけにはいかなくなるはずですが……」

巌は、呂と顔を見合わせた。そして頷く。

確かにこの情報は、ある意味では興味深かった。北朝鮮が一〇〇人もの保衛部員を送り込み、何とか取り戻そうとする意図は理解できる。その情報が、どのような形で崔純子によって持ち出されたのかは謎だが。

だが、朝鮮民主主義人民共和国の建国と金一族に関する秘密――金正恩の母親が拉致された日本人であることも含めて――に関しては、すでに中華人民共和国にとっては暗黙の既成事実にすぎない。アメリカのCIAや日本政府も、その確証の有無は別として、もう何年も前にある程度は事実関係を把握しているはずだ。

「それで、すべてか。この情報だけでは、我々はあなたの要望に応《こた》えることはできない。元来、我が国と北朝鮮との間には、違法越境者を無条件で引き渡すという二国間協定があることを知らないわけではないだろう」

伊の顔から急激に表情が消え失《う》せ、かわって狼狽《ろうばい》の色が広がりはじめた。

「待ってください……まだあります……」

「駆引きをせずに、早くいいなさい」

厳の声に、伊が頷《うなず》く。

「実は金明斗が持ち出した機密情報の中に、我が共和国の金正日と貴国のある人物との数回に及ぶ会談記録が含まれていたのです。もちろん記録そのものは貴国と共有するものですが、もしこれが流出してしまいますと……」

伊は、また堰《せき》を切ったように話しだした。その話の内容を聞くうちに、今度は厳と呂、そしてもう一人の局員の顔から血の気が引きはじめた。

これは、とんでもないことになった……。


中華人民共和国・国家安全部の耿恵昌《ゴンフウイチャン》部長が中南海《チョンナンハイ》の共産党本部にある温家宝首相の執務室を訪れたのは、それから二時間後のことだった。事前に〝赤い機械〟——党指導部と各機関の責任者、大企業のトップだけが持つ四桁《けた》の暗号の直通電話——で連絡を入れておいたので、それほど待つことなく接見が許された。

「いったい、何事なのかね。私が今日の公務を中止しても聞かなければならない緊急の話とは。〝赤い機械〟ではすまない用件なのかね」

温がデスクの椅子に座ったまま、目の前に立つ耿恵昌を見つめている。その声は穏やかで、口元には笑みが浮かんでいるが、目には対する者に畏怖《いふ》を与える冷酷な光を帯びていた。耿恵昌はその視線からかすかに目を逸《そ》らし、直立不動のまま答えた。

「申し訳ありません。〝赤い機械〟ではなく、直接お会いしてお話しするべきと判断いたしました。つまり、ここでの会話は記録にも残さない方がよろしいかと……」

〝赤い機械〟による通話が、外部に洩《も》れる心配はない。だが、その会話内容は録音され、党の記録として保存されることになる。温家宝は耿恵昌の言葉の意味を察し、自分の両側に立っていた二人の秘書に部屋を出るように命じた。

「それで、何が起きたのかね。我が国の将来にとって、〝きわめて重要な出来事〟とは……」

この時まではまだ、温家宝の表情もそれほど険しくはなかった。

「はい、実は私にも判断しかねる問題なのですが……」耿が前置きをした上で話しはじめた。「今日の朝、我々の第二局と八局が北朝鮮からの違法越境者を一人〝逮捕〟いたしました。その伊長充という男は朝鮮労働党本部書記局の官吏で、昨年の一月に失脚、粛清された書記局・国際部序列一位の金明斗の部下だったのですが、これが大変な情報を持っておりまして……」

耿恵昌は部下の厳強幹と呂万通から報告を受けた内容、さらに自分自身も伊から聴取した事実関係を延々と話し続けた。温家宝は時折、頷きながら、黙ってその報告を聞いていた。だがその視線は終始、怒気を含むように耿を睨《にら》みつけ、顔色が紅潮していった。

途中で、耿恵昌の言葉を止めた。

「それでその金明斗が盗取した機密情報は、いまどこにある。回収しているのか」

温家宝が低く、ゆっくりとした口調で言った。

「いえ、北朝鮮から情報を持ち出した崔純子という女は昨年の六月に私どもで始末したのですが、その死体を含めて回収できておりません……」

温が拳《こぶし》で、黒檀《こくたん》のデスクを叩《たた》いた。

「北朝鮮の保衛部は」

「ただいま、確認中です。おそらく奴らも、回収できていないものと思われますが……」

「もういい」温家宝が、聞きたくもないという表情で顔を顰《しか》めた。「なぜ、一年以上もの間、我々は騙《だま》され続けなければならなかったのだ……」

「申し訳ありません……」

温家宝は、〝赤い機械〟の受話器を取った。手にしたまま一瞬、考え、四桁の暗号を押した。そして電話口に出た先方と話しはじめた。

「同志、胡錦濤主席……。私だ、温家宝だ……。実は少しばかり、問題が起きた……。そうだ、我が国にとって、非常に大きな問題だ……。いまここに、国家安全部の耿恵昌がきている……。いや、それはまずい……。直接、会って話した方がいい……。これから耿恵昌と一緒に、そこに行く……」

電話を切った。

温は耿恵昌を一瞥《いちべつ》し、忌々しそうに溜息をつき、席を立った。


翌三月一九日、午前——。

同じ北京の中南海の赤い壁の中にあるこの家を、胡錦濤と温家宝が訪ねるまでになぜ丸一日近い時間を必要としたのか。その裏には中国共産党内部の青年団派（北京閥）と太子党（上海閥）の、泥沼の権力闘争の事情があった。だが、二人の党指導者はひと晩中話し合った挙げ句に、ともかく苦渋の選択としてその家の前に立った。

家は古く、この辺りではむしろこぢんまりとしていたが、中南海の他の邸宅の例に洩れず高い壁と頑強な門に囲まれていた。蘇州の水郷風景を模した庭園に入って行くと、二人の車を数人の護衛が取り囲んだ。

党指導部の九人の常務委員から〝偉大人〟と呼ばれて敬われ、畏怖される老人は、家の奥にある南側の部屋にいた。窓辺に置かれた寝椅子にシルクの綿入れのガウンを着て横になり、世話係の若い女に体を揉《も》ませながら、香木を薫《た》く香りの中で上質の碧螺春《ビールオチュン》茶を白磁の茶器ですすっていた。

老人の肉体はすでに八十余年の年月の中で朽ちかけ、香木の香りでも消すことのできない老醜が滲《にじ》み出ていた。だが現役を退いて六年が経ったいまも眼光は鋭く、周囲を威圧するほどの気を発散していた。この偉大人の前に立つと中華人民共和国の実質的支配者である胡錦濤と温家宝の二人も、ともすれば子供のように見えた。

「いまごろ、なぜそのようなものが……北鮮から流出したのだ……」

老人が、嗄《しやが》れた声でいった。

「わかりません。おそらく、何らかの事故があったものと思われます。少なくとも、金正日の意図するところではなかったと推察できます」

温家宝がいうと、老人は静かに頷いた。白磁の中の茶をすすると、近くに立っていた女が新しい茶を注いだ。胡錦濤と温家宝の手元にも茶器が運ばれてきたが、中国八大名茶のひとつに数えられる碧螺春茶の味と香りを楽しむ余裕はなかった。

「すると、金正日はただ我々を騙し、自分の失政を隠していただけだというのかね」

老人がいった。胡錦濤が、茶をすすりながら頷く。

「そういうことになろうかと思います。しかし、これで謎が解けました。あの〝老猾《ラオハオ》〟がなぜ世襲をあれほどまでに急いでいたのか。おそらく、あの情報が流出したことを我々が知る前に、すべての御膳立《おぜんだ》てを整えてしまいたかったのでしょう」

「とにかく、その機密情報を一刻も早く我々の手に確保することが先決かと思います。あの会談記録の中には昨年施行した国防動員法に関することも含めて、我が国の来年一〇月の国家主席選出にまで影響を及ぼす重大な秘密も含まれておりますから……」

温家宝はそういいながら、自分も心のどこかでそれを望んでいることに気付いていた。

老人はただ、白磁の中の茶をすする。そして、呟《つぶや》くようにいった。

「あの狡猾《こうかつ》な老狢め……。よくぞ我々を謀《たばか》ってくれたものだ……」

「どのようにいたしましょうか」胡錦濤がいった。「私の方から連絡を取り、事の真偽を質《ただ》しますか」

さらに、温家宝が続ける。

「すでに昨年一一月の北朝鮮による韓国の延坪島砲撃以来、我が人民解放軍は遼寧省《リャオニン》、吉林省《チーリン》の国境地帯に展開しています。これを動かしてもよいですし、正恩への世襲をここで中断させても……」

だが、老人はしばらく黙っていた。南の窓からの陽光を背に受け、その逆光の影の中で眠るように目を閉じる。

長く、静かな時が過ぎた。だが胡錦濤も、温家宝も、何かに取り憑《つ》かれたように言葉を発することができなかった。やがて、老人が徐《おもむろ》に目を開け、小さな声でいった。

「会おう……」

我に返った胡錦濤が、老人に聞き質す。

「いま、何とおっしゃいましたか……」

「金正日に、会おうといったのだ。儂《わし》も、あの男もそう長くはない。もう一度、会ってあの男の本音を確かめておかなくてはならない。今回の機密漏洩《ろうえい》の件を我々が知っていることは、しばらく伏せておけ。ただ、世襲のことで儂が会いたがっていると。そう伝えれば、金正日は必ず出てくる。あの国をどうするかは、それからだ……」

老人は茶をすすり、また静かに目を閉じた。

4

石堂寨《シータンヂャイ》での時間が、ゆっくりと過ぎていった。

三月も末になると周囲の風景から雪も消え、樹木の梢《こずえ》の芽も色を帯びてふくらみはじめる。風向きは日々移ろい、冷たい雨の降る日もあった。だが、南東からの風はひと雨ごとに暖かさを増している。春は、もうすぐそこまで来ていた。

蛟竜はいつものように朝食を終えると、純子に見送られ、村の男たちと連れ立って畑へと向かう。すでに蒟蒻芋《こんにゃくいも》の作付けも終わりに近付き、この後は棚田の補修と田起こし、水引きと共に種もみの準備が始まる。

布依《プイ》族の男たちは、雨を喜ぶ。昨年の夏、貴州省《コイチヨウ》のこの辺りは干ばつに襲われた。気温も例年より高く、ほとんどの作物が枯死し、記録的な不作に終わった。

今年の冬から春先にかけても、雪や雨は例年よりも少なかった。もっと降れ。そして大地に水を溜《た》め、豊かな作物を我々に恵みたまえと天と神に祈る。

四月八日——。

石堂寨の村は、年に一度の牛王節の日を迎えた。

牛王節は、牛の休む日とされている。天上から降臨する牛王という農耕の神を祀《まつ》り、村を挙げての祭事が行われる。稲の作付けの最も忙しい時期に当たるが、村の男たちもこの日だけは農作業を休む。もし決まりを破って牛や水牛を田畑に入れると、翌年にはその牛の足が短くなるといわれる。もし田畑を耕せば、翌年にはその土地で何も作物が育たないと信じられている。

村は朝から、賑《にぎ》やかだった。男たちは餅《もち》を搗《つ》き、それを村じゅうの家に配って酒を飲んだ。

女たちは髪を結い上げ、村の名物の蠟纈《ろうけつ》染めと金糸の民族衣装を着て、男が叩く銅鼓に合わせて歌い、踊る。

純子も村の女に習って自分で染めた衣装を着て、踊りの輪の中に加わった。蛟竜は久し振りに酒を飲みながら、その姿に見とれた。布依族の民族衣装を着て踊る純子は、天から降臨した女神のように美しかった。

ゆったりとした、平穏な時間が過ぎていく。蛟竜は自分が何者なのか、そしていま、なぜここにいるのかすら忘れることもあった。だがその間にも、世界は確実に激動を繰り返していた。

前年のチュニジアに始まったアラブの春——ジャスミン革命——は、この春にはすでにリビアにその中心が移っていた。二月一五日に発生した人権活動家の釈放要求デモが、国内に拡大。二〇日には首都トリポリに飛び火し、政府軍がこれを武力弾圧。民衆から多くの犠牲者を出したことから、NATO軍を中心に米英仏の多国籍軍がこれに軍事介入し、二月末までにリビア東部の町ベンガジが陥落。形勢は一気に逆転した。

三月に入り、多国籍軍と反体制派はベンガジを拠点に首都トリポリへと進攻を開始。米オバマ大統領は三日、カダフィ大佐に対し、「政府を率いる正当性を失った。権力の座を降りて去るべき……」と即時退陣を迫った。だがカダフィ大佐は一五日、反体制派が押さえる東部アジュダビアに地上戦で反攻。これをまた二六日に反体制派が奪還し、リビア国内は完全に内戦状態に陥った。

四月に入るとNATO軍、多国籍軍の空爆が激化。カダフィ大佐は米オバマ大統領を〝我々

（アッラーの神）の息子〟と呼び掛け、この空爆を「NATOによる途上国の弱小な人々に対する不正義の戦争」として中止を求める書簡を送った。だがオバマ大統領は、これに応じなかった。

当然だ。アメリカの目的はリビアの安定ではない。その地下に眠る莫大《ばくだい》な石油資源と、〝カダフィのいない〟リビアなのだから。

リビアの内戦の陰で、王老が予想したとおりシリア情勢も激化していた。一月二六日、チュニジアのジャスミン革命を受けてシリア騒乱が勃発《ぼっぱつ》。二月にはこの動きがSNSを通じて全土に広がり、二二日には首都ダマスカスのリビア大使館周辺で市民と治安部隊が激突する大規模デモが発生。三月一五日、シリア各地の都市で一斉デモが行われ、〝二〇一一年シリア革命〟と呼ばれた。

だがシリアのアサド政権は、こうした反政府運動に対し徹底した武力弾圧で応じた。四月八日にはシリア南部の町ダルアで、金曜礼拝の帰りのイスラム教デモ隊に治安部隊が無差別発砲。少なくとも一五人が死亡し、一連のデモによる犠牲者はこの時点で一〇〇人を超えた。さらにアサド政権は反政府デモ隊に対し、戦車部隊を投入して弾圧。四月二六日までに五〇〇人以上の市民を拘束し、死者は四〇〇人にまで達した。

フランスのサルコジ大統領とイタリアのベルルスコーニ首相はローマで会談を行い、シリアのアサド政権を非難すると共に市民に対する武力弾圧を即時停止することを求める声明を出した。だがアサド政権は、これを無視した。それでもこの日、トリポリのカダフィ大佐の居住区を空爆したNATO軍は、シリアに軍事介入はしなかった。なぜなら王老《ワンロウ》のいうとおり、シリアには中東で唯一のロシア艦隊の軍港があり、アサド政権のバックには中国がいるからだ。

いずれにしてもリビアよりも、シリアの方が長く混迷した情勢が続くことになるだろう。リビアは、カダフィ大佐が失脚すれば革命は終わる。だがシリアはロシアと中国にジャスミン革命が飛び火でもしない限り、延々とこの状態が続くことになるだろう。

アラブの春だけでなく、日本の『東日本大震災』もいまや世界の激動の大きな要因のひとつになっていた。この村にも、新聞やインターネットを通じて断片的な――それでもかなりの量になる――情報が入ってきた。特に地震と津波だけでなく、中国では福島原発の事故に関して深刻に取り扱われていた。

三月一一日の東北地方太平洋沖地震発生によってSBO（全交流電源喪失）状態に至った福島原発は、翌一二日に一号機建屋が水素爆発によって爆砕。三月一四日には三号機建屋も爆発し、周囲に大量の放射性物質を撒《ま》き散らした。すでに炉心はメルトダウンを起こしている可能性もあったが、東京電力と日本政府は正確な情報を内外に対して隠蔽《いんぺい》。中国のメディアも混乱していた。

この事故を受けて日本に滞在していた中国人のほとんどが脱出し、帰国。放射性物質から身を守るためとして中国国内で塩が買い占められ、市場から消えるという異変が起きた。

震災の情報は、刻々と移り変わる。人的被害は三月一六日の時点で死亡四八五一人、不明一万四四二八人。一九日に死亡七一九七人、不明一万八九八二人。二六日には死者が一万人を超え、死亡一万一〇二人。不明一万九七五人。その数は四月に入っても増加の一途を辿《たど》った。
だが、中国国内における報道やインターネット上の風評は、実際よりも遥《はる》かに煽動《せんどう》的なものだった。

〈――東日本の都市は、東京を含めてほぼすべてが壊滅した――〉

〈――死者は数万人といわれるが、いまも被災地には死屍《しし》累々と野晒《のざら》しになっており、最終的な犠牲者の数は数十万人にも及ぶだろう――〉

〈――日本の自動車、電機、精密機器などの工業生産拠点は、その能力の大半を喪失している――〉

〈――被災地だけでなく、都心部まで電気や水などのライフラインを失い、復旧の見込みが立っていない――〉

〈――福島原発の事故によりチェルノブイリの数倍の放射性物質がばら撒かれ、農産物、畜産物、海産物などすべての食料が汚染されている――〉

〈――政治が混乱し、日本は無政府状態に至り、各地で暴動が発生して死者が出ている――〉

膨大な量の風評が、被災地の写真や映像と共に毎日のように飛び交っていた。

その頃、蛟竜は、よく日本の夢を見た。自分のよく知っている町や都市が、大地震で崩壊して津波に押し流されていく。原発が大爆発を起こし、その黒く巨大なキノコ雲と紅蓮《ぐれん》の炎がすべてを焼き尽くしていく。焦土と化した荒野を人々がさ迷い、次々と倒れ、命を落としていく。

そして最後に、決まって同じ人間の夢を見る。女、だ。女は口元に笑みを浮かべ、だが、涙を流している。

女には顔がない。それでも蛟竜は、その女が誰だかを知っている。自分がまだ見ぬ、母親であることを――。

心の中で何かを叫び、目を覚ました。目の前に、薄明かりの中で心配そうに見つめる純子の顔があった。

純子が、蛟竜の頭を撫《な》でながらいった。

「どうしたの……。だいぶ、うなされていた……」

蛟竜は、ベッドに横になったまま周囲を見渡す。いつもの部屋だ。自分はまだ、石堂寨の村にいる……。

「何でもない……。夢を見ていた……」

蛟竜が、記憶を探るようにいった。

「また、日本の夢を見ていたのね」

純子が蛟竜の顔を抱き寄せ、額に口付けをした。

「そうだ……。たぶん……」

あれは確かに、〝日本〟だった。だが蛟竜にとっては、まったく知らない場所のようにも思えた。

「あなたの気持ちは、よくわかるわ。私は自分が生まれ育った共和国が嫌いだったけど、もしあの国を大地震と津波が襲ったとしたら、やはり胸が痛くなる……。悲しくて、涙がこぼれる……」

純子が蛟竜の胸に、顔を埋《うず》める。蛟竜はただ、薄暗い明かりの中に浮き上がる天井を見つめていた。

「なあ、純子……」

しばらくして、蛟竜がいった。

「何？」

純子が訊《き》く。

「ここで……この村で暮らさないか。王老が、古い家を与えてくれるといっている。少し手を加えれば、住めるそうだ。ここには、畑もあるし、仲間もいる……」

「私も、蠟纈染めを覚えたわ。あなたを、支えられる……」

「そうだ。二人で働けばいい。二人とも布依族の名前を名告《なの》り、この村でひっそりと暮らすんだ……」

純子が蛟竜の胸の中で、小さく頷《うなず》く。

「〝草〟のように？」

「そうだ。〝草〟のようにだ」

「そして子供を作るの。私と、あなたの子供を……」

「そうだ。子供を作ろう。男の子と、女の子を。この村で、育てるんだ」

「うれしい……。私は、それがいい……。あなたさえ一緒なら、地球のどこででも暮らしていける……」

純子が体を起こし、澄んだ目で蛟竜を見つめ、静かに唇を求めた。

「でも、蛟竜……」

純子がいった。

「何だ」

「なぜあなたは、日本に帰らないの。帰りたくないの」

「わからない……」

本当に、わからなかった。自分は、どうしたいのか。どうするべきなのか。使命を忘れたわけではなかった。日本を忘れられないこともわかっていた。

もし日本に帰るなら、一刻も早く『亜細亜《アジア》政治研究所』に連絡を取るべきだ。あの甲斐《かい》長州《ながくに》と、戸次《べつき》二三彦《ふみひこ》に。彼らからも、連絡を取るようにと書簡を受け取っている。彼らに連絡さえ取れば、この国から脱出するための資金と、新しい日本のパスポートも手に入るだろう。

だが……。

いまは、その時ではない。心のどこかで、そう告げる声が聞こえていた。何もかもが、信じられなくなっていた。日本はこれから、どうなるのか。日本の政府も、日本という国そのものも消えて無くなってしまうような、漠然とした不安があった。

「ねえ、蛟竜……」

純子がいった。

「何だ」

純子が、蛟竜の目を見つめる。

「あなたは、本当は日本が心配……。そうでしょう……」

蛟竜はしばらく、何も答えられなかった。

自分が、日本を心配している。なぜだ。なぜ純子はそう思うのか。

蛟竜には、祖国はない。国籍もない。自分が日本人であるかどうかもわからない。

死んだハルビンの陳《チエン》や、この村の王老と同じだ。自分が〝草〟になるかどうかは、その土地に根付くかどうかの違いだけだ。その自分が、なぜ日本のことを心配しなくてはならないのか。

使命だからか。

否――。

自分の使命は、心を捨てることだ。

「蛟竜?」

純子の指先が、蛟竜の胸の痣《あざ》に触れる。

「何だ?」

「あなたに、渡したいものがあるの」

純子がそういってベッドを出た。

白い肌の上にシルクのガウンだけを羽織り、広い部屋を横切る。そして長い旅から持ち帰ったバッグの中を探り、何かを手にして戻ってきた。

その小さなプラスチックの固まりを、蛟竜に手渡した。

「私にはもう、必要ない。あなたに会えたから、それでいい。もしこれがあれば、いまの日本を救えるかもしれない……」

蛟竜は、手の中のものを明かりにすかした。

透明のプラスチックの中に、マイクロSDカードが入っていた。

5

朴成勇は、貴州省貴陽《コイヤン》の路地裏にある古い仏印様式の建物の三階にいた。

ここまで辿り着くまでに多くの手間と時間を要した。共和国を後にしてからすでに八カ月以上、そのほとんどを広西壮族自治区の辺境の地で過ごし、南寧《ナンニン》や、ベトナムとの国境の町の憑《ピンシ》祥《イアン》で網を張り続けていた。だが、崔純子と、行動を共にしている可能性のある蛟竜という男の情報や消息は何も引っ掛かってこなかった。

奴らは、死んだのか。いや、絶対に生きている。生きているとすれば、ベトナムとの国境を越えるはずだ。

二人の情報は得られなかったが、朴と北朝鮮から送り込まれてきた一〇〇人もの保衛部の部下たちは、この半年間で広西壮族自治区に潜伏する違法越境者を少なくとも三〇人は〝捕獲〟した。そしてそのすべてを拷問にかけ、死ななかった者は共和国の管理所（収容所）に強制送還した。

あれは、二週間前のことだった。憑祥からベトナムに出国する直前に捕獲した女の違法越境者が、かなり精巧に作られた韓国の偽造パスポートを持っていた。保衛部の朴でも、ちょっと見ただけでは本物と見分けが付かないほどの出来だった。その女は拷問されて死ぬ直前に、パスポートは貴陽の〝高麗人《ガオリーレン》〟と呼ばれる男から買ったと自白した。

〝高麗人〟という男を探すのに、多少は手間取った。だが崔純子と蛟竜という男は、前年の六月にあの断崖《だんがい》から川に落ちた時にパスポートは無くしているはずだ。もし無くしていなかったとしても、〝小笠原貴光《おがさわらたかみつ》〟とその妻の〝涼子《りょうこ》〟という名前は中国の当局にも知られている。絶対に、そのパスポートは使わない。

それならば、別のパスポートが必要だ。偽造パスポートを手に入れようとするだろう。いくら中国でも、貴州省や広西壮族自治区では偽造パスポートを入手できるルートはそう多くはない。北朝鮮からの違法越境者を相手にするような業者は、なおさらだ。〝高麗人〟は、有力な手掛りになる。

いま、朴の足元の床の上に、火腿《フオトエイ》（中国ハム）の塊がひとつころがっていた。だが、火腿もこれだけ古くなると、本来の〝味〟と〝食感〟も落ちてしまっている。朴はその火腿を足でころがし、話し掛けた。

「その女は確かに、崔純子と名乗ったんだな」

火腿——高麗人と呼ばれる老人——の喉《のど》の奥から、かすかに、笛から空気が洩《も》れるような音が聞こえてきた。

「……忘れた……。……金《キム》……英淑《ヨンスク》（金正日の三番目の妻）……といったかもしれん……」

朴は素裸《すはだか》でころがる高麗人の体を足で裏返し、萎《しな》びた睾丸《こうがん》を重い靴で踏んだ。厚い靴底の下から、ハツカネズミを踏み潰《つぶ》した時のような感触が伝わってきた。

「むぐ……………」

老人が、低いうめき声を上げた。

「その女と、もう一人の男のパスポートの新しい名前は」

「……金……正日と……」

朴が、老人の顔を靴の踵《かかと》で踏み潰した。老人の喉の奥から、また空気が洩れるような音が聞こえた。

「お前は朝鮮民族だろう。それとも、漢民族か。それなのになぜ、日帝の犬の味方をする。ちゃんと答えろ」

だが、老人は何もいわなかった。すでに、呼吸も心臓も止まっていた。おそらくこの老人は、朝鮮人でありながら日本軍として戦った兵士の生き残りだろう。それが日帝の〝草〟として、この貴州に生き残っていた。あの金明斗とつながっていたのかもしれない。その〝草〟を一人探し出して始末しただけでも、ひとつの成果だ。

朴成勇は振り返り、周囲に立つ五人の部下に向かって命じた。

「この腐った火腿を片付けろ。そしてこの部屋の中を徹底的に探すんだ。人の名前、連絡先、写真、何でもいい。少しでも手掛りになりそうなものがあったら、すべておれのところへ持ってこい」

「はい！」

それまで呆然《ぼうぜん》と朴の行為を見守っていた部下たちは、我に返ったように動き出した。

だが、朴にはわかっていた。〝草〟と呼ばれる日帝の犬たちは、仲間の手掛りになるようなものは何も残さない。

朴は部屋を出て細く狭い階段を下り、路地裏に出た。建物の前に駐《と》めてあった古いメルセデス・ベンツに乗り込み、中国製のタバコに火をつける。

この国に来て、良かったことがひとつ。将軍様の配給を待たなくても、いつでも、どの町でも上等のタバコが買えることだ。

最初のひと口を胸に吸い込み、メルセデスの窓から煙を吐き出したところで携帯電話が鳴った。ポケットから出し、ディスプレイを見る。朴は一瞬、首を傾げた。

なぜこの男が、いまごろ電話を掛けてきたんだ……。

少し迷い、電話に出た。

——私だ。覚えているか。ところで、崔純子は見つかったのか——。

中華人民共和国・国家安全部第八局の厳強幹の声が聞こえてきた。

「そんなことを訊《き》いて、どうする」

朴が、答える。

——どうやら我々は、どうしても協力し合わなければならないようだ。ついては、君と二人だけで話し合いたい——。

朴はタバコを吸いながら、しばらく考えた。

「こちらの利点は」

——我々には、君の望む第二の人生を準備する用意がある——。

「わかった。会おう」

朴は短くなったタバコの最後のひと口を吸い、窓の外に捨てた。

6

同日、同時刻、パキスタンの首都イスラマバード——。

ＩＳＩ（パキスタン軍統合情報局）本部の重い鉄の門が開き、米ＣＩＡ要員のレイモンド・デービスが出てきた。

デービスは汗の染みたポロシャツの襟元を緩めると、三カ月振りの雲ひとつない青空を見上げ、目の前に滑るように近付いてきた黒い大型のシボレー・タホの後部座席に乗り込んだ。シボレーには、スーツを着た三人のＣＩＡイスラマバード支局員が乗っていた。

「御苦労だったな。疲れただろう」

車が走り出すのを待って、デービスの隣に座るミント・キャンディ——在パキスタン米大使館・国防総省部副部長——がいった。

「だいじょうぶだ。とにかく、熱いシャワーとビールだ。あとは豚肉を一ポンドも食えれば、体重も元に戻る」

デービスはあえてステーキではなく、〝豚肉〟といった。イスラム教徒は、豚肉は食わない。

「ところで、向こうでは何を尋問された。〝ジャックポット〟の件は？」

「いや、インドに関することばかりだったな。カシュミールや、インド国境の情報、他には向こうのエージェントのことばかりだ。何も話さなかったがね。どうやら奴らは、〝ジャックポット〟については何も知らないようだ」

「何も？」

「そうだ。〝ジャックポット〟がアボタバードの邸宅に潜伏していることすら情報を摑《つか》んでいないらしい」

大型のシボレー・タホは午後の市内の渋滞を避け、市場の裏通りを抜けてアメリカ大使館に向かっていく。

「それにしても……」デービスが続けた。「おれを釈放させるために、どんな魔法を使ったんだ。人を、二人も射殺したんだ。少なくとも裁判に掛けられると思っていたんだが……」

デービスが訊くと、ミント・キャンディは少し首を傾げた。

「それが、よくわからないんだ。先週までは、パキスタン政府は君が終身刑になる可能性もあるといっていた……」

「急に、変わったのか」

「そうだ。三日前に突然、君を釈放するといってきた。しかも、保釈金を一〇〇万ドル要求した以外は何も交換条件はなかった」

デービスは考えた。だが、首を振った。

「奴らの方で、何か事情が変わったということか……」

「そういうことになるな。もし考えられるとすれば、ひとつ。裏で、中国が動いたのかもしれない」

「中国が？　おれを釈放するようにパキスタン政府に働き掛けたというのか？　しかし、なぜだ？」

ミント・キャンディが溜息《ためいき》をつく。

「わからない。だから、奇妙なんだ。しかも中国は、〝ジャックポット〟の件も、条件付きで我々にまかすといってきている」

「条件とは？」

「生け捕りではなく、確実に殺すことだ」

いったい、何が起こっているんだ？

中国が何を考えているのか、まったく読めない。だが、これだけはいえる。中国は、まだCIAも情報を得ていない何らかのソフトポイント（弱味）を持っているのだ。それが、〝ジャックポット〟の口から語られることを恐れている――。

「それで、〝オペレーション・ジェロニモ〟の決行の予定は」

デービスが訊いた。

「殺害するだけなら、ネイビーシールズのDEVGRU（デブグルー・海軍特殊戦開発グループ）の一個小隊と我々だけでコンパクトに遂行できるだろう。君も帰ってきたことだし、数日以内には決行するつもりだ」

シボレー・タホは裏通りから表通りに戻り、間もなくアメリカ大使館の大きな鉄の門の中に滑り込んだ。

7

五月二日、パキスタン・アボタバード――。

午前一時、首都イスラマバードから北東に六〇キロ離れた深夜の町の上空に、機体を黒く塗られた四機のヘリが飛来した。

アボタバードは、市内に『PMA』（パキスタン軍士官学校）を置く軍都である。だがステルス処理をされたUH—60二機、CH—47二機の特殊ヘリはパキスタン軍のものではなく、『SOAR』（第一六〇米特殊作戦航空連隊）の所属機だった。もちろんその機体には、機体番号や部隊名など国籍を特定されるようなものは何も書かれていない。

四機のヘリは、町の郊外にある一軒の家に静かに——回転するローターブレードの音は本当に静かだった——近付いていった。家は細い道路の奥にあり、鳥が羽を広げたような形の広大な土地に建っていた。母屋は三階建てで、周囲の家々の一〇倍近い広さと大きさがあり、高さ三メートル以上もの壁で周囲が囲まれていた。パイロットが暗視ゴーグルで確認しても見間違えるわけがなかった。アボタバードの人々は、その家にワジリスタン人の両替商が住んでいると信じ、「ワジリスタン・ハベリ（邸）」と呼んでいた。

前を行く二機のUH—60ブラックホークには、夜間戦闘服に身を包んだ米『SEALS—6』（DEVGRU）レッド・スコードロンの精鋭二四人が、一二人ずつ二班に分かれて乗っていた。後方のCH—47チヌーク二機には、さらに十数名のバックアップチームが待機していた。二機の突入班を乗せたヘリは超低空でワジリスタン・ハベリの上空に侵入。ホバリングを開始した。

米CIA要員のレイモンド・デービスは、後方のチヌークの一号機に乗っていた。この時、パイロットがパキスタン空軍機のスクランブル発進をレーダーで確認。デービスはすみやかに、イスラマバードのCIA支局に待機するミント・キャンディに無線で連絡を取った。

「いま、パキスタンのツバメ（中国製F—7Pエアポルト戦闘機）が三羽、巣を離れたようだ。こちらに向かっている」

直後に、ミント・キャンディの落ち着いた声で応答があった。

——すでに、確認している。問題はない。この時間、ツバメは餌を取らない——。

「了解した」

デービスは親指を立て、DEVGRUの指揮官に合図を送る。それを受け、指揮官が突入部隊に命令を下した。

「レッド・スコードロン……突入せよ……」

デービスは、前方の二機のヘリの動きを見つめた。二機のドアは、すでに開いていた。武器を携帯した完全武装のDEVGRUの隊員が次々と、ロープを使って高い壁に囲まれた中庭に降下していく。

その時、不測の事態が起きた。建物の上空でホバリングするUH—60の一機がバランスを崩し、急激に降下。高い外壁と地面に尾翼を接触させ、ローターの破片が飛び散った。

——クソ！　何てこった——。

デービスが口の中で、悪態をついた。

ヘリが中庭に不時着しても、一二人のＤＥＶＧＲＵの隊員は慌てなかった。ラペリング（ロープを使っての降下）で降りてきた別の一機の一二人と合流し、すみやかに制圧作戦を展開した。飛行不能になったヘリは、作戦終了後に爆破処理するしか方法はない。

標的は、あくまでも〝ジャックポット〟だ――。

チームの先頭を行くロナルド・バンディ中尉は、ドアの鍵《かぎ》を銃撃で破壊して一階のリビングルームに突入した。手には通常のＭ４カービンではなく、ＥＯＴｅｃｈのドットサイトとレーザーサイトを装着したＨ＆ＫのＭＰ７Ａ１を構えていた。室内戦ではコンパクトで扱いやすく、ドイツ製なので現場に残してきても身元が判明しにくい。

家の中は広かったが、バージニア州ダムネック基地に再現した〝キルハウス〟（訓練用モデルハウス）を使った二カ月間の訓練で、間取りはすべて頭の中に入っていた。〝ジャックポット〟が二階の居室か三階の寝室にいることもわかっていた。自分の家のようなものだ。

三人の隊員と共に奥へと踏み込むと、物音に驚いた二人のアラブ系の男が飛び出してきた。武器――中国製のＡＫＭ――を持っているのは一人だけだったが、バンディと他の隊員はＭＰ７Ａ１の四・六ミリ×三〇弾をフルオートで浴びせかけた。一瞬で二人のアラブ系の男は数十発の弾を受けて血飛沫《ちしぶき》を上げ、穴だらけになって吹き飛んだ。近くにいた女が悲鳴を上げたが、叫び終わらないうちに射殺された。

隊員は、暗い廊下を奥へと進んだ。階段から、銃を持った若い男が降りてきた。だが、一瞬で射殺。後にこの男が、〝ジャックポット〟の息子であったことが判明することになる。

ここでバンディの一行は、裏口から侵入した四人のチームと合流。八人で階段を駆け上がった。残りの一六人は建物の周囲を取り囲み、〝ジャックポット〟が逃走しないようにバックアップに回っている。

二階にも、数人の男たちがいた。銃撃戦が起こるが、最新の武器を持つ八人の突入隊はものの数分でこれを制圧した。〝ジャックポット〟の妻と何人かの子供たちを、階下に降ろす。床にころがるアラブ系の男の死体を確認するが、その中に〝ジャックポット〟はいなかった。

DEVGRUの隊員は、さらに三階に上がった。先頭の隊員が〝ジャックポット〟と遭遇し、発砲。だが、外した。

標的は自分の寝室に逃げ込んだ。隊員が、突入する。部屋には男とその若いイエメン人の妻、他に幼い子供たちがいた。

〝ジャックポット〟が部屋に置いてあったAKMを手にする。隊員の一人が発砲。男を守ろうとした妻が間に入り、体から血飛沫が上がる。だがその中の一発が、〝ジャックポット〟の胸にも命中した。男は武器を捨てて両手を上げ、投降の意思を示した。だがバンディはその頭部に、ダブルタップで撃ち込んだ。

〝ジャックポット〟の頭が四・六ミリ×三〇弾を受けて破裂し、体が痙攣《けいれん》した。周囲では、子供たちが張り裂けるほどの声で泣き叫んでいた。

ロナルド・バンディは自分が射殺した男に歩み寄り、それが〝ジャックポット〟本人であること、〝命令どおり〟死亡していることを確認した。

二〇一一年五月二日、現地時間午前一時一五分——。

アルカイーダの指導者オサマ・ビンラディンの死亡が確認された。これでビンラディンが首謀者とされる二〇〇一年九月一一日の米同時多発テロをはじめ、数多くの国際テロの真相は、今後永遠に解き明かされることはなくなった。

二三分後、レッド・スコードロン二四人は飛行不能になったUH—60一機を爆破。残る三機のヘリにオサマ・ビンラディンの死体と共に分乗し、一人の犠牲者も出すことなくアボタバード郊外のワジリスタン・ハベリを飛び立った。

この時、午前一時三八分——。

〝オペレーション・ジェロニモ〟は完遂された。

バラク・オバマ大統領は、米ホワイトハウスのシアタールームにいた。ヒラリー・クリントン国務長官をはじめ主だった閣僚と共に、DEVGRU隊員のヘルメットにセットされた小型カメラの映像で、〝オペレーション・ジェロニモ〟の一部始終をライブで鑑賞していた。突入の直後から血腥《ちなまぐさ》い場面が連続したが、誰一人としてディスプレイから目を離す者はいなかった。

オサマ・ビンラディンが頭部に銃弾を受けて倒れた瞬間、オバマ大統領は小さく拳《こぶし》を握り、呟《つぶや》いた。

「We　get　him!（奴を殺《や》ったぜ！）」

そして画面を見つめたまま、口元にかすかに笑いを浮かべた。

これで確実に、現民主党政権の支持率は向上する。石頭の共和党も、この夏のデフォルト回避に向けて連邦債務上限引き上げの協議に応ずるだろう。

8

林昌秀《イムチャンス》はいつものコンビニで新聞と弁当、日本茶のペットボトルを買い、日比谷公園に向かった。

公園に入って間もなく、フィリピン独立の英雄ホセ・リサールの小さな像の前で足を止めた。しばらくその顔を眺めていたが、また歩きだした。

何げなく、空を見上げた。まるで滑稽《こっけい》かつ悪質な冗談のように、晴れ渡っていた。誰がこの青く澄んだ空に、愚かな人間が生み出したセシウム一三七という最悪の毒物が飛散していることを想像できるだろう。

それでも林は噴水池のある広場に出ると、いつものベンチに座った。いつものように新聞を開き、弁当を食べはじめた。ゴールデンウィークだというのに、周囲にはほとんど人影はない。一瞬、自分が核戦争で生き残った最後の人類のような錯覚が脳裏を過《よぎ》った。

だが、しばらくすると、一人の老人が広場に姿を現した。老人は杖《つえ》をつき、ゆっくりと噴水池の周囲を一周すると、林と同じベンチに腰を下ろした。

林は弁当を食い終え、それをビニール袋に片付けた。ペットボトルの茶を口に含み、新聞を広げながら、独り言のようにいった。

「アメリカはついに、〝ジャックポット〟を片付けたか……」

老人——甲斐長州——は杖の柄の上に両手を重ね、鳩の群れが舞う抜けるような青空を見上げていた。

「まさかパキスタンのアボタバードにおったとは……」老人が、呟く。「しかし〝カンパニー〟(CIA)の連中は、ジャックポットがあの町に潜伏していることをいったいどうやって知ったのか……」

林がさりげなく足を組み替え、新聞を捲《めく》る。

「昨年の八月にジャックポットの連絡員を割り出し、その男を行動監視することによってあの家を割り出したと国務省は発表していますね。しかしそれは、嘘でしょう」

「ほう……。なぜそう思うのか」

「現在の世界情勢を見れば、明らかです。今回の〝ジャックポット暗殺〟の一件で、誰が利益を得たのか……」

「誰ですかな」

老人が、楽しそうに耳を傾ける。

「ひとつは、当然のことながらアメリカです。オバマ大統領は支持率が上がるし、共和党は9・11の秘密を永遠に葬ることができる……」

「もうひとつは？」

「中国でしょう。中国とパキスタンの関係……特に軍の蜜月《みつげつ》の関係を見れば、明らかでしょう」

　中国とパキスタンは一九四九年の中華人民共和国建国以来、是非はともかくとして共存関係を続けてきた。同時にパキスタンはアメリカとの同盟関係も維持していたが、二〇〇八年三月のギーラニー政権成立以降、インドとの軍事対立もあって急速に親中国へと外交方針を切り替えてきた。特に現在、パキスタンは経済の大半を中国に頼り、軍事的にも蜜月の仲に至っている。パキスタンの核保有も含めて、その軍事力はすべて中国の影響下にあるといってもいい。

「つまり……」

　なぜオサマ・ビンラディンは、わざわざパキスタンの軍都であるアボタバードに潜伏していたのか──。

「パキスタン政府はともかくとして、少なくとも中国がそれを知らないわけがなかった。中国の了解を得なければ、ジャックポットがアボタバードに家を建ててまで潜伏するわけがない。〝我が社〟は、ジャックポットが中国の庇護《ひご》下にあったと分析しています」

　林の説明に、老人が満足げに頷《うなず》く。

「それならなぜ、中国はジャックポットをアメリカに売り渡したのかね」

「それも、情勢を見れば明らかでしょう。中国がパキスタンを支配しようとするなら、障害となるのはアメリカとNATOです。今回、アメリカがジャックポット暗殺という単独作戦を強行したことで、パキスタンの対米感情はさらに悪化するでしょう。パキスタン政府は国内に駐留する米軍の大半を、追放するという情報もあります……」

正に、中国の思う壺《つぼ》だ。そう考えればなぜ、ジャックポットが殺害されたのかもわかってくる。中国にとっても、ジャックポットに生きていてもらっては不都合だった。

「ところで……」林が続けた。「日本も大変なことになりましたね。お悔やみ申し上げます」

「正に、亡国の危機です……」

老人が、おっとりと答える。

「今度の一件で、得をするのは？」

林が、新聞を捲る。

「やはり、アメリカでしょうな」

「理由は」

老人が、しばらく考える。

「一に、事故処理の権益。二に、自国の軍隊を駐留させる正当性の喧伝《けんでん》。そして第三に、天然ガスの輸出による莫大《ばくだい》な利益。このまま、日本が原発から手を引くとすれば、アメリカは日本との貿易収支を代替エネルギーだけで逆転することが可能になりましょうな……」

林が、頷く。

アメリカは二〇〇〇年頃から、それまで採掘は不可能とされてきたシェールガスのガス田開発に着手。二〇〇九年には世界に先がけて採掘方法を確立し、二〇一〇年には世界の天然ガス市場に供給をはじめた。このままいけば、二〇一二年までにはそれまでの天然ガス輸入国から輸出国に転ずるといわれている。

問題は、これから膨大な量が安定して生産されるシェールガスの売り先だ。とても自国だけでは消費しきれない。そこでその最右翼としてアメリカが期待しているのが、今回の福島原発の事故で電力不足に陥り、発電の主力を火力に切り替える動きのある日本だ。

日本の火力発電所の燃料は、ほとんどが液化天然ガスだ。各電力会社は原発事故の直後からパニックを起こし、世界市場で天然ガスの買い占めに走った。そのほとんどは、産出国からEU諸国などの市場相場の倍以上で〝買わされて〟いる。

結果として日本の発電のための燃料輸入費は、原発事故以前に比べ三兆円以上も増加するといわれている。現在はそのほとんどを、世界最大の天然ガス生産国であるカタールに依存している。だが、シェールガスの生産体制の向上に伴い、今後はアメリカがイニシアティブを握ることになるだろう。

日本のアメリカに対する貿易黒字は、例年ほぼ七〜九兆円前後。もし日本が毎年アメリカから三兆円の天然ガスを買えば、少なくともその三分の一は解消される。加えて、原発事故処理の莫大な権益だ。両国の貿易収支はここ一〜二年で逆転し、これから数十年にわたって日本はアメリカに天然ガスを餌にして搾り取られ続けることだろう。

「どうしてこうも、アメリカに好都合な禍《わざわい》が日本で次から次へと起こるのですか。しかも、〝阪神〟の時もそうでしたが、政権が保守ではないときに限って……」

林が、含みのあるいい方をした。

「日本は〝サンフランシスコ〟で、アメリカに魂を売り渡してしまった……」

なぜ老人が〝サンフランシスコ〟といったのか、林はしばらくその真意がわからなかった。もしかしたら、戦後の一九五一年九月八日の『サンフランシスコ平和条約』――対日平和条約――のことをいっているのだろうか。だが林は、それ以上は追及しなかった。

「昨年の中国の一件もそうですか。尖閣諸島であえて問題を起こし、東シナ海のガス田の一件をあえてこじらせる……」

老人が、小さく頷く。

「そうかもしれませんな。東シナ海のガス田の日中共同開発の話が頓挫《とんざ》すれば、笑うのはまたしてもアメリカということになりましょうな。日本に売る天然ガスの価格が、また一段と高くなる……」

「しかし、日本を食い物にしようとしているのは、アメリカだけではありません。中国もです。特に、今回の東京の土地の件です。あれに関しては、私たちの国でも憂慮しています」

林がいうと、老人がまた静かに頷き、溜息《ためいき》をついた。

「わかっております。まったくいまの内閣の輩《やから》は、祖国を何だと思っているのか。昔は自分の国を他国に売り渡そうなどという政治家など、一人もいなかったものだが……」

〝土地の件〟とは、例の南麻布の中国大使館用地買収問題を指している。四月二六日、東日本大震災と福島原発事故のどさくさに紛れるように、財務省（野田佳彦《のだよしひこ》財務大臣）は国家公務員共済組合連合会が所有する五六七七平方メートルの土地の一般競争入札を実施。これを中華人民共和国が落札した。これで事実上、皇居から僅《わず》か三キロ強の都心の一等地に、共産圏の世界第二位の軍事大国が約一七二〇坪もの広大な不可侵の土地を所有することが決定した。

「もしこれが韓国でしたら、暴動が起きていたはずです。大統領と財務大臣は、無事ではいられなかったでしょう」

林の言葉に、老人が頷く。

「いや、むしろ韓国の方が健全なのかもしれませんな。いまの日本人の方が異常なのです。尖閣諸島の一件もそうですが、敵に手足を食われながら気付かない愚鈍な蛸《たこ》に等しい。ところで……」老人が改めて、林に訊《き》いた。「今日、ここにお呼びいただいたのは、どのような用件でしたか……」

林は新聞を閉じ、それをベンチの上に置いた。そして目を閉じ、静かに話しはじめた。

「実は今日もまた、先生にあまり良くない報告をしなくてはなりません……」

「ほう……。何があったのかね」

「はい……」林がペットボトルの日本茶で口を湿らす。「先生は、鄭金風《ズンジンフウ》という男を御存じでしたか。別名、〝高麗人〟とも呼ばれておりました。我々の、古くからの協力者でした」

老人はふと、遠い記憶を探るような表情を見せた。

「名前は知っている。昔、大陸時代に会ったこともある。以来、生きているのかどうかも知らんが。その鄭金風が、どうかしたのかね」

林が一瞬間を置き、息を整えた。

「つい先日まで、貴州省の貴陽におりました。しかし、亡くなりました」

〝貴陽〟と聞いて、老人の表情にかすかな変化があった。

「ほう……。生きておったのか。しかしなぜ、その話を？」

「はい。実は鄭の遺体が発見されたのは、つい最近なのです。すでに、死後二週間近くが経過していました。何者かに、消されたようです」

老人は、目の前で戯れる鳩を見つめている。

「何者か、とは」

「拷問を受けた痕《あと》がありました。やり口からして、〝北〟の連中でしょう」

林がそういって、老人の横顔を見た。だが、やはり表情に変化はない。

「なぜ〝北〟の連中が、いまごろになってあの男を？」

老人が、鳩に問いかけるように訊いた。

「我々も、それが謎でした。高麗人は、すでに二〇年近く前に引退していましたから。それで我々も、高麗人の周辺を少し調べてみたのです」

「それで」

だが、林はしばらく間を取った。頭の中を整理し、迷い、意を決したように話しはじめる。

「実は高麗人は、一線を退いた後も独自に〝仕事〟をしていました。その中のひとつに、脱北者向けの新しい〝身分〟の販売があったのですが……」

「ほう……」

「高麗人は、この二月にも〝身分〟を売っていました。注文を受注したのは、〝我が社〟の下請け組織です。〝クライアント〟は四〇歳の男と、三二歳の女で、どちらも在日韓国人という設定でした」

「なるほど。その〝仕事〟が、高麗人が消された理由だということかね」

「確かではありませんが、その可能性はあります」

「ところで、その男女二人の〝クライアント〟とは何者なのかね」

「先生のよく知る人物です」

老人が息を吸い、頷《うなず》いた。

「なるほど……」

「もちろん我々は二人の新しい〝身分〟のデータ……。つまり、〝身分〟の発行場所と現在の名前を把握しています。もし彼らがその〝身分〟をどこかで使用すれば、瞬時のうちに場所と時間を察知して追跡することも可能です」

老人は、しばらく黙っていた。まるで眠っているように、頭がゆっくりと揺れている。だが、やがて、静かにいった。

「それが今回の、君の情報かね」

林が、頷く。

「そうです。少し、お高くなるかとは存じますが」

「いかほどかね」

「二人の〝クライアント〟の一人、崔純子は何を持っているのか。金明斗から、何を預かったのか。その内容と権利を、我々にも共有させていただけないでしょうか」

林が、はっきりとした口調でいった。

9

五月二〇日、午前七時——。

朝鮮民主主義人民共和国の金正日総書記と約七〇人の随行員を乗せた特別御用列車が、鴨緑江の中朝国境を越えて吉林省図們《トゥーメン》市に入った。

金正日総書記の訪中は前年の五月と八月に続き、この一年で三度目ということになる。なぜ体調に無理を強いてまで、頻繁に中国を訪れるのか。

北朝鮮は次期後継者をすでに三男の金正恩に事実上決定していた。消息筋によると、今回の訪中は「中国の首脳への三代世襲の根回し」、もしくは「食糧援助の要請」という憶測が大半を占めていた。だが、後に、この特別列車には当の金正恩が乗っていなかったことが判明する。

行程も、奇妙だった。列車はまず二〇日の午後にハルビンに入り、ここで一泊。翌日は長春《チャンチュン》、北京を通過し、さらに南下。中国に入って三日目には、中国政権を二分する勢力の上海閥の本拠地、江蘇《チャンスー》省に向かった。

この時、訪日中だった中国の温家宝首相は韓国の李明博《イミョンバク》大統領との会談で、金正日の招聘《しょうへい》について次のように語った。

――中国の発展ぶりを理解し、自国に活用するための機会を与えた――。

だが、それならばなおのこと、なぜ後継者の金正恩が同行しなかったのか。

特別列車は二三日の午後七時五五分に江蘇省揚州《ヤンヂョウ》に到着。金正日はその四五分後には、揚州迎賓館に入った。そこには胡錦濤でもなく、次期国家主席の習近平でもなく、中国の国家首脳部から〝偉大人〟と呼ばれる一人の老人が待っていた。

世界じゅうのいかなる国家首脳と対峙《たいじ》しても卑小になることのない金正日だが、この時ばかりは小さく見えた。金正日は色艶《いろつや》が悪い顔に強張《こわば》った笑いを浮かべ、老人に歩み寄った。老人も、笑顔だった。だが、目は笑っていない。二人は両手を広げ、お互いの体を抱き合い、おそらくこれが人生で最後になるであろう再会を祝した。

「偉大人、お元気そうで何よりです……」

金正日が、型どおりにいった。

「金同志こそ、もうすっかり体の方はいいようだ」

実際に、金正日の健康状態は近年になく良好だった。今回の訪中は列車による一週間の強行軍の日程を組んでいる。それも、自らの体調に対する自信の表れだった。

「私と偉大人の再会は、何年振りでしょうか」

金正日は老人に導かれるように歩きながら、広い部屋の中を歩いた。部屋には二人の二〇人程の側近と警護官が、周囲を取り囲むように立っていた。その中央に丸テーブルがひとつ、置かれていた。

「確か二〇〇四年の四月、私がまだ現役の頃に北京でお会いしたのが最後ですから、もう丸七年になりますか。あの頃からすれば、我々も歳を取った……」

二人が、丸テーブルに着いた。テーブルには中国八大料理のひとつ、江蘇料理が山のように並べられていた。だが二人は、今夜この料理にほとんど手が付けられることはないことを理解していた。

「この場所と、この料理を御存じですか」

席に座り、老人が改めていった。

「もちろんです。父から何度も、その日のことを聞かされました」

偉大人が、おっとりと頷く。

「そうです。あれは一九九一年の一〇月のことでした。あの頃は私もまだ本当に若かったし、あなたの父上……金日成同志もまだ御健在であられた。あの日、我々はこの場所で、今日と同じこの料理を前にしてとめどなく語り合った……」

「存じております」

「二人は友情と信頼を確かめ合い、お互いの国の未来についてある〝約束〟を交わした。その〝約束〟は父上が亡くなり、私が引退した後も、さらにこれからも永劫《えいごう》にわたって守られるべきものだった」

「そのとおりです……」

「そしてその〝約束〟は、我々だけの絶対的な秘密の元に存在すべきものでした。決して日本や韓国、まして米帝に知られてはならなかった」

「はい……」

「今夜はその〝約束〟について、もう一度語り合いましょう。我らが二つの祖国の、未来のために」

給仕が、二人のグラスに食前酒を注いだ。

偉大人はそのグラスを目線に掲げ、金正日を見据えた。


二人の会話は、三時間近くに及んだ。老人はゆっくりと、だが常に物事の核心を衝《つ》き、低く重厚な声で話し続けた。一方の金正日は常に受け身となり、弁明に終始し、少しずつ血の気を失うと共に動揺を隠せなくなっていた。だがこの老獪《ろうかい》な独裁者は、今日この場を乗り切らねば、自分の息子への世襲はおろか父が建国した祖国そのものが消滅する可能性があることを理解していた。

二人の話が終わりに近付いたところで、偉大人がいった。

「我々の〝約束〟の秘密が外部に洩《も》れるということは、すなわち、両国の信頼関係と長年の友情もまた消え去るということです。違いますか」

金正日はしばらく黙っていたが、やがて覚悟を決めたように頷いた。

「承知しております……」

その声は、心なしか震えていた。

「来年、二〇一二年に貴国は父上の金日成同志生誕一〇〇周年の節目を迎え、強盛大国の大門を開くという大きな目的がある」

「そのとおりです。必ずやそれは……」

だが偉大人は、その言葉を途中で制した。

「しかし、夢は叶《かな》わぬかもしれぬ。来年は我が国も、貴国も、国家主席が替わる。〝約束〟が果たされる世代の時代が到来する。しかし、少なくとも貴国の世襲は、これで無に帰すかもしれない……」

偉大人の声は低く、だが、口調は強固だった。

金正日は、老人の目を見つめた。しばらくの間、金縛りにあったように動かなかった。だが、やがて我に返り、意志を生起させるように目の光を取り戻した。

「それはできません。我が国は金正恩の元に、強盛大国の大門を開くことになるでしょう」

「なぜ、そう思うのかね」

老人がかすかに首を傾げ、怪訝《けげん》そうな表情を見せた。金正日が息を整え、話しはじめる。

「昨年、裏切り者の黄長燁《ファンジャンヨプ》は死にました。あの〝約束〟の内容が本物であるかどうかを判断できる者は、少なくとも我々以外には誰もいなくなった……」

「どういう意味かね」

「その上、もし我が国が亡国の運命を辿《たど》ったとしたら、他国はどう思いますか。中華人民共和国……いや、上海閥は、あの〝約束〟が事実であることを認め、隠滅するつもりだと……」

偉大人の目が光った。

「金正日同志。君はいったい、何がいいたいのだ」

「なぜ我々が三代世襲に祖国の運命を託し、後継者に正恩を選んだのか。それが我々だけの望みではなく、あなたと中華人民共和国の意思でもあったことをお忘れですか」

金正日が、老人に問いかける。

「忘れてはいない……」

老人の顔色が、次第に紅潮していく。

「ならばこれ以上、話すことはないはずです。私は間もなく、この世を去ることになりましょう。そうなれば、秘密は永遠に保たれる。後はあなたの後継者と、私の後継者が、いつの日かあの〝約束〟を果たす時が来る。それを願えばよいではありませんか」

二人は息を止め、ただ黙って見つめ合っていた。だが、やがて偉大人の目から、静かに火が消えていった。

金正日が、重い沈黙を破った。

「我々は、一蓮托生《いちれんたくしょう》なのです。両国の運命は、一九九一年の一〇月に決まっていたのですから……」

翌日、金正日は偉大人と共に、痩西湖公園や大明寺の三尊大仏像、个園の抱山桜などを回った。それはかつて、父の金日成が歩いた足跡を辿る旅でもあった。そして上機嫌で次の目的地、南京へと旅立っていった。

偉大人——江沢民《チアンツォーミン》——は金正日を見送った後、自邸に戻る車の中で、焦燥の表情で独り言のように呟《つぶや》いた。

「あの厚顔の〝老猞〟は、いつまで生きながらえるつもりなのだ」

その言葉に応じるように、付き添いの側近がいった。

「あの様子では、あと一年……いや、三年は死なないでしょう」

車列に繋《つな》がり、江沢民の乗ったリムジンがゆっくりと揚州の市内を走る。しばらくして江が、また呟くようにいった。

「我々は、それまで待つことはできない」

側近が、江の横顔に視線を向けた。

「どういうことでしょう」

「あの〝老猞〟が死ぬまで、待ってはいられぬということだ。もし仮に、来年の我々の新政権への切り替え直前に死なれ、あの国に総書記が不在ならどうなるのか。あの国の政局が崩壊し、大量の難民が流入すれば、我が国の政局にも影響することになろう……」

北朝鮮国内の暴動が中国に連鎖し、民主化運動が再燃すれば、革命が起きる。経済が破綻《はたん》し、上海閥の新政権による国体の維持すらも難しくなる。

「ならば、どうすれば……」

側近が、江の横顔を見つめながら訊《き》いた。

「あの国がどうしても世襲にこだわるというのなら、それもよい。しかし来年一〇月、我々も新政権への切り替えがある。少なくともその半年前まではあの国の新総書記が決まり、体制を安定させておく必要があるということだ」

江沢民は側近に視線を向けることなく、車の前の風景を見つめていた。

「では、我々が取るべき方法は……」

「逆算すれば、あの男には遅くとも年内に死んでもらわなくてはならない。そういうことになる。私がそういっていたと、胡錦濤と温家宝の二人にも伝えておきなさい」

「はい……」

揚州の江沢民の私邸の門が開き、その中にリムジンが静かに滑り込んだ。

10

時は静かに、だが確実に移ろう。

石堂寨の村でも五月に新緑が芽吹き、六月には開秋門の祭りを終えて田植えが始まる。日ごとに山の緑も濃さを増し、雨の多い命の季節を迎える。

村に来て一年が過ぎる頃になると、蛟竜の体力もほとんど元に戻っていた。毎日のように田畑に出て汗を流し、夏の陽光に肌を焼き、夜は仲間たちと酒を酌み交わすこともあった。腹と背の大きな傷はまだ時折、何かを思い出したように疼《うず》いたが、心は穏やかだった。

純子は朝早く蛟竜を家から送り出すと、村の女たちが集まる蠟纈《ろうけつ》染めの作業場に出かけていく。その腕は、日ごとに上達していた。中でも純子が描く原画は布依族伝統の紋様にとらわれることなく、高麗繍の図案なども取り入れ、時にその美しさは村の人々を驚かせた。

だが、世界情勢は、さらに速い時間で激動していた。

日本で三月一一日に起きた東日本大震災の余波は、夏になっても収束する気配はなかった。巨大津波に襲われた東北地方沿岸部の惨状は元より、福島原発事故の被害も深刻だった。東日本全域に及ぶ土壌と食料の放射性物質汚染の風説は、遠い中国の寒村にまで流れてきた。

中東情勢は、相変わらず火種が絶えなかった。米軍が単独作戦でオサマ・ビンラディンの暗殺を実行したパキスタンは、対米関係が完全に冷えきっていた。加えて国内において、国際テロ組織アルカイーダによる報復テロが活発化。五月二二日の夜にはカラチの海軍航空基地が襲撃され、哨戒《しょうかい》機などを爆破。その後、パキスタン軍との間に激しい銃撃戦が勃発《ぼっぱつ》し、政府側の一〇人が殺害された。

前年のチュニジアのジャスミン革命に端を発したアラブの春も、混迷していた。六月三日、イエメンの首都サヌアでは反政府派の部族民兵が大統領宮殿を砲撃。サレハ大統領をはじめムジャワル首相など政府首脳数人が負傷した。さらにこの一〇日間のデモや反体制派、政府側との戦闘で、国内で数百人もの死者が出ているという情報もあった。

リビア情勢は、さらに深刻だった。三月二日に北東部のベンガジに反政府勢力が集結し、アブドルジャリルが国民評議会の議長に就任。一〇日、フランス政府はこれを正式なリビア政府として承認し、トリポリのカダフィ大佐政権と完全な二局化による内戦へと突入した。さらに一九日には米、英、仏の多国籍軍が軍事介入し、政府軍を空爆。戦況が激化した。

七月一日にはアフリカ連合の首脳会談において、即時停戦を求める調停案が模索された。だが二八日には交渉賛成派の国民解放軍総司令官が暗殺され、交渉は打ち切られた。和平への道が断たれたことで、国民評議会は武力による首都攻撃へと突き進んでいくことになる。

八月四日から五日にかけて、フランスが主導するNATO軍はカダフィ政権の拠点のひとつズリタンへの大規模空爆を実施。一時はカダフィ大佐の七男、ハミース・カダフィの死亡説も流れた（カダフィ派はこれを否定）。さらに評議会軍は六日にヒルガナム、一四日に首都西方のザウィヤ、翌一五日には南部ガリヤンを制圧し、カダフィ派を次第に首都トリポリへと追い詰めていった。

七月末から八月の農閑期になると、ダーホンは久しぶりに貴陽の町に下った。今回はいつもよりも日程が長く、一週間ほど村を留守にしていた。そしてまた、三カ月分程の日本の新聞を持ち帰った。

雨の日には、これが恰好《かっこう》の時間潰《つぶ》しになった。蛟竜は風通しのよい軒下の籐《とう》の椅子に座り、王老と共に新聞を読みふけった。時折、ピンフォアか純子が様子を見に来ては、新しい茶を淹《い》れてくれた。

奇妙なことに、日本の新聞を読んでいるとこの中国で何が起きているのかがわかってくる。

逆に言えば、中国の新聞は自国の事実を何も書かない。例えば五月の金正日の訪中は国民には知らされていないが、日本の新聞では大々的に報じられていた。

他にも五月三〇日付の朝日新聞に、次のような記事が載っていた。

〈中国内モンゴル厳戒態勢
　40人超逮捕　抗議拡大、戒厳令か

中国内モンゴル自治区内で遊牧民がひき殺された事件を受けて広がったモンゴル族住民による政府への抗議活動に対し、治安当局が抑え込みを強めている。（中略）米国に拠点を置く南モンゴル人権情報センターによると、今月23日に同自治区東部のシリンゴル地方で始まった政府への抗議活動は、同地域の複数の町に飛び火。シュルン・フ旗（県に相当）では27日に数百人の住民と学生らが武装警察隊と衝突し、40人以上が逮捕された（後略）――〉

確かに今年二月の中国茉莉花《ジャスミン》革命は、失敗に終わった。だが、完全に火が消えてしまったわけではない。民主化の火は、中国全土で燻《くすぶ》り続けているのだ。

他にもいくつか、気になる記事があった。五月二六日には、江西省《チアンシー》撫州《フーヂョウ》で政府機関に対する爆破テロが起きている。六月五日には、言論規制を強める中国に対する批判記事が載っていた。ニューヨーク在住の民主化運動家からは、いまもインターネットにより中国本土へのデモと革命の呼び掛けが続いている。

かつて〝世界の工場〟といわれた広東省《コワントン》広州《コワンチョウ》市増城の縫製工場街では、原料高騰と労働者賃金の上昇、人民元上昇などで倒産が相次ぎ、暴動が起きている。人権活動家の胡佳《フージャア》や艾未《アイウェイ》未《ウェイ》が保釈されたが、その後も軟禁状態に置かれ、言論の自由を奪われ続けている。一方で政府批判をしたり陳情する者は、〝異常者〟として次々と精神病院に強制入院させられている。中国の新聞には、このような記事が掲載されることはない。

中国は、病んでいる。全身を癌に蝕《むしば》まれながら、それでも爆食を続ける愚かな狂人と同じだ。やがては自分の手足や内臓だけでなく、周囲の国々もすべて食い尽くしてしまうだろう。

「何か、面白い記事はありましたかな」

いつものように王老がおっとりと訊いた。

「はい。中国の暴動やデモ、人権運動に関する記事を拾い読みしていました。中国はこのまま、どこに行くつもりなのか……」

「同感ですな。私も先程、七月に起きた列車事故の記事を読んだところです。日本と中国とでは、論調がかなり違っておって面白い。最近の中国政府は、金のことだけを考えている。人民のことには、まったく目を向けようとしない……」

王老のいう〝列車事故〟とは、七月二三日夜に浙江省《チョーチアン》温州《ウエンヂョウ》付近で起きた最新型高速鉄道の脱線事故のことだ。これも、現代中国の縮図ともいえる典型的な〝事件〟だった。浙江省杭《ハン》州《ヂョウ》発・福建省《フーチエン》福州《フーヂョウ》行きD３１１５号が、雷のため停止していた先行列車に追突。この事故で車輛《しゃりょう》が分断、高架橋から落下した。中国国内でもこの事故は大々的に報道され、川の中に横倒しになったり高架橋から宙吊《ちゅうづ》りになった列車の映像が公表されて社会問題となった。問題は、王老のいうようにその論調だ。中国の『新華社通信』などは珍しく政府の指導部批判を行い、逆に日本の新聞は冷静に〝中国版新幹線〟の技術力の低さと欠陥を分析している。これもまた、中国の崩壊を暗示する事例のひとつだ。

「もうひとつ、気になる記事がありますね。これです……」

七月八日の何紙かの日本の新聞に〈——江沢民死去は誤報か——〉という奇妙な記事が載った。それらの記事によると七月六日、香港のATV（アジア電視台）が夕方のニュースで「江沢民前中国国家主席が死去した……」と報じた。これを受けて翌七日午前中には、日本の産経新聞もデジタル号外で「江沢民死去」をスクープ。ところが中国の新華社通信は、七日正午過ぎに「純粋な噂」と否定。さらにこれを受けてATVも、前日のニュースは誤報であったことを認めて謝罪したというものだった。

「なるほど」王老が楽しそうに笑う。「あなたは、どう思いますかな。これが、新聞のいうように、単なる誤報なのか。もしくは、裏に何かあるのか」

蛟竜はその問いに、率直に答えた。

「ごく当たり前に考えて、中国のような大国の元国家元首の訃報《ふほう》が間違って流れるということは有り得ないと思います。しかも香港のアジア電視台の社主の王征という人物は、江沢民や習近平が所属する上海《シャンハイ》閥の資本家です。何か裏があると考えた方が妥当でしょう。しかし、それがわからない……」

王老が頷《うなず》き、笑う。

「それならば、こう考えたらいかがですかな。来年の第一八回党大会が迫る中で、江沢民の上海閥と胡錦濤を中心とする団派の権力争いが激化している。そこへ持ってきて今月の二五日、遠華事件（中国最大級の巨額密輸事件）の主犯、頼昌星が逃亡先のカナダから送還されるという噂がある。あの事件は、江沢民の側近の賈慶林《チアチンリン》も関与していた。そうなれば、この大切な時期に、上海閥は大きな痛手を被ることになりましょう」

「なるほど……」

目の前の靄《もや》が、鮮やかに晴れていくような感覚があった。

「おわかりかな。いずれにしても江沢民が党大会まで存命か否かで、権力闘争の構図は大きく左右されることになりましょう。ならば、どう変わるのか。何者かがそれを確かめてみようとしたとしても不思議ではありますまい」

「いったい、誰が……」

「それは、わかりません、しかし来年の新体制への切り替えで、最も問題となっている役職はどこなのか……」

蛟竜は、その問いに少し考えた。

「総書記……国家主席の座は、ほぼ上海閥の習近平で決まっている。そうなると、首相ではありませんか。いまは北京閥の、現副首相の李克強《リーコーチャン》が有力だといわれていますが……」

「そのとおり。その李克強を出し抜こうと虎視眈々《こしたんたん》と首相の座を狙うのが、上海閥……重慶市党委書記の薄熙来《ボーシーライ》です。おわかりですかな」

確かに、王老のいうとおりだ。黒幕は誰かは別として、今回の奇妙な訃報の裏の構図だけは見えてくる。

「もし、薄熙来が首相の座を手中にしたとすれば……」

蛟竜は、あえて王老に訊《き》いた。

「あってはならないことです。習近平を中心に、上海閥による経済重視、軍事力による覇権主義の独裁政権が誕生することになりましょう。そうなれば、世界は誰もこの狂気の国を止められなくなる」

「世界は、どうなりますか」

王老は考え、ゆっくりと話しはじめる。

「現実的な可能性として、中国は台湾を武力により帰属させるでしょう。今回のパキスタン国内の混乱に乗じてアメリカを排除し、同国の核武装強化をさらに支援するでしょう。これを楯《たて》に、インド北東部のアルナチャルプラデシュ州は自国領だという主張を強めるでしょう。南シナ海の問題をはじめ、ベトナムとの国境も少しずつ侵略していくでしょう。そして、少なくとも日本は、近い将来に東シナ海の権益と琉球《りゅうきゅう》のすべてを失うことになりましょう……」

王老は話し終え、暗鬱《あんうつ》な表情で静かに目を閉じた。

蛟竜は、思う。この中国の狂気の暴走を、止める手立てがあるのだろうか。

もしあるとするならば……。

自分がいま手の中に持つ、この小さなマイクロSDカードの中にあるのかもしれなかった。

二〇一一年七月三一日夜、アメリカの民主党と共和党の間で合意が交わされ、連邦債務の上限が二兆ドルにまで引き上げられた。この合意によりアメリカ経済はデフォルト（債務不履行）のリスクを回避。同時に今後一〇年間で、予算支出の上限が二兆五〇〇〇億ドル削減されることも盛り込まれた。この中には三五〇〇億ドルもの国防費の削減も含まれている。

蛟竜がこのニュースを知ったのは、一カ月以上も後の九月の初旬だった。世界的な重大ニュースであることはわかってはいたが、あまり興味は湧かなかった。民主党のオバマ大統領はオサマ・ビンラディン暗殺と引き換えに、共和党の合意を取り付けたにすぎない。その結果としてアメリカはパキスタンを失い、軍縮を余儀無くされた。笑っているのは、中国だけだ。

いまはそれよりも、目の前の棚田に実る稲の方が大事だった。

大地を耕し、種を蒔《ま》き、苗を植え、作物を精魂込めて育てる。この人類普遍の行為に、なぜこれほどの充足を感じるのか。その喜びは、金融という巨大なネズミ講に血眼になっている者には理解できないだろう。人間は汗を流した分だけ、心の実りを得ることができる。

蛟竜は、思う。人間は本来、大地において生きるべきだと。もしいま自分に人生の自由な選択肢を与えられたとしたら、迷うことなくこの村での生活を選んだことだろう。だが、いまの自分にはそれが不可能なこともわかっていた。

九月に稲の刈り入れを終わり、一〇月の蒟蒻芋《こんにゃくいも》の収穫を待って、蛟竜は石堂寨の村を去る意志を固めた。気が付くとこの村に来て、すでに一年四ヵ月もの長い時が過ぎ去っていた。貴陽の町で、純子にパスポートを売った高麗人と呼ばれる男が殺されたこともダーホンから聞いていた。これ以上この村にいれば、やがては追手が迫ってくる。王老やダーホン、ピンフォアやハオミン、その他大勢の村人たちに迷惑を掛けたくはなかった。それに、これ以上待てば、中国の山間部にはまた雪が降りはじめる。

ある日、蛟竜は、自分の意志を純子に告げた。純子はただ黙って頷《うず》き、優しい笑みを浮かべた。そして蛟竜の体を、固く抱き締めて胸に顔を埋めた。

蛟竜は王老と最後の雲霧翠緑を酌み交わし、純子と共にダーホンの運転するトラックの荷台に乗った。広場には村人が総出で見送りに来て、蛟竜と純子の新たな旅立ちを祝ってくれた。

だが、ハオミンは一人、蛟竜との別れを悲痛なまでに悲しんだ。最後まで蛟竜の体にしがみつき、行くなといって聞かなかった。そしてトラックが走り出しても、泣きながら、いつまでも追ってきた。

蛟竜はその光景を見ながら、いつの間にか自分も涙を流していた。子供の頃、孤児院にいた時に、物陰に隠れて泣いて以来、数十年振りの涙だった。やがてハオミンの小さな姿も、石堂寨の秋霧の中に消えた。

二〇一一年一〇月二〇日——。

この日、遠くリビアの地で、独裁者ムアンマル・アル＝カッザーフィー大佐が革命軍を前に、人生最後の時を迎えていた。

11

貴州省貴陽——。

朝鮮民主主義人民共和国・国家安全保衛部七局次長の朴成勇は、雲岩区公園北路の古い小さなホテルの一室にいた。

日中にもかかわらず、朴は部屋の明かりを消していた。窓のカーテンを閉じ、その隙間から目の前の路上の風景を眺めていた。道路をはさんだ斜め向かいに、『千来寿司店』と書かれた日本料理店の看板が見えていた。

朴がこの店を見つけたのは、もう五カ月近くも前になる。この貴陽の町で〝高麗人〟と呼ばれるパスポートの密売人を探し出し、朴はその男を拷問の上で殺した。だがそこで、崔純子の消息は完全に途絶えてしまった。

唯一の手掛りが、〝高麗人〟が日中戦争当時、旧日本軍の協力者だったという記録が保衛部の資料に残っていたことだった。別名、鄭金風。だが、これが本名かどうかはわからない。いずれにしても〝高麗人〟は、いまも日本人社会と繋がっていた可能性がある。崔純子と行動を共にしていた蛟竜という男も、日本人のパスポートを持っていた。そう考えていけば、網を張る場所もおのずと限られてくる。

現在、貴陽には数軒の日本料理店がある。朴はそのすべてを部下に監視させているが、『千来寿司店』は最も有力な一軒だった。この店は、現地の日本人や日中戦争中からの残置諜者《ちようじや》の情報交換の場になっているという噂があった。

『千来寿司店』には貴陽だけでなく、貴州省に住む日本人のほとんどが出入りする。もし崔純子と蛟竜の二人がまだ生きていて、この町の周辺にいまも潜伏しているとすれば、いつかはここに姿を現すはずだ。もしくは、二人の関係者の誰かが。朴はその可能性に賭《か》けて、待ち続けていた。

朴はお気に入りの中国製のタバコを燻《くゆ》らせながら、窓の外を見張った。今日も昼近くになると、店に客が入りはじめた。そのほとんどは日本からの観光客か、地元の中国人、もしくは貴陽の町に住む日本企業の社員たちだった。

不審者や店に訪れる頻度の高い者は、尾行して身元を確認する。だが、いまのところは崔純子の消息に関連しそうな人間には行き当たっていない。

いや、一人だけ気になる男がいた……。

朴はその男を、二回見掛けている。男はいつも開店前の午前中にやって来て、日本製のミツビシの古いトラックを路上に駐《と》め、若い男を連れて店に入っていく。店にいるのは一五分から三〇分程で、しばらくすると古新聞の大きな束を両手に提げて出てくる。おそらく、日本の新聞だ。そして新聞の束をトラックの荷台に積み込み、走り去る。

年齢は、自分よりも少し上だろう。着ているものやトラックの飾り付けを見た限りでは、どこか山間部の少数民族の男のようでもある。苗族か、もしくは侗族か布依族か。もしそうだとしたらなぜこの店に定期的に顔を出し、日本の古新聞などを持っていくのか……。

昼を過ぎて、また何人かの客が店に入っていった。だが朴は、タバコを消して窓の近くから離れた。

「ちょっと出てくる。かわりに見張っていてくれ」

朴は部下の権にそういい残し、一人で部屋を出ていった。

途中でお気に入りのヤクの肉の点心を買い、朴はそれを齧《かじ》りながら北路を北に向かった。貴州省の官庁街まで一キロ以上はあるが、晴れた秋の日に歩くにはちょうどいい距離だった。

それにしてもこの一個一〇元の点心の、何と旨《うま》いことか。我が首領様の共和国に住んでいる限り、人民は奴隷のように働き続けてもこんなに旨いものには一生お目に掛かれない。このような食いものが、世の中に存在することすら知らずに死んでいく。

あの糞溜《くそだ》めのような国で太っているのは、首領様とその親族だけだ。たとえ軍人や役人であっても、金正日親子に残飯を投げ与えられている犬にすぎない。ところが中国では、庶民だってこんなに旨い物が食える。この国で何かを食う度に、あの薄暗い共和国に帰るのが嫌になる。

朴は北路の大通りを越えた所で点心を食い終え、包んであった紙袋を投げ捨てた。そしてタバコに火をつけ、また歩く。やがて中華北路から、官庁街へと入っていった。

貴州省政府の建物から一ブロック手前で立ち止まり、タバコを路上に捨てて靴で踏み消した。目の前の、入口に何も書かれていない小さなビルを見上げる。そして溜息《ためいき》をつき、中に入っていった。

一階に受付があり、そこで止められた。受付の女はすでに朴の顔を覚えているはずなのに、身分証を見せろという。そして、何階の誰に会いに行くのか……を訊《き》いた。

一瞬で、激情が頭の中で破裂しそうになった。もしここが北の共和国ならば、この生意気な女を素裸《すはだか》にひん剝《む》いて鼻を削《そ》ぎ落としてやっただろう。だが朴は怒りを抑え、低い声の中国語でいった。

「三階の第八局だ。今日は北京から厳強幹部長が来ているはずだ」

女が三階に電話を入れて確認し、やっと通された。エレベーターで、三階に上がる。いつもの部屋のドアをノックして入ると、厳強幹と部下の宋芳徳《ソンファンデ》が待っていた。

二人が点心を食いながら訊いた。

「昼飯は」

「いま、それと同じようなものを食ってきたよ」

朴が椅子に座りながら答える。

「そうか。それならこちらが食い終えるまで、少し待っててくれ」

厳強幹が、目の前にあった緑茶のペットボトルを朴に差し出した。

四月に中国の国家安全部との協力関係が再開してから、朴は月に一度は厳強幹と会うようになった。場所は毎回この貴陽支部の建物の小さな部屋で、崔純子の捜索に関する簡単な報告と情報交換を行う。だが、貴州省や広西壮族自治区に約一〇〇人潜伏している朴の部下は、誰もこのことを知らない。

「それで……」点心を食い終えた厳強幹が、手の脂を紙巾《ティッシュ》で拭《ぬぐ》いながら訊いた。「例のパスポートの件は、その後どうなったんだ」

朴が、首を横に振る。

「前にもいっただろう。〝高麗人〟という男がパスポートを発注した先は、ＫＣＩＡ（韓国中央情報部）の下部組織だった。これ以上、探るのは無理だ」

厳強幹が頷《うなず》き、冷めた茶をすする。

「他に情報は？　例の日本料理店の方に動きはないのか」

「今日もその店を見張っていた。まったく、変化はない……」

厳強幹が宋と顔を見合わせ、顔を顰《しか》める。

「つまり、この半年間、まったく変化はないということか。蛟竜と崔純子の足取りは、何も摑《つか》めていない」

朴が、溜息をついた。

「そういうことになるな……」

厳強幹が頷く。

「それがどういうことだか、わかってるんだろう」

「わかってるさ」

朴が苛立《いらだ》たしげにいった。今回の一件での朴の報酬は、この中国での新しい身分と第二の人生だった。だが、崔純子と蛟竜の〝確保〟に成功しなければ、あの共和国に帰されることになる。しかも行き先は、地獄の『貨泉洞第二六号管理所』であることもわかりきっている。

あの金明斗のような死に方は、したくない……。

朴は自分で殺した男の顔を思い浮かべ、そう思った。

「ひとつ、提案があるんだがね」厳強幹がいった。「まったくの別件で、我々に協力する気はないか」

〝別件〟といわれても、まったく思い当たる節はなかった。だが、あの共和国に帰らないですむなら、何でもやるつもりだった。自分の両親を殺してもいい。

「何をやるんだ。いってみてくれ」

厳の口元に、かすかな笑いが浮かんだ。

「簡単なことだよ。確か君の所属する国家安全保衛部は、労働党総書記……あの金正日の警護も担当していたはずだな」

朴は、〝金正日〟と聞いて息を呑《の》んだ。

「そうだが……」

「その警護担当者の中で、誰か信頼できる人間がいたら紹介してくれないか。できれば君と同じように、我が中華人民共和国での地位と生活に興味がある者なら申し分ないのだが」

朴は、厳の説明をそこまで聞いて、中国が〝何を望んでいるのか〟を察した。だが、それ以上は追及しなかった。自分が生き残るためには、すべてを知らない方が利口だ。

「それならば適役がいる。私の部下で、我が首領様の警護についている男の一人だ」

「連絡を取ってもらえないか。なるべく早い方がいい」

「わかった。もちろん〝内密に〟なんだろう」

朴が、かすかに笑った。

もうあの男も、人生を終えてもいい頃だ。

12

蛟竜と純子は、貴陽の町には向かわなかった。

二人を乗せたダーホンのトラックは、都市を避けて貴州省の山岳路を走り続けた。途中で少数民族の多い安順、威寧、昭通などのいくつかの町を通り過ぎ、北へと向かった。

だが荷台に乗る蛟竜と助手席の純子を、誰も怪しまなかった。二人とも中国製の服や布依族の民族服を着て、畑仕事などで日に焼けていた。純子はすでに、何カ月も化粧すらしていない。周囲の風景に溶け込み、少なくとも外国人に見られることはなかった。

蛟竜は、思う。石堂寨の王老や、死んだハルビンの陳という男もそうだったのだろう。旧日本軍の特務機関員やその家族たちも、こうしてこの深遠の大地と時の流れの中に埋もれ、間諜《かんちょう》として根付いてきたのだ。正に、〝草〟のように。

石堂寨の村を出て三日目に、トラックは四川《スーチョワン》省との省境を越えて宜賓《イーピン》市に入った。海抜は、五〇〇メートル以上。かつては四川、貴州、雲南の交わる政治、経済、文化の中心に位置し、古代南シルクロードの出発点として栄えた町だ。だが一方で、長年にわたり漢族やモンゴル族の侵略に苦しんだ歴史の町でもあった。

やがて道は険しい地形を越え、市内の入口で悠久の大河、長江を越える。この町で金沙江と岷江の二つの川が合流し、その下流が長江となることから、宜賓は「万里長江第一城」とも呼ばれる。

蛟竜は長江を望む丘の上で、荒々しい川の流れを眺めた。万里の旅も、この川の一滴の水から始まって大海に至る。だが自分たちは、これからどこに流れていくのか。

旅はさらに続いた。トラックはその日の夕刻までに四川省の省都、成都《チョントゥー》に入った。人口一一〇〇万を超す大都市だ。町の南部にある城東バスターミナルの近くの少数民族の労働者などが泊まる安い客桟《クアギャン》（民宿）に部屋を取り、ここでダーホンと別れることになった。

ダーホンはトラックの荷台から二人の荷物と古い自転車を降ろし、それを蛟竜に渡した。

「再見」

蛟竜も、ダーホンの厚い手を握りながらいった。

「再見……」

あのハルビンの陳との別れの時もそうだった。誰もが、二度と会うことはないことをわかっている。

ダーホンは純子の体を抱き、もう一度蛟竜の手を握ると、古いミツビシのトラックに乗り込んだ。そして軽く手を上げると、二度と振り返ることなく走り去った。

夜は久し振りに、純子と二人で過ごした。町に出て小さな四川料理の飯店で夕食を食べ、少し酒を飲んだ。北朝鮮で育った純子は、辣子鶏《ラーズージー》や夫妻肺片《フーチーフエイピイエン》などの辛い料理を喜んでいた。

食事を終え、賑《にぎ》やかな通りを歩き、暗く黴《かび》臭い部屋に戻る。ドアを閉め、一瞬たりとももどかしいほどに服を脱ぎ捨て、冷たいベッドに潜り込んだ。そしてお互いの体を、貪《むさぼ》るように求め合った。

だが、心の中の不安は消えなかった。いま自分の周囲にあるすべても、腕の中にある純子の温《ぬく》もりさえも、すべてが幻であるような気がした。目を閉じ、次に目を開けた時には、何もかもが消え失《う》せてしまっているような気がしてならなかった。

「私のこと、愛してる……？」

腕の中の純子が、小さな声で訊いた。おそらく純子も、蛟竜と同じことを考えていたに違いなかった。

「愛してるさ……。君を、愛している……」

蛟竜も、この数ヵ月の間に幾度となく口にしてきた言葉を繰り返すしかなかった。たとえそれが、気休めであったとしても。いまは、二人の存在とこの時間を確認し合える、それが唯一の方法だった。

二人は、眠りにつく。目が覚めた時に、いまのこの一瞬が夢ではなかったことを祈りながら。

翌日——。

蛟竜は行動を開始した。

朝、客桟から二キロ離れた四川省中国青年旅遊センターまで自転車で出掛け、『成都林業国際青年旅舎』というユースホステルに翌日の夜からの予約を入れた。この宿を選んだ理由は価格が一泊一〇〇元と安く、市内でも最も賑やかなメインストリートの人民北路一段六号にあり、出入口を見張るのに好都合だったからだ。もちろん、この宿に泊まるわけではない。

蛟竜は一泊分の宿泊費を前払いし、自分と純子のパスポート——在日韓国人の権丙鉄《クオンビヨニケヨル》と鄭《チヨン》麗慶《ヨギヨン》——を出した。担当の若い女は蛟竜の顔を見て訝《いぶか》しんだが、深くは追及されなかった。純子が持ち帰ったこのパスポートを使ったら、何が起きるのか。いまのうちに確かめておく必要があった。

蛟竜は、予約を確認してセンターを出た。いずれにしても、これから先の行動を一刻も早く決定しなくてはならない。石堂寨を出る時に、王老から多少の逃走費用は預かってきていたが、どんなに切り詰めても二週間が限度だろう。

客桟の部屋に帰ると、純子が蛟竜の体を抱き締めた。

「どうしたんだ」

蛟竜が訊《き》いた。

「わからない。いまは、ちょっとでもあなたがいないと不安なの。それで、どうだった?」

「パスポートは、使えた。コンピューターにナンバーを登録されたが、何も起こらなかった」

「ほらね。私がいったとおりでしょう。そのパスポートは〝本物〟なのよ」

純子が、得意そうにいった。

確かに、そうなのかもしれない。だが、このパスポートを売った貴陽の〝高麗人〟という男は、何者かに殺された。殺《や》ったのは、おそらく〝北〟の国家保衛部の連中だ。だとすれば、奴らにパスポートナンバーと新しい二人の名前を知られている可能性がないとはいえない。

いずれにしても、二日後だ。あのパスポートを使ったことにより、誰があのユースホステルの窓口に姿を現すのか。安順郊外の断崖《だんがい》の上で、蛟竜を撃った〝北〟の保衛部の黒革の上着を着たあの男なのか。中国の武装警察、もしくは公安なのか。それとも、国家安全部のあの男なのか……。

蛟竜は、二〇〇五年の四月の出来事を思い出していた。あの時、自分は中国じゅうを移動しながら、小泉純一郎《こいずみじゅんいちろう》首相の靖国《やすくに》神社参拝に端を発する各都市の反日暴動を煽動《せんどう》していた。この成都にも立ち寄り、三日間潜伏した。その時から、蛟竜を執拗《しつよう》に追ってきた男がいた。

蛟竜はその男の顔と名前を、後に『亜細亜政治研究所』の戸次二三彦から聞いて知った。国家安全部・第八局対外国スパイ監視課の、厳強幹——。

厳も、あの断崖の上で見掛けた記憶があった。

「何を考えてるの」

純子が訊いた。

「たいしたことじゃない。あの断崖でおれを撃った保衛部の男。名前を何といったかな……」

「朴成勇……。保衛部の中でも、最高のサディストよ。罪もない国民を、もう一〇〇人以上も拷問で殺してるわ。もしかしたら、私の母も……」

「そうだったな」

いずれにしてもあの二人とは、もう一度どこかで顔を合わすことになるだろう。会えば、その時には決着をつけなくてはならない。

蛟竜は荷物の中を探り、着替えの中から油紙の重い包みを取り出した。石堂寨を出る前に、王者から渡されたものだ。ベッドの上で、開く。中からブローニングのM1910自動拳銃《けんじゅう》が一丁、出てきた。

ベルギー製の、古い銃だ。だが鉄灰色にくすむ遊底の側面には、旧日本軍のものであることを示す菊の紋の刻印が打たれていた。おそらく陸軍の将校か、当時の特務機関員が使っていた銃だろう。

弾倉を抜くと、口径七・六五ミリの32ACP弾が七発入っていた。銃は古いが、弾は当時の陸軍造兵廠《ぞうへいしょう》で生産されたものではなく、比較的新しいFN社製だった。

蛟竜は遊底を引き、空撃ちをした。中には錆《さび》ひとつなく、完璧《かんぺき》に手入れがされていて、メカニズムは正確に作動した。これならば何の問題もなく、使えるだろう。

「ねえ、蛟竜……」

それまで黙って見ていた純子が、いった。

「何だ」

「あの朴という男を、殺して……」

純子が蛟竜の首に腕を回し、唇を合わせた。

同じ頃、韓国ソウルのKCIA本部情報管理室――。

外務省との直通コンピューターを管理していた姜良淑《カンヤンスク》は、当局のリストに載っている手配中のパスポートが二通、中国の成都で使用されたことを確認した。権丙鉄と、鄭麗慶――。もちろん彼女は、この二人の在日韓国人が当局に手配されている理由を知らない。

だが良淑は、正確に自らの任務を遂行した。まず事態を、室長の許建沫《ホゴンマッ》に報告。さらに直接の担当者を確認した。

この案件の担当者は、KCIA東京支部の副部長、林昌秀だった。

良淑はパスポートが使われた場所と時間のデータを添付してすみやかに報告書を作成し、林昌秀にメールを送った。

13

江沢民は、生きていた。

一〇月九日、北京の人民大会堂で開催された辛亥《しんがい》革命一〇〇周年の記念式典に、八五歳の江沢民は手を振りながら自分の足で歩いて壇上に登場した。そして胡錦濤国家主席と温家宝首相の間に座り、二人とにこやかに会話を交わした。

蛟竜がこのニュースを知ったのは二週間後の一〇月二四日、成都市内の网吧（ネットカフェ）のインターネット上のニュースでだった。それにしても、清朝が倒され共和制の中華民国が建国された辛亥革命の記念式典の場で健在を示すとは、何ともあざとい演出だ。一年後の政権交代に向けて、自分の権力と影響力を最大限に誇示しようというわけか。

この記念式典に関連して、もうひとつ興味深いニュースがあった。胡錦濤主席の〝重要演説〟だ。

演説の中で胡錦濤は「辛亥革命を重要視する」ことを強調。その上で「中国共産党こそが革命の支持者であり忠実な継承者」であるとする歴史観を展開。さらに「中華民族の偉大な復興」を目指し、「中華人民共和国と台湾の平和的統一」を共通の目標としてその正当性を主張した。

〝平和的統一〟といえば、確かに聞こえはいい。だが、チベット自治区や新疆《しんきょう》ウイグル自治区、内モンゴル自治区などの歴史を見るまでもなく明らかだ。中国がやることはけっして〝平和的〟ではなく、むしろ〝迫害と虐殺〟だ。

いずれにしてもこの辛亥革命一〇〇周年の記念式典に関する二つのニュースを見れば、裏にあるものが見えてくる。来年の政権交代以降——おそらく新国家主席は上海閥の習近平だ——の中国が、このままどこに向かっていくのか。彼らが狙うのは、けっして台湾だけではない。

蛟竜は、王老の言葉を思い出していた。

――少なくとも日本は、近い将来に東シナ海の権益と琉球のすべてを失うことになりましょう――。

恐ろしいことだが、それが東アジア情勢の現実だ。

それ以外に、小さなニュースがひとつ。九月二日に、日本の首相がまた替わっていた。こちらの方は、東アジア情勢にそれほど大きな影響はなさそうだが。

蛟竜は网吧を出て、自転車で町の北側にある人民北路に向かった。布依族の民族服のシャツを着て人民帽を被《かぶ》っている蛟竜を、誰も外国人だとは思わないだろう。日焼けした男が古い自転車を走らすその姿は、どこから見ても田舎から出てきた少数民族の労働者だった。

『成都林業国際青年旅舎』の入口を見張る場所は、もう決めていた。建物の道の反対側に細い路地があり、その奥の古い客桟の三階に小さな部屋が空いていた。蛟竜は、その部屋を二日前から借りていた。部屋に入ってカーテンを少し開くと、斜め左手の大通りの出口の先に、ユースホステルの入口が半分ほど見える。距離は、約八〇メートル。誰かが出入りしても視認できるのは一瞬だが、逆に警戒される心配はない。

昼飯代わりの油条《ヨウテイアオ》（揚げパン）を齧《かじ》りながら、カーテンの隙間から見張りをはじめた。人の顔や体型的な特徴は、一度見たら忘れない。たとえ一〇〇メートル離れていても、一瞬で見分けることができる。蛟竜は子供の頃から、そのような訓練を受けてきた。

蛟竜は油条を齧り、ペットボトルの緑茶を飲んだ。中国製の、いかにも労働者が着るような安物の上着の下には、ブローニングを忍ばせていた。旅遊センターで初めてあのパスポートを使ってから、すでに丸二日が経った。そろそろ誰かが現れてもいい頃だ。

その時、張り詰めていた蛟竜の神経が反応した。

来た……。

だが大通りに姿を現し、ユースホステルの前を二度行き来して中に入っていったのは、意外な男だった。

なぜ奴が、ここに現れたんだ……。

蛟竜は、様々な可能性を頭の中で検証した。だが結論を得る前に、すでに体の方が反応していた。銃を上着のポケットの中で握り、部屋を飛び出した。路地を迂回《うかい》して離れた場所から大通りに出ると、ユースホステルと隣の建物との隙間の植え込みに身を隠した。

五分も待たずに、男が出てきた。男は蛟竜に気付かずに、目の前の大通りの歩道を南に向かって歩き去った。蛟竜はしばらく待ち、植え込みの陰を出た。周囲の雑踏の中に気配を消し、男を尾行した。

男は人民北路を、市の中心部の天府広場に向かって歩いていく。時折、背後を振り返るが、蛟竜の存在には気付いていない。だが、男は錦江を渡ると、間もなく大安西路を左に折れて古い町並の中に入っていった。

いったい、どこに行くつもりなのか。この町並の奥には、文殊院という南北朝時代に創建された古刹《こさつ》がある。まさか、観光でもするつもりではないだろうが。

だが、男は、観光客で賑《にぎ》わう町並を通り過ぎると、参道を外れて寺の周囲に広がる森の中に入っていった。この辺りには、参拝者の姿も少ない。蛟竜は少しずつ、男との距離を詰めていった。

やがて、周囲の人影が途絶えた。蛟竜が男に追いつき、横に並びながらポケットに入れたままのブローニングを突きつけた。

「立ち止まるな。そのまま、歩き続けろ。おかしな真似をしたら、撃つ……」

蛟竜がいった。

何気ない足取りで歩きながら、男――戸次二三彦――がゆっくりと振り返った。

「脅かすなよ。久し振りだな。まさかお前が、生きているとは思わなかった。崔純子は、元気なのか」

「知ったことか。なぜ、あんたがここにいるんだ。おれを、始末しにきたのか」

「なぜ、お前を始末しなければならないんだ。お前と崔純子が生きているならば、会わなくてはならない。理由はいうまでもないだろう。この国を出たいとは思わないのか」

二人は、周囲の風景を眺めながら歩き続ける。

「その話を信じろというのか」

正面から、日本人の観光客らしい中年の男女が歩いてきた。すれ違う時に、戸次が笑顔で挨《あい》拶《さつ》をした。二人の不自然な様子には、気付いていない。

「おれはいま、あのユースホステルに伝言を残してきた。その手紙の中に、おれが今夜泊まっているシェラトン成都ホテルの部屋番号が書いてある。後で、確認してみるといい。それから部屋には、二人の新しいパスポートとクレジットカード、それに日本製の服も用意してある……」

蛟竜が、ポケットの中の銃を下げた。立ち止まる。だが戸次は振り返ることなく歩き続け、手を振りながら森の中に消えた。

14

六時間後――。

蛟竜は戸次と共に市内の南路三段にある『桜花日本料理』という店の個室にいた。

髪と髭《ひげ》を整え、ブランド物のジャケットを着た蛟竜は中国人には見えない。ゴルフ焼けした日本人商社マン、といった身形《みなり》だ。横にはやはり、ユニクロのニットやパンツでコーディネートした純子が座っていた。

「この店は、安全だ。部屋の〝クリーニング〟もすんでいる」

ビールを飲みながら、戸次がいった。つまり、この部屋には盗聴器は仕掛けられていないという意味だ。蛟竜もビールに口を付け、鮪《まぐろ》の刺身を食べた。日本食を口にするのは、一年半振りだった。

「本題に入る前に、いくつか確認しておきたいことがある」

蛟竜がいった。

「何でも訊《き》いてくれ。わかっていることは、すべて答える」

戸次の口元は、笑っている。だが小さな目に、感情は表れていない。相変わらず何を考えているのかわからない男だ。

「なぜ、我々の身分が中国の当局に知られていたんだ。しかもおれが撃たれた現場には、〝北〟の保衛部の連中までいた」

蛟竜が訊くと、戸次は小さく頷《うなず》いた。

「まず第一に、外務省の線は有り得ない。あのパスポート番号と〝小笠原貴光〟の名前を知っているのは、国際情報統括官の三沢恭介《みさわきょうすけ》だけだ。もし彼が〝ダブル〟（二重スパイ）だとしたら、日本の国家存亡の危機になる。もちろん〝我が社〟からリークすることも有り得ない」

「だとしたら、他の可能性は」

「ひとつは、中国の国家安全部の網に引っ掛かったかだ。この国にも最近は、空港や主要駅などの公共施設に個人認証機能を持つ監視カメラが設置されている。その情報が、安全部の対外国スパイ監視課に直結している。日本のメーカーに問い合わせたが、整形しても骨格まで変えない限り認識される可能性はあるそうだ」

「それだけか」

蛟竜がいうと、戸次の小さな目の中で視線が純子の方に動いた。

「もしくは、彼女だな。〝北〟の保衛部の奴らが中国の国内に、脱北者を追跡する何らかの情報網を持っている可能性はある。もし知りたければ、彼女に聞けばいい」

だが純子は、何もいわずに俯《うつむ》いていた。

「〝カンパニー〟（ＣＩＡ）の可能性はどうだ」

蛟竜が撃たれた前日、南寧行きの列車を待つ杭州駅の構内に〝スナッツ・ラット〟がいたことを戸次が確認している。同一人物と思われる男が、列車にも乗っていた。

「それも、有り得ないだろう。今回の件に関する限り〝カンパニー〟は、我々と利害が一致している。君たちを監視したり保護することはあっても、中国の国家安全部に〝売る〟理由は存在しない」

「表向きは、な」

戸次が、小さく頷く。

「そう、表向きは、だ。しかしスナッズ・ラットは今年の二月二〇日の北京のデモの時に国家安全部の奴らにはめられて、国外退去処分になった。〝表向き〟は、次期大統領選のために在中国アメリカ大使を引退して帰国したことになっているがね」

そういうことか。だが、これでスナッズ・ラット――ジョージ・ミラー・ハインツ・Jr.――の政治生命は終わるだろう。いくら中国嫌いの共和党でも、在中国大使をクビになった男を次期大統領候補にするわけにはいかない。

「それで、これからの我々の予定は。おれと彼女の国外脱出ルートは確保できているのか」

だが、戸次がいった。

「その前に、こちらの方からも確認しておきたいことがある」

「何だ」

「例の、金明斗の〝情報〟だ。入手できたのか」

蛟竜は、しばらく黙っていた。ゆっくりと天ぷらを口に含み、ビールを飲む。やはり日本食は、旨《うま》い。

そして、いった。

「入手は、できた。〝我々〟が持っている。マイクロSDカードだ……」

蛟竜はあえて、〝我々〟という言葉を使った。純子の顔を見る。俯く横顔に、かすかな笑みが浮かんだ。

「それならば、まずそれをこちらに渡してもらおう。脱出ルートの話をするのは、それからだ」

だが、蛟竜がいう。

「無理だ。それはできない」

「なぜだ。どういう意味なんだ」

戸次が訊く。

「簡単なことだ。〝情報〟は持っているが、すぐには渡せない。渡すには、条件がある。そういうことだ」

蛟竜が、ビールを口に含む。ただでさえも無表情な戸次の顔が、さらに固まった。しばらくして、戸次が訊いた。

「条件というのは、何だ。金か」

だが蛟竜は、首を横に振る。

「金の問題ではない」

「それならば、何なんだ。いってみろ」

蛟竜が、頷く。

「〝情報〟の中身を、我々にも確認させてほしい。それだけだ」

戸次の小さな目が、かすかに見開かれた。

「自分で何をいっているのか、わかっているのか」

「わかっているさ。ただ、おれと純子が、一年半以上の時間と命を懸けてなぜここまで流れてきたのか。その理由を知りたいだけだ……」

蛟竜には、わかっていた。自分のやろうとしていることは、セオリーとルールに反している。本来、諜報《ちょうほう》員は、使い捨ての道具にすぎない。命令を受け、〝情報〟を持ち出したとしても、その内容を知ることは許されない。もし知ってしまえば、道具として消されるだけだ。

だが、今回のことは別だった。自分と純子が、ただの道具なのか。それとも、人間なのか。その当たり前の事実を、確かめてみたくなった。

「もし、ＮＯといったら？」

「その時は、我々が持っている〝情報〟は永久に手に入らなくなる。それだけのことだ」

蛟竜は、静かに戸次を見据えた。だが、やはり戸次の表情は読めなかった。純子は何も口出しをせずに、黙って料理を口に運ぶ。

「君の要求は、わかった……」戸次が、いった。「ただし、私の一存では決められない。〝東京〟に、指示を仰ぐ。結論は、それからだ」

「わかった。そうしてくれ。それで、我々の出国ルートは」

戸次が、かすかに頷く。

「まだ、確定はしていない。現在、〝アメリカ〟と調整中だ」

蛟竜がそれを聞き、訝《いぶか》しげに首を傾げた。

「〝アメリカ〟というのは、どういう意味だ」

「〝我が社〟と、〝カンパニー〟との話し合いだ。〝情報〟が確認できた時点で、アメリカ政府が君たち二人を保護する」

「どうやってだ。方法は」

「まず、成都のアメリカ総領事館に入ってもらうことになるだろう。その後は米中政府と日本との間で、水面下で交渉することになるだろう」

総領事館は、ウィーン条約において不可侵だ。いくら中国の公安当局や国家安全部でも、絶対に総領事館の内部を侵害することはできない。もし条約を破れば、戦争すら起きかねない。

だが……。

「なぜアメリカが、我々を保護するんだ。その理由がない」

純子は二人のやり取りに、黙って耳を傾けている。

「確かにアメリカには、理由はない。あくまでも〝我が社〟からの要請だ」

「その話が信用できるというギャランティは」

　蛟竜の言葉に、戸次が頷く。

「これを見れば、わかるだろう」

　戸次が上着から封筒を出し、テーブルの上に置いた。蛟竜が、開ける。中に、昭和二三年東京都中央区発行の戸籍謄本が一通、入っていた。

　戸籍筆頭者、甲斐長州。妻、文子。長女、多岐子《たきこ》。そしてその横に次女、由里子《ゆりこ》――。

「やはり、そうだったのか」

「そうだ。ここにいる崔純子は、うちの〝社長〟の孫だ。何があっても、中国から助け出さなければならない……」


　蛟竜と純子は、その日の夜から新しいパスポートとクレジットカードを使い、『シェラトン成都ホテル』に移った。

　成都には、アメリカ総領事館がある。このホテルにはアメリカからの観光客が多いだけでなく、政府関係者のほとんどが宿泊する。当然のことながら、〝カンパニー〟の息が掛かっている。そのためか、ホテルに一歩足を踏み入れた瞬間から、中国から隔絶されたような独特な空気を感じた。

　ツインの部屋に入り、もう一度、新しいパスポートを確認した。

蛟竜の名前は、吉永正浩《よしながまさひろ》。純子は、その妻の美樹子《みきこ》。国籍は、日本。どこにでもありそうな平凡な名前だ。子供の頃から幾度となく替わった、自分が識別されるための記号のひとつにすぎない。

パスポートの中の写真に、問い掛ける。いったいお前は、誰なんだ。どこで生まれて、どこに消えていくんだ……。

その時、蛟竜の脳裏に、一人の女性の名前が浮かんだ。

甲斐多岐子——。

あの戸籍謄本に記載されていた、甲斐長州の長女の名前だ。もちろん、まったく知らない名前だった。だが〝タキコ〟という響きに、奇妙な郷愁のようなものを感じた。

なぜだ？

だが、理由はわからなかった。誰かの顔を思い浮かべようと思っても、目蓋《まぶた》の裏に像を結ばない。ただかすかな温《ぬく》もりと、穏やかな安らぎの記憶が脳裏に一瞬現れては消えるだけだ。

「蛟竜……。何を考えているの……」

純子が、ベッドに座る蛟竜に身を寄せる。

「別に、たいしたことじゃない」

蛟竜は手にしていたパスポートをサイドテーブルの上に放り、横になる。純子は自分の着ているものを脱ぎ捨て、蛟竜のシャツを捲《まく》りながら、肌を合わせる。

「ねえ……蛟竜……」

天井の光を見つめる蛟竜の首筋に唇を這《は》わせながら、純子がいった。

「何だ」

「本当に……アメリカ総領事館に保護されるつもりなの……」

「まだ、わからない……」

実際に、わからなかった。まだアメリカ側が受け入れるということが、決定したわけではない。だが、もし可能ならば、現状では最も安全確実な方法であることも確かだろう。

「私は、やめた方がいいと思う」

純子がいった。

「なぜだ」

「あの戸次という人、信用できないわ……」

純子の唇が、少しずつ蛟竜の体を下りていった。

15

アルフレッド・ハリソンは、その日も世界で最も忙しい男の一人だった。

早朝に日本の民放のワイドショー番組のコメンテーターをこなし、午前中に駐日本大使とのアレンジメントをすませ、その足で羽田の東京国際空港からアメリカン航空ワシントン行きのファーストクラスに乗った。それでも最近は、地の果てのような成田国際空港――先進国としては世界一不便な空港だ――まで行かなくてすむ分だけ、いくらかは時間に余裕ができたが。

機内で二時間ばかり仮眠した他はほとんど新聞と雑誌を読みふけり、同じ日付の午前中のワシントン・ダレス国際空港に着くと、CIA情報本部の黒いサバーバンに乗った。迎えはいつものマイケル・ハッチマンという男だった。

「それで、今日は誰が集まってるんだ」

ハリソンはリアシートに座り、ひと息つく間もなくハッチマンに訊《き》いた。

「マクレーンから、新しい長官が来てますよ。会うのは初めてですか？」

陸軍大将を退役し、この九月にレオン・パネッタの後を継いでCIA長官に就任したディヴィッド・ハウエル・ペトレイアスだ。だがあの男は、イラクやアフガニスタン、イランなどの中東の専門家だ。国際関係論の博士だそうだが、同じアジアの中国のことすら何もわかっていない。

「ああ、ペトレイアスに会うのは初めてだね。他に、ホワイトハウスの方からは？」

「カート・キャンベル国務次官補と、ウィリアム・デイリー首席補佐官が来るらしいですよ」

ハリソンはそれを聞いて、舌打ちをした。デイリーはアジアどころか、経済の専門家だ。エスピオナージュ（諜報活動）に関しては、まったくのど素人だ。

「それだけか。スナッズ・ラットの後任の〝ゴールデン・フィッシュ〟は？」

「彼はまだ、八月に着任したばかりですよ。いま頃は北京で、老酒でも飲んで眠ってますよ」

そういうことか。つまり、今日のミーティングで、ハリソンの味方になる者がいるとすればキャンベルだけということになる。少なくとも彼だけは国務省の東アジア・太平洋局長として、今回の〝情報〟の価値を理解できるはずだが。

ちょうどランチタイムにホワイトハウスに入ったアルフレッドは、いつもの国家安全保障会議室のドアを開けた。すでに会議のメンバーは全員集まっていて、ビーフとターキーのサンドイッチが並べられたテーブルに着いていた。

「さて、ハリソン君といったね」アルフレッドが椅子に座るなり、ペトレイアス長官がいった。「今回の件に関しては資料に目を通しただけで、まだ完全に把握していないんだ。もう一度、私にもわかりやすく説明してもらえないか」

「初めまして、長官。東京のアルフレッド・ハリソンです」アルフレッドはそう断ってから、改めて話しはじめた。「わかりやすくとはいっても、事態はきわめて明快です。昨年の三月から定期的に報告していますが、例の北朝鮮労働党中央委員会の書記局序列一位から失脚したキム・ミョンド（金明斗）が盗み出したとされる機密情報の続報です。東京の〝K機関〟によると、その情報をやっと確保できた……とのことです」

「随分と時間が掛かったものだな。それで、その内容は」

「それは、まだ。これから確認するところです。ちょっと失礼。腹が減っているもので……」

アルフレッドがそういって、テーブルの上のサンドイッチにかぶりついた。その瞬間に、〝まずい……〟と思った。このサンドイッチには、嫌いなアボカドが入っている……。

それから三〇分——。

アルフレッドはペトレイアス長官、キャンベル国務次官補、そしてデイリー首席補佐官の質疑にすべて応答した。だが三人の表情には、戸惑いが現れていた。

ペトレイアス長官がいった。

「しかし、もしその〝情報〟の内容が我々の期待どおりのものだったとしてもだ。アラブの春がピークを過ぎ、中国の茉莉花革命も不発に終わったいま、本当にそれだけの価値があるものなのか……」

「それは〝情報〟を確認してみなくてはわかりません。〝K機関〟はその内容を我々も立ち会いの下に、成都の総領事館で〝開く〟といっています。それに、中国の茉莉花革命はまだ終わったわけではありません」

「君のいい分はわかる」キャンベル国務次官補がいった。「その〝K機関〟の二人をうちの総領事館で保護するということも含めて、一応話は大統領の方にも通しておく。しかし、情報の内容によっては無理かもしれない。我が国はいま、中国と揉《も》めるわけにはいかないことはわかるだろう」

「しかし……」

さらに、デイリー首席補佐官が続けた。

「そういうことだ。いま、アメリカのドル国債を買い支えているのは、中国だ。もし中国が大幅に売りに転じたら、我が国の財政はどうなると思う。大統領も、けっしてそれを望みはしないだろう」

この男は、金のことしか考えていない。

「待ってください。中国は来年の秋に新体制に移行するんですよ。現在のところ、シー・チーピン（習近平）が次期国家主席になることは確実視されている。このまま行けば、同じ太子党のボー・シーライ（薄熙来）も中央政治局常務委員会の九人の中に入るでしょう。そうなれば、中国の政権は上海閥が支配することになる。我が国はそれを、手をこまねいて見ているつもりですか」

だが、ペトレイアス長官が口元に笑いを浮かべた。

「もし上海閥が中国の政権を握ったとしたら、何が起きるというのかね」

アルフレッドは、呆然《ぼうぜん》とペトレイアス長官の顔を見つめた。

「いうまでもないでしょう。台湾だけではない。我々は、日本の沖縄すら失う可能性も……」

だがペトレイアス長官は、首を横に振りながら笑う。

「国防省の中にもそのようなことをいう者は確かにいたがね。考え過ぎだ。我がCIAのシミュレーションでも、中国が台湾や沖縄に対して軍事行動を起こす可能性は現フー・チンタオ（胡錦濤）政権で五パーセント未満。次期政権を上海閥のシー・チンピン（習近平）が握ったとしても一〇パーセントにも満たない。違ったかね」

アルフレッドの視線が一瞬、天を仰いだ。

「その数字は知っています。しかしそれは、ボー・シーライ（薄熙来）が常務委員に入ることが想定される以前のデータです。実際に中国人民解放軍は、太平洋の西側をすべて自分たちが支配すると我が国の国防総省にいってきているじゃありませんか」

　これは、既成事実だ。二〇〇七年五月にティム・キーティング米太平洋軍総司令官が訪中した際、中国人民解放軍海軍の呉勝利《ウーションリー》司令官が「太平洋を二分割して米国が東側、中国が西側を分割管理する」という案を持ち掛けている。つまりこれは、「中国が日本や台湾、韓国を支配する……」という意味でもある。

「まあまあ、ハリソン君。少し落ち着きたまえ」キャンベル国務次官補が間に入った。「私にひとつ、名案があるんだがね」

「何です」

　デイリー首席補佐官が訊いた。

「今回の情報は……まあ内容によってはだが……一番これを欲しがるのは誰だと思う」

「さあ。我々か、韓国か、もちろん、日本か……」

「もうひとつ、大切な要因を忘れているよ。チァン・ツォーミン（江沢民）とシー・チーピン（習近平）を本当に〝消したい〟と思っているのは誰なのか」

「誰なんです？」

　ペトレイアス長官が訊いた。

「考えるまでもないだろう。現国家主席のフー・チンタオ（胡錦濤）と、首相のウェン・チァパオ（温家宝）に決まっている」

「なるほど」

デイリー首席補佐官が頷《うなず》く。

「実は国務省の方で、〝カンパニー〟とは別に面白い分析結果が出ている。内容は、チァン・ツォーミン（江沢民）の身辺に関することだ。知ってのとおり今年の七月に突然、彼の死亡説が流れ、そしてまた突然、今月九日の辛亥革命一〇〇周年の記念式典に姿を現して健在をアピールした」

「それが、今回の〝情報〟と何か関連があるとでも」

キャンベル国務次官補が頷き、続ける。

「〝カンパニー〟の分析では、どうなっていた。仕掛けたのは、誰なのか」

ペトレイアス長官が手元のiPadを操作し、応じる。

「死亡説を報じた香港のATVは、上海閥の資本下にある。それを誤報と否定したのが、北京閥の支配下にある新華社通信ですね。つまり……」

「そういうことだ」キャンベル国務次官補が指を組み、周囲を見渡す。「あの死亡説の誤報は、チァン・ツォーミン（江沢民）の自作自演だよ。そういうことになる」

「なぜ、そんなことをする必要が……」

デイリー首席補佐官が訊いた。

「ひとつは、自分が死んだらいまの昏迷《こんめい》する内政が、どう動くのか。それを見極めようと思ったのだろう。しかし、すぐに新華社通信に噂にすぎないと報道されて、失敗に終わった……」

「もうひとつは」

「これは私の個人的な見解だが、死亡説が流される前に、彼の政治的地位が危機に陥る〝何か〟が起きたのではないかと思っている。それで、しばらく身を隠すつもりだったのではないか……」

「なぜ、そう思ったんです」

「私は、チァン・ツォーミン（江沢民）という男をよく知っている。それで、九日の記念式典の映像を何度も見て、面白いことに気が付いた。席に座る時に、自分の方からフー・チンタオ（胡錦濤）やウェン・チァパオ（温家宝）に声を掛けて愛想よく挨拶《あいさつ》している。そんなことをする男じゃなかった」

「つまり？」

キャンベル国務次官補が頷く。

「そうだ。私はこの数ヵ月の間に、彼らの間で実質的な地位が逆転する何らかの〝事件〟が起きたのだと思っている」

「それが、今回の〝情報〟に関することだと」

「それしか考えられない。実は先日、中国のツイ・ティエンカイ（崔天凱）外務次官と会った時に、あの男が奇妙なことをいっていたんだ。それで、ぴんときたんだ」

「奴は、何と？」

キャンベル国務次官補が、まるでポーカーのストレート・フラッシュの手を開く時のような笑みを浮かべた。

「近々、北朝鮮から、世襲と経済支援で中国をゆするための偽情報がリークされるかもしれない。もしアメリカ側が入手したら、すみやかに中国政府に報告してほしいと……」

キャンベル国務次官補が周囲を見渡し、得意そうに人さし指を立てた。

「それで、名案というのは」

デイリー首席補佐官が促した。

「いうまでもないだろう。我々と中国政府……正確には北京閥の現政権とは……対上海閥という意味ではむしろ利害関係が一致している。この〝情報〟に関しては日本とではなく、むしろ中国と取引する手もあるということだよ」

「奴らは、乗ってきますかね」

「乗ってくるだろう。ただし、〝オプション〟は必要かもしれないがね」

「わかりました」ペトレイアスCIA長官がいった。「それならば早急に、我々の方で〝オプション〟を考えてみましょう」

「そうだな。上海閥が足元から崩壊するようなやつを頼む」

アルフレッドは、三人のやり取りを呆然と聞いていた。

いったい、何を考えているのか。

こいつらは中国の恐ろしさを、何もわかっていない……。

16

中国を〝出国〟するのは、簡単だった。

朝、蛟竜と純子はシェラトン成都ホテルに迎えに来た黒いサバーバンに乗り込み、市内を二〇分ほどドライブした後、華北路のアメリカ総領事館に滑り込んだ。高い鉄柵《てっさく》の広い門の前には中国の武装警察の警備員など数人が立っていたが、特に車を止められることもなかった。

各国に設置される大使館、総領事館、領事館の敷地内は、一九六三年に合意されたウィーン条約により不可侵――治外法権――であることが認められている。つまり、総領事館の内部は中国の国土であっても、アメリカの領土となる。もしその壁の中に一歩でも足を踏み入れてしまえば、中国政府は基本的に手を出せない。アメリカ政府の庇護《ひご》下に置かれることになる。

もしこれが日本の大使館や総領事館だったとしたら、こうすみやかにはいかなかっただろう。実際に二〇〇二年五月、北朝鮮からの脱北者五人が瀋陽の日本総領事館に駆け込んだ時には、中国の武装警察が無断で総領事館の敷地内に踏み込み、脱北者を拉致《らち》した。これは明らかなウィーン条約違反であり、日本国家に対する主権の侵害となるが、応対に出た日本の副領事は抗議すらしなかった。

だが、あえて中国の国内に関していうならば、アメリカの大使館や総領事館の主権もけっして盤石ではない。一九八九年六月、天安門《ティエンアンミン》事件の首謀者とされた方励之《ファンリーチー》が、中国当局の手を逃れて北京のアメリカ大使館に亡命を求めたことがあった。だが中国の武装警察はアメリカ大使館を包囲。狙撃手《そげき》まで配備して方励之の命を狙い、一触即発の危機に陥った。

結局、約一年間の交渉の末に、中国政府は方励之の英国への亡命に合意した。だが、現在の米中関係は当時とはまったく違う。中国の国力は、後の二〇年以上の間に爆発的に向上している。両国の力関係も、いまや逆転しようとしている。

しかも蛟竜と純子は、民主化運動家でもなければ著名人でもない。あえていうならば、その存在を認められない一介の諜報員《ちょうほういん》にすぎない。アメリカ総領事館の中に逃げ込んだとしても、絶対に安全とはいいきれない。

中国はいつの時代にも、深淵《しんえん》の暗黒に閉ざされた魔窟《まくつ》だ。

総領事館の中には、すでに二人の部屋が用意されていた。敷地内の東側にある職員宿舎の一階で、小さな中庭に面した部屋だった。裏のフレンチドアを開ければ、バルコニーから庭に出ることもできる。陽当たりはあまり良くないが、少なくとも部屋か裏庭にいる限り周囲から見られることはない。

部屋にはダブルサイズのベッドが二つと、テレビ、冷蔵庫、プライベートのバスルーム、十分すぎるほどの広さのクローゼットが付いていた。テレビの下のキャビネットにはハリウッド映画のDVDが約二〇本。冷蔵庫の中にはビッグベア・マウンテンのミネラルウォーターとバドワイザーが半ダースずつ。その上の棚のミニバーにはジョニーウォーカーの黒ラベル、ジャックダニエル、ゴードンズなどのボトルが並んでいた。他に、新約聖書が一冊。ここは正に、豊かな国アメリカだった。

「これは、何……」

純子がそういって、ミニバーの棚にあった小さな袋を手に取った。フリトレーのチートスだった。

「トルティアだよ。トウモロコシでできたメキシコの食べ物だ。アメリカで売っている」

「アメリカでは、トウモロコシは牛の餌にするものだと思ってた……」

蛟竜は、思わず笑ってしまった。

「そんなことはない。アメリカ人も、日本人もトウモロコシは好きだ。食べてごらん。美味《おい》しいよ」

蛟竜はチートスの袋を開け、皿の上に空けた。純子は三角形の小さな食べ物を指でつまみ、しばらく不思議そうに眺めていた。やがて恐るおそる口の中に入れ、乾いた音を立てて噛《か》むと、顔に笑みを浮かべた。

「美味しい……」

蛟竜も、チートスを口に放り込んだ。久し振りの味だった。

「ビールが飲みたくなるな」

「私も」

純子が冷蔵庫の中から、バドワイザーの缶を二つ出してきた。

ソファーに座り、ビールを飲みながら窓の外を眺める。中庭に、耳にイヤホンを入れたスーツ姿の白人が一人。間違いなく〝カンパニー〟の人間だ。おそらくこの部屋の前の廊下も、常に彼らに監視されているはずだ。

ドアをノックする音……。

蛟竜はビールのグラスを置き、ドアを開けた。そこに、懐かしい顔が立っていた。

「チェン・ユアンじゃないか……」

「マサアキ、久し振りだね。元気そうだ……」

二人は手を握り、肩を抱き合った。

チェン・ユアンは二〇〇五年四月、蛟竜が反日暴動工作の任務で中国に潜伏していた当時〝協力者〟だった男の一人だ。アメリカに留学経験のある中国人の人権運動家と聞いていたのだが。

「なぜ、君がここに？」

「いま、ぼくは北京のアメリカ大使館に勤めているんだ。マサアキが成都に来ると聞いて、今朝の便で飛んできた。ここでは、ジョニー・チェンと呼ばれている」

つまり、彼もまた〝カンパニー〟のエージェントだったということか。

「どこかのカンフー・スターみたいな名前だな。それにしても、まさか君にまた会えるとは思わなかったよ」

〝再見〟という言葉を口にして別れ、本当に再会できた特例だ。だが、偶然ではない。おそらく〝カンパニー〟が蛟竜からすべてを聞き出すために、信頼できる人間を送り込んできたと見るべきだろう。


「何か他に必要なものは？」

　チェンが訊《き》いた。

「これだけあれば十分だよ。できれば昼に、ハンバーガーが食べたい」

「わかった。コックにいっておくよ。でもあまりビールは飲むなよ。午後には、例の〝会議〟がある」

「メンバーは」

「誰でも知っているオバマ政権のスタッフが一人。大物だ。ぼくの口から名前はいえないが、顔を見ればわかる。他に〝カンパニー〟の本部から東アジア分析部のマイケル・ハッチマンという男が来ている。あとは東京のアルフレッド・ハリソンとフミヒコ・ベッキだ。二人共、知っているだろう」

「知っている。ハリソンの方には直接会ったことはないがね」

「それで、彼女は？」

　チェンが、純子の方を見た。

「もちろん、出席する。今回の主賓は、彼女だ」

　純子がソファーに座ったままビールのグラスを掲げ、穏やかに頰笑む。

「わかった。後で会おう。それと、もうひとつ。今夜のディナーの予定は、空けておいてくれよ」

チェンがそういって、部屋を出ていった。

17

同日午後一〇時三〇分、ワシントン・ホワイトハウス――。

カート・キャンベル国務次官補は成都の総領事館からの長い電話を切り、内線でオバマ大統領の部屋を呼んだ。呼び出し音が三回鳴った後、電話が繋《つな》がった。

「夜分遅くすみません。まだ起きていましたか」

――やあ、カート。もちろん起きていたさ。もしよかったら、君もスコッチ・アンド・ソーダを付き合わないか――。

「いいですね。では、五分後にそちらに伺います。お話はその時にゆっくり……」

部屋に行くと、オバマ大統領はすでにガウンを着てくつろいでいた。バーカウンターの前に立ち、自分と、もうひとつのグラスに氷を入れる。

「グレンリベットでよかったかな」

オバマ大統領がボトルからウィスキーを注ぎながら訊いた。

「もちろん。しかし、大統領にこんなことをしてもらって、申し訳ない……」

キャンベルがソファーに座る。

「いいんだ。それより、少し話そう。ところで例のギリシャ危機のことだが、君はどう思う。

デイリー首席補佐官から何度もブリーフィングを受けているんだが、彼の説明はいつも専門的すぎて理解できない……」

オバマ大統領が二つのスコッチ・アンド・ソーダのグラスをテーブルに置き、キャンベルの向かいに座った。

「どうも、すみません……」

グラスに、口を付ける。スコッチの銘柄も、ソーダの割合も、キャンベルの好みにぴったりだった。

「つまり、簡単なことです」キャンベルが続けた。「ギリシャというドラ息子がユーロ景気に浮かれ、親の金を使って遊びすぎた。両親が気付いた時には、とても自分では返せないほどの借金をしてしまっていた。そこで母親と父親が子供の首根っこを摑《つか》まえて、これ以上金を使ったら縁を切ると叱っている。ところが子供は両親名義のクレジットカードを持っているので、始末が悪い……」

オバマ大統領がキャンベルの説明を聞き、膝《ひざ》を叩《たた》いて笑った。

「君の説明は、本当に解りやすい。つまり両親というのはドイツのメルケルとフランスのサルコジで、クレジットカードというのはユーロだな」

「そうです。かといっていまカードを取り上げたら、ドラ息子は犯罪者にでもなって、もっと両親に迷惑を掛けることになるでしょう。そこで我々アメリカも親戚《しんせき》の伯父《おじ》の一人として、そのドラ息子のけつをひっぱたいてやらなくちゃならない。デイリーはおそらく、そう説明したかったのだと思いますよ」

オバマがまた膝を叩いて笑った。

〝ギリシャ危機〟とは二〇〇九年一〇月、パパンドレウ新政権下でギリシャの財政赤字の隠蔽《いんぺい》が明らかになったことに始まる経済危機である。国家的な粉飾決算といってもいい。前政権がGDPの四パーセントと公表していた財政赤字が実際には一三パーセント近くに、さらに債務残高も一一三パーセントにも達していた。これが発端となってギリシャ国債が暴落し、世界同時株安から世界金融不安へと繋がった。それでもギリシャは欧州連合のルールを守ろうとせず、二〇一一年九月現在もデフォルト（債務不履行）の危機に立たされている。

「この先は、どうなると思う」

オバマ大統領が、ウィスキーを飲みながら訊いた。

「先月の二八日に、〝親族会議〟が行われたのは御存じのとおりです。しかしあのギリシャのドラ息子は、うまいこと逃げてばかりいた……」

オバマ大統領は、今度は笑わなかった。

〝親族会議〟とはギリシャ政府が合意した新たな緊縮措置案や民営化計画に関して、欧州連合、IMF（国際通貨基金）、ECB（欧州中央銀行）の三機関による合同調査団が行った査問会議を指す。だが、結局ギリシャは、その場逃れのいい訳に終始して何も進展しなかった。

「もし、デフォルトが起きてギリシャが破綻《はたん》するとしたら？」

キャンベルがゆっくりとした動作でウィスキーを口に含み、頷《うなず》く。実際にアメリカの財務省の内部調査では、この時点でギリシャのデフォルトをフィフティ・フィフティと試算していた。

「最悪の場合には、来年からスペイン、イタリア、そしてユーロ圏全域の金融破綻へと連鎖するでしょう。そうなれば我が国もただではすみません」

実際にアメリカは、この七月に自国のデフォルトを何とか回避したばかりだった。他人事《ひとごと》ではない。

「しかし我が国よりも、もっと直接的な被害を受ける国がある。違うかね」

グラスを持つキャンベルの手が止まった。

「中国……ですか」

オバマ大統領が頷く。

「そうだ。EUの破綻をうまく利用すれば、中国経済も一気にバブル崩壊に追い込めるかもしれない……」

実際に現在の中国とEU間の貿易総額は、年間五五〇〇億ドルを上回る。これは対米貿易総額四四〇〇億ドルを二〇パーセント以上上回り、中国の年間総輸出入額の一六パーセント近くを占めている。

「大統領、まさか本気で〝それ〟を考えているわけじゃないでしょうね」

オバマ大統領が、ふと力を抜くように笑った。

「ジョークだよ。最終的に我々か中国のどちらかが生き残るならば、そのような選択肢もなくはない、といった程度の話だ」

キャンベルが安堵《あんど》したように、息を吐いた。

「確かに……。窮極の選択ではありますが……」

「それで、君の話というのは何だったのかね」

オバマ大統領が訊いた。

「ああ、そのことですか。例の、昨年の一月に北朝鮮から流出した〝キム・インフォメーション〟の件です。日本の〝K機関〟のコーディネートで、やっと〝ガイル・ドラゴン〟を成都の総領事館で保護したという報告が入りました」

ホワイトハウスでは蛟竜を、〝ガイル・ドラゴン〟のコードネームで呼んでいた。

「それで、内容は。我々の期待どおりのものだったのか」

「まだ確認してません。しかし、明日、我々が目を覚ます頃にはある程度は明らかになっているでしょう。もっとも、分析作業には最低でも数週間は要すると思われますが……」

キャンベルが説明する。オバマ大統領は小さく頷き、ウィスキーを口にしながら少し考えた。

「フー・チンタオ（胡錦濤）と、ウェン・チァパオ（温家宝）との交渉は？」

「そちらは、まだです。こちらから外交ルートで話を持ち掛けるよりも、別のチャンネルで情報をリークし、先方から交渉の席に着くように仕向ける手段を考えています。いずれにしても、情報の内容を確認した時点での判断になると思いますが」

「わかった。その判断は、君にまかせよう」

二人はグラスを合わせ、薄まったスコッチ・アンド・ソーダを飲み干した。

18

メンバーが集まったのは、成都アメリカ総領事館の地下にある小さなミーティングルームだった。

蛟竜と純子がチェンと共に部屋に入っていっても、誰も挨拶《あいさつ》をしなかった。ここでは誰にも会わなかったし、何も起きなかった。見たり聞いたりしたことは、すみやかに忘れる。それがルールだ。

チェンがいっていた〝誰でも知っているオバマ政権のスタッフ〟という人物は、部屋の隅のソファーに薄い色のサングラスを掛けて座っていた。グレーの髪に、大きな鷲鼻《わしばな》。蛟竜は一瞬見ただけで、その人物が誰だかわかった。元〝カンパニー〟で〝プレジデント〟の地位にいた男。通称〝ミスター・R〟だった。

部屋には、今回の会議に必要な設備がすべて揃っていた。Macとウィンドウズの最新のコンピューターが数台に、巨大なディスプレイと完璧《かんぺき》なオーディオシステム。もちろんマイクロSDリーダーは、メイド・イン・ジャパンだった。

「それでは、私はこれで」

チェンが蛟竜にウィンクをして、部屋を出ていった。どうやら彼は、この会議のメンバーには選ばれていなかったらしい。ドアが閉まるのを待って、四十代くらいの男がゆっくりと席を立った。

「さて……お二人を何て呼んだらいいのか。とりあえず、男性はドラゴン。女性はミズ・サクラと呼ばせてもらってかまわないかな」

男がそういって、蛟竜と純子の顔を交互に見た。おそらくこの男が、チェンがいっていたマイケル・ハッチマンだろう。

「何と呼んでもらってもかまわない」

蛟竜がそういい、純子は黙って頷いた。だが男は、それ以上は自分たちの側の紹介はしなかった。

「それで……〝プレゼント〟は用意してきてくれたんだろうね」

穏やかだが、有無をいわせない口調でもあった。蛟竜は戸次二三彦の表情を見たが、いつものように何も読めなかった。

「用意してある」

蛟竜がそういって、純子の方に手を差し出す。純子がジーンズのポケットから小さなプラスチック片を出し、それを蛟竜の手に渡した。ここまできたら、抵抗しても無駄だ。

男が、蛟竜からプラスチック片を受け取った。だが、何も起きなかった。

「ありがとう。これは……中身のマイクロSDカードは日本製だが……ロシア製の保護ケースに入っているな……」男が内線の受話器を取り、チェンを呼んだ。「悪いが、マイクロSDカードのケースを開ける道具を持ってきてくれ。ロシア製のやつだ」

間もなくドアが開き、チェンがペンチのような奇妙な道具を持って部屋に入ってきた。そしてまた出ていく。

男が道具の先端にカードを挟み、軽く力を入れた。何かが割れる小さな音がして、簡単にカードが取り出せた。

男が蛟竜の方を見て、片目を閉じた。だが、蛟竜がいった。

「それより、早く内容を確認しよう」

「そうだったな……」

男がコンピューターを立ち上げ、接続されたマイクロSDリーダーにカードを差し込んだ。キーボードを操作する。部屋の正面のディスプレイに奇妙な画像が映し出され、中国語と朝鮮語らしい聞き辛《づら》い音声が流れてきた。

「これは……」

その場にいた全員が、顔を見合わせた。

古い、カラーフィルムからコピーした動画だった。画面中央の丸い小さなテーブルを挟み、カメラの方を向いて二人の男が映っている。顔を見れば、誰でも知っている男たちだった。一人は若かりし頃の江沢民、もう一人は金正日の父、金日成だ。二人は背後の通訳を介し、中国語と朝鮮語で話している。やがて短いイントロダクションが終わり、画面がタイトルバックに変わった。

全員が、息を呑《の》む。

〈——一九九〇年三月一四日、平壌百花園迎賓館——。
朝鮮民主主義人民共和国
金日成国家主席・朝鮮労働党中央委員会総書記・朝鮮人民軍最高司令官——。
中華人民共和国
江沢民国家主席・国家中央軍事委員会主席・中国共産党中央委員会総書記——。
会談——。
記録・製作——朝鮮労働党・中央委員会書記局・国際部——〉

『朝鮮労働党』の中央委員会書記局・国際部は、この情報を持ち出した金明斗の所属していた部署だ。

画面が、また変わった。今度は江沢民と金日成が談笑する静止画像に、延々と中国語と朝鮮語の音声だけが続く。声は、イントロダクションと同じ江沢民と金日成のものだ。だが、音声が何回か途切れ、会話の内容も飛ぶ箇所がある。そのことから、会談の重要な部分を抜粋して、ある程度編集されていることがわかる。

江沢民が、奇妙なことをいった。

——中朝両国が、いわゆる〝普通の関係ではない〟ことは、我々だけの共通の認識だ。だからこそ私と中国人民は、中朝両国の〝鮮血で結ばれた友情〟を大切にしているのですよ——。

蛟竜は、中国語も朝鮮語も理解できる。だが、いったいこの密談は何なのだ。通常ならば中国の国家元首が首脳会談において、〃普通の関係ではない〃とか〃鮮血で結ばれた友情〃などという異常な言葉を用いたりはしない。しかも二人の会話には、とんでもない場面で、他国の国名や国家元首、各国の政治家の名前などが飛び出してくる。

さらに江沢民の、このような言葉が続く。

――間もなく私は、中央軍事委員会主席に就任する。さらに九三年には、次期国家主席に就くことも決まっている。そうなれば、軍と政府、すべてを私の支配下に置くことになる。あとは国内の法整備さえ実現すれば、いつでも東アジアの覇権を握ることができる――。

聞いている内に、悪寒を覚えた。気が付くと純子が、怯《おび》えたような眼差《まなざ》しで蛟竜を見つめていた。

第一部は、四〇分弱で終わった。そしてまた、タイトルバックが画面に現れた。

〈――二〇〇一年九月三日・平壌百花園迎賓館――。

朝鮮民主主義人民共和国
金正日最高指導者・国防委員会委員長・朝鮮人民軍最高司令官・朝鮮労働党中央委員会総書記――。

中華人民共和国
江沢民国家主席・国家中央軍事委員会主席・中国共産党中央委員会総書記――。

会談——。

記録・製作——朝鮮労働党・中央委員会書記局・国際部——〉

タイトルバックの仰々しさは第一部と同じだが、金日成の名前が二代目の金正日になっている。そして一部から一〇年以上の時の流れを示すように、映像と音声の質は格段に向上していた。

変化しているのは、資料の質だけではなかった。

タイトルバックが終わると、百花園迎賓館の室内なのか、大きな窓の前で握手をする江沢民と金正日の写真が映し出される。江沢民はにこやかに笑っているが、金正日はあまり感情を表に出していない。

写真が、テーブルに着いて向かい合う二人のものに変わる。その写真をバックに、一〇年以上前と同じような奇妙な会話が始まる。その会話の内容——二人のビジョン——も、前回の江沢民・金日成会談の時よりもさらに明確になってくる。

——二〇〇三年の貴国の政権交代の後は、我々の〝鮮血で結ばれた友情〟はどうなりますか——。

金正日の言葉に、江沢民は次のように答える。

——心配はいらない。おそらく次は胡錦濤ということになるのだろうが、例の〝国防動員法〟はその任期中に成立させる——。

——しかし、その後は——。

——次の政権は、暫定的なものにすぎない。支配者は、あくまで私だ。彼らは政権の終焉《しゅうえん》と共に、すべてを失って失脚する。いずれまた、我々の時代がくる——。

——その時こそ、東アジアの覇権を我らの次の世代に——。

だが、それにしてもこの映像は〝本物〟なのか……。

第二部は約三〇分程で終わった。その瞬間、それまで無言だった〝ミスター・R〟が小さな声を出した。

「We get it!（我々はやったぞ！）」

それはオサマ・ビンラディンが暗殺された時のオバマ大統領の言葉と、ほとんど同じだった。

19

朝の内は雨が降っていたが、午前中に晴れ間が出てきた。

だが、日比谷公園のいつものベンチは、まだ濡《ぬ》れているだろう。

林昌秀は弁当と日本茶の他にスポーツ紙の入ったコンビニの袋を手に提げ、巨大なビル群の谷間の静かな森の中を歩いた。

途中でいつものようにホセ・リサール像に挨拶《あいさつ》をし、噴水池の広場に出た。KCIAの備品の左腕のセイコーは、一一時五七分を指していた。時間に正確なことも、林の取り得のひとつだった。

辺りを見渡す。震災の直後には閑散としていた公園にも、またいくらかは人が戻りはじめていた。噴水の先のベンチに、灰色のソフト帽を被《かぶ》った男が一人。男はベンチにステッキを立て掛け、新聞を広げていた。林はその男に歩み寄り、まだ少し濡れているベンチの上にスポーツ紙を敷いて座った。

「すまんね。それでもこのベンチが、一番乾いていたのでね……」

男——中国共産党中央統一戦線工作部の工作員、蘇暁達《ソシャオタツ》——が、新聞を読みながら呟《つぶや》くようにいった。

「だいじょうぶです。お元気でしたか」

林がコンビニの弁当を開き、食べはじめた。

「まあ、何とかね。あの震災の前から先月まで、日本を離れて本国の方に帰っていたのでね。それで、今回の君の〝会社〟からの〝商談〟というのは何なのかね」

蘇暁達がそういって、新聞を捲《めく》る。

「例の〝蛟竜〟に関する情報です」

「なるほど。それで」

蘇暁達がそういって、顎《あご》の白い髭《ひげ》を撫《な》でた。

「彼は、生きています」

「ほう……。面白い……。情報の出所は、どこなのかね」

だが、特に驚いた様子はない。そんなことは承知している、というような口振りだった。

「アメリカの〝友人〟からです」

林がいうと、蘇暁達の表情に初めて変化があった。新聞から目を離し、ゆっくりと林の方を向いた。

「〝友人〟というのは、〝カンパニー〟のことかね」

蘇暁達が訊《き》いた。

「そうです。〝カンパニー〟からの情報です」

「なぜ彼らが、蛟竜に関する情報を持っているのだね」

「蛟竜というよりも、行動を共にしている女の脱北者の方に興味を持っているようです。その女は、〝北〟から何か重要な機密情報を持ち出したらしい」

林を見る蘇暁達の目が、かすかな光を帯びた。

「それで、蛟竜とその脱北者の女は、いまどこにいるのかね」

林は食べかけの弁当を閉じ、ペットボトルから日本茶を飲んだ。

「彼らがどこにいるのか、場所はわかりません。おそらく、中国のどこかでしょう。しかし、現在は〝友人〟たちの保護下にあることは確かです」

蘇暁達の目が、驚いたように見開かれた。

「それは……事実なのかね……」

「事実です。私は、根拠を示すことができます。今日はそれを、ここにお持ちしました」

林がそういって、スーツの内ポケットから茶封筒を一枚出した。

「それを……」

蘇暁達が、手を出した。だが林は、封筒をすっと引いた。

「これをお渡しするには、何か見返りの情報をいただきませんと……」

蘇の目が、忙《せわ》しなく動く。やがて上着のポケットから手帳を出して開くと、そこにペリカンの万年筆で何かを書いた。そのページを破り、二つに折ると、林に差し出した。

「これは、我が国の諜報員《ちょうほう》の名だ。身分は、在日中国大使館の元一等書記官。日本で農林水産省に太いパイプを持ち、大臣やいまの首相にまで取り入っている大物だ。この男の名前を〝カンパニー〟か日本の内調にでも持ち込めば、君の〝会社〟は有利な取引ができるはずだ」

林は、その紙片を受け取った。開く。

〈——李春光——〉

たったひと言、そう書いてあった。林は頷《うなず》き、封筒を蘇に渡した。

「では、これを。中を見れば、私のいったことが事実であることをわかっていただけるはずです」

林は弁当を片付け、ベンチを立った。噴水のある広場から、日比谷通りの方に歩き去った。

蘇暁達は、林が視界から消えるのを待って封筒を開けた。中には便箋《びんせん》が一枚、入っていた。

〈——一九九〇年三月一四日——。
——二〇〇一年九月三日——〉

便箋には、西暦と日付が二行書かれているだけだった。蘇はしばらく、その文字を黙って見つめていた。

だがやがて、何かを思い出しそうなのだが、それが何かがわからない……。

ある二つのキーワードが二行の日付に重なった。

江沢民……。

平壌……。

大変だ！

蘇は飛び上がるようにベンチから立つと、林とは逆の方向に急ぎ足で歩き去った。

20

二時間後、北京中南海——。

温家宝国務院総理は自らの執務室で、数日後に迫ったロシアのサンクトペテルブルクで行われるSCO（上海協力機構）第一〇回首脳会議の演説原稿を書いていた。その時、デスクの上の赤い電話機が鳴った。

——温家宝同志、耿恵昌です——。

受話器を取ると、国家安全部長の耿恵昌の声が聞こえてきた。国務院に所属する国家安全部は、政権の中で孤立を深める温家宝の支配下にある数少ない政府機関のひとつだった。もちろん耿恵昌は、国務院総理温家宝の忠実な部下の一人でもある。

「何かあったのかね」

温家宝がコンピューターを閉じ、訊いた。

——はい。たったいま、東京の方から重要な情報が入りました。まず温家宝総理の方に御報告して指示をいただきたいと思いまして——。

〝東京〟と聞いても、思い当たる節はなかった。また日本の右翼的政治家が、東シナ海や南シナ海の領海問題で挑発的な発言でもしたのか。だが、もしそうならば、まず最初に外交部の方から報告があるはずだが。

「手短かに説明してくれ」

温家宝は現代中国の中では最もリベラルな政治家の一人だが、反面、短気なことでも知られていた。

——はい。以前に御報告した、北朝鮮の金明斗が盗取した機密情報の件です——。

〝金明斗〟と聞いて、温家宝の表情が変わった。

だが、なぜ〝東京〟なのか——。

「金明斗の機密情報に関しては、それを持ち出した北朝鮮の女間者の死体と共にまだ回収されていないと聞いていたが」

――はい、以前は確かに、そう申し上げました……。しかし、女は生きていたようです――。

「まさかその女が、東京にいるというのではないだろうな」

――いえ、そうではありません。いまのところ、女が我が国から出国した形跡はありません。ただ――。

「ただ、どうしたというのだ」

温家宝の額に血管が浮き上がり、視点の定まらない両眼が大きく見開かれた。受話器を握る手が、小刻みに震える。それが怒りが沸点に達しようとする時の、この男の癖だ。

――申し訳ありません。女の身柄と金明斗の機密情報が、米国側の手に落ちた可能性があります――。

耿恵昌の説明を聞きながら、温の顔色が見る間に赤くなっていった。

「君は、自分が何をいっているのかを理解しているのかね」

二〇分後――。

怒りを静めた温家宝は、崔天凱《ツイテイエンカイ》外務次官を赤い電話で呼び出した。話の内容は、きわめて簡単だった。

「至急、米国のカート・キャンベル国務次官補と連絡を取ってほしい。いまどこにいるのか探し出して、私が直接話したいといっていると伝えてくれ……」

電話を切り、溜息《ためいき》をついた。

しばらく、デスクの上のコンピューターを見つめていた。

せっかくほとんど書き上げた演説原稿だが、これでかなり手直しをしなくてはならなくなるだろう。

カート・キャンベル国務次官補は、温家宝からの電話を翌日の朝にホワイトハウスで受けた。ちょうど少人数のミーティングが始まるところだったが、キャンベルはメンバーを待たせたまま話を続けた。温家宝は公の席では絶対に中国語しか話さないが、実は英語も日本語も堪能《たんのう》だ。実際に英語で話し合ってみると、同時通訳を入れての公式の会談よりもお互いを理解し合える部分もある。少なくとも公人としての温家宝からは想像できないほど、柔軟かつ知的な人物であることは確かだ。

約一時間半もの会話の後、キャンベルはミーティングルームに戻った。

「待たせてすまなかったね」

キャンベルが出席者にいった。

「ずい分、長い電話でしたね。誰からですか」

ディヴィッド・ハウエル・ペトレイアスＣＩＡ長官が訊《き》いた。

「中国の友人……ウェン・チァパオからだ。君によろしくといっていたよ」

メンバーの誰かが、口笛を鳴らした。

「ずい分、早かったですね。まだ種を蒔《ま》いてから、丸一日も経っていない……」

「そうだな。思ったよりも、早かった」

「それで、先方の反応は」

キャンベルが一度、頷く。

「彼は、我々が例の機密情報を入手したことを承知している。まあ、〝本物〟かどうかは多少疑っているようではあるがね。その上で、このケースに関しては我々の利害が一致することにも理解を示している」

ペトレイアスが、さらに訊いた。

「例の〝オプション〟に関しては」

キャンベルが、頷く。

「彼は、同意したよ。もちろん、フー・チンタオの同意は必要だが、おそらく、実行に移すことになるだろう」

ペトレイアスの口元に、かすかな笑いが浮かんだ。

「だいじょうぶです。我々はすでにボー・シーライ（薄熙来）の妻のグー・カイライ（谷開来）の動きは、イギリス人の愛人ニール・ヘイウッドを通じてすべて把握しています。それにここ数日で、ボー・シーライの腹心のワン・リージュン（王立軍）もこちらの手に落ちています。これだけ駒が揃っていれば、あの男を重慶市党委書記の座から引きずり下ろして失脚させるのは簡単ですよ」

「OK。その件は君の方で進めてくれ。それでは、本題に移ろう」

キャンベルが自分の席に着き、別の資料を開いた。

21

一一月一五日、重慶市——。

四川盆地東部、長江の上流に位置する中国随一の巨大都市である。

東西四七〇キロ、南北四五〇キロという広大な面積は、北京、上海、天津《テイエンチン》を含む中国の四つの直轄市の中で最大。人口三三〇〇万人は香港特別行政区を上回り、中国一を誇る。市の中心部では長江と嘉陵江が合流し、国際コンテナターミナルの重慶港には一万トン級の船舶が出入りする。年間総生産額は、二〇一〇年度には七八〇〇億元（一一八〇億ドル）にも達している。

重慶は、巨大化する中国の一方の象徴だ。二つの大河の合流点には、摩天楼が林立する高層ビル群が広がる。その華やかで巨大な都市は、ともすれば地球を侵食する大輪の花のようにすら見える。しかもその煌《きら》めくほどに毒々しい花は、いまもエネルギーを爆食しながら膨張し続けている。

この重慶市の絶対的な君主は、薄熙来という男だった。

薄熙来はいわゆる典型的な『太子党』（中国共産党幹部の子女）のエリートで、文革期は『連動』（血統絶対主義派）に所属。二〇〇七年一〇月に中国共産党中央政治局委員に就任し、同一一月三〇日に重慶市の市長の座も手に入れた。以来〝唱紅打黒〟のスローガンの下に汚職とマフィア撲滅運動を展開。市民の間でも〝毛沢東《マオツオートン》の再来〟といわれ、カリスマ的な指導者として重慶市を支配し続けてきた。

だが、薄熙来の強引なやり方もまた、文革の時代に「七〇〇〇万人以上を殺した」とされる毛沢東を髣髴《ほうふつ》とさせるものだった。二〇〇九年六月から二〇一〇年三月までの〝打黒〟――重慶市犯罪組織一斉検挙キャンペーン――の一〇ヵ月間に、薄は市内の約六〇〇〇人のマフィアを拘束。自らの政敵を含め、その大半を処刑した。

その〝打黒〟を現場で指揮したのが、当時重慶市公安局長、後に副市長となった王立軍である。王立軍は薄の腹心の部下として一万人もの武装警察隊をこれに動員。三五〇以上もの犯罪組織を無差別逮捕と拷問によって壊滅させ、警察を含む行政内部からも汚職を一掃した。

だがその裏で、薄熙来と王立軍は中国の臓器売買市場をも支配。犯罪者や宗教団体の信者、政敵を逮捕し、処刑するまでの間に生きたまま臓器を抜き取って販売。さらに遺体を人体標本にして世界中に輸出していた疑いがある。こうして得た金に加え、市内の行政、産業、人民軍にも浸透する汚職構造を独占。それらの莫大《ばくだい》な利益により、薄は数千億元もの資産を作ったといわれている。

薄熙来は正に、重慶市の帝王だった。誰も、この男には逆らえない。逆らおうとする者さえいなかった。

だが薄熙来は、重慶だけでは満足していなかった。この男の最終的な目標は、一三億五〇〇〇万の人口を持つ中華人民共和国そのものだった。

薄熙来の妻、谷開来は、中国国内でも屈指の美人弁護士といわれる才媛《さいえん》だった。かつては夫の出世を助け、二人が溺愛《できあい》した瓜瓜《グアグア》という一人息子の母親の役目を務めた。だがここ数年は二人の夫婦仲は完全に冷え込み、逆にこの美人妻が薄熙来の最大の弱点となっていた。

家庭に興味のなくなった谷開来は、その才女としての情熱と能力をすべて金銭に対する欲望に傾けた。夫が無尽蔵に生み出す莫大な金を少しでも自分の管理下に置き、いかにして資産を中国から海外――主にEU――に移すかということばかりを考えていた。中国は、いつ経済と国家体制が崩壊するかわからない。

その谷開来の欲望に付け込んだのが、彼女の愛人でもあるイギリス人のニール・ヘイウッドだった。ヘイウッドは中国在住のビジネスマンで、妻は中国人。薄熙来一家とは大連《ターリエン》在住時代――薄熙来は二〇〇一年まで大連市市長だった――から家族ぐるみの親交があった。薄熙来の友人、もしくは谷開来の愛人としてだけでなく、息子の瓜瓜のハーバード留学や一家のEUや香港での資産運用をコーディネートし、莫大な利益を得ていた。

ヘイウッドは中国の国内で名士として振るまっていたが、この国の人脈には知られていないある秘密があった。彼はビジネスマンの他にMI6（イギリス情報局秘密情報部）のエージェントというまったく別の顔を持ち、その関係でアメリカのCIAとも深い繋《つな》がりを持っていた。彼の任務は、薄熙来の監視と資産状況の報告、さらに臓器と人体標本輸出の捜査だった。

この日の夜もヘイウッドは薄熙来の妻の谷開来に会うために、重慶市内の最も有名なホテルに向かっていた。そのホテルのスイートルームが、いつもの二人の逢《あ》い引きの場所と決まっていた。フロントに行くとホテルマンがすでにヘイウッドの顔を覚えていて、いつもの部屋番号のカードキーを渡してくれた。

だが、今夜はそれほど平和なベッドタイムは楽しめないだろう。数日前に、ヘイウッドはMI6の担当者から異例の指示を受けていた。今年の九月にヘイウッドのコーディネートでイギリス領バージン諸島に開設した一六〇〇万ドルの口座が、手続きの不備で凍結されたことを伝えろという指示だった。もし口座をこのまま没収されたくなければ、追加二〇パーセントの無担保のデポジットを入れなければならない。

もちろんこれは、架空のシナリオだ。だがMI6がなぜいまの時点でそのようなことを指示してきたのか、ヘイウッドにはまったく理解できなかった。二日前にすでにこのことは谷開来には伝えてあるが、もちろん彼女は納得していない。今夜、シナリオに沿って再度説明することになるが、これまでのヘイウッドと薄熙来ファミリーの関係も含めて決裂する可能性がないとはいいきれない。

来年の秋には、中国の政権交代を控えている。このままいけば、おそらく薄熙来は中国共産党の常務委員入りを果たすだろう。その薄熙来とのパイプをいまの時期に切ってしまったら、どうなるのか。

待てよ……。

その時、ヘイウッドの脳裏に奇妙な考えが浮かんだ。

もしかしたら薄熙来は失脚するということなのか？

だとしたら、誰がそれを画策しているのか。まず最初に考えられる可能性は、上海派と毛沢東的〝唱紅打黒〟を最も嫌っていた温家宝だ。だが、温家宝が黒幕だとしたら、MI6が動くのはおかしい。温家宝ならば、国内の自分のブレーンだけで片付けるはずだ。

そうなると、考えられる可能性はひとつ。〝カンパニー〟か……。

そんなことを考えているうちに、客室最上階の部屋の前に着いた。チャイムを鳴らしてみたが、応答はない。谷開来は、まだ来ていないらしい。

部屋に入り、ジャケットを脱いだ。豪華で快適なリビングの窓の外には薄熙来の王国、重慶市の夜景が輝いていた。この風景を眺めながらの王女との不倫は、ハリウッド映画のように悪趣味で刺激的だ。

大きなソファーに体を沈め、時計を見た。まだ九時にもなっていない。喉《のど》が渇いたな……と思っていたところに、部屋のチャイムが鳴った。

彼女が、もう来たのか……。

ソファーを立ち、入口に向かった。スコープを覗《のぞ》く。だが廊下に立っていたのは谷開来ではなく、制服を着たこのホテルのボーイだった。

「何だね」

ドアを開けた。

「はい。谷開来様より、お届け物です」

ワゴンの上の木製のシャンパンクーラーの中に、ドン・ペリニヨンが一本冷えていた。

「入ってくれ」

ボーイを部屋に入れながら、ヘイウッドは「おかしいな……」と思った。最近は少し体調が悪く、しばらくアルコールを控えていることを彼女は知っていたはずだが。それとも、後で自分が飲むつもりなのか……。

だが、ドアを閉めようとした瞬間、異様な光景が目に入った。ボーイの後ろから中国人の男が二人、部屋の中に踏み込んできた。

「お前らは、いったい……」

だが、そこまでいいかけたところで体を弾《はじ》き飛ばされた。一人に羽交い締めにされ、もう一人に腹を殴られた。厚い絨毯《じゅうたん》の上に押さえ付けられ、尻《しり》に注射器で何かを打ち込まれた。

毒、だ……。

体が、動かない……。

動かなくなった体を、仰《あお》向《む》けにされた。部屋の照明の逆光の中で、ボーイがドン・ペリニヨンの栓を抜いた。一人の男に鼻をつままれて口を開けさせられ、その中にドン・ペリニヨンを流し込まれた。人生の最後に飲む酒としては、悪くなかった。

薄れゆく意識の中で、ヘイウッドは様々なことを考えた。毒殺は、中国古来の由緒ある暗殺作法だ。自分がこの伝統的な方法で殺されるのは、むしろ光栄というべきだろう。

だが……。

自分は誰に殺されるのだ？

妻との不倫を知った、薄熙来なのか……。

色と欲に狂った、谷開来なのか……。

それとも……。

意識が闇の中に、静かに閉ざされた。


谷開来はホテルに着く直前に、腕時計を見た。

九時三五分——。

約束の時間よりも、三〇分以上も遅れている。

なぜオフィスを出る前に、あんな奇妙な電話が掛かってきたのか……。

電話は、アメリカのマサチューーセッツ州からの国際通話だった。相手はケンブリッジ市警察の警察官と名乗る男で、ハーバード大学に留学中の息子の瓜瓜が昨夜女子学生とトラブルを起こし、現在留置所に勾留《こうりゅう》されているという。至急、身元引受人を手配するか、弁護士に連絡を取ってほしいという要請だった。

谷開来は、すみやかにマサチューーセッツ州の知り合いの弁護士に連絡を入れた。市警察の担当者の名前を教え、息子の件を依頼した。その後でふと思い立ち、瓜瓜の携帯に電話を掛けてみた。ところがその電話が繋がり、朝起きたばかりの瓜瓜本人の眠そうな声が聞こえてきた。

市警察から電話があったことをいってみたが、瓜瓜は何のことだかわからないようだった。

確かに昨夜は遅くまで遊んでいたが、女子学生ともめ事などはなかったという。それで谷開来は、自分が騙《だま》された事がわかった。

悪質ないたずら電話だ。それにしても、誰がそんなことを。バージン諸島の口座の一件といい、最近は不可解なことばかり起こる。

「車を駐車場に入れて、私と一緒に部屋まで付いてきて」

谷開来が、メルセデスのマイバッハを運転する洪清丹《ホンチンダン》という男にいった。

「わかりました」

洪は、谷開来の運転手だ。いつもは車の中で待たせておくのだが、今日は一対一でヘイウッドに会う気にはならなかった。今夜は、どうしてもあの男と決着を付けなくてはならない。

車の中から、ヘイウッドの携帯に電話を掛けた。先程から何回か掛けているのだが、やはり出ない。まさか、逃げたのか……。

ロビーで運転手を待ち、部屋に上がった。フロントで確認すると、ヘイウッドは一時間以上も前に着いているということだった。シャワーでも浴びているのだろうか。空気の読めない男だ。

ドアの前に立ち、チャイムを鳴らす。しばらく待ったが、やはり応答はない。

「まったく、あの役立たずのイギリス人は……」

悪態をつき、カードキーでドアを開けた。

部屋は、明かりが消えていた。広いリビングに入り、スイッチを入れた瞬間に悲鳴を上げた。

「啊啊啊！！！」

部屋の床の中央に、ヘイウッドが大の字に倒れていた。近くに、シャンパンの瓶がころがっていた。

後から入ってきた洪が、前に進み出る。ヘイウッドの首の動脈に、手を当てる。そして谷開来を振り向き、自分の喉を掻《か》き切るような仕草を見せた。

「死んでます……」

「どうして……」

谷開来は自分の口に手を当て、死体を見つめながら立ちつくしていた。

「わからない。とにかく、警察を呼びましょう」

だが、谷開来は首を横に振った。

「それは駄目……。スキャンダルになるわ……」

「それなら、どうしますか」

谷開来はしばらく考え、落ち着いた口調でいった。

「助けを呼ぶわ。あの人なら、何とかしてくれる……」

携帯を開き、谷開来は重慶市の警察に最も顔の利く王立軍に電話を掛けた。

22

一二月一六日、北朝鮮平壌──。

国家安全保衛部警護局の潘允石《パンユンソク》は、ぼんやりと自分の家族のことを考えていた。

妻の景淑は、確かもう四六歳になるはずだ。最初から禹東則《ウドンチユク》副部長の使い古しを押しつけられただけだし、別に好きだったわけではない。それに子供を二人産み──一人は死んでしまったが──もう女としての魅力も枯れ果てている。未練はない。あの性格のきつい女と別れられるなら、むしろせいせいするくらいだ。

問題は、いま金日成総合大学に通う長男の甲南《カプナム》だ。これから先、息子が出世していく姿を見られなくなることはさすがに辛《つら》い。だが、韓国での新しい人生を思えば、仕方のないことだ。

自分が次回、金正恩の訪中の際の警護担当者として中国に同行し、現地で行方不明になったと聞いたら甲南は驚くだろう。だが、中国政府が協力してくれるならば、亡命であることは露呈しない。任務中の事故として処理されれば、この共和国での家族の身分は保障される。あとは自由の国、韓国から、甲南の成長と出世を見守ればいい。彼ならば、いずれ父親のやったことを理解してくれるはずだ。

潘は厚い絨毯の敷かれた廊下に立ち、背後の重厚なドアの中の物音に耳をそばだてた。かすかな、人の気配。時計の針は午後九時を過ぎているが、将軍様はまだ起きているらしい。

廊下の向こうから、チマチョゴリを着た若い女が歩いてきた。手にグラスとデキャンタの載った盆を持っていた。将軍様のお気に入りの、キプム組の全寿貞《チョンスジュン》という女だった。

「何を持ってきた」

潘が、わかっていることを訊《き》いた。

「はい。首領様の夜のお薬とお茶を持ってまいりました」

女が体を沈めるように一礼し、いった。盆の上にはイタリア製の糖尿病と動脈硬化の薬、そのどちらにも効くといわれる中国の漢方薬など七種類の薬と、デキャンタの薄い桑の葉茶。他に将軍様の大好物の日本製の〝ふじ〟というリンゴが載っていた。

「よし、盆を置いて、後ろを向け」

「はい……」

女は盆をドアの脇の大理石のテーブルの上に置き、背中を向けた。潘は背後から女のチョゴリの中に手を入れ、硬く小さな乳首に触れた。将軍様がお楽しみになる前に女の乳に毒が塗られていないか確かめるのも、保衛部警護局の当番の大切な役割だ。さらに女をそのまま立たせておき、下半身も確認する。その一方で盆の上のイタリア製の錠剤一つを、見た目はまったく同じ中国製の偽物とすり換えた。

「よし、入っていい」

「はい……」

女が振り向き、盆を手にした。潘がドアのノッカーを小さく鳴らし、中に声を掛ける。

「夜のお茶とお薬がまいりました」

——入ってよし——。

中から、将軍様の嗄《しゃが》れた声が聞こえてきた。潘がドアを開け、盆を持った女が入り、ドアを閉じる。

潘はまた、部屋の中の物音に耳をそばだてた。男と女の、かすかな気配。それよりも、自分の心臓の鼓動の方が耳に大きく響く。

それでも潘は、口を歪《ゆが》めるように笑った。自分がすり換えた薬の中身を、潘は知らされていない。だが、たったひとつ確かなことは、中国人の物を作る技術はたいしたものだということだ。おそらく今夜は、歴史的な出来事に立ち会うことになるに違いない。

部屋の中から、女の悲鳴が聞こえた。

潘が弾かれたように、背筋を伸ばす。我に返り、ドアを開けて部屋の中に入った。

「どうした。何があった」

「首領様が……。首領様が……。お薬を飲んだら急に……」

女が青ざめた顔で立ち、足元を指さしていた。見ると将軍様がソファーの下の床に、不自然に体を丸めて横たわっていた。

歩み寄り、首筋に触れる。すでに心臓は動いていなかった。やはり、中国人の技術は素晴らしい。

「早くお医者様を呼ばないと……」

女が、震える声でいった。

「わかっている。お前は、部屋の外で待っていろ」

潘は女が部屋から出るのを待って、辺りを見渡した。テーブルの上に残っていた錠剤の空のパッケージを、ポケットの中の本物とすり換える。そして内線電話の受話器を手に取り、官邸の警備本部を呼んだ。

「いま、将軍様の部屋だ。将軍様が、倒れられた。心筋梗塞《こうそく》らしい。至急、担当医をよこしてくれ」

冷静な言葉で告げて、受話器を置いた。

一時間後、将軍様の私室には息子の金正恩、妹の金敬姫《キムギョンヒ》、その夫の張成沢《チャンソンテク》、国家安全保衛部副部長の禹東則など一〇人の人間が集まっていた。将軍様が一二月一六日の夜に死んだことを知る者は、ここにいる一〇人以外に存在してはならない。将軍様の遺体はすでに運び出され、死亡状況工作のために官邸内の別室に安置されていた。

運悪く将軍様の死に居合わせた全寿貞というキプム組の女と、現場の第一発見者となった潘允石という警護官もすでにこの場にはいない。将軍様の死の状況が明らかになり次第、処分されることになるだろう。

そこにもう一人、国家安全保衛部の次期副部長とも噂される金元弘《キムウオンホン》が部屋に入ってきた。

「いま、二人の取調べが終わりました。どちらも何も知らないとはいっていますが、潘允石という警護官の上着のポケットから奇妙なものが出てきましたよ。これです」

金元弘はそういって、指の先に挟んだ錠剤の空パッケージを周囲の者に見せた。

「これは将軍様がお飲みになっている薬の……」

禹東則が、驚いたような表情で金元弘の顔を見た。

「そうです。イタリア製の薬のものです。我が国には、この官邸にしか存在しない。しかし〝本物〟は、そこにある」

金元弘がそういって、テーブルの上のまったく同じ薬のパッケージを指さした。

それまで涙を流していた金正恩が、禹東則を睨《にら》みつけた。長年、金正日体制の秘密警察の支配者と怖れられてきた男の顔から、見る間に血の気が引きはじめた。

金元弘は冷静な表情で周囲を見渡しながら、腹の中で笑った。これで、この男も終わりだ。やっと自分の時代がくる。

「起きてしまったことは、仕方がない。今後は中国とどのように交渉し、いかにして新体制にすみやかに移行させるかだ。今夜中に将軍様がいつ、どこで、どのように死んだかを決定し、明朝、中国外交部副部長の武大偉《ウーダーウェイ》を通じて温家宝首相に連絡を取る」

それまで黙っていた張成沢が、一人ひとりの顔を見ながら静かな口調でいった。

23

同日同時刻、韓国ソウル特別市――。

『国家情報院』院長の元世勲《ウォンセフン》は、まだ自宅で起きていた。テレビのニュース番組を消し、寝室に入ろうとした所に一級管理官の金信成《キムシンソン》から電話を受けた。

──たったいま、平壌から連絡が入りました。つい先程、〝老狢〟の官邸で、何か動きがあったようです──。

「動きとは」

元世勲が、静かに訊き返した。だが受話器を握る手が、かすかに震えだした。

──午後九時過ぎから、正恩や張成沢、禹東則などが慌ただしく官邸に集まりだしたとのことです。確認は取れていませんが、〝老狢〟の身に何かがあったのかもしれません──。

元は、部下の言葉から様々な可能性を想定した。だが、答えを出すまでに数秒しか必要としなかった。考えられる可能性は、ひとつだけだ。

「軍の合同参謀本部に連絡してくれ。対北朝鮮偵察監視と防御準備態勢を、いまのレベル3からレベル4に格上げさせろ。我々は近く、全軍非常警戒態勢に突入する可能性があると伝えるんだ。大統領には私の方から連絡しておく」

電話を切り、元はまた受話器を手にした。青瓦台《チョンワデ》大統領府の第一秘書課の緊急回線に繋《つな》いだ。

「大統領は起きているか。寝ていても、起こしてくれ。国家情報院の元世勲から、非常事態の連絡が入っていると伝えるんだ」

元世勲は李明博大統領が電話口に出るまでの数十秒の間、いま自分たちが何をすべきかを冷静に分析した。

だが、何が起きるのかは未知数だ。それが結論だった。

24

四川省の省都、成都は、〝天府の国〟と呼ばれる肥沃《ひよく》な四川盆地の西部に位置している。

元来〝四川〟とは元朝（一三世紀～一五世紀）がこの地を支配し、行政区のひとつとして四川行省を置いたことに始まる。その歴史は古く、三国時代（二二〇年～二八〇年）の英雄、劉《りゅう》備玄徳《びげんとく》や諸葛孔明《しょかつこうめい》が群雄割拠した『三国志』の舞台としても知られ、近年も成都近郊では数千年前の仮面の王国『三星堆《さんせいたい》遺跡』などが発掘されている。成都市そのものも紀元前五〇〇年頃には城壁で囲まれ、四世紀初頭には巴氏の李特が成漢を建国して成都王と称したと伝えられている。さらに五代十国時代（九〇七年～九六〇年）には前蜀、後蜀の首都としても繁栄した。

だが成都の歴史は、けっして華やかな一面だけではなかった。一七世紀前半には反乱軍の指導者、張献忠《ちょうけんちゅう》（一六〇六年～一六四六年）が四川省を転戦。一六四四年八月九日に成都を陥落させ、蜀王朱至澍一族をすべて自決に追い込み、その後も住民の無差別殺戮《さつりく》に及んだ。結果としてそれまで四〇万を数えた成都の人口はほぼ全滅。『明會要』の第五〇巻と『四川道志』第一七巻によると、一五七八年に三〇〇万人以上だった四川省の人口は、一六八五年には一万八〇〇〇人あまりにまで減少していた。このことからもわかるように、現在の四川省の住民は古代四川人の末裔《まつえい》ではなく、そのほとんどが湖北省《フーベイ》、湖南省《フーナン》、広東省から移住した漢族の子孫である。

だが、ウィーン条約で定められた治外法権という厚い壁に囲まれた空間にいると、自分が歴史の町、成都にいることすら忘れそうになる。ここは、正にアメリカだった。蛟竜と純子の周囲にあるものは四〇平方メートルほどの居室と、バルコニーに面した小さな中国風庭園、そして長い廊下と職員たちも利用する食堂だけだ。日常的に顔を合わせ、会話をする人間も数人に限られている。

もし自分が成都にいることを実感できるものがあるとすれば、中庭に出ればかすかに聞こえてくる街の騒音、そして四川省のこの辺りならではの季節の香りくらいのものだ。一〇月に成都に入った時にはまだ秋の気配も浅かったが、ここ数日は四川盆地の西に屹立《きつりつ》する龍門山脈から吹き颪《おろ》す風も真冬の冷たさを感じさせるようになってきた。その風に、かすかな唐辛子と山《さん》椒《しょう》の匂いが運ばれてくる。

だが部屋の中は暖かく、退屈は感じなかった。

最近、蛟竜は、純子とよく話をした。石堂寨の村にいた時から様々なことを話していたのだが、成都のこの領事館に入ってからはさらにその密度が濃くなったような気がしていた。同時に、それまで純子の胸の中に残っていた固い痼《しこ》りのようなものが、少しずつ消えていくのを実感していた。

ある夜、深く柔らかいソファーの中で蛟竜の腕の中に身を預けながら、純子が奇妙なことを話しはじめた。

「私の本当の父親は、死んだアボジ（父さん）ではないかもしれない……」

純子の父親のことについては、以前にも何度か聞いたことがあった。名前は、崔正武《チェジョンム》。日本の大阪で生まれ、『東京大学』の法学部を卒業した秀才だった。その後、大阪に戻り朝鮮学校の教師として教えていたが、一九六七年一〇月、結婚したばかりの妻の由里子を連れて第一五四次帰国最終船で朝鮮民主主義人民共和国に帰国したとされている。

「なぜ、そう思うんだ」

蛟竜はジョニーウォーカーの黒ラベルのオン・ザ・ロックスを口に含み、腕の中の純子に訊《き》いた。

「わからない……。何となく……。もしかしたらアボジは、オモニ（母さん）に騙《だま》されていたのかもしれない……」

蛟竜には、純子が何をいいたいのかがわからなかった。

「でも、それはおかしいじゃないか。もし君のお母さんが騙していたのだとしたら、なぜお父さんのことを信じてあの共和国に渡ったんだ」

純子は、しばらく黙っていた。だが、やがて、ぽつりといった。

「違うの……」

「何が、違うんだ」

純子が腕の中で体の向きを変え、蛟竜を見つめた。

「そうじゃないの。共和国に帰国したのは、父の意思ではなかったのよ」

蛟竜は、首を傾げた。

「それなら、誰の意思で帰国したんだ」

「母よ……。母が、共和国で暮らそうといったの……。私が労働党三号廏舎《きゅうしゃ》に入る前に、母の荷物の中から死んだ父の日記を見つけたの。それには、こう書いてあった。由里子と結婚さえしなければ、自分はこんな目に遭わなくてもすんだって……」

不思議な話だ。

当時、一九五〇年から八四年にかけて、『在日朝鮮人の帰還事業』といわれる集団的な永住帰国が行われていた。これは北朝鮮側で『帰国事業』、『帰国運動』などと呼ばれ、朝鮮赤十字会が実務を担当。当時の金日成首相が「地上の楽園」……「帰国者の生活と子女の教育を全面的に保障する」……などと呼び掛け、これを日本の朝鮮総聯が喧伝《けんでん》。最終的には数回の中断を経て九万三三四〇人が帰国し、その内の六八三九人が日本人妻もしくは子供の日本国籍保持者だった。

日本での生活や民族差別に悩んでいた帰国者は、胸に夢を抱いて新潟港などから帰国船に乗った。だが帰国後の現実は、「地上の楽園」とはほど遠いものだった。北朝鮮には、出身成分と呼ばれる絶対的な階層制度がある。日本からの帰国者は最下層の「動揺階層」に分類されて差別を受け、潜在的な反体制分子とみなされた。その多くは重労働に苦しめられ、無実の罪で強制収容所に送られて命を落とす者も多かった。

純子の父の崔正武も、その例外ではなかった。一家は咸鏡南道《ハムギョンナムド》の貧しい村で農民として暮らしていたが、父はある日突然に収穫されたトウモロコシを盗んだとして密告され、農圃集結所

(拘置所)に収監。その半年後に獄死したと聞いていた。

「しかし、なぜ君のお母さんはあの国で暮らしたいと思ったんだ」

一九六七年といえば、最初の帰国船から一七年が経っていた。すでに北朝鮮から帰国者に関する悪い噂が流れはじめ、在日朝鮮人でも帰国者は激減していた。まして日本人妻が、自分から北朝鮮に永住したいなどというわけがない。

「わからない……。でも、この前、私が甲斐長州という人の孫だと知った時、ふと考えたの。母は、いったい何者だったんだろうって……」

純子の母の由里子も、不思議な人だったようだ。父が死んでからの二人は、「動揺階層」の母子家庭としては不自然なほどに裕福だった。食べ物に不自由したことはなかったし、家も共同農場の他の家よりも大きかったという。しかも純子が六歳の時に、二人は首都平壌に移り住んだ。その後、純子が労働党三号厩舎に入ってからは、母の由里子は平壌市紋繍洞《ムンスドン》の高級マンションに住んでいた。この辺りは市内でも外国人居住区として知られ、周囲の住民はロシア人や中国人の外交官と商人ばかりだった。

「つまり君のお母さんは、単なる帰国者の日本人妻ではない特別な秘密を持っていたということか……」

純子が腕の中で頷《うなず》く。

「そういうことになると思う……」

おそらく純子は、蛟竜にこういいたいに違いない。母の由里子は父崔正武を利用し、何らかの使命を帯びてあの共和国に渡ったのではなかったのか。そしてその卓越した美しさを利用し、何らかの方法をもって北朝鮮政府の中でも重要人物となった。

だが、崔由里子の秘密とは何だったのか。

「それで、君がお父さんの本当の娘ではないと思う理由は」

蛟竜が訊いた。

「ひとつは、私は父にまったく似ていないの。そして……」

父が死んでから、純子は何度かある〝男の人〟に会った記憶がある。その人は咸鏡南道の村の共同農場にも訪ねてきた。村にはいつも黒い大きな車に乗ってきて、何人もの部下を連れていた。共同農場の他の人たちも、総出でその人を出迎えた。

村に来ると、その人は必ず純子の家に立ち寄った。いつも食料や服、純子への菓子などの土産を山のようにくれた。テレビをもらったこともある。そしてまだ幼かった純子を、いとおしそうに抱き上げた。

純子が六歳の時にも、その人が村に訪ねてきた。母と純子は新しい服に着換え、その男の人の黒い大きな車に乗せられて平壌に向かった。初めて見る平壌は、まるで夢のような場所だった。そして二度と、二人は咸鏡南道の村に戻ることはなかった。

まるで、小説の中のような話だ。

「その男の人が、君の本当の父親だと思っているのか」

純子はしばらく黙っていた。だが、部屋の暖炉の火を見つめながら、静かに頷く。

「そうかもしれない……」

蛟竜はグラスにまた少しウィスキーを注ぎ、それで口の中の渇きを潤す。

「平壌に行ってから、その人に会ったことは」

純子がまた、しばらく考える。

「二度か三度……。まだ私が、幼い頃に……。でも母は、その人にもっと会っていたのだと思う……」

「なぜ、そうだとわかるんだ」

「平壌に移ってからの母は、特に何も仕事をしているように見えなかったわ。でも、時々迎えの車が来て、綺麗《きれい》な服……日本の着物だったと思うけど……それを着て出掛けていくの。ひと晩で帰ることもあったし、何日か戻らないこともあった……」

「君はその間、どうしてたんだ」

「いつも〝お姉さん〟が来てくれて、遊んでもらっていたわ……。日本語で勉強を教わったり……」

「お姉さん？　日本語？」

純子が蛟竜のグラスに手を伸ばし、ひと口飲んだ。

「そう……日本人……。まだ若くて、綺麗な人だった……」

「君のお母さんと同じ、帰国者だったのか」

「違うわ。まだ子供の頃に日本でさらわれて、あの共和国に連れてこられたの。私と同じくらいの歳の、男の子がいるといっていたわ……」

蛟竜は、ウィスキーを口に含む。

「その女の人の名前は」

「知らない……。日本の名前は、聞かなかった。朝鮮語では、〝ヘミ〟と呼んでいた。字はわからないけど……」

そのようなことが、何年か続いた。純子は労働党員の子供たちだけが学ぶ市内の一流の学校に通い、母と二人で何不自由のない暮らしをしていた。死んだ父親の墓参りに、汽車に乗って咸鏡南道の村に帰ったこともあった。そのような時にはいつも、労働党の幹部だけしか乗れない一等客車を使った。

だが、一九九四年の夏に、すべてが変わった。純子の前に秘密警察――おそらく国家安全保衛部――の男が何人か現れ、母の由里子と引き離された。純子はそのまま『労働党三号廏舎』に監禁され、工作員としての教育を受けた。

「それ以来、ヘミという日本人の女の人とは一度も会っていないわ……」

その後、純子は、工作員として平壌の『金日成外国語専門学校』に進学。キプム組にいた二一歳の時に金明斗に出会い、正式に労働党に入党した。

「お母さんとは」

蛟竜が訊《き》いた。

「一九九四年に労働党三号廏舎に入ってから、しばらく会わなかった。手紙をくれていたから、生きていることは知っていたけど。次に会ったのは、私が外語学校にいた一八の時。その時、お母さんは、紋繍洞の外国人居住区の高級マンションに住んでいた。同じ棟には、将軍様の友人やロシア人のダンサーなどが住んでいたわ……」

蛟竜は純子の話を、御伽噺《おとぎばなし》のように聞いていた。それほどに、不思議な話だった。いったい崔由里子とは、何者だったのか――。

そして純子の生活が一変した、一九九四年の夏という時期が気に掛かる。いまから、一七年前の夏だ。いったいその時に、北朝鮮に何があったのか。

まさか……。

蛟竜はその時、歴史的なひとつの事実を思い出していた。朝鮮民主主義人民共和国の建国者、初代国家主席、現在も北朝鮮において「永遠の主席」として崇拝される金日成国家主席が死亡したのが、確か一九九四年七月八日だったはずだ……。

「君の、実の父親だ……」

「何……」

蛟竜の腕の中で、純子が見つめた。

「君とお母さんを平壌に連れていった、その男の人だ。名前は、何ていうんだ」

だが純子は、首を横に振った。

「覚えてない……。私はまだ幼かったし、数回しか会ったことはないもの。私の記憶の中には、その男の人の顔も名前も存在しないの。ただ印象があるとしたら、いつも紺色の背広を着た、体の大きな男の人というだけ……」

暖炉の薪《まき》が燃え尽き、ソファーからベッドに移っても、二人の話は続いた。

純子は蛟竜の腕の中で、部屋の隅の小さな燠火《おきび》を見つめながらいった。

「ねえ、蛟竜……。今度は、あなたのことを話して。どこで生まれたのか。子供の頃は、どんな風にして過ごしたのか……」

蛟竜はしばらく、純子と同じ暖炉の燠火を見つめていた。

「前にも、話しただろう。自分がどこで生まれたのかも、両親の顔も、本当の自分の名前すらも知らないんだ……」

蛟竜は、自分の記憶を辿《たど》るように話しはじめた。

最初に記憶にある風景は、日本の神奈川県大磯《おおいそ》にあるキリスト教会系の孤児院だった。おそらく蛟竜は、まだ三歳か四歳だった。施設には日本人の子供だけでなく、進駐軍の兵隊と日本女性との間に生まれた〝あいのこ〟の孤児がたくさんいた。

蛟竜はその施設で、〝マサアキ〟と呼ばれていた。まだ体が小さかったために、よく他の孤児たちに苛《いじ》められた。家族も、友達も、誰もいなかった。

「たぶん、君が平壌に移り住んだのと同じ六歳頃だったかな。その孤児院に、新しい用務員さんが入ってきたんだ。片目に黒い眼帯をして、左手のない老人でね。他の孤児たちはその人のことを、〝人喰《ひとく》い爺《じじい》〟と呼んで怖がってたんだ……」

蛟竜は話しながら、思った。いままでこんなことは、誰かに話したことも話そうと思ったこともなかった。だが、いまは、純子に話さずにはいられなかった。純子も黙って、耳を傾けている。
蛟竜が続けた。
「でもその老人は、私にだけはとても優しかったんだ。他の院生に苛められていると、守って
くれた。私にだけグリコという小さな玩具《おもちゃ》の入ったキャラメルをくれたりね……」
ボクシングや空手、合気道を教えてもらったこともあった。それ以来、蛟竜は同世代の子供
たちに喧嘩《けんか》で負けなくなり、苛められることはなくなった。
「面白い話……。そのお爺《じい》さんて、何者だったのかしら……」
「わからない。孤児院の先生たちは〝マキさん〟と呼んでいたから、それが名前だったのかも
しれない。目と左手は、戦争に行ってなくしたと聞いたような気がする……」
蛟竜は、話しながら思う。あの〝マキさん〟という老人は、自分の守護神としてあの孤児院
に送り込まれたのではなかったのか……。
「その老人は、それからどうなったの」
純子が訊いた。
「私が小学生の時に、死んだよ。元々体が悪かったらしい。卒中だった……」
蛟竜は、その時の光景をいまもはっきりと思い出す。老人は用務員室の裏で体を丸め、目を
見開き、歯を喰いしばるような表情で死んでいた。発見したのは、蛟竜だった。
「可哀そう……」

純子が、呟《つぶや》くようにいった。だが蛟竜には、その言葉が不思議だった。彼女は〝収容所国家〟と呼ばれる北朝鮮で生まれ、育った。あの国では政治犯収容所で毎年一万人以上が餓死、もしくは拷問死し、町中では公開処刑が行われている。彼女自身も父親の死を含め、もっと残酷な死といくらでも直面してきたはずだ。それなのになぜ、会ったことのない一人の老人の死を可哀そうだと思えるのだろう。

「そのマキさんという老人が、死ぬ一年くらい前に不思議なことを教えてくれたんだ……」

「不思議なことって……何？」

純子が、蛟竜の腕の中で訊く。

「これだよ」

蛟竜はそういって純子の髪を分け、項《うなじ》の上に隠れている小さな痣《あざ》のようなものにそっと指先で触れた。

「あなたの……これね……」

純子が腕の中で振り返り、同じように蛟竜の胸にある小さな痣のようなものに触れた。

「そうだ。私と君が持っている、この奇妙な痣のようなものだ。しかし、その老人がいっていた。これは、龍《りゅう》だと。そしてやがて、お前にもその意味がわかる時が来ると……」

「龍……」

純子がそういって、指先でなぞる。

「そうだ。龍だ」

「本当に、龍のように見える……」

二人の話は、それからも続いた。蛟竜は、いままで誰にも明かしたことのない自分の人生のすべてを話した。やがて冬の長い夜も明け、カーテンの透き間から淡い日差しが差し込みはじめた。

蛟竜の腕の中で、眠りに落ちようとする純子が小さな声でいった。

「私たちはどこから来て……どこへ行くの……」

蛟竜はその小さな唇を、自分の唇で塞《ふさ》いだ。

25

蛟竜がこのアメリカ総領事館という快適な牢獄《ろうごく》に蟄居《ちっきょ》の身でありながら、退屈を感じない理由がもうひとつあった。チェン・ユアンの存在だった。

チェンとは一〇月に、この成都アメリカ総領事館で六年振りに再会した。その後、一度チェンは北京のアメリカ大使館に帰ったが、一週間後には正式に異動となり成都に赴任してきた。どのような魔法を使ったのかは知らないが、その理由についてチェンはこう説明している。

「君たち二人のベビーシッターが必要だろう」

以来、チェンとは、ランチもしくはディナーで一日に一回は食事の席を共にしていた。必然的に、この総領事館で最も多くの時間を一緒に過ごしていた。蛟竜は何か足りないものがあればすべてチェンに頼み、チェンもまた大概のものは用意してくれた。最新のニュースや情報に関しても、特別な理由がない限りチェンはすべて蛟竜にオープンにしていた。

一二月一八日の夜にも、蛟竜と純子はチェンにディナーに誘われた。ディナーとはいっても総領事館内の食堂のカーテンで仕切られた小さなテーブルで、他の職員と同じ料理を食べるだけだが。ただしチェンは外の店から成都名物の牛肉焦餅などの点心と紹興酒などを大量に買い込んできていた。

「いつもすまないな」

蛟竜が、礼をいう。

「気にしないでくれ。どうせアメリカ国務省の経費なんだからかまわないよ。それからこれは、スンジャに」

チェンがそういって、純子に韓流ドラマのＤＶＤを渡した。純子が、うれしそうに頬笑む。だがこれで今夜は、蛟竜は好きでもないドラマに付き合わされることになる。

「チェンは良い人……。信用できる……」

純子がいった。

蛟竜が知る限り、純子が〝信用できる〟といった人間はハルビンの陳と紀虹《キホン》の夫婦、石堂寨の村人以外にはチェンが初めてだった。

「最近、何か面白い話はないか」

蛟竜が、牛肉焦餅とシーザーサラダを交互に口に運びながら訊《き》いた。奇妙な取り合わせだが、このような食事にも慣れてきた。

「そうだな……」チェンが少し考え、バドワイザーを口に含む。「九月に就任した日本のノダという総理大臣だが、今度の政権は意外に長く続くかもしれないな。アメリカの国務省の内部でも、民主党政権としては評価が高いんだ」

チェンがそういって、ステーキを口に詰め込む。

「何か、理由があるのか」

考えてみたら蛟竜は、自分が日本人——おそらくそうだ——でありながら、日本の政権という尺度であまり世界情勢を考えたことがない。

「まずひとつはギリシャの経済危機だ。パパンドレウ首相がユーロファイナンス（欧州金融安定ファシリティ）の第二次支援策について、国民投票を実施すると発言したことは知っているだろう。結局、それを撤回して辞任したがね。しかしその後の大連立政権がまったく機能していない。こうなると、二〇一二年五月に予定されているギリシャ議会総選挙はどうなるのか。アメリカの国務省は、ギリシャの極左政党が大幅に躍進すると分析している」

「そうなると、ギリシャ……いや、ユーロ圏の経済危機はさらに悪化するな」

「そういうことだ。ギリシャがいつデフォルトに陥ってもおかしくはない」

チェンが今度は、牛肉焦餅を口に放り込む。そして、続けた。

「もうひとつは、この〝中国〟だ。ユーロ圏の経済が傾けば、必然的にユーロ圏との貿易黒字で成長してきた中国経済も打撃を受ける……」

チェンの分析によると、すでに中国経済のバブルは「弾《はじ》けはじめている……」という。根拠は、いくつかある。まず、目に見えるのが、各大都市圏の不動産の値下がりだ。この一〇月だけでも上海市内の分譲住宅価格は一〇パーセント以上値下がりし、成都や広州、天津でも軒並み一〇〜一五パーセントも下落した。上海の一部の高層マンションでは、この一年だけで不動産価値が三分の一以下に目減りした所もある。各都市でマンションの購入者などがこの値下がりに抗議し、暴動も起きている。

「中国ではそんなに不動産価格が落ちてるのか……」

一カ月に一割以上の値下がりというのは、尋常ではない。

「他にも、根拠はある。ここ一〇年、右肩上がりで伸び続けてきた新車の販売台数も鈍化してきたし、中国政府は景気を下支えするためにさらなる金融緩和策を打ち出してきた。実際に先月の一一月だけでも輸出の伸び率は二・一ポイントも下がっているんだ」

「中国は、ドル国債もかなり売ってきているそうじゃないか」

すでにこのことは、一〇月一九日付の中国各紙が伝えている。

「そうだ。この夏のアメリカのデフォルト危機の直後に、中国政府の奴らは米国債を三六五億ドル（約二兆八〇〇〇億円）も売り越している」

チェンの〝奴ら〟といういい方がおかしかった。

「チェン、君はいったい何人なんだ。中国人なのか。それともアメリカ人なのか」

蛟竜が、笑いながらいった。

「民族としては漢民族だけど、心はリベラルだよ。少なくともいまの中国の一党独裁体制は、外交問題も含めて否定している。それで答えになってる？」

チェンが少し困ったような顔をして答えた。

「わかった。話を続けよう。それで、これまでの話がなぜ、いまの日本の政権の評価の高さに通じるんだ」

「日本の新しい首相が誕生した直後の、確か九月二一日だったかな。国連総会の合間に日米首脳会談が行われたことは知っているだろう。日本側は新しい首相の他に外務大臣や官房副長官、アメリカ側からもクリントン国務長官やガイトナー財務長官、デイリー大統領首席補佐官なんかが出席していた」

チェンが話しながら、ビールのグラスを空けて紹興酒の封を切った。

「ああ、知っている。新聞で読んだ程度だけどね」

「あの首脳会談は、何かおかしいと思わないかい」

チェンが、蛟竜の表情を探るようにいった。

「なぜだ」

「まず第一に、これまでオバマ大統領は日本の民主党の首相をまったく相手にしなかった。それなのに今回は、クリントンやガイトナーまで顔を揃えて、国連総会のために訪米していたニューフェイスの首相に会った」

チェンがそういって、口元にかすかに笑いを浮かべる。

「なるほど。他には」

「OK。第二に、会談が終わった後で、オバマが〝彼とは仕事ができそうだ〟と意味深な発言をしたね。でも、両政府が発表した会談の内容はまったく月並で、両国の懸案事項に関しては何ひとつ進展も決定もしていない……」

蛟竜が頷《うなず》く。確かに、チェンが指摘したとおりだ。

報道された会談記録によると、まず冒頭にオバマ大統領より「日本は重要な同盟国であり、安全保障他様々な問題について協力していくパートナー」というような発言があった。これに野田首相が、「震災からの復興、原発事故の収束が最優先課題」と応じ、トモダチ作戦などのアメリカ側の支援に改めて感謝の意を述べている。それ以外は野田首相が、「TPPに関してはできるだけ早期に結論を出したい」と伝えたこと。普天間《ふてんま》問題に関し「引き続き日米合意に従い協力して進めていきたい」と述べたこと。他にはハーグ条約締結や北朝鮮問題、アフガニスタンや中東、北アフリカ情勢などについても意見交換されたと記録されているだけだ。日米合わせてあれだけの顔触れを揃えての首脳会談の必然性が、まったく表面に出てきていない。

「それなら、あの首脳会談で何が話し合われたんだ」

蛟竜が訊くと、チェンが紹興酒を呷《あお》りおかしそうに笑った。

「ぼくだってわからないよ。ぼくは中国人だし、オバマ政権のスタッフじゃないんだから」

この男は都合のいい時だけ中国人になる。

「わかった。君が知るわけがない。でも、推察はできる。だろう?」

チェンが頷き、笑う。そして周囲を気にし、声を潜めて話す。

「重要なのは、ノダという今度の首相が日本の消費税増税を前面に掲げて民主党の総裁戦に勝った首相だということだよ。アメリカは、そういう首相が出てくるのを待っていた。だからオバマはあのルーキーに会ったし、〝彼とは仕事ができそうだ〟といったのさ……」

「つまり〝金〟か」

チェンが、大きく頷く。

「そうさ。中国がドル国債を売りに転じたら、どこの国がその分を買い支えることになる。EUは破産寸前だし、韓国などものの数にも入らない。そうなると、日本しかないだろう。以前はコイズミが日本の郵便貯金と保険金をアメリカに差し出してドル国債を買い支える約束をした。今度はノダが、消費税を差し出す。それが伝統的な日米関係だろう。ぼくは、そう分析しているけどね」

以前、蛟竜のアシスタントをしていた頃から、チェンの分析は鋭かった。だが、すなわちそれは、日本がアメリカの潜在的植民地であるという事実を示唆している。

二人の会話を、純子は頰笑みながらただ黙って聞いている。けっして口を出さない。だが彼女は、何もわかっていないわけではない。ほとんどすべて、理解している。

「もし中国が売り越したドル国債を、日本が消費税を使って買い支えたとしたら」

蛟竜の問いに、チェンが頷く。

「釣魚島《ディアオユー》……失礼、日本では〝センカク〟というんだっけ。あの小さな島々はアメリカが守る。中国は手を出せなくなる」

「もし、日本がドル国債を買わなければ」

チェンは首を横に振り、両掌《りょうて》を開いて上に向けた。

「日本はお手上げだ。センカクを手放すか。もしくはあの小さな島々に固執して、破滅するか。もしセンカクの海域で日中間に武力衝突が起これば、中国は例の〝国防動員法〟を発令する。日本の国内にはすでに、中国の兵隊が一〇〇万人は潜伏しているんだよ。戦争は、一日で終わる。日本という国は、この地球上から消える……」

チェンのいっていることは、確かだ。実際に二〇一〇年七月一日付で施行された中国の『国防動員法』には、次のような一文が盛り込まれている。

〈――中国国内で有事が発生した際に、全国人民代表大会常務委員会の決定の下、動員令が発令される。

国防義務の対象者は、一八歳から六〇歳の男性と一八歳から五五歳の女性で、中国国外に住む中国人も対象となる。

国務院、中央軍事委員会が動員工作を指導する。

個人や組織が持つ物資や生産設備は必要に応じて徴用される――〉

中国は当然ながら、尖閣諸島を自国の〝固有の領土〟と規定している。つまり文中の〈――

中国国内での有事――〉とは、尖閣諸島における〝日中の武力衝突〟を想定し、そうなれば〈――動員令が発令される――〉とは、日本在住の中国人や旅行者を含む。これがすべて〈――国防義務の対象者――〉と規定されるということは、動員令が発令され次第〝兵士〟として日本国内で戦うということを意味する。さらに〈――個人や組織が持つ物資や生産設備――〉とは、中国国内及び日本国内における日本人の個人財産、日本企業の資産と設備、日本国有のガス、水道、道路、鉄道、自衛隊の軍備に至るまですべてを意味し、それらが中国政府によって〈――徴用される――〉といっているのだ。

つまり、中国の『国防動員法』とは、〝日本に戦争を仕掛けて合法的に属国化するために作られた法律〟に他ならない。日本という国家を滅亡させ、支配し、日本民族を隷属させる。それが江沢民と金日成――金正日――の遠大なる夢であり計画であったことは、純子が北朝鮮から持ち出した金明斗の情報からも明らかとなった。

問題は、動員工作を指導する――つまり直接的に命令を下す――〈――国務院、中央軍事委員会――〉の部分だ。

「来年一〇月の中国の政権交代で次の国家主席になるのは、習近平だったな……」

現在、習近平は国家副主席であり、中央軍事委員会副主席も兼任している。

「そうだ。おそらくね。当然、党軍事委員会主席にも選出されるだろうな」

チェンが、蛟竜の考えていることを察するようにいった。

「それならば、国務院総理は。温家宝の後任は誰になると思う」

蛟竜の問いに、チェンが頷く。

「いまのところ有力なのは、現在重慶市党委員会書記の薄熙来という男だ。習近平と同じ太子党で、上海閥の一派だよ」

「つまり、上海閥の江沢民派の二人が、完全に国防動員法の実権を握ることになるわけか……」

江沢民が、金正日との会話の中でいっていた。――東アジアの覇権を握る――と……。

その根拠となるのが、国防動員法だ。

蛟竜が自分のグラスにも紹興酒を注ぎ、口元に運んだ。だがチェンが、笑いながらいった。

「このまま行けば、だね」

蛟竜のグラスを持つ手が止まる。

「どういうことだ。まさか、このままはいかないということか……」

チェンが頷く。

「スンジャが北朝鮮から持ち帰った情報で、面白いことになっている。おそらく、薄熙来は失脚するだろう。もしかしたら、習近平の目も無くなるかもしれない」

蛟竜の横で、純子がくすりと笑った。

「ジョークだろう……」

現在のところ、習近平が中国の次期国家主席に選出される確率は、九九パーセントとまでいわれている。

「いや、ジョークじゃない。あの北朝鮮からリークした情報は、胡錦濤と温家宝を完全に怒らせた。年が明ければ、面白いことが起こる……」

江沢民は、——彼らは政権の終焉《しゅうえん》と共に、すべてを失って失脚する——ともいっていた。その〝彼ら〟とは胡錦濤と温家宝だ。

「いったい、何が起こるんだ」

だが、チェンは笑いながら首を横に振る。

「いまはまだいえない。しかし、これだけは教えておくよ。この成都のアメリカ総領事館が、歴史の節目のひとつの舞台になる。ぼくは本当は、そのためにここに転任してきたのさ……」

蛟竜は、紹興酒を口に含んだ。いつになく、きな臭い香りが鼻についた。

26

昨夜は少し、飲みすぎたらしい。

蛟竜は朝を寝過ごし、水を一杯飲んだが、またベッドに潜り込んだ。手探りで純子の体の温《ぬく》もりを求め、またうとうとと微睡《まどろ》みの続きを楽しんだ。

「私……お腹が減ってきた……」

やはり酒を過ごした純子が、気怠《けだる》そうにいった。

「もう少し待ってくれ。昼近くなったら、食堂に行こう。コーヒーとサンドイッチくらいなら、喉《のど》を通るかもしれない……」

「わかった……。それじゃ私、シャワーを浴びてくるわ……」

純子が体にシーツを巻き、ベッドを出ていった。バスルームから、シャワーの水の音が聞こえてくる。まだベッドは離れたくない。そう思った時に、ドアをノックする音が聞こえた。

「ちょっと待ってくれ……」

蛟竜はベッドから起き、ジーンズとTシャツを身に着けてドアに向かった。頭を掻《か》きながら、ドアを引いた。

「入っていいか」

チェンが立っていた。表情が、険しい。

「何かあったのか」

蛟竜は、チェンを部屋に入れた。

「金正日に、何かあったようだ。説明するよりも、これを見た方が早い」

チェンがテーブルの上のリモコンを手にし、テレビのスイッチを入れた。CCTV——『中国中央電視台』——の臨時ニュースにチャンネルを合わせる。画面に、北朝鮮のアナウンサー李春姫《リチュンヒ》が、黒い喪服のような着物を着て映っていた。

まさか……。

李春姫が、悲痛な面持ちで原稿を読み上げる。

〈──全党員と……全人民軍将兵と……全人民に告げる……。偉大な領導者……金正日同志は……二〇一一年一二月一七日午前八時三〇分に現地指導の途上において……急病により逝去されたということを……最も悲痛な心情でお知らせする……──〉

蛟竜は、腕時計を見た。二〇一一年一二月一九日午前一〇時四〇分──。

二日前の朝に──その日時が本当かどうかはわからないが──あの金正日が死んでいた──。

「何か情報は入っていないのか」

蛟竜が訊《き》いた。

「わからない。今回の件に関しては〝カンパニー〟も何も情報を摑《つか》んでいなかったようだ。わかっているのは死因が急性心筋梗塞《こうそく》だったらしいということくらいだ……」

またしても〝心筋梗塞〟か。北朝鮮の要人の死因は、これが最も多い。そのほとんどが暗殺だといわれている。

「何かあったの……」

純子がバスローブを羽織り、髪を拭《ふ》きながらバスルームから出てきた。テレビを見る。その瞬間に目を見開き、息を呑《の》むように口を塞《ふさ》いだ。見る間に顔色が青褪《ざ》め、体が震えだした。

「あの男が死んだ……。金正日が死んだ……。やっと死んだ……」

純子が、笑いだした。笑いながら、大粒の涙がこぼれ落ちた。

北朝鮮国家安全保衛部の朴成勇は、成都の街角にいた。

華北路の力宝大廈の家電量販店の前に、小さな人集《ひとだか》りがあった。その後ろから、店の前に何台も並べられた大型テレビの画面を見つめていた。

そうか……金正日が死んだか……。

特に、感慨はなかった。ただ、自分が中国の国家安全部に紹介した潘允石が〝殺《や》った〟のかどうか。それだけが気になった。もしそうだとしたら潘もすでに死んでいるだろうし、近い内に禹東則副部長も警備不手際の責任を負わされ、失脚することになるだろう。

だが、ひとつだけ確かなことがある。自分はもう、これで絶対にあの共和国には帰れなくなったということだ。もし帰れば、確実に死が待っている。

朴は黒い革の上着の襟を立て、初冬の街を歩いた。中国に来て、これほど寒さが身に染みるのは初めてだった。だが、それでもこの国の寒さは、自分の生まれた共和国に比べれば遥《はる》かにましだ。

しばらく歩くと、高い壁に囲まれた大きな建物の前に出た。目の前に広い鉄の門があり、四人の中国武装警察の警備員が警備に当たっていた。門の脇にある大理石の太い柱に埋め込まれた真鍮《しんちゅう》のプレートには、英語と中国語で成都アメリカ総領事館であることと、この壁の内側が不可侵条約により治外法権であることが書かれていた。

朴はお気に入りの中国製のタバコに火をつけ、高い壁を見上げた。いま、この中に、あの崔純子と蛟竜という男がいるのだ。自分とは、数十メートルも離れていない。まるで、彼らの息遣いが聞こえてくるようだ。

だが彼らとの隔たりはこの壁よりも高く、地球の裏側よりも遠い。けっして、手が届くことはない。彼らはいま、ここにいる自分の存在すらも知らず、暖かい部屋の中で怠惰な享楽に浸っていることだろう。

金正日が死に、自分があの共和国に戻れなくなったいま、崔純子を捕まえることに何の意味もなくなった。だが、自分の人生のけじめとして、あの女と蛟竜という男をこのままにしておくわけにはいかなかった。

あの女の裸身を、何度夢に見たことか。生きたまま生皮を剝《は》ぎ、殺す。すでにそれは、朴にとって人生の最高の目標になっていた。

奴らは、永遠にこの壁の中にいるわけではない。いつかは、ここを出る。その時にもう一度、チャンスがあるはずだ。

朴はタバコを根元まで吸い、路上に捨てて靴で踏み消した。

上着のポケットに両手を入れ、北風の中に歩き去った。

27

クリスマスが特別な日であったことを思い出したのは、何年振りのことだろう。

成都のアメリカ総領事館には一二月の第一週からクリスマスツリーが飾られ、日を追うごとにその本数やイルミネーションが増していった。いま、部屋のバルコニーのフレンチドアから中庭を眺める蛟竜の目の前にも、ひと際大きなツリーが立っていた。夕刻と共にイルミネーションに灯が入り、白と青を主体にした無数の光が目映《まばゆ》いほどに煌《きら》めきはじめていた。

「綺麗《きれい》……。アメリカ人はクリスマスには毎年、こんなことをするの？」

蛟竜に肩を抱かれながら、純子が訊いた。今年のクリスマスを特別なものと感じたのは、純子の存在も理由のひとつかもしれない。

「アメリカ人だけじゃない。日本人も、ヨーロッパや南米の人たちも、世界中のひとがこうして楽しむんだ。北朝鮮では、やらないのか」

純子はしばらく考え、そして何かを思い出すようにいった。

「オモニがしてくれた……。小さな木を山で切ってきて部屋の中に立てて、そこにドングリや鳥の羽を拾ってきて飾ったの。朝になると、その下に何かプレゼントが置いてあった。オモニが毛糸で編んだ手袋とか……」

二人の部屋の中にも、暖炉の脇に小さなツリーが飾られていた。蛟竜はその根元に、プレゼントの包みが置かれている光景を思い起こした。まだ蛟竜が〝マサアキ〟と呼ばれ、大磯の孤児院にいた遠い昔の話だ。あの頃は他の〝あいのこ〟の孤児たちと一緒に、年に一度のクリスマスを指折り数えて楽しみにしていたものだった。

蛟竜は、ふと、ニックという黒人と日本人との〝あいのこ〟の少年の顔を思い出した。彼はいつも肌の色が黒いことを気にしていて、顔にベビーパウダーや白墨の粉を塗ってはシスターにしかられていた。蛟竜とは、院内で一番の友達でもあった。

あるクリスマス・イヴの夜、蛟竜はニックに誘われて二人で部屋を抜け出した。サンタクロースは夜中に煙突から入って来る……というシスターの話を信じて、確かめに行ったのだ。だが、プレゼントを用意していたのはジーンズに着換えたシスターたちで、がっかりして部屋に戻ったことを覚えている。

そんな時代もあった。ニックはいま頃、どこで何をしているのだろう。蛟竜と、あのイヴの夜のことを覚えているだろうか。

「何を考えているの？」

純子が訊いた。

「昔のことさ。サンタクロースが本当にいて、煙突から入って来るんだって信じてたんだ」

蛟竜がいうと、純子がおかしそうに笑った。

「私も、信じていたわ。オモニに教わったの。だからいつか、本物のサンタクロースがいる国に住みたかった……」

一二月二四日のクリスマス・イヴに、アメリカ総領事館のホールで盛大なクリスマス・パーティーが開かれた。これには総領事館のスタッフだけでなく、成都在住のアメリカ人、他国の領事館関係者や実業家、中国の成都市の行政関係者や役人とその家族など様々な人々が招かれた。常に何百人もの人間が総領事館に出入りし、その賑《にぎ》わいが館内の隅々まで響き渡った。

もちろん蛟竜と純子は、このパーティーには招かれない。二人がこの総領事館に潜伏していることは、すでに中国政府も察知している。だが、反面、存在しているはずのない人間でもあった。それが米中間の、暗黙の了解だった。

成都の総領事館内には、蛟竜と純子と同じような〝存在しているはずのない人間〟が何人かいた。その多くは総領事館のスタッフに名を借りたCIA――おそらく、そうだ――の局員だが、中には中国の大物の民主化運動家もいた。もちろん彼らの実名が明らかにされることは、絶対に有り得ないのだが。

そのようなメンバーだけが集まり、本来のパーティーの裏で、地下の一番広いミーティングルームを使って奇妙な催しが開かれた。仮装のクリスマス・パーティーだった。蛟竜と純子も、チェン・ユアンが用意してくれた仮面と衣装でこれに参加した。

パーティーでは素顔を見せることも、本名を名告《なの》ることも許されない。蛟竜はバットマン、純子はキャットウーマンを演じた。チェンはスパイダーマンの衣装を着ていたが、体型があまりに違いすぎて似合っていなかった。

パーティーの途中で純子がターミネーターとダンスを踊っている間に、チェンが小声で話し掛けてきた。

「例の〝物〟は手に入れておいたぞ」

蛟竜も、小声で訊《き》き返す。

「〝本物〟なのか」

チェンが頷《うなず》く。

「間違いない。〝カンパニー〟の人間が騙《だま》されるわけがないだろう。ロッカーに入っている。後で渡すよ」

蛟竜の肩を軽く叩《たた》き、離れていった。

パーティーが終わり、蛟竜は純子と共に部屋に戻った。暖炉に薪《まき》をくべ、その夜はバットマンとキャットウーマンの衣装を身に着けたまま愛し合った。炎に赤く染まる仮面を付けた純子の表情は、妖《あや》しいほどに美しく、官能的だった。

すべてが終わった後で、蛟竜はクリスマスの仕上げにちょっとした細工をした。一人でそっとベッドを抜け出し、チェンから受け取った小さな包みを部屋のクリスマスツリーの根元に置いた。明日の朝、純子がこれを見たら、どんな顔をして驚いてくれるだろう。

だが、驚いたのは蛟竜の方だった。

朝、目を覚ますと、北の窓からの薄日の中に意外な光景が浮かび上がった。ツリーの根元にもうひとつ、蛟竜が用意した物とは別の包みが並んでいた。

純子がそれを見て、笑った。蛟竜も、笑った。どうやらチェンに、一杯食わされたようだ。奴は、〝ダブル・エージェント〟だったらしい。

二人でしばらく、その光景を見つめた。もしカメラがあれば、写真に撮っておきたかった。だが、たとえ写真がなくても、今日のこの光景を一生忘れることはないだろう。

お互いに、プレゼントの包みを開けた。純子からのプレゼントは、シルバーのドッグタグのペンダントだった。もちろん、名前は彫られていない。だが、その代わりに、〝K〟のアルファベット一文字と龍の彫金が施されていた。

「気に入った？」

純子が訊いた。

「ああ、とても。一生、身に着けておく。ぼくのプレゼントも見てくれ」

純子が頷き、包みを開けた。中から、ビロード張りの小さな箱がひとつ。その蓋《ふた》を開いた瞬間に、純子の笑顔が輝いた。

「ダイヤモンド……」

「そうだ。君の左手の薬指に合うはずだ」

プラチナ台の、ダイヤモンドの指輪だった。その指輪を薬指にはめた瞬間、純子の目から大粒の涙がこぼれ落ちた。

クリスマスが終わってしまうと、また平穏な日々が続いた。そして年が明け、二〇一二年の新年を迎えた。だがアメリカ式の正月は何事もなく、ただひたすらに静かなだけだ。もし新年らしいことがあるとすれば、成都の町から聞こえてくる爆竹や花火の賑やかな音だけだった。

何事もなく、日々が過ぎていく。自分たちは、いつまでここに幽閉され続けるのか。だがこの総領事館での生活は特に苦痛なものではなく、むしろ快適で、多少退屈なこと以外には何も問題はなかった。ともすれば北京のアメリカ大使館から約一年出られなかった方励之のように、もうしばらくここに住んでもいいと思う瞬間もあった。

だが、二月六日――。

蛟竜と純子がいる『アメリカ合衆国駐成都総領事館』を舞台に、世界を揺るがす一大スキャンダルの幕が切って落とされることになった。

28

重慶市副市長兼公安局長の王立軍は、この日の夕刻、メルセデス・マイバッハで成諭高速道路を重慶から成都に向かって走っていた。

いや、正確には〝元〟公安局長というべきだ。王は四日前の二月二日に、すでに重慶市党委員会書記の薄熙来によって役職を解任されていたからだ。

だが、いずれにしても、運転する王を見ても誰も本人だとは気付かなかっただろう。なぜなら王はカツラを被《かぶ》り、化粧をして、女物の服を着ていたからだ。しかも運転している車も自分のものではなく、薄熙来の妻の所有車だった。

夜一〇時、四川省に入った王立軍はそのまま成都のアメリカ総領事館に直行し、前の広場に車を駐《と》めると、女装姿のまま総領事館に入っていった。そして夜間受付のカウンターの前でカツラを取ると、目を血走らせ、震える声で職員にこういった。

「私は重慶市元公安局長の王立軍だ。アメリカへの亡命を要請したい……」

「いったい、どういうことなんですか……」

事情が呑《の》み込めない職員が怪訝《けげん》そうに訊いた。

「とにかく亡命させてくれ。私は薄熙来に不正に失脚させられたんだ。このままでは、殺される。彼と彼の妻の谷開来の犯罪を、証明できる。ここの総領事には、もう話が通っているはずだ……」

職員は王の顔色を見ながら手元の受話器を取り、内線で領事室に繋《つな》いだ。

「いま、元重慶市公安局長の王立軍という方が、こちらに亡命を希望してお見えになっているのですが……」

〝王立軍亡命〟の報は、瞬時に中国全土、そして世界へと広がった。中国政府の次官級が他国の総領事館、大使館に駆け込み亡命を図るのは、歴史上これが初めてだった。

薄熙来は、市内の私邸で就寝前にこの事件を知った。その瞬間、薄熙来は顔を赤く染め、こう呟《つぶや》いた。

「王立軍の奴め、生皮を剝《は》いで豚の餌にしてやる……」

すでに薄熙来は王の部下を一〇人逮捕し、その内の三人を拷問死させていた。ほとんどが自分の汚職の秘密を知るか、妻の谷開来の犯罪の捜査を担当していた男たちだった。

薄熙来はその場で受話器を手にし、新しく市長に据えたばかりの黄奇帆《ファンチーファン》を呼んだ。

「とにかくいまから武装警察の装甲車を集め、成都に向かえ。そしてアメリカ総領事館に乗り込み、王立軍の首に縄を掛けて連れ戻してこい」

黄奇帆は薄熙来の言葉に、呆然《ぼうぜん》とした。

「ちょっと待ってください。ここは、重慶ですよ。まさか直轄市の警察は管轄地域を越えて公務を執行してはならないという政府公安部の規定をお忘れでは……」

だが、薄は、怒りを抑えるように静かにいった。

「これは、命令だ。いうとおりにしなければどうなるのか、考えてみるといい」

黄奇帆は、その言葉の意味をよく理解していた。もし逆らえば、今度は自分が王立軍のように失脚することになる。

その一時間後には、黄奇帆は重慶武装警察隊の装甲車など七〇台を率い、重慶市を出発していた。赤色回転灯を点灯したまま隊列を組み、高速道路を爆走した。すでにこの時、四川省警察当局は重慶武装警察隊の異常な動きを察知。省境に交通警察隊による検問を敷いていた。だが、黄奇帆の率いる車輛《しゃりょう》七〇台の隊列は、七日未明にこの検問を突破。そのまま成都市へと向かった。

温家宝はこの事件を、四川省書記の劉奇葆《リウチイバオ》からの〝赤い電話〟で知らされた。深夜に眠りを妨げられた温家宝は不機嫌だったが、劉奇葆の報告を冷静に聞いていた。

――重慶が、造反を起こしたようです。薄熙来が、狂いました。いま重慶の武装警察隊が我々の検問を突破し、四川省内に入りました。このままでは〝戦争〟になります――。

中国の各省や管轄市は、きわめて独立性が高い。その意味では、ひとつの自治体はひとつの独立国家であり、武装警察は軍隊に等しい。つまり、武装警察の一個小隊が無断で省境を突破するということは、国同士の戦争行為と変わらない。

だが、温家宝は、それでも冷静だった。まさか重慶が武装警察隊まで出動させるとは考えていなかったが、それ以外はすべて想定の範囲内で事が運んでいるといってもよかった。少なくとも今回の一件で、次期国務院総理の座を狙う太子党の薄熙来を完全に葬ることができるだろう。

温家宝が、静かな口調でいった。

「とにかく薄熙来の〝軍隊〟を成都に入れてはならない。王立軍は、我々が保護する。国家安全部の〝援軍〟が行くまで何とか現場を死守しろ」

温家宝は、〝赤い電話〟の受話器を置いた。しばらく、そのまま考えた。

何としても、ここはひとまず薄熙来を止めなくてはならない……。


国家安全部第八局の厳強幹は、出張先の成都の宿舎でこの報を聞いた。

厳は前年の一一月には、蛟竜と崔純子の二人が成都のアメリカ総領事館に保護されたという情報を内部通報者から得ていた。未確認情報だが、かなり確度の高い情報でもあった。以来、厳は成都市内に対策室を置いていた。アメリカ総領事館に不穏な動きがあれば、すぐに自分に報告するように部下には命じてある。

そのアメリカ総領事館に、重慶の王立軍が亡命した……。

常識では考えられない行動だ。元来、渉外組織における防諜《ぼうちょう》と監視は第九局――対内保防偵察局――もしくは党の中央紀律検査委員会の担当なので、対外国スパイ監視課の厳強幹にはその裏が読めなかった。だが、二つの事案がまったくの偶然とは思えなかった。
いったい、何が起きているんだ……。

黄奇帆が率いる重慶武装警察の隊列は一路成都を目指していた。四川省に入り内江、資中、資陽と大きな町を通過する。何も事情を知らない沿道の人々は、その異様な光景を恐怖の面持ちで見守った。まるで、一七世紀の張献忠の反乱軍の亡霊を見るようだった。

まだ夜が明けぬ内に最後の町、簡陽を通過。一時間後には成都市に入った。だが、市の中心部にあるアメリカ総領事館にあと一キロと迫ったところで、またしても四川省警察当局の一団に行く手を阻まれた。

今度は、ただの検問ではなかった。警察車輌数十台と警察官数百名、さらに暴徒阻止用のバリケードで完全に道路を封鎖していた。しかもバリケードや装甲車の陰で、隊員が銃を構えていた。

黄奇帆はその手前で車列を止め、四川省警察と正面から対峙《たいじ》した。夜明けの成都の町が、双方合わせて百数十台の警察車輌の赤色灯で火の海のように赤く染まった。

四川省警察の先頭車輌の上に立つ隊長らしき男が、マイクを手にして声を張り上げた。

「――こちらは、四川省警察だ。この成都市は、我々四川省警察の管轄だ。君たちのやっていることは、公安部の定めた〝各省、直轄市の警察は他の管轄地域で公務を執行してはならない〟という絶対規定に違反している。これは、四川省に対する越権行為であり国家に対する反逆行為だ。すみやかに隊列を解き、重慶に引き返せ――」

だが、これに黄奇帆も対抗した。

「――我々は国家的重大犯罪者を追っている。その男が成都のアメリカ総領事館に、不当な亡命を求めて逃げ込んだことはわかっている。国家に危険を及ぼす犯罪者を逮捕するのは、警察としての確信的任務だ。四川省警察はすみやかに退去し、我々を通せ――」

「――そんなことができるか。引き上げろ――」

「――我々の任務のじゃまをするな――」

緊迫したやり取りが長い時間、続いた。黄奇帆だけでなく、その場にいる相互の全員が一触即発の危機であることを理解していた。だが、お互いに身動きが取れない。

黄奇帆が痺《しび》れを切らし、重慶武装警察隊の隊長を呼んだ。

「もし我々があのバリケードを突破したら、奴らは撃ってくると思うか」

隊長が驚いたような表情で黄奇帆の顔を見た。

「いや……私は、何とも……」

だが、黄奇帆がいった。

「私は、撃ってこないと思う。装甲車を、あのバリケードに突っ込ませろ」

黄奇帆の命令は、薄熙来の命令でもあった。隊長は、あの王立軍さえ失脚させ、その部下を拷問死させた薄熙来の恐ろしさをよく理解していた。

隊長が、無線で各車輛に命令を下した。重慶武装警察隊は一斉に車輛に乗り込み、エンジンを始動させた。四川省警察の隊員は危険を察知し、その場から退避した。

先頭の装甲車が、バリケードに突進した。早朝の市街地に、轟音《ごうおん》が響く。バリケードに阻まれ、止まる。だが二台、三台と突進を繰り返す内に、バリケードを押し切って突破口を開いた。

黄奇帆は、その光景を見ていた。やはり四川の奴らに、撃ってくる度胸などはない。

結局、七〇台の車輛の内の約五〇台がバリケードを突破した。一〇分後には、五〇台の武装警察車輛がアメリカ総領事館を完全に包囲していた。もちろん他国の総領事館には不可侵条約があるし、まして相手は世界の超大国、アメリカだ。だが黄奇帆にとってそんなものは、あの薄熙来や中国の九人の指導者の恐ろしさに比べれば何でもなかった。

黄奇帆はハンドマイクを手にし、アメリカ総領事館に向かって叫んだ。

「――そこに重慶副市長の王立軍がいることはわかっている。その男は精神異常者であり、我が国の重大犯罪者だ。すみやかに、差し出せ。さもなければ、武力をもって奪還することになる――」

黄奇帆はこの時、いざとなれば本気でアメリカ総領事館を攻撃するつもりだった。

駐成都総領事のピーター・ヘイモンドは、総領事館三階の執務室にいた。

窓辺に立ち、カーテンの隙間からハリウッド映画のワンシーンのような光景を眺めていた。こともあろうに合衆国の総領事館が、駐在する国の軍隊――中国の武装警察は〝軍隊〟以外の何物でもない――に包囲されている。本来ならばクーデターが起きたか、もしくはよほどの未開国でなければ有り得ない状況だった。中国はいくら大国になっても、狂気の集団であることは有史以来まったく変わっていない。

合衆国総領事館が武力攻撃を受けるわけがない。

心のどこかで信じてはいても、ヘイモンドは恐怖を感じた。一九八九年のファン・リーチー(方励之)の時の例もある。中国人は、いざとなれば何をしでかすかわからない。

それにしても重慶がこれほどまでにして取り戻そうとするワン・リージュン(王立軍)という男は、いったい何者なのか。

ヘイモンドはiPhoneを手にし、電話を掛けた。この国ではこれが、最も安全な連絡方法だった。だが相手は北京の大使館でもなく、本国の国務省でもなく、この件に関する〝カンパニー〟の責任者だった。

「〝私〟だ」ヘイモンドは、最初にそう切り出した。「今朝からこちらは、大変なことになっている。何が起こるかわからない状態だ。本当に、だいじょうぶなのか」

昨夜遅くに王立軍が〝予定どおり〟亡命を求めてきたことは、すでにその時点で相手に伝えてあった。

——心配しなくていい。いま外交レベルで、北京政府と交渉中だ。ウェン・チァパオ(温家宝)がこの件で動いている。間もなく解決する——。

温家宝は、国務院の総理だ。それが事実ならば、国家安全部が出てくるということか。

「わかった。もうしばらく、様子を見る」

ヘイモンドは電話を切り、またカーテンの隙間から外の異様な光景を見つめた。

蛟竜は、いつものように総領事館内の自室で朝を迎えた。

外が、異様に騒がしい。何かがあったようだ。だが、この部屋にいては何もわからない。

――こちらは重慶武装警察だ。ワン・リージュンをすみやかに引き渡せ。さもなければ、武力行使する――。

拡声器で叫ぶ、その部分だけが聞き取れた。ワン・リージュンとは、何者なのか。だいたい、なぜこの成都で重慶武装警察なのか。

アメリカと中国の間に何か起きたのか。もしくは、中国政府が崩壊したのか……。

「蛟竜……何かあったの。私たちを逮捕しにきたの？」

純子が、怯《おび》えながら訊《き》いた。

「いや、そうではないようだ。奴らはワン・リージュンを引き渡せといっている」

蛟竜は、王立軍の名を知らなかった。

「でも……」

「わかった。チェンに訊いてみよう」

蛟竜は、内線でチェンを呼んだ。チェンは五分後には、部屋に入ってきた。

「いったい、何があったんだ。アメリカと中国が戦争でも始めたのか」

チェンが笑いながら首を横に振る。

「まさか。そんなことがあるわけないじゃないか。少なくともオバマもいまの北京政府も、そんなに馬鹿じゃないさ」

「それなら、何の騒ぎなんだ。ワン・リージュンというのは、誰なんだ」

「この前、飯を食っている時に、こんな話をしたのを覚えてないか。君たちが北朝鮮から持ち出した情報の件で、上海閥はフー・チンタオとウェン・チァパオを完全に怒らせた……」

「例の、次期政権で最高指導部入りを噂されている薄熙来が、失脚するかもしれないという話か」

「そうだ。ワン・リージュンというのは、薄熙来の腹心の部下だよ。薄の悪事の秘密を握っている。その王が、昨夜遅くこの総領事館に亡命を求めて駆け込んできたんだ」

そういうことか。これでなぜ〝重慶〟なのかも理解できた。

「チェン、そういえばあの時、君はこういっていたな。年が明ければ、面白いことが起こると……」

「そうさ。このことだよ。その時、こうもいっただろう。この成都のアメリカ総領事館が、歴史の節目のひとつの舞台になるとね」

「我々は、安全なのか」

蛟竜が訊いた。

「もちろん、安全だ。もし君たちに危害が加えられる時があるとすれば、その前にこの領事館のスタッフ全員が焼豚にされているさ。ぼくを含めてね。さて、もう行くよ。今日、ぼくはとても忙しいんだ」

チェンが、慌ただしく部屋を出ていった。

黄奇帆はアメリカ総領事館正面に駐《と》めた装甲車の上に立ち、マイクを握っていた。もう何時間も、こうしていた。喉《のど》が渇き、ひっきりなしに水を飲んでいた。緊張と寒さで、小便が近くなる。時折、下に降りては、装甲車の陰で用を足した。

昨夜から幾度となく、重慶の薄熙来に携帯で連絡を取っていた。だが返事は、常に決まっていた。

――そこを動くな。いま、〝上海〟と〝北京〟の両方と交渉中だ。必ず、王立軍を連れて帰れ――。

四川の警察隊とは、膠着《こうちやく》状態が続いていた。アメリカ総領事館を包囲する重慶武装警察隊の、さらにその外側に展開しながら、無言で監視しているだけだ。攻撃を仕掛けてくる様子もない。

だが、その時、背後に動きがあった。四川警察隊の装甲車の一部が、移動を始めた。引き上げるのか。いや、違う。四川警察隊の代わりに、別の車輛《しやりよう》部隊が現れた。

国家安全部の武装部隊だ……。

中国の国家安全部は国務院直属の政府機関だ。地方警察とは、権限が違う。つまり、北京政府が動き出したということになる。

まずいことになった……。

黄奇帆は慌てて、震える手で携帯を開いた。

薄熙来は未明に執務室に入ったまま、一人で中に閉じ籠《こも》っていた。

だが政府直通の〝赤い電話〟と二台の携帯は、ひっきりなしに鳴り続けている。さらに、自分からも各方面に掛けまくっていた。いまも成都の現場にいる黄奇帆からの電話を切ったばかりだった。

ついに、国家安全部が動き出したか。すでに国務院も動いているし、中央紀律検査委員会の調査が入っていることもわかっている。だが、勝負はこれからだ。

自分が重慶の党委員会書記になってから、この広いだけが取り得の地方都市をいかに浄化し、経済成長させてきたか。現在の重慶市の年間GDPは八〇〇〇億元以上。成長率は年に一〇パーセント以上。この経済力から生み出される莫大《ばくだい》な金と政治献金を、〝北京〟の奴らが諦《あきら》めるわけがない。それに薄熙来には現在の北京政府の事実上のナンバー2、次期政権で国家主席となる習近平という盟友がいる。

だが、そこでまた〝赤い電話機〟が鳴った。おそらく、〝北京〟の誰かだろう。また中紀委書記の賀国強《ホーグオチャン》か。

息を整え、受話器を取った。

「薄熙来だ」

だが、受話器から、嗄《しやが》れた意外な声が聞こえてきた。

――〝私〟だ。いま、温家宝の方から連絡を受けた。重慶は、面倒なことになっているようだな――。

薄は、思わず背筋を伸ばした。

「偉大人……。ご心配をお掛けし、申し訳ありません。部下の王立軍が、精神異常を起こしました。しかし、間もなく解決しますので……」

――いや、このままでは解決はしない――。

「はい……」

重慶で〝帝王〟と呼ばれた薄熙来の顔から、見る間に血の気が引きはじめた。

――〝北京〟の方と、交渉した。その結果、王立軍は中紀委に引き渡すことになった。アメリカも、すでにこれに同意している――。

「しかし……。それでは私は、どうなるのですか……」

薄熙来の声が、震えはじめていた。王立軍は、自分と重慶市のすべての秘密を握っている。もしあの男が〝北京〟の中紀委の手に渡れば、自分は間違いなく失脚することになる。そしてこの国での政治的失脚は、すなわち、死を意味している。

――同志薄熙来、我々の負けだ。〝北京〟とは、もう話がついている。これ以上事態を長引かせれば、同志習近平の未来まで失うことになる。即刻、成都にいる武装警察隊を引き上げさせなさい――。

つまり、習近平を守るために、自分は切り捨てられるということか……。

薄熙来の周囲の風景が、暗い闇の中に沈みはじめた。

背後に集結した国家安全部の車輌から、拡声器で意外な声が聞こえてきた。

——こちらは中央紀律検査委員会だ。国務院の指示により、元重慶市副市長の王立軍を引き取りにきた。重慶市武装警察隊は、我々の公務を阻害することなく、すみやかに解散せよ——。

黄奇帆はその〝命令〟を、うろたえながら聞いていた。つまり、公安当局を出動させたのは、中紀委書記の賀国強と国務院総理の温家宝だということになる。

いったい、自分はどうするべきなのか。そう思っているところに、携帯が鳴った。薄熙来からだった。

「はい、黄奇帆です」

しばらく間があった後で、薄熙来の低い声が聞こえてきた。

——いま、江沢民から電話があった。〝北京〟と話がついたそうだ。王立軍を国家安全部に引き渡し、引き上げろ——。

「はい……」

電話を切り、黄奇帆は装甲車の無線で全車輌に帰投の命令を下した。

黄奇帆は、全身の力が抜けたように溜息《ためいき》を洩《も》らした。また、小便がしたくなった。

ヘイモンドは、カーテンの隙間から外の成り行きを見守っていた。

長いこと、事態は膠着していた。このアメリカ総領事館を取り囲む重慶武装警察隊の赤色灯の光で、まるで火事のようだ。

だが、一時間ほど前から、少しずつ周囲の様子に変化が見えはじめた。いつの間にか重慶武装警察隊の車輛の背後にいた四川警察隊が引き上げ、その代わりに中国公安当局と国家安全部の車輛部隊が姿を現した。同時に、それまで王立軍を引き渡せと叫び続けていた声も、静かになった。

何が起こるのか……。

ヘイモンドがそう思った瞬間に、重慶武装警察隊の赤色灯の光が一斉に消えた。同時に、全車が動き出した。数十台の装甲車や警察車輛が方向転換し、隊列を組み、元の道を戻りはじめた。それに代わり、国家安全部の車列が前に進み出る。

ｉＰｈｏｎｅが鳴った。ディスプレイに、見馴《みな》れた番号が表示された。

ヒラリー・クリントン国務長官……。

ヘイモンドは慌てて電話に出た。

――そちらの様子はどうかしら――。

穏やかな、それでいて冷たい声が聞こえてきた。

「やあ、ヒラリー。いま、〝重慶〟が引き上げていきました。その代わりに、国家安全部がこの総領事館の正面入口に集まりはじめています」

――そう……予定どおりね。その国家安全部の責任者に、ワン・リージュンを引き渡してちょうだい――。

「ちょっと待ってください。ワン・リージュンは、亡命を求めてきたんですよ。我が国としては……」

だがクリントンは、それを遮るようにいった。

――違うの。ワンはただの狂人であり、犯罪者なのよ。そういうことで、〝北京〟と話がついたの。我が国の国務省としては、犯罪者を匿《かくま》うわけにはいかない。わかるでしょう――。

三〇分後、王立軍はアメリカ総領事館の外に連れ出された。領事館員――正確にはCIAのエージェントだった――から国家安全部の人間に引き渡される時、彼は手錠を掛けられた両手を天に掲げながら大声で叫んだ。

「私は、薄熙来の犠牲者だ。あの男と、妻の犯罪の証拠を握っている。これからも、自分の無実を証明するために徹底的に戦う！」

王は国家安全部の護送車に押し込められ、走り去った。

二月七日、中国史上最大の亡命事件といわれる〝王立軍事件〟は、北京政府の思惑どおり一応の決着を見た。だがその余波は、後にさらに大きな影を中国政府に投げ掛けることになる。

29

〝王立軍事件〟から一週間後の二月一三日、中国政府の一人の要人がアメリカを公式訪問した。現政権の事実上のナンバー2であり、国家副主席。次期政権の最高指導者となることが確実視される習近平である。

なぜこの時期に習近平が訪米したのかについては、様々な憶測が流れた。だが、現国家主席の胡錦濤も、まだ副主席だった二〇〇二年のこの時期にアメリカを公式訪問し、当時のジョージ・W・ブッシュ大統領と会談している。中国の次期国家主席が就任前に訪米し、内外に自分の存在価値を示すのは、ひとつのセレモニーでもあった。

この時の習近平は、訪米の時期としてはあまりにも多くの問題を抱えていた。まず第一に、近年の米中間の貿易不均衡の問題。南シナ海や南沙諸島の領海問題。中国とロシアが国連安保理決議案に拒否権を発動したシリア問題。そして米中間で長年の懸案となっている人権問題などだ。特に人権問題に関しては会談が予定されているジョセフ・バイデン副大統領が、訪米直前の二月八日に作家の査建英ら中国の人権活動家四人と会談。ホワイトハウスは翌九日にこれを発表し、習近平に無言の圧力を掛けていた。

習近平へのアメリカの洗礼は、ワシントン入りした一四日のオバマ大統領との会談からさっそく始まった。

オバマ大統領はまず儀礼どおりに「米中両国が関係を強化発展させることが重要」であると強調したが、すぐに話題を中国のウィークポイントである人権問題に切り換えた。チベット問題やウイグル問題を例に挙げ、「すべての人々に対する平等な権利の認識」を中国政府に求めた。これに対し習近平は、後の昼食会において「中国は莫大な人口と較差による多くの問題を抱えている」とした上で、「有効な政策により改善していく」と弁解するしかなかった。さらに貿易不均衡問題で「公平なルールによる解消」を求められ、シリア問題では「失望」を表明されても、ただ言い訳に終始した。

実はアメリカ側には、もうひとつ、習近平の公式訪問において主導権を握るための決定的な切り札があった。例の〝王立軍亡命事件〟である。もちろんこの事件が習近平訪米の直前に起きたことは、偶然ではない。アメリカと、現中国政府の思惑どおりだった、といってもいい。実際に党中央部は習近平がアメリカに発《た》った一三日、事件を「極めて重大な政治問題」と位置付けたことを発表。一四日のオバマ会談に合わせ、その当日に香港紙『明報』に報じさせている。これで訪米中の習近平は、完全に孤立したことになる。

この習近平に対する圧力は、今回の訪米のアメリカ側のホスト役であるバイデン副大統領のスピーチにも明確に現れていた。バイデンはホワイトハウスで行われた昼食会のスピーチで、型どおり旧友の訪米を歓迎する意思を表明した後に、いきなり辛辣《しんらつ》な口調で中国を批判しはじめた。

「米中の経済関係はパートナーシップというよりも、〝経済戦争〟だ。相互利益を得るためには、このゲームがフェアであることが前提になる。しかし中国は、知的財産権の保護や人民元レート、さらに自国への強引な技術移転などの面で、まったくルールを守っていない。これでは、真のパートナーシップを構築することなど不可能だ」

さらにバイデンはシリア問題や人権問題にも触れ、「中国の人権状況は近年さらに悪化している」と切り捨てた。しかもちょうどその頃には、ホワイトハウスの周辺で中国のチベット弾圧に対する抗議デモが行われていた。これには在米チベット人や人権団体の他に、中国人作家の余傑《ユイチエ》なども参加していた。二〇〇九年七月、最大三〇〇〇人のウイグル人が漢族と武装警察によって殺害された〝ウルムチ虐殺事件〟の主謀者である習近平にとって、大きなプレッシャーになったことは確かだろう。

習近平はデモ隊に取り囲まれたホワイトハウスから米商工会議所に移り、ここでのスピーチで次のように反論した。

「貿易の不均衡と知的財産権の問題に関しては、我々は解決策を模索している。アメリカも個別の保護的な関税など、中国側の懸念にも対応してほしい……」

この〝反論〟が次期国家主席の資質として、中国の長老たちを満足させたかどうかは疑問だが。

習近平はその後ワシントンを離れ、アイオワ州やロサンゼルスを回った。ハリウッドでは米大手スタジオと中国企業の合弁会社の設立案をぶち上げ、アイオワではマスカティーン市を二七年振りに再訪。現地の友人たちと旧交を温め、〝親米〟をアピールした。さらに習近平は随行した中国三〇〇社の責任者と共に、大豆やICチップなど二七一億ドル（約二兆一五〇〇億円）を買い付けて一七日にアイルランドに向かった。結局、習近平がアメリカに対して存在感を示したのは、ばら撒《ま》かれたチャイナ・マネーの力だけだった。

中国の国内でも、習近平への包囲網は着々と狭められていった。さらに訪米中で本国を留守にしていた一七日、王立軍亡命事件で空席になっていた重慶市公安局長の人事が確定していた。新しい局長は同市江津区の党書記の関海祥という人物だった。

関は胡錦濤国家主席と同じ団派――共産主義青年団――の出身で、重慶市の薄熙来や習近平が属する太子党とは敵対する派閥だった。そのような人物がなぜ、太子党の勢力下にあった重慶市の公安局長になれたのか。その陰に胡錦濤と現政権の力が及んだことは、誰の目にも明らかだった。

そして習近平の訪米から一ヵ月後の三月一五日――。

中国共産党は薄熙来を重慶市党委員会書記から解任した。前日の一四日、全人代閉幕式後の記者会見で、温家宝総理が薄を指して「現在の重慶政府は反省し、王立軍事件から教訓を学ぶべきだ」と批判したばかりだった。さらに四月一〇日、中国政府は薄熙来から中央政治局員など全職務と権限を剝奪《はくだつ》。国家安全部により身柄を拘束されて軟禁状態に置かれ、事実上〝粛清〟された。

30

〝薄熙来失脚〟のニュースは、中国全土にもすみやかに報道された。

蛟竜は、そのニュースを成都の地元紙の『四川日報』の記事で知った。その他の新聞やテレビのニュースでも報道されたが、論調はほぼ〝汚職〟で統一されていた。

むしろ興味深いのは、同じ中国紙でも香港系の新聞の論調だった。これらの新聞は取り上げ方も大きく、失脚の本当の理由は政権闘争にあることを匂わせ、妻の谷開来の英国人実業家ニール・ヘイウッド殺害容疑についても早くから触れていた。

また四月二四日付の香港英字紙『サウスチャイナ・モーニング・ポスト』には、次のような記事も載っていた。

〈――ボー・シーライ前重慶市党委書記の汚職事件に関連し、北京から捜査チームが香港を訪問。ボー前書記と妻のグー・カイライの海外資産について調査している。ある匿名の中国の官僚によると、調査は間もなく終了。関係者の処分が開始される。またグー・カイライは英国人ニール・ヘイウッド氏殺害の容疑も掛けられており、有罪が確定すれば、ボー前書記より重い処罰が科せられるだろう――〉

蛟竜はこの記事に関して、チェン・ユアンに率直に訊《き》いた。

「薄熙来と谷開来の夫婦は、いったいどのくらいの資産を海外に持ち出していたんだ」

チェンが、少し首を傾げた。

「女房の方は、香港やケイマン諸島、EUのファンドに金融商品だけで八〇億元くらいらしいよ。ボー・シーライの方はまだわかっていないけれど、その数倍はあるだろうね」

八〇億元といえば、日本円で一〇〇〇億円を超える。その数倍となると、数千億円ということになる。いったい中国の政府関係者は、汚職をする気になればどのくらいの隠し資産を作れるのか。以前には鉄道省の一役人が二〇〇〇億円相当の隠し資産を海外に持ち出していた例もあった。

中国は、やはり狂っている。このような体制が、長く続くわけがない。いずれ、歴史は繰り返すという定説どおり、王朝は崩壊することになるだろう。

「ところで谷開来は、本当にニール・ヘイウッドという英国人を殺したのか」

蛟竜が、鎌を掛けるように訊いた。チェンはこの質問に一瞬、目を丸くした。そして少し首を傾げ、口元にかすかな笑いを浮かべた。

「ぼくは知らないよ。神様じゃないし、現場に居たわけでもないんだから。〝カンパニー〟の誰かに訊いてみたらどうだい」

意味深ないい方をして、部屋を出ていった。

だが、いずれにしても薄熙来の失脚は、次期国家主席と噂される習近平にとっても大きな痛手となるだろう。政治的盟友を失っただけでなく、習と薄は政治基盤という意味でも多くのものを共有していたはずだ。新聞に書かれていたとおり、薄熙来の汚職の〝関係者の処分が開始される〟とすれば、最終的に習近平にまで飛び火する可能性がないとはいえない。

以前、チェンがなにげなく洩《も》らした言葉を思い出した。

――もしかしたら、習近平の目も無くなるかもしれない――。

あれは確か、昨年の一二月だった。つまりチェンは――いや、アメリカはというべきか――四カ月も前に今日のこの事態を想定していたことになる。考えてみれば、なぜ習近平の訪米の直前に王立軍がこの在成都アメリカ総領事館に亡命してきたのか。もしこれが〝偶然〟だとするならば、あまりにもできすぎている。

アメリカは、不思議な国だ。歴史のあらゆる場面で国運の岐路に立たされた時に、必ず何らかの〝偶然〟によって救われる。もしくは、以後の国家戦略を優位にするきっかけとなる。例えばあの〝9・11同時多発テロ〟がそうだった。もしあの悲劇が起こらなければアメリカはイラク戦争を正当化できなかっただろうし、オサマ・ビンラディンとの戦いにも決着がつけられなかっただろう。そしてイラクの、莫大《ばくだい》な石油利権を手に入れることもできなかったに違いない。

人はそれを、神の恩恵だという。だが、なぜ神はアメリカにばかり恩恵を与えるのか。その不公平な神の名を〝ＣＩＡ〟という。

「何を考えているの。あなたはいつも、考え事ばかりしている……」

純子がそっと、蛟竜の体を抱き締める。

「ちょっと、面白いことを考えていた。もしかしたら、君とぼくは世界の歴史を変えてしまったのかもしれない。そんなことを思っていた……」

蛟竜は、純子が北朝鮮から持ち出した情報の中身を知っている。あの情報を、アメリカがどのように外交利用したのかはわからない。だが、もしアメリカが、〝北京〟と組んだのだとしたら……。

「私は、世界を変えたいとは思わない。変えられるわけがないもの。でも、もし少しだけ変えられるとしたら……。

私とあなたが、安心して住める国を作りたい。望むのは、ただそれだけ……」

蛟竜は純子の体を腕の中に包み込み、思う。

人は国を持つことが、本当に幸せなのだろうか。

国が無ければ、誰かが誰かを支配することはない。戦争が起こることもなく、国境も存在しない。


三月二五日、北朝鮮平壌——。

世襲による新体制の発足を三週間後に控えた北朝鮮——朝鮮民主主義人民共和国——政府にも、〝薄熙来失脚〟のニュースの激震が疾《はし》った。

この日、北朝鮮政府は、朝鮮労働党の会議室において党指導部と人民軍のトップを招集し、秘密裏に臨時会議を開いた。出席者は第三代最高指導者に指名された金正恩をはじめ、正恩の義理の叔父《おじ》であり後見人でもある張成沢国防委員会副委員長、次期国家安全保衛部副部長に内定している金元弘、事実上の軍のトップである李英鎬《リヨンホ》人民軍総参謀長なども顔を揃えていた。

「あの薄熙来が失脚したというのは、やはり事実なのか……」

金正恩が、改めて自分自身にいい聞かすようにいった。

中国は、深淵《しんえん》の闇の帝国だ。その仮面の裏にあるものは、自国の国民にも、中国共産党の高官にさえも明かされることはない。秘密を共有しているのは〝九尾の龍《りゅう》〟といわれる九人の中国共産党中央政治局常務委員だけだ。まして同盟国とはいえ、他国に情報が洩れてくることはない。

長い沈黙が続いた後で、金元弘が重い口を開いた。

「薄熙来は一五日の段階で、重慶市の書記を解任されています。これは事実です。その後、国家安全部により身柄を拘束され、現在でも軟禁状態に置かれています。薄熙来の失脚を否定する材料は、何ひとつありませんな……」

「すると、中国はこれからどうなる？　次期政権は？」

正恩が、中国通の張成沢の顔を見ながらいった。

「薄熙来は、太子党だ。つまり、上海閥だ。当然のことながら、江沢民や次期国家主席に内定している習近平も含めて、中国の権力構造が変わってくると考えるべきだろうね」

横で聞いていた李英鎬総参謀長が、苦々しい表情で首を横に振る。

「我が国への影響は……」

正恩が張成沢と金元弘の顔を交互に見た。金が小さく挙手をし、これに応じた。

「江沢民は自らの平穏な余生と引き換えに、薄熙来を〝北京〟に売ったという情報もあります。そうなれば、習近平もただではすまないでしょう」

張成沢が頷《うなず》く。

「習近平が失脚、もしくは形だけの国家主席となる可能性も考えておいた方がいいかもしれないな……」

「もしそうなれば、我が共和国は完全に後ろ楯《だて》を失ってしまうではないか。黄金坪島《ファングンピョンド》は、どうなるんだ……」

正恩がそういって、溜息《ためいき》をついた。

鴨緑江の河口にある北朝鮮領の黄金坪島は、中朝経済協力事業の一環として開発中の一大経済地域だ。中国側が約六億ドルで五〇年間の開発権を取得し、二〇一一年六月に着工。最終的にはむこう一〇年間に数十億ドルの金が北朝鮮側に入ると試算されていた。金正恩政権の、北朝鮮の経済の生命線だったといってもいい。だが、その後、間もなく工事は中断。現在も再開されていない。

この黄金坪島開発の中国側のキーマンが、次期国家主席に内定していた習近平だった。二〇一〇年から二〇一一年にかけて、金正日の数回に及ぶ訪中の最大の目的も、来るべき世襲と黄金坪島開発の根回しにあった。だが、万が一にも習近平が失脚すれば、すべてが無駄であったことになる。

「黄金坪島の件は、断念すべきでしょうな。何か、他に我が国の経済を立て直す方法を考えなくては……」

北朝鮮にはもうひとつ、平壌近郊の南浦や海州を経済特区として開発する計画がある。これは張成沢が中心となって進めているが、あくまでも長期的経済改善計画の一環だ。この計画が動き出す前に、北朝鮮の経済は破綻《はたん》してしまう。

「ひとつ、方法があるかもしれない……」金正恩がいった。「中国以外の別の国に、経済援助を求める……」

だが、張成沢が首を傾げる。

「そんな国が、どこにありますか。ロシア経済は下降の一途を辿《たど》っているし、我が国と国交のあるEU圏の国々はすべて破綻寸前だ。韓国もしかり。それでなくともあの李明博という最下等の男に頭を下げるわけにはいきますまい。ましてアメリカや……」

張成沢はそこまでいった時に、何かを思い出したように言葉を止めた。

「そうだよ、張成沢……」正恩が頷き、笑みを浮かべた。「私は〝日本〟を考えている。朝日《ちょうにち》協議を再開するんだ。かねてから彼らがいっている遺骨収集団を受け入れ、〝拉致者《らちしゃ》〟と呼ばれている日本人を何人か帰国させれば、日本政府は経済援助に応じるだろう。私は、日本人の国民性を信用している。同胞の南朝鮮の奴らよりも、よほど信頼できると思っている」

「とんでもない」黙って聞いていた李英鎬が、大声を上げた。「日帝の下手に出るなどしたら、偉大なる金日成大元帥閣下と金正日大元帥閣下が嘆きますぞ。日本人に金を出させるなら、奴らの鼻先にミサイルの一発でもぶち込んでやればいい」

会議の後で、張成沢と金正恩は長い廊下を歩きながら短い会話を交わした。

「あの頑固な爺《じい》さんにも困ったもんだなあ……」

張が、小さな声でいった。

「李英鎬のことか。私もそう思う。彼は軍部の実権を握りすぎているし、これからの我が国のためにはならない……」

「そうだな。この辺りで、粛清しておきますか……。機会を見て、金元弘にやらせよう……」

二人は長い廊下を突き当たりまで進むと、左右別々の方向に分かれて歩き去った。

それから四ヵ月後の七月一五日、李英鎬は地方視察の際に「金正恩と同列の白線上に並んだ」ことを理由に国家安全保衛部により暗殺。政治局常務委員、中央軍事委員会副委員長などすべての役職を剥奪《はくだつ》され粛清されることになる。

同じ頃、モスクワ——。

ロシアのウラジーミル・プーチン前大統領も、中国の〝薄熙来失脚〟のニュースを深刻な面持ちで聞いていた。プーチンは、三週間前の大統領選で再選を果たしていた。五月七日の就任式を経て大統領に復帰した後は、同じようにこの秋から中国の新政権を引き継ぐ習近平が最大の経済的パートナーとなるはずだった。だが、薄熙来の失脚で中国の政治的権力構造が大きく変われば、プーチンが大統領在任中の経済戦略はすべて考えなおさなくてはならなくなる。

「中国がだめなら、我々はどこと協力すべきだと思うかね」

プーチンはクレムリンの自分の執務室で、ドミートリー・メドベージェフ現大統領——この時点では確かにこの男がロシアの大統領だった——と後に副首相となるオリガ・ゴロジェッツに訊《き》いた。

「日本でしょう。他には考えられない」

メドベージェフが組んだ足の上の手の人さし指を立て、いった。

「私も、同感です」

中国がだめなら、日本しかない。その意味では、三人の意見は一致していた。それはイデオロギーの価値観を共有する〝友好国〟だからではなく、日本が〝最も金を出させやすい国〟という意味においてだった。

「それなら君に、ひとつ頼みがある」

プーチンが、メドベージェフにいった。

「何です？」

「君にもう一度、クナシル島（国後島《くなしり》）に行ってもらいたい。あの島が、我が国の領土であることを日本人に見せつけるんだ」

メドベージェフが、怪訝《けげん》そうな顔をした。

「なぜです。もし日本と経済協力の話を進めるなら、これ以上はあの島のことで刺激しない方が……」

「そうじゃない逆だ」プーチンが笑いながら首を振る。「刺激して、〝餌〟の価値を少しでも吊《つ》り上げてやるのだ。その方が日本人は、より多くの金を出す。そうだろう」

「なるほど……」

メドベージェフは大きく頷き、納得したように手を打った。

31

二〇一二年は、全世界の政権交代の一年として長く歴史に刻まれることになるだろう。

極東アジア諸国ではまず年明けの一月一四日、台湾で総統選挙が行われた。結果は現職の馬《マー》英九《インチウ》（中国国民党）が野党（民主進歩党）の蔡英文《ツアイインウエン》に圧勝し、再選された。つまり台湾の国民は、中台統合のリスクよりも、中国との経済協力を選択したことになる。

四月一一日には、北朝鮮の朝鮮労働党第一書記と第三代中央軍事委員会委員長に金正恩が就任。これで世襲による金正恩体制が、改めて正式に発足したことになる。北朝鮮政府は二日後の一三日、国際法を無視して衛星ロケット——実際には大陸間弾道ミサイル——を発射して世界を騒がせた。だがこれは失敗し、発射直後に黄海に落下した。

五月七日、今度はロシアのウラジーミル・プーチンが、予定どおり第四代大統領に就任した。プーチンはアメリカで行われたG8サミットに欠席してまで組閣に着手したが、その内容はこれまでの体制をほとんど踏襲するものだった。首相は前大統領のメドベージェフ。国防相、外相、軍需産業担当相などはすべて留任した。ただし新内閣からは旧KGB出身者はほとんど姿を消し、経済担当副首相にはリベラル派のドボルコビッチ前大統領補佐官を起用。さらにスルコフ前大統領府副長官、ゴロジェッツ前モスクワ副市長なども副首相に任命された。

こうした組閣から見えてくるものは、やはり〝保守的な経済重視政策〟だった。プーチンは予定どおりメドベージェフに国後島への上陸を指示し、日本政府を揺さ振る計画に着手した。

極東アジア圏における政権交代は、秋以降も続くことになる。中国では秋の党大会において、新たな国家体制が決定する。次期国家主席は党第一書記・党中央軍事委員会副主席の習近平が確実視されているが、はたして本当にそうなるのか。〝中国〟という世界最大の魔窟《まくつ》では、最後まで何が起こるかわからない。

さらに韓国では、年末の一二月一九日に大統領選挙を予定。李明博大統領の周辺には、この春から早くも汚職疑惑が絶えない。韓国では大統領が任期を終えた後、就任期間中の汚職によって逮捕されることがすでに恒例となっている。

日本でも年内には、衆議院が解散する公算が大きい。だが民主、自民の二党の争いだけでなく、大阪維新の会などの新勢力の国会進出も含めて政局は混沌《こんとん》としている。

EU諸国でも、政権交代が続いた。

まず四月二二日、欧州金融危機と一〇パーセントの失業率の渦中にあるフランスで大統領選が行われた。結果は五月六日の上位二名による決選投票に持ち込まれ、現職のニコラ・サルコジが敗北。かわって雇用の拡大と公共投資をスローガンにしたフランソワ・オランド（社会党）が当選した。ここでもフランスの有権者は、〝経済〟を選択したことになる。

この結果を受けて六月一七日、ギリシャでも再選挙が行われた。争点は〝緊縮財政策の是非〟に置かれ、旧与党の新民主主義党（ND）が勝利。国民が緊縮財政策を受け入れたことにより、ギリシャはユーロ離脱の危機からひとまず脱却した。

中東情勢は、相変わらず混乱している。〝アラブの春〟によって劇的な革命が起きたチュニジア、リビア、エジプトは、新政府が完全に機能しているとはいい難い。内戦が激化するシリアは、ロシアが肩入れしているといっても政権は長くもたないだろう。いや、すでにこの夏の時点で、アサド政権は事実上崩壊しているといってもいい。

そして、アメリカだ。〝世界の支配者〟といわれる超大国アメリカも、二〇一二年一一月六日に一般有権者投票、一二月一七日には大統領選挙人による投票という大統領選を控えている。民主党からはすでに現職のバラク・オバマ大統領の出馬が決定。対する共和党の候補も五月二九日の代議員選でミット・ロムニー前マサチューセッツ州知事に決まっていた。現在のところ資金力のあるオバマ陣営の方が有利であるとされるが、逆に決め手がないことも事実だった。失業率の高さも、問題になっている。いずれにしてもこの選挙結果により、今後四年間の全世界の方向性が左右されることになるだろう。

甲斐長州は麻布狸穴の裏通りのマンションの一室にある『亜細亜政治研究所』の事務所に籠《こも》り、目の前にある狩野探幽《かのうたんゆう》の軸を見つめていた。

革張りのマッサージ椅子に座ったまま、もう長いことこうしている。だが、その間にも世界情勢は刻々と移り変わっている。

時折、ドアがノックされ、事務員の仁科麻衣子《にしなまいこ》が部屋に入ってきて何らかの新しい情報資料を甲斐の前に置いていく。甲斐は椅子に座ったまま、その書類に目を通す。どれも、国運を左右しかねないような重要な情報ばかりだった。いまも中国の次期国家主席と目される習近平が、暗殺未遂により重傷を負ったという未確認情報が舞い込んできた。

あの男も、失脚するのか……。

もし中国の国家体制が大きく変わることがあるとすれば、蛟竜と純子が北朝鮮からもたらした例の機密情報によるところが大きい。だが、最近はどのような重要な情報に接しても、昔のように心が高揚しなくなってきている。情報を分析しようとしても、頭がうまく回転しない。情報の意味することが理解できず、まったく先が読めない……。

甲斐は、ふと考える。

自分は今年、幾つになったのか。九八だったたか。それとも、九九だったたか。確か、数えでちょうど一〇〇歳になったはずだが……。

いずれにしても、甲斐にはわかっていた。自分はもう、この諜報《ちょうほう》の世界に生きる歳ではない。いや、実際の命だってあとどのくらい残っているかすらわからない。人間には誰にも、いずれその時が訪れる。自分にも遅ればせながら、来るべき時が迫ってきたというだけのことだ。

だが、あとひとつ、どうしてもやっておかなくてはならないことがある。

情報資料をテーブルの上に置き、甲斐はカレンダー付きの時計を見た。九月一一日、午前一一時——。

甲斐はゆっくりと椅子から立ち、老いた体を伸ばす。傍らの杖《つえ》を手にし、壁のパナマ帽を被《かぶ》ると、自室を出た。

事務所で、戸次二三彦に声を掛ける。

「ちょっと出てくる」

戸次が振り返り、無表情な顔でいった。

「どちらまでですか。車でお送りしますが」

「いや、近いのでタクシーで行く」

甲斐はそういって、事務所を出た。〝あの男〟に会う時だけは、戸次にも知られたくはない。

通りに出て、タクシーを止めた。

「日比谷公園へ……」

運転手に、行き先を告げる。

だが甲斐は、自分の声の力のなさに気付いて不安になった。歳をとったのは、いまに始まったことではない。自分が老人であることを受け入れることにも、すでに馴《な》れて久しい。それでもここ数カ月ほどで、さらに急激に体力も気力も衰えたような自覚がある。

甲斐はタクシーの後部座席で、静かに目を閉じる。もう、自分には、無駄にするような時間は残っていない。

韓国中央情報部の林昌秀は、日比谷公園のいつもの噴水池の広場のベンチで弁当を食べていた。

今年の夏は、雨が少なかった。しかも九月も中旬に入ったというのに、狂ったような残暑が続いている。こうしてベンチに座っているだけでも、全身から汗が滲《にじ》み出てくる。

冷たいペットボトルの日本茶で弁当を喉《のど》に流し込みながら、左腕のセイコーの時計を見た。約束の正午を、すでに五分過ぎていた。

あの方が、時間に遅れるのは珍しい……。

だが、そう思っていたところに、広場にパナマ帽を被った老人が姿を現した。杖を突きながらゆっくりとこちらに歩いてくる様子が、ひどくもどかしかった。

老人――甲斐長州――が、ベンチの林の横に座った。

「遅れて申し訳ない……」

暑さのせいか、老人の声がかすかに震えているように聞こえた。

「いえ、それほどお待ちしたわけではありません。お元気でしたか」

「ええ、お陰さまで……。そういえば先日は〝中国の土産〟をありがとうございました……」

老人のいう〝中国の土産〟とは、ある一人の中国人スパイのことを意味している。

「あの〝土産〟がお役に立てば幸いです」

林がこの場所で老人と会うのは、今年の一月以来八ヵ月振りだった。前回、林は老人に、金明斗の情報と引き換えに中国人スパイの身元を報告した。中国中央統戦部のエージェント、蘇暁達から得た情報だった。その男は李春光という在日中国大使館の元一等書記官で、人民解放軍総参謀部第二部のエージェントという身分を隠し、日本の防衛関連企業数社から技術情報などを盗もうとしていた。だが今年の五月、林からの密告を得て、外国人登録証不正入手などの疑いで警視庁公安部に逮捕されていた。

なぜ同じ中国の諜報機関の中央統戦部のエージェントが人民解放軍のエージェントを〝売った〟のか。中国は政局だけでなく、諜報機関同士でも分裂しているということか。

「ところで昨年三月の大震災以来、日本の〝領土〟には本当にいろいろなことが起こりますね。ご心労でしょう」

林はあえて〝領土〟という言葉を使った。

「例のいくつかの〝島〟のことですかな。林さんとこの話をするのも心苦しいのだが……」

老人のいう〝島〟が、韓国人が〝独島《ドクト》〟と呼ぶ島根県の竹島《たけしま》を含むことは明らかだった。だが、林はあえて気付かぬ振りをした。そ知らぬ顔で、日本が中国と領有権を争う尖閣諸島の方に話を向けた。

「私は日本の都知事があの島を買い取ると発言したことは、英断だったと思います。とにかくあのひと言で、膠着《こうちゃく》していたあの島の領有権問題が動き出したのですから……」

今年の四月一七日、ワシントン時間の一六日、渡米中の石原都知事がアメリカのシンクタンク『ヘリテージ財団』での講演で、「東京都が尖閣諸島を買う……」ことを公言。後に、すでに地権者とも交渉が進んでいることを明かした。

これまで尖閣諸島の魚釣島《うおつり》、北小島《きたこ》、南小島《みなみこ》の三島は、個人の地権者の持ち物だった。これを日本政府が地権者との間で賃借契約を結び、「領土問題は存在しない」という立場で実効支配を続けてきた。だが、石原都知事のひと言で、尖閣問題が一気に動き出すことになった。

「尖閣諸島は、元来が我が国固有の領土です。それをあの海域で天然ガスが見つかったからといって、支那《しな》は法を無視して〝よこせ〟といってきている。あの恥知らずな傲慢《ごうまん》さは、国家というよりも匪賊《ひぞく》に等しい……」

老人は穏やかな口調で、だが辛辣《しんらつ》な言葉で中国を批判した。

林は老人のその言葉の裏に、韓国の李明博大統領の竹島上陸に対する戒告の意味も含まれていることを理解していた。

尖閣諸島は一八九五年、日本が国際法上正式に自国の領土に編入した島々だ。それ以後も日本人が魚釣島に住み、灯台を建設するなどして実効支配を続けてきた。太平洋戦争後は敗戦と共に一時アメリカの施政下に入ったが、一九七二年五月に日本に返還され、沖縄県石垣市に編入されて現在に至っている。

中国や台湾が「尖閣諸島は自分たちのものだ」といいはじめたのは、『国際連合アジア極東経済委員会』による調査において、尖閣諸島周辺に天然ガスや石油などの膨大な地下資源が発見された一九六八年以降のことだ。特に中国は尖閣諸島がアメリカの手を離れるのを待ち、外交部による政府の正式な声明として強硬に領有権を主張しはじめた。

以来、中国や台湾船による領海侵犯事件は跡を絶たない。二〇〇四年三月、中国人活動家七人が魚釣島に上陸した『魚釣島不法上陸事件』。二〇〇八年六月、日本の巡視船と衝突した台湾漁船が沈没した『聯合号事件』。さらに二〇一〇年九月に起きた『尖閣諸島中国漁船衝突事件』は、まだ記憶に新しい。

こうした領海侵犯事件は、石原都知事が声明を出して以来、さらに激化している。七月四日には台湾船籍の『世界華人保釣連盟』の活動家九人が乗った漁船が、台湾海岸巡防署の巡視船も同行して日本の領海内に侵入。海上保安庁の制止を無視し、尖閣諸島沖の洋上で抗議活動を行った。さらに八月一五日、今度は尖閣諸島の領海内に香港の民間団体『保釣行動委員会』の漁船が侵入。これも海上保安庁の巡視船の制止を振り切り、活動家一四人の内の七人が魚釣島に上陸した。

こうした抗議運動の奇妙な点は、いずれの活動家も台湾の国旗や香港特別行政区の旗ではなく、中国の国旗である五星紅旗を振っていたことだ。さらに中国の本土からの抗議船は、一度も姿を現していない。はたしてその背後には、何があるのか。

「問題は、背景です……」林がいった。「中国政府はこの秋の政権交代を控え、反日感情が高まることを望んではいない……」

「ならば、裏で何者が糸を引いてるとお考えか……」

老人が、おっとりと訊《き》いた。

「我々は確度の高い情報を持っておりませんが、少なくとも〝保釣〟の連中のスポンサーのフエニックス・テレビは親中国派です。しかもその社長は、人民解放軍の南京軍区の出身という噂があります……」

「つまり、〝上海閥〟ということですかな」

林が、小さく頷《うなず》く。

「それも、ひとつの考え方でしょう。しかし中国の国内での抗日デモを誰が主導しているのかと考えると、もっと複雑なのかもしれません……」

林はあえて〝CIA〟の名は出さなかった。中国で抗日デモが起こり、尖閣諸島周辺の緊張が高まれば誰が得をするのか。普天間基地の移転問題やオスプレイの沖縄配備問題を抱えるアメリカが得をすることは、誰の目にも明らかだ。事実、オバマ政権は尖閣問題を「日米安保条約の範囲内」としながらも、「領土問題には介入しない」と明言している。

これは一九九一年の、湾岸戦争の前年の状況とよく似ている。「クウェートは自国領」とするイラクに対し、アメリカは優柔な姿勢を取り続けた。サッダーム・フセインは、ジョージ・H・W・ブッシュ政権がクウェート侵攻を容認すると受け止めていた。

だが、林は、尖閣諸島について話しながら、常に日韓間の竹島問題に置き換えて考えていた。韓国のやっていることは、ある意味では中国よりも酷《ひど》い。国際法上、間違いなく日本の領土である竹島に対し、一九五二年に当時の李承晩大統領が一方的に漁船立入禁止線（李承晩ライン）を引いて自国領であると宣言。翌年には近海で漁をしていた日本漁船の船長などを射殺（第一大邦丸事件）し、日本側が提案するICJ（国際司法裁判所）への付託を拒否したまま不法に軍事占拠を続けている。

八月一〇日、その竹島に韓国の大統領として初めて李明博が上陸した。自分の保身のためのパフォーマンスであることはわかるが、あまりにも身勝手な行動だった。しかも李明博は、その後に太平洋戦争当時の従軍慰安婦問題を持ち出し、こともあろうに日本の天皇に謝罪を求めた。自国の大統領の行動でありながら、呆《あき》れて物がいえない。

「今日の午前中に、日本は尖閣諸島を国有化したそうですね」

林が、竹島の件に話が及ぶのを避けるようにいった。

「これで、中国の方でもしばらくは騒がしくなりましょうな。しかし日本は、海洋国家です。離島とはいえ、けっして領海を譲ることはない」

老人が、牽制《けんせい》する。

「ところで、今回の用件ですが……」

林がいった。老人が、静かに頷く。

「中国の件です。〝ブルータス〟に関して何か小耳に挟んではおりませんかな」

林は、しばらく黙っていた。

〝ブルータス〟は、中国の次期国家主席に内定している習近平のコードネームだ。もちろんシェイクスピアの『ジュリアス・シーザー』に登場するカエサル（シーザー）暗殺の主謀者、マルクス・ユニウス・ブルートゥスに由来している。

だが、いまとなっては、そのコードネームはかえって皮肉なものとなった。習近平は一週間前の九月五日、訪中中のクリントン米国務長官との会談を急遽《きゅうきょ》キャンセル。その数日前から公の場に姿を見せていない。その間にも交通事故による重傷説、心筋梗塞《こうそく》説、肝臓腫瘍《しゅよう》の摘出手術説など様々な憶測が飛び、現時点で次期国家主席指名の党大会の日程も決定していない。さらに今日になって、暗殺説まで飛び出して中国のインターネット上を騒がしている。

「私どもでも、〝ブルータス〟が健在かどうかという意味を含めて確実な情報はありません。ただし、既存のデータを元に、あらゆる可能性を分析してはおります」

「許せる範囲で、お聞かせいただけませんかな」

「はい……」林が頷く。「その前に、ひとつ教えていただきたいのですが。〝北〟の〝果子狸《クオツリー》〟は何といってきているのですか。それによって我々の分析結果も、異なるものになります」

〝果子狸〟は、北朝鮮の金正恩のコードネームだ。この八月二九日より三日間にわたり、日朝政府間協議が四年振りに北京で行われた。表向きの議題は大戦時の遺骨収集で、拉致《らち》問題に関しても話し合われたことは日本側が発表している。だが、本当は何が話し合われたのか。韓国が完全に無視されたことも、李明博が竹島問題などでヒステリックな対応を取った要因のひとつだった。

「まずひとつは〝貴社〟に対して内密に事を運んだのは、〝北〟からの注文でしてな。その上で、〝果子狸〟から〝日本支社〟を通じて〝我が社〟に話が持ち掛けられてきた……」

老人のいう〝貴社〟は韓国、〝日本支社〟は朝鮮総聯、〝我が社〟は日本政府を指す。

林が、頷く。これである程度は、納得がいった。

今年の七月一五日、北朝鮮軍部の最高権力者である李英鎬総参謀長が突然すべての役職を解任された。李英鎬は北朝鮮でも屈指の対米対日強硬派として知られていた。韓国中央情報部でもすでに、李英鎬が日朝国交正常化を図る金正恩に反対したために暗殺、粛清されたという情報は摑《つか》んでいた。

「〝北〟は、何を要求してきているのですか」

林が訊いた。

「〝果子狸〟は、かつて父親の〝老狢〟が〝我が社〟から預かったとされるものをすべて返すといってきている。その見返りとして、〝新規事業〟への融資を願い出てきている……」

老人のいう〝老狢〟は死んだ金正日、〝新規事業〟とはおそらく黄金坪島……いや、平壌近郊の南浦もしくは海州の経済特区のことを指すのだろう。つまり、金正恩といまの北朝鮮政府は、習近平を次期国家主席とする中国政府の資金援助に、ある程度見切りをつけたということになる。

「わかりました。〝我が社〟では、こう分析しています。先月でしたか、〝ブルータス〟の姪《めい》が香港の土地を買い漁《あさ》っていたというニュースが流れましたね。その額は、日本円にして約六〇億円ですか。もし〝ブルータス〟が予定どおり次期〝社長〟の椅子に座るのであれば、現執行部は絶対にそのようなスキャンダルの流出を防いだでしょう」

中国にはいま、〝裸官〟と呼ばれる現象が横行している。党の幹部が汚職で金を溜《た》め込み、妻や子供、親族などを海外に移住させ、その資産も移す。もし次期国家主席となる習近平が

〝裸官〟だとわかれば、反政府暴動に発展する可能性もある。

「つまり……。〝ブルータス〟が失脚するということかね」

　老人が訊いた。

「現段階でそう断ずるのは早計でしょう。ただし、〝ブルータス〟への移行が順調にいっていないと見ることは間違いではないでしょう。〝ブルータス〟と現執行部の間には、深い確執があります。檻《おり》の中に二頭の虎を放てば、いずれは一頭しか残らない……」

　老人が杖《つえ》の上に手を置き、何度か頷いた。

「ありがとう。参考になった」

「こちらこそ。今日はよい取引でした。それにしてももし〝ブルータス〟に異変が起きたとすれば、例の金明斗の情報のお陰です。そういえばその後、二人のお孫さんはいかがされてますか」

〝二人の孫〟といわれ、老人の表情がかすかに穏やかになった。

「いまは、中国のしかるべき所におります。なるべく早く、呼び戻したいのだが……」

　老人がそういって、まだ夏の気配の残る高い空を見上げた。

「ご無事でお戻りになることを願っております。では、これで……」

　林は食べ終えた弁当の入った袋を手にし、ベンチを立った。老人と同じように高い空を見上げながら、日比谷通りの方向に歩き去った。

甲斐長州は林昌秀が立ち去っても、しばらく一人でベンチに座っていた。

体の周囲に、鳩が寄ってくる。鳩は、甲斐が生きていることも気付かぬかのように恐れようとしない。

甲斐は、自分がもう長くはないことを悟っていた。いつ命が尽きたとしても、悔恨はない。

だが、最後に、たったひとつだけ捨てきれぬ望みがあった。

正明と、純子……。

ひと目でもいい。この世に残るたった二人の肉親に、会いたかった。

甲斐は、静かに目を閉じた。もう九月も半ばだというのに、遠くから蟬の声が聞こえてきた。

32

成都のアメリカ総領事館に入ってから、間もなく一年になる。

その間に長い冬を越し、春も過ぎて、いまはまた夏も終わり二度目の秋になろうとしていた。

その間に王立軍の亡命騒ぎなど、いろいろなことがあった。だが蛟竜は、さすがに退屈しはじめていた。このけっして広くない空間に一年もいると、最初は快適に思えたが、やがて幽閉されているに等しい気分になってくる。動物園に飼われた動物は、檻と同じ広さに四角くしか歩けなくなると聞いたことがあるが、その意味がわかるような気がしていた。

もし外界との繫《つな》がりがあるとすれば、例のごとく中国紙や香港紙、もしくは二日遅れで手に入るワシントンポストなどの新聞だけだ。だが、心が明るくなる記事は少ない。中国紙は連日のように、釣魚島——尖閣諸島——の領有権問題で狂ったように日本を叩《たた》いている。各地で反日デモが起こり、一部が暴徒化しても、政府や公安がそれを鎮静化させようとする確固とした意志が見えてこない。

二〇〇五年の春、靖国問題で反日暴動が起きた時と構図はよく似ている。だが今回は、どこかが違う。事態は、簡単には収まらないだろう。

一方で中国とロシアが裏で糸を引くシリアの内戦も、激化の一途を辿《たど》っていた。さらにアメリカで製作されたとされるイスラム教を侮辱する映像が発端となり、反米デモが世界じゅうのイスラム圏に広がりつつある。前年の〝アラブの春〟によりカダフィ大佐が倒れ、民主化が進んでいるリビアでは、アメリカ領事館が襲撃されて大使など四人が死亡した。

こうした中国の反日暴動とイスラム圏の反米暴動には、明らかな共通点がある。いうならば、〝貧富の差〟だ。中国ではここ数年、失脚した薄熙来や鉄道省の役人、さらに次期国家主席といわれる習近平の周辺などで数千億円規模の汚職が表面化している。その裏で国民の平均年収は、裕福といわれる都市部でも五〇万円に満たない。リビアでの民主化も名ばかりのもので、その本質は欧米諸国が〝アラブの春〟に乗じてカダフィ大佐を葬ったにすぎない。結果としてリビアの豊富な石油資源は欧米に搾取され、国民の生活は以前よりも貧しくなっている。中国の反日暴動もイスラム圏の反米暴動も、こうした鬱憤《うっぷん》の単なるガス抜きにすぎない。

九月中旬になったある日、チェン・ユアンが領事館のスタッフと共に大きな段ボール箱を抱えて部屋に入ってきた。

「これを君たち二人に。プレゼントだ」

「いったい、何が入ってるんだ」

蛟竜は純子と二人で、段ボール箱を開けた。中には男女二人分のトレッキングシューズ、リュック、ダウンパーカ、ヤッケなどのトレッキング用具一式が入っていた。

「うちの局員の専門家に選ばせた。アメリカで買って、送らせたものだ」

チェンが、自慢げにいった。

「こんなもの、どうするんだ」

蛟竜が訊《き》く。

「君たちがここを出発する日が決まった。二日後だ。それまでにサイズを確認して、靴だけでも馴《な》らしておいてくれ。それから、これも返しておく」

袋に入った、重いものを渡された。開けると、中からこの領事館に来る時に預けた二人のパスポートと旧日本陸軍のブローニングが出てきた。

「なぜだ」

蛟竜が訊いた。

「我々は、アメリカの領事館員だ。表向きはね。だから、銃を持ち歩くわけにはいかない。しかし君は、持っていた方が安心だろう。では、二日後に」

チェンがそういって、蛟竜の手を握った。

九月一五日、土曜日——。

朝から、外が騒がしかった。

——釣魚島是中国的！（釣魚島は中国のものだ！）——。

——日本鬼子《リーベングイズ》出去釣魚島！（日本の鬼は釣魚島から出て行け！）——。

——愛国無罪！（愛国心があれば何をやっても無罪だ！）——。

日本政府による尖閣諸島国有化に抗議するデモ隊の声が、アメリカ総領事館の中にまではっきりと聞こえてくる。だが、中国国営テレビをつけても、国内で反日デモが起きていることは何も伝えていない。

午前一〇時、蛟竜と純子は外交官ナンバーを付けた黒いサバーバンの後部座席に乗り、およそ一ヵ月振りに在成都アメリカ総領事館を出た。華北路の大通りをゆっくりと南下し、市政府前の広場に出る。この辺りで、五星紅旗を打ち振る数千人規模のデモ隊とぶつかった。

——釣魚島是中国的！——。

——日本鬼子出去釣魚島！——。

——愛国無罪！　愛国無罪！——。

「今日は五〇以上の都市で、反日デモをやっているらしい……」

助手席に座っているチェンが呟《つぶや》く。運転席ではいつも中庭で見掛けた領事館員——おそらくＣＩＡ局員——がステアリングを握っているが、濃い色のサングラスの下の表情は見えない。

人民南路に入ると、散発的に暴徒の集団を見かけた。日本料理店に投石し、ガラスを割る労働者たち。日本車を横転させ、鉄棒で叩き壊す集団。迷彩服姿の武装警官隊との小ぜり合い。日本資本のコンビニエンスストアの店内を破壊し、中から商品を略奪する集団もいた。

——日本鬼子出去中国！——。

——殺！　殺！　日本鬼子！　殺！　殺！　日本鬼子——。

——愛国無罪！　愛国無罪！——。

純子は渋滞で動かない車の窓の外を見ながら、蛟竜の手を握って離さなかった。

「怖いわ……」

「だいじょうぶだ。この車はアメリカ車だから、襲われない……」

蛟竜は無意識の内に、ポケットの中のブローニングを握っていた。

わざわざ九月一五日にアメリカ総領事館を出ることにしたのは、この日に大規模な反日暴動が起きるという情報を事前に得ていたからだった。数日前から様々なネットワーク上でデモを呼び掛けていたが、今回に限って中国政府はその書き込みをほとんど削除していなかった。民衆の間には、政府公認の反日デモという空気が広がっていた。

チェンによると、蛟竜と純子が成都のアメリカ総領事館に匿《かくま》われていることは、中国政府はかなり以前から認知しているとのことだった。近日中に秘密裏に出国することも、暗黙の内に了承している。

もちろん公安警察の一部や国家安全部の人間も、二人が成都にいることを把握している。もし奴らにアメリカ総領事館を出たことを察知されれば、面倒なことになりかねない。それならば、反日暴動の混乱に乗じて脱出した方がより確実だ。

すぐ目の前で、横転した日本車が炎上した。別の日本車の屋根の上では、男が奇声を上げながら飛び跳ねていた。蛟竜はその異様な光景を、黒いフィルムを貼った窓から見つめていた。

「サベージ（野蛮人）……」

運転していた男が、初めて呟くようにいった。

午後になってやっと、市街地を抜け出した。車が順調に走り出すと、車内にやっと安堵《あんど》の息が洩《も》れた。

成都から中国高速公路に入り、南下する。途中、眉山《メイシャン》の町でも小さな反日デモを見かけた。車はこの後、どこに向かうのか。蛟竜はまだ、今後の予定について、チェンからすべてを聞いていない。

「どこに向かってるんだ。国境を越える場所は？」

助手席のチェンに訊いた。

「とりあえず、今日は宜賓《イーピン》まで下る。彼とはそこでお別れだ」

チェンが、運転席の男を指さしていった。

「その後は？」

「我々三人だけで行動する。宜賓にシェルターを用意してあるので、そこにしばらく潜伏して上からの次の指示を待つことになるだろう」

宜賓は、雲南省や貴州省と接している。つまり、定石どおり広西壮族自治区の憑祥あたりからベトナムとの国境を越えるつもりなのだろうか。だとすればなぜ、ヤッケやトレッキングシューズなどの登山用具を用意したのか。

「今度はどのくらい潜伏するんだ。また一年近くそのシェルターにいろというんじゃないだろうな」

だが、チェンが笑った。

「まさか。一週間か、二週間か、長くても一ヵ月だ。国境に雪が降りはじめる頃には、君たちはこの国を出られるだろう」

33

九月一五日に大都市部で勃発《ぼっぱつ》した反日デモは、瞬く間に中国全土に広がった。デモが行われたのは、確認できているだけでも六〇都市以上。一説によると一〇〇都市以上にも及び、その大半が破壊や略奪を伴う暴動と化した。

北京では一万人規模のデモ隊が日本大使館を襲い、石やペットボトル、生卵などを投げ込んだ。武装警察がバリケードを築いて制止したが、一部の暴徒がそれを乗り越えようとして衝突を繰り返した。

江蘇省の蘇州《スーヂョウ》でも、数千人規模の暴動が起きた。高新区の五〇〇社以上の日本企業が集まる工業団地が襲われ、近くの繁華街が標的になった。四〇軒以上の日本料理店などすべてが破壊され、放火されて、数時間の内に街は廃墟《はいきょ》と化した。

湖南省長沙《チャンシャー》では、日系スーパーの『平和堂』三店舗が数千人の暴徒に襲撃された。店の内外が破壊しつくされ、商品を持ち去られた。市内では日本車に乗っている中国人までが襲われ、車を壊された上に集団暴行を受けた。

山東省の青島《チンタオ》は、最悪だった。二万から三万という暴徒が制御不能になり、経済開発区の日本企業の工場などを次々と襲った。『パナソニック』など約一〇社の現地工場が放火されて壊滅的な被害を受け、オフィスビルも破壊された。『トヨタ』の販売店では一〇〇台以上の新車が炎上。『ホンダ』や『日産』でも数十台が焼かれた。市内の『ジャスコ』にも数百人の暴徒が乱入し、五階建ての店舗全体がめちゃくちゃにされて商品が略奪された。こうした日系企業における被害総額は、一五日の青島周辺だけでも数百億円にのぼると試算されている。

陝西省《シャンシー》の西安《シーアン》では、暴徒の怒りの矛先は武装警察隊に向けられた。数千人の暴徒が数十人の警察官を取り囲み、石や植木鉢を投げつけた。この襲撃で、重傷者や死者が出たという未確認情報もある。さらに各都市で共産党本部が襲われ、〝反日デモ〟を発端に〝反政府暴動〟へと変化しはじめていた。

アメリカのバラク・オバマ大統領はホワイトハウスの執務室で朝のコーヒーを味わいながら、外電やＣＩＡから刻々と入ってくる情報をｉＰａｄでチェックしていた。

〈――数千人の暴徒「日本に宣戦だ」と叫びながら日本大使館に突入――〉

その見出しとバリケードの上で五星紅旗を振る男の写真を見て、顔を顰《しか》めながら首を振った。

「まったく、とんでもない国だな。中国というのは……」

カート・キャンベル国務次官補が、それを聞いて苦笑いを浮かべた。

「まったくです。昔から、中国に投資して最終的に得をした者はいないとよくいわれます。我々も、これを教訓として学ばないといけない」

「それで……どう思う」オバマ大統領が訊《き》いた。「昨年の〝ジャスミン革命〟の時には結局、不発に終わってしまった。今回はあの時よりも、スムーズに事が運んでいるように思えるのだが……」

キャンベルが少し考え、頷《うなず》く。

「私も、そう思いますね。今回は〝反日〟という建前としての正義が民衆の側にある。フー・チンタオ(胡錦濤)とウェン・チァパオ(温家宝)も、今度ばかりは力ずくでデモを鎮圧するわけにはいかないでしょう」

中国の政治家には、苦い教訓がある。

以前、第三代共産党中央委員会主席にまでなった、胡耀邦《フーヤオパン》という人物がいた。胡耀邦は政治局員主流の共青団の出身で、党内でもリベラル派として知られ、チベット問題などで擁護策を実践した。だが〝親日派〟でもあったことが党内で反感を買い、失脚したといわれている。胡錦濤は胡耀邦と同じ〝胡〟という名字であることから、親日派と思われることに極度のアレルギーを持っている。

「これからの展望は」

オバマ大統領の質問に、キャンベル国務次官補が頷く。

「現時点でも、デモは昨年のジャスミン革命の規模を遥《はる》かに超えています。これから一六日以降も、さらに大きくなっていくでしょう。ピークは中国人が〝国辱の日〟と呼ぶ、満州事変のメモリアル・デイの九月一八日になるでしょう」

オバマ大統領が頷く。

「〝国辱の日〟か。いまのこの状況の方が、中国人としてはよほど国辱だと思うがね。それで、どう思う。今後、秋の党大会までに中国共産党の独裁政権が崩壊する可能性は……」

キャンベルが、笑いながら首を傾げる。

「それはどうでしょう。いきなり政権崩壊までは難しいかもしれませんね。しかし、これまでの中国の王朝が自壊した末期症状と似ていることは確かでしょう。完全に、負のスパイラルに入っています」

例えば一六一六年から一九一二年まで続いた清王朝は、反西洋・反キリスト教を掲げる義和団による内戦をきっかけに滅んでいる。〝反日〟と〝反西洋〟の違いはあるが、今回と図式はまったく同じだ。

「このまま、年内もしくは来年三月の新政権誕生までに中国の体制が崩壊する可能性は？」

キャンベルが一瞬、考える。

「一昨日までの内務省の試算では、七パーセント未満でした。しかし今回の一連の暴動で、おそらく一〇パーセントを超えるでしょう」

オバマ大統領が頷く。

「もうひとつ、訊きたい。日本と中国が、〝センカク〟で武力衝突する確率は？」

「こちらの方も、日本があの島を国有化するまでは三〇パーセント未満でした。しかし、中国は近々、漁船団を利用してあの島の実効支配に踏み切るでしょう。そうなれば、七〇パーセント以上……」

キャンベルが、両掌《りょうて》を上に向けて笑った。

「それは好ましくないな。いま日中間で武力衝突が起これば、東アジア経済は一気に破綻《はたん》する。何か手はないか」

「今日からパネッタ国防長官が、日本と中国に行く予定になっています。尖閣問題について、〝日米安保の範囲内〟だと言わせますか。そうすれば日本政府もバーターでオスプレイの配備を決断するでしょう」

「ＯＫ。そうしてくれ。中国の件はそこまでだ。それで、アラブ諸国の反米暴動の方はどうなっている」

「はい、そちらの方が深刻ですね……」

キャンベルが自分のｉＰａｄを操作し、内務省のアラブ関連の報告書を開いた。

34

朝鮮民主主義人民共和国・国家安全保衛部の朴成勇は、石造りの狭い部屋の中にいた。

小さな窓から差し込む光の中に、男の死体がひとつころがっていた。もう何日も、その死体が腐り、少しずつ白骨化していく様子を眺めていた。

蛋白質《たんぱくしつ》が分解していく臭いは、それほど嫌いではなかった。この臭いを嗅《か》いでいると懐かしい共和国の貨泉洞第二六号管理所を思い出し、むしろ心が落ち着いた。

朴は、中国全土で反日暴動が起きていることを知らなかった。いや、興味もなかった。中国や日本がどうなろうと、そんなことは糞食《くそく》らえ、だ。

この男の価値観は、もはや自分が倒すべき獲物だけに集約されていた。

崔純子と、蛟竜……。

あの二人のトロフィーこそが、人生のすべてだった。あの女を自分の物にし、男の生皮を剝《は》ぐ。その目的を達しなければ、自分に第二の人生など有り得ない。

朴には、確信があった。猟犬としての、長年の勘といってもいい。奴らは必ず、またここに戻ってくる……。

朴は、タバコのパッケージから最後の一本を取り出し、それを唇に銜《くわ》えた。パッケージを丸めて死体に向けて投げ捨て、マッチを擦って火をつけた。

煙を胸に吸い込み、小さな窓から差し込む光の中に吐き出した。

35

ＣＩＡの用意したシェルターは、何の変哲もない民家だった。

宜賓市の郊外にある古い下宿屋で、周囲を高い壁に囲まれ、家の前の道を下りていくと近くには悠久の長江が流れていた。

建物の造りが、以前ハルビンで世話になった陳の家に似ていた。壁の中に小さな中庭があり、そこに中国製の第一汽車の乗用車と、古い日本製の四輪駆動車――三菱パジェロ――が駐《と》まっていた。蛟竜と純子の世話をしてくれるのは載菜訓という初老の男とその妻で、中国語と英語を話せたが、無口でいつも辛辣《しんらつ》な笑いを顔に浮かべていた。

家は薄暗く、湿気があり、あまり清潔とはいえなかった。だが二週間か三週間、それがチェンの希望的観測であったとしてもせいぜい一カ月ほど暮らすのであれば、大きな問題ではなかった。辺りには同じような家が軒を連ね、それほど裕福ではない人々が住んでいる。市街地で抗日デモが起きていることも、近所の下宿屋にどんな人間が泊まっているのかも興味のない人々だった。

ともかく、いまは安全であれば、それでいい。

「この下の船着場まで下りていくと、市場がある。何か足りないものがあれば、そこで買ってくれ」

チェンがいった。

「我々だけで買い物に出ても、かまわないのか」

蛟竜が訊く。

「どうしてだい。好きなようにすればいいさ。もし君が純子とここを逃げるつもりならば、ぼくには防ぎようがない。たとえそうなったとしても、〝カンパニー〟は経費の節約になって喜ぶだけだ」

夕刻、蛟竜は純子と二人で船着場まで歩いてみた。市場には大きな店はなく、何軒かの雑貨屋や食料品店、あとは長江を行き来する定期船の客に包子や湯麵を食わす菜館が軒を並べているだけだった。手頃な店に入り、何品かの料理とビールを二本注文した。店には〝金威啤酒《ジンリエイピージェウ》〟という四川省のビールしかなかったが、味は悪くなかった。

考えてみると純子と二人、水入らずでこれほど気楽な食事を楽しむのもいつ以来だろう。まだ成都のアメリカ総領事館に入る前だから、一年近くは経っているはずだ。

食事の途中で、純子の頰に涙が伝った。

「どうしたんだ」

蛟竜が訊《き》く。

「わからない……。何だか、とても幸せに思えてきて……。それなのに、急に淋《さび》しくなって…

「……」

純子が、涙を拭《ぬぐ》った。

「川からの風が、冷たいからだろう。きっと、そのせいさ」

純子は笑い、小さく頷く。人は秋の気配に触れると、訳もなく急に淋しくなることがある。涙を流すことに、特別な理由などはいらない。

船着場で汽笛が鳴り、長江の暗い川面《かわも》を無数の明かりで照らしながら、この日の下り最終便が秋風の中に出航していった。


翌日、蛟竜は、チェンに相談を持ち掛けた。

「もしここに二週間か三週間滞在するのなら、しばらく出掛けたい」

「かまわないよ。どうせぼくも成都に一週間ほど戻らなくちゃならないし。それで、何日くらい留守にするつもりだ」

チェンは〝何日くらい〟かを気にしたが、〝どこに行くのか〟は訊かなかった。

「早ければ二日で戻る。長くても、せいぜい四日だ」

「わかった。車を使うかい」

「一台、貸してくれ。できればパジェロの方がいい。古くても日本製の方が、中国製よりも信頼できる」

「変わった奴だな。好きにしてくれ」

九月一七日、蛟竜はパジェロに市場で買ってきた寝袋や缶詰などの食料を積み込み、宜賓の下宿屋を発《た》った。服も、中国の少数民族らしいものに着替えていた。

純子も一緒だった。宜賓にいれば安全であることはわかっていても、ここに残って待てとはいえなかった。もし何かが起こり、自分か純子のどちらかが生き残ったとしても、そのことにまったく意味はないような気がした。いまは生きるにしても、死ぬにしても、二人は常に運命を共にするべきだ。

「どこに行くつもりなの」

純子も蛟竜と同じように、市場で買った作業着のような古着を着ている。

「石堂寨に行く」

蛟竜がいうと、純子の表情が驚いたように輝いた。

「でも、どうして……」

「地震があったんだ」

一〇日前の九月七日午前一一時一九分、中国南西部で大きな地震が発生した。

中国地震大網の発表によると、震源地は雲南省と貴州省の境界線付近の北緯二七・五度、東経一〇四度、深さ一四キロの地点。マグニチュードは5・7。この地震で少なくとも八〇人が死亡し、家屋六六五〇軒が損壊。山岳地の大規模崩壊などで約七四万五〇〇〇人が被災し、二〇万人以上が避難している。

「知らなかった……」

純子は、中国語の新聞をあまり読まない。心配させたくないので、いっていなかった。

「あの村は、震源地に近い。連絡を取ろうにも、電話も通じない。どうなっているのか、確かめてみたい」

宜賓から石堂寨までは、直線距離で約二〇〇キロほどしか離れていない。途中はほとんど険しい山岳路だが、それでも本来ならば半日の距離だ。だが、今回の地震で道が崩れていれば、行きつけるかどうかもわからない。実際に今回の地震で避難しているのは、石堂寨に近い少数民族の村や町が多い。

二〇〇八年五月一二日の四川大地震の時も、震源地はアバ・チベット族チャン族自治州の汶川県だった。それにしても、なぜ中国では、少数民族ばかりが大地震の犠牲になるのか……。

「それで、この車を借りてきたのね」

「そうだ」

パジェロはすでに三〇万キロ以上を走っていたが、ディーゼル・ターボのエンジンは快調だった。途中のガソリンスタンドで給油し、荷台の予備タンクも満タンにしておいた。日本車が狙われるのは大都市部だけで、この辺りでは〝三菱〟のマークを付けていても興味すら持たれない。

車はいつの間にか珙県、興文と小さな町を通り過ぎ、貴州省に入った。しばらくして成都と貴陽を結ぶ高速公路に出て、大方のインターで降りる。ここからさらに、雲貴高原に登っていく山岳路に入る。

蛟竜は石堂寨に行く道を、二回しか通ったことはない。一度は二年前の六月に怪我をして運び込まれた時で、ほとんど意識はなかった。二度目は一年前で、ダーホンのトラックの荷台に乗ってあの村を出た時だ。だから正確には、記憶に残っているのは一度だけだ。

それでも蛟竜は、道を正確に憶《おぼ》えていた。一度でも通った道は、すべて記憶する。子供の頃から、そう訓練されてきた。

だが、震源地が近付くにつれて、憶えているはずの周囲の風景に違和感が生じはじめた。沿道の村や集落に、地震の爪痕《つめあと》が生々しく残っている。倒壊した古い建物。亀裂《きれつ》の入った路面。どこから歩いてきたのか、家財道具一式を荷車に載せて押す少数民族らしき人々。破壊の状況は、石堂寨への道を進むにつれてひどくなっていく。

「いったい、何が起こったの……」

変わり果てた風景を見ながら、純子が不安そうに呟《つぶや》く。

だが、純子が驚くのも無理はなかった。はたして本当にこれが、マグニチュード5・7の地震による被災状況なのか。中国政府は〝死者八〇人以上〟と発表しているが、それは完全に情報統制を目的とした嘘だ。おそらく、少なく見積もっても、数千人は犠牲者が出ているはずだ。

山が崩壊した場所を、大きく迂回《うかい》する。間もなく、石堂寨に向かう細い道に分岐した。このあたりから村までは、約一〇キロ。しばらくは断崖《だんがい》と川に沿った険しい道が続く。

だが、道は最初の橋の手前で通行止めになっていた。山肌が崩落し、道と川の流れを完全に塞《ふさ》いでしまっている。

崩落現場には人民解放軍が入り、復旧工事がはじまっていた。蛟竜は車を降り、工事を見守る地元の警察官に声を掛けた。

「この先にある村に、親戚《しんせき》の家の様子を見に行きたいのだが……」

石堂寨で使い慣れたチワン語訛《なまり》のある中国語でいった。

「あんた、布依族かい」警官の言葉にも、チワン語訛があった。「それで、どこの村に行きたいんだね。この先には村が三つあるが、どこもほとんど人は残っていないよ」

「石堂寨に行きたいんだが……」

「あの村の被害はひどかったし、村人もほとんど残っていないはずだが……」

「とにかく、行ってみたい。自分の目で確かめたいんだ」

人の好《よ》い警官だった。この辺りの二万五〇〇〇分の一の地図を広げ、石堂寨の位置を確認する。

「そうだな。一度、元の道に戻って、五キロほど先の次の道を右に入るといい。この道は通れるはずだ。沿道に、村がいくつかある。二つ目が、青葦という村だ。そこから登っていけば、石堂寨の裏山に出るはずだ」

蛟竜にも、覚えがあった。あの頃、村の男たちと毎日のように野良《のら》仕事に出ていた、あの蒟《こん》蒻芋《にやくいも》の段々畑のあった裏山だ。

「ありがとう。行ってみるよ」

蛟竜は道に戻り、車をターンさせた。いつの間にか空がどんよりと曇り、窓に大粒の雨が落ちはじめた。

朴成勇は、降りだした雨を見つめていた。

タバコが切れて、もう丸一日になる。目の前にころがっている死体は、少しずつ分解が進んでいる。いまもどこからか大きなドブネズミが二匹出てきて、骨が露出した顔のあたりを齧《かじ》っていた。

だが、朴は、けっして憂鬱《ゆううつ》ではなかった。長年、捕食者として生きてきた勘が囁《ささや》きかけてくる。今日か。それとも、明日か。間もなく〝獲物〟が、ここにやってくる……。

朴は黒い革の上着の中から北朝鮮製の六四式自動拳銃《けんじゅう》を抜き、ドブネズミに狙いを定めた。

だが、トリガーは引かなかった。

硝煙の臭いを残せば、〝獲物〟が警戒する。ドブネズミを撃つのは、あの二人を始末してからでいい。

朴は六四式自動拳銃を上着の中に仕舞い、静かに目を閉じた。

青葦という村も、地震で大きな被害を受けていた。布依族の村特有の石積みの家や塔は、大半が崩れていた。だが、この村には、まだ村人が何人か残っていた。

蛟竜は村に入っていき、壊れた家の片付けをしている男に話し掛けた。

「この村の奥に、石堂寨に通じる道があると聞いてきたんだが……」

チワン語訛の中国語に安心したように、男が笑顔を見せた。

「道はあるよ。でも、峠の手前で崩れている。そこから先は、車は無理だ。二キロほど歩かなくちゃならないな……」

すでに日没の時間を過ぎ、辺りの山並も厚い雲の中に暗く沈みはじめていた。

「石堂寨がどうなっているか、聞いてないか」

「ここよりも、ひどかったらしい。この村を通って避難した家族もいたが、何人か死んだと聞いたよ……」

「まだ、誰か残ってるのか」

蛟竜が訊《き》いた。

「わからない。王老の一家は、残っていると思うが……。どっちにしても、これから石堂寨に行くのは無理だよ。雨も降ってるし、今夜はこの村に泊まっていきなさい。伯父《おじ》の家なら、泊まれる部屋があるからさ」

布依族の人々は、見ず知らずの者にも優しい。困った旅人を見れば、気軽に自分の家に泊める習慣がある。

結局、その日は、男の伯父の家に世話になることにした。久し振りに布依族の料理を味わい、出された茅台酒を少し飲んだ。夜は用意してきた寝袋に純子を抱いて包《くる》まり、雨音を聞きながら断続的に眠った。

翌日は雨も上がり、雲間から日が差していた。蛟竜は一泊の礼に二〇〇元を男の伯父に渡し、路面が乾くのを待って村を発った。

裏山に続く道は、段々畑の中を急な角度でのぼっていた。地震と昨夜の雨で畑は至る所が崩れ、道には大きな石がころがっていた。蛟竜はパジェロのトランスファーを、4Lに落とした。やがて段々畑も終わり、岩の露出した灌木《かんぼく》地帯に変わった。道は石灰岩質の、急な斜面を曲がりくねりながら上がっていく。だがその道もさらに細くなり、しばらくすると崩れた岩の中に埋もれるように消えた。

蛟竜はそこで車を乗り捨て、純子と共に歩いた。しばらくして、切り立った尾根の頂上に出た。そこから深い渓《たに》の風景が一望できた。背後に青葺の村が広がり、前方の眼下の彼方《かなた》には懐かしい石堂寨の風景が、陽光の中に眠るように横たわっていた。

二人は、長い道を下った。村は、以前と同じようにそこにあった。だが、近付くにつれて、村に異変が見えはじめた。村人たちと毎日汗を流した石積みの段々畑は、至る所が崩れて土が流れ出していた。道の両側に長屋のように軒を連ねていた石造りの家々も、ほとんどの屋根が落ちて歪《ゆが》んでいた。村の中央にあった広場にも、いまは人の姿はない。石堂寨の村の名の由来となった石堂は、倒壊して瓦礫《がれき》の山に変わっていた。

二人はしばらく丘の上に佇《たたず》み、言葉もなく村を眺めた。純子の頬に、涙が伝った。

村への道を下った。崩れ、壊れ、瓦礫と化した村の中を歩く。どの家にも、村のどこにも人の気配はなかった。

「王老」

蛟竜が叫んだ。

「ダーホン」

純子が叫んだ。

だが二人の声は木霊《こだま》となり、無人の廃墟《はいきょ》と深い渓の中に染み入るように消えた。

朴成勇は、二人の声を聞いていた。

奴らが、来た……。

六四式自動拳銃の初弾をチャンバーの中に送り込み、陰の中に姿を消した。

聞こえるのは、カルスト地形の岩山から渓へと吹き抜けるかすかな風の音だけだった。澄んだ空から陽光だけが、燦々《さんさん》と降り注いでいた。

「誰かいないか、探してみよう」

蛟竜がいった。

「私は、王老の家を見てみる」

「おれは、ダーホンの地下室に行ってみる。後でこの広場で会おう」

ダーホンとソォダオが、あの秘密の地下室を放棄するわけがない。もし村に誰かがいるとすれば、あそこしかない。

「気を付けて」

「君も。何かあったら、大きな声で呼んでくれ」

蛟竜は広場から放射状に広がる道の一本に入っていった。曲がりくねった、細い路地だ。かつてはこの道の両側にも家が軒を並べていたが、いまはほとんどが崩れ落ちていた。瓦礫を乗り越えながら、奥へと進む。やがて、古い石造りの家の前に出た。いや、正確には、かつて家が建っていた場所というべきだった。家は跡形もなく崩壊し、地下室への入口もどこにあるかわからないほど瓦礫に埋もれていた。

かすかな、腐臭。陽光の中に、ギンバエが飛び交う。

蛟竜は瓦礫の山に、黙禱《もくとう》した。

純子は、王老の家の前に立った。

かつて、蛟竜と共に暮らした懐かしい家だ。だが目の前に建つ石造りの家は半壊し、一年前の記憶と共に風化しかけていた。

「王老……。ダーホン……。ピンフォア……。誰かいないの……」

純子は懐かしい人々の顔を思い浮かべ、名を呼びながら、崩れかけた家の中に入っていった。最初の部屋には、何もなかった。台所と食堂のあった辺りは、天井の梁《はり》が落ちて入れなかった。奥には廊下があり、その先に王老の居室があったはずだ。

「王老……。いるの……」

だが、返事はない。足元に、ドブネズミが走っていく。

その時、異様な臭気が鼻を突いた。北朝鮮で育った純子には、それが人が死んだ時に発する臭いであることがわかっていた。奥の部屋に、足を踏み入れる。瓦礫が散乱する床に、白髪の老人が突っ伏すように倒れていた。

「王老……」

死体はすでに、一部が白骨化していた。純子は目を閉じ、手を合わせた。

その時、純子の背後で何かの影が動いた。影は音もなく純子に忍び寄ると、長い腕を頸《くび》に絡ませた。ナイフの刃先が、頸に触れた。

「崔純子……。待っていたよ……」

純子は声を出すこともできず、体を硬直させ、朴成勇の忌わしい声を聞いた。

男の手が着ているシャツを鷲掴《わしづか》みにし、胸まで引き裂かれた。ぞろりとした男の舌の不快な感触が、頸から頬へと伝った。

「助けを呼べよ。あの男を、呼ぶんだ」

耳元で、男の低い声が囁いた。

蛟竜は広場まで戻ってきた。

だが、純子の姿が見えなかった。王老の家に向かおうとした、その時だった。純子の悲鳴を聞いた。

——蛟竜！　助けて！——。

次の瞬間、蛟竜は上着の下からブローニングを抜いて走っていた。

半壊した、王老の家が見えた。入口から、純子が出てきた。背後に黒い革の上着の男が身を隠し、ナイフを持った腕で純子の体を抱えている。右手には、銃を握っていた。

蛟竜は、足を止めた。あの男だ。二年前の六月、上海から南寧に向かう列車に乗り込んできた男。安順郊外の断崖《だんがい》の上で蛟竜を撃った、北朝鮮国家安全保衛部の朴成勇……。

「助けて！」

純子が、叫んだ。それをあざ笑うかのように、男が手にするナイフの刃先が純子の白い肌を伝う。顎から乳房へと滴る鮮血を、男の長い舌が舐《な》めた。

銃を向ける蛟竜に、朴がいった。

「銃を、捨てろ。捨てなければ、ここでこの女の体を切り刻むぞ」

それが駆引きではないことを証明するように、男のナイフの刃先がまた純子の肌に食い込んだ。


朴は、勝ったと思った。

それは長年の経験に裏付けられた、確信だった。相手がどんなに屈強な男であったとしても、人質さえ取れれば動けるわけがない。あとはこちらが、本気で人質を痛めつける意志を見せてやればいい。それだけだ。自分の愛する者が切り刻まれる光景を見るくらいならば、男は本能的に死を選択する。

朴は純子の体の陰に身を隠し、肩越しに上目遣いで蛟竜を見つめながら、白い肌を伝う血を舐め取った。

それにしてもこの新鮮な血の、何と美味なことか……。


蛟竜は、冷静に状況を分析していた。

ブローニングの照準は、純子の背後の朴に合わせていた。だが男の顔は、純子の頭と肩に隠れて半分も見えていない。距離は、約二〇メートル。もし撃てば、純子に当たらないという保証はなかった。たとえ運良く男に当たったとしても、倒れる時に手にしたナイフが純子の喉《のど》を切り裂くだろう。

それでも蛟竜は、長年この世界で教え込まれてきた基本を忘れていなかった。もし人質を取られたとしても、武器を捨ててこちらが投降するという選択肢は存在しない。隙を見て、とにかく攻撃せよ。

投降すれば、結果的に二人とも殺される。攻撃すれば少なくとも自分は——運が良ければ人質も——助かる。たとえ人質が死んだとしても、二人が死ぬよりはいい。これは陸軍中野学校時代からの、日本の特務機関員の伝統的な鉄則だった。

だが、蛟竜は迷った。トリガーを引く切っ掛けが摑《つか》めない。

そして、思う。純子ならば、どちらを選ぶだろうかと。あの男に甚《いた》ぶられながらの、漫然とした死か。もしくは蛟竜の放つ銃弾による、一瞬の死か。答えは明白だった。

「銃を捨てろ！」

男が叫んだ。そのひと言で目を覚ましたように、蛟竜がブローニングをゆっくりと下ろした。次の瞬間、朴が純子の体から身を乗り出すように六四式拳銃《けんじゅう》を構えた。だが、その時、意外なことが起きた。純子が、自分の頸に絡む男の腕に嚙《か》みついた――。

チャンスは、その一瞬しかなかった。蛟竜が、ブローニングを男に向ける。躊躇《ちゅうちょ》なく、トリガーを引いた。

銃弾は純子の肩を掠《かす》め、背後の男の顔を砕いた。男の体が宙を飛び、地面に叩《たた》き付けられた。

「蛟竜！」

純子が、走ってきた。蛟竜はその体を胸に受け止めた。

「なぜ、おれが撃つとわかった」

蛟竜が訊《き》いた。

「わからない。でも、きっと撃ってくれると思った。私が死んだとしても……」

二人で、倒れている男のもとに歩いた。男はまだ、生きていた。銃弾を受けた血まみれの顔の中で、何が起きたのかわからないように両目だけが不安げに動いていた。

蛟竜は純子に、ブローニングを渡した。純子は銃口を男の頭に向け、トリガーを引いた。静かな村の廃墟《はいきょ》に、乾いた銃声が木霊《こだま》した。

「家の中で、王老が死んでるわ。埋めてあげないと……」

純子が、風の音に掻《か》き消されるような声でいった。

36

蛟竜と純子が宜賓のシェルターに帰った四日後、チェンが成都のアメリカ総領事館から戻ってきた。

チェンは蛟竜に、どこに行っていたのか、何があったのかを訊かなかった。それは立場は違っても、お互いに諜報《ちょうほう》と破壊工作のプロとしての最低限度のルールだった。もし訊かれたとしても、蛟竜も本当のことを話さなかっただろう。

だが、チェンは、純子の頸や襟元に覗《のぞ》くガーゼと包帯を見て、意味深な表情を見せて笑った。

「パッション・マーク（キスマーク）かい。それとも君たちには、アブノーマルな趣味でもあるのか。ぼくのいない間に、かなり激しく楽しんだようだね」

そういって、片目を閉じた。

それにしても朴成勇は、なぜ石堂棗の存在を知ったのだろう。蛟竜があの村に一年以上も匿《かくま》われていたことについては、まったく痕跡《こんせき》を残していなかったはずだ。東京の『亜細亜政治研究所』にも、情報は漏れていない。

唯一、可能性があるとすれば、蛟竜があの男の遺体を調べた時に手帳の間から出てきた、一枚の日本料理屋の箸袋《はしぶくろ》だった。

——貴州省・貴陽『千来寿司店』——。

折り畳まれた箸袋には、そう書かれていた。王老の息子のダーホンが、貴陽の町に出た時に必ず立ち寄っていた日本料理屋だ。ダーホンはそこで情報交換し、日本の新聞を持ち帰ってきていた。

朴がなぜ『千来寿司店』のことを知ったのかも謎だ。だがあの店を知り、そこに出入りするダーホンから辿《たど》っていけば、石堂寨に行き着くことは可能だったのかもしれない。

いずれにしても、北朝鮮から純子を追ってきた朴成勇は死んだ。これで本当に、すべてが終わったのだ。

チェンは成都から戻る時に、かつてのダーホンと同じように、ここ一週間分以上のアメリカと日本、香港の英字新聞を持ち帰ってくれた。この数日間にも、世界は刻々と変化を繰り返していた。特に、中国だ。

〈シー・チンピン・イズ・バック！

今月の一日以来姿を消していた中国の次期主席シー・チンピンが一五日、約二週間振りに公の席に姿を現した。この間に暗殺未遂説、交通事故説、肝臓がん説など様々な憶測が流れたが、北京市内の農業大学を訪れたシー・チンピンは以前とまったく変わっていなかった。だが、一五日の時点で来月に開かれるはずの五年に一度の党大会の日程が決まっていないという異常事態は、中国共産党内部に何らかの問題が生じていることを示している——〉

習近平が、戻ってきていた……。

だが、一〇月の第一週にも開かれるはずだった第一八回党大会の日程がこの時点で決定していないことも、確かに異常だ。中国の政局は、まだ予断を許さない。

一方で、尖閣諸島問題に端を発する日中関係は〝中国の暴走〟という形で最悪の事態に向かいはじめていた。一五日の抗日デモは全国で一〇〇都市以上にも及び、山東省青島や湖南省長沙では日系企業の工場やスーパー、自動車ディーラーが暴徒に襲われて火を放たれた。さらに同じような抗日デモは一六日にも各地で発生し、その裏で中国政府自らがデモや日系企業の襲撃を煽《あお》っていたこともわかってきた。こうなるともう市民デモではなく、〝国家的なテロ〟といった方が正確だ。

だが、中国政府の思わくの裏で、抗日デモの矛先は予想外の方向に向かいはじめた。民衆はデモの中で毛沢東の写真や肖像画を掲げ、中国政府に対して無言の圧力を掛けた。現代中国の較差に対する不満という厖大《ぼうだい》なエネルギーはやがて臨界を超え、広東省深圳《シエンチエン》などでは暴徒が共産党本部や公安警察を襲った。また各地で日本車に乗った中国人が車を壊され、暴行されるなどの事件も多発していた。

中国当局にとっても、これは衝撃だっただろう。もし一三億五〇〇〇万人——一説には一六億ともいわれる——の民衆の怒りが政府に向かえば、自分たちでは抑えきれないことを中国共産党幹部の人間が最もよく理解しているはずだからだ。一歩間違えれば、かつての数多くの王朝と同じように、中国共産党による一党独裁政権は業火の中に焼き尽くされることになる。

蛟竜は、思う。いまの日中関係は、一九二〇年代後半から三〇年代の混沌《こんとん》とした時代とよく似ている。あの頃は中国の全土で、中国人の暴徒や匪賊《ひぞく》による日本人移住者に対する虐殺事件が相次いだ。一九二八年五月三日、日本人居留民一二名が殺害された済南事件。一九三七年七月二九日、中国の保安隊が日本人居留民二六〇人を惨殺した通州事件。この時の犠牲者の大半は、女や子供だった。それ以外にも小人数の日本人虐殺事件は、日常的に起きていた。そして前後して勃発《ぼっぱつ》した二次にわたる上海事変と盧溝橋《ろこうきょう》事件を経て、日本は日中戦争へと引きずり込まれていくことになった。

日本が尖閣諸島を国有化して以来の中国政府のヒステリックな反応を見ていると、物事の本質が見えてくる。中国人にとっていつの時代にも重要なものは、〝面子《メンツ》〟と〝権力〟なのだ。そのために中国政府は嘘をつき、他国の人間を殺し、自国民も殺す。

さすがに中国も、いまの時代には虐殺まではやらなくなった。日本に対する攻撃は、日系企業に対する破壊と掠奪《りゃくだつ》でかろうじて歯止めが掛かっている。だが、この国の本質は、あの頃と何も変わってはいない。

中国の最後の数週間を、蛟竜と純子は宜賓のシェルターで平穏に過ごした。ここは男と女が放浪の途中で一定の期間を暮らすには、なかなかよい場所だった。町は静かだったし、平穏で、それでいて人々の生活は活気に満ちていた。

天気のよい日には、坂を下って船着場の辺りを歩く。市場を冷やかし、旨《うま》い物を食べ、丘の上に登る。目の前にはいつも、長江の雄大な風景が広がっていた。ここには中国も日本もなく、ただゆったりと、亜細亜という巨大な時計が時を刻み続けているだけだ。

チェンはしばらく宜賓にいたが、成都に戻り、また何日かすると帰ってきた。いや、成都というのはチェンがそういっただけで、本当かどうか確かめたわけではない。

蛟竜はチェンが帰ると、よく話をした。もう何年も石堂寨や成都のアメリカ総領事館に籠《こも》っていた蛟竜は社会的、国際的、もしくは政治的な感覚が鈍化していることを自覚していた。北朝鮮で生まれ育った純子は、それ以上だろう。その二人にとってチェンのもたらす情報と分析力は、何よりも貴重だった。

「習近平は結局、失脚しなかったのか」

夕食を共にし、老酒のグラスを傾けながら蛟竜が訊く。チェンはその問いに首を傾げ、少しの間、考える。そして慎重に答える。

「現時点では、断言はできない。共産党内と国内に広がる動揺を抑えるために、一時的に習近平を公の場に復活させたという分析もある。しかし最近、面白い情報が入ってきた。今回の一連の抗日デモのバックは、どうやら本当に失脚した薄熙来の派閥が中心だったらしい」

薄熙来は故・毛沢東を象徴に掲げる典型的な革命回顧主義者で、創立当時の中国共産党の思想の下に〝打黒〟を行ってきた。確かに今回の一連の抗日デモでは、不自然なところで毛沢東の影が見え隠れしていた。

「それは新聞でも報道されていたな。特に上海や重慶では、薄熙来の支持者がデモにかなり参加していたらしいね」

デモ隊は口々に「毛沢東万歳！」と連呼し、「毛沢東思想こそが日本の帝国主義を打倒する！」と叫んでいた。

「しかし構図は、それほど単純なものではないらしい。失脚した薄熙来がどのようにして影響力を駆使したのかまではわからないが、今回の抗日デモそのものを主導したのが薄熙来の残党だったという情報もある」

「つまり、習近平も含めて、という意味か」

チェンが頷《うなず》く。

「そう考えればなぜ習近平が二週間も姿を隠していて、抗日デモがピークに達した九月一五日に公の場に帰ってきたのか。その理由も薄々想像できるだろう」

確かに、そうだ。

「現政権……胡錦濤や温家宝の共青団と、習近平や薄熙来の太子党の間で、何らかの談判があったということか」

「そういうことになるだろうね。しかも習近平と薄熙来にとっては、ある意味で生死を賭《か》けた背水の陣であったはずだよ。事実、習近平は、姿を消していた二週間は現政権に身柄を拘束されていたという情報もある……」

それで習近平と薄熙来は、〝抗日暴動〟という最後のカードを切ったわけか。もしあのまま暴動が長引けば、中国政府は本当に崩壊していたかもしれない。だが、習近平が公の席に姿を現して以来、抗日デモは満州事変の発端に当たる九月一八日も含め、急速に収束した。

「それで習近平は公職に復帰した後も、領土問題に関しては過激な発言を避けているというわけか……」

「そう考えても無理はないね。推察の域は出ないが」

「これから先、中国はどうなるんだ。習近平は本当に、次期国家主席になるのか」

だが、チェンは溜息《ためいき》をつき、首を横に振った。

「わからない。そんなことは中国人だって、アメリカのカンパニーだって、神様にだってわからない。それが〝中国〟なんだよ」

チェンが、皮肉な笑いを浮かべた。

いつの間にか、九月も終わろうとしていた。

最初、チェンは、このシェルターにいるのはせいぜい二週間か三週間だといっていたのだが、一向に出かける気配がない。蛟竜はチェンと顔を合わす度に問い詰めてみたが、「もう少し待て。中国の党大会の日程が決まるまでは動けない」と繰り返すばかりだった。

だが、九月三〇日――。

朝食を食べているところに、チェンが上機嫌で入ってきて一気にまくし立てた。

「いま、成都の方から連絡が入った。党大会の日程が、一一月の八日からと決まった。あと、一カ月と少しだ。我々もそれに合わせてここを出て、国境に向かう」

蛟竜は粥《かゆ》を食べていた手を止めて、チェンに訊《き》いた。

「国境は、どこを越えるんだ」

「チベットのジャムから、ネパールとの国境を越える。だから君たちに、トレッキング用具を一式、買い揃えたんだよ」

チェンがそういって、得意そうに親指を立てた。

第六章　国境の雪

1

一〇月一〇日、蛟竜《こうりゅう》と純子《スンジャ》はチェンと共に宜賓《イーピン》を発《た》った。

それまで無口で辛辣《しんらつ》な笑いしか見せなかった世話人の載菜訓とその妻は、二人の体を抱きしめ、涙を流した。そして、中国語でいった。

「能夠遇見尓、是我最幸福的事情（あなた方にお会いできて、本当に幸福でした）……」

この人の心の温かさもまた、中国のもうひとつの素顔だった。

これからまた、長い旅が始まる。だが、これが最後の旅だ。遅くとも二カ月後には、今度こそ本当に、蛟竜は純子と共に中国の国境を越えているだろう。

二人はごく普通の中国人旅行者のような服装で、パジェロに乗り込んだ。運転するチェンも、いかにも中国人ガイドにしか見えない。ここからしばらく、チベット自治区のラサに入るまでは、中国人旅行客の一行を装うことになる。

初日は成都《チョントゥー》の南西にある雅安市《ヤーアン》まで一気に走り、ここで一泊した。翌日は雅安から四川《スーチョワン》省とチベット自治区を結ぶ川蔵公路に入り、ただひたすらにラサを目指すことになる。

川蔵公路は海抜三〇〇〇メートル以上の高地を走るルートで、雅安からラサまで全長二三五〇キロメートル。途中でヒマラヤ山脈の最東端のナハチャパルワ峰や、チベット東部最大の然鳥湖を望む険しい山岳路だ。大半がガードレールも設置されていない峡谷の未舗装路で、地元のトラックやバスに連なってゆっくりと進む。

運転はチェンと蛟竜が、交替で行った。二時間走っても、距離計を見ると数十キロしか進んでいない。このペースでいけば、天候とその他の条件に恵まれたとしてもラサまで一〇日は掛かるだろう。だがその間に、人間の体は少しずつ高地に適応していく。

「問題は、一カ所だけだ」助手席のチェンが、書類を確認しながらいった。「チベット自治区に入る時に、検問があるかもしれない。打ち合わせどおりにやってもらいたい。〝カバー〟のデータはもう頭に入っているだろうね」

「もちろんだ。おれも純子も、中国語で夢まで見ている」

〝カバー〟とは、諜報員《ちょうほう》の間で〝偽の身分〟を意味する言葉だ。

以前からチベット自治区の国境は、北朝鮮からの〝脱北ルート〟としても注目されていた。このあたりの国境警備隊はチベット族の亡命にはナーバスになっているが、それ以外の中国人や外国人旅行者はあまり警戒されない。パスポートさえ持っていれば、まず確実に国境を越えることができる。

問題は、いかにして中継地点となるラサに入るかだ。現在、外国人がラサに入る方法は、二とおりしかない。中国の各都市から航空便を使うか。もしくは、青海《チンハイ》省西寧《シーニン》とラサを結ぶ『青蔵鉄道』を使うかただ。

だがいずれもチケットを購入するためにはパスポートを提出する必要があり、空港や大きな駅はチェック体制も厳しい。もし運良くラサに入れたとしても、そこからまた国境地帯までの陸路の足を確保しなくてはならない。金も、日数も掛かる。それらの理由により、これまでチベットルートで中国を出国した脱北者は、「ほぼ皆無」だといわれている。

だが、今回の場合には、いくつかの条件が揃っていた。まずバックにCIAが絡んでいるために、蛟竜と純子の二人分の中国籍のパスポートが用意できたこと。二人共、中国語が堪能《たんのう》なこと。陸路での経路に、CIAが十分な情報を持っていたこともそのひとつだった。

CIAの用意したパスポートとカバーによると、蛟竜は上海《シャンハイ》在住の徐文英《シュイウエンイン》・四二歳。職業は会社経営者。純子はその妻の張楓《ザンフォン》・三四歳ということになっていた。

蛟竜は、自分と純子のカバーに違和感を覚えなかった。二人とももう二年半以上も中国に住み、中国の大気に触れ、中国の水を飲んで過ごしてきた。これだけの時間が経つと、どことなく、顔つきまで中国人らしくなってくるから不思議だ。

宜賓を出てから四日目に甘孜《カンぜ》チベット自治県に入り、マニカンゴという小さな町を通過。さらに道は川蔵公路最高峰の雀児山峠——五〇五〇メートル——へと向かう。この辺りから四〇〇〇メートル級の峠となだらかな丘陵が連続し、青蔵高原ならではの雄大な風景の中に包み込まれていく。

車は喘《あえ》ぎあえぎ、ディーゼルの黒い煙を吐きながら峠を登る。そして延々と続く長く曲がりくねった坂を下り、また次の峠へと登っていく。途中で何台ものバスやトラックが、道路脇に車体を寄せて休んでいた。

蛟竜は唐突に、子供の頃に孤児院で聞いたビートルズの〝ザ・ロング・アンド・ワインディング・ロード〟という曲を思いだした。もう何十年も聞いていなかったはずなのに、メロディと歌詞が鮮やかに脳裏に甦《よみがえ》ってきた。いつの間にか、思わず口ずさむと、バックミラーの中で純子の瞳《ひとみ》が不思議そうに見つめていた。

途中で四〇〇〇メートルの峠にある新路海展望台に車を駐《と》め、休んだ。ここからの眺めは、川蔵公路でも有数の絶景だ。目の前に雀旧山の絶壁が聳《そび》え、眼下に広がる草原には無数の高山植物が咲き乱れている。正に神々の住む、天上の土地の景観だ。

「こんなに美しい所、見たの初めて……」

展望台に立ち、蛟竜の手を握りながら純子がいった。

だが、この土地は、中国のものではない。本来ならば、チベット族の悠久の聖地だった。それを中国人が、武力と殺戮《さつりく》によりチベット族から奪ったのだ。

旅はその後も、順調に進んだ。途中で一度、雪が降り、然鳥鎮という小さな町に丸一日足止めされた。だが、それもちょうどよい休養になった。

一〇月二一日、旅に出て一一日目。朝の内にニンチという村を出て、午後にはラサに入った。四川省とチベット自治区の境界線もいつの間にか越えていたが、結局、心配していた検問には出会わなかった。

「〝カンパニー〟が用意してくれた中国のパスポートもカバーも、無駄になったようだな。おれたちはもう、〝日本人〟に戻っていいのか」

蛟竜が訊いた。

「ああ、かまわないよ。ぼくはいつまでたっても、〝中国人〟だけどね」

チェンが皮肉っぽくいった。

ラサ市は、海抜三七〇〇メートルの天空の都である。

人口は、四二万。七世紀前半、ソンツェン・ガンポが支配した吐蕃《とばん》王国の時代からチベットの首都がここに置かれた。その後も一七世紀から二〇世紀にかけて、ダライ・ラマ政権の時代にも常にチベットの政治的、文化的中枢としての役割を担ってきた。

旧市街地の中心部には、七世紀に建立されたトゥルナン寺院の黄金のツクラカン（本堂）が鎮座し、チベット仏教の聖地として崇《あが》められる。いまも寺院の前には、五体投地で礼拝する熱心なチベット仏教徒の姿が絶えない。だが一九五一年、中華人民共和国の人民解放軍はラサに侵攻。五六年のチベット動乱（チベット人による抗中独立運動）を経て、ダライ・ラマ一四世がチベットを脱出。六〇年には中国の西蔵（チベット）自治区の地級市が設置され、現在に至っている。

蛟竜と純子、チェンの一行は、ラサに五日間滞在した。理由はここまでの行程が順調だったための時間調整と、高地に体を慣らすための休養。車の修理と、ラサから国境の町ジャムまでのルートの情報収集だった。

ラサでは『タンカ・ホテル』という外国人旅行客の多い安価なホテルに泊まり、二人で毎日市内を探索した。蛟竜も、もちろん純子もラサは初めてだった。

町は時空を超えてそこに存在し、凜《りん》として美しく、神秘的ですらあった。市内には旧ダライ・ラマの離宮ノルブリンカの庭園が広がり、通りにはチベット仏教の僧侶《そうりょ》が行き来し、市場には素朴で温かい笑顔が溢《あふ》れていた。ここは中国ではない。間違いなく、チベットだった。自分たちが日本人であることを隠す必要もなく、常に素顔でいることができた。

だがこのラサにも、悲劇の歴史があった。人民解放軍のラサ侵攻から一九五六年のチベット動乱に際し、中国政府は一二〇万人ともいわれるチベット人を虐殺した。ラサ市内だけでも、僧侶など数万もの市民が殺された。

その後も、中国政府によるチベット弾圧は続いている。毎年、三月一〇日のチベット動乱記念日には、ラサで必ず抗議デモが起こる。これを中国政府が武力弾圧し、多くの死者が出る。

一九八九年の大規模なデモでは、僧侶など数百人が人民解放軍に虐殺された。この時、武力弾圧を指揮したのは、前年にチベット自治区共産党書記に就任した現国家主席の胡錦濤《フーチンタオ》だった。北京オリンピックの開催された二〇〇八年にも抗議デモが起こり、当局がデモ隊に発砲したことから暴動に発展。チベット亡命政府によるとこれを人民解放軍が武力制圧し、チベット人一四〇人以上が死亡したとされている。今回の中国の政権交代においても、何人もの若手の僧侶が政府によるチベット弾圧に抗議するために焼身自殺を遂げている。

それほどの悲劇を経てもなお、このチベットの大地とラサの町が、旅人に安らぎを与えてくれるのはなぜだろうか。

ボタラ宮の丘の上に立ち、紺碧《こんぺき》の空の下に広がるラサの全景を眺めながら、純子が呟《つぶや》くようにいった。

「私は昔、この丘の上に立ったことがあるような気がする……。この町で育ち、この町で暮らしていた……」

蛟竜は純子の肩を抱き、訊《き》いた。

「それは、いつ頃のことだい」

「わからない……。私がまだこの世に生まれていない、ずっと、ずっと昔のこと……。でも私は、確かにこの風景を見た記憶があるの……」

不思議な話だった。だが蛟竜は、それ以上は訊かなかった。ただ黙って純子の体を抱き寄せ、口付けをした。

風は凍えるように、冷たかった。だがいまは、不思議と寒いとは思わなかった。

一〇月二六日、ラサを出発した。ここからまた次の目的地ニャラムまで、長く、険しい旅が始まる。

町を出る時、奇妙なことに、蛟竜は郷愁にも似た感傷を覚えた。初めて訪れた町を発《た》つ時に、こんな感情が芽生えたことは初めてだった。純子を見ると、彼女も凛とした大気に佇《たたず》む町並を見つめながら、目に涙を浮かべていた。

ひとつ確かなことは、本当にこれが最後だということだ。二人の人生で、この町を訪れることは二度とないだろう。

振り返ると、これから向かうヒマラヤ山脈の天に聳える北壁が、朝日に赤く染まりはじめていた。


同日、同時刻、東京都港区麻布狸穴《まみあな》——。

『社団法人・亜細亜《アジア》政治研究所』の戸次二三彦《べつきふみひこ》は、〝カンパニー〟のアルフレッド・ハリソンから、一通のメールを受け取った。


〈——親愛なるフミヒコ・ベッキ。

本日一〇月二六日、ガイル・ドラゴンとミズ・サクラの二人がラサを出発した。このまま順調にいけば三一日までにはニャラムに入り、一一月の一五日までにはジャムの国境からネパールに出国できるだろう。

すべての者の幸福を祈る。

A・H〉

戸次はすぐにそのメールをプリントアウトし、隣室のドアをノックした。革張りのマッサージ椅子に横になる、甲斐長州《かいながくに》に声を掛けた。

「所長、起きていらっしゃいますか。いま、アルフレッド・ハリソンから知らせがありました」

甲斐はゆっくりと目を開け、戸次が差し出した書類を読んだ。そして呟くように、いった。

「そうか……。正明《まさあき》と純子《ジュンコ》がいよいよ帰ってくるのか……」

「これから、どのようにいたしましょう」

「ネパールか……。それならカトマンズに、チャーター機を用意してやってくれ……」

「承知いたしました」

戸次が直立したまま踵《きびす》を返し、部屋を出ていった。

老人はまた、窓から差し込む秋の陽光の中で目を閉じた。これで、すべて終わった。もう人生でやり残したことは、何もない。

いつの間にか、老人は眠っていた。正明と、純子の夢を見ていた。だが老人の夢に出てくる正明はまだ孤児院時代の少年のままで、純子も幼い頃の北朝鮮の写真と変わっていなかった。

二人の孫が、陽光の中で遊んでいる。二つの長い影法師が、地面で踊っている。

それが甲斐長州が見た、人生で最後の夢となった。

道は荒涼とした大地に、延々と続いていた。

乾いた土と岩の丘陵は、ただひたすらに冷たく凍りつき、すべての命を拒絶するかのように厳しい。もしこの大地で命の片鱗《へんりん》に出会うとすれば、日溜《ひだ》まりにしがみつくように生きる名もない高山植物の群棲《ぐんせい》だけだ。

それでもこのチベットの聖地は世界のどこよりも天に近く、太陽は目映《まばゆ》い。左手には、まるで空を分かつ壁のように、ヒマラヤ山脈の北壁が迫っている。ともすれば自分たちが現実の世界にいるのか、夢の世界を旅しているのか。その境界さえもわからなくなる一瞬がある。

ラサを出た初日は川蔵公路をヤンバジエンの町まで戻り、シガツェまでの三〇〇キロの道を一気に走った。ここで道は中央チベットのナムリン、インド国境のヤートン、さらにネパール国境方面へと分岐する。

だが、順調だったのはここまでだった。この先のティンリの手前の峠に雪が降り、通行止めになっているという情報が入ってきた。翌日はひとつ先の町のラツェまでは走れたが、ここで足止めを食った。

情報は混沌《こんとん》として、摑《つか》み所がなかった。道は一日で復旧するという噂もあったし、このまま来春まで閉ざされるだろうという者もいた。だが町に入って四日目の朝、同じように足止めを食っていたバスやトラックが一斉に動きだした。

——道が通じた！　カトマンズに向かえ！——。

チベット族やネパール人の運転手が口々に叫び、親指を立て、クラクションを鳴らす。古いトラックのエンジンが唸《うな》りを上げ、次々と街を出ていく。蛟竜と純子、チェンも車に飛び乗り、長い隊列を組むキャラバンに続いた。

——国境を越えろ！　カトマンズを目指せ！——。

キャラバンはまるで這《は》うような速度で、ヒマラヤへと向かっていく。深い狭谷を下り、天空への尾根を登り、荒涼とした大地を横切る。だが、確実に、国境は近付いていた。

六日目に、目の前にチョモランマが見えた。七日目にティンリの町を出ると、遥《はる》か彼方《かなた》に標高八〇一三メートルのシシャパンマ峰が立ちふさがった。あの山の麓《ふもと》に、ネパールへと続く国境がある。

一一月三日――。

標高三七五〇メートルの、ニャラム県に入る。切り立った渓谷の斜面に建物が肩を寄せ合う小さな町だ。そしてここが、国境の町ジャムまでの最後の中継地点となる。

蛟竜と純子は、地図に見入った。ジャムまでは、あと三〇キロ。自由は、もう目の前だった。ヒマラヤのトレッキングはオフ・シーズンに入っていたが、ニャラムは世界各国からの旅行者やバックパッカーで賑《にぎ》わっていた。これからジャムの国境を越える者もいたし、ネパールの側から入ってきた者もいた。

町にはバックパッカー用の安い宿が何軒かあり、チベット料理の店と、『老四川』という四川飯店が一軒あった。この四川飯店と町に一軒だけのバーが、旅行者たちの情報交換の場になっていた。旅行者の中には、日本人のバックパッカーの姿も珍しくなかった。

蛟竜はここでしばらく、チェンと別行動を取ることになった。チェンは情報収集のためにジャムに出掛けていき、蛟竜と純子はニャラムで待つ。

「この町はモバイルも通じないからね。〝カンパニー〟に用がある度にホテルや郵便局の電話を使うんじゃ、君たちがこの町にいることを宣伝しているようなものだからな」

「いつ戻る？」

「わからない。たぶん、三日か四日……遅くとも一週間くらいで。それまで勝手に二人でチョモランマに登ったりするなよ」

チェンがそういって、町を出ていった。

蛟竜と純子は、久し振りに二人で水入らずの時を過ごした。純子がお気に入りの四川飯店で食事をする時も、バーで酒を飲む時も、ベッドにいる時も、二人は片時も離れなかった。そんな二人を、町も、他の旅行者たちも、ごく自然に受け入れてくれた。

狭い町は最初の一日で歩き尽くしてしまい、二人はよく話をした。話だけは、けっして尽きることはなかった。

「ねえ、蛟竜……。中国を出たら、どこに住むの。日本？」

純子がそんなことを訊くのも、もう何度目のことになるだろう。

「とりあえず、日本に行こう。君のお母さんが生まれた、大阪に行ってみよう。そして、東京にも」

「日本に行ったら、〝団地〟に住みたい」

「団地？」

「そう、団地。平壌《ピョンヤン》の党員用集合住宅みたいな建物で、共和国のものより小さくて粗末だけど、日本人はみんな団地に住むのが憧《あこが》れなんだって聞いたわ」

蛟竜は、おかしくなった。確かに昭和四十年代頃までは、日本にもそんな時代があった。

「だいじょうぶだ。もっと大きなマンションに住もう」

「日本にも、そんな部屋があるの？　中国やアメリカみたいに？」

純子が蛟竜の目を見つめながら、首を傾げる。

「あるさ。日本になら、どこにでもある。北京《ペキン》にいた時に住んでいた、燕莎《ルフトハンザ》地区のマンションのような部屋だ」

考えてみれば、それももう遥か昔の話だ。

「約束？」

「そう、約束だ」

そして純子は蛟竜の胸のペンダントを確かめ、蛟竜は純子の指の指輪を確かめて眠る。

日本での純子との生活……。

それも、もうすぐだ。だが蛟竜には、自分の人生に本当にそんな日が来ることをどうしても実感することができなかった。


チェン・ユアンは、ジャムの町にいた。

町で一番高級なホテルに泊まり、日中はネパール人がやっているチャイの店の片隅に座りながら、テーブルのモバイルが鳴るのを待っていた。

最初にモバイルが鳴ったのは、一一月八日の午後だった。

──チェン、私だ。遅くなったな──。

電話口から、聞きなれた〝カンパニー〟の連絡係の声が流れてきた。

「それで、どうなった。大勢は決したのか」

チェンが、周囲の客の目を気にしながら低い声で訊《き》いた。

──まず、アメリカだ。七日の大統領選は、オバマが再選した。共和党のロムニーは、負けた──。

チェンは、唾《つば》を呑《の》んだ。もちろん想定の範囲内ではあったが、意外だった。民主党は、基本的には親中国派だ。これであと最低でも四年間は、米中の間に一定の親密な関係が続くことになる。

「それで、中国の方はどうなった。党大会は、今日から開幕しているはずだ」

──現在のところ、まだ何も決まっていない。次期総書記と中央軍事委員会主席の座は、いまも未定だ──。

「いったい、どういうことなんだ」

──わからない。しかし、党大会とは別に、一〇日から一一日にかけて内部高官会議が開かれるという噂がある。その席でフー・チンタオ（胡錦濤）が、何かを発表する。中国の政局と政治体制が、大きく動く可能性がある。情報が入り次第、連絡する──。

そういって、電話が切れた。

二度目にモバイルが鳴ったのは、一一日の夕刻だった。

――今日、動きがあった――。

「それで」

チェンが冷めたチャイをすすり、訊いた。

――フー・チンタオの完全引退が決まった。軍事委員会の主席も、退く――。

「それなら、チァン・ツォーミン（江沢民）は……」

――結果的に、刺し違える形になった。フー・チンタオは、自らの完全引退とともにチァン・ツォーミンの影響力を完全に葬ったことになる――。

チェンはチャイをすすりながら、連絡係の声をぼんやりと聞いていた。フー・チンタオは自らの完全引退と引き換えに、党内に政権交代に関する厳格な内部規定を制定した。今後、いかなる党高官も、引退後は政治に関与をしない。軍事委員会主席を含め、引退期限を巡る人事における例外を認めない。これで中国に長らく続いた長老政治――すなわち〝院政〟――は、完全に終焉《しゅうえん》を迎えた。江沢民の時代が、やっと終わったのだ……。

「それで、次期国家主席と次期中央委員会のメンバーは。もう、決まったのか」

チェンが訊いた。

――ほぼ、決定した。主席は予定通り、シー・チンピン（習近平）だ。他に、リー・コーチャン（李克強）、ワン・チーシャン（王岐山）、リュウ・イエンドン（劉延東）、リュウ・ユンシャン（劉雲山）……――。

チェンはその一人一人の名前と顔を、頭の中で反芻《はんすう》した。李克強を除き、新しく中央委員会入りしたほとんどは、江沢民派の党員だった。江沢民もまた、自分が院政の頂点から退くことへの引き換えに、とんでもない置き土産を残していったのだ。

チェンは、電話を切った。しばらくそのまま、動かなかった。だが、我に返ったようにモバイルを開くと、別の番号に電話をかけた。


国家安全部第八局の厳強幹《イエンチャンガン》は、北京市東城区長安街の部局で電話を受けた。

電話の主は、二〇〇五年の反日デモの際に検挙したアメリカ国籍の中国人だった。男は無条件で釈放されるかわりに、以後は厳の協力者となっていた。

「遅かったな。それでいま、どこにいるんだ」

厳が訊いた。もちろん相手が嘘をいったとしても、モニターに表示されたモバイルの番号で基地局を追跡すれば、どこにいても場所を突き止めることができる。

——いま、チベット自治区とネパールの国境のジャムという町に来ている——。

どうやら男は、本当のことをいっているらしい。

「それで。例の二人は一緒なのか」

——一緒だ。三日後の党大会の最終日の朝に、国境を越える。しかし〝カンパニー〟の方からも、ひとつ注文がある——。

「どんな注文だ」

厳はそれからしばらく、電話の相手と話した。電話を切り、溜息《ためいき》をついた。

ジャムか……。

意外だった。だが、これからラサに飛び、人民解放軍のヘリを使えば、明日の夕刻までに入ることができるだろう。


チェンがニャラムに戻ったのは、党大会最終日前日の一一月一三日だった。

「荷物をまとめてくれ。これからジャムに向かう。明日の朝、国境を越える」

帰ってくるなり、チェンがいった。

車に荷物を積み込み、町を出た。ラサを発《た》った時のような、感慨はなかった。

最初にひとつ小さな峠を越え、あとはひたすらに下っていく。ニャラムからジャムまでは、約三〇キロしかない。その間に標高三七五〇メートルから、二三五〇メートルまで下る。天界から、下界への降臨のようだ。周囲の風景が見る間に移り変わり、命の気配が満ち溢《あふ》れる。広大な草原では、ヤクの群れが草を食《は》んでいた。ネパールは、もう目の前だ。

明日のいま頃は、もう国境の向こうにいるだろう。

そう思っても、やはり実感は湧かなかった。


夜明け前から、雪が降りはじめた。

純子はベッドの上で毛布に包《くる》まり、窓の外の暗い空を見つめていた。隣から蛟竜の、軽い寝息が聞こえている。

あの時もそうだった……。

二〇一〇年二月の深夜、純子は共和国と中国の国境の川、鴨緑江《アムノックカン》を越えた。あの時も、雪が降っていた。そして、一人だった。体も心も凍えるほどに寒く、不安で、何もかもが恐ろしかった。あれから、もう、三年近くの月日が流れ去った。

純子はベッドの中の、蛟竜の温《ぬく》もりを確かめる。そして、思う。この三年間にも、いろいろなことがあった。

だが、いまは、もう寒くはなかった。心が凍えることもなく、不安でもなかった。たとえこの先に何が起きたとしても、すべては運命なのだ。

蛟竜の寝息が止まった。そして、寝返りを打った。

「どうした……。眠れないのか……」

まだ半分眠りの中にいるように、蛟竜がいった。

「だいじょうぶ……。少し、眠れたわ……」

純子は体の毛布を解き、切り裂かれ、傷付いた胸を蛟竜に合わせた。

「こら……」

蛟竜の腕が、優しく純子の体を抱きしめる。

「いいの……。しばらく、こうしていて……」

いまは、こうしていたかった。蛟竜の温もりがあれば、他に何もいらなかった。

朝になっても、雪は降り続いていた。

蛟竜は、時計のカレンダーで日時を確かめた。一一月一四日、午前八時……。

温《ぬる》く、出の悪いシャワーを浴び、成都のアメリカ総領事館で渡された段ボール箱を開ける。中には今日のために、二人分の様々な衣料や小道具が入っていた。

ヘインズのTシャツにBVDのトランクス。シアーズの女性用の下着。ゴールドフレックスのネルシャツとアンダーパンツが二人分。アメリカの免税店のスタンプが入ったマールボロとジッポーのライター。トレッキングシューズとダウンパーカ。フリースのプルオーバーとニット帽は、すでに数日前から身に着けて馴染《なじ》ませている。

蛟竜と純子は箱の中に入っていた指示書の順番どおりに、すべてを身に着けていった。

「このシャツ、重くて固いわ……」

純子が、不満をいった。

「いいから。指示どおりにやるんだ」

午前九時、出発準備が整ったところでチェンが迎えに来た。

「さあ、出掛けよう。雪があまりひどくならないうちに、国境を越えた方がいい」

着替えの段ボールや袋をすべて片付けて車に積み込み、ホテルを出た。

ホテルから国境までは、車で一〇分も掛からなかった。道路には国境を越えてきた者と、これからネパールに向かう人々が行き交っていた。チェンは国境の五〇メートルほど手前で、車を停めた。

「ぼくは、ここまでだ。ここから二人で歩いていって、国境を越えてくれ。中国のゲートを出ると、橋を渡って、その先にネパール側のゲートがある」

蛟竜はもう一度、パスポートを確認した。ポケットからブローニングを出し、それをチェンに渡した。

「これも、もう必要ない。君にやるよ」

「それじゃあ、これで。いろいろと世話になった」

「旧日本軍が使ったアンティークか。CIAの博物館にでも寄贈するとしよう」

純子がリアシートから、チェンの頰にキスをした。

「チェン、ありがとう……」

チェンがなぜかその時だけ、中国語でいった。

「祝尔幸運（幸運を祈る）……」

二人が車を降り、リュックを背負う。雪の中を、国境への最後の道を歩き出した。

チェンは、二人の姿を見つめていた。

ブルーとオレンジのダウンパーカを着て、リュックを背負う蛟竜と純子の後ろ姿が雲の中に霞《かす》んでいく。

心の中で、二人に話し掛けた。

——蛟竜……さようなら……。純子……君は素敵だった……。だけど、これが〝中国〟なん

と見届けることなく走り去った。

だ……。〝中国〟の、やり方なんだ――。

チェンは、車のエンジンを掛けた。道でターンし、二人が国境を越えるところを見届けることなく走り去った。

国境が、もう目の前にあった。

両側に白い塔が立ち、その塔に赤いタイル貼りの足場が渡され、そこに金色の文字で〝中華人民共和国〟と書かれていた。足場の上には五星紅旗が立っていた。

チベットとネパールの国境にあって、違和感を覚える光景だった。だがこのような風景も、もうこの先は見ることはない。

右側の〝出国〟のイミグレーションに入り、商用で国境を行き来する中国人やネパール人の列に並ぶ。早朝のピーク時を過ぎ、雪が降っていることもあって、人は少ない。

順番が来て、二人でパスポートをカウンターの上に置いた。濃緑色の制服を着た審査官が、赤い日本のパスポートを訝《いぶか》しげに見つめる。

「日本人？」

英語で、訊《き》いた。

「そうです」

「夫婦？」

「そうです」

形式的なことしか訊かない。後ろでは他の審査官が、中国中央テレビの党大会の報道番組に見入っていた。そういえば、次期国家主席には誰が選出されたのだろうか。習近平け、失脚しなかったのだろうか。だが蛟竜は、すでに興味を失っていた。もう、この国に戻ってくることはない。

審査官が二人のパスポートにスタンプを押し、返した。

「早く行け。次……」

二人でイミグレーションを出た。それだけだった。目の前に深い渓谷があり、白い欄干の橋が架かっていた。橋を渡った先に、ネパール側のゲートが見えた。

「やった……。おれたちは、自由だ」

「本当に？　私たちは、中国を出たのね」

「そうだ。もうすぐ、ネパールだ」

橋の中央に、薄《うっす》らと雪を被《かぶ》りながら、赤い線が引かれていた。そこが、中国とネパールの国境だった。あの線を越えれば、本当に自由になれる。

二人は、手を繋《つな》いだ。足早に、歩く。

あと、一〇メートル……。

あと、五メートル……。

その時、渓谷に銃声が鳴った。蛟竜の目の前で、純子のダウンパーカから白い毛綿が飛び散った。同時に純子の体が、前のめりに飛んだ。

「純子！」

だが、次の銃声。蛟竜は背中に衝撃を受け、橋の上に叩《たた》き付けられた。

「蛟竜……」

橋に頬を付け、純子が蛟竜を見つめている。

「純子……」

蛟竜は純子に這《は》い寄り、その体に覆い被さった。純子の顔と頭を守るように抱き抱え、雪の積もりはじめた橋の上を引き摺《ず》った。

国境は、もう目の前だ。手を伸ばせば、届くところにあった。

その時また、二発の銃声が鳴った。


巌強幹は、国境の橋を見下ろす渓谷の斜面にいた。

望遠鏡で、橋を見つめる。その中央に、蛟竜と純子の二人が倒れているのが見えた。

「もう、いい。二人に、命中した。それにもう、国境を越えている」

巌は隣にいる二人の狙撃《そげき》手に、銃を下げさせた。

二〇〇五年に蛟竜と初めて関わってから、七年。だが、ついに、奴を仕留めた。

これでやっと、終わった……。

蛟竜は、国境の赤い線を見つめていた。二人の手の指の先は、確かにその線を越えていた。

「……私たちは……どこにいるの……」

純子が、いまにも消えそうな声でいった。

「……ネパールだ……。ネパールだよ……」

「……それじゃあ……勝ったのね……」

「……そうだ……。おれたちの……勝ちだ……。自由を手に入れたんだ……」

純子は、もう何もいわなかった。

不思議と、痛みはなかった。寒さも、感じなかった。悲しいとも、悔しいとも思わなかった。

純子の温もりだけが、腕の中にあった。いまはただ、この幸せな時間が少しでも長く続けばいい。そう思った。

国境に倒れる二人の周囲に、人が集まりだした。

雪が、降り続いている。

二人の体が、少しずつ白く染まりはじめた。

了

参考文献

『脱北、逃避行』野口孝行　新人物往来社
『なぜ北朝鮮は孤立するのか』平井久志　新潮選書
『金正日最後の賭け』張誠珉　田原総一朗・監修　吉崎英治・訳　ランダムハウス講談社
『中国は北朝鮮を止められるか』五味洋治　晩聲社
『別冊宝島１３５９　北朝鮮の不思議な人民生活』宝島社
『北朝鮮　泣いている女たち』李順玉　李洋秀・訳　ベストセラーズ
『中国共産党』リチャード・マグレガー　小谷まさ代・訳　草思社
『江沢民　中国を変えた男』ロバート・ローレンス・クーン　鵜澤尚武、田中敦子、八木正三・訳　ランダムハウス講談社
『中国が世界に知られたくない不都合な真実』坂東忠信　青春出版社
『中国人名事典』日外アソシエーツ・編　日外アソシエーツ
『中国人の世界乗っ取り計画』河添恵子　産経新聞出版
『中国臓器市場』城山英巳　新潮社
『私は外務省の傭われスパイだった』原博文　茅沢勤・訳　小学館
『日本統治時代を肯定的に理解する』朴贊雄　草思社
『毒菜襲来』瀧井宏臣　文春文庫

『中国が日本人の財産を奪いつくす!』宮崎正弘　徳間書店
『脱北者』韓元彩　李山河・訳　晩聲社
『脱北者　命懸けの脱出と今を追う』崔淳湖　高橋宣壽・翻訳監修　現文メディア
『貴州旅情』宮城の団十郎　近代映画社
『騙すアメリカ騙される日本』原田武夫　ちくま新書
『TPP亡国論』中野剛志　集英社新書
『北朝鮮はなぜ潰れないのか』重村智計　ベスト新書
『父・金正日と私　金正男独占告白』五味洋治　文藝春秋
『日本のインテリジェンス機関』大森義夫　文春新書
『2014年、中国は崩壊する』宇田川敬介　扶桑社新書
『後継者　金正恩』李永鐘　金香清・訳　講談社
『江沢民と中国軍』平松茂雄　勁草書房
『日本が中国の「自治区」になる』坂東忠信　産経新聞出版
『中国のジレンマ　日米のリスク』市川眞一　新潮新書
『韓国姓名字典』金容権　三修社
『日本軍のインテリジェンス』小谷賢　講談社選書メチエ
『中国西南の少数民族』古島琴子　サイマル出版会
『現代ロシアを見る眼』木村汎、袴田茂樹、山内聡彦　NHKブックス

『決断できない日本』ケビン・メア　文春新書
『中国経済の正体』門倉貴史　講談社現代新書
『現代中国「解体」新書』梁過　講談社現代新書
『中国の「日本買収」計画』有本香　ＷＡＣ ＢＵＮＫＯ
『金正日は日本人だった』佐藤守　講談社
『遥かなり豆満江　38度線を越えて』三木梅子　文芸社
『新 脱亜論』渡辺利夫　文春新書
『旅名人ブックス89　大連・旅順歴史散歩』邱景一他　日経ＢＰコンサルティング
『中国グルメ紀行』西園寺公一　つり人ノベルズ
『横田めぐみさんと金正恩』飯山一郎　三五館
『金正日と金正恩の正体』李相哲　文春新書
『世界の食文化2　中国』周達生　農山漁村文化協会
『新版イメージの博物誌　聖なるチベット』フィリップ・ローソン　森雅秀、森喜子・訳　平凡社
『チベットの祈り、中国の揺らぎ』ティム・ジョンソン　辻仁子・訳　英治出版
『現代思想　２００８年7月臨時増刊号　総特集＝チベット騒乱　中国の衝撃』青土社
『ウイグル人たちの涙』ユヌス・ヤセン　ブイツーソリューション
『7．5ウイグル虐殺の真実』イリハム マハムティ　宝島社新書

『中国の核実験』高田純　医療科学社

各紙・誌

解説

池上冬樹

柴田哲孝が相変わらず快調な仕事ぶりだ。ここ二年内の作品でも、脱獄小説『デッドエンド』(双葉社)、サイエンス・ミステリ『WOLF』(KADOKAWA)、ノンフィクション的ノベル『下山事件　暗殺者たちの夏』(祥伝社)と続けざまに秀作を出している。

少し詳しくふれるなら、『デッドエンド』は脱獄、警察・公安、誘拐、狙撃《そげき》などの要素を盛り込んだ凝ったサスペンスで、柴田哲孝らしく細部が緻密《ちみつ》で、情報は豊富で、展開はまことにスピーディー。一気読みすること確実である。個人的になるが、中盤以降に出てくる老狙撃手(殺し屋)の存在が実に魅力的で、狙撃もので一本小説を書いてくれないかと思うほど緊迫感があり、わくわくする。

『WOLF』は、『KAPPA』(徳間文庫)『TENGU』(第九回大藪春彦《おおやぶはるひこ》賞受賞。祥伝社文庫)などに出てきたルポライター有賀雄二郎シリーズの一冊で、今回はニホンオオカミとしか思えない謎の大型獣を追跡する。興味深いのは徹底して科学的な検証を行う点で、有賀は、アメリカの大学で森林科学を専攻する息子とともに多くの文献を渉猟しながら、オオカミの歴史的・科学的検証を行い、真実に迫る。実はこの小説にも、脇役として、元陸上自衛隊の自衛官だったアル中の猟師が出てきて、銃で獲物を狙い撃ちする場面がある（これもいい）。仄聞《そくぶん》するところでは、殺し屋をテーマにした冒険小説（『クズリ』）を準備中というから、待ち遠しくて仕方がない。

『下山事件　暗殺者たちの夏』は、昭和史最大の謎といわれる下山事件に自分の祖父が関係していた事実を物語ったノンフィクション『下山事件　最後の証言』（第五十九回日本推理作家協会賞受賞。祥伝社文庫）の小説版。前著から十年たち〝小説だからこそ、書けることがある〟として虚構から事件の核心に迫る。前著は〝私ノンフィクション〟としての側面が強かったが、小説版では、家族の部分を削り、時系列で事件と背景を丹念に追い、全体像を明確にしている。労働運動の激化、GHQ内部の対立、M資金の行方、何よりも国鉄職員の大量の首切りに苦悩した下山像がくっきりだ。戦争の傷痕《きずあと》が生々しく残り、殺人や謀略が日常的な業務であった諜報《ちょうほう》機関同士の抗争、さらに検察と警察を巻き込んだ他殺・自殺論争の政治的駆け引きなど、まことに迫力がある。

この実在の事件の裏側に迫るミステリという点では、傑作『異聞太平洋戦記』（講談社文庫）をあげるまでもなく、現代の日本の作家では柴田哲孝がナンバーワンだろう。かつては、『日本の黒い霧』『昭和史発掘』などの松本清張がいい例だが、ノンフィクション的趣向で歴史的事件の真相に肉薄したもので、いつしか社会派的な作風を選択しても、あくまでも架空の設定から物語が紡がれるようになり、ミステリ作家たちは実在の事件の謎を解くことをしなくなった。そのかわりノンフィクション・ライターが、ノンフィクションとして追及することが増えたけれど、雑誌媒体の衰退にともない、調査費がでないこともあり、やや表面的なルポルタージュになりがちで、読み応《ごた》えがない。

そのなかで一人、果敢に時代の流れを、過去から現代までしかと見据えて、小説を書いているのが、柴田哲孝といえるのではないかと思う。そしてそんな柴田作品の収穫の一つが、本書『国境の雪』だろう。現在進行形で進む国際政治の舞台裏を大胆に推理した第一級の謀略サスペンスである。これもまたわくわくするほど面白い。


物語は、二〇一〇年一月の北朝鮮から始まる。

崔純子は、北朝鮮中央委員会書記局序列一位の高官金明斗の庇護《ひご》をうけていたけれど、脱出することを決意する。金明斗が失脚して粛清されたからだ。純子は高度な機密情報をもち出して、トラックに隠れて中国国境まで近づくものの、その先にはいくつも過酷な試練が待っていた。

そのころ東京では、内閣情報調査室とつながる『亜細亜政治研究所』所長の甲斐長州も北朝鮮の情報をえて、金明斗の〝オンナ〟を探そうと手配する。そのために工作員の設楽正明を調達し、〝死んで〟もらうことを計画する。

数日後、新潟では、中国マフィアと日本人たちとの間で覚醒剤《かくせいざい》の取り引きがおこなわれ、そこに厚労省特警が踏み込み、売人たちが射殺される。

二日後、日比谷公園では、ＫＣＩＡ（韓国中央情報部）の林昌秀と中国人の蘇暁達がさりげなく〝商談〟をしていた。蘇暁達は日本に会社をもつ資産家であるが、本来の身分は中央統戦部（中国共産党中央統一戦線工作部）のエージェントで、話題は新潟で設楽が殺されたことだった。設楽は国籍不詳で、暗号名は〝蛟竜〟、極東を舞台に暗躍する日本の諜報員で、二〇〇五年に中国で続発した一連の反日暴動を画策・煽動《せんどう》した。その男が亡くなったという。だが、しかし〝蛟竜〟は生きていた。別の顔を作り、身分をかえて中国へと向かう。世界を揺るがす秘密情報を持つ、崔純子を追い求めて。

このように次々に舞台が移っていく。人物もまた金正日、温家宝、オバマ大統領など各国首脳にスポットライトをあてて直面する政治情況をつぶさに物語っていく。カメラが切り替わるように、目まぐるしく視点がかわっていくのだが、読者の興味がそがれたり、情報がどこかに紛れてわからなくなったりすることは一切ない。むしろ視点が切り替わることによって、さらに謎に対する関心が高まり、いったい読者をどこに運んでいくのかといちだんと惹《ひ》きつけられるし、静かに昂奮《こうふん》が増してくる。この昂奮は謎を解くミステリのそれに近い。

作者は巻頭で、本書はフィクションであると断っておきながら、「主幹となるエピソードはすべて事実に基づいている」と書く。実際、崔純子がもつ機密をめぐって展開する物語と並行して、僕らがニュースで見知った日本・中国・北朝鮮・韓国・アメリカにおける事件や事故、各国のトップの挨拶《あいさつ》や国家間の軋轢《あつれき》などが紹介されていくのだが、その裏にどれほどの深い真相があったのかを作者は推理していく。なんでもない二、三行のニュースの裏側にひめられた国家間の思惑をあらわにして、まったく別の様相を提示する。

本書は、当時「デジタル野性時代」に連載されて（二〇一一年一月号から一二年十二月号まで）、作者は刻々と変化する国際政治を見守り、予見しながら書いた。こういうことが出来るのは、柴田哲孝しかいない。いうまでもないことだが、刻々と変化していく国際政治を小説の中に盛り込むことは危険である。とくにいまのように国際経済が波瀾《はらん》含みであると、いつ大きな崩壊が起きるかわからない。それを題材として選んでも、すぐに現実社会のほうが先へ先へといってしまい、物語が置き去りになり、古くなってしまうからだ。だから作家は、危険をおそれてなるべく国際政治を舞台にした小説を書かないようになったのだが、柴田哲孝はひとり果敢に国際社会における日本を舞台にして小説を書いている。中国が日本を侵略するという近未来を予測した『チャイナ インベイジョン』も大胆かつきわめて現実的な謀略小説であり、卓見に満ちていた。それは本書でもかわらない。

たとえば韓国の哨戒艦《しょうかいかん》が沈没した事件、金正日の死、オサマ・ビンラディン暗殺、尖閣《せんかく》諸島中国漁船衝突事件、反日暴動、劉暁波のノーベル平和賞受賞、薄熙来・重慶市共産党委員会書記の解任と追放など、膨大な事実をひとつずつつなぎ合わせて事件の裏側で何が起きているのかを推理する。さながら安楽椅子探偵の趣で、各国の政治情勢を分析していく。それが真実味をもって伝わるのは、アメリカの、中国の、北朝鮮の、韓国の、そして日本の歴史を知り尽くし、諜報戦争がいかに行われ、どのようなメカニズムで政治が動いているのかをたえず観察し続けているからだろう。

とくにいま読み返して面白いのは、本書が、一見磐石《ばんじゃく》にみえる習近平政権の誕生を題材にしていることでもある。連載当時は果たして習近平政権が誕生するかも危ぶまれていたが（小説にあるように）、柴田哲孝はそれを早々と読み切って同時進行的に小説に仕立てた。この小説にもあることだが、習近平が一時期姿を消した時期があり、そのことが将来習近平政権の存亡に関わるものとして語られる時がくるのではないかと、そんな深読みすらさせる文脈がある。

もちろんそういう海外の政治情勢ばかりではなく、本書に顕著なのは、『チャイナ インベイジョン』もそうだが、作者が抱く日本人と日本という国への深い憂慮があることだ。いまの外交でいいのか、国家意識の乏しいままで国をよりよく導いていけるのかと、激しく問いかけている。冷徹な国際政治のなかで、国家と国防の意識の乏しい日本が自ら隘路《あいろ》へと向かっていることを、リアリストの視点で深く抉《えぐ》っている。つまり北朝鮮、韓国、中国、アメリカとはどんな国で何を求めているのかを明快に解きあかしながら、スリリングな物語を展開させ、あるべき日本の政治のありかたを提示しているのである。スリルに富む謀略サスペンスであると同時に、複雑な国際政治の裏側を読み解くタイムリーな副読本としてお薦めできる秀作だ。

初出「デジタル野性時代」2011年創刊号～2012年12月号

装丁：國枝達也
地図製作：オゾングラフィックス

本書は2013年1月に角川書店から刊行された
単行本を加筆・修正し、文庫化したものです。

国境《こっきょう》の雪《ゆき》

柴田哲孝《しばたてつたか》

平成27年 12月25日　初版発行
令和6年 11月25日　6版発行

発行者●山下直久

発行●株式会社KADOKAWA
〒102-8177　東京都千代田区富士見2-13-3
電話　0570-002-301(ナビダイヤル)

角川文庫 19500

印刷所●株式会社KADOKAWA
製本所●株式会社KADOKAWA

表紙画●和田三造

●お問い合わせ
https://www.kadokawa.co.jp/ (「お問い合わせ」へお進みください)
※内容によっては、お答えできない場合があります。
※サポートは日本国内のみとさせていただきます。
※Japanese text only

ISBN978-4-04-103719-5　C0193

角川文庫発刊に際して

角川源義

第二次世界大戦の敗北は、軍事力の敗北であった以上に、私たちの若い文化力の敗退であった。私たちの文化が戦争に対して如何に無力であり、単なるあだ花に過ぎなかったかを、私たちは身を以て体験し痛感した。西洋近代文化の摂取にとって、明治以後八十年の歳月は決して短かすぎたとは言えない。にもかかわらず、近代文化の伝統を確立し、自由な批判と柔軟な良識に富む文化層として自らを形成することに私たちは失敗して来た。そしてこれは、各層への文化の普及滲透を任務とする出版人の責任でもあった。

一九四五年以来、私たちは再び振出しに戻り、第一歩から踏み出すことを余儀なくされた。これは大きな不幸ではあるが、反面、これまでの混沌・未熟・歪曲の中にあった我が国の文化に秩序と確たる基礎を齎らすためには絶好の機会でもある。角川書店は、このような祖国の文化的危機にあたり、微力をも顧みず再建の礎石たるべき抱負と決意とをもって出発したが、ここに創立以来の念願を果すべく角川文庫を発刊する。これまで刊行されたあらゆる全集叢書文庫類の長所と短所とを検討し、古今東西の不朽の典籍を、良心的編集のもとに、廉価に、そして書架にふさわしい美本として、多くのひとびとに提供しようとする。しかし私たちは徒らに百科全書的な知識のジレッタントを作ることを目的とせず、あくまで祖国の文化に秩序と再建への道を示し、この文庫を角川書店の栄ある事業として、今後永久に継続発展せしめ、学芸と教養との殿堂として大成せんことを期したい。多くの読書子の愛情ある忠言と支持とによって、この希望と抱負とを完遂せしめられんことを願う。

一九四九年五月三日

角川文庫ベストセラー

ハルビン・カフェ　打海文三

裏切り、嫉妬、権力への欲望。男は、粛清の名のもとに血を流し、女は、愛のために決断をする……各紙誌で絶賛され、第5回大藪春彦賞を受賞した、打海文三が真価を発揮した最高傑作！

裸者と裸者（上）（下）
上：孤児部隊の世界永久戦争
下：邪悪な許しがたい異端の
打海文三

応化二年二月十一日、国軍は政府軍と反乱軍に二分し内乱が勃発した。両親を亡くした七歳と十一ヶ月の佐々木海人は、妹の恵と、まだ二歳になったばかりの弟の隆を守るため手段を選ばず生きていくことを選択した。

愚者と愚者（上）（下）
上：野蛮な飢えた神々の叛乱
下：ジェンダー・ファッカー・シスターズ
打海文三

応化十六年。内戦下の日本。佐々木海人大佐は孤児部隊の二十歳の司令官。いつのまにか押し出されて、ふと背後を振り返ると、自分に忠誠を誓う三千五百人の孤児兵が隊列を組んでいた。少年少女の一大叙事詩！

覇者と覇者
歓喜、慙愧、紙吹雪
打海文三

戦争孤児が見る夢を佐々木海人も見る。小さな家を建て、家族4人で慎ましく暮らすという夢を。著者の代表作となるはずだった〈応化クロニクル三部作〉の、未完の完結編。急逝した著者が遺した希望と勇気の物語。

烙印の森　大沢在昌

私は犯罪現場専門のカメラマン。特に殺人現場にこだわるのは、〝フクロウ〟と呼ばれる殺人者に会うためだ。その姿を見た生存者はいない。何者かの襲撃を受けた私は、本当の目的を果たすため、戦いに臨む。

角川文庫ベストセラー

ウォームハート　コールドボディ　大沢在昌

ひき逃げに遭った長生太郎は死の淵から帰還した。実験台として全身の血液を新薬に置き換えられ「生きている死体」として蘇ったのだ。それでもなお、愛する女性を思う気持ちが太郎をさらなる危険に向かわせる。

B・D・T［掟の街］　大沢在昌

不法滞在外国人問題が深刻化する近未来東京、急増する身寄りのない混血児「ホープレス・チャイルド」が犯罪者となり無法地帯となった街で、失踪人を捜す私立探偵ヨヨギ・ケンの前に巨大な敵が立ちはだかる！

悪夢狩り　大沢在昌

未完成の生物兵器が過激派環境保護団体に奪取され、その一部がドラッグとして日本の若者に渡ってしまった。フリーの軍事顧問・牧原は、秘密裏に事態を収拾するべく当局に依頼され、調査を開始する。

眠たい奴ら　大沢在昌

その街で二人は出会った。組織に莫大な借金を負わせ逃げるヤクザの高見、そして刑事の月岡。互いに一匹狼の二人は奇妙な友情で結ばれ、暗躍する悪に立ち向かう。大沢ハードボイルドの傑作！

冬の保安官　大沢在昌

シーズンオフの別荘地に拳銃を片手に迷い込んだ娘と、別荘地の保安管理人として働きながら己の生き方を頑なに貫く男の交流を綴った表題作の他、大沢ファン必読の「再会の街角」を含む短編小説集。

角川文庫ベストセラー

らんぼう　大沢在昌

未来形J　大沢在昌

秋に墓標を（上）（下）　大沢在昌

魔物（上）（下）　大沢在昌

ブラックチェンバー　大沢在昌

事件をすべて腕力で解決する、とんでもない凸凹刑事コンビがいた！　柔道部出身の巨漢「ウラ」と、小柄だが空手の達人「イケ」。〝最も狂暴なコンビ〟が巻き起こす、爆笑あり、感涙ありの痛快連作小説！

その日、四人の人間がメッセージを受け取った。四人はイタズラかもしれないと思いながらも、指定された公園に集まった。そこでまた新たなメッセージが……差出人「J」とはいったい何者なのか？

都会のしがらみから離れ、海辺の街で愛犬と静かな生活を送っていた松原龍。ある日、龍は浜辺で一人の見知らぬ女と出会う。しかしこの出会いが、龍の静かな生活を激変させた……！

麻薬取締官・大塚はロシアマフィアと地元やくざとの麻薬取引の現場を押さえるが、運び屋のロシア人は重傷を負いながらも警官数名を素手で殺害し逃走。その超人的な力にはどんな秘密が隠されているのか？

警視庁の河合は〈ブラックチェンバー〉と名乗る組織にスカウトされた。この組織は国際犯罪を取り締まり奪ったブラックマネーを資金源にしている。その河合たちの前に、人類を崩壊に導く犯罪計画が姿を現す。

角川文庫ベストセラー

アルバイト・アイ
命で払え
大沢在昌

冴木隆は適度な不良高校生。父親の涼介はずぼらで女好きの私立探偵で凄腕らしい。そんな父に頼まれて隆はアルバイト探偵として軍事機密を狙う美人局事件や戦後最大の強請屋の遺産を巡る誘拐事件に挑む！

アルバイト・アイ
毒を解け
大沢在昌

「最強」の親子探偵、冴木隆と涼介親父が活躍する大人気シリーズ！　毒を盛られた涼介親父を救うべく、東京を駆ける隆。残された時間は48時間。調毒師はどこだ？　隆は涼介を救えるのか？

アルバイト・アイ
王女を守れ
大沢在昌

冴木涼介、隆の親子が今回受けたのは、東南アジアの島国ライールの17歳の王女の護衛。王位を巡り命を狙われる王女を守るべく二人はある作戦を立てるが、王女をさらわれてしまい…隆は王女を救えるのか？

アルバイト・アイ
諜報街に挑め
大沢在昌

冴木探偵事務所のアルバイト探偵、隆。車にはねられ気を失った隆は、気付くと見知らぬ町にいた。そこには会ったこともない母と妹まで…！　謎の殺人鬼が徘徊する不思議の町で、隆の決死の闘いが始まる！

アルバイト・アイ
誇りをとりもどせ
大沢在昌

莫大な価値を持つ「あるもの」を巡り、右翼の大物、ネオナチ、モサドの奪い合いが勃発。争いに巻き込まれた隆は拷問に屈し、仲間を危険にさらしてしまう。死の恐怖を越え、自分を取り戻すことはできるのか？

角川文庫ベストセラー

約束の街④
死がやさしく笑っても
北方謙三

虚飾に彩られたリゾートタウンを支配する一族。彼らの実態を取材に来たジャーナリストが見たものは……血族だからこそ、まみれてしまう激しい抗争。男たちは愛するものを守り通すことが出来るのか？

約束の街⑤
いつか海に消え行く
北方謙三

妻を事故でなくし、南の島へ流れてきた弁護士。人の命を葬る仕事から身を退いた薔薇栽培師。それぞれの過去。そして守るべきもの。友と呼ぶには、二人の出会いはあまりにもはやすぎたのか。

約束の街⑥
されど君は微笑む
北方謙三

N市から男が流れてきた。川中良一。人が死ぬのを見過ぎた眼を持っていると思った。彼の笑顔はいつも哀しそうだとも思った。また「約束の街」に揉め事がおこる。

約束の街⑦
ただ風が冷たい日
北方謙三

高岸という若造がこの街に流れてきた。高岸の標的は弁護士・宇野。どうやら、ホテルの買収を巡るいざこざが発端らしい。だが事件の火種は、『ブラディ・ドール』オーナー川中良一までを巻きこむことに。

約束の街⑧
されど時は過ぎ行く
北方謙三

酒場〝ブラディ・ドール〟オーナーの川中と街の実力者・久納義正。いくつもの死を見過ぎてきた男と男。戦友のため、かけがえのない絆のため、そして全てを終わらせるために、哀切を極めた二人がぶつかる。

角川文庫ベストセラー

軌跡　今野　敏

目黒の商店街付近で起きた難解な殺人事件に、大島刑事と湯島刑事、そして心理調査官の島崎が挑む。（「老婆心」より）警察小説からアクション小説まで、文庫未収録作を厳選したオリジナル短編集。

熱波　今野　敏

内閣情報調査室の磯貝竜一は、米軍基地の全面撤去を前提にした都市計画が進む沖縄を訪れた。だがある日、磯貝は台湾マフィアに拉致されそうになる。政府と米軍をも巻き込む事態の行く末は？　長篇小説。

国家と神とマルクス　「自由主義的保守主義者」かく語りき　佐藤　優

知の巨人・佐藤優が日本国家、キリスト教、マルクス主義を考え、行動するための支柱としている「多元主義と寛容の精神」。その〝知の源泉〟とは何か？　思想の根源を平易に明らかにした一冊。

国家と人生　寛容と多元主義が世界を変える　佐藤　優　竹村健一

沖縄、ロシア、憲法、宗教、官僚、歴史……幅広いテーマで、「知の巨人」佐藤優と「メディア界の長老」竹村健一が語り合う。知的興奮に満ちた、第一級のインテリジェンス対談!!

地球を斬る　佐藤　優

〈新帝国主義〉の時代が到来した。ロシア、イスラエル、アラブ諸国など世界各国の動向を分析。北朝鮮―イランが火蓋を切る第三次世界大戦のシナリオと、勢力均衡外交の世界に対峙する日本の課題を読み解く。

角川文庫ベストセラー

国家の崩壊　佐藤優　宮崎学

1991年12月26日、ソ連崩壊。国は壊れる時、どんな音がするのか？　人はどのような姿をさらけだすのか？　日本はソ連の道を辿ることはないのか？　外交官として渦中にいた佐藤優に宮崎学が切り込む。

古惑仔　馳星周

5年前、中国から同じ船でやってきた阿扁たち15人。だが、毎年仲間は減り続け、残るは9人……。歌舞伎町の暗黒の淵で藻掻く若者たちの苛烈な生きざまを描く傑作ノワール、全6編。

弥勒世（上）（下）　馳星周

沖縄返還直前、タカ派御用達の英字新聞記者・伊波尚友は、CIAと見られる二人の米国人から反戦運動家たちへのスパイ活動を迫られる。グリーンカードの発給を条件に承諾した彼は、地元ゴザへと戻るが――。

走ろうぜ、マージ　馳星周

11年間を共に過ごしてきた愛犬マージの胸にしこりが見つかった。悪性組織球症。一部の大型犬に好発する癌だ。治療法はなく、余命は3ヶ月。マージにとって最後の夏を、馳星周は軽井沢で過ごすことに決めた。

殉狂者（上）（下）　馳星周

1971年、日本赤軍メンバー吉岡良輝は武装訓練を受けるためにバスクに降りたった。過激派組織〈バスク祖国と自由〉の切り札となった吉岡は首相暗殺テロに身を投じる――。『エウスカディ』改題。